EXCALIBUR

Herausgegeben von
Melissa Andersson
und
Gerd Rottenecker

Die Chroniken von Deverry im Droemer Knaur Verlag:

1. Der Wanderer von Deverry (Band 70121)
2. Die Ausgestoßenen von Deverry (Band 70122)
3. Dämmerung über Deverry (Band 70123)
4. Der Magier von Deverry (Band 70124)
5. Zeit der Verbannung (Band 70125)
6. Zeit der Omen (Band 70126)
7. Zeit des Dunkels (Band 70127)
8. Zeit des Feuers (Band 70128)
9. Der rote Drache (Band 70129)

Weitere Bände in Vorbereitung.

Katharine Kerr

DIE CHRONIKEN VON DEVERRY

8

Zeit des Feuers

Ins Deutsche übertragen von
Regina Winter

Knaur

Die amerikanische Originalausgabe erschien 1994
unter dem Titel »A Time of Justice« bei Bantam Spectra, New York

Besuchen Sie uns im Internet:
www.droemer-knaur.de

Deutsche Erstveröffentlichung 1/2000

Umschlagkonzept: Melissa Andersson
Umschlaggestaltung: Agentur Zero, München
Umschlagillustration: Kevin Murphy
Karte: Dieter Jüdt, Trier
Lektorat: Michael Ballauff & Harald Jösten/Kiel
Satz: Ventura Publisher im Verlag
Druck und Bindung: Clausen & Bosse, Leck
Printed in Germany
ISBN 3-426-70128-6

2 4 5 3 1

Meinem Großvater
Wilfried Ashton gewidmet

Danksagung

»Die üblichen Verdächtigen ...«
Ich danke Alis Rasmussen, Mark Kreighbaum, Elizabeth Pomada und Howard Kerr für ihre unschätzbaren Ratschläge und die Unterstützung.

KARTE

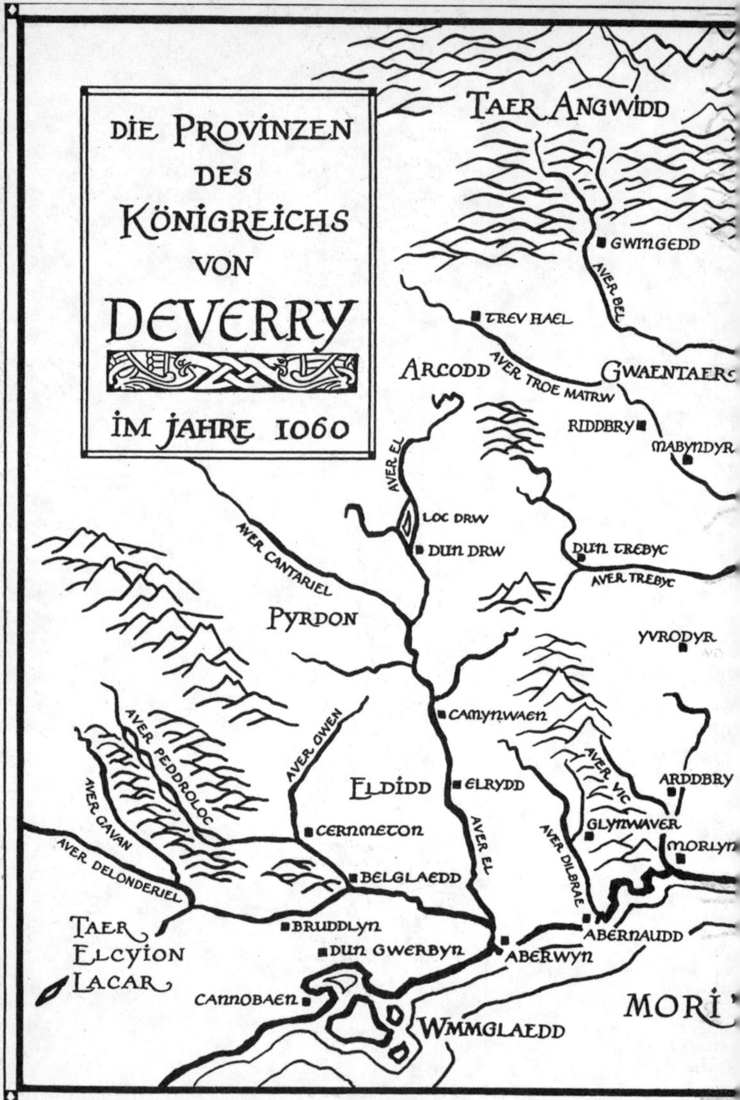
DIE PROVINZEN DES KÖNIGREICHS VON DEVERRY
IM JAHRE 1060
TAER ANGWIDD
GWINGEDD
AVER BEL
TREV HAEL
ARCODD
AVER TROE MATRW
GWAENTAER
RIDDBRY
MABYNDYR
AVER EL
LOC DRW
DUN DRW
DUN TREBYC
AVER TREBYC
AVER CANTARIEL
PYRDON
YVRODYR
CAMYNWAEN
AVER PEDDROLOC
AVER OWEN
AVER VIC
ARDDBRY
ELDIDD
ELRYDD
AVER GAVAN
AVER EL
AVER DILBRAE
GLYNWAVER
CERNMETON
MORLYN
AVER DELONDERIEL
BELGLAEDD
TAER ELCYION LACAR
BRUDDLYN
ABERNAUDD
ABERWYN
DUN GWERBYN
CANNOBAEN
WMMGLAEDD
MORI

TAER ANGWIDD
DUN PYR
LADOTYN
BOBYR
CAER ICEL
CERRGONNY
AVERBY
PREN CLUDAN
CAMYN YRAEN
CANTRAE
DUN CANTRAE
LYN EBYN
GADDMYR
DUN ARDDVIC
LAENWN
AVER NAIDDYR
BELGWEGYR
LUGHCARN
AVER CAN
HENDYR
GLASLOC
MUIR
AVER LUGH
LOC LAS
DUN HIRAEDD
BLAEDDBYR
GWERCONEDD
DUN DEVERRY
AVER LIT
BUCCBRAEL
CWM PECL
MWBBRY
AVER NERR
DEVERRY
CENCYN
LOC TAMYO
DRAUDDBRY
AUDDGLYN
AVER GWARMAEL
NAIN CYR
RIDDLIT
AVER BEL
DUN AEDYN
AVER TAB
DUN MANNANAN
CERRMOR
SLAITH
YNIS BEL
BEL METON
MOC
AD MOCYCLAU
DUN TONAU
YNISODD PECL
R DDAE

PROLOG

Im Nordland, 1116

ALBUS

> In jeder Hinsicht das Gegenteil von Rubeus, daher generell ein gutes Vorzeichen. Wenn es allerdings ins Bleihaus fällt und demnach mit Kriegsangelegenheiten zu tun hat, steht es für Tage von Luft und Dunkelheit und für ein Übel, welches das Land befällt.
>
> *Aus dem Omenbuch des Gwarn, Meister der Überlieferung*

Unter dem Sternenhimmel hatten die beiden Männer und der Drache ihr Lager an einem Fluß aufgeschlagen. Der Wind war warm, dennoch hatten die Männer ein Feuer entzündet, um Licht zu haben.

Der große Wyrm legte den Kopf ganz nahe ans Feuer, während der Rest seines schimmernden Körpers und die gefalteten Flügel sich in den Schatten verloren. Der grünlichschwarze Drache, ohne den Schwanz gut über zwanzig Fuß lang, hob immer wieder den Kopf und schnupperte in den Sommerwind. Ihm gegenüber auf der anderen Seite des Feuers saß ein junger Mann vom Bergvolk, der mit fünfeinhalb Fuß recht groß für seinesgleichen geraten war. Er hatte die hohen Wangenknochen der Zwerge und eine flache Nase, schmale Augen unter dichten Zwergenbrauen, und sein Haar war ebenso wie sein kurzgeschnittener Bart von beinahe schwarzem Braun. Jedesmal, wenn der Drache wachsam den

Kopf hob, schreckte er auf, fluchte dann leise und sackte wieder zusammen.

»Rori?« sagte er schließlich. »Wieso ist das Ungeheuer so unruhig?« Rhodry Maelwaedd unterbrach sein ruheloses Umhergehen und kam zurück ins Feuerlicht. Er war gut über sechs Fuß groß und von der Schulter bis zur Hüfte gerade gebaut. Sein rabenschwarzes Haar und die kornblumenblauen Augen kennzeichneten ihn als Mann aus Eldidd, einer Provinz Hunderte von Meilen entfernt, am südlichsten Zipfel des weitläufigen Königreichs von Deverry. Wettergegerbt und mit ergrauendem Haar, war Rhodry immer noch ein gutaussehender Mann, und auf den ersten Blick wirkte er durchaus wie ein Mensch.

»Ich weiß es nicht«, sagte er. »Es ist schade, daß du nie gelernt hast, elfisch zu sprechen, Enj. Das ist die einzige Sprache, die der Drache beherrscht.«

»Und wo hätte ich hier oben irgendwelchen Elfen begegnen sollen? Jedenfalls bevor ich dich getroffen habe?«

»Das stimmt.« Rhodry wandte sich dem Drachen zu und sprach ihn in der Sprache des Volks seines Vaters an. »Was ist los, Arzosah? Riechst du Ärger im Wind?«

»Wie? Nein, noch nicht.« Die Stimme des Drachen rumpelte und knurrte wie ein sich drehender Mühlstein. »Aber ich will lieber wachsam sein.«

»Das ist vernünftig, und ich danke dir.«

Arzosah faltete die Flügel neu, dann schmiegte sie den Kopf auf die kupferig grünen Tatzen, hielt aber ein Auge offen, um Rhodry zu beobachten. Am dritten Finger seiner rechten Hand trug Rhodry einen Silberring: ein flaches Band, das auf der Außenseite ein Rosenmuster zeigte und auf dessen Innenseite der wahre Name des Drachen eingraviert war.

»Es ist alles in Ordnung.« Rhodry setzte sich neben Enj auf den Boden und sprach ihn in der rauhen Mischung aus deverrianisch und der Bergsprache an, die sie beide verstehen konnten. »Sie ist nur ebenso unruhig wie wir.«

»Es war ja auch ein miserabler Tag.«

Rhodry stieß sein schrilles, wahnwitziges Berserkerlachen aus, das Enj zusammenzucken ließ, während der Drache den Kopf hob und zischte wie tausend Katzen.

»Du mußt zugeben, Enj, alter Junge, daß du wirklich zur Untertreibung begabt bist. Du hast dein Heim und deine Familie verloren, und ich eine Frau, die ich mit ganzem Herzen und ganzer Seele liebte. Und du nennst das einen miserablen Tag. Ja, das war er wahrhaftig.«

»Entschuldige!« Enj zischte wie der Drache. »Aber bei den Göttern, was erwartest du von mir? Soll ich große Worte machen wie einer von euren elenden Barden?«

Rhodry wischte das Grinsen weg.

»Es tut mir leid. Verzeih.«

Die beiden Männer starrten sich lange an. Dann streckte Enj die Hand aus, und Rhodry schüttelte sie. Den Mund fest gegen jedes Aufzucken von Trauer zusammengepreßt, wandte Enj seinen Blick wieder dem Spiel der Flammen im Lagerfeuer zu.

Rhodrys Schwertgürtel lag neben ihm am Boden. Er holte den Dolch aus der Scheide und spielte damit herum, polierte die schmale Klinge am Ärmel und hielt sie hoch, um das Licht damit einzufangen. Als er mit einem Daumennagel dagegenschnippte, klang die Klinge wie Silber, obwohl sie fest wie Stahl war. Das Kupferauge des Drachen folgte jedem Funkeln.

Ihr Lager hatten sie in einem breiten Tal aufgeschlagen, in dem ein Fluß an vereinzelten Fichten und hohem Gras vorbeifloß. Ringsumher erhoben sich die Berge des Dachs der Welt, das in jenen Tagen weder von Zwergen noch von Menschen besiedelt war. Hinter waldbedeckten Hügeln blitzten die von ewigem Schnee gekrönten hohen Gipfel im Licht der Sterne silbern auf. Von den Ausläufern dieser Berge trug der Wind das Heulen jagender Wölfe herbei. Arzosah hob den massiven Kopf, um zu lauschen.

»Sie bewegen sich von uns weg«, bemerkte sie schließlich. »Ich wünschte nur, du würdest dieses Messer wieder einstekken, Rori. Es macht mich wahnsinnig, zuzusehen, wie du damit spielst.«

Er lächelte und schloß die breite Hand um den Messergriff.

»Weißt du«, fuhr sie fort, »wenn du unbedingt jemanden zum Hassen brauchst, könntest du Evandar die Schuld geben. Ich tue das jedenfalls.«

»Wofür? Für das Verschwinden von Haen Marn?«

»Nein, nein. Was interessiert mich eure dumme Insel? Die war nicht mein Zuhause. Ich gebe ihm die Schuld dafür, daß ich gestört wurde.«

»Das hätte ich wissen sollen.« Rhodry übersetzte diese Unterhaltung für Enj, dann wandte er sich wieder dem Drachen zu. »Ja, wenn er mir diesen kleinen Ring nicht gegeben hätte, würdest du immer noch gemütlich zusammengerollt in deinem Feuerberg liegen und auf dem einen oder anderen Kuhknochen herumkauen.«

»Spotte nicht! Es ist schlimm genug, daß du mich versklavt hast. Du mußt mich nicht auch noch verhöhnen.«

»Achte auf deine Worte, wenn du mit mir sprichst.«

Sie winselte und verdrehte das riesige Kupferauge zum Himmel. Er hob die Hand, damit sein Ring das Feuerlicht einfing.

»Verzeih«, sagte sie. »Du bist ein harter Mann, Rhodry Drachenmeister.«

»Und ich habe vor, das zu bleiben und außerdem zu überleben.«

Wieder winselte sie und ließ den Kopf zurück auf die Tatzen sinken. Rhodry warf Enj einen Blick zu, aber der Zwerg verzog keine Miene.

»Wir sollten uns hinlegen«, sagte Rhodry. »Glaubst du, daß du schlafen kannst?«

»Nicht ohne Träume. Laß das Feuer noch ein wenig brennen.«

»Also gut.« Er warf dem Drachen, der leise vor sich hin fauchte, einen langen Blick zu. »Denkst du immer noch an Evandar?«

»Ja. Sollte ich ihn je wiederfinden, werde ich ihn fressen. Zubeißen, schlucken, fertig.«

»Eine gute Idee, aber ich fürchte, das wird dir nicht gelingen. Er hat keinen wirklichen Körper, keinen aus Fleisch und Blut wie du und ich.«

»Das paßt zu ihm! Auch darin betrügt er einen noch!«

»Ein boshaftes Biest, nicht wahr?«

Die Stimme kam aus dem Dunkel. Den Dolch in der Hand, kam Rhodry auf die Beine, als ein Mann auf sie zuschlenderte. Er war von einem silbrigen Schimmer umgeben, der nicht vom Mondlicht stammte. Sie konnten deutlich erkennen, daß er schlank und hochgewachsen und in ein langes grünes Hemd und Hirschlederhosen gekleidet war. Sein Haar hatte das grelle Gelb von Löwenzahnblüten, seine Lippen waren rot wie Sauerkirschen, und seine Augen glitzerten in unnatürlichem Türkisblau wie Edelsteine. Aber das Seltsamste an ihm waren seine Ohren: lang und spitz und eingerollt wie Farnwedel im Frühling.

»Evandar!« zischte Rhodry.

Arzosah schlug mit dem Schwanz auf den Boden, ein dumpfes Dröhnen. Rhodry konnte hören, wie sie hinter ihm auf die Beine kam.

»Genau.« Evandar verbeugte sich, hob die Hand und zeigte mit einem langen, schlanken Finger auf den Drachen.

»Arzosah Sothy Lorezohaz! Vergiß nicht, daß ich deinen Namen kenne.«

Sie fletschte die Zähne und riß das Maul weit auf, rührte sich aber nicht weiter. Enj starrte den Besucher an.

»Was führt dich her?« Mit einem Nicken zu Enj, das den Zwerg einschließen sollte, sprach Rhodry Evandar auf deverrianisch an.

»Eine Warnung für dich«, erwiderte Evandar. »Seid ihr auf dem Weg nach Süden?«

»Ja. Cengarn wird belagert. Wußtest du das?«

»Selbstverständlich. Ich weiß alles, was man über diesen Krieg wissen muß, Rhodry Maelwaedd.«

»Ach ja? Und wo bleibt dann die Armee, die die Stadt befreit? Wir wollen uns ihr anschließen.«

»Geh zuerst nach Lin Serr. Garin und seine Axtkämpfer haben die Stadt noch nicht verlassen.«

»Wie bitte? Ich dachte, sie wären längst weg.«

»Es gibt ein Hindernis.« Evandar grinste. »Eine kleine Armee ist in der Gegend unterwegs. Pferdevolk.«

Enj verzog das Gesicht und fluchte.

»Diese schmutzigen Mistkerle!« sagte Rhodry abfällig. »Ich würde gern ein paar von ihnen erledigen.«

»Die Gelegenheit wirst du bekommen«, sagte Evandar. »Aber seid wachsam, wenn ihr nach Süden fliegt, weil es dort ein paar seltsame Vögel gibt, die zwischen den Welten hin- und herflattern. Es könnte sein, daß einer von ihnen es auf euch abgesehen hat.«

»Gestaltwandler!«

Evandar lächelte.

»Ich würde auf den Raben achten. Ohnehin ein Vogel von schlechtem Ruf, aber dieser Rabe erweist sich als besonders schlechtes Vorzeichen. Du trägst eine Art Talisman, der dich verbirgt, nicht wahr?«

»Ja.«

»Das dachte ich mir. Zweifellos haben deine Feinde einige Schwierigkeiten damit, dich mit Hilfe des Zweiten Gesichts zu finden, daher suchen sie dich auf diese Weise. Sei also vorsichtig. Diese Rabenfrau könnte nicht gefährlicher sein.«

»Also gut, wir werden aufpassen. Ich danke dir. Aber erkläre mir eines, bitte.«

»Ich werde es wahrscheinlich nicht tun, aber du kannst gerne fragen. Ich stelle nur Rätsel, ich löse sie nicht umsonst.«

Der Drache hob den Kopf und heulte. Oho! dachte Rhodry.

»Also gut«, sagte er laut. »Wieso wolltest du mich warnen? Ich kann mich nicht erinnern, jemals etwas für dich getan zu haben, und dennoch hast du mir schon häufig geholfen.«

»Ich weiß es nicht. Es ist ein Rätsel, das ich mir selbst gestellt habe, nehme ich an – ein Rätsel, so neu und schimmernd wie eine Goldmünze, und dabei hatte ich das nie geplant.« Evandar war plötzlich ernst geworden und legte den Kopf ein wenig schief, aber es kam Rhodry so vor, als spielte er nur die Rolle eines Mannes, der nachdenkt. »Ich denke, da gibt es nur eine mögliche Antwort.«

»Und die wäre?«

Evandar legte eine Hand auf Rhodrys Wange und küßte ihn direkt auf den Mund. Seine Hand war seltsam kühl, mehr wie Seide als wie Fleisch, aber der Kuß war warm. Rhodry konnte sich weder regen noch denken, ehe Evandar ihn gehenließ.

»Das könnte es tatsächlich sein.« Evandar trat einen Schritt zurück und löste sich in nichts auf, war ganz plötzlich und vollständig verschwunden.

Rhodry hob die Hand, legte den Dolch an den Mund und stand mit zusammengekniffenen Augen sprachlos da, während Enj ihn anglotzte und Arzosah das langgezogene, rumpelnde Geräusch von sich gab, das ihr als Lachen diente. Rhodry fuhr zu ihr herum.

»Hör auf zu gackern, Wyrm! Warum hast du mir nie gesagt, daß du die Sprache der Menschen sprichst?«

»Du hast nie gefragt, Drachenmeister.« Sie hörte auf zu rumpeln, aber er nahm an, daß sie jetzt das tat, was Drachen taten, wenn sie höhnisch grinsten. »Aha. Evandar ist also nicht von wirklichem Fleisch und Blut, wie? Darauf wäre ich nie gekommen.«

»Ich sagte, halt den Mund!« Rhodry riß die Hand hoch und ließ den Ring aufblitzen. Sie winselte und duckte sich wie ein getretener Hund. »Oh, ich bitte um Verzeihung. Ich sollte es nicht an dir auslassen.«

»Ein harter Mann, aber gerecht.« Sie entspannte sich mit einem Schütteln ihres dicken Kopfes. »Ich könnte von Schlimmeren versklavt worden sein.«

Dann blieb noch Enj. Rhodry brauchte lange, um seinem Freund ins Gesicht sehen zu können.

»Dieser elende Wyrm«, sagte Enj. »So zu tun, als verstünde sie kein Wort von dem, was ich sage, und dich hin und her übersetzen lassen wie einen Botschafter!«

Rhodry atmete erleichtert auf. Die ganze Angelegenheit würde unter ihnen bleiben, das wußte er. Er setzte sich wieder hin und lehnte sich gegen seine Bettzeugrolle.

»Und was oder wer ist dieser Evandar?« fragte Enj.

»Ich bin nicht ganz sicher. Er hat die Augen und Ohren eines reinblütigen Elfen, aber Zauberer haben mir gesagt, er sei gar keiner. Rätsel – wahrhaftig!« Rhodry spuckte ins Feuer. »Sie sagen, er sei eine Art von Geist, der nie geboren wurde, und daß er in einer Art magischem Land lebt, das hinter der Welt liegt. Nicht, daß es in der Luft schwebt oder so – nur ›dahinter‹, sagen sie. Um ehrlich zu sein, ich verstehe kein Wort von diesem Gerede. Verflucht sollen sie sein! Aber Evandar ist ein Dweomermeister und so von Zauber erfüllt wie andere von Blut.«

Der Drache klackte mit den Reißzähnen und gab ein Geräusch von sich, das, wie Rhodry annahm, einem Kichern entsprach.

»Tatsächlich?« Enj dachte lange nach. »Glaubst du, er weiß, wohin Haen Marn verschwunden ist?«

»Ich habe keine Ahnung, aber ich nehme an, wenn es überhaupt jemand weiß, dann er. Vielleicht werde ich eine Gelegenheit bekommen, ihn zu fragen.« Rhodry warf dem Drachen einen mörderischen Blick zu. »Und spar dir die klugen Bemerkungen.«

Arzosah hob die Tatze und betrachtete nachdenklich ihre Klauen, aber Rhodry hätte schwören können, daß sie lächelte.

Nach ein paar Stunden unruhigen Schlafs erwachten sie im Morgengrauen. Arzosah kam auf die Beine, streckte die Flügel aus und warf damit riesige Schatten über das ganze Lager, dann faltete sie sie wieder zusammen und stapfte zum Trinken hinunter an den Fluß, was eine Weile dauerte, da sie das Wasser mit der Zunge aufschlabberte und nicht saugte wie eine Kuh. Die Männer saßen an der Asche ihres toten Feuers und teilten sich trockenes Fladenbrot und einen Streifen gedörrtes Wildfleisch.

»Wie lang wird es dauern, bis wir Lin Serr erreichen?« wollte Enj wissen.

»Auf ihrem Rücken? Nicht länger als drei Tage, wahrscheinlich sogar nur zwei.«

»Wir haben nur noch wenig Essen übrig. Wenn wir einen Tag warten könnten, würde ich jagen.«

»Ich habe wirklich noch nie jemanden gesehen, der so gut darin ist, im wilden Land etwas Eßbares zu finden. Aber wir haben kaum Zeit.«

Enj nickte und blickte flußaufwärts, wo sich einmal der magische See und die Insel von Haen Marn befunden hatten. Der Dweomer dieser Insel hatte sie in nichts aufgelöst, sie den

Gefahren des Kriegs entzogen – wie oder wohin, wußten sie nicht. Aber mit der Insel waren Enjs Familie und sein Clan verschwunden, sein Zuhause und sein gesamtes Leben. Es war nur eine grüne Wiese zurückgeblieben, die nun friedlich in der hellen Morgensonne ruhte.

»Ich dachte gerade daran«, meinte Enj mit zitternder Stimme, »daß die Insel vielleicht zurückkehren wird, wenn die Gefahr sich nach Süden verzieht.«

»Hältst du das für wahrscheinlich?«

Enj zuckte mit den Achseln und hatte dabei Tränen in den Augen.

»Sag mir eins«, fuhr Rhodry fort. »Bist du je in den Krieg gezogen?«

Enj schüttelte den Kopf.

»Das dachte ich mir. Warum überläßt du mir nicht die Vorräte, die wir haben, und du bleibst hier und jagst und wartest. Ich weiß, wie du in wildem Land zurechtkommst und daß du Jahre hier aushalten kannst, wenn es notwendig ist. Wenn der Krieg bald zu Ende ist, werde ich wiederkommen. Wenn Haen Marn vorher zurückkehrt, kommst du nach Süden und suchst mich.«

»Wirst du mich für einen Feigling halten, wenn ich bleibe, Rori?«

»Niemals, mein Freund, niemals.«

Enj setzte dazu an, etwas zu sagen, dann weinte er und schlug die Hände vors Gesicht. Rhodry stand auf und ging zum Fluß und zu Arzosah.

»Das kleine Geschöpf weint wieder«, stellte sie fest.

»Er ist kein Krieger. Laß ihn weinen. Wenn meine Seele nicht tot wäre, würde ich ebenfalls weinen.«

»Deine Seele ist tot?« Sie drehte rasch den Kopf um und sah ihn an. Wassertropfen schimmerten auf den Schuppen ihres Kinns.

»Das war nur ein Bild.«

»Sag nie wieder so etwas Schreckliches! Es läßt mir das Blut gerinnen, auch nur die Worte zu hören. Ist dir nicht klar, daß einem Menschen tatsächlich so etwas geschehen kann und daß es das Unreinste unter der Sonne ist?« Sie schauderte. »Entsetzlich!«

»Tut mir leid. Ich habe das Gefühl, daß mein Herz tot ist – gefällt dir das besser?«

»Ja. Ein totes Herz ist traurig, aber nicht entsetzlich. Im Gegenteil, das ist ziemlich weit verbreitet. Die Männer töten ihre Herzen wegen Frauen, die sie verloren haben.« Sie seufzte und faltete raschelnd die Flügel neu. »War diese Angmar die einzige Frau, die du je geliebt hast?«

»Was geht es dich an?«

»Wir weiblichen Geschöpfe wissen gern etwas über solche Dinge.«

»Nein, sie war nicht die einzige. Ich habe eine Frau namens Jill geliebt, als ich sehr jung war, aber sie hat mich verlassen.«

»Das ist traurig! Wegen eines anderen Mannes?«

»Nein, wegen des Dweomer.«

»Ah! Dagegen kann man nichts tun! Wenn der Dweomer ruft, muß man folgen.«

»Das hat sie mir auch gesagt.«

»Aber du klingst immer noch verbittert.«

Rhodry zuckte mit den Achseln und starrte in den Fluß. Er erkannte in den Wellen das verzerrte Spiegelbild des großen Drachenkopfes, der ihn beobachtete.

»Ich habe meinen Gefährten verloren«, sagte sie schließlich. »Mein Herz ist nicht gestorben, aber der Verlust tut immer noch weh. Für deine Angmar und um meines Gefährten willen werde ich den ersten vom Pferdevolk fressen, den wir töten.«

Das war, nahm Rhodry an, eine Art Ehre.

»Dann danke ich dir. Nun, ich sollte nicht überrascht sein, daß ich sie verloren habe – Angmar, meine ich. Es ist um ihretwillen besser, daß sie weg ist.«

»Nun, wenn das elende Pferdevolk Haen Marn gefunden hätte ...«

»Genau. Zweifellos hat meine einzig wahre Liebe sie geschickt. Sie ist recht eifersüchtig, und deshalb habe ich bisher jede Frau verloren, die ich geliebt habe. Wenn ich sie weiter abweise, schickt sie Angmar in die Anderlande. Sie ist eine große Königin, weißt du, und sie hätte es leicht tun können. Von Anfang meines Lebens an war ich für ihre Liebe ausersehen, daran besteht kein Zweifel, und ich habe all ihre Rivalinnen verloren.«

»Und wovon redest du gerade?« Der Drache sah ihn verständnislos an. »Welche große Königin?«

»Die einzige Frau, die ich je geliebt und die meine Liebe erwidert hat.« Rhodry hob die Hand zum Gruß. »Meine Lady Tod. Oh, es geht nun schon sehr lange so mit uns, und ich habe ihr immer gut gedient und ihr in etlichen Schlachten viele schöne Geschenke gemacht. Eines Tages wird sie sich meiner erbarmen, wie sie sich aller erbarmt, und mich in ihren kalten Armen schlafen lassen. Ich sage dir, Wyrm, ich sehne mich immer mehr nach ihr.«

Arzosah starrte ihn mit großen, unergründlichen Augen an. Endlich lachte Rhodry, aber es war nur ein normales Lachen.

»Wenn du genug getrunken hast«, sagte er, »dann wäre es jetzt Zeit, nach Süden zu fliegen.«

»Ich nehme an, du wirst mir wieder diese ekelhaften Seile umbinden.«

»Ja, aber nicht so viele, weil Enj hierbleibt.«

»Nun, das hat sein Gutes. Ihm wird so schrecklich übel, daß ich immer Angst hatte, er beschmutzt mir die Schuppen. Bist du sicher, daß ich ihn nicht einfach fressen und von seinem Elend erlösen soll?«

»Sehr sicher. Und jetzt komm mit.«

Als Rhodry zurück zum Lager ging, berührte ihn der Dweomer plötzlich so deutlich wie eine kalte Hand. Er hatte das Gefühl, als beobachtete ihn jemand oder als versuchte jemand zumindest, ihn zu beobachten, obwohl dieser körperlose Blick schließlich weiterschweifte und verschwand. Er fluchte laut.

»Was ist?« fragte Arzosah. »Du bist bleich geworden.«

»Laß uns hier verschwinden. Jemand sucht nach uns, genau wie Evandar gesagt hat, und das gefällt mir nicht.«

»Ich nehme nicht an, daß das überhaupt irgend jemandem gefallen würde. Warte – da gibt es etwas, was ich nicht verstehe. Du hast diesen reizenden Talisman um den Hals – wie konnte Evandar uns finden? Es sei denn ...« Sie hielt inne und klackte mit den Reißzähnen. »... es sei denn, er hat sich von seiner Liebe leiten lassen.«

»Halt dein grünes, häßliches Maul, Wyrm, oder ich befehle dir, in den Fluß zu springen!«

Rhodry machte auf dem Absatz kehrt und stapfte ins Lager zurück, während Arzosah ihm unter rumpelndem Gelächter folgte.

Jeden Tag verließ Jill ihre Kammer im Broch der Festung des Gwerbret schon im Morgengrauen. Sie stieg die fünf Stockwerke hohe Wendeltreppe hinauf und kletterte durch die Falltür auf das flache Dach des Hauptturms, das man in eine Art Arsenal verwandelt hatte. Überall am Rand türmten sich kleine Steinpyramiden, bereit für eine letzte, verzweifelte Verteidigung, und Bündel von Pfeilen, die in Ölhäute gewickelt waren, um den Regen fernzuhalten. Nachdem Jill wieder zu Atem gekommen war, schaute sie ins Land hinein und dachte über ihre Situation nach. Wie eine Insel aus einem seichten

Meer erhoben sich die drei Hügel der Stadt Cengarn aus der Mitte der Belagerer, die sich nach allen Seiten verteilt und gerade außerhalb der Reichweite der Cengarnschen Bogenschützen vor den Stadtmauern ihre Lager aufgeschlagen hatten.

Cengarn hatte eine hervorragende Verteidigungslage. Im Norden, auf der anderen Seite eines schmalen Tals, war das Gelände felsig und niedriger gelegen als die Stadt selbst. Hinter diesem Streifen erhoben sich Hügel, für deren Sicherung man allein zwei Armeen gebraucht hätte. Hier waren die Truppen der Belagerer am verwundbarsten. Im Osten zog sich der felsige Boden zu einem langgezogenen Hügelkamm hin, auf dem weiße Zelte mit roten Bannern standen. Jill nahm an, daß die wichtigen Anführer des Pferdevolkes dort zu finden waren.

Im Südwesten war das Gelände abschüssig, so daß die Stadt, von dort aus gesehen, wie auf einer steilen Klippe stand. Am Westrand der Stadt erhob sich die Festung so steil über den Felsen, daß jeder Kletterversuch Seile und Haken erfordert hätte. Die Straße im Süden war steil und schmal. Hinter den Felshängen erstreckte sich in diesen Richtungen eine weite Ebene, wo der größte Teil der feindlichen Armee lagerte, bequem, aber gefährdet, wenn endlich Cengarns Verbündete eintreffen würden, um die Belagerten zu unterstützen. Um ihre Leute auf der Ebene zu schützen, hatten die Belagerer Gräben gezogen und Wälle aufgeschüttet – genauer gesagt, die vom Pferdevolk hatten ihre menschlichen Sklaven dazu eingesetzt. Da ihre Stärke in der schweren Kavallerie lag und sie viel Raum für ihre Reiter brauchten, war es nicht ihre Absicht, einen soliden Ring rund um das Lager zu ziehen. Die Wälle und Gräben hatten sie eher angelegt, um einen direkten Angriff auf ihr eigenes Lager zu vereiteln.

Innerhalb der Stadtmauern herrschten beinahe chaotische Zustände. Überall in der Stadt, in jedem Tal zwischen den drei

Hügeln, am Rand jeder Straße, auf jedem öffentlichen Platz, drängten sich Städter und Flüchtlinge aus den Bauernhöfen ringsumher mit Rindern, Schweinen, Schafen, Pferden und Hühnern zusammen. So ging es nun schon seit Wochen, und die Stadtwachen des Gwerbret hatten einige Männer aus dem Kriegshaufen ihres Lords rekrutiert, um die Ordnung aufrechtzuerhalten. Immer wieder kam es zu Streitereien um Lebensmittel und Wasser, obwohl im Augenblick noch keine Gefahr einer Hungersnot bestand, oder man prügelte sich um Raum, der tatsächlich äußerst knapp war. Dreck von Menschen und Tieren häufte sich auf und wurde zu den Mauern hingefegt oder -getragen, denn im schlimmsten Fall konnte auch der Dung, aus Körben oder von Katapulten geschleudert, als Waffe dienen. Selbst oben in der Festung, die hinter eigenen Mauern auf dem höchsten Hügel stand, hing der Gestank in der Luft. Jill war darin geübt, ihn zu ignorieren, aber die Bedrohung durch eine Seuche war ein weiteres Messer an der Kehle der Stadt.

Sie selbst fühlte sich derzeit alles andere als kräftig, und sie sah auch nicht so aus. Ihr Haar, kurzgeschnitten wie das eines Jungen, war vollkommen weiß, und ihr Gesicht war so schmal, daß ihre blauen Augen riesig schienen und es derart beherrschten, wie das sonst nur bei Kindern der Fall ist. Insgesamt war sie erschreckend mager – was für eine Frau von über siebzig nicht so ungewöhnlich gewesen wäre. Was sie aber beunruhigte, war das Fieber, das sie im Blut hatte, eine unwillkommene Erinnerung an eine längst vergangene Reise in tropische Länder. Obwohl sie selbst die größte Dweomermeisterin war, die das Königreich je gesehen hatte, konnte sie sich weder mit Magie noch mit den in jenen Tagen bekannten Arzneien wirklich kurieren. Alles, was sie dagegen einsetzen konnte, war ihre Willenskraft.

Jeden Tag, bevor sie mit ihrer magischen Arbeit begann,

versuchte sie mit Hilfe des Zweiten Gesichts Rhodry zu finden. Normalerweise hätte sie sein Gesicht, da sie ihn so lange und gut kannte, sofort vor sich haben müssen, wenn sie ihm ihren Geist zuwandte. Die Vision wäre auf jeder passenden bewegten Oberfläche erschienen – den Wolken am Himmel, Sonnenlicht, das auf einem Eimer Wasser tanzte, Bäumen, die sich im Wind bewegten – ohne daß sie sich sonderlich hätte anstrengen müssen. Dieser Tage jedoch erschien immer nur Nebel, dick und grau wie Rauch, wo eigentlich ein Bild hätte sein sollen. Jill wußte nicht genau, was geschehen war, aber sie nahm an, daß er einen mächtigen Talisman trug, dessen gebundener Geist ihn verbarg. An jenem Morgen jedoch, als Rhodry sich von Enj verabschiedete, suchte sie genau in jenem Augenblick nach ihm, als er an sie dachte, und einen winzigen Augenblick lang konnte sie ihn tatsächlich erkennen.

»Zumindest ist er noch am Leben«, sagte sie laut. »Dafür danke ich den Göttern.«

Zu Beginn eines Krieges war es vollkommen natürlich, Angst um einen Kämpfer zu haben, aber Jill hatte noch andere Gründe. Vor einigen Monaten hatte sie eine schreckliche Vorahnung von bitterem Wyrd gehabt, das über ihm hing wie dunkle Flügel. Dieses Vorzeichen hatte sie mit derselben Sicherheit überfallen wie ein Brandzeichen, das ihr jemand in den Geist gedrückt hatte, und sie hatte sofort gewußt, daß die Vision wahrhaftig war. Aber selbst wenn Rhodry in der Nähe gewesen wäre, gab es nichts, was sie ihm sagen konnte, keine mögliche Warnung. Ein solch schlechtes Vorzeichen einem Mann gegenüber zu erwähnen konnte dazu führen, daß ihn sein schreckliches Schicksal erst recht ereilte, weil man ihm den Gedanken einpflanzte, daß er bereits verurteilt war. Sie konnte nur versuchen, ihn zu schützen, so gut es möglich war, sobald sich das Schreckliche ereignen sollte.

Im Augenblick hatte sie allerdings kaum die Zeit, sich um

den Mann zu sorgen, den sie einmal geliebt hatte und immer noch als Freund betrachtete. Ihre wahre Aufgabe bestand darin, die Stadt zu schützen, indem sie eine ganz besondere Art von Befestigungsanlage verstärkte. Im heller werdenden Morgen eilten Diener auf dem Hof tief unter ihr geschäftig umher. Die Männer des Kriegshaufens kamen aus ihrer Unterkunft, gähnten, streckten sich und schielten hin und wieder zu ihr hinauf. Inzwischen hatten alle in der Festung genug Dweomer erlebt, um daran gewöhnt zu sein, daß Jill oben auf Türmen stand und seltsame Dinge tat. Sie stellte sich in die Mitte des runden Dachs und konzentrierte sich auf das blaue Licht der ätherischen Ebene.

Es schien, als würde das helle Sonnenlicht rings um sie her schwächer. Ein anderes Licht glänzte, trüb und silbrig, obwohl sie die physische Welt dahinter noch klar erkennen konnte. In diesem bläulichen Schimmer hob sie die Arme hoch und rief die Mächte des heiligen Lichts an, das hinter all den schattenhaften Gestalten und personifizierten Kräften steht, die die Menschen als Götter bezeichnen. Sein sichtbares Zeichen erschien in Form eines glühenden Speers, der sie von Kopf bis Fuß durchdrang. Einen Augenblick stand sie reglos und erwies dem Licht ihre Achtung, dann streckte sie die Arme in Schulterhöhe aus und zog das Licht mit ihnen. Nun stand sie inmitten eines schimmernden Kreuzes, und das Licht wurde heller und heller und stärkte sie und verging dann langsam aus eigenem Willen.

Als es verblaßt war, senkte sie die Arme und visualisierte ein Schwert aus Licht in ihrer rechten Hand. Sobald das Bild unabhängig von ihrem Willen lebte, umkreiste sie das Dach im Uhrzeigersinn und benutzte das Schwert, um einen riesigen Ring goldenen Lichts in den Himmel zu zeichnen. Als der Ring sich zu Boden senkte, breitete er sich aus und bildete eine brennende Mauer rund um die ganze Stadt Cengarn. Dreimal umkreiste Jill das Turmdach, bis die Mauer auf der ätherischen Ebene aus eigener Kraft bestand. In jeder Himmelsrichtung befestigte sie ein Siegel in Form eines fünfzackigen Sterns aus blauem Feuer. Nachdem die Zeichen der Könige der Elemente in den vier Himmelsrichtungen glühten, breitete sie das Licht weiter aus, bis es kein Ring mehr war, sondern eine gewaltige Kugel aus Gold, die sich um Festung und Stadt schloß, sowohl über der Erde als auch in ihr. Zwei letzte Siegel an Zenith und Nadir, und Cengarn hing in den vielschichtigen Welten wie in einer Glasblase.

Nachdem sie ihre Tätigkeit beendet hatte, zog sie die Kraft aus dem Bild des Schwertes zurück, löste es auf und stampfte dann dreimal aufs Dach. Sonnenlicht breitete sich rund um sie aus, und sie konnte die Geräusche aus der Festung wieder hören, die sie vorher durch reine Konzentration ausgeschlossen hatte. Jener Teil der Kugel oberhalb der Erde blieb allerdings sichtbar – für jene, die über Dweomersicht verfügten. Dieser Blick wäre nie imstande, die schimmernde Mauer zu durchdringen, und jeder innerhalb der Kugel war nun sicher vor spähenden Augen und vor Geistern, die ihre Feinde sandten.

Bevor sie das Dach verließ, unternahm Jill einen letzten Versuch, Rhodry noch einmal zu finden. Aber diesmal sah sie nichts – nicht einen Schimmer einer Vision, nicht das geringste Zeichen dafür, wo er sich aufhielt. Kopfschüttelnd ging sie hinab in den Lärm und die Geschäftigkeit der großen Halle, wo sich die Männer über Kriegsangelegenheiten unterhielten.

Im selben Augenblick flog Rhodry auf dem Drachenrücken vom Dach der Welt weg. Ein solcher Flug ist nicht gerade die angenehmste Art zu reisen. Jeder Flügelschlag warf Arzosah in einer rollenden Bewegung nach vorn. In ihrem Nacken oder ihren Schultern zu sitzen war, als stünde man im Bug eines kleinen Boots, das gegen hohe Wellen anstampft. Nach einigen Tagen der Übung hatte Rhodry jedoch sein Gleichgewicht gefunden. Er versuchte nicht mehr, auf Arzosah zu sitzen wie auf einem Pferd, sondern er kniete sich, beugte sich vor und ruhte so gut wie möglich sowohl auf seinen eigenen Fersen als auch auf dem Drachen selbst, so daß er sich im Rhythmus mit den Flügelschlägen bewegte. Es war sinnlos, sich gegen die Bewegung zu stemmen. Nun, nach einigen Tagen der Gewöhnung, ließ er manchmal sogar die Seile los, erst eine Hand, dann beide, um zu sehen, wie sicher er saß.

Als nächstes würde er lernen müssen, wie man vom Drachenrücken aus kämpft. Er trug einen gebogenen elfischen Jagdbogen, der ihm im Kampf aus der Ferne dienen konnte. Für den Nahkampf wäre wohl ein Speer das Beste. Er würde sich gegen die Schuppen am Rückenkamm des Drachen stützen und mit einem langen Speer zustoßen können; einem Speer, wie ihn seine deverrianischen Urahnen angeblich in der Dämmerungszeit benutzt hatten, bevor sie ihre ursprüngliche Heimat verlassen hatten, jenes geheimnisvolle Land namens Gallia, das nun für ihre Abkömmlinge für immer verloren war.

Wenn er sich vorbeugte und laut schrie, konnte sich Rhodry auch mit Arzosah unterhalten.

»Hast du irgendwelche Spuren des Pferdevolks entdeckt?«

»Was meinst du mit Spuren? Du kannst die Straße, die sie genommen haben, ebensogut sehen wie ich.«

Er seufzte. Nur langsam begriff er, daß sie Dinge mitunter sehr wörtlich nahm.

»Ich meine, hast du irgendwelche vom Pferdevolk gesehen? Jetzt, meine ich. Welche, die wir bekämpfen können.«

»Oh. Nein.«

»Halte bitte die Augen offen, ja?«

»Selbstverständlich. Ich – warte! Was ist das?«

Sie riß den Kopf hoch und schnupperte in den Wind, dann bog sie die Flügel und flatterte, um sich in der Luft an derselben Stelle zu halten.

»Pferdevolk?« fragte Rhodry.

»Dweomer! Der Geruch ist deutlich.«

Rhodry drehte sich um und hielt nach Feinden Ausschau. Auch er konnte etwas spüren, ein Kribbeln in der Luft, das sich der Haut an seinem Gesicht und den Händen übermittelte. Einen winzigen Augenblick schien sich am Himmel vor ihnen ein Wirbel zu bilden, als würde eine dünne Rauchfahne vorbeigeblasen. Mit Flügelflattern und einem heiseren Schrei erschien direkt vor ihnen ein riesiger Rabe, so plötzlich, als wäre er durch ein unsichtbares Tor gekommen.

Einen Moment starrte der gewaltige Vogel Rhodry direkt an. Hinter den runden, goldenen Augen konnte Rhodry die menschliche Seele des Gestaltwandlers erkennen – dessen war er sicher, so irrational der Gedanke sein mochte –, und die Böswilligkeit darin. Ganz plötzlich erkannte er die Person hinter dem Vogel. Die Erinnerung stieg in seinem Geist auf wie ein Stück Treibholz, das lange versunken ist und dann von einer Sturmwelle kurz an die Oberfläche geschwemmt wird, nur um wieder zu sinken. Aber er erinnerte sich und wußte, daß er entgegen jeder Vernunft diese gequälte Seele kannte und daß sie weiblichen Geschlechts war.

Der Rabe kreischte und wich aus. Arzosah riß den Kopf zur Seite und schnappte; die riesigen Kiefer schlossen sich mit einem Klacken wie ein Tor, aber der Rabe ließ sich nach unten sacken. Mit einem Aufbrüllen folgte Arzosah. Der Rabe verschwand. Eine einzelne Feder schwebte auf das Gras nieder. Arzosah flatterte, wendete und landete in der Nähe.

»Wo ist sie hin?« Rhodry schlug sich frustriert mit der Faust in die Handfläche. »Wir hätten sie beinahe erwischt.«

»Wahrscheinlich in Evandars Land. Dieses Geschöpf verfügt über Dweomer, Meister, über Macht, wie ich sie noch nie zuvor gerochen habe.«

Als der Drache den Hals reckte, ließ sich Rhodry zu Boden gleiten.

»Wie kannst du Dweomer riechen?«

»Es ist wie die Luft nach einem Sturm, wenn der Blitz eingeschlagen hat: ganz sauber und kribbelnd, aber auch gefährlich.«

»Hmm. Interessant. Ich denke, ich habe es selbst einen Augenblick gerochen.«

»Das ist dein Elfenblut. Alle, die vom Volk abstammen, erkennen die Magie tief im Herzen.«

Rhodry hob die schwarze Feder auf, die in jeder Hinsicht wie eine echte Feder aussah, von einer Sache abgesehen: Sie war gut drei Fuß lang. Seine Erinnerung quälte ihn. Wie konnte es sein, daß er ein so mächtiges Geschöpf erkannte, ohne zu wissen, wann und wo sie sich begegnet waren? Kopfschüttelnd fuhr er sich mit der Feder über die Finger, spürte, wie sie kalt wurde, zu fließen schien wie Wasser und in seinen Händen kribbelte. Er schrie auf und ließ die Feder fallen. Auf dem Gras lag eine lange Strähne rabenschwarzen Haares, die im Sonnenlicht bläulich glitzerte.

»Ah«, sagte Arzosah. »Sie hat sich zurückverwandelt, wo immer sie auch sein mag.«

Rhodry fluchte.

»Willst du etwas Seltsames hören, Meister?«

»Auf jeden Fall. Das hier scheint der Tag für seltsame Dinge zu sein.«

Arzosah lachte ihr knurrendes Lachen.

»So ist es. Aber als sie in unsere Welt fiel und dich ansah, hätte ich schwören können, daß sie dich erkannte.«

Auf ihrer inneren Welle erhob sich die Erinnerung abermals, und diesmal brachte sie ein Gesicht mit. Unmöglich!

dachte er. Niemals konnte sie es sein! Und dennoch wußte er auf eine wortlose Weise genau, daß sie es war, daß er einer Feindin aus längst vergangener Zeit begegnet war, als er und Jill noch jung gewesen waren. Es war tatsächlich während ihres ersten Jahres auf dem langen Weg geschehen. Und so seltsam es gewesen war, dachte er, durchtränkt von übler Magie wie ein Schlachtfeld von Blut, so war es noch seltsamer, jetzt daran zurückzudenken, nachdem er ein, zwei Dinge mehr wußte als damals.

1 VERGANGENHEIT

Gwaentaer und Deverry, Frühling 1063

CONJUNCTIO

Diese Figur bringt Gutes aus bereits Gutem und Böses aus bereits Bösem. Aber durch ein ungemein tückisches Paradoxon kündet sie, wenn sie in das Land des Stahls fällt, das für Ehen steht, von Bösem bis hin zum Tod.

Aus dem Omenbuch des Gwarn, Meister der Überlieferung

Die meisten Gäste in dieser Schenke waren ein wenig heruntergekommene junge Männer, die sich lachend unterhielten. Jill hatte zunächst angenommen, daß es Handwerksgesellen waren. Sie stützte einen Fuß auf eine Bank und lehnte sich gegen die Steinwand. Da sie und Rhodry den Silberdolch trugen, das Zeichen einer notorisch armen Bande umherziehender Söldner, bemühten sich die anderen Gäste zwar, sie zu ignorieren, dennoch zog sie es vor, nichts zu riskieren. Obwohl sie Männerkleidung trug und ihr blondes Haar kurz geschnitten hatte wie ein Junge, war sie damals in jenen Tagen sehr hübsch gewesen, und schon öfter hatten Männer ihre Verkleidung durchschaut.

»Was ist denn?« flüsterte Rhodry.

»Es sind alles Diebe.«

»Ihr Götter! Willst du etwa behaupten, wir sind in einer ...«

»Still, du Dummkopf!«

»Entschuldige, aber wieso sind wir ...«

»Nicht so laut! In welcher anderen Schenke in Caenmetyn werden zwei Silberdolche schon ein Bier bekommen? Diese Stadt hat ihre Besonderheiten, Liebster.«

Rhodry betrachtete die Gäste und runzelte nachdenklich die Stirn. Selbst wenn er in schlechter Stimmung war, war in Rhodrys jungen Jahren – er war in jenem Jahr kaum 21 – sein Elfenblut für jene, die wußten, worauf sie achten mußten, deutlich zu erkennen: Sein Gesicht war so fein gemeißelt, mit einem vollen Mund und tiefliegenden Augen, daß es ohne die Kerben und Narben alter Kämpfe fast mädchenhaft gewirkt hätte.

»Wohin reiten wir morgen?« fragte er schließlich. »Ich muß bald Arbeit finden.«

»Das stimmt, wir haben fast kein Geld mehr. Aber du solltest in der Lage sein, hier eine Karawane zu finden.«

»Ach, beim schwarzen haarigen Arsch des Höllenfürsten! Mir wäre ein Lord mit einer Fehde lieber. Ich habe genug davon, Kindermädchen für widerwärtige Kaufleute und ihre stinkenden Maultiere zu spielen! Ich bin ein Krieger und kein verdammter Pferdehirte!«

»Wie kannst du davon genug haben? Bisher hast du erst eine einzige Karawane bewacht.«

Da Rhodry noch finsterer dreinschaute, ließ Jill das Thema lieber fallen.

Tatsächlich sollte etwa eine Stunde später jemand Rhodry eine ganz andere Art von Arbeit anbieten. Jill, die immer ein Auge auf die Tür hielt, sah den Mann in den Gastraum schlüpfen. In einen unauffälligen grauen Umhang gehüllt, die Kapuze gegen die Kälte des Frühlingsabends aufgesetzt, war er ein hochgewachsener und kräftiger Bursche. Als er näher zum Tisch kam, rutschte die Kapuze nach hinten und enthüllte ein Paar blaue Augen in einem hübschen Milchgesicht.

»Ich hörte, es seien Silberdolche in der Stadt.« Der Fremde

hatte einen rollenden Cerrmor-Akzent. »Ich habe vielleicht Arbeit für Euch, mein Junge.«

»Ach ja?« Rhodry zeigte auf die Bank auf der anderen Seite des Tischs. »Setzt Euch, guter Mann.«

Der Mann setzte sich und betrachtete die beiden einen Augenblick forschend. Sein Blick flackerte, während er Jill ansah, als mache es ihn nervös, daß sie noch stand. Da er gestreifte Brigga und ein teures Leinenhemd trug, hielt sie ihn für einen wohlhabenden Handwerker; dem Geruch nach zu schließen, der ihn umschwebte, vielleicht jemand, der Räucherwerk für den Tempel herstellte. Plötzlich erschien Jills grauer Gnom auf dem Tisch. Er hatte die knochigen Arme vor der Brust verschränkt und warf über seine lange Nase hinweg einen ablehnenden Blick auf den Fremden, der ihn nicht bemerkte. In einer Wolke von Zimtduft beugte dieser sich vor.

»Wißt Ihr, ich habe einen Feind«, flüsterte er. »Er hat mich beleidigt, mich verspottet, mich herausgefordert, und er weiß verdammt gut, daß ich mit einem Schwert nicht umgehen kann. Ich würde für einen Beweis seines Todes gut bezahlen.«

»Ach ja?« Rhodrys dunkelblaue Augen blitzten vor Zorn. »Ich bin kein bezahlter Mörder. Wenn Ihr ihn zu einem Ehrenduell herausfordern und mich als Euren Kämpfer einsetzen wollt, werde ich das vielleicht tun, aber nur, wenn dieser Bursche gut kämpfen kann.«

»Ein Ehrenduell ist unmöglich. Er wird nicht auf meine Herausforderung eingehen.«

»Dann bin ich der Falsche für Euch.«

»Ja, aber es heißt immer, daß Silberdolche einen Preis haben. Zwei Goldstücke.«

Jill hätte sich beinahe an ihrem Bier verschluckt. Zwei Goldstücke würden genügen, um einen schönen Bauernhof mitsamt Vieh zu erwerben.

»Ich würde es nicht für tausend tun«, zischte Rhodry. »Aber

für diesen Preis werdet Ihr zweifellos einen anderen finden, der ihn für Euch umbringt.«

Der Mann erhob sich und rannte zur Tür, als wäre ihm erst jetzt klargeworden, daß er einem vollkommen Fremden zuviel verraten hatte. Jill bemerkte, wie einer der Diebe, ein schlanker Bursche mit mausbraunem Haar, ihm unauffällig folgte, nur um kurze Zeit später zurückzukehren. Er setzte sich Rhodry gegenüber.

»Ihr hattet recht, ihn abzuweisen, Silberdolch. Ich habe gerade mit dem Idioten gesprochen, und er hat durchblicken lassen, daß sein Feind ein Adliger ist.« Der Dieb verdrehte die Augen. »Als ob irgend jemand so einen anrühren würde! Wenn ein Adliger umgebracht wird, wird es in dieser Stadt von den Wachen des Gwerbret nur so wimmeln. Überall werden sie ihre neugierigen Nasen hineinstecken und sich fragen, wovon unsereins wohl lebt. Ihr Silberdolche könnt weiterreiten, aber wir Gildemänner müssen hier weiter wohnen bleiben.«

»Das ist wahr«, warf Jill ein. »Hat er gesagt, wo dieser Adlige zu finden ist?«

»Nicht direkt, aber ich habe aus einigem, was er gesagt hat, den Eindruck, daß er irgendwo im Süden sein muß.«

Nachdem der Dieb wieder gegangen war, setzte sich Jill neben Rhodry auf die wackelige Bank.

»Denkst du daran, nach Süden zu reiten, Liebster?«

»Ja. Mich stört irgendwie der Gedanke an einen Adligen, der von einem feigen Mörder getötet wird. Ich frage mich, ob wir diesem Mann wohl wieder begegnen werden?«

Aber obwohl sie sich in der Stadt genau umsahen, bevor sie weiterritten, sahen sie ihn weder, noch rochen sie ihn.

Die Spätnachmittagssonne fiel durch die Fenster der großen Halle, und Staubkörner tanzten in den Lichtstrahlen. Auf der anderen Seite des runden Raums wetteten ein paar Männer des Kriegshaufens auf ein Würfelspiel, während die anderen Bier tranken und sich unterhielten. Tieryn Dwaen von Bringerun lehnte sich auf seinem geschnitzten Stuhl zurück, legte die Füße auf den Ehrentisch und beobachtete die ersten Frühlingsfliegen, während er sein Bier trank. Sein Gast, Lord Cadlew von Marcbyr, saß rechts von ihm und streichelte einen Hund aus dem Rudel, das zu ihren Füßen lag. Cadlew hatte diesen schönen Windhund von der Rasse, die als Gwertroedd bekannt sind, bei seinem letzten Besuch nicht gesehen. Jedenfalls nicht bei dem letzten Besuch, bei dem er Zeit gehabt hatte, sich um etwas so Nebensächliches wie einen Hund zu kümmern.

»Willst du ihn haben?« fragte Dwaen. »Er gehört dir, wenn du ihn haben willst.«

»Das ist wirklich großzügig von dir, aber nicht notwendig.«

»Nimm ihn ruhig. Er ist das letzte, was mein Vater je gekauft hat. Obwohl er ein guter Jagdhund ist, wäre es mir ganz lieb, ihn nicht mehr sehen zu müssen.«

Cadlew blickte beunruhigt auf.

»Also gut, dann werde ich ihn mitnehmen. Ich danke dir, Dwaen.«

Dwaen zuckte mit den Achseln und bedeutete Larrin, dem Pagen, mehr Bier zu holen. Der Junge war der Sohn eines seiner Vasallen, der zur Ausbildung zum Tieryn geschickt worden war, und die lag nun in Dwaens Verantwortung. Es war zwar bereits mehr als einen Monat her, seit er die Festung und den Titel geerbt hatte, doch Dwaen fand es immer noch erschreckend, daß er nun Tieryn war und damit verantwortlich für die Ländereien und das Leben aller, die hier wohnten.

»Weißt du«, sagte Cadlew sehr bedächtig und vorsichtig, »ich wollte mit dir über den Tod deines Vaters sprechen. Es tut mir leid, aber ich denke, du hast einen Fehler gemacht.«

»Du bist mir ein schöner Freund! Bist du den ganzen Weg geritten, nur um mit mir zu streiten?«

»Nein, nein, mein Freund. Ich bin gekommen, um dich zu warnen. Lord Beryn hat dir den doppelten Blutpreis für deinen Vater geboten. Ich verstehe nicht, wieso du das Lwdd nicht genommen und dich damit zufriedengegeben hast.«

»Weil ich wollte, daß der Mörder meines Vaters gehängt wird. Das ist doch wohl offensichtlich, oder?«

»Aber der junge Maddryc war der einzige Sohn, den Beryn hatte. Er wird das nicht vergessen.«

»Ich ebenfalls nicht. Zufällig war mein Vater auch der einzige Vater, den ich hatte.«

Seufzend trank Cadlew weiter. Dwaen spürte zwar die Wunde seines Zorns wieder aufbrechen, aber er konnte seinem Freund das mangelnde Verständnis verzeihen. Zweifellos fragte sich jeder Lord in Gwaentaer, wieso er das Gesetz bis zum letzten Buchstaben befolgte und darauf bestanden hatte, daß der Gwerbret Maddryc hängte. Die meisten hätten die zwölf Goldstücke genommen und sich damit zufriedengegeben, daß Beryn sich und seinen Clan in die Armut getrieben hatte, um sie aufzubringen.

»Es geht ums Prinzip«, sagte Dwaen und wählte seine Worte sorgfältig. »Es ist falsch, Gold für Blut zu nehmen, wenn ein Mann aus Böswilligkeit tötet. Wäre es eine geschworene Blutfehde oder so etwas gewesen, würde ich zweifellos anders empfinden, aber dieser betrunkene junge Welpe verdiente den Tod.«

»Aber es wäre besser gewesen, wenn du ihn selbst getötet hättest, statt dich wie eine Frau an das Gesetz zu wenden. Das hätte Beryn eher verstanden.«

»Und wieso sollte ich einem Mord einen zweiten hinzufügen, wenn es keine vierzig Meilen nördlich von hier einen Gwerbret gibt?«

»Ihr Götter, Dwaen, du redest wie ein verfluchter Priester!«

»Hätte ich Brüder gehabt, wäre ich Priester geworden, das weißt du so gut wie ich.«

Ein paar Minuten später kamen Dwaens verbliebene Verwandte aus der Frauenhalle herab: Slaecca, seine Mutter, und Ylaena, seine Schwester, zusammen mit ihren Dienerinnen. Slaecca, das Haar in das schwarze Tuch einer Witwe gebunden, war blaß. Ihr Gesicht war so schmal geworden, als stünde sie am Rand einer schweren Krankheit. Jede ihrer Bewegungen war langsam und gemessen, damit sie ihre Kräfte nicht überanstrengte. Ylaena, hübsch, schlank und sechzehn Jahre alt, sah verstört aus, wie immer seit dem Mord.

»Mutter, komm und setz dich zu meiner Rechten.« Dwaen erhob sich, um die Witwe zu begrüßen. »Cado, wenn du dich bitte zu meiner Schwester setzen würdest?«

Cadlew beeilte sich, dieser Bitte nachzukommen. Seine Beflissenheit brachte Dwaen auf die Idee, daß es wohl an der Zeit war, einen Mann für seine Schwester zu finden. Er warf seiner Mutter einen Blick zu, um zu sehen, ob sie die Reaktion des jungen Lords bemerkt hatte, aber Slaecca starrte nur zerstreut ins Leere.

»Hör mich an, Mutter. Vater hätte nicht gewollt, daß dein Leben ein einziges Elend wird, nur weil er in die Anderlande gegangen ist.«

»Ich weiß, aber ich mache mir solche Sorgen.«

»Was? Worüber denn?«

»Dwaen, bitte halte mich nicht für dumm! Ich kann mir nicht vorstellen, daß ein Mann wie Beryn diese Sache auf sich beruhen läßt.«

»Nun, es wird nicht leicht für ihn sein, gegen ein Dekret des Gwerbret zu verstoßen, und das weiß er auch. Außerdem hat er sein eigenes Ehrgefühl. Wenn er mich tötet, wird niemand mehr übrigbleiben, um die Blutfehde weiterzuführen, und ich bezweifle, daß er etwas so Hassenswertes tun wird, wie einen Mann zu töten, der keine Hoffnung auf Rache hat.«

Slaecca seufzte nur, als könne sie das alles nicht glauben, und starrte weiter ins Leere.

Am Morgen zogen Dwaen und Cadlew mit dem Gwertrae los, um auf dem wilden Wiesenland ein paar Meilen von der Festung entfernt Kaninchen zu jagen. Sie hatten die Wiese kaum erreicht, als der Hund schon einen schlafenden Hasen aufstörte. Mit lautem Bellen verfolgte er seine Beute. Der Hase rannte um sein Leben, schlug Haken, sprang in die Höhe und wich aus, aber der Gwertrae lief so dicht am Boden und so schnell, daß er den Hasen rasch in einem großen Kreis zu den Jägern zurückgetrieben hatte. Lachend spornte Cadlew sein Pferd an, um ihm entgegenzureiten, bückte sich und spießte den Hasen mit einem einzigen Stich vom Boden. Den ganzen Morgen ritten sie umher, bis der Ledersack an Cadlews Sattelknauf voll blutiger Beute war. Die Jagd brachte sie weit vom Bauernland weg an den Rand eines alten Eichenwaldes, der einmal den ganzen Südrand des Gwaentaer-Plateaus bedeckt hatte, von dem aber jetzt nur noch ein paar Reste übrig waren. An einem Bach stiegen sie ab, tränkten die Pferde und den Hund und setzten sich dann ins Gras, um das mitgebrachte Brot und Räucherfleisch zu essen. Cadlew schnitt einem der Hasen den Kopf ab und warf ihn dem Gwertrae zu, der ihn aufschnappte, die Hinterbeine nach hinten streckte und dann genüßlich vor sich hin kaute.

»Ich danke dir für dieses wunderbare Geschenk«, sagte Cadlew. »Ich denke, ich werde ihn Glas nennen.«

»Wenn du magst, reiten wir morgen mit den großen Jagdhunden in den Wald. Wir könnten in der Festung frisches Wild brauchen.«

»Wann hätte ich je eine Gelegenheit zum Jagen abgelehnt?«

Bei dem Gedanken an die Jagd des nächsten Tages spähte Dwaen in den Wald hinein. Dort rührte sich etwas – nur die Spur einer Bewegung zwischen zwei Bäumen im Farnkraut. Obwohl die Eichen selbst gerade erst neue Blätter bekamen, war das Gebüsch zwischen ihnen bereits dicht belaubt. Erstaunt richtete Dwaen sich auf, um genauer hinsehen zu können. Cadlew folgte seinem Blick, dann warf er sich mit einem Aufschrei gegen Dwaen und riß den Freund zu Boden, gerade als ein Pfeil aus dem Dickicht geschossen kam. Der Pfeil verfehlte sie um mehrere Fuß, aber hätte Dwaen noch auf den Beinen gestanden, wäre er wohl tot gewesen. Knurrend sprang der Gwertrae auf, bellte und stürzte auf den verborgenen Feind zu. Ein weiterer Pfeil zischte und traf den Hund in die Brust. Winselnd stürzte Glas ins Gras, zuckte mit den Hinterläufen und lag dann still. Ein weiterer Pfeil traf in den Boden keine zwei Fuß von Dwaens Kopf entfernt. Dwaen verspürte eine kalte, eisige Ruhe: Sie würden sterben. Ohne Rüstung oder Schild war es gleich, ob sie wie das Ziel auf einem Turnier hier liegenblieben oder angriffen. Es würde beides den Tod bedeuten. Oh, großer Bel, betete er, komm uns auf der nebligen Straße entgegen!

»Greifen wir an?« flüsterte Cadlew.

»Laß uns als Männer sterben.«

Cadlew rollte sich herum, griff nach dem Speer und sprang mit einem Kriegsschrei auf die Beine. Während Dwaen dasselbe tat, konnte er beinahe schon den Biß des Pfeils spüren, der ihm sein Wyrd brachte. Aber der Feind schoß nicht mehr. Als sie vorsichtig ein paar Schritte vorwärts gingen, entdeckte er im Wald nichts anderes mehr als einen Vogel auf einem Zweig.

»Nun«, meinte Dwaen. »Ich denke, man hat mir gerade eine Botschaft geschickt.«

»Beryn?«

»Wer sonst? Ich wette, allein wäre ich nun tot, aber er wollte dich zweifellos nicht auch noch umbringen. Er hat nichts gegen dich und deinen Clan.«

»Wenn er es wieder versucht, wird er zuerst mich töten müssen, aber es wäre mir lieber, wenn das in einem offenen Kampf geschieht.«

»Dazu könnte es durchaus kommen.«

Cadlew hob den toten Gwertrae hoch und legte ihn über den Sattel, aber da Dwaen die Frauen nicht beunruhigen wollte, baten sie unterwegs einen Bauern, das Tier zu begraben und nahmen es nicht mit zurück zur Festung.

Den ganzen Nachmittag brütete Dwaen vor sich hin, obwohl es ihm gelang, mit seinem Gast und seiner Familie ein höfliches Gespräch zu führen. Lord Beryns Land lag nur zehn Meilen westlich, dicht genug, daß der Lord die Grenzen seines Anwesens in der Hoffnung überwachen konnte, seinen Feind dort zu treffen. Dennoch konnte er sich nicht vorstellen, daß Beryn einen Bogen anstelle eines Schwertes benutzte, und außerdem ... wie hatte der alte Mistkerl wissen können, wo und wann genau sie jagen würden? Nicht, daß er und Cadlew ihren Plan geheimgehalten hätten – die Frage war, wie Beryn davon erfahren hatte, eine Frage, die noch am selben Abend beantwortet werden sollte, als er schlafen ging.

Theoretisch hätte Dwaen nun, da er der Erbe war, die Gemächer seines Vaters im Stockwerk direkt oberhalb der großen Halle nutzen können. Da er aber nicht vorhatte, seine Mutter aus ihrem Bett zu vertreiben, schlief er weiterhin in seiner kargen kleinen Kammer im zweiten Stock des Broch. Als er in dieser Nacht dort hinaufging, wobei er lieber selbst seine Laterne trug, als einen der Pagen zu behelligen, entdeckte er eine Ausbuchtung unter der Decke auf seinem schmalen Bett. Er riß die Decke zurück und fand eine tote Ratte, die erschlagen und brutal mit einem Messer bearbeitet worden war.

In die Wunde an der Kehle hatte jemand die Schwanzfeder eines Raben gesteckt.

Mit einem entsetzten Aufschrei wich Dwaen zurück. Die Laterne warf wilde Schatten auf die Mauern.

»Dwaen?« Cadlews Stimme drang gedämpft durch die Tür. »Ist alles in Ordnung?«

»Nicht wirklich. Komm herein, bitte.«

Als Cadlew die Ratte sah, fluchte er leise, nahm den Schürhaken von der Feuerstelle und schob das widerliche Ding auf den Boden.

»Beryn hat einen Spion in dieser Festung«, sagte Cadlew.

»Wahrscheinlich, es sei denn der Hausierer, der an diesem Nachmittag hier war, war einer seiner Leute.«

»Aber niemand hätte ihn hierher gelassen. Ich werde morgen eine Botschaft nach Hause schicken und ihnen mitteilen, daß ich an deiner Seite bleibe.«

»Du warst nie willkommener als jetzt.«

Dwaen nahm seine Decken und ging mit in Cadlews Kammer. Er lag noch lange wach, während sein Freund schon schnarchte. Ihm war klar gewesen, daß Beryn ihn für seine Forderung nach Gerechtigkeit hassen würde. Er hätte aber nie geglaubt, daß der Lord sich auf solch feige Weise rächen würde. Aber hat er denn eine andere Wahl? fragte er sich. Wenn er mich offen herausfordert, wird der Gwerbret einschreiten. Ein Verräter in seiner eigenen Festung! Von dem Gedanken, daß einer seiner eigenen Männer bestechlich war, wurde ihm ganz übel. Es war vielleicht nur ein Diener, aber von nun an konnte er niemandem mehr trauen.

Das runde, strohgedeckte Bauernhaus lag hinter einem niedrigen Erdwall, hundert Schritt von der Straße entfernt. Draußen im staubigen Hof kippte ein Mann ein paar mageren, grauen Schweinen einen Eimer Futter hin. Als Jill und Rhodry ihre

Pferde zum Tor führten, stellte er den Eimer ab und starrte sie mißtrauisch an.

»Guten Morgen«, sagte Rhodry. »Hat Eure Frau vielleicht einen Laib Brot übrig, um ihn einem Reisenden zu verkaufen?«

»Nein.« Der Mann spuckte auf den Boden. »Silberdolch.«

»Nun, könnten wir Euch dann dafür bezahlen, daß Ihr uns unsere Pferde an Eurem Trog tränken laßt?«

»Im Wald weiter die Straße entlang gibt es genug Bäche. Aber dieser Wald ist das Jagdgebiet unseres Lords. Versucht nicht, darin zu wildern, Silberdolche.«

»Und wer ist Euer Lord?«

»Tieryn Dwaen von Bringerun. Aber er ist ein zu guter Mann, um sich mit solchen wie Euch abzugeben.«

Mit diesem Satz griff der Bauer wieder nach dem Eimer und wandte sich seinen Schweinen zu. Verärgert ritten Jill und Rhodry weiter.

Etwa eine Meile weiter erhob sich abrupt ein dunkler, kühler Wald aus uralten Eichen mit dichtem Unterholz links und rechts der Straße. In der Wärme dieses Frühlingstages fand es Jill sehr angenehm, durch den sonnenfleckigen Schatten zu reiten und dem Vogelgesang und all dem Rascheln und Krabbeln der Geschöpfe zu lauschen, die im Wald lebten: das Kekkern eines Eichhörnchens, das Knarren von Ästen, ein Kratzen im Unterholz, das darauf hinwies, daß ein kleines Tier die Flucht ergriff. Daß sie in dieser wunderbaren Welt unterwegs war, mit Rhodry an ihrer Seite, schien ihr das Schönste auf der Welt.

»Sollen wir Rast machen und essen?« fragte sie. »Wir haben immer noch Käse, selbst wenn dieser Hundesohn uns kein Brot verkaufen wollte. Ich kann Wasser in der Nähe plätschern hören.«

Tatsächlich machte die Straße bald eine Kurve und brachte sie an den tiefen, breiten Belaver, der parallel zur Straße ruhig dahinströmte. Am Ufer fanden sie eine grasige Lichtung mit einem hohen Stein, in den Buchstaben eingemeißelt waren, die besagten, daß es hier verboten war, ohne Erlaubnis des Tieryn von Bringerun zu jagen. Nachdem sie ihre Pferde getränkt hatten, aßen sie ihren Käse und die Äpfel im Stehen, streckten sich nach dem langen Ritt des Morgens und betrachteten den Fluß, auf dessen Oberfläche die Sonne wie Goldmünzen glitzerte. Plötzlich fühlte Jill sich unbehaglich. Sie ging vom Fluß zurück zur Straße und lauschte, hörte aber nichts. Genau das war das Problem: Die normalen Waldgeräusche waren verstummt.

»Rhodry? Wir sollten uns lieber auf den Weg machen.«

»Warum?«

»Hörst du nicht, wie still es ist? Es bedeutet, daß hier Männer herumschleichen, und ich wette, das sind die Wildhüter des Tieryn. Wir bleiben am besten auf der Straße, wenn wir keinen Ärger wollen.«

Sie stiegen wieder in den Sattel, aber während sie weiterritten, horchte Jill immer noch auf etwas: Jagdhörner, bellende Hunde, irgendwelche normalen Geräusche, wie sie zu Wildhütern auf ihren Runden paßten, aber sie vernahm nichts. Erst nach etwa einer Meile begannen die Vögel wieder zu singen.

Als sie um eine Kurve bogen, begegneten sie einer Gruppe von Reitern, die langsam auf sie zukamen. An der Spitze ritten zwei Frauen, ein hübsches Mädchen in einem blauen Kleid und eine ältere Frau in Grau, offenbar eine Dienerin. Hinter ihnen auf einem Pony folgte ein Page mit einem großen Korb, und ganz am Ende ein Schwertkämpfer auf einem Streitroß als Eskorte. Da er keine Rüstung trug, konnten sie das Wappen auf der Schulterpasse seines Hemds erkennen: Es war ein Hirsch, der über einen umgestürzten Baum sprang. Jill und Rhodry wichen aus und ließen die Dame vorbei, eine Höflichkeit, die diese mit einem freundlichen Lächeln und einem Winken der behandschuhten Hand entgegennahm.

»Herrin?« rief Rhodry. »Darf ich fragen, mit wem wir die Ehre haben?«

»Lady Ylaena von Bringerun.« Wie es sich gehörte, antwortete der Page für die Dame. »Die Schwester von Tieryn Dwaen.«

Rhodry verbeugte sich mit einem solch strahlenden Lächeln aus dem Sattel, daß Jill einen Stich der Eifersucht verspürte. Sie würde nie so hübsche Kleider und eine so weiche, helle Haut haben wie Ylaena. Auf der anderen Seite konnte sie Rhodry quer über einen Stallhof treten, wenn er jemals versuchen sollte, sie zu betrügen. Ein Vorteil, den diese Dame mit ihrem künftigen Mann nicht haben würde. Nachdem die Gruppe vorbeigeritten war, kehrten Jill und Rhodry auf die Straße zurück.

»Sie reiten zweifellos dieser Jagdgesellschaft entgegen, die wir gehört haben«, meinte Rhodry.

Seine Worte trafen Jill wie ein schlechtes Vorzeichen. Sie versuchte zwar, es sich auszureden, aber sie spürte, daß sich Ärger zusammenbraute. Sie waren keine halbe Meile weit gekommen, als sie aufgab.

»Rhoddo, wir müssen umkehren. Diese junge Frau ist in Gefahr. Ich weiß, es klingt dumm, aber ich weiß es so genau, wie ich weiß, daß der Himmel blau ist. Wenn wir sie einholen und ich mich irre, können wir immer noch erzählen, daß wir etwas an der Straße verloren haben.«

Jill hörte ihre eigene Stimme zittern, und es war diese Angst, die Rhodry überzeugte. Als sie umkehrten, wünschte sie sich, sie könnten absteigen und die Rüstungen anlegen, aber irgendwie war ihr klar, daß sie dazu keine Zeit hatten. Plötzlich hörten sie den Schrei einer Frau, dann einen Ruf und das Klirren von Metall auf Metall. Mit einem unirdischen Aufheulen spornte Rhodry sein Pferd an. Das Schwert in der Hand, eilte Jill hinterher.

Als sie zu der Lichtung am Fluß kamen, sah Jill einen Wirbel von Pferden und schlecht bewaffneten Männern: Zwei griffen den Reiter mit dem Hirschwappen an, der bereits blutete. Zwei weitere hatten die Zügel der Pferde der Frauen gepackt, und ein Dritter schlug dem hilflosen Pagen auf den Kopf. Rhodry stürzte sich in den Kampf und erstach einen Mann von hinten, dann wandte er sich dem nächsten zu. Jill galoppierte vorbei und schlug auf den Mann ein, der mit den Zügeln von Ylaenas verängstigtem Zelter kämpfte. Als sie ihm einen Hieb auf den Rücken versetzte, schrie er auf und ließ die Zügel fallen.

»Reitet!« rief Jill der Lady zu.

Als Jill ihr Gewicht im Sattel verlagerte, machte ihr kampferfahrenes Pferd kehrt. So konnte sie die Dienerin retten, deren Kreischen selbst Rhodrys Berserkerlachen übertönte. Jill wich einem ungeschickten Schlag des Feindes aus und traf ihn an der Kehle.

»Tut mir leid«, sagte Jill. »Erbärmlicher Bastard.«

Einen winzigen Augenblick noch blieb dieser aufrecht sitzen und starrte sie ungläubig an, dann stürzte er tot über den Nacken seines Pferdes. Jills Magen zog sich zusammen. So gut sie mit dem Schwert umgehen konnte, sie haßte es zu töten. Aber sie brauchte an diesem Tag zumindest keinen weiteren Mann mehr in die Anderlande zu schicken, denn der Rest der Banditen floh bereits auf der Straße nach Norden.

»Laß sie gehen!« rief Rhodry. »Wir können die Frauen nicht allein lassen.«

Als Jill sich umdrehte, war er schon abgestiegen und half dem Hirschreiter aus dem Sattel. Die Dienerin klammerte sich an ihren Sattelknauf und schluchzte nur, aber Ylaena stieg ab und rannte zu dem Pagen.

»Steig ab, Larro. Laß mich sehen, was dieser Mann mit dir gemacht hat.« Der Junge, der zu heftig zitterte, um auch nur weinen zu können, sprang vom Pferd und warf sich in ihre Arme. Jill stieg ab und ging zu Rhodry, der neben dem Hirschreiter kniete. Der Mann, der mehrere Treffer eingesteckt hatte, versuchte zu sprechen, starb aber noch in Rhodrys Armen.

»Pferdedreck.« Rhodry legte ihn sanft hin. »Ich wußte nicht, daß es in diesem Teil des Reiches Straßenräuber gibt.«

»Keine Straßenräuber«, sagte Ylaena hinter ihnen. »Mein Bruder würde so etwas nie dulden, und wenn er jeden Verbündeten, den er hat, zu Hilfe rufen müßte, um die Räuber von seinem Land zu vertreiben.«

Sie standen auf. Rhodry wischte sich rasch die blutbeschmierten Hände an der Brigga ab.

»Ich schulde Euch mein Leben, Silberdolche. Werdet Ihr uns zurück zu meiner Festung eskortieren? Ich werde dafür sorgen, daß Ihr gut bezahlt werdet.«

»Wir werden Euch um der Ehre willen beschützen.« Rhodry verbeugte sich. »Aber wir sollten uns beeilen. Vielleicht fällt den Feiglingen nachträglich auf, daß wir nur zu zweit sind, und dann kommen sie zurück.«

Rhodry und Jill banden die toten Männer auf ihre Sättel. Als sie weiterritten, führten die Lady, ihre Dienerin und der Page je eines der Pferde, damit die Silberdolche im Fall eines Angriffs freie Hand hatten. Jill ritt an der Spitze der Reihe, Rhodry ganz hinten. Auf dem Weg beobachtete Jill ununterbrochen den Wald, aber die Angreifer waren offensichtlich tatsächlich so feige, wie Rhodry angenommen hatte, denn die verängstigte kleine Prozession kam ohne weitere Schwierigkeiten durch das Gehölz. Draußen, auf der offenen Straße zwischen den Bauernhöfen, waren sie sicherer. Mit einem erleichterten Seufzen steckte Jill ihr Schwert ein und ließ ihr Pferd dann zu Ylaena zurückfallen.

»Ich kann jetzt die Zügel nehmen, Herrin. Ihr sollt es nicht führen müssen wie ein Karawanenwächter.«

»Danke.« Ylaena reichte ihr die Zügel. »Wißt Ihr, ich finde es seltsam, daß ein anderes Mädchen mir das Leben gerettet hat, aber ich danke Euch von ganzem Herzen.«

Tieryn Dwaen stand an der Feuerstelle seiner großen Halle und bebte vor Zorn. Rhodry hatte noch nie einen Mann so wütend gesehen wie diesen schlanken, dunkelhaarigen jungen Lord, der, während Ylaena berichtete, die Hand immer wieder an den Schwertgriff legte. Die junge Frau saß auf dem Stuhl ihres Bruders, und Lord Cadlew stand hinter ihr. Als sie fertig war, wandte sich der Tieryn den Silberdolchen zu.

»Wie kann ich Euch das je vergelten? Ich hätte mir nie träumen lassen, daß sie es wagen würden, Frauen anzugreifen, diese Bastarde!«

»Sie, Euer Gnaden?« fragte Rhodry. »Wer?«

»Jemand hat versucht, mich umzubringen. Aber in tausend Jahren hätte ich nicht geglaubt, daß Beryn versuchen würde, sich an meiner Schwester zu rächen.«

Ylaena schlug die Hände vors Gesicht und weinte, während Cadlew ihr die Schulter tätschelte.

»Dwaen«, knurrte er, »dafür will ich Blut sehen.«

»Ich ebenfalls. Und zwar viel.«

»Sie wollten mich nicht töten.« Ylaena hatte Mühe, mit fester Stimme weiterzusprechen. »Ich habe sie schreien gehört. Tut den Frauen nichts, haben sie gesagt. Sie wollten uns irgendwohin bringen.«

»Und was hätten sie dann getan?« zischte Cadlew. »Wenn du in den Krieg ziehst, Dwaen, werde ich mit meinem Kriegshaufen dabei sein.«

»Falls es zu einem Krieg kommt. Ich habe vor, mich an den

Gwerbret zu wenden, damit der diese Sache gesetzlich regeln kann.«

Cadlew murmelte enttäuscht vor sich hin.

In der großen Halle spitzten die Männer des Kriegshaufens und sämtliche Diener in der Festung die Ohren. Dwaen schrie sie alle an, sie sollten verschwinden, dann bat er Cadlew, Ylaena hinauf in die Frauenhalle zu bringen. Er selbst führte Jill und Rhodry zum Ehrentisch und bestand darauf, ihnen mit eigener Hand Met einzugießen.

»Herr?« sagte Rhodry. »Ich komme gerade aus Ebonlyn, und jemand hat dort versucht, mich anzuheuern, damit ich einen Adligen töte. Ich frage mich, ob vielleicht Ihr dieser Adlige seid.«

»Vielleicht. Laßt mich Euch meine Geschichte erzählen.«

Während Dwaen ihm von dem früheren Mordversuch und Beryns möglichem Motiv erzählte, wurde Rhodry immer verblüffter.

»Bei den rosigen Ärschen der Götter, Euer Gnaden, warum fordert er Euch nicht einfach zu einem Duell heraus? Ihr könntet die Angelegenheit zu Ende bringen, bevor der Gwerbret auch nur davon gehört hat.«

»Ich habe viele Stunden genau darüber nachgegrübelt. Ratten in meinem Bett? Klingt nach alten Geschichten von Hexerei. Ich kann mir nicht vorstellen, daß Lord Beryn so tief sinken würde.«

Lallyc, der Hauptmann des Kriegshaufens des Tieryn, kam zum Tisch und kniete neben seinem Lord nieder.

»Euer Gnaden? Keiner der Männer kennt diese beiden Toten, und wir haben vor dem Mord viel Zeit mit Beryns Männern verbracht.«

»Nun, ich hätte auch nicht angenommen, daß Beryn jemand von seinem eigenen Kriegshaufen schickt.« Dwaens Grinsen war finster. »Dann könnte er genauso gut gleich einen

Herold bezahlen, um seine Absicht öffentlich zu proklamieren. Aber mir fällt sonst niemand ein, der mich tot sehen wollte. Es sei denn, Hauptmann, ich bin einfach eingebildet.«

»Nicht im geringsten, Herr«, erklärte Lallyc mit einem Nikken. »Ich kenne niemanden, der Euch Schaden zufügen möchte. Ihr betrügt nicht einmal beim Pferderennen. Und außerdem, wenn irgendwer sich gekränkt fühlte, könnte er einfach vorbeikommen, sich vor Euer Tor setzen und in aller Ruhe hungern. Ich kann mir nicht vorstellen, daß ihr die heiligen Gesetze brechen würdet, um ihn zu vertreiben.«

»Das stimmt. Nun, es sieht so aus, als hätte ich Arbeit für Euch, Silberdolche.«

Als Cadlew zurückkehrte, arbeiteten die beiden Lords einen Plan aus, der Rhodry ausgesprochen vernünftig vorkam. Wenn Dwaen allein zum Gwerbret in Ebonlyn ritt, würde er auf der Straße verwundbar sein, denn sein Rang erlaubte ihm nur, eine Ehrenwache von fünfzehn Mann in die Stadt zu bringen – weniger, als Beryn in seinem Kriegshaufen hatte. Wenn Cadlew ihn allerdings begleitete, konnte der junge Lord zehn weitere Männer mitbringen, und da Beryn offenbar nicht vorhatte, Cadlew ebenfalls zu töten, wäre das zweifellos der beste Schutz für Dwaen. Sie konnten außerdem die beiden Silberdolche mitnehmen, da Jill und Rhodry Zeugen des Angriffs auf Ylaena geworden waren.

»Ich würde auch Larrin mitnehmen«, meinte Dwaen. »Aber ich will es nicht riskieren, Ylaena ebenfalls als Zeugin mit in die Stadt zu nehmen.«

»Euer Gnaden?« wandte Rhodry ein. »Wird sie hier denn sicher sein, solange sich ein Verräter in der Festung aufhält?«

»Nein, das stimmt. Oh, bei den Höllen! Nicht auszudenken, daß ich diesen ganzen elenden Ärger nur deshalb habe, weil ich mich an die Gesetze hielt!«

Als Jill über Dwaens seltsame Geschichte nachdachte, kam sie zu dem Schluß, daß der Verräter unter den Dienern zu suchen sein mußte und nicht im Kriegshaufen, denn die Reiter hatten in der Nähe der Räume des Tieryn nichts zu suchen. Diener jedoch, die in der Nähe von Dwaens Schlafzimmer gesehen wurden, würden dort nicht weiter auffallen. Den ganzen Nachmittag schlenderte sie in der Festung umher und stellte sich den verschiedenen wichtigen Dienern vor: dem obersten Stallknecht, dem Schmied, dem Mann, der für die Schweine zuständig war, und schließlich der Köchin. Sie alle erzählten, sie dankten den Göttern täglich, für einen Lord arbeiten zu können, der so großzügig und gerecht war. Jill konnte sich kaum vorstellen, daß einer von ihnen je ihren Herrn verraten würde.

Als Jill wieder aus der Küchenhütte kam, fand sie sich mitten in einem Streit. Zwei Küchenmädchen standen am Brunnen und fauchten abwechselnd ein blondes Mädchen an, das die Hände in die Hüften gestützt hatte und den Mund zornig verzog.

»Du hast einen Mann im Dorf«, sagte eine der Spötterinnen.

»Und was geht das euch an?«

»Nichts, aber du solltest lieber vorsichtig sein – immerhin hast du schon einen Bastard.«

»Du bist einfach nur eine Schlampe, Vyna«, fiel die andere ein und bedachte das Mädchen mit einem verächtlichen Blick. »Ich verstehe nicht, wie du so weitermachen kannst, ohne jemals an die Folgen zu denken.«

»Nenn mich nicht Schlampe.« Vynas Stimme war gefährlich ruhig.

»Ich tue, was ich will!« sagte die andere. »Schlampe! Schlampe! Schlampe! Hast dein Kind einfach zurückgelassen!«

Feuerrot vor Zorn griff Vyna an, packte das Mädchen mit

einer Hand am Haar und schlug sie mit der anderen auf den Mund. Kreischend mischte sich die dritte ein, und alle begannen, einander die Haare zu raufen und mit den Nägeln zu kratzen. Jill lief dazu und mischte sich ein, aber da kam auch schon die Köchin drohend aus der Küche gewatschelt. Während sie um Ruhe schrie, packte Jill die beiden Mädchen und zerrte sie so fest auseinander, daß sie sich entsetzt duckten. Vyna schluchzte, ihr Kleid war zerrissen, Tränen liefen ihr über die Wangen.

»Vielen Dank, Silberdolch«, sagte die Köchin. »Was euch beide angeht, arbeitet gefälligst weiter. Ihr habt das Mädchen genug gequält. Ich will jetzt nichts mehr von dieser Geschichte hören.«

Jill packte Vyna am Arm und führte sie an eine abgelegene Stelle zwischen den Vorratshütten. Schniefend wischte sich das Mädchen das Gesicht an der Schürze ab und bedankte sich stotternd.

»Keine Ursache. Ich habe etwas gegen ungleiche Kämpfe.«

»Seit ich hier bin, haben sie mich keinen Augenblick in Ruhe gelassen. Wissen sie denn nicht, wie weh es mir getan hat, mein Kind aufzugeben? Er fehlt mir jeden Tag, aber ich hatte keine andere Wahl.«

»Wo hast du ihn gelassen? Bei deinen Verwandten?«

»Nein. Meine Mutter wollte mich nicht aufnehmen.« Vyna starrte zu Boden und senkte die Stimme. »Aber ich denke, ich hatte Glück. Ich habe in einer anderen Festung gearbeitet, und die Herrin dort hat mir das Geld gegeben, um mein Kind zu einer Bäuerin, die sie kennt, in Pflege zu geben.«

»Aha. Das war nicht zufällig Cadlews Festung?«

»Nein. Wie kommt Ihr darauf?«

»Ach, ich dachte nur. Er und der Tieryn sind so enge Freunde.«

»Das sind sie, aber sie würden nie von einer wie mir Notiz

nehmen. Ich bedanke mich nochmals, aber jetzt muß ich wieder an die Arbeit.«

Sie drehte sich um und rannte über den Hof, duckte sich zwischen den Hütten, als wolle sie sich sowohl vor der Welt als auch vor Jill verstecken.

Jill ging hinauf in die Frauenhalle, die die Hälfte des ersten Stocks im Broch einnahm – ein geräumiger, sonniger Raum mit zwei bardekianischen Teppichen auf dem polierten Holzboden und vielen Stühlen und Kissen. Ylaena und die Witwe Slaecca saßen zusammen vor einem Fenster und stickten an einer Überdecke, die auf ihren Knien lag – zweifellos ein Teil von Ylaenas Aussteuer. Jill verbeugte sich vor der Witwe und kniete sich neben ihren Stuhl.

»Bitte, macht Euch keine Sorgen, Herrin. Lady Ylaena kann Euch bezeugen, daß ich das Schwert nicht nur wegen der hübschen Scheide trage, also wird Euch so schnell niemand etwas antun.«

Slaecca flüsterte ihren Dank so leise, daß ihre Tochter sich vorbeugte und ihr tröstend die Hand drückte.

»Komm schon, Mutter, Lord Cadlew hat mir versprochen, daß er ebenfalls auf unseren Dwaen aufpassen wird. Ich wette, der Gwerbret wird dafür sorgen, daß dieser ganze Schrecken ein Ende nimmt, sobald er Bescheid weiß.«

»Darum bete ich«, sagte Slaecca. »Oh, bei der Göttin! Ich will nicht, daß es zu einem Krieg kommt.«

Beim Abendessen fand Dwaen heraus, wie ernst Rhodry seine Stellung als Leibwächter nahm: Ein Page hatte Bier gebracht, und gerade, als der Tieryn trinken wollte, packte ihn der Silberdolch am Handgelenk und nahm sich den Krug selbst.

»Wenn Ihr gestattet, Euer Gnaden.« Rhodry trank einen vorsichtigen Schluck, kostete einen Augenblick lang nachdenklich, versuchte noch einen Schluck, wartete und reichte schließlich den Bierkrug zurück. »Euer Gnaden täten im Augenblick besser daran, nicht einmal einen Schluck Wasser aus dem Brunnen zu trinken, ohne daß ich oder sein Hauptmann es vorher kosten.«

»Ihr Götter, ich würde lieber sterben, als daß ein anderer Mann an meiner Stelle vergiftet wird!«

»Euer Gnaden sind ehrenhaft, aber wir haben geschworen zu sterben, wenn es darum geht, Euch im Kampf zu schützen, wieso nicht also auch bei Tisch?«

Dwaen zwang sich zu einem bedrückten Lächeln. Er kam sich vor wie ein Dachs in der Falle, der darauf wartet, daß der Jäger auftaucht und ihn aufspießt. Rhodry erwies sich glücklicherweise als angenehmer Gesellschafter, ob er nun über sein Leben auf dem langen Weg sprach oder über die Adligen klatschte. Dwaen wurde langsam neugierig auf diesen Silberdolch, der, nach seiner Art, sich auszudrücken, oder nach seiner anmutigen Verbeugung zu schließen, ein Adliger war, aber dennoch ein entehrter Ausgestoßener. Und Jill verwirrte ihn ebenso. Es war ausgesprochen ungewöhnlich, daß sich eine Frau in den Kampf an der Straße gestürzt hatte. Seine Verwirrung wuchs nur noch, als Jill sich, da die Frauen nun am Tisch saßen, mit seiner Mutter über typische Frauenangelegenheiten unterhielt. Während er darauf wartete, daß Rhodry das Fleisch und Brot auf seinem Teller kostete, belauschte er ein wenig davon: Eines der Küchenmädchen hatte offensichtlich einen Bastard in Pflege gegeben, und Jill und Slaecca waren, wie zumindest seiner Ansicht nach nur zu erwarten gewesen war, voller Mitleid für das Mädel.

»Wie schrecklich, wenn man sein Kind zurücklassen muß!« sagte Slaecca. »Jill, fragt bitte die Köchin nachher in meinem Auftrag, wo Vyna zuvor im Dienst war. Das arme Mädchen!«

»Herrin, das habe ich bereits getan, und es ist ziemlich interessant. Die Köchin scheint sehr viel darüber zu wissen, was in der Festung und der näheren Umgebung vorgeht.«

In diesem Augenblick reichte Rhodry dem Tieryn seinen Teller zurück.

»Nun, mein Mund brennt noch nicht, Euer Gnaden.«

»Gut. Ich habe schrecklichen Hunger.«

Gegen Ende der Mahlzeit sprach Slaecca mit ein paar Dienerinnen, die kurze Zeit später in Begleitung einer blonden, schlanken Frau mit schweren Brüsten zurückkehrte. Wenn das das Mädchen mit dem Bastard ist, dachte Dwaen, dann ist das kein Wunder.

»Nun«, meinte die Witwe freundlich, »wie alt ist denn dein Sohn?«

»Erst ein Jahr, Herrin.«

»Es wird schwer für dich sein, dich sowohl um ihn als auch um deine Arbeit zu kümmern, aber wenn er zwei Jahre alt ist, kannst du ihn herbringen, und er kann hier bei dir wohnen. Laß mich darüber nachdenken: Vielleicht können wir Pflegeeltern finden, die mehr in der Nähe wohnen, damit du ihn öfter besuchen kannst.«

Das Mädchen begann zu schluchzen und stotterte unter Tränen seinen Dank. Dwaen bemerkte, wie Jill mit seltsamer Miene zusah, als Vyna sich mit einem ungelenken Knicks erhob und aus der großen Halle flüchtete. Aber als Jill bemerkte, daß der Tieryn sich vorbeugte, um etwas zu sagen, setzte sie ein kleines, sentimentales Lächeln auf.

»Mutter, das war sehr nett von dir.«

»Das arme Kind!« sagte Slaecca. »Sie sieht nicht älter aus als sechzehn. Es war vermutlich ein gutaussehender junger Reiter, der sie mit Komplimenten und kleinen Geschenken bedrängt hat, seit sie den Dienst antrat.«

»Und die Komplimente hörten auf«, bemerkte Jill, »sobald ihr Bauch dicker wurde.«

Dwaen hatte keinen Zweifel daran. Kurz darauf zogen sich die Frauen nach oben zurück und überließen die Männer dem Bier und dem Met. Dwaen und Rhodry machten es sich mit einem Kelch Met gemütlich und sprachen ernsthaft über die mögliche Identität des Verräters in der Festung.

»Er muß ein guter Bogenschütze sein«, meinte Dwaen.

»Ich gehe eher davon aus, daß er nur Botschaften weitergibt. Wenn dieser Lord Beryn Euch so sehr haßt, hat er vermutlich überall im Land Leute bestochen.«

Einen nach dem anderen ging der Tieryn die Männer seines Kriegshaufens und seine Diener durch, obwohl schon das ihn quälte. Daß einer seiner eigenen Männer, einer der ihm als Ausgleich für die Zuflucht sein Leben angeschworen hatte, sich gegen ihn wenden würde, erschien ihm schlimmer als ein Faustschlag ins Gesicht. Obwohl er gern geglaubt hätte, daß der Verräter einer der geringeren Diener war, konnte er das am wenigsten beurteilen, weil er sie kaum voneinander unterscheiden konnte.

»Wir werden Euren Kämmerer befragen müssen, Euer Gnaden«, meinte Rhodry schließlich. »Ist er vertrauenswürdig?«

»Bei den Göttern, ich hätte nie etwas anderes angenommen! Brocyl hat meinem Vater zwanzig lange Jahre gedient.«

»Dann sollte es keinen Grund für ihn geben, sich jetzt gegen Euch zu wenden.«

»Das möchte ich zumindest glauben, Silberdolch. Ich werde morgen früh mit ihm sprechen. Ich sehe, daß er heute die Halle bereits verlassen hat, und er ist nicht mehr jung.« Dwaen trank den letzten Rest aus seinem Kelch und erhob sich. »Ich möchte mit meiner Schwester sprechen. Ihr solltet wohl lieber mitkommen, sosehr ich auch das Gefühl hasse, daß ich ein Kindermädchen brauche.«

»Ich kann gern vor der Frauenhalle warten, aber zumindest auf der Treppe sollte ich Euch noch begleiten, Euer Gnaden.«

Aber als Ylaena die Tür öffnete, bat sie Rhodry ebenso herein wie ihren Bruder. Slaecca saß auf einem gepolsterten Stuhl nahe der Feuerstelle. Jill hatte sich auf einem Hocker an ihrer Seite niedergelassen. Die tiefen Falten um den Mund von Dwaens Mutter kündeten von hastig unterdrückten Tränen.

»Ylaena, meine Liebe, es gibt etwas, was ich klären muß, bevor ich zum Gwerbret reite – nur für den Fall, daß ich nicht zurückkehren sollte.«

Ylaena richtete sich gerade auf und sah ihn besorgt an.

»Es ist an der Zeit, über deine Verlobung zu sprechen. Was hieltest du von Lord Cadlew?«

Das Lächeln seiner Schwester war so strahlend wie das Blitzen von Sonne, die auf dem Wasser tanzt, aber es verschwand sofort wieder, als sie einen nervösen Blick auf ihre Mutter warf.

»Hast du etwas gegen ihn, Mutter?« fragte Dwaen.

»Nichts außer seinem Rang. Er ist ein gewöhnlicher Lord, doch seine Ländereien sind reich genug.« Zerstreut wandte sie den Blick ab und starrte wieder ins Feuer. »Dies ist keine Zeit für Freude, Dwaen, aber wenn deine Schwester sich ein wenig über ihre Verlobung freuen kann, werde ich nicht nein sagen.«

»Danke.« Ylaena wandte sich ihr mit Tränen in den Augen zu. »Und ich danke dir ebenfalls, Bruder.«

Dwaen wurde klar, daß sie und seine Mutter zweifellos schon viele Stunden über mögliche Kandidaten gesprochen hatten. Er setzte dazu an, einen Scherz zu machen, um die Stimmung ein wenig aufzuhellen, als es zögernd an der Tür klopfte. Jill war so schnell aufgesprungen, daß es schien, als hätte sie nur darauf gewartet und öffnete die Tür schnell. Draußen stand das Küchenmädchen mit dem Bastard.

»Oh, Seine Gnaden ist hier!« Das Mädchen sah ehrlich erschrocken aus. »Ich komme lieber später wieder.«

»Nein, bleib hier.« Jill zog sie am Handgelenk ins Zimmer.

»Kommt mit, Vyna. Ich schwöre, daß dir niemand etwas tun wird. Komm und sag unserer Herrin, was du ihr sagen wolltest.«

Zitternd und den Tränen nahe kniete Vyna an Slaeccas Seite nieder und brachte dabei den Geruch von gebratenem Fleisch und Seifenwasser mit.

»Komm schon, Kind«, sagte die Witwe. »Hat es mit deinem Kind zu tun?«

Vyna weinte und zitterte am ganzen Körper.

»Herrin, es tut mir so leid. Ich habe solche Angst, aber ich kann nicht mehr lügen. Ich hätte nie geglaubt, daß Sie versuchen würden, Lady Ylaena etwas anzutun, wirklich nicht!« Sie begann zu schluchzen, und dann brachen die Worte aus ihr heraus. »Sie haben gesagt, sie werden mein Kind töten. Laßt nicht zu, daß sie mein Kind töten, bitte! Ich wollte es nicht tun. Laßt nicht zu, daß sie meinem Kind etwas antun! Ich schwöre, sie haben mich gezwungen, das alles zu tun. Ich kann es nicht mehr, Ihr seid so gut und freundlich, aber bitte, bei der Göttin selbst, laßt nicht zu, daß sie mein Kind töten!«

Dwaen kam sich vor, als hätte er sich in eine Eiche verwandelt und Wurzeln entwickelt. Das war also ihr schrecklicher Verräter! Jill kniete sich neben die junge Frau und legte ihr einen Arm um die Schulter.

»Du hast dich mit einem Mann getroffen und ihm Informationen gegeben, nicht wahr? Wer ist es?«

»Ich weiß es nicht. Einer von Lord Beryns Leuten. Er kam etwa zu der Zeit in die Festung, als ich rausgeworfen wurde. Ich habe mich im Dorf oder unten am Fluß mit ihm getroffen. Alle denken, ich hätte einen Mann. Ihr habt sie gehört, Jill, Ihr habt gehört, wie sie mich Schlampe nannten.«

»Selbstverständlich – was glaubst du, hat dazu geführt, daß ich neugierig wurde? Wann sollst du ihn wieder treffen?«

»Morgen früh, aber ich werde nicht hingehen. O Göttin, Göttin, laßt nicht zu, daß sie meinem Kind etwas tun.«

»Niemand wird ihm Schaden zufügen, denn wenn Seine Gnaden es mir gestattet, werde ich noch heute abend losreiten, um den Jungen zu holen.«

»Seine Gnaden wird Euch eine Eskorte von zwanzig Mann mitgeben, um dafür zu sorgen, daß Ihr das Kind sicher nach Hause bringt«, sagte Dwaen. »Ich würde selbst gehen, aber ich bezweifle, daß Rhodry mich lassen wird.«

»Euer Gnaden haben vollkommen recht.« Rhodry verbeugte sich. »Nicht bei Nacht, Euer Gnaden, wenn so leicht etwas passieren kann.«

Der Bauernhof, auf dem Vynas Sohn in Pflege war, lag zwölf Meilen entfernt am Rand von Lord Beryns Ländereien. Während der Kriegshaufen abwechselnd im Trab und im Schritt die dunkle Straße entlangritt, betete Jill, daß das Kind noch dort war. Durchaus möglich, daß Beryns Männer es als Geisel genommen hatten, um dafür zu sorgen, daß die Mutter des Jungen ihnen weiter gehorchte. Es war auch möglich, daß sie niemals vorgehabt hatten, dem Kind etwas anzutun, sondern nur darauf zählten, daß ein junges, dummes Mädchen ihnen glaubte. Endlich, nach langen drei Stunden und viel Verwirrung an einer dunklen, unbezeichneten Kreuzung, fanden sie den Hof. Als sie sich näherten, begannen die Hunde innerhalb des Erdwalls hysterisch zu bellen. Als Lallyc ans Tor klopfte und im Namen des Tieryn forderte, daß der Bauer öffnen sollte, sah man Licht hinter den Ritzen eines Fensterladens schimmern. Eine Weile später kam ein alter Mann mit einer Blechlaterne in der Hand heraus. Lallyc beugte sich aus dem Sattel vor.

»Habt Ihr hier einen Jungen für ein Mädchen namens Vyna in Pflege?«

»Ja, Herr, so ist es. Was soll das alles?«

»Wir kommen im Namen des Tieryn, um das Kind zu seiner Mutter zu bringen. Erkennst du das Wappen auf meinem Hemd? Ja? Gut. Und jetzt hol das Kind und wickele es in eine Decke.«

Jill stand an der Spitze der Truppe neben dem Hauptmann. Sie konnte hören, wie der alte Mann etwas ins Haus hineinschrie und eine Frau wütend zurückbrüllte. Endlich kam eine jüngere Frau mit einem schmutzigen, zerrissenen Umhang über dem Nachthemd ans Tor.

»Wer seid Ihr?« fauchte sie. »Woher weiß ich, daß Ihr dem Kind nichts tut?«

»Ich bin der Hauptmann des Tieryn, und ich bin hier, um dafür zu sorgen, daß dem Kind nichts passiert. Und nun hole es, oder wir treten das Tor ein und holen es selbst.«

»Mädchen«, sagte Jill sehr viel sanfter, »der Tieryn hat eine Frau mitgeschickt, um das Baby nach Hause zu bringen. Würde er so etwas tun, wenn er vorhätte, es umbringen zu lassen?«

Die Frau hob die Laterne und starrte Jill ins Gesicht. Dann nickte sie.

»Er ist ein lieber Junge. Er wird mir fehlen.«

Jill nahm an, daß man sich an Kinder einige Zeit gewöhnen mußte, um sie liebhaben zu können. Auf dem langen Ritt nach Hause fand sie das sich windende, jammernde Bündel nur lästig, obwohl einer der Männer ihr Pferd führte, damit sie beide Hände frei hatte. Sie versuchte, dem Jungen etwas vorzusingen, wiegte ihn, küßte ihn sogar, aber das Kind, mitten in der Nacht aus seiner Wiege gerissen und in die Arme einer Fremden geworfen, weinte den ganzen Weg nach Hause, bis es schließlich heiser war. Als Jill es endlich seiner überglücklichen Mutter überreichen konnte, hatte sie begonnen, zur Göttin zu beten, sie niemals schwanger werden zu lassen.

Bevor sie zu Bett ging, setzte sich Jill zum Tieryn und Rhodry an den Ehrentisch zu einem wohlverdienten warmen Bier.

»Ich nehme an, es gab keine Probleme unterwegs?« sagte Dwaen.

»Keine, Euer Gnaden. Ich bin froh, daß Ihr der armen Vyna verziehen habt.«

»Sie scheint ebenso ein Opfer zu sein wie wir anderen. Während Ihr unterwegs wart, hat sie diesen Mann beschrieben, mit dem sie sich getroffen hat. Die Köchin schickt sie immer zum Einkaufen in die Stadt, weil sie die älteste der drei Küchenmädchen ist, also konnte sie immer mit ihm sprechen, wenn es notwendig war.«

»Wir müssen ihn uns schnappen«, warf Rhodry ein. »Aber wenn seine Gnaden den Kriegshaufen in die Stadt schickt, wird der Bastard wahrscheinlich flüchten.«

»Und außerdem wird die ganze Stadt wissen, was los ist«, meinte Dwaen finster. »Ich hasse den Gedanken, daß meine Leute Tag und Nacht über mich klatschen.«

»Ich bin sicher, das tun sie ohnehin schon, Euer Gnaden.« Jill trank noch einen Schluck von Rhodrys Bier, während sie nachdachte. »Es ist immer noch kalt, so früh im Frühjahr. Ich könnte ein paar von Vynas Kleidern anziehen und mich in ihren Umhang hüllen. Und wenn der Mann mir dann folgt, kann sich Rhodry auf ihn stürzen.«

»Hervorragend, aber ich werde auch Lallyc mitschicken. Wir können nicht zulassen, daß Euch etwas geschieht.«

Am nächsten Morgen ging Jill zu der winzigen Kammer im Dienstbotenquartier über einem der Ställe, die Vyna mit den beiden anderen Küchenmädchen teilte. Neben Vynas Strohsack stand ein durchgesägtes halbes Bierfaß, gefüllt mit Stroh, als provisorische Wiege für das Kind. Während Jill Vynas Kleider anzog, saß das Küchenmädchen mit dem Kind auf dem Schoß da und gurrte den Kleinen an.

»Wie heißt er?« fragte Jill.

»Bellgyn – Mamas hübscher kleiner Bello. Ihr habt keine Ahnung, wie froh ich bin, ihn sicher hier bei mir zu haben.«

»Gut. Ich freue mich für Euch. Darf ich fragen, wer der Vater war? Ein gutaussehender junger Reiter?«

Mit totenbleichem Gesicht konzentrierte Vyna sich darauf, Bellgyns kleines Hemd zurechtzuzupfen.

»Es tut mir leid. Es geht mich nichts an, und ich wollte keine alte Wunde öffnen.«

»Wunde? Wohl kaum.«

»Hat es nicht weh getan, einen Mann zu lieben, der sich dann geweigert hat, Euch zu heiraten?«

Vyna schüttelte den Kopf.

»Die Möglichkeit, daß er mich heiraten würde, hat nie bestanden. Das habe ich immer gewußt. Die ganze Zeit habe ich dieses Geheimnis im Herzen getragen, und es schmerzt wie Gift. Es war Lord Madryc, Beryns Sohn.«

»Deshalb war seine Mutter also so freundlich.«

Sie nickte und hatte Tränen in den Augen.

»Habt Ihr ihn geliebt?«

»Ich haßte ihn und jeden Zoll seiner stinkenden Gedärme, aber wie hätte ich nein sagen können? Er stank immer nach Bier, und er packte mich immer so grob, daß ich wirklich Angst hatte, er würde mich eines Nachts noch umbringen. Als ich hörte, daß man ihn aufgehängt hat, habe ich nur gelacht und gelacht und gelacht.«

»Ah. Es klingt, als wäre er wie sein Vater. Ich kann nicht behaupten, daß ich diesen stinkenden Beryn in Ehren halte, wenn er bereit wäre, seinen eigenen Enkel zu töten, um einer Drohung Nachdruck zu verleihen.«

»Das stimmt nicht. Seine Lordschaft weiß nicht, wer mein Kind gezeugt hat. Madryc hätte das nie zugegeben, nicht seinem Vater gegenüber. Ich schwöre, der alte Mann hat doppelt soviel Ehre wie sein widerwärtiger Sohn, und er hätte ihn wahrscheinlich grün und blau geschlagen. Die Lady hat mich versprechen lassen, es ihm nie zu verraten. Das war der Preis für das Geld, das sie mir gegeben hat. Ihr hättet sie sehen sollen, Jill, am liebsten hätte sie sich ihre adlige Nase zugehalten, und all das, weil ihr kostbarer kleiner Sohn mich praktisch vergewaltigt hat. Ihr Götter, ich habe ihn gehaßt ... immer hat er nach Schweiß und Bier gestunken!«

Das Kind spürte ihre Stimmung und begann leise vor sich hin zu wimmern. Jill zog sich rasch fertig an und ließ die beiden allein.

Jill ritt den größten Teil auf dem Weg zur Stadt hinter Rhodry, stieg aber ab, als sie in Sichtweite der Mauern kamen, und ging alleine weiter, für den Fall, daß Vynas geheimnisvoller Kontaktmann schon am Tor wartete. Sie folgte den Anweisungen des Küchenmädchens, ging am Marktplatz vorbei, die Straße beim Sattler entlang und sah schließlich die Schenke mit dem hölzernen Ochsenschädel über der Tür. An dieser Tür blieb sie stehen und sah in den trüb beleuchteten, rauchigen Raum, in dem es nach saurem Bier und Bratenfleisch roch. Neben der Feuerstelle saß der Mann, den Vyna beschrieben hatte, und sah ein paar Kaufleuten beim Würfelspiel zu – ein blonder Mann mit den hohen Wangenknochen und schmalen Augen eines Bewohners des Südens. Er warf ihr einen Blick zu und lächelte.

Jill schaute über die Schulter, als hätte sie vor etwas Angst, dann winkte sie ihm, ihr zu folgen. Als er seinen Bierkrug abstellte, ging sie ums Haus herum nach hinten, wo sie aber kein Zeichen von Rhodry und Lallyc sah. Im Herzen verfluchte sie sie beide und wünschte, sie hätte ihr Schwert dabei. Als der Mann näher kam, schrie Jill leise auf und tat so, als hätte sie einen Stein im Schuh. Sie kniete sich nieder, ließ die Kapuze über ihr Gesicht fallen und tat so, als holte sie den Stein heraus.

»Warte«, sagte er. »Ist dir jemand gefolgt?«

Jill schüttelte den Kopf.

»Du bist überhaupt nicht Vyna! Was soll das?«

»Sie hat mich an ihrer Stelle geschickt.«

Jill stand langsam auf. »Die Köchin wollte sie nicht gehen lassen.«

»Ich glaube dir kein Wort, Mädchen.«

Als er vortrat, um sie zu packen, griff Jill an und überraschte ihn damit derart, daß sie einen guten Schlag in seinen Magen landen konnte, bevor er sich verteidigen konnte. Mit einem Grunzen taumelte er rückwärts, dann faßte er sich wieder und schlug ihr ins Gesicht. Behindert von dem langen Kleid, konnte Jill gerade noch rechtzeitig ausweichen.

»Du kleines Miststück! Was soll das?«

Als er wieder zuschlug, wich sie zur Seite aus, dann stolperte sie über den Saum ihres Kleides und wäre beinahe gefallen. Er riß sie an den Schultern hoch und keuchte, als sie das Knie hochzog und ihn fest zwischen den Beinen traf. Dennoch ließ er sie nicht los und versuchte, sie gegen die Wand zu drücken. Ein Schrei – Rhodrys Stimme –, und der Mann ließ los und versuchte zu fliehen. Jill drosch ihm die Faust in die Nieren, trat ihn in die Kniekehlen und stieß ihn auf den Boden, als Lallyc und Rhodry endlich eintrafen.

»Ihr Mistkerle! Warum habt ihr so verdammt lange gebraucht?«

»Gedränge auf der Straße.« Lallyc kniete nieder und entwaffnete den Gefangenen.

Inzwischen hatte der Lärm eine kleine Gruppe von Zuschauern angezogen.

»Keine Sorge, Jungs«, rief Rhodry. »Dieses stinkende

Schwein hier hat versucht, das arme, unschuldige Mädchen da zu vergewaltigen. Wir bringen ihn zum Tieryn.«

Dwaen und die Hälfte aller, die in der Festung lebten, warteten an der Ehrenfeuerstelle in der großen Halle. Obwohl Vyna den Gefangenen als den Mann identifizierte, mit dem sie sich regelmäßig getroffen hatte, erkannte ihn niemand im Kriegshaufen als einen Angehörigen von Lord Beryns Truppe. Der Tieryn verhörte ihn, Rhodry verspottete ihn, und Lallyc fügte ein paar Sticheleien hinzu, aber der Gefangene sagte kein Wort. Er verriet nicht einmal seinen Namen, sondern grinste nur geringschätzig. Endlich warf Lallyc dem Mann einen drohenden Blick zu und krempelte mit übertriebener Sorgfalt einen Ärmel auf.

»Es gibt mehr als eine Möglichkeit, einen Mann zum Reden zu bringen, Euer Gnaden.«

»Nicht in meiner Festung!« fauchte Dwaen. »Ich weiß, was ihr vorhabt, und ihr könnt es vergessen.«

»Seine Gnaden sind ein ehrenwerter Mann«, warf Rhodry ein. »Aber Euer Leben ist bedroht. Lallyc und ich können uns ihn an einer Stelle vornehmen, wo Ihr nicht zusehen müßt.«

»Das werdet Ihr nicht tun! Ich werde nicht zulassen, daß ein hilfloser Mann gefoltert wird. Das ist gegen den Willen der Götter! Mehr habe ich nicht zu sagen.«

Der Gefangene sah den Lord verächtlich an.

»Wir werden ihn zum Gwerbret bringen.« Dwaen schien den Blick nicht bemerkt zu haben. »Wenn er sich dort weigert, beim Malover auszusagen, sehen die Gesetze vor, daß er dafür getötet werden kann. Wir werden schon feststellen, wie lange er den Mund hält. Lallyc, einer der Männer soll ihn in einer Hütte einschließen. Bewacht ihn und sorgt dafür, daß er Brot und Wasser bekommt – vernünftiges Brot und frisches Wasser.«

Später an diesem Nachmittag kehrte Lord Cadlew mit zehn Männern seines Kriegshaufens zurück. Als die beiden Männer zusammen mit Rhodry in der großen Halle saßen und tranken, bemerkte Dwaen Ylaena auf halbem Weg auf der Wendeltreppe, wo sie sich über das Geländer beugte wie ein Kind, das versucht zu erkennen, was die Erwachsenen da unten tun. Offensichtlich hatte auch Cadlew sie bemerkt, denn er errötete ohne ersichtlichen Grund.

»Es gibt noch etwas, worum wir uns kümmern sollten, bevor wir reiten«, sagte Dwaen. »Willst du meine Schwester heiraten? Sie will dich jedenfalls.«

Cadlew schloß den Griff fester um den Bierkrug.

»Mir ist klar, daß sie im Rang weit über mir steht, und ich würde so etwas nie zwischen uns kommen lassen, Euer Gnaden.«

»Sei nicht so ein eingebildeter Hundesohn. Ich habe vor, euch beide zu verloben, wenn du einverstanden bist.«

»Oh.« Cadlew betrachtete das Bier in seinem Krug nachdenklich, dann stand er langsam und entschlossen auf. »Vielleicht sollte ich mit deiner Mutter sprechen.«

»Das scheint mir ratsam.«

Cadlew sah ihn an, setzte dazu an, etwas zu sagen, und grinste dann nur. Er ging rasch auf die Treppe zu. Ylaena war schon verschwunden, zweifellos, um in der Frauenhalle darauf zu warten, daß ihr Bewerber heraufkam, wie es die Form verlangte. Dwaen sah Cadlew hinterher, wie er die Treppe hinaufstieg, bis er nicht mehr zu sehen war, dann wandte er sich Rhodry zu.

»Also gut. Sollte es Beryn tatsächlich gelingen, mich umzubringen, wird Cadlew durch Ylaena erben, und Beryn wird den Tag bereuen, an dem er meinen Freund zu seinem Feind machte.«

»Das glaube ich, Euer Gnaden. Nach allem, was ich von

Lord Cadlew gesehen habe, wird er Euch wunderbar rächen, aber es wäre mir doch lieber, wenn das nicht nötig würde. Ich habe über die Vorsichtsmaßnahmen nachgedacht, die wir treffen sollten, sobald wir die Festung des Gwerbret erreichen. Ich habe diesen Burschen in Caenmetyn noch nicht vergessen, der versucht hat mich anzuheuern, damit ich Euch töte.«

»Nach allem, was wir wissen, wird Beryn uns wahrscheinlich auf der Straße angreifen. Wenn er die Festung von einem seiner Männer aus der Entfernung beobachten läßt, wird er wissen, daß wir auf dem Weg sind, und im Wald einen weiteren Hinterhalt legen können. Das erinnert mich daran – wo steckt eigentlich Jill?«

»Oben in der Frauenhalle, Euer Gnaden. Sie hat mir zuvor erzählt, daß der Klatsch hier in der Gegend wirklich interessant ist – was immer sie damit meinte.«

Wie Dwaen hatte auch Jill sich gefragt, ob Beryn vorhatte, einen weiteren Hinterhalt zu legen, aber die vereinten Kriegshaufen, gefolgt von sechs Pferden beladen mit Geschenken für die Halle des Gwerbret, erreichten Caenmetyn ohne Zwischenfall. Obwohl Gwerbret Corycs Anwesen in Vergleich zu denen vieler seiner Amtsbrüder eher ärmlich aussah, erhoben sich seine Festungsmauern dennoch beeindruckend um einen riesigen Hauptbroch, umgeben von zwei niedrigeren Halbbrochs und einem gepflasterten Hof. Während Dwaen mit Cadlew und Rhodry als Zeugen in die große Halle ging, um seine Beschwerde in aller Form vorzutragen, half Jill den Dienern, das Gepäck in die Räume des Tieryn im Hauptturm zu bringen. Dabei freundete sie sich mit einem der Diener an und brachte ihn dazu, sie den verschiedenen Amtsträgern vorzustellen, insbesondere dem obersten Stallknecht, einem untersetzten, kahlen Mann namens Riderrc.

Es fiel ihr leicht, ihr Pferd, einen wunderschönen goldfarbenen Wallach jener Rasse, die als Westjäger bekannt war, als Anlaß zu einem freundlichen Gespräch zu nutzen. Während sie über Goldwolke im besonderen und Pferde im allgemeinen sprachen, stellte sie beiläufige Fragen über die anderen Amtsträger in der Festung, besonders den Kämmerer, der der wichtigste von allen war.

»Ich denke, er ist ein anständiger Mann.« Riderrc saugte nachdenklich an seinen Zähnen. »Er macht um jede Kleinigkeit Theater, aber er ist absolut unbestechlich, das kann ich Euch versichern.«

»Erstaunlich! Es sind schon viele Kämmerer reich geworden, indem sie sich den Zugang zum jeweiligen Gwerbret teuer bezahlen ließen.«

»Unser Tallyc würde lieber ersticken als lügenhaftes Silber nehmen.«

»Interessant. Nun, ich sollte lieber wieder nach oben gehen.«

Statt dessen ging Jill in die Küchenhütte. Im dicken Qualm schimpften zwei Köchinnen heftig auf eine Truppe von Küchenmädchen ein, während der Kämmerer selbst das Zerlegen eines Schweins überwachte. Dienerinnen und Pagen wuselten herum und füllten Körbe mit Brot und Schalen mit Gemüse. In diesem Irrenhaus hätte ein Meuchelmörder alles mögliche ins Essen mischen können. Andererseits wäre es beinahe unmöglich, dafür zu sorgen, daß nur Dwaen und seine Begleiter das vergiftete Gericht essen würden. Jill hoffte zumindest, daß der Mörder nicht vorhatte, auch den Gwerbret, seinen gesamten Haushalt und mehrere hundert Reiter zu töten, nur um einen einzigen Mann zu beseitigen. Sie zögerte kurz, ob sie Rhodry wohl sagen sollte, wohin sie wollte, dann wurde ihr klar, daß es wohl unmöglich wäre, ihn irgendwo unter vier Augen zu sprechen. Mit einem Blick zur untergehenden Sonne schlenderte sie zum Haupttor, blieb nur kurz stehen, um sich den

Wachen vorzustellen, damit sie sie wieder hereinlassen würden, und eilte hinaus in die Stadt. Sie brauchte einige Zeit, um die Diebesschänke wiederzufinden, die zu dieser abendlichen Stunde erstaunlich leer war. Sie holte sich einen Krug dunklen Bieres und unterhielt sich mit dem Schankwirt, während sie ein paar Kupfermünzen in der geschlossenen Hand klirren ließ.

»Erinnert Ihr Euch an den Abend, als ich mit meinem Mann hier war? Wir saßen da drüben, und dann kam dieser Bursche mit dem langen grauen Umhang herein.«

»Daran erinnere ich mich wohl. Ich fand es merkwürdig, daß so einer hier hereinkommt.«

»Das stimmt. Ihr wißt nicht zufällig, wer er war?«

»Nein, aber er muß wohl ein Handwerksmeister sein. Dieser Umhang was aus feiner Wolle.«

»Oder vielleicht ein Schreiber oder so? Er hatte weiche Hände, und er roch nach Tempelräucherwerk.«

»Ja.« Der Schankwirt spuckte ins Stroh, um sich besser konzentrieren zu können. »Aber ich habe ihn nie zuvor gesehen und auch seitdem nicht mehr, also wohnt er wohl nicht hier in der Stadt. Ich habe meine ganzen fünfzig Jahre in Caenmetyn verbracht, und ich kenne jeden in dieser Stadt.«

Als Jill zum Palast des Gwerbret zurückkehrte, schickte sie einen Pagen mit einer Botschaft in die Frauenhalle. Bevor sie Dwaens Festung verlassen hatte, hatte sie Ylaena gebeten, einen Brief an die Frau des Gwerbret, Ganydda, zu schreiben und sie darin förmlich vorzustellen. Der Junge kehrte rasch zurück und brachte Jill hinauf ins Empfangszimmer, das mit schweren Möbeln und silbernen Kerzenhaltern ausstaffiert war. An jedem der hohen, langen Fenster hing ein Vorhang aus bardekianischem Brokat in den Farben des Gwerbret: Grün, Silber und Gelb. Ganydda, eine schlanke Frau mit ergrauendem Haar, verblüffend blauen Augen und vorstehenden Zähnen, empfing Jill freundlich und ließ eine Dienerin ein Kissen bringen, so daß sie zu ihren Füßen sitzen konnte.

»Lady Ylaena hat eine hohe Meinung von Euch, Jill.«

»Ich danke Euch, Herrin, obwohl sie mir zweifellos unangemessen geschmeichelt hat.«

»Wie gut Ihr Euch ausdrücken könnt! Ihr müßt einer alten Frau ihre Neugier vergeben, aber was hat ein hübsches Mädchen wie Euch dazu gebracht, mit einem Silberdolch zu reiten? Ich muß zugeben, er sieht schrecklich gut aus, aber um ehrlich zu sein, meine Liebe! Es muß ein ziemlicher Skandal gewesen sein.«

»Eigentlich nicht, Herrin, denn mein Vater war ebenfalls ein Silberdolch. Ich hatte keinerlei gesellschaftliche Stellung zu verlieren.«

»Wirklich? Wie interessant! Ihr müßt mir alles darüber erzählen.«

Obwohl Jill normalerweise solchen Fragen auswich, schwatzte sie an diesem Abend über wahre Liebe im allgemeinen und Rhodry im besonderen, bis sie wußte, daß sie das Vertrauen der Lady gewonnen hatte – wobei sie vermied zu verraten, wieso Rhodry auf dem langen Weg war. Schließlich brachte sie das Gespräch auf Tieryn Dwaens derzeitige Probleme.

»Mir tut Slaecca so leid, die ihren Mann an diesen betrunkenen – nun, in einem betrunkenen Streit verloren hat«, sagte Ganydda. »Und daß nun das Leben ihres Sohnes in Gefahr sein soll, ist wirklich unerträglich. Ich bete, daß es nicht zu einem offenen Krieg kommt.«

»Es muß auch für Lord Beryns Frau traurig sein, daß nun ihr Mann in Gefahr ist, nachdem sie bereits ihren Sohn verloren hat.«

»Nun, es mag sein, daß sie das bekümmert.« Eis hing in Ganyddas Stimme. »Man sollte immer versuchen, nur das Beste von den Menschen zu denken, nicht wahr? Und es besteht kein Zweifel daran, daß Mallona ein schweres Leben hatte. Meine liebe Jill, wartet nur, bis Ihr Beryn schnaufend und schnaubend vor dem Gericht meines Mannes seht. Er ist außerdem noch viele Jahre älter als sie.«

»Tatsächlich? Lady Slaecca hat das nie erwähnt.«

»Sie hat soviel Mitgefühl, nicht wahr? Aber es stimmt, und ich habe mich oft gefragt, wieso Mallona nur einmal schwanger geworden ist, wenn Ihr versteht, was ich meine.«

Jill lächelte und zog die Brauen hoch.

»Oje, was, wenn es doch zum Schlimmsten kommt?« Ganydda schien den Gedanken in gewisser Weise zu genießen. »Ich frage mich, was die arme, liebe Mallona tun wird. Ich kann mir nicht so recht vorstellen, daß sie in einen Tempel geht, ich kann es einfach nicht.«

»Hat sie denn keinen Bruder, zu dem sie zurückkehren kann? Ich glaube, Lady Ylaena hat einen erwähnt.«

»Ja, es gab einen Bruder. Laßt mich sehen, was wurde aus ihm? Er war der jüngste Sohn eines armen Clans, und so lebte er schließlich wie ein Gemeiner. Seine Mutter war so entsetzt darüber. Er hat eine kleine Erbschaft von einem Onkel gemacht und wurde Kaufmann – könnt Ihr Euch das vorstellen? – und es heißt, er hätte tatsächlich unten in Cerrmor ein Bordell eröffnet, aber das habe ich nie auch nur einen Augenblick geglaubt – die Leute sagen manchmal die schlimmsten Dinge.«

»Aber was ist mit ihren anderen Brüdern?«

»Nun, wißt Ihr, als dieser Graelyn – ich glaube, so war sein Name – die Ehre seiner Familie verriet, war Mallona die einzige, die sich auf seine Seite stellte. Sie und ihre Verwandten sprechen nun seit zehn Jahren nicht mehr miteinander. Unter uns gesagt, ich weiß nicht, wieso ihr Vater sie mit einem so viel älteren Mann verheiratet hat, obwohl ich so etwas vielleicht lieber nicht sagen sollte. Ich meine, womöglich hat er es auch für eine gute Partie gehalten. Immerhin kann man einem alten Mann nicht sagen, daß ein anderer nicht mehr lange zu leben hat, wenn Ihr versteht, was ich meine.«

Nachdem es Jill endlich gelungen war, der Lady zu entkommen, eilte sie nach oben in Tieryn Dwaens Kammer. Auf dem Weg dorthin begegnete sie einer Dienerin, die ein Tablett mit einer silbernen Karaffe und Kelchen darauf trug.

»He, Silberdolch«, rief sie. »Gehört Ihr zur Gruppe des Tieryn?«

»Ja. Soll ich dir ein paar Stufen sparen und das nach oben tragen?«

»Würdet Ihr das tun? Jemand aus dem Gefolge seiner Gnaden hat es mir gegeben und mich gebeten, es abzuliefern, aber bei all diesen Gästen habe ich soviel zu tun.«

»Selbstverständlich.«

Dwaen, Cadlew und Rhodry saßen zusammen im Empfangszimmer, die beiden Adligen auf Stühlen, Rhodry auf dem Boden an der Tür. Als Jill den Met hereinbrachte, erhob sich Cadlew mit einer knappen Verbeugung und nahm ihr das Tablett ab.

»Gute Idee, Jill. Wir haben einen Wasserkrug im Schlafzimmer gefunden, aber Wasser hilft einem Mann nicht sonderlich weiter.«

»Nun, Herr, ich fürchte, Ihr solltet diesen Met nicht trinken. Ich habe das Gefühl, daß er vergiftet ist.«

Jills Verdacht wurde bestätigt, als Rhodry ein Stück Tuch in den Met tauchte, einen winzigen Tropfen davon probierte und sich sofort den Mund mit dem zuvor erwähnten Wasser auswusch.

»Ziemlich plump«, stellte er fest. »Verdammt plump. Niemand, der halbwegs bei Verstand ist, hätte auch nur einen Schluck davon getrunken.«

»Oh, bei den schwarzen haarigen Eiern des Höllenfürsten!« Dwaen war entschieden bleich geworden. »Wieso sollte sich jemand dann die Mühe machen, das Zeug zu vergiften?«

»Wieso haben sie Euch die Ratte ins Bett gelegt, Euer Gnaden? Damit Ihr Euch erschreckt, sie rauswerft und Euch fragt, wann Sie Euch endlich umbringen werden.« Rhodry warf Jill einen Blick zu. »Glaubst du, ich sollte mit dem Kämmerer sprechen?«

»Das würde nichts nützen, und es überall zu verbreiten könnte sogar schaden. Du solltest nach unten in die große Halle gehen und herausfinden, wie schwer es ist, in den Broch zu gelangen.«

Genau das tat Rhodry, aber er kam mit der entmutigenden Nachricht zurück, daß es bemerkenswert leicht war, sogar bei Nacht, zumindest für einen gutgekleideten Mann, der mit Münzen großzügig war. Händler und Reisende taten es die ganze Zeit, überwiegend, um die Festung zu bewundern und vielleicht einen Blick auf den Gwerbret und seine Frau werfen zu können. Manchmal, nach einem besonders üppigen Festessen, rief der Gwerbret die Armen der Stadt in den Hof, um ihnen die Reste zu überlassen. Cadlew und Rhodry kamen zu der Ansicht, daß es nur eine Möglichkeit gab, Fremde vom Tieryn fernzuhalten: einen allgemeinen Alarm auszulösen und den Gwerbret dazu zu bringen, die ganze Festung in erhöhte Kampfbereitschaft zu versetzen – ein Plan, den Dwaen schlichtweg verbot, sehr zu Cadlews Ärger und Jills Erleichterung. Die Festung zu alarmieren hätte sie nur verraten.

Da es noch mehrere Tage dauern würde, bis Lord Beryn am Hof erscheinen würde, um sich der Anklage zu stellen, blieb Rhodry also nichts anderes übrig, als den Tieryn gut zu bewachen und das Beste zu hoffen. Je langweiliger ihm das wurde, desto wütender war er auf Jill, die ihm die ganze Arbeit allein überließ. Es schien ihm, als bekäme er sie nur noch bei den

Mahlzeiten zu sehen. Immer war sie damit beschäftigt, mit Dienern zu sprechen, mit den Frauen in der Festung zu klatschen oder in der Stadt herumzuschleichen, wo sie nach allem, was er wußte, womöglich sogar in Gefahr war. Am Ende des dritten Tages hätte er sie am liebsten geschüttelt. Nach dem Abendessen fanden sie endlich einen Augenblick, um sich in Ruhe zu unterhalten.

»Und wo warst du heute nachmittag?« fauchte Rhodry.

»Ich habe mit dem Obersten der Kaufmannsgilde gesprochen. Ich habe den ganzen Tag und Unmengen Bestechungsgeld gebraucht, um bis zu ihm vorzustoßen.«

»Und wieso war das notwendig?«

»Dann war ich im Tempel des Nudd und habe mit den Priestern geredet. Jeder Kaufmann, der durch die Stadt kommt, macht dort halt, um zu beten.«

»Und? Was haben Kaufleute mit dieser Sache zu tun?«

»Eine ganze Menge, mein Liebster. Ich denke, du wirst überrascht sein.«

»Ich will aber nicht überrascht sein, verdammt! Ich will jetzt genau wissen, was du vorhast.«

»Also gut. Aber hier kommen seine Gnaden und Lord Cadlew. Vielleicht können sie den Gwerbret um einen Gefallen für mich bitten. Ich möchte noch einmal mit unserem Gefangenen sprechen.«

Da er selbst ausgesprochen neugierig war, willigte Dwaen sofort ein, und Coryc hatte aus demselben Grund nichts dagegen, Jill diese Gunst zu gewähren. Mit vier Männern des Gwerbret als Wache gingen sie alle zum Gefängnis, einem langgezogenen Steingebäude, dessen eine Hälfte als allgemeines Verlies für Bettler, Betrüger und des Diebstahls Verdächtige diente. Die andere Hälfte war in Einzelzellen für besondere Gefangene unterteilt. In einem dieser winzigen Räume saß ihr Gefangener auf einem Haufen faulen Strohs. Als einer der

Männer die Tür öffnete, stand er auf und stemmte trotzig die Hände in die Hüften.

»Wenn Ihr weiterhin darauf besteht, nicht auszusagen«, erklärte Gwerbret Coryc, »werde ich Euch hängen lassen.«

Der schmutzige und stoppelbärtige Gefangene nickte nur. Mehrere Tage schlechten Essens und der direkten Nähe der Verdauungsergebnisse hatten seine Arroganz und sein Selbstvertrauen verschwinden lassen.

»Es sollte nicht lange dauern, Euer Gnaden.« Jill trat vor. »Würde einer Eurer Männer bitte nachsehen, ob der Gefangene kürzlich ausgepeitscht wurde?«

Obwohl sich der Gefangene wand und wehrte, hielten ihn zwei Soldaten fest und zogen sein Hemd hoch. Im Fackellicht konnten sie die frischen rosafarbenen Narben sehen, etwa zehn von ihnen, die ihm über den Rücken liefen.

»Also gut«, meinte Jill. »Nun, Junge, ich habe nur eine einzige Frage. Wer ist Lady Mallonas Geliebter?«

Einen kurzen Augenblick dachte Rhodry, sie hätte den Verstand verloren, aber der Gefangene gab ein Wimmern von sich wie ein getretener Hund und wurde kreidebleich.

»Aha.« Jill bedachte ihn mit einem Lächeln. »Ich dachte es mir schon. Wart Ihr es? Im sauberen Zustand seid Ihr ein gutaussehender Mann.«

»Ich war es nicht, bei allen Göttern meines Volkes. Ich wollte nichts mit ihr zu tun haben, als ...« Mit einem üblen Fluch hielt er inne.

»Sie hat es also versucht, wie? Kein Wunder, daß Ihr Euch weigert zu sprechen. Ein Wort, und Ihr würdet alles verraten. Also gut, dann haltet noch eine Weile länger den Mund. Ich werde ihn früher oder später schon finden.«

Mit einem Nicken zu den Soldaten, den Gefangenen wieder einzuschließen, führte Coryc die anderen hinaus auf den Hof.

»Also gut, Silberdolch, Ihr habt uns etwas voraus, und nun solltet Ihr uns verdammt noch mal sagen, was los ist.«

»Euer Gnaden«, meinte Jill, »ich bitte Euch um einen weiteren Gefallen. Wenn ich recht habe, liegt ein wahrhaft skandalöses Verbrechen vor. Also möchte ich keine Anklage erheben und niemanden mißtrauisch machen, ehe das Malover begonnen hat. Ich werde Euch natürlich alles jetzt erzählen, wenn Ihr es mir befehlt, aber ich denke wirklich, wir sollten bis zu Eurem Malover warten. Eure Frau wird Euch sagen können, daß ich vertrauenswürdig bin.«

»Das hat sie bereits getan. Also gut. Eure Bitte ist ebenso gerecht wie ehrenhaft.« Der Gwerbret sah sich mit einem entschuldigenden Lächeln um, denn er wußte genau, wie neugierig alle anderen waren. »Immerhin sollte Lord Beryn morgen früh hier sein.«

Tatsächlich erschien Lord Beryn während der Mittagsmahlzeit. Als Dwaens Leibwächter direkt neben dem Tieryn am Tisch des Gwerbret sitzend, hörte Rhodry aus dem Hof ein Klirren, als die Bewaffneten von den Pferden stiegen. Alle in der riesigen Halle schwiegen, und sowohl Adlige als auch Gemeine wandten sich der Tür zu. Mit zehn seiner Männer im Gefolge kam Lord Beryn herein, ein hochgewachsener Mann, grobknochig und grauhaarig, mit buschigem, grauem Schnurrbart und dunklen Augen, deren Blick hierhin und dahin zuckte. Rhodry hielt ihn für etwa fünfzig Winter alt. Beryn bedeutete seinen Männern mit einer Geste, daß sie warten sollten, dann ging er quer durch die Halle und kniete mit einem deutlichen Grunzen an der Seite des Gwerbret nieder.

»Um was geht es hier überhaupt, Euer Gnaden? Ich bin durch ganze Fluten von Klatsch gewatet. Überall wird behauptet, daß ich versuche, Tieryn Dwaen von Dun Ebonlyn zu töten. Das ist verdammt noch mal nicht wahr.«

»Wahr oder nicht, die Angelegenheit ist ernst genug für

eine Ermittlung.« Coryc erhob sich. »Wenn beide Parteien einverstanden sind, rufen wir sofort das Malover zusammen. Die Priester sind bereits hier und warten.«

»Ach ja?« Beryn drehte sich um und starrte Dwaen wütend an. »Hört zu, Ihr elender Feigling, ich habe jeden Grund der Welt, Euch zu töten, aber wenn ich das tun wollte, würde ich Euch zu einem Duell fordern wie ein Mann – wenn Ihr denn den Mumm hättet, Euch mir zu stellen.«

»Lord Beryn, beherrscht Euch!« fauchte Coryc. »Tieryn Dwaen, es wird in meiner Halle keine Duelle geben!«

Mit einem hundeähnlichen Knurren ließ sich Beryn wieder auf den Hacken nieder.

»Herr«, fuhr Coryc fort, »der Tieryn hat zuverlässige Zeugen. Wir werden diese Zeugen in der angemessenen Reihenfolge in meinem Gerichtssaal hören, in Anwesenheit der Belpriester. Habt Ihr mich verstanden?«

»Jawohl, Euer Gnaden.« Beryns Stimme begann zu zittern. »Habe ich denn nicht das Urteil Eurer Gnaden über meinen Sohn akzeptiert? Habe ich nicht in Eurem Hof gestanden und zugesehen, ohne auch nur einen Finger zu rühren, als ...«

»Macht nicht alles noch schlimmer, Beryn.« Coryc drehte sich um und machte mit einer Hand eine umfassende Geste. »Sind alle Zeugen anwesend? Gut, dann kommt mit. Ich möchte, daß diese elende Angelegenheit bald vorüber ist.«

Die Gerichtskammer des Gwerbret war ein großes halbrundes Zimmer, an dessen Wänden Banner in Corycs Farben hingen. An der runden Außenwand standen zwei Tische, eine für seine Gnaden und die Schreiber, der andere für die Priester und deren Gehilfen. Die Zeugen standen zur Rechten des Gwerbret, der Angeklagte und die, die ihn unterstützten, zur Linken. In dem Rest des Raums drängten sich Zuschauer – Amtsträger, Reiter, Diener, sogar ein paar Städter. Als Dwaen und Cadlew über den Bogenschützen und den toten Hund, die

Ratte im Bett, Vynas Geschichte und den Gefangenen berichteten, war die Menge beinahe vollkommen still. Niemand wollte sich auch nur ein Wort entgehen lassen. Beryns Gesichtsfarbe wechselte von sonnenverbranntem Braun zu Rot und wieder zurück. Schließlich wurde Rhodry gebeten, über den Angriff auf Lady Ylaena zu berichten. Er war kaum zu Ende, als Beryn vortrat.

»Euer Gnaden, ich würde niemals etwas so Feiges tun! Wie könnt Ihr von mir glauben, daß ich eine Frau angreifen ließe!«

»Seine Lordschaft vergißt sich abermals. Noch glaube ich überhaupt nichts.«

Beryn wollte mehr sagen, aber in diesem Moment kamen zwei Wachen herein und drängten sich durch die Menge und schleppten ihren Gefangenen mit sich.

»Du!« zischte Beryn. »Du kleiner Mistkerl! Was bei allen Göttern tust du hier?«

»Herr!« sagte Coryn. »Kennt Ihr diesen Mann?«

»Ja. Er heißt Petyn, und ich habe ihn auspeitschen und aus meinem Kriegshaufen werfen lassen. Er hat gestohlen.«

Obwohl alle in der Menge nach Luft schnappten, wandte sich Coryc Jill zu, die vor sich hin lächelte.

»Also gut, Silberdolch«, meinte der Gwerbret. »Es ist an der Zeit, daß Ihr uns alles verratet, was Ihr wißt.«

»Das denke ich auch, Euer Gnaden.« Jill trat vor und brachte für jemanden, der Brigga trägt, einen halbwegs vernünftigen Knicks zustande. »Petyn, ich fange mit Euch an. Man hat Euch öffentlich beschämt und ohne ein einziges Kupferstück aus dem Kriegshaufen geworfen. Ich wette, Ihr seid nach Süden geritten. Wo seid Ihr dem Mann begegnet, der Euch Arbeit gegeben hat?«

Petyn schüttelte störrisch den Kopf.

»Ich weiß, wie er aussieht«, fuhr Jill fort. »Ein untersetzter Bursche mit hoher Stimme. Er ist Kaufmann, behauptet aber,

Schreiber zu sein. Er handelt mit Parfum und Räucherwerk. Er war ein Freund von Lady Mallonas Bruder, und er war freundlich genug, ihr hin und wieder Nachricht von ihm zu bringen, bis Graelyn im vergangenen Jahr starb. Das ist der Name des Bruders, Euer Gnaden – Graelyn. Aber dieser Räucherwerkverkäufer war ein reicher Mann, und ich wette, er hat Petyn eine Menge Geld angeboten, besonders, da er ihn auch noch vier weitere Männer hat anheuern lassen.«

»Einen Augenblick!« Lord Beryn hatte die Stimme beinahe zu einem Kreischen erhoben. »Redet Ihr etwa von Bavydd? Er ist hier und da in meiner Festung gewesen.«

»So hieß er also. Er hat den Priestern des Nudd hier in der Stadt einen anderen Namen angegeben, aber ich habe schon angenommen, daß der falsch war. Macht schon, Petyn. Wollt Ihr Euch wirklich für einen Mann hängen lassen, der keinen Finger krümmen wird, um Euch zu helfen?«

»Ich werde ohnehin hängen, du kleines Miststück! Wieso sollte ich etwas sagen? Du scheinst sowieso alles schon zu wissen.«

»Was ist hier eigentlich los?« Coryc schlug fest mit der Hand auf den Tisch. »Jill, wollt Ihr behaupten, daß dieser Kaufmann hinter den Mordversuchen steckt?«

»Nicht direkt, Euer Gnaden. Ich glaubte keinen Augenblick, daß er den Tieryn wirklich töten wollte. Er wollte Beryn und Dwaen in den offenen Krieg treiben, damit sie sich gegenseitig umbringen. Oder vielleicht hat er gehofft, daß Ihr glaubt, daß es alles Beryns Schuld ist und daß Ihr ihn dafür hängt, gegen Euer Verbot einer Blutfehde verstoßen zu haben. Dann würde er – Bavydd, meine ich – Lady Mallona heiraten können.«

»Aha.«

Dwaen seufzte. »Beryn, ich bin Euch eine Entschuldigung und Wiedergutmachung schuldig.«

»Zweifellos«, meinte der Gwerbret, »aber das wird eine andere Angelegenheit sein. Jill, ich gehe also davon aus, daß Ihr Anklage wegen Mordversuch und Ehebruch gegen diesen Bavydd, Kaufmann aus Cerrmor, erhebt.«

»Nein, Herr. Auch er war nur ein Werkzeug.«

Nun starrten alle Jill an, von den Belpriestern bis zum niedrigsten Diener in der Zuschauermenge. Rhodry hatte nie erlebt, daß eine solche Menschenmenge so leise sein konnte.

»Nun, Euer Gnaden«, fuhr Jill fort, »sie hätten jederzeit miteinander durchbrennen und in Cerrmor sicher sein können, im Amtsbereich eines anderen Gwerbret, bevor Lady Mallonas Mann sie auch nur aufspürte. Bavydd hat Geld genug. Er hätte Lord Beryn dreimal den Preis für den Ehebruch zahlen können, wenn die Angelegenheit vor Gericht gekommen wäre, und ich wette, seine Lordschaft hätte das Geld auch genommen und die Sache damit auf sich beruhen lassen, weil mir alle erzählt haben, daß er mit seiner Frau nicht sonderlich gut auskommt. Wieso also diese ganze Intrige? Euer Gnaden, es muß jemand sein, der Tieryn Dwaen haßt, und es gibt nur einen einzigen Menschen unter der Sonne des großen Bel, der das sein könnte.«

Unwillkürlich schaute der Gwerbret zu Beryn hinüber, aber Jill schüttelte traurig den Kopf.

»Euer Gnaden, Ihr habt alle nach einem Mann gesucht, nicht wahr? Frauen hassen ebenso unerbittlich. Euer Gnaden, jeder sagt mir, daß Lady Mallona ihren Sohn über alles liebte. Er war nicht nur ihr Sohn, sondern ihr einziges Kind. Sie muß Dwaen dafür gehaßt haben, daß er ihn hängen ließ, und sie hat darüber gebrütet, bis sie den Verstand verlor. Und dann ist da noch die Dienerin. Wer sonst hätte Ylaena eine Stelle in Dwaens Festung beschaffen können, und das alles aus angeblicher Freundlichkeit? Und wer sonst hätte gewußt, daß Vyna ein Kind hat, das sie als Geisel benutzen konnte? Wer sonst würde auch Lady Ylaena hassen? Die Frauen in Eurer Festung haben mir erzählt, daß Mallona sich sehr für Lord Cadlew interessierte. Es ist außerdem bekannt, daß er sie kalt abgewiesen hat. Ylaena war ihre Rivalin. Mallona hätte ihre Rache genossen, wenn diese Räuberbande Ylaena verschleppt hätte. Aber wie konnte Mallona Männer anheuern und ihnen Befehle geben? Einen Boten losschicken und überall bekanntmachen lassen, daß sie Mörder brauchte? Sie in die Halle ihres Mannes einladen? An dieser Stelle war Bavydd schließlich sehr nützlich.«

Plötzlich erinnerte sich Rhodry an Lord Beryn und sah zu ihm hin. Der Lord kniete auf dem Boden. Es sah so aus, als wäre er geschrumpft, alt und grau und irgendwie kleiner geworden. Träge wie ein Betrunkener hob Beryn schließlich den Kopf und stieß einen Klageschrei aus wie über einer Leiche.

»Ihr habt mein Mitgefühl, Herr«, sagte Jill. »Wahrhaftig. Aber ich sehe nicht ein, wieso Ihr für die Verbrechen einer anderen leiden solltet.«

»Ich ebenfalls nicht«, sagte Coryc. »Diese Frau soll sofort zum Verhör hergebracht werden. Tatsächlich werde ich mit der Erlaubnis seiner Lordschaft eine Ehrengarde zusammenstellen und sie selbst holen.«

Wie ein Krieger, der auf dem Schlachtfeld verwundet wurde, aber entschlossen ist, aufrecht zu sterben, kam Beryn taumelnd auf die Beine. Die Gesetze gaben ihm das Recht, nach Hause zu reiten und seine Frau mit seinem Leben gegen diese Anklagen zu verteidigen, und Rhodry trat unwillkürlich vor und legte die Hand an den Schwertgriff. Beryn sah die Geste und stieß ein grausiges Lachen aus.

»Bewahrt die Ruhe, Silberdolch. Euer Weichling von einem Lord ist sicher vor mir. Ich bitte nur um einen Gefallen, Euer Gnaden. Zwingt mich nicht zuzusehen, wenn sie gehängt wird. Ich habe sie einmal geliebt.«

»Also gut.«

Coryc setzte dazu an, mehr zu sagen, aber die Zuschauer begannen zuerst zu tuscheln, dann aufgeregt aufeinander einzureden und wurden lauter und lauter. Coryc zögerte, dann ließ er die Halle von den Wachen räumen. In der allgemeinen Verwirrung sammelte Beryn seine geschworenen Männer um sich wie einen Verband für eine Wunde und wurde davongedrängt. Als Dwaen versuchte, ihm zu folgen, um sich weiter zu entschuldigen, hielten Rhodry und Cadlew ihn zurück. Der Gwerbret war so dicht umgeben von Priestern, die dieses und jenes mit ihm besprechen wollten, daß er sich nicht die Mühe machte, das Malover förmlich zu beenden.

Sobald der Raum einigermaßen leer war, sah sich Rhodry nach Jill um, aber auch sie war verschwunden. Verdammt soll sie sein! dachte er. Was hatte sie jetzt schon wieder vor? Da Dwaen offensichtlich nun in Sicherheit war, ließ er ihn stehen und ging ihr nach. Als er die Treppe herunterkam, roch er etwas – einen vertrauten Geruch – eine Spur Zimt und Moschus, genau jenen Duft, der den Mann umgeben hatte, der versucht hatte, ihn als Meuchelmörder einzustellen. Rhodry riß den Kopf hoch wie ein Jagdhund und rannte mit gefährlicher Geschwindigkeit weiter die Wendeltreppe hinab. Einen Augenblick lang nahm er den Geruch am Fuß der Treppe ebenfalls wahr, aber die große Halle war voll von schwatzenden Leuten. Bis er aus der Tür war, konnte er den Mann, bei dem es sich wahrscheinlich um Bavydd aus Cerrmor handelte, weder riechen noch sehen.

Nach einer kurzen Suche entdeckte Jill Lord Beryn und seine Männer draußen am Stall. Schweigend und bedrückt sattelten sie ihre Pferde. Als Jill näher kam, starrten sie sie in erboster Verwirrung an, als könnten sie sich nicht entscheiden, ob sie nun der Grund für den Ärger ihres Herrn oder diejenige war, die ihn davor gerettet hatte. Beryn selbst jedoch hob die Hand zu einem schlaffen Gruß.

»Herr, ich weiß, ich habe Euch großen Kummer gebracht, aber nun werde ich Euch auch ein wenig Trost bringen. Darf ich sprechen?«

»Warum nicht, Silberdolch? Ich kann mir nicht vorstellen, daß Ihr etwas tun könntet, um mich noch mehr zu kränken.«

»Ihr habt Euren einzigen Sohn verloren, und ich weiß, daß es betrüblich für Euch ist zu glauben, daß Euer Clan sterben wird, wenn Ihr sterbt. Aber ich bin gekommen, um Euch zu sagen, daß Euer Sohn einen Sohn gezeugt hat, bevor er umkam. Es ist das Kind, das beim Malover erwähnt wurde, Vynas Kind. Das Kind ist ein Bastard, aber Ihr könntet ihn anerkennen.«

Beryn wandte sich ab, dann begann er zu zittern wie ein Speer, der fest in den Boden gerammt wurde und noch nachbebt. Endlich wandte er sich wieder Jill zu.

»Ich kann mich erinnern, daß das Mädchen weggeschickt wurde. Ich habe damals nicht sonderlich darauf geachtet. Eine Frauenangelegenheit, dachte ich. Warum hat meine Frau mir nicht von dem Kind erzählt?«

»Hätte sie Euch denn irgend etwas gesagt, daß Euch erfreut hätte?«

»Ihr Götter.« Eine lange Weile schwieg er. »Miststück.«

»Herr, wie hätte das arme Mädchen Euren Sohn denn abweisen sollen?«

»Nicht das Mädchen, du dummer Silberdolch! Meine Frau.« Er begann, hektisch auf und ab zu gehen. »Ist das Kind gesund?«

»Ja, Herr. Der Junge heißt Bellgyn.«

Aufgewühlt lief er im Kreis und starrte ununterbrochen auf den Schmutz zu seinen Füßen. Jill verbeugte sich unbemerkt und ging davon.

Am nächsten Morgen, nachdem die Festung zum Leben erwacht war, rief der Gwerbret die beiden Herren und ihr Gefolge an den Ehrentisch der großen Halle. Coryc erhob sich mit angestrengtem Gleichmut und nickte Beryn grüßend zu.

»Ich habe eine förmliche Ankündigung zu machen, Herr«, sagte Coryn ruhig. »Ich habe vor, zu Eurer Festung zu reiten, um Eure Frau in dieser Angelegenheit zu verhören. Wenn Ihr zu ihrer Verteidigung reiten wollt, dann garantiere ich Euch sicheres Geleit in meiner Stadt und auf meinen Straßen.«

Beryn schnaubte.

»Wenn Ihr reitet, Euer Gnaden, möchte ich mich der Jagd nach diesem elenden Kaufmannsbastard anschließen.« Beryn zeigte mit dem Daumen auf Rhodry. »Dieser Silberdolch sagte mir, er sei sicher, daß Bavydd gestern in der Stadt war. Ich wette, er ist auf dem Weg nach Süden. Und ich bitte Euch um einen Gefallen, Euer Gnaden. Wenn wir ihn erwischen, überlaßt ihn mir.«

Coryc zögerte und schaute zu Dwaen hin, als wäre der Tieryn sein eigenes Gewissen und anwesend, um über die Gesetze Bels Zeugnis abzulegen.

»Es steht mir nicht zu, zu sagen, was Euer Gnaden tun oder lassen sollen«, meinte Dwaen. »Der Tod meines Vaters war mehr, als ich schweigend ertragen konnte, aber diesmal will ich meine Rechte nicht weiter verfolgen. Was immer Ihr mit dem Kaufmann tun wollt, Euer Gnaden, tut es.«

»Dann ist Euch die Gunst gewährt, Lord Beryn«, sagte Coryc. »Und wir sollten uns am besten gleich aufmachen.«

Den ganzen Tag trieben die Kriegshaufen ihre Pferde an und trabten am frühen Nachmittag in Dun Ebonlyn ein, wo sie Rast einlegten, um etwas zu essen und Lady Ylaena zu berichten, was geschehen war. Als die Männer in den Hof einmarschierten, sah Jill, wie Lord Beryn seine Leute aus der Linie nahm und vor der Tür stehenließ. Als sie Dwaen darauf hinwies, ritt der Tieryn hinüber und verbeugte sich aus dem Sattel vor Beryn.

»Ihr seid in meiner Festung willkommen«, sagte Dwaen. »Wenn Ihr Euch dazu überwinden könnt, sie zu betreten.«

Im Sattel zusammengesackt, dachte Beryn über das Angebot nach. In der hellen Nachmittagssonne sah er erschöpft aus, seine Augen waren blutunterlaufen, die Wangen voll tiefer Falten von einem Leben draußen in Sonne und Wind. Endlich seufzte er.

»Seine Gnaden sind ausgesprochen großzügig«, meinte Beryn. »Meine Männer und ich können in Eurem Hof essen. Ich möchte Eure Mutter und Eure Schwester nicht mit meiner Gegenwart an Eurem Tisch bedrücken.«

»Wie Ihr wünscht, aber ich werde das Essen von meinem Tisch zu Euch herausbringen lassen.«

»Ich danke Euch. Ich werde es gern entgegennehmen.«

Die beiden Männer sahen sich unbewegt an.

»Ich möchte Euch noch um etwas bitten«, fuhr Beryn fort. »Euer Silberdolch hat mir gesagt, daß sich Verwandte von mir in Eurer Festung befinden.«

»Vynas Kind, Euer Gnaden«, warf Jill ein. »Madryc ist der Vater des Jungen.«

Dwaen stieß einen leisen, überraschten Pfiff aus.

»Ich möchte den Jungen beanspruchen«, sagte Beryn. »Förmlich und gesetzlich, nachdem wir diese andere Angelegenheit erst hinter uns gebracht haben. Er ist der einzige Verwandte, der mir geblieben ist.«

»Ich werde Euch dabei nicht im Weg stehen, Euer Lordschaft, immer vorausgesetzt, das Mädchen ist einverstanden.«

Beryn runzelte die Stirn, wollte etwas sagen, zuckte dann aber nur mit den Achseln und ritt in den Hof.

Beryns Männer fanden einen Platz an der inneren Mauer. Diener eilten nach draußen, brachten den Männern Met und kaltes Fleisch und den besten Hafer für die Pferde, und Beryn setzte sich inmitten seines Kriegshaufens auf die Pflastersteine und rief nach Bier. Jill eilte in die Küchenhütte, wo sie Vyna fand, die Brot in einen Korb häufte. Sie trug ihr Kind in einem Tuch auf dem Rücken.

»Köchin!« rief Jill. »Lord Beryns Männer brauchen Bier.«

»Männer brauchen immer Bier«, sagte die Köchin. »Pagen! Wo steckt ihr? Lauft und holt ein kleines Faß.«

In dem allgemeinen Durcheinander gelang es Jill, Vyna beiseite zu ziehen.

»Ich habe wichtige Neuigkeiten. Lord Beryn weiß von dem Kind. Er möchte es beanspruchen und als seinen Erben großziehen.«

Vyna erstarrte.

»Könntest du es über dich bringen, ihn aufzugeben?« fuhr Jill fort. »Du weißt, Dwaen würde es nie zulassen, daß der Lord das Kind gegen deinen Willen nimmt.«

Vyna stellte den Korb ab und wischte sich die Augen mit dem Ärmel. »Auf diese Weise wird er ein gutes Leben haben«, meinte Jill. »Sogar einen Titel, und du könntest dir einen Mann suchen.«

Vyna drehte sich um und verließ die Küchenhütte. Das Kind wippte auf ihrem Rücken. Jill rannte ihr nach und holte sie neben dem Brunnen ein, als Lord Beryn selbst auf sie zugeeilt kam, das Stück Brot noch in der Hand. Vyna hielt den Kopf hoch erhoben und knickste nicht; sie hielt dem Blick des Lords stand.

»Ja, ich erinnere mich an dich«, sagte Beryn. »Und das da ist der Junge?«

»Ja, Herr«, sagte Vyna. »Mein Kind.«

Beryn biß nachdenklich ins Brot und fuhr fort, Vyna zu betrachten. Er ragte hoch über ihr auf, immer noch ein kräftiger Mann, grauhaarig oder nicht, und sein Blick vollkommen kalt.

Sein Gesicht zeigte keine Spur eines Lächelns, aber Vyna starrte entschlossen wie ein Krieger zurück.

»Und du schwörst, daß dies das Kind meines Sohnes ist?«

»Als erstes ist er *mein* Kind, Herr, aber Euer Sohn hatte auch etwas damit zu tun.«

»Du hast deinen eigenen Willen, wie?«

»Es blieb mir nichts anderes übrig, Herr.«

Beryn aß weiter, dann warf er die Brotkruste weg.

»Nun, du wärest in einer Festung besser aufgehoben als in der Küche«, sagte er. »Nachdem wir uns um die Angelegenheit gekümmert haben, in der ich hier unterwegs bin, komme ich und hole dich und den Jungen.«

»Mich, Herr?«

»Denk doch nach, Frau! Was soll ich mit einem kleinen Kind anfangen? Ich müßte ohnehin eine Kinderfrau finden. Also kannst genausogut du das sein.«

Lord Beryn drehte sich auf dem Absatz um und kehrte zu seinen Männern zurück. Vyna schlug die Hände vors Gesicht und begann laut zu schluchzen.

»Still«, sagte Jill und tätschelte ihr die Schulter. »Siehst du? Nun werden sie dir nicht einmal dein Kind wegnehmen. Aber ich beneide dich nicht darum, dort mit Lord Beryn in der Festung eingeschlossen zu sein.«

»Ich würde es auch mit dem Fürsten der Hölle aufnehmen, wenn es um mein Kind geht. Und ich denke, besser als der Höllenfürst ist er allemal.« Mit einem letzten Schluchzen wischte sie sich das Gesicht mit dem Ärmel ab. »Ich habe mehr Angst vor dem, was die Leute sagen werden, als vor ihm.«

»Ich bezweifle, daß du dir deshalb Sorgen machen mußt. Lord Beryn würde es als persönliche Beleidigung auffassen, wenn irgend jemand die Mutter seines Erben verspottet, und ich wette, daß es niemand so leicht wagt, seine Lordschaft zu beleidigen.«

Nachdem die Männer gegessen hatten, wechselten sie die Pferde und ritten rasch weiter. Sie waren fest entschlossen, Beryns Festung noch vor Sonnenuntergang zu erreichen. Nach ein paar Meilen begegneten sie einem einzelnen Reiter, der ihnen auf einem grauen Wallach entgegenkam. Mit einem Aufschrei löste sich Lord Beryn von der Truppe und galoppierte mit dem Rest seiner Eskorte auf den Mann zu. Bald umgab ein Wirbel von Männern und Pferden den Reiter. Rhodry blieb dabei immer in Dwaens Nähe.

»Ich bin froh, Euch zu sehen, Herr«, sagte der Reiter zu Beryn. »Ich war auf dem Weg nach Caenmetyn, mit einer Botschaft für Euch.«

»Tatsächlich?« Beryn beugte sich im Sattel vor. »Dann spuck es aus, Junge.«

»Etwas stimmt nicht mit Eurer Frau. Nachdem Ihr die Festung verlassen hattet, war sie sehr aufgeregt. Nun gut, wir dachten, das sei nicht weiter verwunderlich bei dem, was Euch bevorstand – nun, der ganze Ärger und so.« Er warf dem Gwerbret einen unruhigen Seitenblick zu. »Jedenfalls mitten in der Nacht kommt plötzlich dieser Kaufmann auf einem völlig zuschanden gerittenen Pferd vorbei. Bavydd. Erinnert Ihr Euch an ihn, Herr?«

»Sehr gut sogar. Weiter.«

»Und er sagt, er hat Nachrichten aus Caenmetyn. Natürlich lassen wir ihn rein. Wir dachten alle, daß es sehr nett von ihm war, so rasch zu reiten, um Eurer Frau die Neuigkeiten zu bringen. Jedenfalls, Bavydd bleibt ein wenig, und Lady Mallona sagt uns, wir sollen uns keine Sorgen machen, weil das Malover zu Euren Gunsten ausgegangen sei. Also haben wir dem Kaufmann zugejubelt und sind dann alle schlafen gegangen. Am Morgen sagt uns der Torhüter, daß Bavydd weitergeritten ist, nicht lange, nachdem wir die große Halle verlassen hatten. Auf einem Pferd übrigens, das

Eure Frau ihm gegeben hat, um ihn für das seine zu entschädigen. Aber nun hat sich Lady Mallona in ihrer Kammer eingeschlossen, und keine ihrer Frauen kann sie dazu bringen, an die Tür zu kommen. Also dachten wir schon daran, an der Wand hochzuklettern und das Fenster einzuschlagen, aber das geht doch nicht, wir können doch nicht einfach in das Zimmer Eurer Frau eindringen, also dachten wir, wir schikken Euch lieber eine Nachricht und fragen, was wir tun sollen.«

Beryn warf Rhodry einen ausdruckslosen Blick zu. Rhodry zuckte nur mit den Achseln, da er, wie zweifellos auch der Lord, annahm, daß Mallona sich entschieden hatte, der Gerechtigkeit des Gwerbret zu entgehen, indem sie sich selbst umbrachte. Beryn wandte sich wieder dem Reiter zu.

»Nun, jetzt bin ich da. Reiten wir zurück.«

Beryns Festung war hinter der niedrigen Mauer ein recht ungepflegter Ort mit einem flachen Broch, einem schmutzigen Hof voller Ställe und Vorratsschuppen. Als der Kriegshaufen durch das Tor hereinritt, wurde dieser Hof zu einem wimmelnden Haufen verwirrter Diener und aus dem Sattel steigender Reiter. Diejenigen von Beryns Männern, die in der Festung zurückgeblieben waren, umdrängten ihren Lord und erzählten ihm immer wieder dieselbe Geschichte, während sich der Kämmerer ständig vor dem Gwerbret verbeugte und sich für die schlechte Unterkunft entschuldigte. Auf einen geflüsterten Befehl von Dwaen blieb Rhodry dicht bei Lord Beryn, der ihn allerdings kaum zu bemerken schien.

»Sollen wir ein paar Äxte holen und die Tür aufbrechen, Herr?« schlug ein Reiter vor. »Es wird eine Weile dauern, aber wir werden es schaffen.«

»Herr?« Rhodry trat vor. »Ich bin ein guter Kletterer. Wenn Ihr mir erlaubt, die Kammer Eurer Frau zu betreten, kann ich den Broch hinaufklettern und durchs Fenster steigen.«

»Danke, Silberdolch«, sagte Beryn. »Kommt mit. Ich zeige Euch, welches Fenster es ist.«

Als er mit Rhodry um den Turm ging, zeigte Beryn nicht mehr als eine Spur von Abscheu für die Entdeckung, die unvermeidlich auf ihn warten würde. Er deutete auf ein Fenster im ersten Stock des Broch und ging dann nach drinnen, um vor der Tür seiner Frau zu warten. Rhodry legte seine Sporen und den Schwertgürtel ab, reichte alles Jill, sprang dann auf ein Fensterbrett und begann zu klettern. Da die Steine des Broch nur grob behauen waren, ging es relativ leicht. Am Fenster fand er die Läden verriegelt, aber er drückte sie mit der Hand auf und kletterte hinein.

In der trüb beleuchteten Kammer roch es nach Erbrochenem und einer süßlichen Arznei. Auf dem Bett mit den Vorhängen lag eine Gestalt zusammengekrümmt, beide Hände auf dem Bauch. Rhodry zog die Decke weg und fand die Leiche eines untersetzten, nackten Mannes, dessen Haut bläulich verfärbt und dessen breites Gesicht in letzter Qual verzogen war. Er lag in einer Pfütze von Erbrochenem und Urin. Die blutunterlaufenen Augen starrten blicklos hinauf zu den gestickten Wappen an Lord Beryns Bett. Rhodry wich zurück.

»Die Götter mögen uns schützen! Sie ist wirklich ein übles kleines Miststück!«

Er rannte zur Tür, entriegelte sie und ließ Lord Beryn und den Gwerbret herein. Beim Anblick der Leiche in seinem Bett stieß Beryn einen lauten Fluch aus. Dann begann er zu zittern, ein Beben der Wut, das ihm die Worte raubte. Hinter ihm kamen Coryc, Dwaen und Lord Cadlew, denen Jill folgte. Corycs Maske des Mitgefühls zerbrach bei diesem Anblick.

»Bavydd!« sagte der Gwerbret. »Das muß er sein! Bei den Höllen – aber wo steckt Lady Mallona?«

»Wenn ich sprechen dürfte, Euer Gnaden?« warf Jill ein. »Ich wette, sie hat Bavydds Kleider angezogen und ist auf einem der Pferde ihres Mannes davongeritten. Der Torhüter und die Diener müssen sie gesehen haben, als sie letzte Nacht die Festung verließ.«

»Und sie ist auf dem Weg nach Süden, nach Cerrmor«, fauchte Beryn. »Darauf wette ich.«

»Cerrmor?« meinte der Gwerbret. »Wieso sollte sie das tun?«

»Wohin sonst sollte sie gehen?« Beryn sprach beängstigend leise. »Ihr elender Bruder hatte eine Frau und Kinder dort, und Bavydd hat sicher auch Verwandte. Ich kenne meine Frau, Euer Gnaden. Sie könnte die Götter selbst zum Narren halten, wenn sie anfängt zu lügen. Aber sie wird Cerrmor nicht erreichen. Das schwöre ich beim Höllenfürsten selbst. Sie wird nicht lebendig dort ankommen.«

Er schrie nach frischen Pferden und rannte die Treppe hinunter. Der Gwerbret eilte ihm hinterher, aber Dwaen zögerte und wies Rhodry und Jill mit einer Geste an, auch zu warten.

»Glaubt Ihr, daß wir sie einholen werden?« fragte der Tieryn.

»Wer weiß, Herr?« antwortete Rhodry. »Sie hat einen guten Tag Vorsprung, aber nur ein Pferd. Ich wette, sie wird sich ein anderes stehlen. Zutrauen würde ich ihr das.«

Dwaen schauderte. »Sie muß den Verstand verloren haben, die arme Frau. Vielleicht hat sie angefangen, diesen Kaufmann zu hassen und ihn als den betrachtet, der sie zu diesen Verbrechen verleitet hat. Die Quelle ihrer Unehre, so etwas.«

»Euer Gnaden sind viel zu freundlich«, warf Jill ein. »Ich glaube, sie wollte einfach ihre Haut retten. Aber sie ist nicht nach Süden geritten.«

Die Männer starrten sie an. Rhodry war verblüfft, wie seltsam sie aussah – bleich, wie man vielleicht erwarten konnte, aber sie hatte auch Schweißperlen auf der Stirn und starrte geradeaus, als sähe sie jemanden im Zimmer stehen. Als Rhodry ihrem Blick folgte, konnte er jedoch niemanden entdekken.

»Jill, wovon redet Ihr?« fragte Dwaen. »Woher wißt Ihr das?«

Sie schüttelte den Kopf und zitterte beinahe. »Ich weiß nicht, wie ich es weiß, Euer Gnaden, aber ich weiß es. Wir können nach Süden reiten, solange wir wollen, aber wir werden sie nicht finden.«

Am Ende sollte sich herausstellen, daß Jill recht hatte, aber das kostete seinen Preis. Der Gwerbret ließ Tieryn Dwaen und Lord Cadlew in der Festung zurück, um dort für Ordnung zu sorgen, dann ritt er mit Lord Beryn und ein paar Männern seines eigenen Kriegshaufens los. Rhodry ritt mit ihnen, um später zurückzukommen und dem Tieryn Bericht zu erstatten. Im Zwielicht ritten sie rasch über eine schmale Straße entlang in den Wald, in dem Beryn sein Jagdhaus hatte. Als sie den Wald erreichten, war es schon dunkel, was sie zwang, langsamer zu werden. Einzig ein gewundener Feldweg führte zwischen den alten Eichen hindurch.

»Ich hoffe, Lord Beryn kennt sich hier aus«, rief Coryc.

»Wie mein eigener Wildhüter«, gab Beryn zurück. »Es ist nicht mehr weit.«

Nach einiger Zeit wurde ein mattes Schimmern sichtbar. Leise vor sich hin fluchend stürmte Beryn darauf zu. Rhodry gab seinem müden Pferd die Sporen und holte ihn ein, als sie auf eine Lichtung kamen, auf der ein langgezogenes Holzhaus stand, halb Wohnhaus, halb Vorratsschuppen. Das Licht kam aus einem Fenster, ein angenehmes Feuerlicht in der Kälte der Nacht. Draußen schrien drei Männer einander wütend an, während sie hektisch versuchten, die Pferde zu satteln; sie waren von dem unmißverständlichen Hufgeklapper vorgewarnt. Mit einem Kriegsschrei zog Beryn sein Schwert und griff an. Rhodry folgte, das Schwert in der Hand. Beim Anblick des

Gwerbret und seiner Männer, die auf die Lichtung drängten, fielen die drei auf die Knie und ergaben sich.

»Wo ist Mallona?« schrie Beryn. »Wo ist meine Frau?«

»Nicht hier, Herr, ich schwöre es! Wir haben gewartet, daß Bavydd sie holt.«

Die Adligen und ihre Männer stiegen aus dem Sattel und umzingelten die drei.

Rhodry ging schnell ins Haus und sah sich dort um. Decken und andere Ausrüstung lagen auf dem schrundigen Holzboden. Jagdspeere waren an der Feuerstelle an die Wand gelehnt. Dem Müll nach zu schließen, der hier herumlag, hatten die drei schon seit Tagen hier gewartet. Nur ein einziger ungewöhnlicher Gegenstand fiel ihm auf, eine kleine Silberkette, die auf einer Bank neben der Tür lag. Als er danach griff, sah er, daß kein Anhänger daran befestigt war, sondern eine Rabenfeder. Er steckte das Ding in die Tasche und ging wieder nach draußen, wo die drei Gefangenen inzwischen in der Hoffnung auf einen raschen Tod ohne vorherige Folter alles verrieten, was sie wußten.

Jills Theorien sollten sich als zutreffend erweisen. Petyn hatte diese Burschen in einer Stadt im Süden angeheuert, wo sie sich in der Hoffnung, als Karawanenwachen Arbeit zu finden, in einer Schenke herumdrückten. Er hatte sie zu dem Jagdhaus gebracht, wo Bavydd aufgetaucht war und mit Geld und guten Vorräten nur so um sich geworfen hatte. Zunächst hatten die Männer ihre Zweifel gehabt, aber dann hatte Bavydd ihnen erklärt, daß sie Dwaen nicht wirklich umbringen würden, es sollte nur so aussehen, als hätten sie es vor.

»Aber dann hat er uns gesagt, wir sollten diese Dame auf der Straße überfallen«, sagte einer der Männer. »Das hat mir überhaupt nicht gefallen.« Er warf seinen Kumpanen einen giftigen Blick zu. »Ihr seid alle Dreckskerle, und Petyn war der schlimmste.«

»Ach ja, Dreckskerle, wie?« zischte der andere. »Du warst schnell genug, als es darum ging, dir die Münzen dieses fetten Kaufmanns zu schnappen.«

»Das genügt«, sagte Coryc. »Was hat der Kaufmann euch darüber gesagt, was ihr mit der Dame anfangen solltet?«

»Was immer wir wollten«, meinte der Mann. »Das hat mir auch nicht gefallen, Euer Gnaden, ich schwöre es. Wir sollten sie herbringen, unseren Spaß mit ihr haben und so tun, als wären wir Beryns Männer. Dann sollten wir sie wieder auf ihr Pferd setzen und gehen lassen.«

»Es ist verdammt gut, daß Tieryn Dwaen jetzt nicht hier ist«, meinte Coryc.

Alle drei Männer starrten nun Rhodry an.

»Oh, ich erkenne euch«, Rhodry wandte sich dem Gwerbret zu. »Das hier sind tatsächlich die Männer, die Dwaens Reiter getötet haben, der Ylaena und ihre Dienerin eskortierte.«

»Gut, Silberdolch. Auch dafür werden sie zahlen. Lord Beryn? Packen wir diese drei Ratten hier auf ihre Pferde und reiten zurück zu Eurer Festung.«

Bevor sie losritten, fand Beryn im Jagdhaus eine Fackel und entzündete sie an der Feuerstelle, dann ließ er einen der Männer des Gwerbret das Feuer löschen. Alle folgten dem tanzenden Lichtpunkt der Fackel an der Spitze der Truppe auf dem Weg aus dem Wald heraus und über die Wiesen. Als sie die Festung erreichten, war es beinahe Mitternacht.

In Beryns großer Halle drängten sich die Männer auf dem Stroh oder an die Wand gelehnt, während hektische Diener mit Bier und Brot hin und her eilten. Die Adligen suchten sich, was an Hockern und Bänken noch zur Verfügung stand, zusammen und stellten sie rund um den grobgezimmerten Tisch, der Beryn als Ehrentisch diente. Beryn saß zusammengesackt auf dem einzigen Armlehnstuhl, einen Fuß gegen den Tisch gestützt, und trank schweigend vor sich hin. Er sah sich mit so finsterem Blick um, daß es zweifelhaft war, daß er auch nur die gegenüberliegende Wand bemerkte.

»Ich denke«, meinte Coryc schließlich, »daß es sinnlos ist, müde Männer auf erschöpften Pferden auf die Straße nach Süden zu schicken. Ich bin ebenso darum bemüht wie Ihr, daß diese Frau der Gerechtigkeit übergeben wird, aber bei den Höllen, wir wissen nicht einmal, ob sie sich wirklich nach Süden gewandt hat. Wenn sie schlau genug ist, wird sie Umwege einlegen, um uns von der Spur abzubringen.«

Beryn grunzte und starrte in seinen Bierkrug.

»Schlau genug ist sie wirklich immer gewesen«, warf Dwaen ein. »Ich frage mich, ob wir sie je erwischen.«

»Ich werde morgen Boten nach Cerrmor schicken«, sagte Coryc. »Der dortige Gwerbret wird meine Botschaft an den Stadtrat weiterleiten, und sie werden sie suchen, um ihm einen Gefallen zu tun.«

»Falls sie sich überhaupt nach Cerrmor gewendet hat«, murmelte Jill.

Die Adligen ignorierten sie und stritten sich noch eine Weile weiter, bis Dwaen endlich seinen gesunden Menschenverstand bemühte.

»Euer Gnaden, wir haben hier zwei Silberdolche, und die sind dafür berühmt, Männer wiederzufinden, die verfolgt werden müssen. Wieso nicht eine Frau?«

»Das ist wahr.« Coryc wandte sich Rhodry zu. »Ich werde eine Belohnung auf Mallona aussetzen. Fünfzig Silberstücke für Euch, wenn Ihr sie meiner Gerechtigkeit übergebt.«

»Seine Gnaden sind äußerst großzügig«, sagte Rhodry. »Aber es ist etwas an dieser Kopfgeldjägerei, das mich stört.«

»Sei nicht dumm, Rhodry«, zischte Jill. »Das ist genug Geld, um dir ein neues Pferd zu kaufen, wenn du deines irgendwann in einem Scharmützel verlieren solltest.«

»Du hast recht. Also gut, Euer Gnaden, wir werden es tun –

allerdings nur, wenn Tieryn Dwaen mich von meinem derzeitigen Auftrag entbindet.«

»Gerne. Ich denke nicht, daß mein Leben jetzt noch in Gefahr ist.«

Beryn erhob sich, den Bierkrug in der Hand.

»Von mir droht Euch keine Gefahr mehr. Dieser elende Welpe war seiner Mutter einfach zu ähnlich.«

Beryn schleuderte den Bierkrug gegen die Wand, dann rannte er aus der Halle. Sie hörten, wie er die Tür hinter sich zuwarf.

»Armes Schwein«, meinte Cadlew seufzend. »Ich bin inzwischen verdammt froh, daß ich es nie mit seiner Frau getrieben habe.«

»Du bist ein Ausbund an Ehre«, meinte Dwaen. »Aber du solltest aus mehr als einem Grund froh darüber sein. Wenn sie deiner müde geworden wäre, hätte sie dir vielleicht sehr speziellen Met serviert.« Alle Männer lachten nervös.

Sowohl Adlige als auch Gemeine suchten sich Schlafplätze für die Nacht. Ein wenig Herumschnüffeln draußen im Hof führte Rhodry und Jill zu einem Vorratsschuppen, in dem die letzten Zwiebeln des vergangenen Jahres in Zöpfen von der Decke hingen und wo nahe der Tür genug Platz war, daß sie ihre Decken ausbreiten konnten. Erschöpft wie er war, blieb Rhodry dennoch wach sitzen und starrte die Flecken von Kerzenlicht auf den groben Holzwänden an.

»Was ist denn los?« fragte Jill.

»Ich muß immer wieder an den alten Bavydd denken. Das war kein schöner Anblick.«

»Nein, aber wir haben schon Schlimmeres gesehen.«

»Dennoch, es war ein ganz besonders widerlicher Tod. Ich meine, von einer Frau vergiftet zu werden.«

»Ist es das, was es so widerlich macht – daß sein Mörder eine Frau war?«

»Selbstverständlich. Ihr Götter, sie muß wirklich eine Dämonin sein!«

»Ich weiß es nicht. Ich meine, sie hat natürlich wirklich jedes Gesetz der Götter und auch des Königs gebrochen, aber sie tut mir beinahe leid.«

»Hast du den Verstand verloren?«

»Nun, stell dir doch nur vor, in dieser Festung hier mit einem Mann wie Beryn festzusitzen.« Jill setzte sich und schob die Decken zurück. »Nach allem, was ich über sie gehört habe, hat sie mehr im Kopf als die meisten Leute und auch einen starken Willen. Ein paar Frauen, mit denen ich gesprochen habe, haben erzählt, daß sie in jungen Jahren sehr vergnügt gewesen ist, immer lachte und sang. Sie wäre die vollkommene Frau für einen großen Herrn gewesen, hätte seinen großen Haushalt führen und sich anstrengen können, um ihm bei Hof mehr Einfluß zu erwerben und so. Aber sie mußte hier verschimmeln, und alles, weil sie ihren Bruder gegen den Zorn ihres Vaters verteidigen wollte.«

»Viele Frauen landen schließlich in Festungen auf dem Land. Sie machen das Beste daraus, ohne sich Geliebte zu nehmen und Gifte zu studieren.«

»Das stimmt. Ich nehme an, du hast recht.«

Dennoch klang sie zweifelnd. Er hätte mehr gesagt, aber sie schlang ihm die Arme um den Hals und küßte ihn. Rhodry konnte all seine Sorgen vergessen, wenn er spürte, wie sie sich dicht an ihn drückte.

Aber am Morgen kamen die Sorgen um die Kopfgeldjagd, die vor ihnen lag, mit der aufgehenden Sonne zurück. Nachdem sie sich angezogen hatten, öffneten sie die Tür gegen den Zwiebelgestank. Jill zog ihre Stiefel an und blieb dann einfach auf dem Boden sitzen und starrte ins Leere.

»Etwas beunruhigt dich«, sagte Rhodry.

»Ja. Wo hatte sie dieses Gift her?«

Rhodry mußte zugeben, daß das ein interessanter Punkt war. Als er am Hof von Aberwyn aufgewachsen war, hatte man ihm, zum Selbstschutz, ein wenig über Gifte beigebracht – Männer in hoher Stellung waren immer gefährdet –, aber er hatte nie von etwas Ähnlichem wie der Droge, die Bavydd getötet hatte, gehört.

»Nun, es heißt, man kann im Hafen von Cerrmor die seltsamsten Dinge kaufen«, meinte Rhodry. »Dinge, die aus Bardek eingeführt werden. Bavydd hat es ihr vielleicht mitgebracht.«

»Wenn er das getan hat, wie konnte er dann so dumm sein, es zu trinken?«

»Das ist eine gute Frage – es sei denn, das Zeug war geschmacklos. Die besten Gifte sind das immer.«

»Mag sein. Ich meine, vielleicht war es das. Aber ich würde mich gerne überzeugen, und dafür müssen wir wissen, wie das Zeug heißt.«

»Nun, ich kann dir sagen, was Bavydd im Palast des Gwerbret benutzt hat – es war nichts weiter als eine Unmenge Belladonna.«

»Bavydd? Oh, selbstverständlich, er muß es gewesen sein, der der Dienerin den Met gab. Wenn er also das Belladonna hatte, hat er wahrscheinlich auch das andere Gift gekauft.«

»Er hätte sich nur nie träumen lassen, daß sie es gegen ihn benutzt.«

Das klang durchaus vernünftig, obwohl sie dennoch einen unbehaglichen Blick wechselten. Dann stand Rhodry entschlossen auf, hielt sich mit einer Hand am Türsturz fest und lehnte sich in den Hof hinaus, wo die Männer des Gwerbret ihre Pferde sattelten.

»Jill? Glaubst du, das hier hat irgendwie mit Zauberei zu tun?«

»Ja, aber ich könnte dir nicht sagen, warum.«

Ein kalter Schauder lief ihm über den Rücken. Im Sommer zuvor war der Dweomer über sein Leben hereingebrochen wie eine Sturmwoge, hatte Jill mit sich gebracht und sie zurückgelassen wie einen vergrabenen Schatz, der vom Meer an Land gespült wurde. Aber er war sich auch immer bewußt, daß die Zauberei sie wieder wegtragen könnte. Er erinnerte sich an einen Mann namens Aderyn, der magische Kraft über alles hinweg besaß, was Rhodry je für möglich gehalten hätte. Dieser Mann hatte ihm gesagt, daß Jill für den Dweomer vorgesehen war. Rhodry weigerte sich, das zu glauben. Sie liebte ihn, sie gehörte zu ihm, und das war alles, was zählte. Aber als er sich zu ihr umdrehte, wie sie dort auf den schmutzigen Decken, zwischen Säcken muffigen Mehls saß, starrte sie wieder in jene Bereiche, die nur sie erkennen konnte.

»Reiten wir«, zischte er. »Mallona ist längst weg, und ich wette, sie ist immer noch unterwegs.«

»Zweifellos.« Jill kam auf die Beine. »Wohin sollen wir gehen?«

»Ich hatte gehofft, du könntest mir das sagen.«

Sobald er die Worte ausgesprochen hatte, bereute er sie. Da war es wieder: Dweomer. Als wüßte sie, was er dachte, lächelte sie auf eine gereizte Art.

»Nun, laß uns eine Weile nach Süden reiten. Das würde ich zumindest an ihrer Stelle tun. Eine falsche Spur in Richtung Cerrmor legen und dann woanders hingehen.«

»Klingt vernünftig. Oh. Ihr Götter, ich hätte es beinahe vergessen.« Er steckte die Hand in die Briggatasche und holte die inzwischen ziemlich mitgenommene Feder an ihrer Kette heraus. »Was hältst du davon? Das habe ich in Beryns Jagdhaus gefunden.«

Jill griff nach der Kette und sah sie genauso an, wie sie madiges Fleisch ansehen würde.

»So etwas habe ich schon einmal gesehen, als ich noch mit

meinem Vater unterwegs war«, sagte sie schließlich. »Sie hatten die Frau aufgehängt, die das trug. Ich weiß nicht, warum. Vater hat nicht zugelassen, daß ich mir die Leiche länger ansehe. Er wollte auch nicht, daß ich die Leute in der Stadt danach frage.«

Sie setzte dazu an, die Feder wegzuwerfen, dachte dann noch einmal nach, kniete nieder und steckte sie in die Satteltasche.

»Du solltest das Ding dem Gwerbret geben«, meinte Rhodry.

»Ja, früher oder später. Aber ich möchte es erst jemand anderem zeigen. So langsam bekomme ich eine Vorstellung von Lady Mallona. Weißt du, ich habe ein paar seltsame Dinge über sie gehört, als ich oben in der Frauenhalle von Corycs Festung war.«

»Offensichtlich. Ihr Götter, ich werde nie die Miene des guten alten Cadlew vergessen.«

»Nicht nur solches Zeug, du Dummkopf. Es gab Gerüchte, daß Mallona sich mit den alten Überlieferungen befaßt hat. Lady Ganydda behauptete, das nicht zu glauben, aber sie war ausgesprochen begierig, es zu wiederholen. Angeblich hat sie schon als Kind eine merkwürdige alte Frau gekannt, die in der Nähe der Festung ihres Bruders wohnte ...«

»Und selbstverständlich war die arme Alte eine Hexe«, beendete Rhodry diesen nur zu vertrauten Klatsch für sie. »Jede alte Frau, die alleine lebt, ist angeblich eine Hexe.«

»Das ist wahr, aber überleg doch. Mallona hatte ein paar Jahre lang einen Liebhaber und nur ein einziges Kind von Beryn. Nun, vielleicht mag das an Beryn gelegen haben, wer weiß, aber wenn dieser Liebhaber nichts taugte, hätte sie sich wohl kaum mit ihm abgegeben. Mit Cadlew wollte sie auch nicht nur Konversation führen. Warum hatte sie keine Bastardkinder, die sie als die ihres Mannes ausgeben konnte?«

»Es heißt immer, jene, die die alten Überlieferungen studieren, könnten einer Frau bei solchen Dingen helfen, oder?«

»Genau das.« Jill dachte einen Augenblick lang nach. »Lord Beryns Köchin hat mir gesagt, daß ihre Herrin hier und da zu Schwächezuständen neigte, bei denen sie sich tagelang ins Bett legen mußte und schrecklich krank aussah.«

»Ihr Götter! Mir ist nie klar gewesen, daß die Diener in einer Festung jede Kleinigkeit über ihre Herren wissen.«

»Oh, zweifellos könnten die Köchinnen und die Küchenmädchen in Aberwyn eine Menge schöner Geschichten über dich erzählen, Rhodry Maelwaedd.«

Rhodry hatte das unangenehme Gefühl zu erröten.

Die Jagd hätte einfach sein sollen. Eine Frau, die allein reiste, war in jenen Tagen so ungewöhnlich, daß jeder, dem sie begegnet war, sich daran erinnern würde. Eine Frau, die den größten Teil ihres Lebens in einer abgeschlossenen Festung verbracht hatte, hätte auf der Straße auf alle möglichen Schwierigkeiten stoßen müssen. Obwohl Lady Mallona keineswegs verwöhnt worden war, war sie doch zweifellos nie in die Lage gekommen, ein Lagerfeuer bauen, um Essen feilschen, Wasser für ihr Pferd finden oder sonst all die hundert Dinge tun zu müssen, ohne die Reisende auf den Straßen von Deverry nicht weiterkommen konnten.

Es hätte leicht sein müssen, sie zu finden, wenn sie irgendwo mit einem lahmen Pferd steckengeblieben war oder versuchte, mit mißtrauischen Wirten zu verhandeln – nur: Rhodry mußte nach einem ganzen Tag auf der Straße nach Süden zugeben, daß sie offenbar spurlos verschwunden war wie durch Dweomer. Kein Bauer erinnerte sich, sie gesehen zu haben, kein Wirt hatte sie eingelassen, kein Adliger hatte sich über diese einsame Reiterin gewundert, die seine Ländereien durchquerte.

»Ich denke langsam, daß sie überhaupt nicht nach Süden geritten ist«, meinte Rhodry. »Nicht einmal, um eine falsche Spur zu legen. Mögen die Götter mich allerdings schlagen, wenn ich aufgebe. Wenn jemals eine Frau es verdient hatte zu hängen, dann sie.«

»Wahrscheinlich.« Jill dachte eine Weile nach und starrte brütend in die Flammen ihres Lagerfeuers. »Nun, so wie man sie uns beschrieben hat, wird sie kein Glück damit gehabt haben, sich als Mann zu verkleiden, nicht im hellen Tageslicht.«

»Daran hatte ich auch schon gedacht.«

»Und sie war in ihrem ganzen Leben nicht weiter als dreißig Meilen von ihrem Zuhause entfernt. Man sollte annehmen, daß sie sich verirrt.«

»Das sollte man annehmen.«

Sie seufzten beide und schauten nachdenklich ins Feuer.

»Ich frage mich, ob sie vielleicht tot ist«, meinte Jill abrupt. »Vielleicht hat sie sich irgendwo umgebracht oder ist ein paar jungen Männern begegnet, die sie vergewaltigt und ermordet haben.«

»Das wäre ein passendes Ende, so angemessen, daß ich bezweifle, daß die Götter freundlich genug dazu wären. Nun, sollen wir wirklich bis nach Cerrmor weiterziehen? Wenn sie dort auftaucht, wird sie wohl ohnehin gefangengenommen werden. Coryc hat diese Botschaften ziemlich drängend verfaßt.«

»Das ist wahr, aber wenn wir sie nicht zuerst erwischen, bekommen wir das Geld nicht.«

Obwohl das stimmte, kam es Rhodry so kaltblütig vor, daß er nicht wußte, was er sagen sollte.

»Reiten wir noch eine Weile nach Süden«, fuhr Jill fort. »Nicht weit von hier gibt es eine kleine Stadt, die Muir heißt, und dort gibt es einen Tempel der Göttin.«

Rhodry fluchte leise.

»Daran hätte ich auch denken können«, meinte er. »Sie hat vielleicht Zuflucht in einem Tempel gesucht. Glaubst du wirklich, sie könnte so unverschämt sein?«

»Warum nicht? An Unverschämtheit scheint es ihr bisher nicht gefehlt zu haben.«

Sollte Mallona tatsächlich bei den heiligen Damen Zuflucht gesucht haben, würde es schwierig sein, sie wieder herauszubekommen, Gwerbret Coryc würde sich mit dem Gwerbret dieses Rhan in Verbindung setzen müssen, und wenn letzterer zustimmte, würden sie einen Gerichtsrat halten müssen, der sich außerhalb des Tempeltores traf und der Hohen Priesterin und dem Tempelrat Beweise vorlegte. Nur wenn die Hohe Priesterin zustimmte, daß Mallona schuldig war, würden die heiligen Damen sie ausliefern. Da jeder Gwerbret im Königreich murrte, daß sich die Priesterinnen immer auf die Seite der Frauen stellten, ganz gleich, um was es ging, war es durchaus möglich, daß Mallona sie mit ihren Lügen überzeugte und den Rest ihres Lebens mit den Bußriten des Tempels verbringen würde. Aber Buße würde nicht genügen. Rhodry wollte sie tot sehen.

Die Sonne hing tief und golden am Himmel, als sie das reiche Bauernland des Tempelgeländes erreichten, das von freien Bauern bearbeitet wurde, die nicht einem Lord, sondern der Hohen Priesterin Tribut schuldeten. Der Tempel selbst erhob sich auf einem Hügel hinter wuchtigen Steinmauern. Ein für jene Zeit gewaltiger Komplex, der sich über die Hälfte des Hügelabhangs erstreckte und von eisenbeschlagenen Toren mit silberner Einlegearbeit und den heiligen Zeichen des Mondes bewacht war. Über die Mauer hinweg, zwischen den Türmen mehrerer Brochs, konnte Rhodry Bäume erkennen, dunkelgrüne, buschige Zedern, die den ganzen Weg von Bardek hierhergebracht worden waren und gut gepflegt werden mußten, um in diesem kälteren Land zu wachsen. Obwohl die Tore offenstanden, stieg Rhodry aus dem Sattel, und zwar schon in der rituellen Entfernung von hundert Fuß. Jill würde alleine weitergehen müssen an diesen Ort, dem kein Mann sich nähern durfte.

An der Straße standen ein paar Pappeln, ein Wassertrog, ein Geländer, um Pferde anzubinden, und es gab auch eine schön geschnitzte Holzbank.

»Zumindest wirst du versorgt sein, Liebster«, sagte Jill. »Ich brauche wahrscheinlich nicht lange. Ich muß nur ein paar Fragen stellen. Dem Gesetz nach müssen sie jedem, der fragt, sagen, ob Mallona dort ist. Oh, warte! Die Silberkette, die du gefunden hast? Sie ist in meiner Satteltasche, nicht wahr, nicht in deiner?«

»Ich habe gesehen, wie du sie dort hineingesteckt hast. Warum?«

»Ich möchte sie den heiligen Damen zeigen. Sie werden wissen, was es bedeutet.«

Rhodry sah zu, wie Jill die letzten hundert Fuß ritt und am Tor abstieg. Eine kleine Gruppe von Priesterinnen kam ihr entgegen. Er hörte eine Frau schrill aufschreien; dann begannen alle zu lachen, und hohe, reine Stimmen wehten den Hügel hinab. Sie hatten Jill vermutlich für einen Jungen gehalten, dachte er und lächelte selbst über den Scherz. Umgeben von Priesterinnen führte Jill ihr Pferd nach drinnen, und die Tore schlossen sich hinter ihr.

Rhodry tränkte sein Pferd, band es an, dann setzte er sich mit einem Stück Brot auf die Bank. Es war angenehm im warmen Schatten, und, vom Summen einer trägen Fliege einmal abgesehen, vollkommen ruhig. Rhodry streckte die Beine vor sich aus und genoß, was Soldaten nur selten haben: einfach an einem sicheren Ort stillsitzen zu können.

Wie die meisten Männer in Deverry wußte Rhodry wenig über die alte Überlieferung, jene Anbetung einer uralten Göttin, die mit dem Volk des Bel aus dem alten Land gekommen war, wo dieser Kult schon damals so finster und primitiv gewesen war wie heute für einen modernen deverrianischen Denker. Aranrhodda war ihr Name, und sie verfügte über einen magischen Kessel, der immer voll war und aus dem jeder Mensch sein Lieblingsfleisch und sein Lieblingsgetränk erhielt, ganz gleich, wie oft daraus geschöpft wurde, der aber auch für jene, die das Mißfallen der Göttin oder einer ihrer Anbeter erregt hatten, Gift enthielt.

Eine alte Geschichte fiel ihm ein. Aranrhodda hatte die Götter durch List dazu gebracht, ihrem Kessel den Dweomer zu geben: Sie hatte ein magisches goldenes Ferkel geschaffen und es in einem Dorngebüsch angebunden. Einer nach dem anderen hatten Bel, Lug, Nudd und Dwn versucht, das Ferkel zu befreien und es sich zu holen, aber jedesmal hatten die Dornen sie zurückgetrieben. Nur Epona und die Mondgöttin hatten es nicht versucht, weil sie ihre Schwester zu gut kannten. Jedesmal, wenn die Götter sich an den Dornen stachen und bluteten, fing Aranrhodda die Tropfen in ihrem Kessel auf. Endlich, nachdem alle wieder gegangen waren und sie laut verfluchten, tötete sie das Ferkel und kochte den ersten Eintopf im Kessel zusammen mit dem Götterblut.

Schon der Gedanke an diese Geschichte ließ Rhodry schaudern. Das Blut eines Gottes zu trinken gehörte zu den lästerlichsten Dingen, die er sich vorstellen konnte. Selbstverständlich taten die Götter, was sie wollten und lebten nach eigenen Gesetzen – solchen, über die die Menschen nur den Kopf schütteln und sich wundern konnten. Aber es war wenig erstaunlich, daß Aranrhoddas Anbeter angeblich grausige Dinge taten: Sie benutzten die Föten, die sie abgetrieben hatten, für seltsame Zaubersprüche und stellten Gifte her, die sie verkauften, ebenso wie Flüche und Liebeszauber. Er hoffte, daß diese elende Mallona nicht bis zum Hals in diesem magischen

Dreck steckte, denn tief drinnen hatte er Angst, sie dort herauszuholen. Rhodry stand auf und begann, an der Straße auf und ab zu gehen.

Es dauerte bis zum Sonnenuntergang, ehe Jill zurückkehrte und ihr Pferd vom Tempelhügel hinunterführte. Sie schien erfreut zu sein.

»Es tut mir leid, daß ich so lange geblieben bin, mein Liebster, aber ich habe viele interessante Dinge von den heiligen Damen gehört. Mallona ist nicht da, aber die Hohe Priesterin kennt sich mit der alten Überlieferung aus. Was ich erfahren habe, könnte sehr nützlich sein. Diese Feder an der Kette zum Beispiel: So etwas geben solche Leute denen, die ihnen dienen.«

»Schade, daß Bavydd sie nicht mehr getragen hat, wie? Sie hätte ihm vielleicht Glück gebracht. Gibt es hier in der Nähe ein Dorf, oder können wir an der Tempelstraße lagern?«

»Es gibt ein Stück weiter im Westen ein Dorf mit einer Schenke. Der Wirt nimmt die Männer auf, die ihre Frauen hierherbringen, also können wir dort Unterkunft finden, wie Ihre Heiligkeit mir erzählt hat.«

»Gut. Ich hätte nichts dagegen, zur Abwechslung mal wieder auf einer guten Matratze zu schlafen. Ich nehme nicht an, daß Ihre Heiligkeit eine Idee hatte, wo wir nach Mallona suchen können.«

»Im Westen, in der Nähe von Lughcarn. Ich schwöre, diese Priesterinnen hören in ihrem Teil des Landes alles, was man hören muß. Es ist allerdings nur ein Verdacht, der sich als falsch erweisen könnte.«

»Besser als gar keine Spur. Also gut, dann reiten wir weiter.«

Sevinna schrieb ihren Namen in die feine Rußschicht auf dem Fensterbrett, dann wischte sie den Ruß mit dem Handrücken weg. Ganz gleich, wie oft die Dienstboten hier saubermachten, in Lughcarn lag immer auf allem Ruß. Sevinna schaute aus dem Fenster in den Hof der Gwerbretsfestung, die mit ihren Mannschaftsunterkünften, Ställen, Hundehütten und mit schmutzigem Stroh gedeckten kleinen Häusern für die wichtigen Amtsträger wie ein kleines Dorf mitten in der Stadt wirkte. Der Himmel war trübe und golden vom Rauch der Tausenden Kohlenfeuer, die in den Eisenschmelzen am Rand der Stadt glühten. Der größte Teil des Eisenerzes, der von den Minen im Norden flußabwärts kam, wurde hier zu Barren geschmolzen, bevor er weiterverkauft wurde, weil Lughcarn durch einen Erlaß des Königs praktisch das Monopol auf Eisenschmelzen im nördlichen Teil des Königreichs hatte. Das Monopol machte das Gwerbretrhyn selbstverständlich reich, kaum weniger als Cerrmor und die Stadt des Königs, Dun Deverry, selbst.

»Sevvi?« rief Babryan. »Ist etwas nicht in Ordnung?«

»Nein.« Sevinna wandte sich vom Fenster ab. »Ich habe mich nur gefragt, ob Mutter und ihre Eskorte inzwischen zu Hause sind.«

»Wahrscheinlich. Werden sie dir fehlen?«

»Ja, aber es ist schön, hier zu sein.«

Babryan lächelte und wies auf einen gepolsterten Stuhl neben ihrem eigenen. Sevinna setzte sich pflichtschuldigst nieder und sah sich in dem üppig möblierten Zimmer um, dem Obergeschoß eines Halbbroch, das ganz den Frauen gehörte und Privatbereich von Babryan und ihrer Schwester Wbrydda, Sevinnas Basen, war. Daß unverheiratete Mädchen eine Halle für sich hatten, war ein atemberaubender Luxus für Sevinna, die in der ländlichen Festung ihres Vaters Tieryn Obyn im Norden aufgewachsen war. Babryan und Wbrydda hatten auch schöne Seidenkleider und viel Silberschmuck und weiche Wollumhänge in allen möglichen Farben. Auf der einen

Seite des Zimmers standen vier geschnitzte Truhen voll weiterer Kleidung. Diese Truhen ließen Sevinna schmerzlich an ihre eigenen grobgewebten Leinenkleider denken – alle drei –, die sie ordentlich auf einem Stuhl neben ihrem Bett aufbewahrte. Ihr einziger Trost war, daß sie ebenso hübsch war wie die beiden anderen, auch ohne Schmuck. Tatsächlich sah sie ihnen ähnlich genug, um ihre Schwester sein zu können – sie waren alle blond mit großen blauen Augen und einem üppigen, sinnlich gebogenen Mund, der das Zeichen dieser Gwerbretlinie war.

»Ich bin wirklich froh, daß du hier bist«, sagte Wbrydda. Mit dreizehn war sie das jüngste Mädchen. »Ich wette, wir werden für dich hier einen besseren Mann finden als im Norden.«

Sevinna kicherte und schlug sich die Hand vor den Mund.

»Und wie kommst du darauf, daß ich nach einem Mann suche?«

»Ach, wieso solltest du sonst hier sein?« warf Babryan ein. »Mutter hat uns alles darüber erzählt. Sie möchte auch nicht, daß du einen dieser rauhen Burschen aus dem Norden heiratest. Mach dir keine Gedanken. Es gibt eine Menge gutaussehender Männer in Vaters Gefolge. Ich wette, es wird bestimmt den einen oder anderen geben, der gern die Nichte des Gwerbret heiraten würde.«

»Baba, du bist so kalt!« sagte Sevinna.

»Das muß man auch sein, wenn man sich einen Mann sucht.« Babryan beugte sich vor und sah sie ernst an. »Das hat Mutter mir gesagt. Sie hofft, daß ich im nächsten Jahr einen Platz am Hof bekomme, weißt du, als Hofdame einer der Prinzessinnen. Nun, wer weiß schon, wem ich dort begegnen werde?«

»Einem sehr reichen Mann«, meinte Wbrydda. »Und er wird alt und häßlich sein.«

Sie kicherten alle drei, und dann lachten sie, und ihr Lachen wurde lauter, bis es beinahe hysterisch klang. Ich will noch nicht heiraten, dachte Sevinna, aber Vater sagt, ich muß. Sie lachte mit den anderen, bis sie schließlich so plötzlich aufhörten, wie sie begonnen hatten.

»Ich hoffe nur, daß ich mich nicht in jemanden verliebe, der mich nicht mag«, meinte Sevinna. »Aber vielleicht verliebe ich mich auch nie, und dann ist es auch gut.«

»Oh, hör dir nur Sevvi an!« Wbrydda verdrehte die Augen. »Baba hat genauso geredet, dann hat sie letztes Jahr Lord Abryn kennengelernt, und danach ging es nur noch um Männer, Männer, Männer. Du bist widerwärtig, Baba.«

»Warte nur«, Babryan warf den Kopf zurück. »Außerdem war Lord Abryn nur eine flüchtige Angelegenheit, ich muß verrückt gewesen sein. Er hat Haare auf dem Handrücken.«

»Ha!« sagte Wbrydda. »Du meinst damit, daß er nur ein Lord war. Vater war so böse, Sevvi! Er hat Lord Abryn praktisch aus der Festung geworfen, dabei hat er Baba nur ein paar Rosen geschenkt.«

»Nun, ich sollte meinen, das genügt«, meinte Sevinna. »Wenn ein junger Mann einem Mädchen Blumen schenkt, bedeutet das etwas Ernstes.«

»Außerdem war er ein Frauenheld«, erklärte Wbrydda.

»Also wirklich, Bry«, fauchte Babryan. »Du bist noch viel zu jung, um auch nur zu wissen, was das bedeutet.«

»Bin ich nicht. Ich habe gehört, wie Mutter und Vater sich unterhielten.« Wieder verdrehte sie bedeutungsvoll die Augen.

»Ich werde sie nicht an einen gewöhnlichen Lord verheiraten, Kind oder nicht, hat Vater gesagt, und dann sagte er noch, du solltest lieber verdammt darauf achten, daß er ihr keines macht. Mutter war so böse! Du hättest sie hören sollen, Sevvi.«

»Halt den Mund!« sagte Babryan errötend.

»Nein.« Wbrydda sah sie kampflustig an. »Und dann hat Vater gesagt ...«

Babryan stand auf und hob die Hand, um mit einer Ohrfeige zu drohen, aber dann ging die Tür auf, und Lady Caffa kam herein. Obwohl sie ein wenig rundlich wurde, war Caffa immer noch eine schöne Frau mit dichtem blondem Haar und Augen von tiefstem Blau. Ihr langes grünes Seidenkleid schleppte hinter ihr her und war in der Taille mit einer Schärpe im grün-blauen Karo ihres Mannes gebunden. Beim Anblick ihrer Mutter knickste Babryan und setzte sich wieder hin.

»Liebste Sevinna«, sagte Caffa. »Ich habe einen Tuchhändler aus der Stadt kommen lassen. Wir müssen dir bald ein paar anständige Kleider beschaffen, und du mußt dir die Farben dafür aussuchen. Dann werden die Frauen anfangen zu nähen.«

»Herrin, Ihr seid sehr großzügig«, Sevinna stand auf und knickste vor ihr. »Solche Ehre habe ich nicht verdient.«

»Ach, sei still, Kind.« Caffa lächelte zerstreut in ihre Richtung. »Selbstverständlich hast du das. Du armes Ding! Schon achtzehn und immer noch nicht verheiratet – wobei das vielleicht keine schlechte Sache ist, wenn man bedenkt, was deiner armen Mutter zur Auswahl steht, aber dennoch! Ich bin so froh, daß sie endlich vernünftig geworden ist und dich hergeschickt hat. Die arme, liebe Maemigga.«

Sevinna knickste abermals, aber sie war betrübt. Sie kam sich vor wie ein Wohlfahrtsprojekt, eine Bauernwitwe, die jemand aus ihrer Armut erlöste, um ihr einen anständigen Arbeitsplatz in der Küche zu geben. Die Ehe ihrer Mutter war der große Skandal im Clan des Gwerbret gewesen. Maemigga hatte ihren armen Tieryn so sehr geliebt, daß sie sich nachts davongestohlen und ihn geheiratet hatte, bevor ihre Familie sie aufhalten konnte. Bis der Gwerbret sie endlich eingeholt hatte, war sie so offensichtlich keine Jungfrau mehr, daß Seine Gnaden nichts anderes tun konnte, als der Heirat öffentlich zuzustimmen und dafür zu sorgen, daß Obyn niemals vergaß, was er ihnen schuldete. Den Kindern dieser Liebesheirat gegenüber waren der Gwerbret und seine Frau immer freundlich gewesen, sehr freundlich, so wie Caffa jetzt, die Sevinna lächelnd betrachtete, wie man ein Stück Stoff ansieht, das man besticken will.

»Baba«, sagte Caffa. »Sicher kannst du Sevvi bis dahin einige deiner Kleider leihen. Wir haben heute abend Gäste zum Abendessen.«

»Gutaussehende Gäste?« fragte Babryan grinsend. »Natürlich, Sevvi. Meine Sachen gehören dir. Wir sehen uns alles durch und suchen dir etwas aus.«

»Gutes Kind. Aber wirklich, ihr Mädchen müßt aufhören, darüber nachzudenken, wie ein Mann aussieht. Die meisten gutaussehenden Männer sind so schrecklich eitel – nun, Sevvi, meine Liebe, dein Vater ist wirklich eine Ausnahme, aber er ist der einzige, den ich je kennengelernt habe – und es sind schließlich Dinge wie Stetigkeit und Freundlichkeit, die in einer Ehe wichtig sind, nicht lockiges Haar und blaue Augen.«

»Selbstredend«, sagten alle drei Mädchen im Chor.

»Ach, ich weiß!« Caffa drohte ihnen spielerisch mit dem Finger. »Ich war auch einmal in eurem Alter. Aber es ist für euch alle Zeit, einmal daran zu denken, was wirklich wichtig ist. Wir werden uns oft gut darüber unterhalten können, nachdem Sevvi jetzt hier ist.«

Als Lady Caffa sich abwandte, verdrehte Babryan die Augen, und alle drei Mädchen fingen wieder an zu kichern.

Das Abendessen an diesem Abend war eine glanzvolle Angelegenheit, wie es offenbar mit jeder Mahlzeit im Palast des Gwerbret der Fall war. Der Gwerbret und seine Familie aßen an einem geschnitzten und polierten Tisch nahe einer Feuerstelle, die mit Kacheln aus Bardek gefliest war. Auf der anderen Seite der riesigen Halle saßen die zweihundert Männer des Kriegshaufens und lauschten ihrem eigenen Barden. Diener in makellosen, bestickten Hemden servierten schweigend und anmutig vier üppige Gänge, beginnend mit einer bunt geschichteten Gemüsesülze und schließend mit einem Apfelkuchen, der in feinem Met getränkt war. Während Sevinna verzweifelt versuchte, die Tischmanieren ihrer Basen zu kopieren, beobachtete sie diesen Gast, der, wie Caffa deutlich gemacht hatte, ausdrücklich eingeladen worden war, um sich die unverheiratete Nichte des Gwerbret anzusehen. Lord Timryc hatte zwar nur einen einfachen Titel, aber er war einer der Stallmeister des Königs mit großen Ländereien direkt in der Nähe der heiligen Stadt. Er schien ein angenehmer Mann zu sein, um die Dreißig, mit mittelblondem Haar, einem ausgeprägten Kinn und eindeutig freundlichem Blick. Hin und wieder sah er Sevinna an und lächelte – eine Geste, die sie so sehr verwirrte, daß sie jedesmal die Nase in ihren Wasserkelch steckte. Als sich die Damen nach beendeter Mahlzeit in ihre Halle zurückzogen, war Sevinna zutiefst froh, gehen zu dürfen.

Caffa brachte die Mädchen in ihre eigene Halle, einen großen, runden Raum mit Wandbehängen aus Bardek an den Wänden und gepolsterten Sitzmöbeln. Die Hofdamen entzündeten Kerzen in silbernen Kerzenhaltern, dann setzten sie sich auf Kissen in der Nähe des Sessels der Lady.

»Nun, liebste Sevinna«, meinte Caffa. »Er scheint ein sehr netter Mann zu sein. Er ist nicht mehr ganz jung, aber seine erste Frau ist im Kindbett gestorben. Er hat seine Position bei Hofe gut festigen können, und ein Mann wie er kann nach einer guten Partie Ausschau halten. Ich denke, wir werden morgen eine kleine Jagdgesellschaft zusammenstellen.« Sie warf Wbrydda einen Blick zu. »Nun, Bry, wenn du dich zusammennimmst und auf deine Zunge aufpaßt, kannst du dich uns anschließen und deinen kleinen Falken mitbringen.«

»Danke, Mutter«, sagte Wbrydda. »Mach dir keine Gedanken, ich werde nicht in den Weg geraten. Ich finde ihn langweilig.«

»Still jetzt«, sagte Caffa. »Ihr dürft alle nach oben gehen.«

Sobald sie sicher in ihrer eigenen Halle waren, zog Babryan die Nase kraus und streckte die Zunge heraus.

»Er ist zu alt. Du hast einen Besseren verdient, Sevvi.«

»Das hoffe ich«, meinte Sevinna. »Sein Kinn hat mir auch nicht gefallen.«

»Es ist seine dumme Stellung, die Mama so begeistert«, warf Wbrydda ein. »Aber er genügt einfach nicht.«

»Ich bin froh, daß ihr derselben Meinung seid wie ich. Nun, vielleicht mag er mich ja nicht. Mein Vater kann mir immerhin keine große Mitgift geben.«

Wbrydda lächelte auf heimtückische Art und setzte sich mit raschelnden Gewändern hin.

»Wir können dafür sorgen, daß er sich nicht für dich interessiert, oder, Baba?«

»Wenn wir wollen. Wir müssen dir etwas sagen, Sevvi. Es ist ein Geheimnis, also mußt du versprechen, daß du es niemandem verrätst, vor allem keinem Mann.«

»Selbstverständlich verspreche ich das. Worum geht es?«

»Das ist etwas, das wir von Lady Davylla gelernt haben. Sie ist die Frau von Lord Elyc von Belgwerger.«

»Alle Damen tun es«, warf Wbrydda ein. »Deshalb müssen wir es geheimhalten, aber jedenfalls, Lady Davylla hat viel Zeit bei uns verbracht und sie sagt, daß selbst die Prinzessinnen darüber Bescheid wissen. Ich weiß allerdings nicht, wie es mit der Königin ist.«

»Oh, sie ist zweifellos viel zu beschäftigt mit all diesen höfischen Angelegenheiten. Aber es macht so viel Spaß, Sevvi, und ich wette, es wird funktionieren.«

»Was?«

»Du mußt erst schwören«, sagte Babryan. »Ein einfaches Versprechen wird nicht genügen. Komm schon, Bry, hol dein kleines Messer. Wir machen es am Feuer.«

Während Wbrydda in ihrem Schmuckkästchen herumwühlte, löschte Babryan alle Kerzen, so daß das einzige Licht von der Feuerstelle kam. Als Sevinna und Babryan sich in die flackernden Schatten knieten, kicherte Babryan in erfreuter Erregung, und Sevinna ließ sich davon anstecken. Was immer dieses geheimnisvolle Etwas war, es machte sehr viel mehr Spaß, als darüber nachzudenken, einen Mann heiraten zu müssen, den sie kaum kannte. Wbrydda kniete sich neben sie und hielt Sevinna auf der Handfläche ein winziges Messer mit einem Silbergriff und einer Klinge aus schwarzem Obsidian entgegen.

»In Lady Davyllas Festung wohnt eine weise Frau«, erklärte Wbrydda. »Sie ist schrecklich alt, sie hat nicht einmal mehr Zähne, aber sie weiß alles. Sie stellt diese Messer her. Lady Davylla gibt sie ihren besonderen Freundinnen, und eines hat sie uns geschenkt.«

»Wofür sind sie gut?«

»Das sagen wir dir, wenn du geschworen hast«, meinte Babryan. »Wir werden ein wenig von deinem Haar abschneiden und ein wenig Blut vergießen müssen, aber es wird nicht weh tun. Das Messer ist schrecklich scharf.«

Wbrydda schnitt ein winziges Stück von Sevinnas Haar ab und legte es auf den Herdstein, dann stach sie ihre Base in den Zeigefinger und drückte einen Tropfen Blut auf das Haar. Sevinna steckte die Fingerspitze in den Mund und saugte daran.

»Und nun mußt du schwören, daß du nie etwas davon weitererzählen wirst. Schwöre es der Göttin«, sagte Babryan.

»Welcher Göttin?«

»Das dürfen wir noch nicht sagen. Schwöre einfach.«

»Also gut. Ich schwöre, daß ich die Geheimnisse niemandem verraten werde, der die Göttin nicht kennt.«

»Und niemals einem Mann.«

»Und niemals einem Mann.«

Babryan griff nach dem Büschel Haar und warf es ins Feuer.

»Aranrhodda«, rief sie. »Aranrhodda, sei unserer Base und uns gnädig, daß wir sie zu dir gebracht haben!«

Das Haar fing Feuer und brannte mit einem Hauch von Gestank im Holzrauch. Sevinna wurde kalt, und sie fragte sich, was sie sich da gerade angetan hatte. Sie wünschte, sie hätte mehr Fragen gestellt, bevor sie geschworen hatte, aber Babryan und Wbrydda kicherten nur. Es konnte schon nichts schaden, dachte Sevinna. Nicht, wenn die beiden es auch taten.

»So, jetzt bist du eine von uns«, verkündete Babryan.

»Lady Davylla wird wahrscheinlich bald zu einem Besuch vorbeikommen, und dann wirst du sie kennenlernen. Sie ist so wunderbar.«

»Jedenfalls«, meinte Wbrydda, »wenn du diesen Timryc nicht magst, werden wir einen Zauber wirken, damit du ihm nicht gefällst. Man kann eine Menge dieser Zauber wirken, wenn man lernt, wie, Sevvi. Es gibt einen, der einen Mann dazu bringt, dir gegenüber abzukühlen, und einen, der ihn dich lieben läßt, und einen, der deinen Vater oder Bruder dazu bringt, den Mann zu begünstigen, den du haben willst ... eine ganze Menge Zauber.«

»Ach«, meinte Sevinna. »Ich dachte, es wäre euch vollkommen gleich, was Männer tun.«

»Nun, es wird irgendwann schon zu etwas gut sein.« Wbrydda zuckte mit den Achseln. »Ich möchte jedenfalls nicht einen vertrockneten alten Knacker heiraten, nur weil Vater es mir befiehlt. So kann man wenigstens etwas dagegen tun. Ansonsten sind wir ja vollkommen ausgeliefert.«

Sevinna nickte. Das war ihr nur zu deutlich bewußt.

Am Morgen rief Gwerbret Tudvulc Sevinna in seine private Ratskammer, um sich ein wenig mit ihr zu unterhalten. Ihr Onkel, so groß und breit und laut, hatte Sevinna immer verschreckt, und nun von seiner Wohltätigkeit abzuhängen, erschreckte sie nur noch mehr. Tudvulc bat sie, sich hinzusetzen, und ging an einem offenen Fenster auf und ab, während sie sich unterhielten. Sein wirres braunes Haar und sein Schnurrbart waren ziemlich grau geworden, seit sie ihn zum letzten Mal gesehen hatte.

»Also, Mädchen. Sinnlos, um den heißen Brei herumzureden, wie? Ich möchte, daß du dir Timryc gut ansiehst. Er hat hervorragende Verbindungen und ein gutes Stück Land. Von einem solchen Mann würdest du viele schöne Kleider bekommen.«

Sevinna lächelte nur aus Pflichtbewußtsein.

»Aber es hat auch keinen Sinn, sich gleich auf den ersten Hasen zu stürzen, der aus dem Gebüsch kommt«, fuhr Tudvulc fort. »Du bist meine Nichte, du hast selbst Verbindungen, und du bist ein ausgesprochen hübsches Mädchen. Ein hübsches Gesicht ist die halbe Mitgift wert, oder? Also warte einfach und sieh zu, welches Wild wir noch aus dem Wald treiben, Mädchen. Keine Eile. Du bist an meinem Tisch immer willkommen.«

»Seine Gnaden sind so freundlich.« Sevinna nickte. »Ich möchte gerne auf den passenden Mann warten.«

»Gut, gut. Mit Mädchen weiß man schließlich nie. Die meisten von euch sind so begierig auf diesen Kranz auf eurem Kopf, daß sie nicht mehr klar denken können.« Er bedachte sie mit einem schiefen Grinsen, das zweifellos vergnügt und onkelhaft gemeint war. »Ja, und der Gwerbret von Buccbrael hat auch einen Sohn. Es wäre eine verdammt gute Allianz für unsere Clans, und ich höre, der Junge hat den Mädchen in der Umgebung schon den Kopf verdreht. Ein gutaussehender Bursche. Ein Jahr oder zwei jünger als du, aber junge Männer werden schneller erwachsen, wenn sie eine Frau im Bett haben. Wir werden sehen, was wir auftreiben können.«

Ein Page erschien in der Tür und verbeugte sich.

»Euer Gnaden? Hier ist ein Bote vom Gwerbret von Caenmetyn. Er sagt, es geht um eine dringende Rechtsangelegenheit, eine entflohene Mörderin.«

»Tatsächlich? Schick ihn gleich herein. Und du, Mädchen, läufst jetzt zu deiner Tante, und ihr habt einen netten Ausritt.«

Sevinna erhob sich, knickste und entwich. Im Flur begegnete sie dem Boten, einem Krieger mit dem Wappen von Caenmetyn auf seinem von der Straße schmutzigen Hemd.

Die Jagdgesellschaft ritt langsam am grasigen Ufer des Sironaver entlang, der in der Sonne glitzerte, bis sie zu einer Stelle kamen, wo man Weidenbäume gepflanzt hatte, um dieser Art von Reitergruppen ein wenig Schatten zu spenden. Das Gras war mit der Sichel geschnitten worden, und Blumenbeete säumten das Flußufer. Als die anderen aus dem Sattel stiegen, machte sich Wbrydda mit dem Falken auf der behandschuhten Hand und einem Pagen, der sie begleitete, zur Jagd ins Grasland auf. Wie man ihr geraten hatte, wartete Sevinna einen Augenblick, bevor sie vom Pferd stieg, und tatsächlich eilte Lord Timryc an ihre Seite, um ihr aus dem Damensattel zu helfen. Seine Hände an ihrer Taille waren kräftig, sein Lächeln ausgesucht höflich, als er sie absetzte.

»Das hier ist wirklich eine hübsche Stelle«, meinte Timryc. »Werdet Ihr mir die Ehre erweisen, mit mir hinunter zum Fluß zu gehen und die Aussicht zu betrachten?«

»Danke. Was für eine reizende Idee!«

Während sie zum Fluß gingen, fiel Sevinna kaum etwas

ein, was sie sagen konnte. Alles, woran sie denken konnte, waren Fragen über sein Leben bei Hofe, aber diese Fragen mußten sorgfältig formuliert werden, denn es wäre ausgesprochen unhöflich, wenn er zu der Ansicht käme, daß sie sich für sein Einkommen oder seine Stellung interessierte. Zum Glück hatte Timryc keine Probleme, eine Konversation in Gang zu halten, besonders, wenn er selbst das Thema war. Sevinna war verblüfft, wie oft es ihm gelang, einzuflechten, daß der König mit ihm gesprochen oder die Königin ihm für einen Gefallen gedankt hatte.

Als sie wieder in die Einsamkeit des Frauenquartiers zurückkehrte, kam sich Sevinna wie jemand vor, der vor einem Sturm Zuflucht sucht. Sie sank dankbar auf einen Stuhl und fragte sich, ob sie wohl Kopfschmerzen vorschützen konnte, um beim Abendessen nicht neben Timryc sitzen zu müssen. Babryan setzte sich neben sie und sah Wbrydda stirnrunzelnd an.

»Zieh dich um! Du hast Blut am Ärmel.«

»Es war eine gute Jagd«, sagte Wbrydda. »Zwei Spatzen und eine Krähe.«

»Ih! Das ist mir gleich. Oder warte! Hast du ein paar Krähenfedern mitgebracht?«

Grinsend holte Wbrydda drei schwarze Schwanzfedern aus ihrer Schärpe und hielt sie hoch.

»Die sind nämlich für unsere kleinen Zauber sehr nützlich, Sevvi«, erklärte Babryan. »Wenn du Lord Timryc nicht willst, können wir heute noch einen über ihn verhängen.«

»Oh, wunderbar! Ich will ihn nämlich wirklich nicht.«

Die Mädchen warteten, bis der Abend weit fortgeschritten war. Wbrydda brachte eine der schwarzen Federn, Babryan einen Kerzenstummel und Sevinna einen Knochengriffel. Sie hockten sich dicht an die Feuerstelle, und Babryan legte den Kerzenstummel in einiger Entfernung von den Flammen hin.

»Das Wachs muß weich werden.«

»Also gut«, sagte Sevinna. »Aber das wird ihn doch nicht krank machen oder so?«

»Nein, selbstverständlich nicht«, warf Wbrydda ein. »Es ist schrecklich schwer, jemanden krank zu machen oder sterben zu lassen. Man braucht Stücke ihrer Fingernägel oder vom Haar, und man braucht ein bestimmtes Kräuteröl und muß den Zauber neunmal um Mitternacht wirken und alle möglichen anderen Dinge tun.«

»Also gut. Er ist einfach nur ein schrecklicher Langweiler. Ich will ihm keinen Schaden zufügen. Wißt ihr jemanden, bei dem dieser Zauber schon gewirkt hat?«

»Oh, bei vielen«, meinte Babryan. »Bei Lady Davyllas Schwestern und ihren Freundinnen. Ich kenne allerdings niemanden, der es jemals mit dem Todesfluch versucht hat. Oh! Das wäre schrecklich. Man müßte jemanden wirklich hassen.«

»Ich wette allerdings, daß Lady Davyllas weise Frau es tun könnte«, meinte Wbrydda. »Oder eine ihrer Freundinnen.«

»Es gibt auch einige in der Gegend von Lughcarn«, fügte Babryan hinzu. »Wir haben eine kleine Silberkette, die Lady Davyllas weise Frau uns gegeben hat. Wenn wir sie einer der weisen Frauen hier zeigen, werden sie wissen, daß wir Freunde sind.«

»Habt ihr schon mit einer von ihnen gesprochen?« fragte Sevinna.

»Noch nicht, weil es so schwierig ist, von Mutter wegzukommen. Jetzt, wo du hier bist, müssen wir uns etwas ausdenken. Wir können vorgeben, mit den Falken auf die Jagd zu gehen. Es wäre so aufregend.«

»Wir sollten es bald tun«, sagte Sevinna. »Seht mal, das Wachs ist schon ganz weich.«

Babryan griff nach dem warmen Kerzenstummel und knetete ihn in die Form eines Herzens. Als es kühl war, kratzte Sevinna Timrycs Wappen auf die Oberfläche, dann reichte sie es Wbrydda, die mit dem Kiel der Feder ins Wachs stieß. Während Sevinna das Herz über das Feuer hielt, begannen die anderen beiden Aranrhoddas Namen immer wieder zu singen. Sevinna warf das Herz in die heißeste Stelle des Feuers und sah zu, wie die Feder aufflackerte.

»Laß seine Liebe zu ihr schmelzen, schmelzen, schmelzen«, sang Babryan.

Einen Augenblick lang blieb das Herz noch bestehen, dann begann es sich zu verziehen und zu verlaufen. Das Wachs verging mit einer schwarzen Rauchfahne. Sevinna hatte plötzlich Angst: Es kam ihr so vor, als schaute ein Gesicht aus den Flammen, zwei Augen, dunkel und grimmig, die sie direkt ansahen und sie bemerkten.

»Aranrhodda, Aranrhodda, Aranrhodda!« flüsterte Babryan immer wieder. »Laß sein Herz schmelzen, schmelzen, schmelzen.«

Das Gesicht verschwand. Es waren nur noch das Feuer und das verbrennende Wachs auf einem Holzscheit übrig. Sevinna schauderte, als kniete sie im Winter an einem offenen Fenster statt vor einem brennenden Feuer.

Das Stroh auf dem Gasthausdach war schwarz, der Gasthaushof stank nach schmutzigem Stall, und der Wirt kratzte immer wieder an einem Eiterpickel in seinem Gesicht, aber das Gasthaus war das einzige in Lughcarn, das Silberdolche aufnahm. Die ganze Zeit, die sie damit verbracht hatten, die Boxen auszufegen und sich um ihre Pferde zu kümmern, hatte Rhodry gemurrt, aber Jill hatte ihn ignoriert. Er murrte auch über das Essen, und sie mußte selbst zugeben, daß gebratene Rüben mit Lammfleisch nicht ihr Lieblingsessen waren, aber als er darauf bestand, den Rand des Bierkrugs mit dem Hemd abzuwischen, bevor er daraus trank, hatte sie genug.

»Ach, hör damit auf! Du meinst wahrscheinlich, wir sollten im Broch des Gwerbret übernachten!«

»Gieß nicht noch Essig in meine Wunden! Ich bin tatsächlich früher einmal in der Festung gewesen, und es ist diese Erinnerung, die mich jetzt quält.«

»Glaubst du, Seine Gnaden würde sich an dich erinnern?«

»Sehr wahrscheinlich. Beim schwarzen Arsch des Höllenfürsten, ich hoffe, daß wir uns nicht begegnen. Das letzte, was ich im Augenblick will, wäre, daß Seine Gnaden mich jetzt so sieht – als lausigen Silberdolch.«

»Wenn du wirklich Läuse hast, sollte ich heute nacht besser dein Haar absuchen.«

»Das war nur ein Wort! Du mußt dich über meine Schande nicht auch noch lustig machen.«

»Ach, komm schon, Liebster.« Jill legte ihm die Hand auf den Arm und lächelte ihn an. »Es ist nur schwer für mich, nicht zu vergessen, wie beschämt du dich fühlst, weil du für mich der wunderbarste Mann von ganz Deverry bist.«

Beschwichtigt erwiderte Rhodry das Lächeln. Jill plante schon wieder. Daß sich der örtliche Gwerbret an Rhodry erinnerte, könnte durchaus nützlich sein, wäre Rhodry nur bereit gewesen, sich an ihn zu wenden. Andererseits, falls Lady Mallona irgendwo in Lughcarn Zuflucht gefunden hatte, war es vielleicht besser, wenn sie die Sache so ruhig und anonym wie möglich erledigten. Wenn die Mondpriesterinnen recht haben sollten, amüsierten sich ein paar hochgeborene Damen, die zweifellos Verbindungen zum Hof des Gwerbret hatten, damit, so zu tun, als folgten sie der alten Überlieferung. Die heiligen Damen hielten solche Beschäftigungen für gefährlich.

»Ihr Götter«, ächzte Rhodry. »Mallona könnte überall sein.«

»Genau, aber vielleicht finden wir irgendeine Spur. Ich habe eine Idee.«

Da Markttag war, gingen Jill und Rhodry in die Stadt, um

sich alles anzusehen. Lughcarn war mit ihren beinahe zwölftausend Einwohnern für die damalige Zeit eine große Stadt. Jill und Rhodry kamen an Eisenschmelzen vorbei, langgezogenen halboffenen Schuppen und eingezäunten Höfen, in denen tiefe Gruben klafften, um das Erz darin zu schmelzen, und wo in gedeckten Hütten Brocken schwarzer Holzkohle gestapelt waren. In der Stadtmitte deutete Rhodry auf die Festung des Gwerbret. Hinter der glatten Steinmauer erhoben sich die Spitzen des Broch und der Halbbrochs wie ein dickes Bündel von Speeren. Jill zählte insgesamt sieben Türme, alle mit Schieferdächern. Hier und da schimmerte ein Glasfenster im Licht.

Während sie noch bewundernd dastanden, öffneten sich die eisenbeschlagenen Tore, und eine Gruppe von Reitern kam auf drei farblich zueinander passenden Fuchszeltern heraus: drei junge Mädchen in leinenen Reitkleidern, die sie anmutig über ihre Damensättel gebreitet hatten. Hinter ihnen ritten ein Falkner und eine Eskorte von fünf Reitern aus dem Kriegshaufen des Gwerbret. Rhodry packte Jills Arm und zog sie in einen tiefen Hauseingang hinter ihnen.

»Das da sind die Töchter des Gwerbret. Babryan würde sich zweifellos an mich erinnern, und ich will nicht, daß sie mich sieht.«

»Wieso? Hast du ihr das Herz gebrochen?«

»Ganz bestimmt nicht! Als ich sie zum letzten Mal gesehen habe, war sie noch ein Kind mit einem Zopf. Ich will nur nichts mit ihr zu tun haben.«

Während die Mädchen langsam vorbeiritten, eilten sich die Leute auf der Straße, aus dem Weg zu gehen; die Männer verbeugten sich, und die Frauen knicksten. Den Mädchen schien das kaum aufzufallen. Sie unterhielten sich miteinander und überließen es ihren Pferden, den Weg durch die Straßen zu finden. In der Stadtmitte fanden Jill und Rhodry auch den

Marktplatz voller Buden. Arme Bauern, die sich keine Bude leisten konnten, breiteten ihre Ware auf dem Boden aus, wo immer sie einen Fleck finden konnten. Die Käufer waren ärmlich gekleidete Frauen mit Körben am Arm, elegante Frauen, denen eine Dienerin die Einkäufe trug, junge Männer, die sich hier einfach nur herumtrieben und den Akrobaten zusahen, und Diener, die ihrer Arbeit nachgingen. Jill und Rhodry suchten sich ihren Weg vorbei an den Kohlhaufen und Eierkörben, an einem Mann mit einem Stapel runder, gelber Käse, und sahen sich die vielen Landbewohner an, die zum Verkaufen in die Stadt gekommen waren.

Endlich entdeckten sie eine alte Frau, die hinter einer Decke auf dem Boden kniete, auf dem sie Bündel von frischen und getrockneten Küchenkräutern wie Basilikum und Rosmarin ausgebreitet hatte. Sie hatte ihr graues Haar ordentlich unter den schwarzen Witwenschal gesteckt, und ihr verblichenes braunes Kleid war makellos sauber. Als Jill sich vor sie kniete, zog die alte Frau fragend die Brauen hoch.

»Du siehst nicht so aus, als würdest du viel kochen, Mädchen.«

»Nun, ich bin auch auf der Suche nach anderen Kräutern, aber ich fragte mich, ob Ihr eine Frau kennt, die mit Arzneien handelt.«

»Es gibt eine gute Apotheke in der Stadt. Der Apotheker heißt Duryn, und er hat seinen Laden drüben am Westtor.«

»Nun, äh, ja ... ich dachte, ich würde lieber eine Frau finden, die sich mit Kräutern auskennt, als einen Mann.«

Die alte Frau seufzte ein wenig angewidert, warf Rhodry, der in der Nähe stand, einen Blick zu, seufzte abermals, verschränkte dann die Arme über der Brust und starrte Jill böse an.

»Daran hättest du lieber denken sollen, bevor du mit einem hübschen Silberdolch durchgebrannt bist«, fauchte die alte

Frau. »Mir tun nur deine Verwandten leid! Ist es zu spät für dich, nach Hause zu reiten?«

»Viel zu spät«, sagte Jill und war dankbar, daß sie über diese angebliche Schwangerschaft nur lügen mußte. »Sie würden mich niemals wieder aufnehmen.«

»Nun, auch du tust mir leid, Mädchen, aber du bist in diesen schlammigen Fluß hineingewatet, und jetzt mußt du deine Kleider selbst trocknen. Ihr jungen Frauen! Ihr glaubt, ihr könnt euch mit jedem Mann wälzen, der euch gefällt, und braucht der Göttin nicht den Tribut zu geben, den sie fordert. Zu meiner Zeit waren die Mädchen nicht so, nein. Wir konnten die richtige Seite der Decke von der falschen unterscheiden. Das ist eine gefährliche und lästerliche Sache, die du da im Kopf hast, selbst wenn ich etwas tun könnte, würde ich es nicht tun, ebensowenig wie jede andere anständige Frau. Du solltest in den Tempel gehen und die Priesterinnen bitten, etwas wegen dieses Manns da zu unternehmen. Zweifellos wird er versuchen, dir davonzurennen, aber unser Gwerbret wird ihn schon aufhalten, wenn ihn die heiligen Damen darum bitten. Mädchen! Ihr Götter, denkt ihr denn überhaupt nicht nach?«

Jill erhob sich eilig und murmelte, daß sie jetzt gehen müsse. Die alte Frau folgte ihr und packte den verblüfften Rhodry am Arm.

»Du solltest gefälligst so anständig sein und dieses Mädchen heiraten, Silberdolch«, verkündete sie. »Sie war vielleicht dumm, aber ihr Burschen seid wirklich der reine Abschaum, wenn ihr Mädchen schwängert und dann einfach weiterreitet. Du hattest den Spaß dabei, das Kind zu zeugen, und jetzt solltest du lieber etwas tun, um für es zu bezahlen.«

Ihr Geschimpfe zog eine ganze Menschenmenge an. Der Käseverkäufer kam herübergeschlendert, die Eierfrau eilte sich zuzuhören – überall blieben Leute stehen und drehten sich um, um zu lauschen. Als Rhodry, dunkelrot angelaufen, versuchte, eine Entschuldigung hervorzustottern, kicherten alle höhnisch und grinsten. Ein paar untersetzte ältere Männer, einer von ihnen in den karierten Brigga eines Kaufmanns, kamen herüber und verbeugten sich vor der alten Frau.

»Um was geht es hier, Gwedda?« fragte der Kaufmann. »Hat dieser Junge das arme Mädchen entehrt?«

»Das hat er, und jetzt ist sie schwanger. Männer! Eine elende Bande alle miteinander.«

»Ich werde sie heiraten!« quiekte Rhodry. »Ich schwöre es! Komm mit, Jill!«

Rhodry packte sie am Arm und zog sie mit sich, während er sich durch die höhnisch grinsende Menge drängte. Nachdem sie den Marktplatz verlassen hatten, rannten sie den ganzen Weg zurück zum Gasthaus. Sobald sie in die Zuflucht des dunklen, rauchigen Schankraums zurückgekehrt waren, packte Rhodry sie an den Schultern und schüttelte sie.

»Du und deine Ideen! Du hättest mich vorwarnen können!«

»Ich nahm an, dann hättest du nicht mitgemacht.«

»Da hast du verdammt recht! Jetzt will ich nur noch hier weg. Jeder wird über mich lachen, sobald ich mich auf der Straße sehen lasse.«

»Da wäre immer noch das Kopfgeld. Das können wir nicht einfach aufs Spiel setzen.«

Rhodry stöhnte. Jill wollte gerade etwas Tröstliches sagen, als ihr ein kleiner Junge in zerrissenen Brigga und den ärmellosen Überresten eines Hemdes auffiel, der in der Tür stand. Sie dachte, er wäre ein hungriges Bettlerkind, und ging hinüber, um ihm ein Kupferstück zu geben. Er nahm es fest in eine schmutzige Faust und sah sie mit ernsten, dunklen Augen an.

»Bist du das Mädchen vom Markt? Die, über die sie gelacht haben?«

»Ja. Wieso fragst du?«

»Nichts, nur meine Großmutter sagt, sie wettet, daß sie dir helfen könnte.«

»Ach ja?« Jill kniete sich, um ihm ins Gesicht zu sehen. »Und wer ist deine Großmutter?«

»Meine Großmutter. Sie wohnt auf unserem Hof. Sie hat gesagt, ich soll dich suchen und es dir sagen.«

»Aha. Und wo ist euer Hof?«

»Nicht weit. Sie hat sich schon auf den Weg gemacht und schiebt den Karren zurück. Willst du mit mir zurückkommen?«

»Ja, und weißt du was? Ich habe ein Pferd. Du könntest mit mir reiten.«

Der Junge grinste und zeigte seine Zahnlücke. Jill nahm an, daß er zu klein war, um auch nur zu wissen, auf was für einen Botengang man ihn geschickt hatte. Sie bat ihn zu warten und eilte zu Rhodry zurück, der alles andere als erfreut war von dem Gedanken, sie alleine gehen zu lassen.

»Ich will die alte Frau nicht erschrecken«, sagte Jill. »Außerdem sagt diese Art von Frauen normalerweise in Gegenwart eines Mannes kein Wort. Also wollen wir vorsichtig sein. Sie ist der einzige Hinweis, den wir bisher haben.«

»Also gut. Aber was immer sie für dich zusammenbrauen mag, trinke es auf keinen Fall. Der Höllenfürst allein weiß, was es mit dir machen wird.«

»Ach, mach dir keine Sorgen. Ich habe schon einen Plan.«

Jill sattelte ihr Pferd, hob den Jungen hoch, damit er hinter ihr im Sattel sitzen konnte, stieg dann selbst auf und folgte seinen Anweisungen zum Nordtor der Stadt. Er war so begeistert davon, auf einem echten Streitroß reiten zu dürfen, daß sie ihn immer wieder daran erinnern mußte, ihr die Richtung zu weisen, aber endlich fanden sie den Hof etwa drei Meilen nordöstlich der Stadt. Inmitten von Weizen- und Gemüsefeldern standen hinter einer niedrigen Erdmauer das Haus der Familie, der Kuhstall, der Brunnen und der Schweinestall, alle zusammengedrängt neben dem Misthaufen und den Heuschobern. Als Jill zum Tor hereinritt, kamen zwei gelbe, räudige Hunde angerannt und bellten zur Begrüßung. Jill stieg ab und hob den Jungen vom Pferd.

»Vater und Mutter sind noch draußen auf dem Feld«, sagte er. »Deshalb hat Großmutter gesagt, ich soll dich holen.«

Dann kam die Großmutter selbst aus dem Haus. Eine kräftige Frau mit festen Muskeln und knochigen Händen. Sie trug einen schwarzen Witwenschal und ein braunes Kleid, das sie über ihrer schmutzigen Schärpe hochgezogen hatte, damit ihre Knöchel und die schlammbedeckten bloßen Füße frei blieben. Sie bedachte Jill mit einem mitfühlenden Blick, der recht echt wirkte, und wandte sich dann dem Jungen zu.

»Am Feuer steht ein Eimer mit Resten und Grünzeug«, verkündete sie. »Die Hühner haben Hunger.«

Als der Junge ins Haus rannte, wies sie Jill mit einer Geste an, ihr zu folgen, und führte sie zum Tor, wo der Junge sie nicht mehr belauschen konnte. Fliegen summten um sie herum, und in der Ferne gackerten die Hühner.

»Worum geht es hier also, Mädchen? Gwedda hat eine scharfe Zunge. Ha! Sie trägt die Nase so hoch, und dabei hat sie zwei ihrer Männer begraben und ist so versessen darauf, sich einen dritten zu verschaffen, daß man schwören könnte, sie sei eine läufige Hündin. Und das in ihrem Alter!«

»Sie hat sich auch geirrt. Ich bin nicht schwanger. Ich wollte es ihr sagen, aber sie hat ununterbrochen weitergeschnattert und -gehetzt, und da mein Mann danebenstand, konnte ich kaum etwas einwenden.« Jill sah sich um, als erwartete sie jeden Augenblick, daß Rhodry irgendwo erschien und sie belauschte. »Es geht um ihn, wißt Ihr. Ich habe meine Familie und alles aufgegeben, als er mich gebeten hat, mit ihm zu kommen, aber wohin wir auch kommen, er sieht sich nach den Mädchen um. Ich kann nichts dagegen sagen. Was, wenn er mich einfach verläßt? Ach, bei der Göttin, es tut mir so weh!«

»Aha. So ist es mit gutaussehenden Männern – nur Gesicht und kein Herz.«

»Ich bin gerade dabei, das herauszufinden.« Jill tat ihr Bestes, verbittert zu klingen. »Also dachte ich, nun ... vielleicht könnte Aranrhodda mir helfen, daß er mir treu bleibt. Man hört über solche Dinge, Zauber und derartige Sachen, die einem helfen, daß der Mann im eigenen Bett bleibt und in kein anderes steigt.«

»So ist es. Wie lange werdet ihr in Lughcarn bleiben? Man kann einen mächtigen Zauber wie diesen nicht einfach zwischen dem Brotbacken und Fleischschneiden bewirken.«

»Wir werden noch ein paar Tage bleiben. Mein Mann will hinauf zur Festung des Gwerbret und sehen, ob er bei ihm Arbeit findet. Wir haben aber noch Geld, also haben wir es nicht eilig.« Sie bemerkte, daß die Erwähnung von Geld ein Lächeln auf das Gesicht der alten Frau zauberte. »Er gibt jedes Kupferstück aus, sobald er es in der Hand hat, aber ich habe ein wenig zurückgelegt.«

»Das ist vernünftig von dir, Mädchen, und wenn du auf eine alte Frau hörst, solltest du immer wieder hier und da eine Münze nehmen und sie irgendwo in deinen Kleidern verstekken, wo er sie nicht finden kann. Es gibt sicher eine Möglichkeit, daß unsere Herrin vom Kessel dir helfen kann, ihn zu halten, aber es wird irgendwann ein Tag kommen, an dem du ihn nicht mehr willst, und was willst du dann tun?« Sie bedachte Jill mit einem ernsten Blick. »Eine Frau mit ein wenig Geld kann einen Mann finden, der ein verdammt schlechtes Gedächtnis dafür hat, was sie zuvor getan hat. Vergiß das nicht.«

»Das will ich, gute Frau, und ich danke Euch, aber ich kann

mir nicht vorstellen, daß ich meinen wunderbaren Rhodry irgendwann nicht mehr lieben könnte.«

Die alte Frau verdrehte nur die Augen über die Dummheit junger Mädchen, dann dachte sie über das Problem nach und zog dabei zerstreut mit dem großen Zeh eine Linie in den Staub.

»Ich brauche ein wenig von seinem Haar«, sagte sie schließlich. »Nur ein wenig wird genügen.«

»Ich habe etwas davon. Ich habe ihn gestern abend gekämmt und behalten, was im Kamm war.« Sie griff in die Brigatasche und holte die Strähnen von Rhodrys Haar heraus, die sie sorgfältig in ein Tuch gewickelt hatte.

»Oho! Du scheinst einiges über die Macht unserer Herrin zu wissen.«

»Nun ja, meine Mutter kannte eine weise Frau in der Nähe unseres Hauses. Und manchmal habe ich sie miteinander reden hören, als ich noch ein kleines Mädchen war.«

Lächelnd steckte die alte Frau das Haar in eine Falte ihrer Schärpe.

»Heute nacht, wenn es dunkel genug ist, werde ich das hier zum Wäldchen bringen. Und ich werde es um einen Zauber binden, der ihn an dich binden wird. Aber er ist ein gutaussehender Mann, und wir sollten noch ein wenig mehr tun. Ich werde dir einen Topf Salbe geben und dir sagen, wie du ihn damit zeichnen mußt, wenn er schläft. Und dann ...«, sie hielt den Zeigefinger ausgestreckt in die Luft, »wenn er versucht, es mit einem anderen Mädchen zu tun, nun, dann ...«, sie bog den Zeigefinger langsam nach unten, »wird er nicht viel Freude davon haben und die kleine Schlampe auch nicht.«

Jill gab der alten Frau eine Silbermünze, dann machte sie sich auf den Rückweg zur Stadt. Sie fragte sich gerade, ob der Zauber Rhodry auch wirklich keinen Schaden zufügen würde, als sie drei Reiter sah, die über eine Kuhweide auf den Bauernhof zukamen. Sie schirmte ihre Augen mit der Hand ab und konnte gerade noch die Töchter des Gwerbret erkennen. Von Falken und Eskorte war kein Anzeichen zu sehen. Interessant, dachte Jill. Ich frage mich, ob Großmutter heute noch mehr Geschäfte macht. Sie dachte daran, unter dem einen oder anderen Vorwand zurückzukehren, ließ es aber schließlich sein, weil es vielleicht Verdacht erregt hätte.

In der Schenke fand Jill Rhodry am Feuer, wo er mit seinem Silberdolch einen Stock in Späne schnitzte. Der Wirt beobachtete ihn stirnrunzelnd, als schätzte er sich glücklich, daß es zumindest nicht die Möbel waren. Jill führte Rhodry mit der Ausrede, er müsse ihr mit dem Pferd helfen, hinaus zum Stall.

»Es ist alles sehr gut gegangen. Ich soll morgen zurückkommen und einen Liebeszauber abholen.«

»Einen Liebeszauber? Immer noch besser als ein Kräutersud, aber was hast du damit vor?«

»Selbstverständlich gar nichts, aber ich mußte ihr Vertrauen gewinnen, nicht wahr? Übrigens, wenn dir plötzlich schlecht wird oder so, sag es mir.«

»Wie bitte? Was hast du getan? Eine dumme alte Vettel bezahlt, mich zu verzaubern?«

»Sie ist alles andere als dumm, aber mach dir wegen des Zaubers keine Gedanken. Ich habe ihr nur eine Geschichte darüber erzählt, daß ich Angst habe, daß du mich nicht mehr liebst.«

Rhodry zuckte die Achseln. Jill beschloß, ihm lieber nicht von dem Tiegel Salbe zu erzählen.

Am nächsten Morgen ritt Jill aus dem Haupttor und in die Richtung des Bauernhofs, bis sie ein kleines Gehölz fand, wo sie absteigen und sich verbergen konnte. Und tatsächlich, eine kleine Weile später kamen die drei jungen Damen aus dem Palast des Gwerbret vorbei, gefolgt von ihrer üblichen Eskorte. Jill ritt ihnen nach und nahm dabei einen Umweg über die

Feldwege, die von einem Bauernhof zum anderen verliefen. Schließlich holte sie sie unten am Fluß wieder ein. Die Männer der Eskorte hatten ihre Pferde im Schatten einiger großer Eschen angebunden und hockten am Boden und würfelten. Der Falkner unterhielt sich ernsthaft mit den Mädchen, die jeder einen kleinen Merlin auf der behandschuhten Hand hatten. Jill ritt weiter zum Bauernhof.

Als sie dort eintraf, waren die Umstände günstig. Die alte Frau war damit beschäftigt, Brotteig zu kneten – eine Tätigkeit, die sie nicht einfach unterbrechen konnte. Jill setzte sich auf eine abgenutzte Holzbank und fragte sich, wie lange es wohl dauern würde, bis die Mädchen ihrer Eskorte entfliehen konnten.

»Mach dir keine Sorgen, Mädchen«, sagte die Alte plötzlich, »dieser Zauber ist wirklich gut, wenn ich es dir sage. Gerade, als ich damit fertig war, ist der Mond aufgegangen, und das Mondlicht fiel durch die Bäume und direkt darauf.«

»Das ist wunderbar. Ich mache mir solche Sorgen!«

»Selbstverständlich tust du das. Jetzt forme ich nur noch die Laibe, und während der Teig geht, unterhalten wir uns.«

Sobald die Brotlaibe geformt waren und unter einem feuchten Tuch auf einem Holzbrett lagen, ging die alte Frau in eine andere Kammer. Jill hörte sie dort herumsuchen. Dann kam sie mit einem kleinen Tontiegel, der mit einem Lappen verschlossen war, und einem kleinen Gegenstand zurück, den sie in schwarzes Tuch gewickelt hatte. Sie reichte Jill den eingewickelten Gegenstand und setzte sich neben sie.

»Auf keinen Fall darfst du das Tuch abwickeln. Es wird den Dweomer verderben, wenn du das tust. Du trägst es bei dir, und dann werden wir sehen, ob dein hübscher Silberdolch jemals Augen für ein anderes Mädchen hat.« Sie stellte den Topf auf den Tisch. »Ich wette, er trinkt so einiges, also wartest du, bis er fest schläft und von seinem Bier schnarcht, und dann streichst du ihm das auf den Rücken. Ich zeige dir das Muster, das du damit zeichnen mußt.«

Zu dem Muster gehörte ein lautloses Gebet. *Aranrhodda, Aranrhodda, Aranrhodda, rica rica soro, alam bacyn alam, Aranrhodda rica.* Da die alte Frau ihr nicht sagen konnte, was das bedeutete, hatte Jill Schwierigkeiten es auswendig zu lernen. Bis es ihr gelungen war, war es schon beinahe Mittag, und die alte Frau bot ihr gastfreundlich einen Schluck Bier und ein Stück Käse an.

»Falls dein Mann sich nicht inzwischen fragt, wo du steckst. Wir wollen doch nicht, daß er böse wird und dich schlägt.«

»O nein, er wird den ganzen Tag nach Arbeit suchen. Deshalb konnte ich ja herkommen.« Sie ließen sich zu ihrem Mittagessen nieder. Es war einfach, harmlose Fragen zu stellen und die alte Frau dazu zu bringen, über die verschiedenen Gelegenheiten zu reden, bei denen sie die alte Überlieferung benutzt hatte.

Schließlich sagte Jill: »Was, wenn ich irgendwo anders unterwegs Ärger habe? Glaubt Ihr, daß es mir gelingen wird, eine andere weise Frau zu finden?«

»Das kommt darauf an, wohin ihr reitet. Aber für gewöhnlich kann man eine finden, wenn man gut genug sucht.«

»Ja, aber wie soll ich das anstellen? Es ist schließlich nicht so, daß man an einen bestimmten Treffpunkt gehen könnte oder es Zeichen gäbe oder so.«

»Mag sein, aber hin und wieder hört man Neuigkeiten.«

Jill fragte sich gerade, wie weit sie noch bohren sollte, als sie Pferde auf den Hof kommen hörte. Die Hunde sprangen auf und rannten bellend zur Tür, und die alte Frau folgte ihnen sofort. Als Jill ihr ebenfalls hinterherging, sah sie die drei Mädchen aus der Festung des Gwerbret aus dem Sattel steigen, während die alte Frau die Hunde verscheuchte.

»Wir haben einen für Euch«, erklärte die Jüngste. »Hier.«

Das Mädchen reichte ihr etwas, das in ein blutiges Tuch gewickelt war.

»Das ist nett von Euch. Sieht aus wie ein schöner großer Rabe.«

»Ja. Und ich habe meinen Falken zurückgerufen, bevor er zu viele Federn verdorben hat.«

Das älteste Mädchen stieß plötzlich einen leisen Schrei aus und zeigte auf Jill, die in der Tür stand.

»Keine Sorge«, sagte die Alte. »Das ist auch eine Frau, obwohl sie diesen Dolch und Männerkleider hat.«

»Ich sollte lieber zu meinem Mann zurückreiten«, sagte Jill. »Ich danke Euch für Eure Hilfe.«

»Keine Ursache, Jill, und sag deinem Mann nicht, wo du gewesen bist. Ich will nicht, daß er dich dafür schlägt.«

Als Jill aufs Pferd stieg, war sie sich der neugierigen Blicke der adligen jungen Frauen bewußt. Jill verbeugte sich aus dem Sattel, dann bog sie auf die Straße ein und trabte rasch am Fluß entlang. Auf dem Rückweg zur Stadt warf sie den Tiegel mit der Salbe in den Fluß, aber sie behielt den Zauber, um ihn Rhodry zu zeigen und seine Angst zu beruhigen.

Als sie wieder in die Schenke kam, gingen sie direkt hinauf in ihre staubige, keilförmige Kammer und schlossen die Fensterläden. Sie setzten sich auf den Boden, so weit wie möglich von dem Ungeziefer in der Strohmatratze entfernt.

»Hier.« Jill reichte ihm den Zauber. »Sie sagt, wenn du das Tuch abwickelst, wirst du den Dweomer verderben, also solltest du das wohl am besten tun.«

So zimperlich, als hätte er einen Pferdeapfel in der Hand, zupfte Rhodry das Tuch weg und enthüllte damit einen winzigen Stock, der in eine unmißverständlich phallische Form geschnitzt war und um den die Alte die Strähne seines Haars gebunden hatte.

»Bei den Höllen!« zischte Rhodry. »Und was soll das mit mir machen?«

»Kannst du das nicht aus der Form erraten? Du kannst es einfach im Schankraum ins Feuer werfen.«

»Das werde ich bestimmt nicht tun! Es könnte eine unvorhergesehene Wirkung haben.«

»Rhodry! Ich glaube fast, du hältst es für echt.«

»Nun, woher willst du wissen, daß es auf seine Art nicht tatsächlich echt ist?«

Schließlich entschlossen sie sich, den Zauber hinter dem Stall zu vergraben, wo es höchst unwahrscheinlich war, daß irgend jemand ihn je wiederfinden würde. Obwohl Jill Rhodry wegen seiner Sorge neckte, fragte sie sich doch, wieso sie so sicher sein konnte, daß der Zauber sinnlos war – wahrscheinlich ihr üblicher Instinkt. Ihr ganzes Leben lang war sie imstande gewesen zu sagen, was Dweomer war und was nicht, genau, wie sie auch immer das Wildvolk hatte sehen können. Rhodry stampfte den Boden über dem vergrabenen Zauber mit seinen Stiefeln fest.

»Und jetzt sei bitte so freundlich und kauf nichts mehr von diesem Zeug, ja? Hast du irgend etwas Wichtiges erfahren, als du dort warst?«

»Nicht unbedingt über Mallona. Aber die drei Töchter des Gwerbret kamen zum Hof, als ich gerade dort war, und sie scheinen bis über ihre hübschen Ohren in diesem Dreck zu stecken.«

»Wie bitte? Das könnte gefährlich sein. Jemand sollte Seiner Gnaden davon erzählen.«

»Noch nicht – nicht, ehe ich Gelegenheit hatte, das, was sie wissen, aus ihnen herauszuholen. Also sei still, was die alte Frau angeht, wenn du mit dem Gwerbret redest.«

»Mit dem – nein, ich kann nicht zu Tudvulc gehen! Ich gehe nicht zum Palast und damit Schluß.«

Jill legte ihm die Hand auf den Arm und schenkte ihm ihr süßestes Lächeln.

»Bitte, Rhodry? Es ist so schrecklich wichtig.«

»Oh, er sieht so gut aus!« sagte Babryan atemlos. »Ich hatte ganz vergessen, wie diese Männer aus Eldidd aussehen können! Diese dunkelblauen Augen!«

»Er ist ein elender Silberdolch, Baba«, fauchte Wbrydda. »Du solltest nicht auf solche Weise über ihn reden.«

»Das ist mir gleich. Er ist immerhin von adliger Geburt, und ich wette, sein Bruder hat ihn aus einem dummen Grund ins Exil geschickt. Findest du Rhodry nicht hübsch, Sevvi?«

»Ich weiß nicht ... schon, aber er macht mir auch angst. Er ist irgendwie so seltsam. Und ich wette, er ist in der Schlacht brutal. Bestimmt kann er wirklich grausam sein.«

»So sollen Männer schließlich sein«, sagte Babryan. »Sei nicht dumm.«

Die Mädchen saßen am Feuer in ihrer Halle, wohin sie geflüchtet waren, sobald sie sich vom Abendtisch und Lord Timryc entschuldigen konnten. Sevinna hatte beim Essen das Schlimmste befürchtet, als sie bemerkt hatte, wie Babryan den exilierten Silberdolch anstarrte, mit dem der Gwerbret genug Mitleid gehabt hatte, um ihn an seinem Tisch zu plazieren. Und nun war es bestätigt: Babryan schlang die Arme um die Knie und starrte grübelnd ins Feuer.

»Ich wünschte, er hätte nicht schon eine Frau.«

»Hat er aber«, meinte Sevinna. »Und eine Frau, die aussieht, als könnte sie dich zu Brei schlagen, wenn sie es wollte.«

»Wie eklig du sein kannst!« Babryan streckte Sevinna die Zunge heraus und kehrte dann zu dem grüblerischen Blick zurück. »Außerdem möchte ich ihr bestimmt nicht das Herz brechen. Sie muß ihrem Vater getrotzt haben, als sie mit Rhodry davongeritten ist. Genau wie deine Mutter, Sevvi.«

»Überhaupt nicht so! Mein Vater war kein ehrloser Silberdolch.«

»Entschuldige, ehrlich, das habe ich nicht gemeint. Du bist so schlecht gelaunt heute abend, Sevvi. Ich glaube, er gefällt dir auch!«

Sevinna verschränkte die Arme über der Brust und strengte sich an, würdevoll dreinzuschauen, aber Babryan lachte nur.

»Hört auf, euch zu streiten!« warf Wbrydda ein. »Keine von euch kann ihn haben. Er ist vielleicht einmal der Sohn eines Gwerbret gewesen, aber das ist er jetzt nicht mehr.«

Das genügte, daß Babryan ihre Stimmung vergaß und sich aufrecht hinsetzte, aber sie kaute weiter auf ihrer Unterlippe, als müsse sie über etwas nachdenken.

»Wir haben Jill bei der alten Frau gesehen, wo sie einen Zauber gekauft hat. Ich wette, er ist die ganze Zeit untreu.«

»Baba!« sagte Sevinna vorwurfsvoll. »Ich mache mir einfach nur Sorgen. Was glaubst du nur?«

»Nichts.« Jetzt war es an Babryan, würdevoll und herablassend zu tun. »Was denkst du dann, worüber ich nachgedacht habe?«

»Ach, du weißt schon!«

Sie waren heftig am Kichern, als die Tür aufging und Lady Caffa hereinkam, gefolgt von Jill. Babryan wurde dunkelrot, dann erhob sie sich zusammen mit den anderen Mädchen und knickste vor ihrer Mutter. Sevinna betrachtete Jill insgeheim forschend. Sie schien ein paar Jahre älter als sie selbst, und ihre offensichtliche Körperkraft machte sie als Bewohnerin einer vollkommen anderen Welt kenntlich.

»Nun, meine Lieben«, sagte Caffa, »Euer Vater hat dem armen Rhodry einige Zeit seine Zuflucht angeboten, also wird Jill viel Zeit mit uns verbringen. Ich will, daß ihr gastfreundlich zu ihr seid, und ich bin sicher, daß wir viele reizende Gespräche haben werden. Ihr müßt unterwegs so viel Interessantes erlebt haben, Jill.«

»Ja, Herrin. Es ist schrecklich aufregend, mit meinem Rhodry unterwegs zu sein.«

»Wie tapfer Ihr das ausdrückt! Ich weiß, es muß schrecklich hart für Euch sein.«

Jill bedachte sie mit einem demütigen Lächeln, als stimmte sie ihr zu, aber Sevinna fand dieses Lächeln zweifelhaft, als wäre Jill ein Wolf, der sich als Schoßhund ausgab.

Doch Jill paßte sich dem Leben in der Frauenhalle so leicht an, daß Sevinna sich fragte, ob sie sich nicht getäuscht hatte. Obwohl der Gwerbret diesen seltsamen Gästen eine eigene Kammer gegeben hatte, erschien Jill nach dem Frühstück in einem geborgten Kleid in den Frauenräumen, wo Caffa eine Art eigenen Hof hielt. Ihre Töchter, Gäste und Hofdamen saßen auf Kissen um sie herum, während sie mit dem Kämmerer die Bücher durchging, mit der obersten Köchin über Mahlzeiten sprach und allgemein ihre Finger am Puls des Lebens der Festung hielt. Während dieser Zeit saß Jill neben Sevinna und sah sich neugierig an, was geschah, als wolle sie alles, was sie hörte, auswendig lernen. Flüsternd erklärte ihr Sevinna, wer diese oder jene Person war und wieso sie sich hier befanden.

»Das ist schrecklich aufregend«, sagte Jill einmal. »Eurer Tante scheint nichts Wissenswertes in Festung und Stadt zu entgehen.«

»Ja. Wann immer mein Onkel unterwegs ist, ist sie praktisch seine Regentin.«

Später an diesem Nachmittag, als die Basen mit ihrer Mutter beschäftigt waren, lud Sevinna Jill ein, mit ihr im Garten spazierenzugehen – solche Gärten waren in jenen Tagen eine seltene Angelegenheit, obwohl es sich in diesem Fall nur um einen rechteckigen Rasen mit Blumenbeeten ringsherum und einer steinernen Sonnenuhr in der Mitte handelte. Jill hatte nie zuvor eine Sonnenuhr gesehen, also erklärte Sevinna, wie sie funktionierte, und las die am Rand eingravierte Schrift: *Die Zeit verfliegt rasch, also fange sie ein, solange du kannst.*

»Sevvi, du kannst lesen!«

»Ja. Als ich klein war, habe ich den Schreiber meines Vaters so lange gequält, bis er mir alles beigebracht hat. Ich hatte Angst, wie mein Vater reagieren würde, wenn er es herausfindet, aber er hat nur gelacht und gemeint, ich könnte ruhig meine Zeit verschwenden, wenn ich es wollte.«

»Es klingt so, als wäre er ein freundlicher Mann.«

»Das ist er, und ich halte ihn in hohen Ehren, aber wir sind nicht reich.«

»Dein Onkel ist es zweifellos. Ich bin noch nie in einer Festung wie dieser gewesen.«

»Nein? Lebt dein Clan in einer der nördlichen Provinzen?«

»Nun, mein Vater ist in Eldidd, aber ich bin keine Adlige. Vater war der Hauptmann von Rhodrys Kriegshaufen, bevor Rhodry ins Exil geschickt wurde. Ich ging mit ihm, als er davonritt.«

Jills Geschichte führte dazu, daß Sevinna von ihrer Mutter erzählte und dann vom Leben ihres gesamten Clans und den adligen Clans in der Nachbarschaft ... Sevinna schwatzte und schwatzte, während Jill mit schmeichelnder Aufmerksamkeit lauschte und nur sprach, um weitere Fragen zu stellen.

»Aber ich sterbe vor Neugier«, sagte Jill schließlich. »Ich werde dir sagen, was ich bei der alten Frau wollte, wenn du mir sagst, wieso du da warst.«

»In Ordnung. Wir haben uns schon gefragt, ob du einen Liebeszauber gekauft hast. Rhodry sieht schrecklich gut aus.«

»Ja. Es scheint, als ob jedes Mädchen im Königreich derselben Meinung ist. Er ist immerhin alles, was ich auf der Welt habe, und ich würde einfach sterben, wenn er mich eines Tages verläßt. Eine Frau muß jede Waffe nutzen, die sie finden kann, nicht wahr?«

»Ganz bestimmt. Weißt du, ich bin hier, weil mein Onkel mich verheiraten soll. Und ich will keinen Mann heiraten, den ich nicht mag, nur weil er die richtigen Verwandten hat. Also versuche ich, etwas über Magie zu lernen.«

»Oh!« Jill riß die Augen auf. »Du weißt tatsächlich, wie man zaubert?«

»Nur ein wenig. Wir alle – oh, ich kann dir nicht mehr sagen, wenn du nicht den Eid an Aranrhodda geschworen hast.«

»Selbstverständlich habe ich das. Wieso glaubst du wohl, daß die alte Frau mir geholfen hat?«

»Wunderbar. Nun, dann mußt du heute abend hinauf in Babas und Brys Halle kommen. Wir können dort darüber sprechen, denn Lady Caffa weiß nichts davon. Baba ist sich sicher, daß ihre Mutter sich schrecklich aufregen würde.«

»Ich werde darüber schweigen, das schwöre ich. Oh, das wird Spaß machen.«

»Ihr Götter!« sagte Jill. »Diese adligen Damen essen ununterbrochen! Es scheint, als wären sie gerade mit einem Teller Gebäck fertig, da kommt schon eine Dienerin mit dem nächsten. Es wäre schrecklich einfach, jemanden zu vergiften, wenn man das will.«

»Und wieso denkst du an Gift?« fragte Rhodry.

»Wegen Mallona. Wieso sonst?«

Sie saßen in ihrer Kammer in Tudvulcs Broch, einem kleinen, karg möblierten Raum. Tudvulcs Kämmerer hatte schreckliche Angst davor, Rhodrys mächtigen Bruder zu verärgern, indem er einem Mann gegenüber zu gastfreundlich war, den Rhys Gwerbert Aberwyn ins Exil geschickt hatte, aber Rhodry sah keinen Grund, sich darüber zu streiten. Außerdem befand sich der Raum in einem abgelegenen Teil eines der Halbbrochs, wo die Gefahr, belauscht zu werden, erheblich geringer war, was sie durchaus für das Fehlen bestickter Bettvorhänge entschädigte.

»Der Gwerbret hat mir erzählt, daß die Damen sich bald zu einem Besuch aufmachen werden«, sagte Rhodry. »Hast du das auch gehört?«

»Ja. Sie werden Sevinna möglichen Bewerbern auf anderen Anwesen vorführen. Lady Caffa nimmt die Verantwortung gegenüber ihrer Nichte sehr ernst. Sie werden bei einer Lady Davylla wohnen. Soweit ich weiß, ist sie diejenige, die Babryan und Wbrydda all diese Liebeszauber gelehrt hat. Puh! Es ist so albernes Zeug!«

»Woher weißt du das?«

»Ich bin nicht sicher.« Jill zuckte unbehaglich mit den Achseln. »Aber ich weiß es irgendwie. Das hat alles nichts mit Dweomer zu tun. Aber es ist gleich. Wichtig ist, daß ich gehört habe, wie Caffa mit Babryan über einen anderen Gast von Davylla gesprochen hat.«

»Einen Gast? Und wieso sollte das wichtig sein? Frauen ihres Ranges besuchen einander ununterbrochen.«

»Es sieht so aus, als wäre diese Frau von ihrem Mann verstoßen worden, und sie ist anscheinend krank, aber niemand hat je zuvor von ihr gehört. Die Frau eines sehr, sehr unwichtigen Lords, sagte Caffa. Und eine sehr weit entfernte Verwandte von Davylla, jemand, dem Caffa noch nie begegnet ist. Aber Caffa weiß ansonsten alles über jeden.«

»Ihr Götter! Glaubst du etwa, es könnte ...«

»Haben wir denn andere Spuren, denen wir folgen können?«

»Nein. Also machen wir uns zu Lady Davyllas Anwesen auf.«

»Ich denke, wir sollten lieber vor ihnen dort sein, um uns einfach umsehen zu können. Kannst du Tudvulc nicht einfach sagen, daß du dich der Ehre, die er dir erweist, unwürdig fühlst und daß wir lieber weiterreiten sollten, elende Silberdolche, die wir sind?«

»Nichts einfacher als das, denn so fühle ich mich schließlich auch.«

Am nächsten Morgen ging Rhodry zum Gwerbret und fand ihn in einer privaten Ratskammer, wo er mit dem Oberhaupt der Kaufmannsgilde über Brückenzölle sprach. Rhodry kniete neben dem Gwerbret nieder und wartete, bis der Kaufmann sich unter Lächeln und Verbeugungen verabschiedet hatte.

»Euer Gnaden«, sagte Rhodry. »Ich bin gekommen, um Euch um die Erlaubnis zu bitten, Euren Broch zu verlassen. Ihr habt bereits viel zuviel für einen ehrlosen Mann wie mich getan.«

»Pferdedreck! Das war gar nichts! Steht auf, Junge, und setzt Euch gefälligst hin. Ihr seid hier so lange willkommen, wie Ihr bleiben möchtet.«

»Meinen untertänigsten Dank.« Rhodry stand auf und setzte sich. »Aber ich denke, es ist an der Zeit, daß ich mich von Euer Gnaden verabschiede.«

»Wegen dieser Mörderin, die Ihr verfolgt?«

»Genau, aber ich bitte Euer Gnaden, die Angelegenheit für Euch zu behalten. Wir haben einen Hinweis darauf gefunden, daß sich die Dame westlich von hier befinden könnte. Darf ich Euer Gnaden um eine Einzelheit bezüglich der Gesetze befragen?«

»Selbstverständlich.«

»Was, wenn unsere Mörderin Zuflucht bei einer hochrangigen Dame gesucht hat, die entschlossen ist, sie um jeden Preis zu schützen? Diese Dame überredet ihren Mann vielleicht, daß er sich weigert, seinen Gast auszuliefern. Immerhin stünde seine Ehre auf dem Spiel.«

Tudvulc strich sich über den grauen Schnurrbart und dachte nach.

»Ein verdammtes Wespennest«, sagte er schließlich. »Wenn sie sich nicht mehr auf dem Gebiet von Coryc von Caenmetyn befindet, wird er den zuständigen Gwerbret überreden müssen, daß die Gefangennahme der Dame einen Krieg mit einem seiner Vasallen wert ist. Und das könnte eine äußerst schwierige Sache sein.«

»Das dachte ich mir. Und man würde es Coryc nie zugestehen, mit seinen eigenen Männern dort einzureiten und den Krieg selbst zu führen.«

»Würde er das denn wollen? Diese Frau klingt nach einer wahrhaften Dämonin und einer lästerlichen Hexe, aber ist ihre Bestrafung denn einen offenen Krieg wert, besonders mit einem anderen Gwerbret, wenn wir einmal annehmen, daß dieser Gwerbret sich auf die Seite seines Vasallen stellt? Er könnte sich selbstverständlich an den König wenden, aber es würde Jahre dauern, diese Angelegenheit vor Gericht zu klären.«

»Ich kann nur den Gedanken nicht ertragen, daß diese Frau davonkommt. Nun, wir werden den Lord eben überreden müssen, daß die Mörderin seines Schutzes und dessen seiner Gattin nicht wert ist.«

»Wenn sie eine wirkliche Hexe ist, könnte das schwierig sein«, meinte Tudvulc grinsend. »Sie hat ihn vielleicht schon verzaubert, wie? Ha! Dieser Unsinn, an den die Frauen immer glauben! Ich bin verdammt froh, daß es in meiner Festung nichts davon gibt.«

Rhodry brauchte seine ganze Willenskraft, um schweigen zu können.

»Nun, ich wünsche Euch viel Glück, Junge«, fuhr Tudvulc fort. »Sieht aus, als würdet Ihr es brauchen. Aber hört auf mich, Rhodry, und seid nicht so ein störrischer Bastard. Ich gewähre Euch gerne Zuflucht, und Ihr wißt verdammt genau, daß Blaern von Cwm Pecl genau dasselbe täte. Ihr habt es nicht nötig, wie ein Bettler über die Straße zu ziehen. Kommt zu mir oder zu Blaern, erwerbt Euch eine Stellung bei einem von uns. Ich kann Euch jederzeit zum Stallmeister machen. Ich brauche immer gute Männer.«

»Seine Gnaden sind sehr großzügig. Aber ich habe mir diese Schande selbst eingehandelt, und ich werde es ertragen.«

»Seid doch nicht dumm, Mann! Es kümmert mich nicht, wenn Euer Bruder sich daran stört, daß ich Euch Zuflucht gewähre. Ich habe keinerlei Allianzen mit Rhys, und ich werde auch keine brauchen. Eldidd ist verdammt weit weg. Denkt noch einmal darüber nach, wenn Ihr diese Dämonin erwischt habt.«

»Danke, Euer Gnaden, für Eure Großzügigkeit gegenüber einem beschämten Mann. Ich werde über Euer Angebot nachdenken.«

Rhodry stand auf und verbeugte sich, dann floh er auf den Hof hinaus. Er war ernsthaft versucht, Tudvulcs Großzügigkeit anzunehmen, aber er wußte, daß dies Probleme bringen würde, die sogar den Hochkönig berührten. Rhodrys Bruder Rhys, Gwerbret Aberwyn, haßte ihn so bitterlich, daß er zweifellos eine Möglichkeit finden würde, jeden Lord, ganz gleich wie mächtig, herauszufordern, wenn dieser seinen jüngeren Bruder aufnahm. Die Herausforderung würde dann vor den König gebracht werden, den es einen hohen Preis kosten würde, damit fertig zu werden. Exil hin, Silberdolch her: Rhodry war immer noch Vasall des Königs und hatte einen heiligen Eid geschworen, die Bedürfnisse seines Lehnsherren über seine eigenen zu stellen. Schließlich schüttelte er die Versuchung ab und kehrte zurück in seine Kammer, wo Jill auf ihn wartete.

»Alles erledigt, Liebste. Wir werden morgen losreiten. Du

wirst zweifellos auch froh darüber sein. Es muß langweilig für dich gewesen sein, ständig bei diesen Frauen zu sitzen.«

»Eigentlich nicht. Ich mag sie wirklich. Man kann ihnen nicht vorwerfen, daß sie sich Gedanken machen, mit welchem Mann sie wohl verheiratet werden. Ich sage dir, Rhoddo, ich bin jetzt mehr entschlossen, Mallona aufzustöbern, als je zuvor. Sie tut mir immer noch leid, aber sie ist wie ein Fuchs im Hühnerstall. Was, wenn eines dieser Mädchen ihr im Weg stünde?«

»Das wäre nicht schön, nicht wahr? Wir werden unser Bestes tun, um dafür zu sorgen, daß der reizenden Lady Mallona vom Gwerbret der Hals lang gezogen wird. Hast du eine Möglichkeit gefunden, dich mit den Mädchen in Verbindung zu setzen, sobald sie Belwerger erreicht haben?«

»Ja, und sie haben mir versichert, daß sie mich Davylla vorstellen werden, wenn schon nicht ihrem geheimnisvollen Gast. Es sollte funktionieren.«

Obwohl Belwerger ein Städtchen von beinahe achttausend Einwohnern war, wirkte die Festung seines Herren verglichen mit dem Wohlstand von Lughcarn ziemlich heruntergekommen. Die Stadt hatte nicht die Atmosphäre eines Ortes, in dem Geld den Fluß entlanggeflossen kommt. Rhodry und Jill fanden ein recht anständiges Gasthaus, dessen Wirt nicht zu stolz war, von Silberdolchen Geld zu nehmen. Sie verbrachten ein paar ruhige Tage und versuchten, nicht aufzufallen, während sie beobachteten, was in der Stadt geschah. Mehrere Male sahen sie Lord Elyc, der die Festung mit den Männern seines Kriegshaufens verließ, aber nie eine der Frauen.

Endlich, als sie an einem Spätnachmittag in der Nähe des Osttores der Stadt warteten, kam die Gruppe Reisender aus Lughcarn an: die drei Mädchen auf ihren Zeltern, eine Hofdame als Anstandsdame, ein paar Pagen, ein kleiner Wagen mit

Kleidung und Reiseausrüstung, ein paar Dienerinnen und fünfzehn Männer des Kriegshaufens. Alle schauten zutiefst gelangweilt drein.

»Kein Wunder, daß sie so verdammt lange gebraucht haben«, murmelte Rhodry. »Es ist wegen dieses elenden Karrens!«

»Ja«, meinte Jill. »Ich werde dafür sorgen, daß sie mich sehen.«

Auf den Straßen stoben die Stadtbewohner aus dem Weg und wichen in Eingänge und Gassen zurück, als die Prozession sich auf die Festung zubewegte. Jill drängte sich durch die Menge, bis sie am Rand der Straße stand, und verbeugte sich, als die Mädchen vorbeigeritten kamen. Alle drei kicherten und winkten, und die Hofdame gestattete sich ein kleines Lächeln. Nachdem sie vorbei waren, kehrte Jill zu Rhodry zurück.

»Also gut, Liebster. Wenn ich nicht bald von ihnen höre, gehe ich in den Palast und besteche einen Diener, ihnen eine Botschaft zu bringen.«

Sevinna war überrascht, wie jung ihre Gastgeberin noch war, mit einem hübschen runden Gesicht und dichtem, rötlichbraunem Haar. Bei dem Essen zur Feier ihrer Ankunft schwatzte Lady Davylla munter drauflos und amüsierte ihre Gäste mit Berichten über prunkvolle Hochzeiten und andere gesellschaftliche Ereignisse, ebenso wie mit Anekdoten von ihrer kleinen Tochter. Nur einmal wendete sich das Gespräch ihrem geheimnisvollen neuen Gast zu.

»Ich nehme an, daß Lady Taurra immer noch krank ist«, sagte Babryan. »Und daß sie aus diesem Grund nicht mit uns ißt.«

Davylla warf Elyc ein kleines Lächeln zu und wechselte das Thema.

Nach dem Essen zogen sich alle in Davyllas Halle zurück, einen angenehmen, runden Raum, der, verglichen mit den Frauenquartieren in Lughcarn, nur karg möbliert war. Die Dienerinnen entzündeten die Kerzen in den Haltern und zogen sich zurück, als Davylla es ihnen gestattete. Die Mädchen ließen sich auf Kissen rund um den Stuhl der Lady nieder.

»Jetzt müßt ihr mir alle versprechen, kein Wort zu verraten«, sagte Davylla. »Lady Taurra ist nicht wirklich krank. Die arme Frau, wie sehr sie doch gelitten hat! Ihr Mann verdächtigte sie, einen Geliebten zu haben, also hat er sie aus dem Haus geworfen und zu ihren Verwandten zurückgeschickt. Und die haben sie wegen ihrer Schande nur verspottet, was sie einfach nicht ertragen konnte. Also habe ich ihr Zuflucht angeboten.«

»Wie schrecklich für sie«, sagte Babryan. »Sie hatte doch nicht wirklich einen Geliebten, oder?«

»Nein. Die arme Taurra vermutet, ihr Mann sei ihrer einfach überdrüssig geworden und hätte nur einen Vorwand gesucht, sie zu verstoßen.«

Die Mädchen schauderten.

»Taurra muß auf der Straße eine schreckliche Zeit gehabt haben«, meinte Wbrydda. »Oder hat ihr Bruder ihr eine Eskorte mitgegeben?«

»Das hat er nicht, dieser Widerling!« schnaubte Davylla empört. »Er wollte sie zwingen, in einen Mondtempel zu gehen, aber sie dient einer anderen Göttin, also ist sie einfach davongeritten. Sie hat Tage gebraucht, um hierher zu gelangen, die Arme, und es war so gefährlich.«

»Ach komm schon, liebste Davylla, ich habe überlebt«, sagte eine leise Stimme.

Sevinna drehte sich um und sah eine hochgewachsene, anmutige Frau, die gerade zur Tür hereinkam. Als verstoßene

Frau trug sie ihr Haar unbedeckt und im Nacken einfach zusammengebunden wie ein Mädchen, obwohl sie alt genug aussah, um die Mutter eines erwachsenen Kindes sein zu können. Ihr Haar war rabenschwarz und nur an den Schläfen leicht ergraut, und ihre Augen von einem tiefen Kornblumenblau, was auf eldiddisches Blut in ihrem Clan hinwies. Sie knickste vor Davylla, dann setzte sie sich neben Sevinna auf ein Kissen.

»Nun, zweifellos hat unsere Göttin über dich gewacht«, sagte Davylla. »Aber dennoch, wer weiß, was dir hätte zustoßen können, als du da wie eine Hausiererin umhergezogen bist?«

Taurra lächelte. Es lag ein sonderbarer Zug in diesem Lächeln, als wüßte sie einen geheimen Witz, der nur unangenehm zu erzählen wäre. Als sie die Mädchen genauer betrachtete, vertiefte sich Sevinnas Unbehagen unter dem harten, abschätzenden Blick der blauen Augen. Ach, komm schon! sagte sie sich, zweifellos ist sie nur ein wenig verbittert wegen all der schrecklichen Dinge, die ihr zugestoßen sind.

»Ich hoffe, ihr Mädchen haltet unsere Lady Davylla in hohen Ehren«, sagte Taurra. »Sie ist die wundervollste Frau der Welt, daß sie jemandem wie mir Zuflucht gewährt.«

»Ich werde mir das nicht mehr anhören, Taurra«, erklärte Davylla empört. »Die einzige Schuld trifft deinen Mann, und das ist alles.«

»Lord Gwell ist nicht mehr mein Mann, und ich nehme an, darüber sollte ich mich glücklich schätzen.«

Dann begann Taurra, den Mädchen höfliche Fragen über sich selbst zu stellen, als wolle sie von ihrer schmerzlichen Vergangenheit ablenken. Sevinna vermutete dies zumindest, denn Taurra schien nicht im geringsten an den Antworten interessiert. Im weiteren Verlauf des Abends begann Sevinna sich zu fragen, ob sie diese Frau wirklich mochte. Sie ärgerte sich über sich selbst, weil sie Taurra nicht leiden konnte. Immerhin hatte Lady Davyllas Gast Schreckliches erlitten und ihr Mitleid verdient, doch es war etwas an der starren Art, wie sie ihren Kopf hielt, etwas an der Langsamkeit, mit der sie Fragen beantwortete, etwas daran, wie sie ihre Augen immer ein wenig zusammenkniff, als sähe sie etwas ganz anderes als das, was sie gerade vor Augen hatte. Sevinna fühlte sich wie eine Katze, die einem Hund gegenübersteht.

»Baba?« sagte Sevinna. »Du solltest Lady Davylla von unserer Freundin Jill erzählen.«

»Ja, wirklich«, sagte Babryan. »Herrin, letzte Woche ist eine ganz kuriose Sache passiert. Ein Silberdolch kam in unsere Festung, und es stellte sich heraus, daß es Rhodry Maelwaedd war, Lovyans Sohn.«

»Bei der Göttin selbst!« keuchte Davylla. »Man stelle sich das vor!«

»Und er hatte dieses Mädchen dabei. Sie ist von ihrer Familie durchgebrannt, um mit Rhodry zu reiten.«

»Ach ja?« Davylla gestattete sich ein Grinsen. »Es sieht so aus, als hätte sich Rhodry nicht sonderlich verändert. Ich bin ihm ein paarmal bei Hof begegnet. Also wirklich, die Art, wie er die Frauen ansah!«

In einer Flut von Kichern und Unterbrechungen erzählte Babryan, wie sie sich mit Jill angefreundet hatten und daß ihre Freundin nun auch mehr über Aranrhodda wissen wollte. Sevinna bemerkte, daß Taurra mit einem kleinen, starren Lächeln zuhörte und ihren zarten Mund dabei so fest zusammenpreßte, als hätte sie Schmerzen.

»Sie sind jetzt hier in Belwerger«, schloß Babryan schließlich. »Also haben wir uns gefragt, ob Ihr sie vielleicht kennenlernen wollt.«

»Das verspricht sehr amüsant zu werden, selbst wenn sie von einfacher Geburt ist«, erklärte Davylla. »Vielleicht können wir einen Pagen in die Stadt schicken, um herauszufinden, wo sie und Rhodry sich aufhalten.«

»Oder würde das Lady Taurra bedrücken?« wandte Sevinna ein.

»Wieso sollte es?« Taurra sah sie mit dunklen Augen an. »Ehrlich gesagt, ich würde dieses Mädchen gerne kennenlernen. Es kann gut sein, daß sie die alte Überlieferung braucht, um mit einem Mann zurechtzukommen, wie es dieser Rhodry offenbar ist. Vielleicht kann ich ihr einen Rat geben.«

Am nächsten Morgen blieb Lady Taurra die ganze Zeit in ihrem Privatgemach, und Sevinna war, ehrlich gesagt, froh darüber. Während Lady Davylla mit ihren Dienern beschäftigt war, nahmen Babryan und Wbrydda Sevinna mit zu Clamodda, der weisen Frau, die in einer Hütte im Palasthof lebte. Da Clamodda den größten Teil ihres Lebens auf einem Bauernhof verbracht hatte, hätte sie sich innerhalb des Palasts selbst unbehaglich gefühlt. Sie zog eine kleine Holzhütte vor – zumindest sagte sie das den Mädchen. Die winzige, faltige Frau mit dünnem weißem Haar hatte schon vor Jahren sämtliche Zähne verloren und verlor nun auch langsam ihr Augenlicht.

»Die Augen sind nicht mehr so gut, meine Damen. Aber dank unserer Lady Davylla werde ich nicht hungern müssen, bis die Götter es für angemessen halten, mich in die Anderlande zu bringen.« Clamodda sah Sevinna direkt ins Gesicht. »Nun, Mädchen, du scheinst ebenso hübsch zu sein wie deine Basen hier.«

»Das hoffe ich«, sagte Sevinna. »Und vielen Dank.«

»Ich hoffe, daß ihr freundlich zu unserer Lady Davylla seid. Sie ist die beste Frau auf der Welt und die freundlichste. Ich werde mein Bestes für sie tun, wirklich. Sie braucht jetzt einen Sohn und nicht noch eine Tochter. Oh, ihr hättet ihren Mann hören sollen, wie er sie getadelt hat, als das kleine Mädchen zur Welt kam. Nun, wir werden uns darum kümmern. Wir werden sehen, ob das nächste Kind nicht ein Sohn ist, so hübsch und fett, wie ihr nur wollt. Ich bin jetzt schon dabei, an den Zaubern zu arbeiten.«

»Wir werden ebenfalls darum beten«, sagte Babryan. »Und nun überlassen wir Euch Eurer Arbeit.«

Arm in Arm gingen die Mädchen hinaus auf den Hof, wo sie einen Pagen fanden, der nach ihnen suchte.

»Da ist ein Silberdolch am Tor und fragt nach Lady Sevinna. Soll ich den Hauptmann bitten, ihn wegzuscheuchen?«

»Es ist eine Sie, du Dummkopf!« sagte Sevinna. »Zumindest wette ich, daß es Jill ist.«

Die Mädchen folgten dem Pagen zum Tor, wo tatsächlich Jill in ihren schmutzigen Männerkleidern an der Mauer lehnte. Sevinna lief zu ihr und faßte sie am Arm.

»Liebste Jill«, sagte sie. »Ich freue mich, dich zu sehen.«

»Ich danke dir, aber was ist los? Du siehst beunruhigt aus.«

Erst jetzt wurde Sevinna klar, wie stark ihr Gefühl war, daß etwas nicht stimmte. Aber bevor sie darüber sprechen konnte, hatten Babryan und Wbrydda sie eingeholt und führten Jill zurück zum Broch. Sie nahmen Jill mit hinauf in ihre Kammer über der Frauenhalle, dann schickten sie eine Dienerin mit einer Botschaft zu Lady Davylla. Jill begann, nach der Mutter der Schwester zu fragen, aber Babryan war zu aufgeregt, um Zeit für Höflichkeiten zu haben.

»Oh, Jill, wir haben Lady Taurra kennengelernt, und sie ist überhaupt nicht krank. Die arme Frau! Was für eine Geschichte.«

»Wirklich?« sagte Jill mit neugierig aufgerissenen Augen. »Erzählt mir alles.«

Während Babryan atemlos berichtete, hörte Jill aufmerksam zu und gab hin und wieder ein künstlich-erstauntes Quieken von sich. Sevinna hielt das Quieken jedenfalls für künstlich. Sie fragte sich, wie sie jemals hatte glauben können, daß

Jill nur ein gewöhnliches Mädchen war wie andere. Ihr wurde klar, daß die Begegnung mit Lady Taurra sie wachsamer gemacht hatte – wie eine Hirschkuh, die einen Hund bellen hört und beginnt im Wind zu schnuppern, aus welcher Richtung das Rudel kommt.

»Kennt ihr diesen Lord Gwell?« fragte Jill.

»Nein«, meinte Babryan. »Aber es gibt Unmengen von Adligen im Königreich, nicht wahr? Warum interessiert dich das?«

»Ach, ich habe mich nur gefragt.« Jill lächelte sie alle strahlend an. »Aber kennt sie sich wirklich mit der alten Überlieferung aus?«

Sie waren dabei, sich über Liebeszauber zu unterhalten, als Lady Davylla ihre Kammer betrat und Lady Taurra mitbrachte. Nachdem Babryan Jill vorgestellt hatte, nahm Davylla sie alle mit hinunter in die Frauenhalle, wo sie es bequemer haben würden, und schickte eine Dienerin nach einem Teller getrockneter Früchte. Alle setzten sich auf Kissen an die offenen Fenster, wo es in der Sonne sehr angenehm war.

»Nun, liebste Jill«, sagte Davylla. »Ich habe Euren Rhodry tatsächlich schon am Hof kennengelernt. Ich frage mich, ob er sich wohl an mich erinnert?«

»Das tut er, Herrin. Als ich ihm sagte, wohin ich gehe, erklärte er, ich solle Euch grüßen, wenn ihr denn Grüße von einem beschämten Mann und Silberdolch entgegennehmt.«

»Nun, das tue ich, aber es ist ziemlich ungehörig von mir.« Davylla grinste. »Rhodry war immer so charmant.«

Eine Weile schwatzten sie über Rhodry und seine Mutter, Lady Lovyan, die versuchte, den König dazu zu bringen, ihren Sohn aus dem Exil zurückzurufen. Sevinna bemerkte, wie Taurra Jill mit einem durchaus angenehmen Lächeln betrachtete. Die Dienerin kam herein und reichte die Trockenfrüchte herum, wobei sie den Teller zuerst Lady Davylla anbot, dann den Mädchen und schließlich Taurra und Jill.

»Stell es einfach auf den Tisch«, meinte Davylla. »Und dann kannst du uns allein lassen.«

Die Dienerin stellte den Teller auf den nächststehenden kleinen Tisch, knickste und ging. Sevinna knabberte an einer Aprikose und lauschte den anderen; sie fühlte sich zu unbehaglich, um selbst viel zu sagen. Auch Lady Taurra war sehr schweigsam, obwohl sie hin und wieder einen Kommentar beisteuerte. Sevinna nahm an, daß sie mit den jungen Mädchen wenig gemeinsam hatte. Einmal stand Babryan auf und reichte die Platte mit den Trockenfrüchten noch einmal herum. Langsam wendete sich das Thema von Rhodry und dem Hoftratsch den wirklichen Interessen der kleinen Gruppe zu: der alten Überlieferung.

»Baba und Bry haben mir das kleine Messer gezeigt, das Eure weise Frau ihnen gegeben hat«, sagte Jill. »Ich hoffe, das war nicht ungezogen von ihnen, aber ich fand das schrecklich interessant.«

»Überhaupt nicht ungezogen. Die arme Clamodda kann solch feine Arbeit nur nicht mehr machen, weil ihre Augen versagen. Zum Glück hat sie ein Mädchen draußen auf dem Land dazu ausgebildet. Es ist erstaunlich, was einige von diesen einfachen Bauersleuten wissen!«

Mit einem kleinen Lächeln stand Taurra auf, griff abermals nach dem Teller mit dem Trockenobst und reichte ihn herum. Bis sie zu Jill kam, war nur noch ein Stück übrig.

»Seltsam«, meinte Davylla. »Ich dachte, es wäre noch viel mehr da. Eßt dieses Stück, liebste Jill, und dann schicke ich nach mehr.«

»Danke«, Jill griff nach dem Apfelstück. »Ich nehme den Teller und hole die Dienerin, Herrin.«

»Sie sollte draußen im Flur zu finden sein.«

Sevinna warf Taurra insgeheim einen Blick zu. Sie hätte schwören können, daß in ihrer Schärpe eine Ausbuchtung war, als hätte sie dort etwas verborgen. Jill kam zurück und setzte sich wieder.

»Ihr habt ein wenig Honig an Eurer Schärpe, Lady Taurra«, sagte Jill.

»O ja, wie ungeschickt von mir!« Taurra rieb mit dem Zeigefinger über den Fleck. »Habt Ihr ein Taschentuch, liebste Davylla? Ich habe meines doch tatsächlich vergessen.«

Ihr Blick begegnete dem von Jill mit einem Aufblitzen von Haß.

Während Taurra sich damit beschäftigte, den Fleck abzutupfen, steckte Jill das Apfelstück in ihre Briggatasche. Niemand außer Sevinna schien es zu bemerken. Was ist hier los? dachte sie bei sich. Es war plötzlich alles so eigenartig geworden! Obwohl alle sie drängten zu bleiben, bestand Jill darauf, bald danach zu gehen, und erklärte, daß Rhodry sie früh zurückerwartete. Unter dem Deckmantel der Höflichkeit ging Sevinna mit ihr bis in den Hof. Sie blieben einen Augenblick lang an der offenen Tür des Hauptbroch stehen.

»Jill«, sagte Sevinna. »Hier ist doch irgend etwas nicht in Ordnung, oder?«

»Wie kommst du darauf? Sag mir, magst du Lady Taurra?«

»Nein. Ich weiß nicht, warum, aber ich mag sie nicht.«

»Gut. Du hast mehr Verstand als deine beiden Basen und Lady Davylla zusammen. Nun hör mir zu, Sevvi. Sei sehr vorsichtig, solange du hier bist, ja? Frag mich nicht, warum. Halt einfach nur die Augen offen und paß auf, was du zu Lady Taurra sagst.«

»Sie ist nicht die Art Frau, mit der ich mich anlegen würde.«

»Gut. Dann tu das nicht. Wir werden uns eine Weile nicht sehen können, weil Rhodry und ich heute nachmittag wegreiten. Wir gehen nach Hendyr. Sag das Lady Taurra, wenn sie fragt, ja? Rhodry bekommt gelegentlich Aufträge als Karawanenwache für Kaufmannskarawanen aus Hendyr.«

Obwohl Sevinna einverstanden war, fragte sie sich, wieso sie so überzeugt war, daß Jill log. Als sie in die große Halle zurückkehrte, begegnete sie Lady Taurra an der Treppe. Lächelnd kam Taurra auf sie zu.

»Habt Ihr Euch von Eurer Freundin verabschiedet?«

»Ja. Sie und Rhodry reiten jetzt nach Hendyr, also wissen nur die Götter, wann wir uns wiedersehen.« Taurra nickte mit dem ersten ehrlichen Lächeln, das Sevinna den ganzen Tag an ihr gesehen hat.

»Ich glaube nicht, daß es vergiftet ist«, meinte Jill. »Ich denke, sie hat nur mit mir gespielt und mich herausgefordert, dort vor den anderen ein Wort zu sagen. Oder vielleicht war es überhaupt nicht Mallona. Vielleicht mag sie mich einfach nicht. Ich meine, ich bin nur ein Mädchen von einfacher Geburt, das sich unverschämt unter die feinen Damen drängt. Vielleicht habe ich mir das mit dem vergifteten Obst nur eingebildet.«

»Vielleicht, aber ich bezweifle es. Und Mallonas Beschreibung paßt sehr gut auf sie.«

Sie knieten in ihrer Kammer im Gasthaus auf dem Boden und betrachteten das Apfelstück, das in einem Fleck Sonnenlicht lag. »Aber selbst, falls es nicht Mallona sein sollte«, fuhr Jill fort. »Sie ist eine seltsame Frau. Rhoddo, ich weiß, du haßt es, wenn ich über Dweomer und solche Dinge rede, aber ich konnte die Gefahr in diesem Zimmer spüren. Sie ging von ihr aus wie übler Gestank.«

Rhodry blickte zornig auf, sagte aber nichts.

»Ich denke, sie fühlt sich in die Enge gedrängt«, fuhr Jill fort. »Weißt du, als ich noch klein war, waren Vater und ich einmal in einer Festung, wo er gerade arbeitete, und einer der Hunde des Lords bekam einen Tritt von einem Pferd. Seine Pfote war schwer verletzt, und als der Stallbursche dem armen

Geschöpf helfen wollte, hat der Hund ihn gebissen. Die Wunde hat sich entzündet, und der Stallbursche hat seine Hand verloren. Das habe ich nie vergessen. Er war schrecklich.«

»Und Mallona erinnert dich an diesen Hund?«

»Ja. Oh, ich weiß, was du sagen willst – sie ist kein armes, hilfloses Tier, sondern eine Mörderin. Du hast recht, und das macht sie nur noch gefährlicher.«

»Ich bin froh zu sehen, daß dir das klar ist.«

»Aber wir müssen uns überzeugen, daß es sich wirklich um Mallona handelt. Was wir brauchen, ist ein Zeuge. Wie weit sind wir von Dwaen entfernt?«

»Einen Dreitageritt. Warum?«

»Ich möchte, daß du ihn holst. Er ist ein Mann, der auf Gerechtigkeit Wert legt, und ich wette, er wird mit dir hierher zurückkommen. Und wir brauchen einen adligen Zeugen. Davylla würde keinem Silberdolch oder Diener oder Reiter glauben, aber sie glaubt vielleicht einem Tieryn. Und er wäre in einer Angelegenheit von Coryc von Caenmetyn unterwegs, also wird ihr Mann ihn aufnehmen müssen.«

»Das ist eine gute Idee. Du weißt, unser Wirt hat ein Pferd im Stall. Ich könnte ein wenig von dem Geld, das Dwaen uns gegeben hatte, benutzen und das Tier kaufen. Aber warte! Was, wenn sich die Lady davonstiehlt, während wir weg sind?«

»Wohin sollte sie gehen? Sie wird keine so bequeme Zuflucht mehr finden. Außerdem ist das der Grund, wieso ich hierbleibe.«

»Wie bitte? Bist du verrückt? Was nützt es, wenn ich Dwaen herhole und sie dich in der Zwischenzeit umbringt.«

»Ich werde vorsichtig sein. Mach dir keine Sorgen. Aber sie hat direkten Zugang zu Davylla und den Töchtern des Gwerbret. Nach allem, was ich weiß, könnte sie durchaus nur so zum Spaß eine von ihnen vergiften.«

»Ach, Pferdedreck, das würde sie nicht wagen! Du bleibst hier nicht allein. Ich will kein Wort davon hören.«

»Rhodry, mein Geliebter.« Jill lächelte und nahm seine Hand in ihre beiden Hände. »Du weißt, daß ich nicht wirklich hierbleiben werde, wenn du unbedingt willst, aber sei doch vernünftig.«

Während Rhodry mit dem Wirt um das Pferd feilschte, nahm Jill das Apfelstück und ging hinunter in den Stall, wo sie den Sohn des Wirts fand, einen mageren Jungen mit hervortretendem Adamsapfel und großer Nase.

»Sag mir eins«, Jill hielt ihm ein paar Kupferstücke hin. »Wie fangt ihr hier die Ratten? Mit diesen kleinen Korbfallen?«

»Ja, und dann ersäufen wir sie. Warum? Es ist doch keine Ratte in eurer Kammer? Ich werde die Falle sofort raufbringen.«

»Nein. Aber kannst du ein Geheimnis bewahren? Ich habe eine Rivalin um meinen Mann, und sie hat mir gesüßtes Obst geschenkt, und ich möchte es nicht gerne essen, bevor es probiert wurde. Können wir es nicht als Köder in einer eurer Rattenfallen verwenden?«

»Warum nicht? Wenn es vergiftet ist, muß ich eine Ratte weniger ersäufen.«

Jill gab ihm das Geld und folgte ihm dann in den Stall. Nahe den Hafersäcken waren die Fallen aufgestellt, verborgen unter einer dünnen Schicht Heu und mit Ködern aus Käserinde versehen. Jill ersetzte eine dieser Rinden durch das Apfelstück und markierte die Falle, indem sie ein paar Heuhalme um das Weidengeflecht band.

Als Rhodry davonritt, nahm er das zweite Pferd mit, weil es ihn schneller vorwärts bringen würde, wenn er die Tiere abwechselnd ritt. Dennoch würde es einige Zeit dauern, bis er Dwaen erreichte und noch länger auf dem Rückweg mit dem

Tieryn und seinen Männern. Jill ging zum Tor und winkte ihm nach, dann kehrte sie mit dem kalten Schauder einer Dweomerwarnung im Nacken ins Gasthaus zurück.

Trotz der Warnung verging die Nacht ohne weiteren Ärger. Im Morgengrauen brachte der Junge Jill die Rattenfalle. Drinnen wand sich eine große graue Ratte und biß in die Stäbe der Falle. Sie fletschte die Zähne und starrte Jill und den Jungen mit bösen, roten Augen an.

»Sie hat das ganze Stück gefressen, aber sie ist so lebendig und ekelhaft wie die anderen.«

»Sieht so aus. Hier ist noch ein Kupferstück. Ich danke dir.«

Der Junge lief davon, um seine Beute in einem Wassereimer zu ersäufen. Also, dachte Jill, entweder hat das Miststück mit mir gespielt, oder ich irre mich, und es ist überhaupt nicht Mallona. Aber trotz des Mangels an Beweisen war Jill sich ihrer Sache nie so sicher gewesen: Diese Giftmörderin befand sich unter Lady Davyllas gastfreundlichem Dach. Im Licht der aufgehenden Sonne schimmerten die bleichen Türme der Festung über den Dächern der Stadt, undurchdringlich und stark – aber schwach gegenüber einem Verräter von innen.

Jeden Abend versammelten sich die Mädchen und Lady Davylla in der Frauenhalle, wo Lady Taurra ihnen geheime Dinge beibrachte – die Eigenschaften verschiedener Pflanzen, die Rezitationen, die zu verschiedenen Zaubern gehörten, die richtigen Farben und Metalle für Talismane. Obwohl Sevinna gerne zuhörte, berührte Taurra hin und wieder Themen, die sie – nun, nicht unbedingt beängstigend, aber unangenehm fand. Um eine Rivalin zu verfluchen, mußte man zum Beispiel eine Ratte fangen, sie drei Tage im Käfig halten und sie dabei immer wieder beim Namen der Rivalin nennen und sie dann lebendig begraben, während man entsprechende Sprüche rezitierte, und das alles bei Mitternacht an einem einsamen Ort.

Sevinna hatte zwar nichts für Ratten übrig, aber sie fand dies doch recht grausam. Sehr zu ihrer Überraschung teilten Wbrydda und Babryan ihre Skrupel nicht.

»Also wirklich, Sevvi«, sagte Babryan. »Ich würde nie so etwas tun, und ich wette, Lady Taurra tut es auch nicht.«

»Es macht nur Spaß, davon zu hören«, warf Wbrydda ein. »Nun, nicht direkt Spaß, aber du weißt schon, wie Geistergeschichten. Wie wenn der Barde über jemanden singt, der mit dem Kopf unter dem Arm durch die Halle geht – es ist großartig, aber hast du so etwas je gesehen? Oh, wie gruselig!«

Als wisse sie von Sevinnas Zweifel, bemühte sich Lady Taurra, besonders freundlich zu ihr zu sein. Oft bestand sie darauf, daß Sevinna mit ihr in den Garten ging oder allein zu ihr in die Kammer kam, um sich etwas Besonderes anzusehen. Taurra hatte so eine Art, einem direkt in die Augen zu sehen und diesen Augenkontakt lächelnd aufrechtzuerhalten. Ihr Blick schien von geheimer Macht zu sprechen, als hätte sie seltsame Dinge gesehen und könnte sie vielleicht eines Tages mitteilen wollen. Nach einigen dieser Blicke begann Sevinna sich zu fragen, ob sie die Lady wohl falsch eingeschätzt hatte. Immerhin war es ihr gutes Recht, hart und verbittert zu sein – so, wie ihr Mann sie behandelt hatte.

Ganz gleich, wie aufregend all dieses Gerede von der alten Überlieferung war, vergaß Lady Davylla nie den wahren Zweck dieses Besuchs, nämlich Sevinna etlichen potentiellen Ehemännern vorzustellen. Davylla hatte einen jungen Vetter, Comyn, der wegen seines Ranges am Hof ehrenhalber den Titel eines Tieryn trug. Sie hatte vor, ihn als Kandidaten vorzuschlagen.

»Er sieht nicht gerade besonders gut aus, Liebste, er ist ein sehr männlicher Mann, weißt du, aber in einer sehr guten Position: Er befehligt die persönliche Wache des Königs und könnte eine Frau gut erhalten.«

»Und was hält mein Onkel von ihm?«

»Ich glaube, sie sind einander noch nie begegnet. Das könnte sich aber bald ändern.«

»Weißt du, liebste Davylla«, wandte Taurra ein, »es gibt ein kleines Ritual, das Sevinna bei der Wahl helfen könnte. Manchmal kann ein Mädchen das Gesicht ihres zukünftigen Ehemanns in einem Spiegel erkennen, wenn die Göttin gnädig genug ist, es ihr zu zeigen. Da gerade Vollmond ist, könnten wir es versuchen.«

»Oh, wie aufregend! Das müssen wir unbedingt tun!«

»Es gibt allerdings ein Hindernis«, fuhr Taurra fort. »Wir müssen die Festung verlassen und uns an einen abgelegenen Ort begeben, bei Nacht!«

»Ach, vergeßt nicht, daß mein Mann in einer Gerichtsangelegenheit mit seinen Verbündeten unterwegs ist. Es wird uns leicht gelingen, davonzuschlüpfen.«

Den ganzen Nachmittag, während die anderen alles für das Ritual vorbereiteten, fragte sich Sevinna, ob sie sich dem vielleicht entziehen könne, indem sie so tat, als hätte sie Kopfschmerzen. Ihr Zögern mußte deutlich geworden sein, denn Taurra nahm sie schließlich beiseite.

»Also wirklich. Sagt mir nicht, daß Ihr vor unserer Herrin des Kessels Angst habt.«

»Keine Angst«, log Sevinna dreist, »aber man muß doch respektvoll sein, oder? Ich will die Gunst der Göttin nicht so leichtfertig beanspruchen.«

»Das ist klug von Euch. Wißt Ihr, liebste Sevinna, ich glaube, Ihr habt vielleicht tatsächlich eine Berufung zur alten Überlieferung. Eure Basen sind reizende Mädchen und so ernsthaft, aber es braucht schon eine ganz besondere Frau, um der Göttin wirklich zu dienen. Erzählt ihnen nicht, daß ich das gesagt habe, aber Ihr könntet eines Tages sehr viel mehr Macht haben als diese beiden.«

Das war sehr schmeichelhaft, besonders, da Lady Taurra so liebevoll lächelte und ihr Blick so intensiv war, als schaute sie tief in Sevinnas Seele.

»Ihr seid sehr freundlich«, sagte Sevinna.

Taurra tätschelte ihr kurz den Arm und starrte ihr weiter in die Augen. Plötzlich fiel es Sevinna schwer, den Blick abzuwenden.

»Wir werden gute Freundinnen sein.« Taurras Stimme wurde so weich und eindringlich wie Öl. »Ich weiß es einfach, so gute Freundinnen. Sind wir das nicht schon, meine Liebe? Sagt mir, daß Ihr meine Freundin sein werdet.«

»Natürlich. Gern.«

Taurra tätschelte ihr ein letztes Mal den Arm, dann verließ sie die Kammer. Sevinna setzte sich aufs Bett, und nun hatte sie wirklich Kopfschmerzen. Als sie versuchte, sich zu erinnern, was Taurra gesagt hatte, war es ihr völlig entfallen.

An diesem Abend bestanden die Frauen darauf, ohne Eskorte auszureiten, obwohl der Kämmerer stöhnte und umständlich um sie herumwuselte und der Stallmeister sich aufplusterte und mit dem Finger drohte. Da aber keiner von ihnen Davylla direkt befehlen konnte zu bleiben, taten die Frauen, was sie wollten. Eine Stunde nach Mondaufgang verließen sie die Stadt und folgten der Flußstraße durch die silbrige Nacht, bis sie zu einem Haselgebüsch dicht am Ufer kamen. Dort banden sie die Pferde an und gingen zu Fuß weiter.

»Das hier scheint eine gute Stelle zu sein«, verkündete Taurra. »Also, liebste Sevinna, Ihr kommt hierher und stellt Euch dort hin, wo Ihr das Mondlicht auf dem Fluß sehen könnt.«

Als Sevinna ihren Platz einnahm, traten die anderen Frauen zurück. Taurra nahm ein Messer mit einer Steinklinge aus dem Beutel und kniete nieder. Beschwörungsformeln murmelnd, schnitt sie einen Kreis rund um Sevinnas Füße in den

Boden. Sie holte einen Bronzespiegel aus dem Beutel, legte ihn in der Nähe bereit und schob ihn zurecht, bis das Mondlicht direkt hineinfiel, dann schnitt sie um den Spiegel einen zweiten Kreis. Sie stand auf, stellte sich zu den anderen und reichte jeder von ihnen ein Bündel Kräuter, die mit Streifen schwarzen Stoffs zusammengebunden waren.

»Und nun seht in den Spiegel, Sevinna«, sagte Taurra, »während wir singen.«

Die Frauen stellten sich im Kreis rings um Sevinna auf und begannen entgegen dem Sonnenlauf um sie herumzugehen, mit gravitätischen Schritten und unter leisem Gesang. *Aranrhodda! Aranrhodda!* Der Gesang war wie eine Droge und ließ Sevinna ganz wirr im Kopf werden. Sie schaute den Spiegel an, der das Mondlicht reflektierte, und versuchte, etwas in der verzerrten Oberfläche zu erkennen, während der Gesang weiterging.

»Kniet Euch nieder«, rief Taurra. »Kniet nieder und seht hinein.«

Sevinna, die sich wie betrunken fühlte, tat wie ihr geheißen wurde. Das Mondlicht fiel in den Spiegel und ließ ihn wie Silber glänzen, mit nebelhaften Schwaden auf der unebenen Oberfläche. Die Frauen rezitierten und sangen und umtanzten sie weiter. Plötzlich wollte Sevinna nur noch, daß es endlich vorbei sein sollte.

»Ich sehe etwas!« rief sie.

Taurra führte die Frauen rascher im Kreis herum. In der verzerrten Oberfläche erkannte Sevinna ein Muster von Schatten, das einem Gesicht durchaus ähneln konnte. Sie wußte genau, wenn sie in jemanden verliebt gewesen wäre, wäre es einfach, sie davon zu überzeugen, diesen Mann dort gesehen zu haben. Ein letztes Mal riefen die Frauen den Namen der Göttin, dann war der Gesang zu Ende, und Babryan stürzte auf ihre Base zu.

»Wen hast du gesehen? Sah er gut aus?«

»Er sah nett aus, aber nicht hübsch. Er hatte dunkles Haar und dunkle große Augen, er war noch ziemlich jung und schrecklich nett. Er lächelte mich an, aber er hatte eine sehr herrschaftliche Haltung.«

Babryan quiekte und packte ihre Hand. Auch die anderen drängten sich jetzt um sie, Wbrydda und Davylla redeten aufgeregt auf sie ein, Taurra stand ein wenig abseits und lächelte auf eine etwas distanzierte Art.

»Oh, das war so wunderbar!« sagte Sevinna. »Ich danke Euch, Lady Taurra. Das müssen wir irgendwann auch für Baba und Bry machen.«

Davylla hakte sich bei Taurra ein, und die beiden begannen, über die Kräuter zu reden, die sie für das Ritual benutzt hatten. Sevinna, der immer noch ein wenig elend war, entfernte sich ein paar Schritte von der Gruppe und schaute zu den Pferden hinüber, die plötzlich stampften und die Köpfe hin und her warfen. Irgend etwas, irgendwer bewegte sich im Gebüsch. Sevinna blieb wie erstarrt stehen und wünschte sich, sie hätten eine Eskorte mitgebracht, als sie eine Gestalt sah, die aus dem Gebüsch herausschlüpfte und zum Flußufer rannte. Helles Haar, das im Mondlicht schimmerte, und ein Aufblitzen von Silber am Gürtel – Jill!

»Sevvi, meine Liebe!« rief Davylla. »Kommt mit. Wir müssen uns beeilen, sonst bekommt der Kämmerer noch einen Anfall.«

»Sicher, Herrin. Ich habe mir nur das Mondlicht auf dem Wasser angesehen ... so ein schöner Anblick.«

Auf dem Ritt nach Hause beschloß Sevinna, niemandem von Jill zu erzählen. Plötzlich erinnerte sie sich an Jills Warnungen vor Taurra – so plötzlich, daß sie sich fragte, wie sie sie je vergessen haben konnte. Sie hätte ohnehin wenig Gelegenheit gehabt, darüber zu sprechen, denn auf dem ganzen

Heimweg schwatzte Babryan aufgeregt über das Ritual und bettelte Taurra an, es auch einmal für sie durchzuführen.

»Selbstverständlich, liebste Baba, aber wir müssen warten, bis der Mond wieder voll ist. In der Zwischenzeit können wir uns weiter unterhalten, und ich werde Euch lehren, was Ihr wissen müßt.«

Babryan lächelte so strahlend wie der Mond selbst.

Eine Hochzeit bedeutete für die adligen Gäste und für die Armen des Herrschaftsgebiets Großzügigkeit. Während Slaecca und Ylaena die Einzelheiten planten, lehnte sich Dwaen zurück und beschäftigte sich mit einem Krug dunklen Biers. Hin und wieder, wenn seine Mutter ihn nach seiner Meinung über Preise fragte, zuckte er mit den Achseln und sagte, sie solle ruhig alles ausgeben. Als sich die Frauen endlich erhoben, um die große Halle zu verlassen, blieb Slaecca noch einmal bei seinem Stuhl stehen.

»Ach, mein Sohn, meine einzige Hoffnung ist, daß ich noch die Freude haben werde, auch dich verheiratet zu sehen, bevor ich sterbe, und das wird, wenn man mein Alter bedenkt, nicht in allzu weiter Ferne liegen.«

»Sei still, Mutter. Solche Schwindeleien passen nicht zu dir.«

Slaecca schnaubte und verschränkte die Arme über der Brust, aber die Götter ersparten Dwaen eine Standpauke. Der Page kam in die Halle gestürzt und rannte zum Ehrentisch.

»Euer Gnaden!« Laryn war viel zu aufgeregt, um sich niederzuknien. »Rhodry der Silberdolch ist hier, und er weiß, wo Lady Mallona ist.«

»Ihr Götter!« Dwaen sprang auf und setzte den Krug fest auf dem Tisch auf. Bier spritzte in alle Richtungen. »Rhodry allein? Wo ist sein Mädchen?«

»Weiß ich nicht.«

Dwaen lief nach draußen, wo Rhodry auf dem Hof saß. Das Haar des Silberdolchs klebte ihm schmutzig am Kopf, sein Hemd war verschwitzt. Hinter ihm standen sein eigener Fuchswallach mit müde gesenktem Kopf und ein beinahe zuschanden gerittener Rotschimmel. Als Rhodry versuchte, aufzustehen, taumelte er und ließ sich auf die Knie nieder. Dwaen kniete sich selbst hin und hielt ihn an den Schultern.

»Was habt Ihr getan? Die ganze Nacht durchgeritten?«

»Länger als das. Euer Gnaden, wir glauben, daß Mallona in Belwerger ist, und wir werden ziemliche Schwierigkeiten haben, sie dort herauszuholen. Ich bin gekommen, um Euch um Hilfe zu bitten.«

»Die werdet Ihr erhalten. Steht auf und laßt uns hineingehen und Euch etwas zu essen suchen. Dann solltet Ihr lieber schlafen.«

»Geht nicht. Keine Zeit, Euer Gnaden. Jill ist alleine dort und bewacht sie.«

Dwaen legte Rhodry den Arm um die Schulter und half ihm aufstehen. Dann führte er ihn hinein und befahl einem Diener, dem Silberdolch Fleisch und Bier zu holen. Während er aß, erzählte Rhodry die Geschichte ihrer Jagd.

»Das könnte sie wirklich sein?« sagte Dwaen. »Hm. Es sieht so aus, als wolle der große Bel sie doch noch der Gerechtigkeit übergeben, und ich werde alles in meiner Macht Stehende tun, um dabei zu helfen. Rhodry, es ist mir gleich, was Ihr sagt. Ihr braucht Schlaf. Ich werde Boten zu Coryc schicken und meine Männer bereit machen. Wir können ohnehin nicht sofort losreiten.«

Dwaen schickte Laryn mit Rhodry nach oben, um ein freies Bett zu suchen, dann rief er nach seinem Hauptmann. Er mußte Boten zu Coryc schicken und sich darum kümmern, daß Männer und Ersatzpferde bereit waren – und das schnell. Er brauchte keinen Dweomer, um zu wissen, daß sie auf der Straße keine Zeit verlieren durften.

Seit dem Mondlichtritual hatte Taurra Babryan ihre Aufmerksamkeit zugewandt und ihr auf dieselbe Weise schöngeredet, wie sie zuvor Sevinna geschmeichelt hatte. Bei Baba schien diese Behandlung nur besser anzuschlagen. Sevinna beobachtete, wie das jüngere Mädchen sich immer mehr in sich zurückzog und ihren eigenen Gedanken nachhing. Sie verbrachte mehr und mehr Zeit mit Taurra und weniger mit ihrer Schwester und ihrer Base.

Am dritten Nachmittag kehrte Babryan nach einer ihrer Privatsitzungen mit Taurra totenbleich in die Kammer zurück. Sie ließ sich auf einen Stuhl sinken, der am Fenster in der Sonne stand, und rieb sich mit beiden Händen die Wangen.

»Mir ist so kalt«, sagte sie. »Ist dir nicht kalt, Sevvi?«

»Nein. Möchtest du einen Umhang?«

»Nun, vielleicht auch nicht.« Babryan gähnte herzhaft. »Ich muß mich ein wenig hinlegen. Ihr Götter, ich hoffe, ich bekomme kein Fieber.«

»Dann komm, leg dich hin, und ich decke dich zu.«

Sevinna kümmerte sich um ihre Base, wartete noch einen Augenblick und bemerkte dann, daß Babryan schon eingeschlafen war. Da in jenen Tagen jede Krankheit gefährlich sein konnte, war sie verängstigt und fragte sich, ob tatsächlich irgendwo in der Festung ein Fieber ausgebrochen war, aber dann erinnerte sie sich an ihr eigenes, seltsames Erlebnis mit Lady Taurra und an die Kopfschmerzen, die sie am Tag des Spiegelrituals gehabt hatte. Sie ging hinunter in den Hof und sprach mit einem der Küchenmädchen.

»Gwarra, könntest du mir einen Gefallen tun? Ich würde dir ein Kupferstück dafür geben.«

»Gerne, Herrin.«

»Unten in der Stadt wohnt diese Silberdolchfrau, und ich muß ihr unbedingt eine Botschaft schicken. Wenn ich dir einen Brief mitgebe, glaubst du, du könntest ihn ihr bringen? Aber es muß absolut geheim bleiben.«

Gwarra lächelte angesichts der Münze.

»Das ist dieses blonde Mädchen, nicht wahr? Selbstverständlich, Herrin. Ich schwöre, ich werde niemandem ein Wort sagen.«

Aber als Sevinna zurück in die große Halle ging, schaute sie am Broch hinauf und sah, daß Lady Taurra am Fenster der Frauenhalle stand und nach unten spähte. O Göttin! dachte Sevinna. Sie hat mich gesehen! Und die Göttin, an die Sevinna sich wandte, war nicht mehr unsere Frau vom Kessel, sondern der heilige Mond selbst.

Es gab Zeiten, in denen Jill es bedauerte, nicht lesen zu können. Sie starrte Sevinnas Brief an, wendete ihn hierhin und dorthin und wünschte sich, daß Rhodry da wäre, um diese seltsamen Zeichen auf dem Pergament für sie zu übersetzen. Sie sah sich in dem überfüllten Schankraum um und fragte sich, ob einer der Kaufleute oder Handwerker dort lesen könnte und noch mehr, ob sie ihnen trauen würde. Vielleicht sollte sie zu einem Priester gehen, aber der Priester würde unangenehme Fragen über ihre Verbindung mit den Verwandten des Gwerbret stellen. Dennoch, während sie darüber nachdachte, konnte sie eines deutlich erkennen: Sevinna mußte sehr beunruhigt sein, wenn sie es riskierte, eine solche Botschaft zu schicken. Sie steckte den Brief in die Tasche, eilte aus dem Schankraum und ging hinauf zur Festung.

Am Tor wurde sie unhöflich empfangen. Die beiden Wachen sahen sie an, dann traten sie vor, der eine stellte sich hinter sie, der andere packte sie am Arm.

»Das muß sie sein. Bist du Jill?«

»Ja. Was geht es euch an?«

»Du kommst mit uns. Der Stallmeister des Gwerbret möchte mit dir sprechen.«

Sie brachten sie zu einer kleinen Kammer im Erdgeschoß eines der Seitenbrochs. An einem langgezogenen Holztisch stand ein großer blonder Mann, den sie als Lord Elycs Stallmeister erkannte – Sevinna hatte ihn ihr bei ihrem letzten Besuch im Broch gezeigt.

»Also gut«, sagte Cenwyc. »Ihre Gnaden, Lady Davylla, hat mich informiert, daß ihr Gast, Lady Taurra, eine Edelsteinbrosche verloren hat. Als sie sie zuletzt gesehen hat, wart Ihr in der Festung.«

»Ich schwöre Euch, daß ich sie nicht genommen habe, und Ihr könnt gerne meine Sachen durchsuchen.«

»Ihr habt das Schmuckstück zweifellos schon lange verkauft. Hört zu, Mädchen, ich weiß, daß unsere adligen Damen sich hin und wieder gerne mit Leuten gemeiner Geburt amüsieren. Zweifellos fanden sie Euch interessant – genau, wie Ihr gehofft hattet. Ich habe schlaue Diebe wie Euch schon früher erlebt, die sich das Vertrauen einer Lady erschlichen und sie dann bestohlen haben.«

»So bin ich nicht. Wenn ich diese Art Frau wäre, dann hätte ich mich schon längst davongemacht.«

Cenwyc stützte die Hände auf die Hüften, sah sie mit kalten blauen Augen an.

»Fragt Lady Sevinna, wenn Ihr mir nicht glaubt«, meinte Jill. »Sie wird sich für mich aussprechen.«

»Das hat sie bereits. Aber es ist leicht, ein junges Mädchen zum Narren zu halten, und ich höre nicht auf sie, ganz gleich, was sie sagt. Mein Herr ist nicht hier. Wenn er zurückkehrt, könnt Ihr ihm Eure Geschichte erzählen.«

Mit einem Fingerschnippen rief Cenwyc die Wachen herbei, die Jill aus dem Broch und über den Hof führten. An der

Wand gab es ein Steingebäude, ganz ähnlich wie das in Corycs Festung: ein kleines Gefängnis für die Bettler der Stadt und alle anderen, die das Urteil des Gwerbret erwarteten. Sie schoben Jill in eine Zelle und verriegelten die Tür hinter ihr.

Ruhelos ging Jill in der acht mal fünf Fuß großen Zelle auf und ab. Der Boden war mit stinkendem Stroh bedeckt, dessen Geruch ebenso dick in der Luft hing wie die Fliegen. Aus dem einzigen vergitterten Fenster konnte sie die Mauer der Festung sehen, nichts anderes. Ich habe unsere liebe Mallona offenbar unterschätzt, dachte Jill, und nun zahle ich dafür. Sie setzte sich in den saubersten Teil des Strohs und hoffte, daß Rhodry und Dwaen auftauchen würden, bevor es Mallona gelungen war, sie zu vergiften.

»Sevvi, Liebste, ich bin ebenso enttäuscht wie Ihr«, sagte Davylla. »Aber es war dumm von uns, jemandem wie ihr zu trauen, und das haben wir nun davon.«

»Herrin, bitte! Ich weiß, daß Jill diesen Schmuck nicht genommen hat. Ich weiß es einfach.«

»Es ist lieb von Euch, so loyal zu sein. Aber es ist vollkommen deplaziert. Oh, wie schrecklich! Es hat Euch den ganzen Besuch verdorben. Reden wir nicht mehr darüber.«

Da sie hier nur Gast war, ließ Sevinna zu, daß das Thema gewechselt wurde, aber Gast oder nicht, sie war die Tochter eines Tieryn und daran gewöhnt, in Frauenangelegenheiten ihren Willen zu haben. Sobald sie konnte, schlüpfte sie den anderen Frauen davon und ging hinunter auf den Hof, wo sie einen Pagen bestach, ihr das Gefängnis zu zeigen. An der Tür verbeugte sich der Wächter vor ihr. Sevinna stützte die Hände auf die Hüften und warf ihm einen wütenden Blick zu.

»Ich möchte mit Jill sprechen, der Frau, die Ihr dummerweise für eine Diebin haltet.«

»Herrin, das wollt Ihr nicht wirklich.«

»Wenn ich es nicht wollte, würde ich dann hier stehen und es Euch sagen? Guter Mann, ich bin es nicht gewohnt, daß man mich warten läßt!«

Der Soldat kaute auf dem Schnurrbart und sah sich nach allen Seiten um.

»Wenn Ihr noch länger so unhöflich zu mir seid«, zischte Sevinna, »wende ich mich direkt an Lord Cenwyc.«

»Ich will nicht unhöflich sein, Herrin, ganz ehrlich, aber Ihr wollt da bestimmt nicht rein. Es stinkt da drin.«

»Gibt es denn kein Fenster in der elenden Zelle, in die ihr sie gesteckt habt? Dann bringt mich dort hin, damit ich durch das Fenster mit ihr sprechen kann.«

Auf diesen Kompromiß ließ er sich schließlich ein. Mit einem resignierten Seufzen führte er Sevinna rund um das Gefängnis und zeigte auf ein kleines Fenster. Auf den Zehenspitzen konnte Sevinna so gerade eben hineinsehen.

»Jill!« sagte Sevinna. »Bei den Göttern, das ist ja schrecklich!«

Jill sprang auf und rannte zum Fenster.

»Ich habe nichts gestohlen.«

»Das weiß ich. Deshalb bin ich hergekommen, um dich zu besuchen. Was machen wir jetzt? Wo ist Rhodry?«

»Er ist unterwegs, und ich hoffe wirklich, daß er bald zurückkommt. Er bringt einen Freund mit, aber ich wage nicht, dir mehr davon zu erzählen. Wo steckt Lady Taurra? Weiß sie, daß du hier bist?«

»Nein. Warum wollte sie, daß du ins Gefängnis geworfen wirst? Ich weiß, daß sie dahintersteckt. Sie hat erst heute erwähnt, daß sie diese dumme Brosche verloren hat.«

Jill dachte nach und rieb sich die Wange mit dem Handrücken.

»Ich weiß wirklich nicht, warum. O Sevinna, es ist so schrecklich! Das einzige Essen, das sie mir gegeben haben, ist ein Stück trockenes Brot mit Schimmel drauf. Ich konnte es einfach nicht runterwürgen.«

»Keine Sorge, ich schmuggle dir etwas Besseres herein.«

»Würdest du?« Jill schien den Tränen nahe. »Ich wäre dir so dankbar, aber sei bitte vorsichtig. Ich möchte nicht, daß du wegen mir Ärger bekommst.«

»Niemand wird es erfahren, das schwöre ich. Es ist für uns ziemlich leicht, jederzeit etwas zu essen zu bekommen.«

»So ist es.« Jill wurde plötzlich grimmig. »Da fällt mir ein – geht es euch allen gut?«

»Ja, bis auf Baba. Sie ist ganz sonderbar geworden. Ich verstehe es einfach nicht.«

»Sonderbar?«

»Sie ist die ganze Zeit müde, aber nicht krank. Sie verbringt allerdings viel Zeit mit Taurra.«

Jill umklammerte die Gitter fest mit beiden Händen.

»Hör genau zu. Wenn Baba tatsächlich krank werden sollte, dann sag mir unbedingt Bescheid. Es ist wirklich wichtig. Und bitte, sobald du Rhodry siehst, sag ihm, wo ich bin.«

»Das tue ich, versprochen. Und ich werde mein Bestes tun, um dich zu befreien. Ich weiß zwar noch nicht, was ich tun kann, aber wir werden in zwei Tagen nach Hause zurückkehren, also kann ich dann vielleicht mit meinem Onkel sprechen.«

»Zwei Tage? Nun, vielleicht kommt Rhodry noch vorher hier an. Und ich kann ein paar Tage lang hungern, wenn es notwendig ist.«

Sevinna war ehrlich überrascht, daß Essen Jill so viel bedeutete, daß sie lieber hungern würde, als Gefängnisessen zu sich zu nehmen, aber sie hatte schon öfter gehört, daß es ein schrecklicher Fraß war. Sie verließ das Gefängnis und huschte über den Hof zur Küche, aber schon auf dem Weg dorthin begegnete sie Babryan und Wbrydda, die unterwegs waren, sich die Falken des Gwerbret anzusehen. Auch im Sonnenlicht war Babryans Gesicht noch bleich.

»Ich dachte, ein wenig frische Luft würde Baba guttun«, verkündete Wbrydda.

»Das hoffe ich. Ich komme gleich nach.«

»Warum kommst du nicht jetzt gleich mit«, wollte Babryan wissen. »Sevvi, was machst du hier draußen? Du hast doch nicht etwa diese schreckliche Jill besucht?«

»Wie kommst du denn darauf? Es ist schlimm, daß sie uns so betrogen hat.« Sevinna sah keine andere Möglichkeit, als mit ihnen zu gehen, aber am Ende war sie froh darüber. Als sie zum Tor kamen, sahen sie einen der Wächter hereinkommen, der Jills schönes, goldenes Pferd führte, das mit Satteltaschen und einer Bettzeugrolle beladen war.

»Das sind doch Jills Sachen, oder?« fragte Wbrydda. »Ich hoffe, daß keiner der Männer sie stiehlt.«

»Ach, sei still«, fauchte Babryan. »Sie ist schrecklich, und sie hat das Schlimmste verdient.«

»Baba, ich weiß nicht, wieso du so ekelhaft bist. Es kann gut sein, daß es sich um einen Irrtum handelt. Wieso sollte ein Mann von adliger Geburt wie Rhodry sich in eine Diebin verlieben?«

»Auch er hat schreckliche Dinge getan. Vater hätte ihn nie in unserer Festung aufnehmen dürfen, niemals!«

Wbrydda setzte zu einer Antwort an, dann zuckte sie nur mit den Achseln. Sevinna ging zu dem Soldaten.

»Was macht ihr damit? Wo habt ihr das Zeug her?«

»Ich habe es auf Befehl von Lord Cenwyc aus dem Gasthaus geholt, Herrin. Was damit geschehen soll, hat mir seine Lordschaft noch nicht gesagt.«

»Dann werden wir das jetzt herausfinden.«

Der Mann übergab das Pferd einem wartenden Pagen, lud aber die Ausrüstung ab. Sevinna folgte ihm nach drinnen in

Cenwycs Empfangszimmer. Der Lord erhob sich und verbeugte sich vor ihr, aber sie sah, wie zornig er über ihre Anwesenheit war. Der Soldat ließ Jills Sachen auf den Tisch fallen und zog sich rasch zurück.

»Cenwyc«, sagte Sevinna, »ich will dabeisein, wenn Ihr nach der Brosche sucht.«

»Ach, schlaue Diebe verkaufen ihr Diebesgut gleich, nachdem sie es gestohlen haben, Herrin. Es hat keinen Sinn nachzusehen.«

»Und wo in der Stadt sollte sie es verkauft haben, ohne daß Ihr es erfahrt?«

Cenwyc setzte zu einer Antwort an, dann zögerte er und schien seltsam beunruhigt. Plötzlich erkannte Sevinna seine Miene, die der von Babryan nach ihren Lektionen bei Lady Taurra ausgesprochen ähnlich war.

»Denkt doch nach, Mann!« Sevinna verschränkte die Arme über der Brust und starrte ihn wütend an. »Wer hat Euch das gesagt? Das mit den Dieben, die ihr Diebesgut gleich verkaufen?«

»Mir gesagt? Was meint Ihr damit, mir gesagt? Habt Ihr den Verstand verloren?« Aber dann zögerte er und dachte nach. »Nun, das ist seltsam ... wo Ihr es erwähnt – es muß Lady Taurra gewesen sein, als sie mir von der Brosche erzählte. Jetzt erinnere ich mich wieder daran.«

»Ach ja?« Sevinna nahm all ihren Mut zusammen. »Ich denke, wir sollten uns Jills Sachen einmal ansehen. Ich kann mir nicht vorstellen, daß Seine Lordschaft mit einer so wichtigen Angelegenheit so nachlässig umginge.«

Nirgendwo in den Satteltaschen oder dem Bettzeug fanden sie irgendwelchen Schmuck, nicht einmal eine Kupfernadel.

»Hm«, sagte Cenwyc. »Nun, ich werde meine Männer in die Stadt schicken, damit sie sich erkundigen, ob sie es irgendwo verkauft hat. Ich habe gehört, daß sie die Stadt nicht zusammen mit ihrem Mann verlassen hat, also müßte das Schmuckstück, wenn sie es jemals gehabt hat, noch hier sein. Seltsam, sehr seltsam. Also gut, Ihr habt gesagt, was Ihr zu sagen hattet, Mädchen. Wenn sich herausstellen sollte, daß niemand diese Frau gesehen hat, wie sie etwas verkaufte, oder wenn sie die Brosche nicht irgendwo rund um das Gasthaus, in dem sie gewesen ist, vergraben finden, dann werde ich mit Lord Elyc sprechen, wenn er zurückkommt. Es könnte sein, daß Lady Taurra das Ding nur verlegt hat.«

»Das ist gut möglich. Wie dumm von ihr!« Sevinna lächelte ihn strahlend an. »Ich danke Euch so, Herr, daß Ihr zugelassen habt, daß ich bei der Durchsuchung dabei war, und jetzt gehe ich besser zu meinen Basen zurück.«

Cenwyc verbeugte sich zerstreut, dann nahm er Jills Sachen und warf sie in eine Ecke der Kammer, wo sie nicht im Weg waren.

Sevinna fand ihre Basen am Falkenhaus, und sie gingen zusammen weiter. Einige Zeit später, als sie wieder am Broch vorbeikamen, kam Lady Taurra gerade heraus.

»Da seid Ihr ja alle«, verkündete sie. »Ich habe Euch gerade gesucht. Sollen wir zu einem netten Gespräch in den Garten gehen?«

Die anderen Mädchen gingen mit, aber Sevinna erklärte, sie habe Kopfschmerzen und eilte in den Broch, bevor jemand sie aufhalten konnte. Sie hatte nichts anderes vor, als zurück in die Frauenhalle zu gehen, aber als sie wieder an Cenwycs Zimmer vorbeikam, bemerkte sie, daß die Tür offenstand und der Lord weg war. Aus reinem Impuls ging sie hinein, sah sich um und bemerkte, daß jemand Jills Sachen ein Stück über den Boden gezogen hatte.

»Wie seltsam.«

Sie kniete sich hin und öffnete die Satteltasche eigentlich nur, um sich zu überzeugen, daß keiner der Diener etwas gestohlen hatte. Aber an der Seite einer Tasche glitzerte Taurras Edelsteinbrosche.

»So etwas!«

Sevinna stand rasch auf, sah sich um, ob jemand sie bemerkt hatte, steckte die Brosche dann in ihre Schärpe und eilte hinaus. Es gab nur eine einzige Person in der Festung, die das Schmuckstück dort versteckt haben konnte. Zweifellos hätte Taurra später eine weitere Bemerkung zu Cenwyc gemacht, die dazu führte, daß er die Tasche noch einmal durchsuchte, und dann hätte er die Brosche gefunden – einen eindeutigen Beweis, der dafür gesorgt hätte, daß man Jill auf dem Marktplatz die Hände abhackte.

Einige Zeit lang versuchte Sevinna, sich eine Möglichkeit auszudenken, dafür zu sorgen, daß die Brosche »gefunden« wurde, dann entschied sie sich, daß Einfachheit immer das Beste war. Oben in der Frauenhalle hatten Babryan und Taurra einen Sack mit Kräutern und Federtalismanen auf dem Boden liegenlassen. Sevinna steckte die Brosche zwischen diesen Sack und die Wand. Und tatsächlich, kurz bevor die Mädchen zum Essen heruntergingen, hob Babryan den Sack hoch und rief dann laut: »Seht doch! Da ist ja Taurras Brosche!«

Sevinna tat überrascht und lief, dicht gefolgt von Wbrydda, zu ihrer Base.

»Tatsächlich«, sagte Sevinna. »Bei der Mondgöttin selbst!«

»Siehst du, Baby«, höhnte Wbrydda. »Also war es doch nicht Jill!«

»Nein.« Babryan wurde rot. »Es tut mir leid, Bry, du hattest recht und ich hatte unrecht. Wir sollten die Brosche gleich mit nach unten nehmen.«

Lady Davylla saß am Kopf des Ehrentisches, da ihr Mann abwesend war, mit Taurra zu ihrer Linken und Lord Cenwyc zu ihrer Rechten. Als Babryan die Brosche auf den Tisch legte, beugte sich Davylla mit einem leisen Aufschrei vor.

»Liebste Taurra! Da ist sie ja.«

»Ja.« Taurra griff nach der Brosche und lächelte, aber Sevinna hatte in ihrem ganzen Leben noch nie eine so gequälte Miene gesehen. »Wo habt Ihr sie gefunden?«

»Oben in der Frauenhalle. Hinter dieser Tasche mit Euren – Dingen.«

»Wie dumm von mir!« rief Taurra. »Oje, und ich habe Jill so unrecht getan! Ich komme mir so dumm vor. Wie habe ich die Brosche nur übersehen können?«

Sie blickte auf und sah die Mädchen nacheinander an. Als sie den Blick auf Sevinna richtete, brannten ihre Augen vor solchem Zorn, daß Sevinna unwillkürlich einen Schritt zurücktrat. Mit einem kleinen Lächeln, das sie rasch wieder unterdrückte, wandte Taurra den Blick ab.

»Es tut mir so schrecklich, schrecklich leid.« Taurra sprach mit leiser und bedrückter Stimme. »Oh, Davva, wie kannst du mir das je verzeihen? Ich habe euch allen solchen Ärger gemacht! Ich kann der armen Jill nie wieder ins Gesicht sehen.«

»Wir müssen sie sofort aus diesem schrecklichen Gefängnis holen.«

Davylla wandte sich Cenwyc zu. »Lord Cenwyc?«

»Wie Ihr befehlt.« Cenwyc erhob sich und verbeugte sich. »Ich werde sie wieder auf die Straße schicken, wo sie hingehört.«

»Wie bitte? Ganz bestimmt nicht!« Davylla erhob sich ebenfalls und sah ihn streng an. »Ihr werdet sie direkt hierherbringen, wo ich mich bei ihr entschuldigen kann.«

»Das ist äußerst unklug, Herrin. Wirklich, das Mädchen scheint unschuldig zu sein, aber man darf ihrer Art nicht trauen.«

Die Situation schien unentschieden: Davylla war vom Rang her überlegen, aber Cenwyc war immerhin ein Mann. Sevinna zögerte, dann entschied sie, da sie den Bogen ohnehin schon abgeschossen hatte, könnte sie nur noch das Schwert schwingen.

»Herrin? Vielleicht möchte Jill Euch lieber nicht gegenübertreten. Darf ich mit Eurem Stallmeister gehen und ihr Eure Entschuldigung übermitteln, sagen wir als Eure Botschafterin?«

»Liebste Sevvi, dafür wäre ich so dankbar«, seufzte Davylla. »Ich weiß wirklich nicht, was ich tun soll. Glaubt Ihr, es würde sie beleidigen, wenn ich ihr Geld biete?«

»Zweifellos. Ich werde einfach mit ihr sprechen.«

Taurra legte die zarten Finger über ihren Mund, als schämte sie sich, aber als ihre Blicke sich begegneten, spürte Sevinna, wie ihr kalt wurde.

Mit einer Art mürrischer Höflichkeit begleitete Lord Cenwyc Sevinna zum Gefängnis und befahl den Wachen, Jill aus ihrer Zelle zu holen, während ein Page ihr Pferd sattelte und ihre Ausrüstung holte. Kurze Zeit später erschien Jill mit hocherhobenem Kopf, ihr Blick auf Cenwyc so herablassend wie eine Adlige.

»Also gut, Mädchen, wir haben einen Fehler gemacht. Die Brosche hat sich gefunden, und du bist frei zu gehen.«

»Meinen untertänigsten Dank, Euer Lordschaft«, zischte Jill. »Ich hoffe, Seine Lordschaft wird in der Zukunft erst einmal nachdenken, bevor er im Namen des Gwerbret ungerecht ist.«

Cenwyc sah sie nur erbost an. Sevinna trat eilig vor und griff Jill am Arm.

»Ich gehe mit dir zum Stall. Ich werde dir erzählen, wie die Brosche gefunden wurde, wenn Lord Cenwyc so freundlich wäre, uns allein zu lassen.«

»Wie Ihr wünscht.« Cenwyc verbeugte sich. »Ich kehre zu Ihrer Gnaden zurück.«

Die beiden Mädchen gingen auf den Stall zu, aber nur langsam, und flüsterten so schnell sie konnten.

»Ich habe gesehen, wie Taurra die Brosche in deine Satteltaschen getan hat«, sagte Sevinna. »Oder genauer gesagt, hab ich es nicht gesehen, aber wir haben uns deine Sachen angeschaut, der Stallmeister und ich, und die Brosche war nicht da. Dann sah ich sie in der Nähe des Raumes, wo deine Sachen lagen. Als ich in eine der Taschen schaute, war sie da drin. Also habe ich sie an eine Stelle gelegt, wo Baba sie finden konnte.«

»Ich verstehe. Taurra hat dich doch nicht in Verdacht, oder?«

»Ich habe das schreckliche Gefühl, doch. Sie ist schlau, Jill, und ich bin nicht sehr gut, wenn es darum geht, Dinge zu verbergen.«

»Bei den Göttern! Ich werde dir für das, was du getan hast, ewig dankbar sein, aber du hast dir eine furchtbar gefährliche Feindin gemacht. Ich hoffe, Cenwyc hat nicht vor, mich aus der Stadt zu vertreiben.«

»Genau das will er aber. Ich weiß nicht, ob Davylla es zuläßt.«

»Wenn ich gehe, mußt du sehr vorsichtig sein – wirklich, wirklich vorsichtig.«

»Nun, was kann sie mir hier in der Festung schon antun?«

»Sie kann dich vergiften. Bitte glaube mir! Taurra ist nicht das, wofür sie sich ausgibt. Sie ist gefährlich, sie hat bereits einen Menschen vergiftet, ihren Geliebten.«

Sevinna hielt entsetzt die Luft an und spürte, wie kalte Angst ihr Herz umschnürte.

»Ich würde sie denunzieren, aber niemand hier wird mir glauben«, fuhr Jill fort. »Deshalb hat sich Rhodry auf den Weg gemacht, um adlige Zeugen herzuholen. Gibt es keine Möglichkeit, daß ihr alle einfach nach Hause geht? Ich will euch Mädchen lieber nicht hierlassen.«

»Nein. Ich meine, ich müßte Davylla erzählen, was du gesagt hast, und du hast recht. Sie wird es niemals glauben.«

Im Stall fanden sie Goldwolke gesattelt und bereit, mit Jills Bettzeug hinten auf dem Sattel. Der Page reichte ihr die Zügel, dann verschwand er in Richtung der großen Halle und seines Abendessens. Inzwischen hing kaltes Zwielicht über der Festung. Flackerndes Licht trat aus den Fenstern der großen Halle, als drinnen die Fackeln angezündet wurden.

»Möchtest du hineingehen?« fragte Sevvi. »Davva wartet auf dich. Sie möchte sich wirklich gerne entschuldigen.«

»Ich will nicht, daß Taurra mich genauer zu sehen bekommt.« Jill starrte über Sevinnas Schulter zum Haupttor des Broch.

»Wieviel wiegst du?«

»Wie bitte? Nicht viel mehr als hundert Pfund. Warum?«

»Ich habe eine Idee. Komm mit, geh mit mir in die Stadt, ja?«

»Oh, soll ich das wirklich wagen?«

»Ich fürchte, es wäre eher ein Wagnis, es nicht zu tun. Bitte. Ich habe eine Idee. Die Wachen haben sich irgendwohin verzogen. Jetzt oder nie.«

Sevinna zögerte, aber dann erinnerte sie sich an den Haß in Taurras Blick. Und noch mehr erinnerte sie sich an die Kräuter – Unmengen Kräuter, und Taurra wußte genau, wie sie wirkten.

»Wir haben keine Zeit«, sagte Jill. »Bald wird wieder jemand ans Tor kommen. Reitest du mit mir oder nicht?«

Ein letztes Zögern und die Erinnerung an Taurras triumphierendes Lächeln.

»Also gut. Beeilen wir uns.«

Sie liefen durch das Tor, und Goldwolke trabte hinter ihnen her in die beinahe leeren Straßen hinaus. Die meisten Städter hatten sich bereits für die Nacht in ihre Häuser zurückgezogen. Jill lief schnell, und Sevinna kam keuchend hinter her, bis sie außer Sichtweite der Festungstore waren.

»Sie werden die Tore bald schließen«, sagte Jill. »Rasch! Steig hinter mir in den Sattel. Ich helfe dir. Wir sind leicht genug, daß das Pferd uns beide tragen kann.«

Sevinna hielt nicht einmal inne, um darüber nachzudenken, wohin sie wohl gehen würden. Mit Jills Hilfe stieg sie hinter den Sattel, das Kleid ungeschickt hochgezogen. Jill schwang sich vor sie und trieb das Pferd zu einem raschen Trab an. Sie ritten gefährlich schnell durch die Straßen, bis sie die Stadttore sahen, noch offen, aber bewacht.

»Halt dich an mir fest«, sagte Jill. »Halt dich gut fest.«

Sevinna schlang ihre Arme um Jills Taille und Jill gab dem Pferd die Sporen. Schreiend sprangen die Torwachen zurück, als Goldwolke durch den schmalen Torweg galoppierte. Dann waren sie draußen und rasten in höchster Geschwindigkeit die unebene Straße entlang. Sevinna hörte, wie die Wachen hinter ihnen herschrien, aber sie war zu verängstigt, um sich umzudrehen.

»Festhalten!« schrie Jill.

Sie lenkte Goldwolke von der Straße in ein Stoppelfeld. Sevinna klammerte sich an sie, als das Pferd über ein niedriges Hindernis sprang, stolperte, dann sein Gleichgewicht wiederfand und weitergaloppierte. Als Sevinna es endlich wagte, sich umzusehen, sah sie, daß sie sich nach Osten gewandt hatten, wo gerade der Mond aufging. Als sie die spärliche Dekkung des Waldes erreichten, ließ Jill das schwitzende Pferd in Schritt fallen und sich seinen eigenen Weg über einen dunklen Wildpfad suchen.

»Das hätte ich mit einem gewöhnlichen Pferd nie gewagt«, sagte Jill. »Aber er ist wirklich erstaunlich. Diese Ausdauer meine ich. Nun, jetzt haben wir ein wenig Vorsprung. Cenwyc wird einige Zeit brauchen, bis er seine Reiter in Marsch gesetzt hat, um uns zu folgen.«

»Das hoffe ich.« Sevinna hörte, wie ihre Stimme zitterte. »Ich finde das hier alles schrecklich aufregend.«

Jill lachte.

»Vertrau mir, Sevvi, ich schwöre, es ist besser für dich, heute nacht in einem Straßengraben zu schlafen, als am selben Tisch mit Lady Mallona zu essen.«

»Wie wer?«

»Das ist Taurras wirklicher Name. Sie ist eine Mörderin aus Gwaentaer, und Rhodry und ich wollen die Belohnung, die auf ihren Kopf ausgesetzt wurde. In einer Hinsicht hatte Lord Cenwyc allerdings recht: Ich bin wirklich keine angemessene Gesellschaft für Leute wie dich.«

Es war unmöglich, daß der Tieryn und sein Kriegshaufen den ganzen Weg so schnell ritten wie ein Kurier, und Rhodry wußte das. Dennoch trafen ihn jede vernünftige Rast, jede Verzögerung wie eine Speerspitze. Jeder Tag schien sich zu einem Monat zu strecken, obwohl tatsächlich erst vier Nächte vergangen waren, als sie die Straße erreichten, die sie die etwa zwölf Meilen direkt nach Belwerger führen würde. Nahe der Wegkreuzung stand die Festung eines Lords, den Dwaen gut kannte.

»Wir sollten hier für die Nacht haltmachen«, sagte der Tieryn zu Rhodry. »Es ist später Nachmittag, und die Pferde sind müde.«

»Ihr habt recht, Euer Gnaden. Wie Euer Gnaden wünschen.«

»Obwohl Ihr daran denkt, mich zu erwürgen?«

Dwaen drehte sich um und grinste ihn an. »Ich hätte nie geglaubt, einen kaltblütigen Mann wie Euch jemals so beunruhigt zu sehen.«

Rhodry konnte zur Antwort nur mit der Schulter zucken.

Die Festung auf einem niedrigen Hügel hinter einer Wiese kam näher und näher. Dort, wo der Feldweg begann, der zu ihren Toren führte, blieb Dwaen stehen und versammelte seine Männer um sich.

»Wir werden in ein paar Meilen rasten, Jungs. Dann reiten wir direkt weiter bis nach Belwerger. Wenn ich im Namen des Königs an die Tore klopfe, wird die Nachtwache uns vielleicht hereinlassen. Wenn nicht, sind wir da, wenn sie früh am Morgen öffnen.«

Rhodry lachte laut. Hätten sie nicht im Sattel gesessen, hätte er Dwaen umarmt.

Schließlich fanden sie auch frisches Wasser in einem Bach, der durch eine Wiese an der Straße verlief. Sie sattelten die Pferde ab, tränkten sie und fütterten sie mit Hafer. Die Männer mußten sich mit den trockenen Resten der Mittagsmahlzeit zufriedengeben, die sie noch in den Satteltaschen hatten. Rhodry und Dwaen aßen im Stehen und schlenderten ein wenig von den anderen weg.

»Es könnte tatsächlich gut sein, sich nachts in die Stadt zu schleichen«, meinte Dwaen. »Ich möchte nicht, daß Mallona von unserer Ankunft erfährt und durch ein anderes Tor verschwindet.«

»Diesmal werden wir sie erwischen, wenn sie es versucht, Euer Gnaden. Zweifellos weiß sie, daß sie unter Davyllas Fittichen am sichersten ist.«

»Nun, ich werde Lady Davylla einiges erzählen können.«

»Das stimmt. Wenn sie denn zuhört.«

Dwaen setzte zu einer Antwort an und hielt inne, als sie Hufschläge hörten. Als Rhodry die Straße entlangblickte, sah er im Westen eine Staubwolke, aus der sich schließlich ein Pferd mit zwei Reitern löste. Jills Pferd! Rhodry erkannte Goldwolke, noch bevor er Jill richtig sehen konnte. Mit einem

Aufschrei lief er ihr entgegen, als sie das Pferd wendete, um auf die Wiese zu reiten. Hinter ihr saß eine schmutzige und bedrückte Lady Sevinna.

»Gerettet!« rief Jill. »Sevvi, die Götter sind auf unserer Seite.«

Rhodry streckte die Arme aus und half Sevinna vom Pferd. Sie taumelte, so wund von dem ungewohnten Reiten, daß sie kaum stehen konnte. Jill schwang sich aus dem Sattel, lachte und machte ein paar Tanzschritte.

»Ich bin froh, Euch zu sehen, Tieryn Dwaen«, sagte Jill. »Erlaubt Ihr, daß diese Dame und ich uns Eurem Schutz anvertrauen?«

»Meine liebe Jill, ich bin nicht den ganzen Weg gekommen, um Euch abzuweisen. Wovor müßt Ihr geschützt werden?«

»Überwiegend vor Lady Mallona, aber ich wette, Lord Elycs Männer sind dicht hinter uns. Sie glauben, daß ich Sevvi entführt habe. Euer Gnaden – gestattet mir, Euch Lady Sevinna vorzustellen, die Nichte von Gwerbret Tudvulc von Lughcarn. Mallona hätte auch sie vergiftet, wenn sie nicht mitgekommen wäre.«

Sevinna packte ihren schmutzigen Rock und knickste vor dem Tieryn. Er erwiderte den Gruß mit einer Verbeugung.

»Ihr werdet mein Aussehen verzeihen, Herr. Wir haben letzte Nacht im Wald geschlafen.«

»Eine Dame wie Ihr wäre auch in Lumpen schön«, meinte Dwaen. »Tatsächlich sieht dieses Kleid nicht sonderlich anders aus.«

Rhodry reichte Jill das Stück Käse, das er gerade in der Hand hatte, während Dwaen sein Fladenbrot Lady Sevinna anbot.

»Das ist im Augenblick das Beste, was wir Euch bieten können, aber wir werden in dieser Festung dort um Zuflucht bitten.« Dwaen wies mit dem Daumen zurück in die Richtung, aus der sie gekommen waren. »Jetzt haben wir keinen Grund mehr, so eilig nach Belwerger zu reiten.«

Die Festung gehörte einem gewissen Lord Rhannyr, einem Freund aus Dwaens Kinderzeit – sie hatten als Pagen in derselben Festung gedient, eine Situation, die aus Männern entweder erbitterte Feinde oder Freunde fürs Leben macht. Umgeben von dicken Steinmauern, verfügte die Festung nur über einen einzigen niedrigen Broch und ein paar Außengebäude, aber es war eine Zuflucht. Rhannyr selbst, dunkelblond und sommersprossig, kam auf den Hof hinausgerannt, um sie zu begrüßen.

»Bei den Göttern, Dwaen, ich habe dich seit Jahren nicht mehr gesehen! Welchem Umstand verdanke ich diese äußerst willkommene Ehre?«

»Ärger«, meinte Dwaen mit einem melancholischen Seufzen. »Würdest du bitte dieses Tor schließen? Wir werden nämlich verfolgt.«

Rhannyr warf einen Blick auf Lady Sevinna, die neben dem Tieryn auf einem der Ersatzpferde saß, grinste, als hätte er einen bestimmten Schluß gezogen, und rief seinen Männern zu, die Tore zu schließen und die Mauern zu bemannen.

Rhannyrs große Halle nahm nur die Hälfte des Erdgeschosses im Broch ein. Rauchfleckige Korbgeflechttrennwände teilten sie von der Küche ab, und man konnte die Diener drinnen bei der Arbeit reden und schimpfen hören. Rhannyr brachte Dwaen und seine nächsten Begleiter zum Ehrentisch an der Feuerstelle und wies seinen Hauptmann an, sich um die Männer des Kriegshaufens zu kümmern. Dann streckte er den Kopf durch die Küchentür und sagte der Köchin, sie hätten hungrige Gäste.

»Bald gibt es zu essen und zu trinken«, verkündete er schließlich und setzte sich neben Dwaen. »Ihr werdet meiner

Frau verzeihen, daß sie sich nicht zu uns gesellt. Sie wird in einer oder zwei Wochen ein Kind bekommen.«

»Noch eins?« sagte Dwaen. »Ihr Götter! Damit wären es vier, nicht wahr?«

Rhannyr gestattete sich ein selbstzufriedenes Lächeln, dann wandte er sich Lady Sevinna zu.

»Es macht mich traurig, eine Dame in einer solchen Situation zu sehen. Wie kann ich Euch und Eurem Tieryn helfen?«

»Nun, er ist nicht mein Tieryn, Herr«, sagte Sevinna. »Aber ich bin auf der Flucht vor einer Mörderin.«

Während des Essens erzählten Dwaen und Rhodry ihrem faszinierten Gastgeber abwechselnd, was geschehen war, oder jedenfalls soviel sie davon wußten. Rhodry hätte gerne gehört, was Jill zu sagen hatte, aber gerade, als sie ihren Teil berichten wollte, hörten sie die Rufe der Wachen an den Toren.

»Da sind sie«, sagte Jill. »Sie haben verdammt lang gebraucht, muß ich sagen! Elycs Männer müssen im Spurenlesen etwa so gut sein wie ein blinder Bauer.«

Rhannyr wischte sich die Hände an den Brigga ab und stand auf, als schon ein junger Reiter in die Halle gelaufen kam.

»Herr? Es sind fünfzehn Männer am Tor, und Elycs Hauptmann ist bei ihnen. Bei den Dämonen der Hölle, sind die vielleicht wütend!«

Als Rhannyr hinausging, folgten Rhodry und Dwaen ihm zum Wehrgang direkt über dem Tor. Unter ihnen, mürrisch auf müden Pferden sitzend, drängten sich die fraglichen Männer zusammen. Rhannyr beugte sich über die Zinnen und rief: »Guten Abend, Oscyn. Was bringt Euch zu mir?«

»Eine Entführung, Herr«, rief Oscyn zurück. »Eine der Gäste meines Herren, eine junge Frau, wurde von einem Silberdolch aus der Festung entführt. Wir haben sie bis zu einer Stelle unten an der Straße verfolgt, wo es aussieht, als wäre sie auf eine andere Gruppe von Reitern gestoßen, und dann führen die Spuren hierher.«

»Ja, sie ist tatsächlich hier, aber sie wurde nicht entführt. Sie ist aus freiem Willen geflohen.« Rhannyr legte eine Hand auf Dwaens Schulter. »Das hier ist Tieryn Dwaen von Dun Ebonlyn, und die Dame steht unter seinem Schutz.«

»Beim schwarzen Arsch des Höllenfürsten! Ich bitte um Verzeihung, Herr, aber wir haben sie tagelang verfolgt, und nun sagt Ihr uns, daß die Dame durchgebrannt ist!«

»Nichts dergleichen«, schrie Dwaen.

Rhannyr lachte und schlug ihm auf den Rücken. Unten kratzte sich Oscyn am Kopf, während er über die Angelegenheit nachdachte. Einer seiner Männer rief ihm von hinten zu, er solle Seiner Gnaden von dem Boten erzählen.

»Also gut«, meinte Oscyn. »Der Stallmeister hat Boten losgeschickt, um Lord Elyc nach Hause zu holen, und sie haben auch zwei nach Lughcarn geschickt, um Gwerbret Tudvulc zu holen, denn die Dame ist Tudvulcs Nichte. Ich warne Euch, mit Tudvulc ist nicht gut Kirschen essen, wenn er wütend ist.«

Dwaen stöhnte ziemlich laut.

»Das ist wirklich ritterlich von dir, Dwaen«, meinte Rhannyr grinsend. Er beugte sich wieder über die Zinnen. »Oscyn, habt Ihr und Eure Männer Hunger? Ich werde etwas zu essen rausschicken, aber ich sollte Euch heute abend lieber nicht die Zuflucht meiner Festung anbieten. Die Angelegenheit ist schon kompliziert genug.«

»Das stimmt, aber das Essen nehmen wir gerne an, Herr.«

Als Rhodry wieder auf den Hof kam, wartete Jill schon.

»Es gibt doch nichts Besseres als eine gute, dicke Mauer, um Männer höflich zu machen«, stellte sie fest. »Hätten sie uns auf der Straße erwischt, wären wir erledigt gewesen.«

»Ja. Ich bin froh, daß Tudvulc auf dem Weg hierher ist. Er

kennt mich, und er weiß, daß wir auf der Suche nach einer Mörderin waren, also wird er uns eher glauben als Elyc.«

»Das wollen wir hoffen.« Dwaen gesellte sich zu ihnen. »Denn wenn er es nicht tut, wird das Lady Sevinnas Ehre beflecken.«

»Das stimmt«, seufzte Jill. »Aber ich dachte, das wäre immer noch besser, als wenn sie umgebracht würde.«

»Tausendmal besser«, sagte Dwaen. »Nun gut, wenn es zum Schlimmsten kommt: Es ist ohnehin Zeit, daß ich heirate.«

Als sowohl Jill als auch Rhodry ihn anstarrten, lächelte er vage und schlenderte dann in die große Halle zurück.

Nach einem Bad, einer Nacht in einem anständigen Bett und ein paar richtigen Mahlzeiten war Sevinna erholt genug, um mit Jill in den Hof hinauszugehen – soweit man von einem Hof sprechen konnte. Ein paar gepflasterte Pfade führten durch Schlamm und Pferdedreck. Diener waren mit Eimern voller Schweinefutter oder einer Ladung Feuerholz unterwegs. Ein Page trabte vorbei und kratzte sich heftig. Jill und Sevinna mußten Hühnern ausweichen und versuchten, aus der Windrichtung des Schweinestalls zu bleiben.

»Ich weiß, daß es am vernünftigsten ist, hierzubleiben und uns von Elyc und meinem Onkel einholen zu lassen«, sagte Sevinna. »Aber es gefällt mir hier nicht sonderlich!«

»Es ist nicht Lughcarn, wie?«

»Wahrhaftig nicht! Andererseits habe ich es nicht gerade eilig, meinen Onkel wiederzusehen. Ich hoffe, er verprügelt mich nicht.«

»Nicht, wenn Rhodry zuerst mit ihm sprechen und alles erklären kann. Sag mir, Sevvi, was hältst du vom Tieryn?«

»Dwaen? Ich habe von ihm gehört, von Verwandten. Sie meinten alle, er wäre irgendwie verrückt, weil er die ganze Zeit von Göttern redet.«

»Das kann ich mir vorstellen, aber was hältst du von ihm?«

»Ich mag ihn eigentlich ganz gern. Er scheint ein anständiger Mann zu sein, und er sieht nicht schlecht aus.«

»Gut. Denn wenn dein Onkel keine Vernunft annimmt, wirst du ihn heiraten müssen.«

»Oh, bei der Göttin!« Sevinna war plötzlich atemlos. »Da hast du wohl recht.«

»Ich wette, der Skandal hat schon überall die Runde gemacht. Das tut mir leid. Ich habe nie daran gedacht, was es für deine Ehre bedeuten würde, als ich diese Idee hatte.«

»Lieber entehrt als tot. Mach dir darüber bloß keine Gedanken.«

Und dennoch beunruhigte es sie selbst zutiefst, daß nach all dem Liebeszauber, nach all den Bewerbern und den Intrigen ihrer weiblichen Verwandten, ihre Ehe vielleicht aus einer kuriosen Zufallsbegegnung an der Straße zustande kommen sollte. Alles wegen eines Skandals und Lord Rhannyrs Sinn für Humor. Zu ihrer Überraschung stellte sie fest, daß Dwaen in dieselbe Richtung gedacht hatte. Nach der Mittagsmahlzeit, als sie alleine an einem kleinen Fenster in der Halle saß, kam er auf sie zu, holte sich einen Hocker und setzte sich neben sie wie ein Page.

»Nun gut«, meinte er. »Ich sollte Euch am besten von meiner Festung und meinem Land erzählen.«

»Warum? Ich meine, ich freue mich immer, mit Euer Lordschaft sprechen zu können, aber nun ...«

»Ich bitte Euch! Es ist nicht notwendig, die Schwerter zu kreuzen. Wir wissen beide, daß die Götter Euch in eine unangenehme Situation gebracht haben. Mich ebenfalls. Hier bin ich, Tieryn in meinem eigenen Recht, ohne Frau und Erben, weil das Mädchen, von dem ich immer glaubte, daß ich es heiraten würde – wir kannten uns, seit wir Kinder waren –, an einem Winterfieber gestorben ist.«

»Oh! Das tut mir schrecklich leid.«

Dwaen zuckte mit den Achseln, wandte den Blick ab und strich sich das dunkle Haar aus der Stirn.

»Das ist jetzt schon über zwei Jahre her. Ihr würdet nicht mit dem Geist einer anderen Frau leben müssen. Ich werde sie nie wieder erwähnen, das verspreche ich Euch, aber ich dachte, Ihr solltet es wissen.«

Sevinna fragte sich plötzlich, ob es auch nur einen weiteren Lord im ganzen Königreich gäbe, der sich so um die Gefühle einer Frau sorgen würde. Dwaen sah sie wieder an und lächelte.

»Ich habe tatsächlich sogar relativ viel Land. Ihr könntet in meiner Festung gut leben.«

»Aber Herr, das ist so plötzlich ...«

Sie sahen einander an und fingen an zu lachen.

»Wahrhaftig plötzlich«, sagte Dwaen. »Aber hier sind wir nun mal. Die Sache ist, ich weiß einiges über Euren Onkel und Euren Vater, und ich bezweifle, daß ich die Art von Verbündetem bin, den sie brauchen.«

»Oh.« Sevinna kaute nachdenklich auf ihrer Unterlippe. »Nun, das ist eine unangenehme Sache. Aber wenn der Skandal sich weiter ausbreitet, wird mich überhaupt niemand mehr heiraten wollen.«

»Genau. Ich nehme an, wir könnten immer noch vorgeben, daß wir tatsächlich durchgebrannt sind.«

»Das mag sein. Wir sollten wohl am besten warten und sehen, was mein Onkel davon hält.«

Nicht viel, wie sich herausstellte. Alle verbrachten einen unangenehmen Tag und eine unangenehme Nacht des Wartens, bevor Gwerbret Tudvulc und sein halber Kriegshaufen eintrafen. Sevinna unterhielt sich gerade oben in ihrem Gästezimmer mit Jill, als sie draußen im Hof das Hufklappern und Schreien hörten.

»Oh, die Göttin möge mir helfen!« sagte Sevinna und verdrehte die Augen. »Das ist mein Onkel.«

Sie rannten nach unten auf den Hof, wo es von Männern und Pferden nur so wimmelte. Nicht nur Tudvulc war dort, sondern auch Lord Elyc, der ihm auf der Straße begegnet war und den der Gwerbret gleich mitgebracht hatte. Direkt vor der Tür der großen Halle standen Rhannyr und Dwaen mit Rhodry hinter ihnen. Sevinna wäre gleich hinausgerannt, aber Jill hielt sie am Arm zurück.

»Bleiben wir in der Tür«, flüsterte sie. »Sie werden uns schon bald genug sehen.«

Rotgesichtig und knurrend stieg Tudvulc vom Pferd und ging auf Dwaen und Rhannyr zu, die sich beide so tief wie möglich verbeugten. Ein paar Hühner flohen gackernd, als er näher kam.

»Euch kenne ich.« Tudvulc winkte Rhannyr zu, dann wandte er sich Dwaen zu. »Ihr! Was macht Ihr mit meiner Nichte?«

»Ich schütze sie, nichts weiter, Euer Gnaden.«

»Ha! Haltet Ihr mich für dumm?«

»Niemals, Euer Gnaden. Wenn Ihr glaubt, daß die Ehre Eurer Nichte im geringsten beschmutzt wurde, dann werde ich sie gerne heiraten.«

Tudvulc sah sich um, entdeckte Sevinna und knurrte abermals. »Ihr Götter! Du bist genauso schlimm wie deine verflixte Mutter!«

Und das war Sevinnas Verlobungszeremonie. Als sie Dwaens Blick begegnete, zuckte er nur mit den Achseln und grinste. Trotz allem mußte auch sie grinsen.

»Also gut«, brummte Tudvulc. »Elyc, wo seid Ihr? Wir müssen gleich nach Belwerger weiterreiten.«

Vom Rand der Menge wandte sich Elyc dem Gwerbret zu.

»Was ist mit den Pferden? Sie sind müde, und Rhannyr hat nicht genug Ersatzpferde für uns alle.«

»Das ist mir gleich! Eure Frau und meine Töchter sitzen in der Festung mit einer Giftmörderin am selben Tisch!«

Da Rhannyrs hochschwangere Frau beides nicht brauchte, ritt Sevinna auf dem Zelter der Dame und auf ihrem Damensattel zurück. Tudvulc und Elyc setzten sich an die Spitze der Truppe. Sevinna und Dwaen ritten nebeneinander direkt hinter ihnen her und überließen es den Silberdolchen und den Kriegshaufen, die weitere Reihenfolge untereinander auszuhandeln. Brummend und knurrend trieb Tudvulc sie zu gutem Tempo an, und so erreichte die improvisierte Armee die Stadttore lange vor Sonnenuntergang. Als der Troß eilig durch die Stadt zog, flüchteten die Bewohner so erschrocken aus dem Weg wie zuvor Rhannyrs Hühner.

Sie trabten in den Festungshof, wo Pagen und Diener sich hektisch um diese vielen unerwarteten Gäste kümmerten. Als sie zum Broch hinaufschaute, sah Sevinna Gestalten an den Fenstern des Frauenquartiers stehen. Eine von ihnen war wohl Taurra, die sich vermutlich fragte, was der ganze Aufruhr sollte. Sobald sie näher am Broch und aus dem schlimmsten Durcheinander heraus waren, stieg Dwaen vom Pferd und half Sevinna aus dem Sattel.

»Ich danke Euch, mein Herr.«

»Es ist mir ein Vergnügen, meine Dame.«

Während sie einander anlächelten, wurde Sevinna zum ersten Mal deutlich, daß sie die Ereignisse der vergangenen Tage wirklich nicht geträumt hatte. Bei der Göttin! dachte sie. Dieser Mann wird mich heiraten, und ich kenne ihn kaum. Unter Tränen wandte sie sich ab.

Während sie noch versuchte, sich zu fassen, nahm Dwaen sie sanft am Arm und führte sie in die große Halle, wo aufgeregte Diener damit beschäftigt waren, zusätzliche Tische an die Bänke zu ziehen. Elyc rief nach Bier und schickte einen Pagen nach oben, um Lady Davylla und die anderen Frauen zu ihnen zu bitten. Sevinna gestattete Dwaen, sie an den Ehrentisch zu führen, dann sah sie sich nach Jill um, die mit Rhodry neben Tudvulc stand und auf den Gwerbret einredete. Hin und wieder grunzte Tudvulc zustimmend. An der anderen Seite der Halle suchten sich die müden Reiter leise ihre Plätze. Elyc ließ sich am Kopf des Ehrentisches nieder und gähnte.

»Wir werden dieses ganze elende Durcheinander sofort aufklären. Auf dem Weg zu Rhannyrs Festung hat Tudvulc mir von dieser Giftmörderin erzählt. Wenn diese Taurra hier ist, dann betrachte ich sie nicht als meinen Gast.«

Als die Damen herunterkamen, saßen die Männer bereits alle und tranken grimmig schweigend ihr Bier. In einem Rascheln von Seide und Blitzen von Edelsteinen eilten die Frauen in die Halle, Lady Davylla und Wbrydda voran, Babryan und Taurra direkt dahinter. Taurra hatte ein schlichtes, dunkles, abgetragenes Kleid angezogen und ihr Haar mit einer einfachen Kupferspange zurückgehalten, ganz demütig verstörte Büßerin, aber sie hielt sich aufrecht mit hoch erhobenem Kopf und ruhigem Blick, als wäre sie sich ihrer Unschuld vor den Göttern sicher. Sevinna verspürte eine Mischung von Angst und Ehrfurcht, als sähe sie einen wilden Eber, der von den Jägern in die Enge getrieben worden war.

Taurra sah sich um und entdeckte Dwaen. Sie erstarrte, Zorn blitzte in ihren Augen auf, und sie bog die Finger zu Krallen. Dwaen erhob sich und verbeugte sich vor ihr.

»Guten Abend, Lady Mallona. Ich bezweifle, daß Ihr Neuigkeiten von Eurem Gatten, Lord Beryn, hören wollt, aber ich will sie Euch gerne erzählen.«

»Wie bitte?« Verwirrt schaute Davylla zwischen ihnen hin und her. »Wer ist dieser Mann? Elyc ...«

»Setz dich und sei still!« sagte Elyc. »Diese Frau hat dich belogen und uns alle betrogen, und ich werde dem sofort ein Ende machen.«

»Dann kann ich wohl davon ausgehen, daß Eure Lordschaft mich bereits verurteilt und verdammt haben«, sagte Mallona mit ihrer ruhigen, festen Stimme. »Und das alles auf das Wort eines Mannes hin, den Ihr nicht einmal kennt.«

»Ich habe erheblich mehr Beweise als Tieryn Dwaens Wort. Ihr könnt Euch hinsetzen, während wir darüber sprechen.«

»Ich ziehe es vor zu stehen, wie es sich für eine Angeklagte gehört.« Diener brachten einen Stuhl für Davylla, die darauf sank, und Babryan und Wbrydda kauerten sich zu ihren Füßen. Die Mädchen starrten Mallona an, und Babryan verzog den Mund, als würde sie gleich in Tränen ausbrechen. Mallona lächelte ihnen zu und verschränkte ruhig die Hände in der Taille.

»Da Euer Lordschaft mir so großmütig Zuflucht gewährt haben«, sagte Mallona, »laßt mich nur um Eure Gerechtigkeit bitten.«

»Die sollt Ihr haben, das schwöre ich. Die Anklagen gegen Euch sind schwerwiegend: Mord an Eurem Geliebten, dem Kaufmann Bavydd, oben in Gwaentaer, nachdem Ihr erfolglos versucht habt, den Tieryn hier mit Hilfe einer Intrige zu ermorden.«

Mallona riß den Kopf hoch wie ein erschrockenes Pferd und drehte sich ein wenig um. Ihr Blick verweilte lange auf Dwaen und auf Jill und erreichte dann Sevinna mit einer solchen Woge von Haß, daß Sevinna ihre ganze Willenskraft zusammennehmen mußte, um sprechen zu können.

»Lord Elyc? Sie hat auch falsche Anklagen gegen Jill, diesen Silberdolch hier, erhoben, die bewirkt haben, daß Jill von Eurem eigenen Stallmeister, Lord Cenwyc, festgenommen und ungerecht behandelt wurde.«

Elyc sah sich um, entdeckte Cenwyc nahe der Feuerstelle und winkte ihn zu sich. Cenwyc kniete an der Seite seines Herren.

»Lady Sevinna sagt die Wahrheit, Euer Lordschaft. Eine geringfügige Anklage, wenn man sie mit den anderen vergleicht, aber auch diese Sache zeugt von einer Frau, die versucht, sich der Gerechtigkeit zu entziehen.«

»Aha.«

Cenwyc stand auf, verbeugte sich und kehrte an seinen Platz zurück. Lady Davylla war blaß geworden und umklammerte fest ein paar Falten ihres Gewandes. Die Mädchen drängten sich dichter an sie.

»Also gut«, sagte Mallona. »Ich sehe, ich habe keine andere Wahl, als die Wahrheit zu sagen. Ich bin Lady Mallona, ehemals mit Lord Beryn verheiratet, und ich habe tatsächlich den Mann getötet, der mich verführt und mich dazu gezwungen hat, Intrigen gegen den mir gesetzlich angetrauten Mann zu schmieden. Ihr Götter und Göttinnen, ich rufe Euch zu Zeugen auf! Wie hätte ich mich Bavydd verweigern können, wo er doch drohte, meinem Mann von meiner Untreue zu erzählen und dafür zu sorgen, daß ich verstoßen werde, wenn ich nicht bei seinen Machenschaften mitspielte?« Ihre Stimme brach zu einem kleinen, tränenreichen Zittern. »Ich lernte ihn zu hassen, ich lernte den Tag, an dem ich mich seinen lügenhaften Schmeicheleien und Küssen ergab, bitter zu bereuen.« Plötzlich warf sie sich vor Elyc nieder und umschlang seine Knie. »Ich weiß, Seine Gnaden kann es niemals verzeihen, aber vielleicht kann er doch verstehen, wie einsam eine Frau sein kann, die mit einem Mann eingeschlossen ist, der sich nur um die Jagd und seine Pferde kümmert. Bavydd war wie eine Schlange. Er schlich sich in mein Leben ein, indem er mir Neuigkeiten von meinem armen, ausgestoßenen Bruder brachte. Welche Frau möchte nicht von ihren wahren Verwandten hören?« Jetzt weinte sie offen. »Bavydd war am Anfang so freundlich, aber dann, als ich herausfand, was für ein Mensch er wirklich war, war es zu spät.«

Das war alles so gelungen, daß Sevinna zunächst dazu neigte, ihr zu glauben. Elyc Miene wurde weicher, dann schaute er verwirrt drein, als Mallona ihm direkt in die Augen starrte.

»Dann habe ich herausgefunden, daß Bavydd Zwietracht zwischen meinem Lord und seinem Lehnsherrn Coryc säte. Ich fühlte mich wie ein Fisch im Netz, Euer Gnaden, der nur noch hilflos zappelt. Und mein Sohn.« Wieder brach ihre Stimme. »Mein Sohn war gerade gestorben, und ich war verzweifelt. Ich konnte nur noch daran denken, diesen Mann loszuwerden, der mich wie ein Fluch befallen hatte. Und ich habe ihn getötet. Und dann hatte ich keine andere Möglichkeit, als zu fliehen.« Sie hielt inne und hob den Kopf, daß alle ihre Tränen sahen. »Bei den Göttern, Herr! Ich weiß, daß ich für diesen Mord zahlen muß, aber ich flehe Euch an, hängt mich nicht. Laßt mich in einen Mondtempel gehen, wo ich den Rest meines elenden Lebens damit verbringen kann, mich um den Garten der Göttin zu kümmern und um ihre Vergebung zu beten. Das ist alles, worum ich Euch jemals bitten werde.«

Elyc beugte sich vor und streckte die Hand nach ihren Händen aus. Aber bevor er sie berühren konnte, sprang Rhodry auf und trat an seine Seite.

»Lord Elyc! Diese traurige Gestalt scheint Euch zu bekümmern, aber es gibt ein paar Kleinigkeiten, die die Dame ausgelassen hat. Sie hätte Tieryn Dwaen umgebracht, wenn sie die Möglichkeit gehabt hätte. Und um Eurer Gerechtigkeit zu entkommen, hätte sie es zugelassen, daß die Hände meiner Jill auf den Marktplatz abgehackt werden und sie für ihr ganzes Leben verstümmelt gewesen wäre.«

Mit einem wütenden Aufschrei sprang Mallona auf und schlug auf Rhodry ein. Er wich aus, packte sie am Handgelenk und riß sie herum, drehte ihr den Arm auf den Rücken, bis sie den Widerstand aufgab. Lady Davylla begann zu weinen, ein leises Winseln. Babryan lehnte sich gegen die Knie der Lady zurück, und sie war so bleich, daß es schien, als würde sie bald ohnmächtig.

»Euer Gnaden?« sagte Rhodry. »Dieses Schoßhündchen hier hat die Zehen und Klauen eines Wolfs und ungefähr genausoviel Herz.«

»Verdammt richtig, Silberdolch!« Tudvulc konnte nicht mehr ruhig bleiben. »Elyc, mögen die Götter mich verdammen, wenn ich in Eurer Halle meinen Rang ins Spiel bringe, aber denkt doch nach, Mann!«

»Also gut.« Elyc stand auf und sah Mallona an. »Also gut, Frau. Ihr werdet Gwerbret Coryc von Caenmetyn übergeben, um die volle Strafe für diese schrecklichen Verbrechen zu erleiden. Tieryn Dwaen ist mit Bewaffneten hier, um Euch zu seinem Lehnsherrn zurückzubringen. Morgen früh werde ich Euch ihm übergeben und ihm alle erdenkliche Hilfe anbieten, um Euch Eurer gesetzlichen Strafe zuzuführen.«

Mallona begann wieder zu weinen, wand sich und schluchzte und versuchte verzweifelt, Davylla anzusehen. Davylla, ihrerseits ebenfalls weinend, stand auf, ging zu ihrem Mann, kniete zu seinen Füßen nieder und umschlang seine Knie.

»Herr? Ich möchte nur eins von Euch erflehen. Werft sie nicht in dieses Gefängnis. Laßt sie die Nacht in einer Kammer im Broch verbringen.«

»Um deinetwillen werde ich das tun, und außerdem ist sie, ganz gleich, was sie getan hat, von adliger Geburt.«

Der Kämmerer trat vor und verbeugte sich.

»Herr? Es gibt ein kleines Zimmer, das von außen verriegelt werden kann, und ich werde auch die Fensterläden verriegeln lassen.« Er warf Dwaen einen Blick zu. »Sind Euer Gnaden damit einverstanden?«

»Ja, ich danke Euch.«

Elyc selbst begleitete die Diener, und Rhodry folgte, um sich zu überzeugen, daß Mallonas kurzfristiges Gefängnis ein sicheres war. Als Sevinna aufstand, trat Dwaen zu ihr und lächelte, als er die Hand auf ihren Arm legte.

»Nun, ich fürchte, es wird keine große Hochzeitsprozession sein, aber werdet Ihr mit mir nach Hause kommen?«

Sevinna sah sich um und bemerkte, daß ihr Onkel sie wütend anstarrte.

»Vielleicht sollte ich lieber erst zu meinem Vater zurückkehren, und Ihr könnt mich dort abholen.«

»Das ist eine gute Idee, Mädchen.« Tudvulc wandte seinen wütenden Blick Dwaen zu. »Immerhin ist noch kein Wort über die verdammte Mitgift oder Eure Hochzeitsgeschenke gesprochen worden!«

Sevinna raffte ihre Röcke und gesellte sich zu den anderen Frauen, die in der Nähe der Treppe auf sie warteten. Einen Augenblick lang starrten sie sie an, mit bleichem Gesicht, vorwurfsvollem Blick und zitterndem Mund.

»Herrin?« sagte Sevinna zu Davylla. »Denkt von mir, was Ihr wollt, aber Mallona war eine Spinne in Eurem Handschuh, keine Freundin. Ich habe nur um Euretwillen gegen sie gesprochen.«

»So scheint es. Warum seid Ihr einfach davongeritten?«

»Damit sie mich nicht vergiftet. Ich bin diejenige, die hinter ihre Intrige gegen Jill gekommen ist.«

»Das hätte sie niemals getan!« warf Babryan ein. »Ich glaube es einfach nicht, sie hätte dir nie etwas getan, und sie hat auch diesen Liebhaber nicht vergiftet!«

»Baba, sei doch nicht dumm«, fauchte Wbrydda. »Glaubst du etwa, sie hat gestanden, weil es ihr so viel Spaß gemacht hat?«

Babryan begann zu weinen, dann drehte sie sich um und rannte zur Treppe.

»Ich konnte sie sowieso nie leiden«, schrie Wbrydda ihr noch hinterher.

Mit einem Schluchzen lief Babryan nach oben und verschwand auf der Treppe. Langsamer folgten die anderen. Als sie das Gästezimmer erreichten, stellten sie fest, daß die Tür von innen verriegelt war. Von drinnen her konnten sie Weinen hören.

»Baby, meine Liebe«, rief Davylla. »Seid vernünftig und öffnet die Tür. Sevvi und Bry brauchen doch auch einen Schlafplatz!«

Das Weinen hörte auf, aber es gab keine Antwort. Davylla klopfte und befahl und flehte, aber die einzige Antwort war ein wütendes: »Geht weg! Ich hasse euch alle!«

»Nun gut«, meinte Davylla schließlich. »Es gibt genügend Betten in anderen Zimmern. Vielleicht wäre es ohnehin besser, wenn ihr beiden ein Zimmer näher an meinem eigenen teilt. Ich habe auch genügend Nachthemden.«

»Es wird morgen früh schon alles besser sein«, stimmte Wbrydda zu. »Dann können wir wieder mit ihr reden.«

Obwohl Sevinna Babryan nur ungern mit ihren Wunden allein ließ, gab es keine Möglichkeit, ihre Base dazu zu bringen, die Tür zu öffnen, und sie ließ sich von Lady Davylla wegführen. Sobald sie in einem bequemen Bett lag, schlief sie ein, ohne noch einen Gedanken an die Gegenwart oder die Zukunft zu verschwenden, aber sie träumte die ganze Nacht von Dwaen.

Jill und Rhodry hatten ein eigenes Zimmer bekommen, und Jill hatte vor, so lange zu schlafen, wie es die Höflichkeit gestattete. Aber kaum fiel das erste graue Morgenlicht durchs Fenster, erwachte sie, weil jemand an die Tür klopfte. Knurrend und fluchend setzte sich Rhodry auf, als Dwaen hereingestürzt kam.

»Rhodry! Lady Mallona ist geflohen.«

»Wie bitte?« Rhodry schüttelte den Kopf. »Wie konnte das passieren?«

»Jemand hat die Tür von außen geöffnet. Steht auf, Mann – wir dürfen keine Zeit verlieren.«

»Wenn Euer Gnaden so freundlich wäre, sich umzudrehen, damit Jill sich anziehen kann, werden wir uns beeilen.«

Der Tieryn ging hinüber zum Fenster und starrte hinaus. Während Jill und Rhodry sich ankleideten, erzählte er ihnen, daß ein Page ihn vor kurzer Zeit geweckt und erklärt hatte, der Diener, der hinaufgegangen war, um der Gefangenen Essen zu bringen, habe die Tür offen und die Zelle leer gefunden.

»Elyc und Tudvulc wollen die Frauen befragen«, schloß Dwaen. »Es muß eine von ihnen gewesen sein, und ich wette, es war diese kleine Babryan.«

»Dem kann ich mich nur anschließen«, sagte Jill. »Aber wie konnte Mallona die Festung verlassen?«

»Wahrscheinlich wieder in Männerkleidung und auf einem gestohlenen Pferd. Aber wir hatten noch nicht die Zeit, den Torhüter zu fragen.«

Sie waren alle auf dem Weg nach unten, als ein Page ihnen entgegenkam.

»Euer Gnaden, Lady Babryan ist ebenfalls verschwunden.«

Jill war so übel, als hätte sie in verdorbenes Fleisch gebissen.

»Dieses dumme, gutmütige Mädchen! Ihr habt recht, Euer Gnaden – wir dürfen keine Zeit verlieren.«

Der Ehrentisch war ein hysterischer Wirbel. Lady Davylla und Wbrydda weinten und klammerten sich aneinander. Elyc und Tudvulc gingen hektisch auf und ab und schrien einander an. Im Hintergrund drängten sich Cenwyc und ein paar verängstigte Diener zusammen, während auf der anderen Seite der Halle die Männer im Stehen aßen und sich anstrengten, jedes Wort, das gesprochen wurde, zu hören. Sevinna kam auf Jill zugerannt und nahm sie beim Arm.

»Ich habe die Zimmer durchsucht. Lady Mallonas Kräuter und ihre Sachen sind weg, ebenso Babas Reiseumhang und die Reitstiefel. Sie haben auch die Decken von Mallonas Bett mitgenommen.«

»Weißt du, ob Mallona eine Waffe hatte?« fragte Jill.

»Einen Dolch. Einen langen Dolch mit einem Metallgriff, den sie für die Rituale benutzte. Auch der ist weg.«

»Ich mache mir wegen des Stahls weniger Gedanken als wegen der Kräuter«, warf Rhodry ein. »Ihr Götter, wo wollen sie denn hin? Wie können sie glauben, damit entkommen zu können?«

»Ich glaube nicht, daß eine von ihnen nachgedacht hat«, meinte Dwaen. »Besonders nicht Lady Babryan.«

»Genau.« Sevinna wandte sich ihm zu und sagte mit vor Zorn bebender Stimme: »Mallona hat sie irgendwie in ihren Bann geschlagen. Sie hat Möglichkeiten, das zu tun. Sie hat es bei mir versucht, aber ich habe mich ihr gerade noch entziehen können. Ich flehe Euch an, Herr, denkt nicht schlecht von meiner Base. Ich schwöre, man hat sie verzaubert.«

»Ich habe nie etwas anderes angenommen«, sagte Dwaen. »Und um Euretwillen werde ich sie sicher zurückbringen oder bei dem Versuch sterben.«

Sevinna knickste, dann eilte sie zurück zu ihrer Gastgeberin. Mit einem ungeduldigen Knurren winkte Tudvulc Dwaen und die Silberdolche zu sich.

»Die Stallburschen machen die Pferde bereit. Ihr solltet lieber rasch essen, Jungs.« Er griff nach den Stücken Brot, die in einer Schale auf dem Tisch lagen, und warf sie eins nach dem anderen Jill, Rhodry und Dwaen zu. »Wenn ich dieses Miststück erwische, das meine Tochter verschleppt hat, werde ich ihr bei lebendigem Leib die Haut abziehen!«

»Ich gehe davon aus, daß Euer Gnaden von Gefühlen überwältigt werden«, sagte Dwaen. »Die Strafe, die der große Bel befiehlt, ist Tod durch Erhängen.«

Tudvulc fauchte nur.

»Nun, Euer Gnaden, die Gesetze sagen ...«

Ein Schrei von der Tür her unterbrach Dwaen.

»Ihr Herren! Er ist tot! Gello – man hat ihn erstochen.«

»Der Torhüter«, murmelte Rhodry. »Armes Schwein.«

Der alte Gello, so zerbrechlich wie ein Stock, lag auf dem Boden seiner kleinen Hütte neben dem Tor. Man hatte ihn von hinten erstochen und mit dem Gesicht nach unten fallen lassen. Sein Hemd war ganz von Blut verfärbt.

»Ist das Blut noch nicht getrocknet?« Dwaen kniete sich hin und legte eine Hand auf das Gesicht des Mannes. »Er ist auch noch nicht vollkommen kalt.«

»Wie bitte?« stotterte Elyc. »Wie war es möglich ...«

»Herr?« warf Rhodry ein. »Das bedeutet, daß sie gewartet haben, bis er das Tor öffnete. Sie haben sich also erst in der Morgendämmerung davongemacht und nicht vor so langer Zeit, wie wir dachten.«

»Wir haben das Miststück gerade verpaßt«, rief Elyc. »Ihr Götter, was für eine Unverschämtheit!«

Tudvulc reihte eine ganze Serie Flüche aneinander, die eines Barden würdig gewesen wären. Elyc wandte sich seinen Männern zu, die sich im Hof drängten.

»Schickt jeden Mann in der Festung zur Stadt! Du, du und du – als wären die Dämonen der Hölle hinter euch her! Ich will, daß die Stadttore geschlossen bleiben!«

Jill warf einen Blick zum Himmel, wo es gerade erst richtig hell wurde. Mit einigem Glück waren zumindest die meisten Stadttore noch nicht offen.

In einem Tumult gebrüllter Befehle begannen Elyc und Tudvulc, die Suche zu organisieren. Dwaen packte Jills Arm und führte sie, gefolgt von Rhodry, in eine etwas abgelegenere Ecke, wo sie in Ruhe reden konnten.

»Diese Sache gefällt mir nicht!« sagte er. »Wie war es möglich, daß sie den Mann getötet hat und einfach durchs Tor hinaus spaziert ist? Es sind zu viele Leute unterwegs, selbst um diese Tageszeit. Sie muß doch gewußt haben, daß sie nie ungesehen nach draußen kommt.«

»Ja«, meinte Jill. »Es sei denn, sie hat Freunde in der Stadt, jemanden, bei dem sie sich verstecken kann.«

»Sie ist hier schon seit Wochen gewesen und muß die Festung hin und wieder verlassen haben«, warf Rhodry ein. »Zum Beispiel, um diese Kräuter auf dem Markt zu kaufen.«

»Sie müssen sich in irgendeine Höhle geflüchtet haben, wie ein Fuchs«, sagte Jill. »Was, wenn – Ihr Götter! Eine Höhle, tatsächlich. Was, wenn sie die Festung nie verlassen haben?«

»Ihr Götter!« flüsterte Dwaen. »Die Dreistigkeit wird immer größer! Zu warten, bis wir alle ausgeritten sind, um dann einfach hinterherzukommen?«

Rhodry warf den Kopf zurück und stieß sein wahnwitziges Lachen aus. Dwaen schrie nach den Männern seines Kriegshaufens und befahl ihnen, mit der Suche zu beginnen. Als Jill hinter ihm herrannte, hörte sie, wie Tudvulc zu schreien begann und dann innehielt. Sie und Rhodry erreichten den Lord rechtzeitig, um zu hören, wie auch Tudvulc und Elyc ihren Männern befahlen, die Festung zu durchsuchen.

Sie fanden sie am unerwartetsten Ort – in der Kammer, in der Mallona die Nacht zuvor eingesperrt gewesen war, hoch oben in einem der Halbbrochs. Die Männer waren wie ein Wirbelwind durch jedes andere Gebäude gefegt, als Jill einem aufgeregten Küchenmädchen begegnete, das ihr erzählte, eine Dame in einem Umhang an der Tür zu diesem Turm gesehen zu haben.

»War es Lady Taurra?«

»Ich habe sie nur von hinten gesehen. Ich dachte, es war vielleicht unsere Lady Davylla, die sich von der Mörderin verabschieden wollte.«

»Ziemlich unwahrscheinlich, Mädchen.« Jill wandte sich ab und rief den anderen zu: »Ihr Herren! Rhodry! Kommt her!«

Sie schob das Mädchen aus dem Weg und rannte in den Turm und die Wendeltreppe hinauf. Sie konnte die Schritte und das Fluchen der Männer hören, als sie ihr folgten. Auf dem Treppenabsatz zögerte sie, aber nur eine einzige Tür war geschlossen. Sie riß sie auf und blieb auf der Schwelle stehen. Mallona stand im Sonnenlicht in der Mitte des Raums. Vor ihr war Babryan auf einem Stuhl zusammengesackt wie ein Kleiderbügel. Jill dachte zuerst, sie sei tot, aber das Mädchen atmete durch den halb geöffneten Mund. Sie wandte Jill einen flehentlichen, fiebrigen Blick zu. Mallona hielt das Ritualmesser mit der langen Klinge an ihre Kehle.

»Noch ein Schritt weiter, und sie wird sterben.« Mallonas Stimme war so fest und ruhig wie immer.

Aus den Flüchen und dem Trampeln hinter ihr schloß Jill, daß sich die Männer auf dem Treppenabsatz drängten. Als Tudvulc sich an ihr vorbei in die Tür drängte, wandte sich Mallona ihm zu.

»Eure Tochter ist vergiftet, und ich allein kenne das Gegengift. Laßt mich gehen, und ich werde es Euch überlassen. Das ist der Handel, den ich Euch anbiete. Holt mir ein Pferd. Der Silberdolch wird mit mir vor die Stadt reiten. Dann gebe ich ihr das Gegengift, und sie bringt es zu Euch zurück. Macht Euch keine Gedanken, es ist noch genug Zeit, zumindest bis zum Mittag, bevor Baba sterben wird.«

»Du Hure für Schweine und Hunde«, flüsterte Tudvulc. »Du ketzerisches Miststück.«

»Und wenn Ihr und Eure Männer mir und Jill folgen«, fuhr Mallona fort, »werdet Ihr das Gegengift nie bekommen, weil ich die Phiole zerbreche. Schwört auf Eure heilige Ehre, daß ich frei sein werde, und Babryan wird leben. Wie würden die Barden über Euch singen, wenn ihr zuließet, daß Euer Kind stirbt?«

Tudvulc zitterte, sein Gesicht war scharlachrot, die Adern auf seiner Stirn waren hervorgetreten und zuckten. Elyc legte ihm die Hand auf die Schulter und zog ihn einen Schritt zurück.

»Wenn Ihr mich jetzt tötet, werdet Ihr nie erfahren, welche Phiole die richtige ist«, meinte Mallona mit einem Lächeln. »Ich habe viele verschiedene Kräuter.«

Jill trat zurück und überließ Elyc ihren Platz. Dabei stieß sie mit Dwaen zusammen und sah sich um, konnte Rhodry aber nirgendwo entdecken. Sie konnte nur annehmen, daß er irgendwo bei den Männern des Kriegshaufens im Gedränge auf der Treppe steckengeblieben war.

»Ich sage es nur ungern, Euer Gnaden«, meinte Elyc. »Aber ich sehe keine andere Möglichkeit, als daß wir uns darauf einlassen.«

Tudvulc setzte dazu an, etwas zu sagen, dann nickte er nur.

»Also schwört.« Lachend hielt Mallona den Dolch dicht an Babryans Kehle. »Schwört auf Eure Ehre, Eure o so heilige Männerehre! Schwört auf Eure Schwerter, schwört auf Eure Clans, daß keiner von Euch und auch nicht einer Eurer Männer oder Eurer Diener das Geringste unternehmen wird, um meine Flucht zu behindern.«

»Ich schwöre es«, sagte Elyc.

»Ich ebenfalls«, knurrte Tudvulc. »Eines Tages werden die Götter mich rächen.«

»Oh, ich bin bereit, mich den Göttern zu stellen, wenn meine Zeit gekommen ist. Jetzt will ich nur Eure Eide. Jill, schwört dasselbe, oder ich töte Eure hübsche kleine Baba.«

»Ich schwöre bei meinem silbernen Dolch, daß ich genau das tun werde, was Ihr gefordert habt.«

»Also gut! Schließt die Tür, während ich mich vorbereite.«

Elyc griff mit einer Hand zu und schloß die Tür mit einem Krachen. Tudvulc zitterte weiter. Elyc sah aus, als würde er gleich weinen. Dwaen verschränkte die Arme über der Brust und betete leise um Rache, die Augen geschlossen, das Gesicht zu Bels Himmel erhoben, und plötzlich hörte Jill einen Schrei, dann ein Krachen und einen Aufprall aus der Kammer. Da sie annahm, daß Mallona Babryan schließlich doch erstochen hatte, sprang sie vor und riß die Tür auf. Babryan stöhnte und war unverletzt, aber Mallona lag auf dem Boden, eine Phiole in der Hand und einen silbernen Dolch im Rücken. Lachend wie ein Dämon kam Rhodry zum Fenster hereingeklettert und kniete sich neben sie.

»Du hast *mich* nie gebeten zu schwören. Ich bin kein Mann des Kriegshaufens und auch kein Diener. Nur ein Silberdolch. Und du hättest deinen dummen Mund halten sollen, während du diese Phiole einpacken wolltest.«

Rhodry packte sie am Handgelenk und entriß ihr die Phiole. Mallona hob den Kopf und versuchte sich umzudrehen, aber sie keuchte, und Blut lief ihr aus dem Mund.

»Ein Wunsch wird Euch erfüllt werden«, sagte Jill, die hereinkam. »Ihr werdet nicht hängen.«

Röchelnd und würgend richtete Mallona sich auf, die Hände im eigenen Blut, und hob den Kopf, um Rhodry anzustarren.

»Aranrhodda«, flüsterte sie. »Aranrhodda rica rica, crissi bregan crissi ...«

Sie hustete und zuckte, ihre Därme entleerten sich, so daß sie wie Bavydd aus Cerrmor tot in ihre eigenen Exkremente zurücksackte. Jill schlug die Hände gerade rechtzeitig vor den Mund, um einen Schrei zu unterdrücken, denn sie sah so deutlich wie Winternebel eine dunkle Frauengestalt mit langem Haar, die sich über die Leiche ihrer Anbeterin beugte. Mallonas Seele, eine nackte Frauengestalt aus hellem, blauem Licht, erhob sich aus ihrem toten Körper wie Rauch von einem Feuer. Jill sah, wie sie sich in Aranrhoddas Arme warf, die sich um sie legten wie Flügel. Die Vision dauerte nur ein paar Herzschläge lang, aber Jill hätte schwören können, daß die Göttin sich Rhodry zuwandte und sich sein Gesicht einprägte.

»Ach, Euer Gnaden«, sagte Rhodry, »es war eigentlich keine große Sache, und ich fühle mich ehrlos, weil ich einer Frau einen Dolchstoß in den Rücken versetzt habe. Ich bin nur ins nächste Zimmer gegangen, dort aus dem Fenster und die Mauer entlang geklettert. Die Steine sind so grob behauen, daß sie so gut sind wie ein Sims, auf dem man stehen kann. Ich habe gehört, wie sie die arme kleine Baby verspottete, und sah, wie sie die richtige Phiole hochhielt und dem Mädchen sagte, sie solle beten, daß sie lange genug lebte, um das Gegengift trinken zu können. Also habe ich mich aufs Fenster gestützt und den Dolch geworfen, und den Rest wißt Ihr.«

»Das tue ich«, entgegnete Tudvulc. »Und ich halte Euch für einen ehrenhaften Mann, denn das da war keine Frau, sondern eine Dämonin aus der Hölle. Ich werde dafür sorgen, daß Ihr für Eure Tat gut belohnt werdet.«

»Danke. Schließlich ist für einen Silberdolch Geld wichtiger als Ehre.«

»Ihr Götter, Mann! Werdet Ihr wohl aufhören, Euch für den Starrsinn Eures Bruders zu tadeln? Was ist mit dieser Stellung an meinem Hof, die ich Euch angeboten habe? Ich kann nicht zulassen, daß der Mann, der das Leben meiner Tochter gerettet hat, einfach davonreitet. Selbst Rhys sollte das verstehen.«

Rhodry schüttelte nur den Kopf. Er ließ sich nicht überreden, ganz gleich, wie groß die Versuchung sein mochte.

»Nun, Ihr müßt wissen, was Ihr wollt«, sagte Tudvulc seufzend. »Aber eins noch. Werdet Ihr zur Hochzeit kommen?«

»Das denke ich schon, Euer Gnaden. Ich weiß, daß Jill gerne dabei wäre.«

»Hmm.« Plötzlich lächelte Tudvulc. »Ach ja, das wollte ich Euch ohnehin sagen. Ich verstehe – jetzt –, daß Sevvi nicht mit diesem Dwaen durchgebrannt ist. Das habe ich ihr auch gesagt. Ich habe ihr gesagt, wir finden einen anderen Mann, wenn sie will, und zur Hölle mit dem Skandal! Aber sie sagt, sie mag ihren Tieryn gern, und was soll es also ... Die Göttin muß uns zusammengebracht haben, sagt sie. Ha! Scheint eine gute Ehe zu werden, wie? Sie können zusammensitzen und über Götter reden. Haben beide keinen Verstand.«

Als Tudvulc lachte, schloß sich Rhodry ihm an, aber nur aus Höflichkeit. Sobald er konnte, zog er sich zurück und machte sich auf die Suche nach Jill.

Sie saß am Fenster ihrer Kammer oben in Elycs Broch und schaute hinaus auf den Hof. Daß sie dort saß, so hoch oben mit nichts zwischen sich und dem Abgrund, bereitete ihm ein unangenehmes Gefühl, obwohl sie ganz sicher zu sein schien. Als er die Tür schloß, drehte sie sich zu ihm um.

»Du bist so blaß«, sagte er. »Was ist denn, Liebste?«

»Ich weiß nicht. Ich muß dauernd an Mallonas Tod denken.«

»Oh, du hast viel schlimmere Tode gesehen als diesen!«

»Ich weiß. Du wirst mich für verrückt halten, aber sie tut mir immer noch leid.«

»Wie bitte? Du bist tatsächlich verrückt! Sie hätte beinahe dafür gesorgt, daß du verstümmelt wirst, und dann hätte sie Babryan getötet.«

»Hätte sie? Nun, eins ist sicher – wenn ihre dumme Anklage wegen Diebstahl weiterbestanden hätte, hätte ich eine Hand verloren.« Jill schauderte und rieb sich das Handgelenk. »Aber sie hat diese Anklage nicht kaltblütig gemacht. Ich bezweifle, daß sie in diesem Augenblick überhaupt gedacht hat. Sie ist in Panik geraten, weil sie befürchtete, ihre letzte sichere Zuflucht zu verlieren. Und was Baba angeht – nun, wir werden es nie erfahren.«

»Und was ist mit dem Torhüter?«

»Du hast recht. Der arme alte Mann!«

»Sie war böse, schlicht und einfach böse. Glaubst du das etwa nicht?«

»Wahrscheinlich. Ich kann sie nicht wirklich verteidigen, denn ...« Sie zögerte einen Augenblick. »Als sie starb, dachte ich – ich hatte eine ausgesprochen seltsame Vision, als sie dort am Boden lag. Die Göttin kam, um sie zu beanspruchen. Aranrhodda, meine ich.«

»Na wunderbar! Dann können sie in den Anderlanden zusammensitzen und über einem Topf Kräuterbrühe klatschen.«

»Hör auf! Rhoddo, sei still! Spotte nie über diese Dinge, bitte! Es ist so gefährlich.«

»Gefährlich?« Er schüttelte den Kopf, versuchte zu grinsen, hätte aber lieber gern auf den Boden gespuckt. »Komm schon, was soll denn das? Noch mehr von deinem verfluchten Dweomer?«

Jill wollte etwas sagen, dann begann sie zu weinen. Rhodry ging rasch auf sie zu und zog sie in die Arme.

»Es tut mir leid, meine Liebste. Bitte verzeih mir, entschuldige, ich wollte nicht über dich spotten.«

»Es geht nicht um mich«, sagte sie schniefend. »Was das mit dem Spotten angeht, meine ich.«

»Ich wollte auch nicht über die Göttin spotten. Also entschuldige ich mich auch bei ihr. Es ist nur all dieses Gerede über diesen elenden Dweomer! Das kann einem an die Nieren gehen.«

»Glaubst du, mir geht es anders?« Sie blickte auf und

kämpfte gegen weitere Tränen an. »Rhodry, ich liebe dich so sehr. Alles, was ich jemals will, bist du. Ehrlich.«

Er küßte sie und genoß ihre Worte so sehr wie das Gefühl ihres Mundes auf seinem.

Jahre später sollte die Erinnerung an diese Worte zurückkehren, nachdem der Dweomer sie schließlich doch voneinander getrennt hatte, wie auch tatsächlich diese gesamte Erinnerung zurückkam, all die Jahre später, als er in die goldfarbenen Augen eines Gestaltwandlers blickte und gegen alle Vernunft, gegen alle Wahrscheinlichkeit, gegen alles, was er von Leben und Tod wußte, überzeugt war, daß seine alte Feindin Mallona weiterlebte und daß sie sich so deutlich an ihn erinnerte wie er sich an sie.

Als Arzosah an diesem Abend nach dem Verzehr einer Hirschkuh, die sie gejagt hatte, einschlief, blieb Rhodry ohne ein Feuer wach sitzen und starrte in die Dunkelheit hinaus, die dank des Mondlichts und Rhodrys halbelfischer Sehkraft für ihn so hell war wie sommerliches Zwielicht. Rund um ihn erstreckte sich die Hochebene bis zu den weißen Gipfeln hin, die unter den Tannen schimmerten. Er erinnerte sich an all die geheimnisvollen Andeutungen über solche Dinge, die Jill sehr viel später in ihrem Leben gemacht hatte. Sie hatte mehr als einmal nahegelegt, daß jeder Mann und jede Frau erheblich mehr Leben hatten als ein einziges, daß das Tor zu den Anderlanden sich nach beiden Richtungen öffnete, ganz gleich, was die Priester den Frommen erzählten.

»Nein!« Erstaunlicherweise sagte er das auf elfisch und nicht in der Menschensprache. »Nein, nein, nein! Das kann nicht wahr sein!«

Er weigerte sich einfach, eine solche Absurdität zu glauben. Er weigerte sich. Der Wind wurde stärker und strich ihm durchs Haar, als wollte er ihm versichern, daß die Welt immer noch solide und echt war, ganz gleich, was er sich dachte. Aber tief im Herzen nagte ein unbestimmtes Gefühl, oder vielleicht war es auch die Einsicht, daß vielleicht all das Töten in seinem langen Kriegerleben das Lächerlichste, Sinnloseste auf der Welt war, denn nichts war je oder würde je ein und für allemal durch Blut und Schwert beendet sein.

»Nein! Das kann einfach nicht stimmen!«

Und wenn doch? Sein ganzes Leben lang hatte eins Rhodry definiert – Tod und seine Fähigkeit zu töten. Er sah sehr deutlich in dieser Nacht, wie seine Ehre, sein Rang, ja seine Männlichkeit, immer auf seiner Begabung zum Kampf beruht hatten. Aber wenn Tod nichts bedeutete, wenn Krieg nichts klärte, wenn alter Haß und alte Fehden weiterlebten, ganz gleich, wieviel Blut vergossen wurde – nun dann! Was war er, wer war er?

Er sprang auf und ging auf und ab, starrte zu den Sternen hinauf, die hoch über ihm schimmerten, kalt und vollkommen gleichgültig gegenüber dem Schicksal von Menschen und Elfen. Er würde mit Jill darüber reden müssen, beschloß er, sobald die Belagerung von Cengarn zu Ende war und er sie erreichen konnte. Er würde sie diesmal direkt fragen. Er würde ihre Herausforderung annehmen. Er war nie zuvor ein Feigling gewesen, und er wollte verflucht sein, wenn er jetzt feige war!

Nachdem er diese Entscheidung getroffen hatte, konnte er sich niederknien und sein Bettzeug ausbreiten, als wäre das eine Nacht wie jede andere. Er legte sein ganzes Vertrauen in Jill und darin, was sie ihm erzählen würde, wie ein krankes Kind sein ganzes Vertrauen in seine Mutter legt, und damit schlief er ein.

Es war zur Zeit der Morgendämmerung und weit südwestlich von Cengarn – tatsächlich so weit entfernt, daß Menschen und Pferde ein halbes Jahr gebraucht hätten, um dorthin zu gelangen –, daß Evandar am Strand des südlichen Meeres erschien, in einer Bucht, wo ein Fluß aus dem Norden mündete, um den Hafen von Rinbaladelan, der Stadt des Mondes, zu bilden. Der größte Teil des Flusses floß noch in dem steinernen Kanal, den die Elfen gebaut hatten, aber hier und da hatte die Zeit die Mauern bersten lassen, und das Wasser breitete sich weiter aus. Oben am gemauerten Ufer wuchsen Büsche im vom Wind herangetragenen Erdboden. Ranken zogen sich über alte Treppen und Rampen, hier und da hatten Bäume ihre Wurzeln zwischen das Mauerwerk geschoben. Bald schon, nahm Evandar an, würde der ursprüngliche Sumpf die Flußmündung wieder zurückerobern und die vollkommene Halbmondform des Hafens zerstören.

Er stapfte über den weißen Sand der Gezeitenlinie, bis er einen etwa zwanzig Fuß hohen Hügel sandbedeckten Steins erreichte, auf dem einmal ein Leuchtturm gestanden hatte. Über geborstene Steine kletterte er ganz bis nach oben, von wo aus er einen guten Blick auf die zerstörte Stadt hatte. Unter ihm rauschte das Meer über vom Wasser abgetragenen Steinen, über die abgesunkenen Kaianlagen und Mauern. Vor ihm zog sich der Wald in grünen Wellen über Hügel und Täler, wo einmal Gebäude und Straßen gewesen waren. Auf dem höchsten Hügel stieß die Ruine des Observatoriums wie eine Faust durch die Bäume, beherrschte im Tod immer noch die Stadt, wie sie es im Leben getan hatte. Von seinem derzeitigen Standpunkt aus konnte Evandar nur ein paar Strukturen erkennen, jede gut über hundert Fuß hoch – eine eingestürzte Treppe, von Gebüsch überwuchert, ein Steinbogen wie ein umgekippter Torbogen, der einmal das Licht von wichtigen Sternen zu den Augen der Gelehrten getragen hatte, schlanke Säulen, die immer noch Sonnenauf- und Sonnenuntergang bei der Tag- und Nachtgleiche bezeichneten – obwohl nach so langer Zeit die Positionen nicht mehr vollkommen exakt waren. Jede Säule war jetzt von den unordentlichen Nestern von Reihern und Störchen gekrönt, während andere Vögel sich in den Sternenspuren niedergelassen hatten.

Von diesem Observatoriumshügel aus hatten die Gründer von Rinbaladelan den Plan der Stadt bestimmt, ein kunstvolles Zusammenspiel von Kreisen und Ellipsen, den Bewegungen der sogenannten Wandersterne entsprechend. Seit die Stadt vor etwa elf Jahrhunderten gefallen war, hatten Baumwurzeln und Winterstürme das Muster verzerrt, wie der Ärmel eines sorglosen Schreibers die Hälfte von dem, was er niedergeschrieben hatte, wieder verwischte. Evandar war das einzige noch lebende Wesen, das wußte, wo eine Karte lag. Sie zum angemessenen Zeitpunkt zu holen würde eine bedeutsame Wende in dem komplizierten Zusammenspiel von Plänen bedeuten, die er entwickelt hatte. Das erobernde Pferdevolk hatte das Observatorium, wenn Evandar sich recht erinnerte, für einen magischen Ort gehalten und geglaubt, die Elfen hätten es benutzt, um Dämonen herbeizubeschwören.

Sie waren nun alle tot, die Eroberer vom Pferdevolk, ausgelöscht durch ihren eigenen Sieg. Nachdem die Stadt gefallen war und sie die wenigen Überlebenden zu Tode gefoltert hatten, hatten sie die Leichen von Freund und Feind in den Hafen geworfen. Sie hatten sich in Rinbaladelan niedergelassen, um zum erstenmal in ihrem Leben in einer Stadt zu wohnen, sich in die Ruinen ihrer Eroberung gedrängt, ohne die geringste Ahnung zu haben, wozu die zerstörten Abflußkanäle einmal gedient hatten. Sie hatten auch nie zuvor ein Schiff gesehen, und Häfen waren ihnen ein Rätsel – außer, was das Fischen anging. Das Meer hatte ihnen im nächsten Jahr eine gute Ernte gebracht, genährt von all den im Wasser verfaulenden Toten.

Es war eine interessante kleine Seuche gewesen. Evandar

lächelte, als er sich an den Tod der Horden erinnerte, der Meradan, wie die Elfen ihre Feinde genannt hatten. Frauen und Kinder waren als erste gestorben, auf Händen und Knien kriechend, während ihre geschwollenen Bäuche sie vergifteten. Später war Evandar unter den sterbenden Kriegern umhergegangen und hatte sie verspottet, als sie schwitzend und sich übergebend in ihren gestohlenen Edelsteinen lagen. Die Überlebenden der ersten Seuche flohen nach Norden und steckten dort jene an, die in den Ruinen von Bravelmelim wohnten, die dann ihrerseits starben. Die Überlebenden dort flohen weiter, bis eine Kette des Todes sich um das kurzlebige Reich des Pferdevolks wand und es erstickte.

Zu diesem Zeitpunkt hatte es für Rinbaladelan, das erste auf der Welt, das Evandar je geliebt hatte, längst keine Hilfe mehr gegeben – so hatte er zumindest immer gedacht, bis ihm vor siebenhundert Jahren mit Dallandra das zweite irdische Ding begegnet war, das er lieben sollte. Sie hatte davon gesprochen, schöne Dinge zu schaffen, die über den Augenblick ihrer Vorstellung hinausgingen; sie hatte seinen Blick auf das Land von Menschen und Zwergen gerichtet, wo Handwerksmeister immer noch wußten, wie man Metalle schmilzt und Stein bearbeitet. Dallandra hatte ihm Ideen gegeben, großartige Ideen von gewaltiger Phantasie, und er hatte begonnen, sich Möglichkeiten auszudenken, diese Ideen Wahrheit werden zu lassen, nicht in seinem eigenen Reich der Abbilder, sondern auf festem Boden und in der Welt der Zeit. Immerhin, wenn Seelen sterben und wiedergeboren werden konnten, wieso sollte es mit einer Stadt anders sein?

Evandar brauchte allerdings mehr als nur Handwerker, um seine Stadt wieder zum Leben zu erwecken – er brauchte Bürger für Rinbaladelan, die den Wiederaufbau durchführten. Die meisten Abkömmlinge des Elfenvolks lebten nun auf den Hochebenen des Westlandes als nomadische Pferdehirten. Sie erinnerten sich zwar an ihren früheren Glanz, hatten aber selbst nichts mehr davon an sich. Ein aussterbendes Volk, abgekämpft von Trauer und Gefahr, und bald würde keiner von ihnen mehr übrig sein, nur noch ein schwacher Reflex im Wind der Zeit – es sei denn, er könnte dieses Volk irgendwie wiederbeleben und ihnen Seelen bringen, die willens waren, wiedergeboren zu werden. Seit dreihundert Jahren hatte er nun an diesem komplizierten Netz von Plänen gewoben, um das zu erreichen.

»Und dann kommt dieses Miststück und verdirbt beinahe alles«, sagte er laut zu den Ruinen. »Diese alte Hexe, dieses intrigierende Biest, sie, die einmal meine Frau war – Alshandra.«

Nachdem er ihren Namen ausgesprochen hatte, spuckte er auf den Sand. Die Belagerung von Cengarn war nur ein Teil des Ärgers, den sie machte. Sie hatte ihren Anbetern neues Land versprochen und dafür gesorgt, daß sie ihre gierigen Augen auf Deverry und die wohlhabenden Ländereien der Menschen richteten. Woher sollte Evandar die Handwerker und Siedler bekommen, die er brauchte, wenn diese dumme Kuh das ganze Land in einen Krieg stürzte? Und was würde aus dem dritten Erdending werden, das er gelernt hatte zu lieben – aus Rhodry Maelwaedd?

Evandar haßte es, sich direkt einzumischen. Es war ihm lieber, hier ein verzaubertes Geschenk zu geben, dort einen Orakelspruch zu bewirken, den Gel da' Thae gegenüber ein Gott zu sein, ein Wächter den Elfen, ein geheimnisvoller Dweomermeister für Menschen und Zwerge, so daß er rätselhafte Dinge sagen und seltsame Rätsel stellen konnte – kurz gesagt, auf der Harfe des Wyrd nur die subtilsten Melodien zu spielen. Aber wenn er sich nun weigerte zu handeln, falls Cengarn fiele, was würde aus seinen Plänen? Er würde bald eine Entscheidung treffen müssen, ob er nun handeln sollte oder nicht. Entscheidungen und Eile waren zwei Dinge, die er ganz besonders haßte.

Leise vor sich hin murmelnd, wie ungerecht das doch alles sei, ging Evandar wieder hinunter zur Gezeitenlinie und suchte sich einen Weg durch Treibholz und Algen zum Wasser. Aber statt in die Wellen hineinzugehen, ging er über sie hinweg und auf den Flecken von Sonnenlicht auf dem Meer weiter, bis er einen Augenblick später verschwand.

Der Wind erhob sich. Oben in den Hügeln nickten die Bäume über dem verfallenen Observatorium, als erinnerten sie sich an Evandars Versprechen, daß die Stadt eines Tages wiedergeboren würde.

2 GEGENWART

Das Nordland, 1116

FORTUNA MINOR

In allen Ländern unserer Landkarte bringt diese Figur den Verzweifelten Hilfe und eine Wendung zum Besseren. Allerdings immer um einen Preis, der – abhängig von den Figuren in den umliegenden Ländern – viel höher sein mag, als man ihn zahlen möchte. Im Land des Quecksilbers steht sie auch für seltsame Wege.

Aus dem Omenbuch des Gwarn,
Meister der Überlieferung

Wohin gehen wir, Meister?« fragte Arzosah.

»Wieso fragst du? Selbstverständlich in die Zwergenstadt Lin Serr, wie Evandar uns geraten hat.«

»Du folgst seinen Befehlen?« Dröhnend schlug sie mit dem Schwanz auf den Boden und wirbelte Staub auf.

»Warum nicht? Er weiß Dinge, die ich nicht sehen kann. Und jetzt halte still. Ich muß noch diesen letzten Knoten binden.«

Winselnd kauerte sie sich nieder und ließ Rhodry die Seile des improvisierten Zaumzeugs festbinden. Er band seine Ausrüstung an, dann dachte er nach. Obwohl er sein Schwert zunächst nur aus reiner Gewohnheit umgeschnallt hatte, kam er zu der Einsicht, daß sie nahe genug am Krieg waren, um tatsächlich an den Kampf denken zu können. Also band er das Schwert an sein Bettzeug. Er befestigte einen Köcher mit Pfeilen an seinem Gürtel und schlang sich einen gebogenen elfischen Jagdbogen über den Rücken.

»Du solltest dich lieber anbinden, wenn du dieses Ding benutzen willst«, meinte Arzosah. »Dazu braucht man doch beide Hände, oder?«

»Ja, du hast recht. Dabei sollte man annehmen, daß du froh sein könntest, wenn ich in den Tod stürze.«

»Selbstverständlich wäre ich das. Dann wäre ich wieder frei. Aber du hast mir befohlen, alles in meiner Macht Stehende zu tun, damit du in Sicherheit bist, und dir in diesem Sinn gute Ratschläge zu geben. Leider.«

»Aha. Ich verstehe. Ich danke dir trotzdem.«

Einem Impuls folgend, streckte Rhodry die Hand aus und tätschelte erst, dann kratzte er ihren schuppigen Stirnwulst, der sich über ihren Augen bog, auf dieselbe Art, wie man einen Hund am Kopf krault. Sie knurrte und lehnte sich in die Bewegung.

»Das gefällt dir wohl, wie?«

»Dort kann ich mich nicht selbst kratzen. Oh, bitte, auch auf der anderen Seite!«

Er ging um ihren Kopf herum und tat ihr den Gefallen, während sie die Lider sinken ließ und weiter brummte, bis er fertig war.

»Wenn du nett bist«, meinte Rhodry, »dann mache ich das heute abend wieder.«

»Auf einen solchen Handel lasse ich mich gerne ein, Drachenmeister. Wir fliegen also nach Süden?«

»Ja. Und halte nach dem Pferdevolk Ausschau.«

Seit sie den Ort, an dem sich Haen Marn einmal befunden hatte, verlassen hatten, waren sie den Spuren der Armee gefolgt. Von oben aus der Luft konnte Rhodry sie deutlich erkennen. Die Spur lief wie eine Straße über die gebüschbewachsenen Niederungen, wie eine schlammige Wunde, ins

Gras gebissen von den Hufen Hunderter Pferde und den Rädern vieler Wagen. Die Hügelausläufer, die sich weiter auf die Ebene von Lin Serr hinabsenkten, waren bewaldet. Die Spur führte direkt in den Wald und verschwand. Rhodry vermutete, daß die Armee dort auf Schwierigkeiten gestoßen war. Sie mußten sich wohl einen Weg für ihre Wagen freihacken und Futter für ihre Tiere mitnehmen.

»Geh tiefer! Sehen wir uns diesen Wald einmal näher an.«

Arzosah ging in einen Gleitflug, bis sie nur noch ein paar Schritte über den Bäumen war. Tatsächlich entdeckte Rhodry Lichtungen und zwei Wagen, die zerbrochen am Rand der improvisierten Straße standen. Weiter vorn konnte er gerade noch einen anderen Wagen und ein paar verstreute Gegenstände erkennen.

»Da drüben ist eine größere Lichtung!« rief Arzosah. »Soll ich dort landen? Ich rieche kein Pferdevolk in der Nähe.«

»Dann lande dort und wir sehen, was sie zurückgelassen haben.«

Als Arzosah auf den Boden niederging, flatterten erschreckte Raben auf. Das hier waren normale Vögel, die sich an Pferdekadavern gütlich getan hatten, die Rhodry nahe dem zerbrochenen Wagen entdeckte, der halb in einem Bach lag. Als Rhodry vom Drachenrücken glitt, erkannte er das kleine Tal. Nur zwei Monate zuvor war er hier vorbeigekommen. Bei seinem letzten Besuch hatte er eine Wegemarkierung gefunden, eine Platte schwarzen Basalts, poliert wie Glas und mit zwergischer Schrift bedeckt, die verkündete, daß man sich auf der Straße nach Haen Marn befand. Rhodry sah sich um, und am Ende entdeckte er den Stein, halb im Unterholz verborgen, am Rand des Tales.

»Rhodry?« sagte Arzosah. »Es stört dich doch nicht, wenn ich dieses Pferd fresse?«

»Bah! Es ist schon halb verwest!«

»Ich mag Fleisch auf diese Art. Es hat einen kräftigen Geschmack.«

»Nun, es nützt sonst niemandem mehr. Aber du kannst doch weiterfliegen, wenn du gefressen hast?«

»Nachdem ich eine Weile geruht habe; nicht länger, als die Sonne braucht, um sich am Himmel um die Breite deiner Hand weiterzubewegen.«

»Dann iß. Aber paß auf die Maden auf.«

»Warum? Ich mag Maden.«

»Dann tu, was du möchtest.«

Obwohl der Drache säuberlich und ordentlich aß, das Fleisch mit den Klauen zerlegte und dann leise kaute, zog es Rhodry vor, dem Gestank von verfaultem Pferdefleisch aus dem Weg zu gehen, während Arzosah fraß. Er ging hinüber zu der Platte mit der Inschrift und fluchte laut. Moos und das Wetter hatten die einstmals glatte Oberfläche mit weißen und grünen Flecken überzogen; Regen hatte einen Teil des Steins abgetragen und die Kanten abgeschliffen. Er mußte mit den Fingern über die Buchstaben fahren, um sie zu finden und ihnen folgen zu können. Es schien, als wären tausend Jahre vergangen, seit er diesen Stein zum letzten Mal gesehen hatte, dabei waren es erst zwei Monate. Wenn Evandar ihm nicht von der Belagerung von Cengarn erzählt hätte, wäre er in Panik geraten und hätte sich gefragt, ob er sich wohl in einem magischen Schlaf befunden hatte wie die Helden alter Geschichten. Aber so nahm er an, daß alles, was mit Haen Marn zu tun hatte, durch das Verschwinden der Insel gelitten hatte.

»Keine Hoffnung im Augenblick«, sagte er laut. »Angmar, meine Liebste, ich kann nur beten, daß es dir gutgeht, wo immer du sein magst.«

Tränen brannten ihm in der Kehle, aber er schluckte sie herunter. Dann schüttelte er sich und kehrte zurück zu dem zerbrochenen Wagen, um zu sehen, ob er etwas über die Feinde herausfinden konnte, denen er gegenüberstand.

Eine ganze Menge, wie sich bald herausstellte. Unter den Haufen von Brettern und zerbrochenen Rädern lagen Holzkisten und ein langgezogenes, schmales Bündel, in mit seltsamen Runen bemaltes Rinderleder gewickelt. Rhodry zog das Leder weg und wich sogleich zurück. Darunter lag ein Toter, ein Mensch, aber es war kein Opfer des Wagenunfalls. So kampferfahren Rhodry auch sein mochte, der Anblick brachte ihn beinahe dazu, sich zu übergeben. Man hatte den Mann nackt ausgezogen und dann Hände und Füße mit Eisenpflökken durchstochen. Man hatte ihn vom Schritt bis zum Brustbein hin aufgeschlitzt und ihn dann geöffnet wie ein Buch, immer ein paar Zoll nacheinander, wie es aussah, und seine inneren Organe ordentlich auf beiden Seiten aufgereiht – die Gedärme bei den Hüften, Leber und Magen zu beiden Seiten seiner Taille, die Lungen geteilt, links und rechts seiner Brust. Sein Herz jedoch fehlte. Dem Ausdruck der Qual nach zu schließen, der sich noch auf seinem Gesicht abzeichnete – seine Zunge und die Lippen waren schwarz vor Blut, weil er sich mehrmals darauf gebissen hatte –, hatte er lange ausgehalten. Ameisen schwärmten über die Leiche.

Rhodry schüttelte sich wie ein nasser Hund. Er fluchte ein paarmal, spuckte dann auf den Boden, und als er sich umsah, bemerkte er, daß Arzosah ihn mit ihren Kupferaugen ansah.

»So senden sie Botschaften an ihre Götter«, erklärte sie. »Nachdem sie ihn angenagelt haben, singen sie die Botschaft wieder und wieder und schicken ihn dann in die Totenwelt, um sie dort abzuliefern.«

»An seiner Stelle würde ich lügen, einfach aus Rache. Was machen sie mit dem Herzen?«

»Das weiß ich nicht. Wahrscheinlich essen sie es oder sie nutzen es für einen Zauber. Ich habe sie einmal bei dem Botschaftsritual beobachtet – oben in den Bergen –, aber sie haben das Herz in eine Kiste getan und es nicht direkt weiterbenutzt.«

»Aha. Kannst du vielleicht ein kleines Stück fliegen? Ich will nicht hier bei diesem Ding bleiben.«

»Ein paar Flügelschläge, aber dann muß ich ausruhen.«

»Gut. Ich will mir nur schnell die Hände im Bach waschen.«

»Warum? Du hast dieses Ding doch nicht angefaßt, oder?«

»Selbstverständlich nicht. Ich habe aber das Gefühl, daß ich mich trotzdem waschen muß.«

An diesem Nachmittag stand ihnen noch Schlimmeres bevor. Nachdem Arzosah sich ausgeruht hatte, machten sie sich weiter auf den Weg nach Süden, langsam genug, daß sie den Wind testen konnte. Das Pferdevolk, versicherte sie ihm, hatte einen deutlichen Geruch, der schon aus weiter Ferne wahrzunehmen war. Das Land unter ihnen senkte sich stetig zu einem breiten Plateau hin, wo Zwerge Bauernhöfe bearbeiteten, um die unter der Erde liegende Stadt Lin Serr zu ernähren. Einige Tage zuvor hatte Rhodry von weitem Rauch über diesem fruchtbaren Land gesehen. Nun fand er seine unguten Ahnungen gerechtfertigt. Von hoch oben auf dem Drachenrücken sah er in den grünen Feldern und Weiden die Haufen verkohlten Holzes, wo ehemals Bauernhöfe gestanden hatten. Nirgendwo gab es mehr eine einzige Kuh oder ein Schaf. Nichts bewegte sich außer dem Wind, der stärker wurde, als die Sonne unterging.

»Lande!« rief er schließlich Arzosah zu. »An diesem ersten ausgebrannten Hof dort. Vielleicht ist noch jemand am Leben.«

Niemand lebte mehr, und am Ende war er froh darüber. Als sie landeten und abermals Raben aufflogen, fand er die Trümmer des Hauses und der Scheune kalt, und nur noch Schwaden grauer Asche und nicht von Rauch erhoben sich im

Abendwind. Über allem hing der süßliche Geruch von Verbranntem, gemischt mit dem von totem Fleisch. Er ging hin und her, den silbernen Dolch in der Hand, wie um sich zu trösten, sah hier und dort einen Toten, alle von Schnitten durch Klingen getötet, die von hoch oben geschwungen worden waren – vermutlich ein Reiterangriff mit langen Schwertern. Einige der Leichen umklammerten noch Dreschflegel oder Holzhackeräxte, was wohl die einzigen Waffen waren, die sie in der Eile hatten finden können. Einige waren von den Flammen halb verzehrt worden. Ob sie schon tot gewesen waren oder nur verwundet, als sie in Flammen aufgingen, konnte Rhodry nicht sagen.

Hinter dem größten Haufen verbrannter Balken und eingestürzter Mauern entdeckte er, was zunächst wie Pfähle aussah, die in den Boden gerammt waren, und Gestalten, die daran festhingen. Sein Magen zog sich zusammen.

»Das ist nicht schön«, meinte Arzosah. »Was sie mit überlebenden Gefangenen tun, meine ich. Ich habe so etwas schon einmal gesehen, als ich über das Land des Pferdevolks flog.«

Mit dem Drachen im Gefolge zwang Rhodry sich, um den Trümmerhaufen herumzugehen und es sich genauer anzusehen. Er hatte abgeschlagene Köpfe erwartet; was er fand, war viel schlimmer: ein Dickicht von Tod, zwölf Pfähle und Leichen an allen, jeder Pfahl fleckig von altem Blut. Man hatte die Gefangenen nackt ausgezogen und dann, dem Ausdruck ihrer Gesichter nach zu schließen, während sie noch lebten auf lange Speere gepfählt, die man ihnen zwischen den Beinen hoch bis zum Nacken getrieben hatte, so daß die Eisenspitze nun zwischen ihren Schulterblättern herausragte. Die Leichen waren halb von Raben gefressen, die verbliebene Haut von trübem Grau, das Fleisch rötlich braun.

»Sie spießen sie auf und lassen sie sterben«, sagte Arzosah. »Glaubst du, daß das lange dauert?«

»Alles, was länger dauert als ein Herzschlag, wäre zuviel.« Rhodry war überrascht, überhaupt Worte finden zu können. »Warum? Ihr Götter, warum?«

Arzosah hob ihre Flügel in dem langgezogenen Rascheln, das für sie ein Schulterzucken war. Rhodry sah jeden einzelnen der Männer an. Er hatte mit ihnen zusammen gegessen, als er auf dem Weg nach Haen Marn war. Dort hing der Junge, der ihm aus einem mit Kräutern ausgelegten Korb Käse gereicht hatte; dort ein alter Mann, der einen Witz über sein Elfenblut gemacht hatte. Ganz plötzlich wurde Rhodry klar, daß er etwas Bestimmtes befürchtete. Er ging weiter, suchte sich einen Weg durch die Speere von einer Leiche zur anderen.

»Was tust du da?« rief Arzosah.

»Ich suche nach Freunden. Aber Dank sei allen Göttern im Himmel und darunter, sie sind nicht hier.«

»Wir haben andere verbrannte Höfe gesehen.«

»Ja, aber ich wage nicht, mir die Zeit zu nehmen, auch dort nachzusehen.«

»Nach wem zu sehen?«

»Nach diesen beiden Freunden. Otho und der junge Mic. Sie waren unterwegs, um ihre Schuld an Haen Marn zu bezahlen, nachdem ich mich auf die Suche nach dir gemacht habe. Dann mußten sie wieder nach Hause.«

»Dann hoffen wir, daß die vom Pferdevolk sie nicht erwischt haben.«

»Genau. Laß uns hier verschwinden. Mir ist zu elend, als daß ich auch nur fluchen könnte, und das ist für einen Silberdolch ein schlechtes Zeichen.« Inzwischen lag das Sommerlicht goldbraun auf den Ruinen und den Leichen und hell auf dem Gras, das nach dem Abbrennen bereits wieder grün nachwuchs. Als Rhodry aufblickte, sah er, wie die Sonne eine Wolkenbank am westlichen Himmel hervorhob. Er stieg auf den Rücken des Drachen, schob die Unterschenkel unter die Seile, band ein weiteres um seine Taille, und dann stiegen sie wieder in die Lüfte empor. Sobald der Drache den richtigen Flugrhythmus gefunden hatte, konnte Rhodry nachdenken.

Er erinnerte sich an seine Zweifel vom Abend zuvor, als der Gedanke, daß Leben und Tod nur zwei Seiten einer Tür waren, ihm wie eine Verspottung seiner Kriegerkunst vorgekommen war. Nun waren diese Zweifel verschwunden. Er hatte gesehen, was seine Feinde ihren eigenen Sklaven und anderen Gefangenen antaten. Dies waren dieselben Wesen, die Cengarn belagerten. Was, wenn die Stadt fiel? Er weigerte sich, das auch nur für möglich zu halten. Dorthin hatte ihn sein langes Kriegerleben geführt, so gerade wie ein Pfeil fliegt: daß er und andere Männer wie er zwischen der Stadt und dieser Armee stehen sollten. Während sie weiterflogen und der Spur über die Ebene folgten, sah er die Sonne in einem Meer von Blut versinken.

An diesem Abend bestand er auf einem Lagerfeuer, nur um ein Licht im Dunkeln zu haben. Als er seine Ausrüstung durchsuchte, fand er ein letztes Stück Fladenbrot, kaum zwei Bissen, aber er war nicht zum erstenmal hungrig. Er kniete sich dicht ans Feuer und legte immer wieder ein paar Zweige nach, bis er die größeren Äste nachlegen konnte, die er gefunden hatte.

»Ich kann auch nachts fliegen«, meinte Arzosah. »Wenn du so schnell wie möglich zu diesem Lin Serr kommen willst.«

»Sie schließen es bei Sonnenuntergang, und es könnte durchaus sein, daß es ebenfalls belagert ist.«

»Oder gefallen.«

»Nein, nicht Lin Serr. Sie könnten einer Belagerung für hundert Jahre standhalten. Du wirst sehen, was ich meine, wenn wir dort sind. Ha, mir ist gerade etwas eingefallen. War es wirklich richtig, dieses Feuer zu entzünden? Wenn sie Spähertruppen ausgeschickt haben, werden sie uns sofort entdecken.«

»Ich hätte sie gerochen. Rhodry, das ist seltsam! Ich habe den Eindruck, daß sie alle weg sind. Die vom Pferdevolk, meine ich. Wir haben nichts gesehen, was sich rührt, und ich habe auch nichts gerochen.«

»Nun, sie sind wie durch Dweomer aufgetaucht, nicht wahr? Vielleicht sind sie auf demselben verfluchten Weg verschwunden.«

Da das Feuer jetzt ordentlich brannte, rückte er ein Stück zurück und hockte sich im Schneidersitz hin, um in die Flammen zu sehen. Arzosah seufzte und legte den Kopf auf die Tatzen.

»Ich habe Hunger«, verkündete sie. »Wir sind ein langes Stück geflogen, seit ich dieses Pferd gefressen habe.«

»Ich habe ebenfalls Hunger, aber wir können ihn ignorieren.«

»Du bist ein harter Mann, Drachenmeister!«

»Was ich heute gesehen habe, würde jeden Mann hart werden lassen. Ihr Götter, ich erinnere mich immer wieder an andere Kriege, in denen ich war. Verglichen mit diesem kommen sie mir jetzt wie Kleinigkeiten vor.«

Sie zog zweifelnd einen Augenwulst hoch.

»Doch, so war es«, fuhr er fort. »Es waren meistens irgendwelche Fehden arroganter Lords, Streitigkeiten darüber, wer den Zoll von einer Brücke erhält, wer einen höheren Rang bekommt oder Rache für dieses oder jenes angebliche Unrecht nimmt. Dumme Angelegenheiten, verdammt dumme Angelegenheiten, weißt du, aber ich wäre nie zuvor auf die Idee gekommen, das so zu bezeichnen.«

»Sind viele dabei gestorben?«

»Ja. Zu viele.«

»Das ist trotzdem kein Grund, so traurig zu sein. Es ist nicht deine Schuld.«

»Selbstverständlich nicht. Und ich habe damals auch nicht so empfunden, als ich in diese Kriege ritt.« Er schüttelte verwirrt den Kopf. In seinem ganzen Leben hatte er nie viel Zeit gehabt nachzudenken und erst recht nicht für Gedanken dieser abstrakten Art. »Es war der Anblick dieser Bauern, der es mir irgendwie klargemacht hat. Dies hier ist wirklich ein Krieg, der das Kämpfen wert ist.«

»Du sprichst von Rache?«

»Auch davon. Aber es geht mir vor allen Dingen darum, zu verhindern, daß, was diesen Bauern geschehen ist, nicht noch weiteren zustößt. Ihr Götter – Rache würde sie nicht wieder zum Leben erwecken, oder?«

Arzosah lachte dröhnend.

»Ich hätte nie gedacht, daß ich so etwas je von einem Elfen hören würde«, meinte sie. »Erstaunlich.«

»Spotte nicht! Immerhin geht es dir selbst um Rache.«

»Selbstverständlich, aber ich weiß, daß ich es um meinetwillen tue und nicht für meinen armen Gefährten. Dein Volk scheint immer zu glauben, die Toten würden sich freuen, wenn ihr sie rächt. Das tun sie nicht, weißt du. Sie können es nicht. Sie sind tot.«

Rhodry wollte sie anfauchen, aber dann wurde ihm klar, daß er nichts zu sagen hatte, und er beschäftigte sich damit, einen weiteren Ast ins Feuer zu legen. Der Drache schlief bald darauf, aber Rhodry starrte in die Flammen, bis er kein Holz mehr hatte. Seine Gedanken sprangen hierhin und dorthin, genau wie das Feuer, und seltsame Ideen bildeten sich und erhoben sich, nur um wieder zu vergehen. Als er endlich schlief, träumte er von Jill, die lange auf ihn einredete, aber in einer Sprache, die er nicht verstand.

Am Morgen sollte sich Rhodrys Vermutung über Dweomer

als richtig erweisen. Sobald die Sonne aufging, folgten sie weiter der Spur der Armee, die sich nach Südosten zog und von Lin Serr entfernte, bis sie ganz plötzlich mitten auf einer Wiese so abrupt endete, als wäre die Armee von Vögeln davongetragen worden. Nach allem, was Rhodry wußte, war das durchaus möglich. Die Spur verlief geradeaus wie das Lineal eines Zimmermanns, und so gerade war auch ihr Ende, und dahinter gab es nichts als Gras.

»Genau so begann die Spur auch«, erinnerte sich Arzosah. »Dort in Haen Marn.«

»Ja. Ihr Götter, mir wird kalt, wenn ich daran denke, über wieviel Dweomer sie verfügen müssen! Obwohl ich annehme, daß diese Macht von Alshandra ausgeht.«

»Wer?«

»Evandars Frau. Sie hat den Verstand verloren, und das Pferdevolk hält sie offenbar für eine Göttin.«

»Mit Evandar zusammenzuleben würde jedes weibliche Wesen wahnsinnig machen.«

Rhodry kniete sich am Ende der Spur nieder und betrachtete das Gras. Auf der einen Seite war nichts anderes als aufgewühlter, zertrampelter Schlamm und Pferdeäpfel; auf der anderen hohes Gras, grün und gesund, das in der Mittagshitze nickte. Dazwischen jedoch war ein dünner Streifen braun geworden – aber nicht, weil die Pflanzen von Hufen zertreten waren. Es sah aus, als wäre es von der ersten Herbstkälte berührt, braun und vertrocknet, aber noch am Leben. Verblüfft schüttelte er den Kopf und erhob sich und wischte sich die Hände an den Brigga ab, als hätte er etwas Schmutziges berührt.

»Nun, es sieht aus, als könnten wir ihnen nicht weiter folgen. Kehren wir nach Lin Serr zurück.«

»Es geht um Verpflichtungen«, erklärte Botschafter Garin. »Wir haben mit Cadmar von Cengarn einen Vertrag abgeschlossen, in dem es um gegenseitige Hilfe in Kriegszeiten geht. Und nun wird Cengarn belagert, und wir schulden Cadmar fünfhundert Axtkämpfer und darüber hinaus hundertfünfzig Speerträger mit Vorräten und Unterkunft für vierzig Tage.«

»Das habe ich nie abgestritten«, sagte Brel Avro. »Aber was sollen wir tun? Unsere Männer in den sicheren Tod marschieren lassen? Die Stadt ist, nach allem, was die Späher uns erzählen, vollkommen umstellt. Wie sollen wir Cadmar also erreichen? Sag mir das bitte.«

Die beiden Zwerge standen im Schatten eines Felsüberhangs über der breiten Terrasse außerhalb der Festungstore von Lin Serr. Hinter ihnen und um sie herum erhob sich ein riesiges Hufeisen von grauem Stein rings um ein flaches Bekken von einer guten Meile Durchmesser. Vor ihnen, auf der anderen Seite der breiten Terrasse, führten Treppen in einer Zickzacklinie mehrere hundert Fuß den Steilhang hinab bis zum Parkland des Beckens, das von einem Fluß durchschnitten wurde. Vor Hunderten von Jahren hatten Zwerge das Bekken aus dem Felsen gebrochen und den Fluß aus seiner unterirdischen Höhle befreit. Die Stadt selbst jedoch lag im Stein und im Herzen der Berge dahinter.

»Das sehe ich ein«, meinte Garin schließlich widerstrebend. »Aber Cadmar hat auch andere Verbündete. Er ist ein beliebter Mann, und ich wette, sie stellen schon in diesem Augenblick eine Armee auf. Uns dieser Armee anzuschließen ist das mindeste, was wir tun können.«

Brel fuhr sich nachdenklich durch den Bart, der hier und da Strähnen von einem Grau aufwies, das zu dem Stein paßte.

»Ich traue den Menschen nicht, Botschafter, ich habe ihnen nie getraut und werde es auch nie tun.«

»Du brauchst ihnen nicht zu trauen. Unser Kontingent kann sich für sich halten, und ich werde dasein und an deiner Stelle Verhandlungen führen und am Kriegsrat teilnehmen.«

»Hmm. Das wäre vielleicht eine Möglichkeit. Ich – Ihr Götter! Was ist das?«

Garin blickte auf und riß erschrocken den Mund auf. Ein Drache flog über die Hügel. Mit seltsamen Bewegungen – ein Flügelschlag, ein Springen, ein Gleiten – kam er stetig näher, bis die Zwerge das Schlagen der nackten Flügel in der Luft hören konnten wie das Geräusch einer Trommel mit schlaffem Fell. Im Nacken des Tieres hockte ein menschlicher Reiter.

»Das ist Rori!« flüsterte Garin. »Beim Bart des Donnerers, ich hätte nie geglaubt, daß er es schafft, aber es ist ihm tatsächlich gelungen!« Garin rannte die Treppe hinab, dicht gefolgt von dem Zwergenkrieger, während der Drache kreiste und nach einem anmutigen Gleitflug im Park landete. Die beiden Zwerge erreichten das Becken im selben Augenblick, als Rhodry, den Bogen über der Schulter, vom Nacken des riesigen Ungeheuers glitt. Garin setzte dazu an, auf ihn zuzugehen, um ihn zu begrüßen, aber der Drache wandte den Kopf herum und starrte ihn direkt an. Garin blieb so plötzlich stehen, daß Brel mit ihm zusammenstieß.

»Er ist so riesig«, sagte Garin. »Ihr Götter, er ist so groß wie ein deverrianisches Haus!«

»Sie sind nicht gerade für ihre Zierlichkeit bekannt, diese Drachen«, fauchte Brel. »Und jetzt beweg dich, Mann!«

Unter dem Gelächter des Kriegshauptmanns riß Garin sich zusammen und ging weiter vor, ein wenig mutiger geworden, nachdem der Drache zum Fluß hinübergegangen war, um zu trinken, und ihm den Rücken zuwandte. Er streckte den Arm aus, um Rhodry die Hand zu schütteln, aber sobald er das Gesicht seines Freundes sah, war es um die Freude geschehen.

»Was ist los?« sagte Garin auf deverrianisch.

»Wißt ihr das nicht?« antwortete Rhodry in derselben Sprache. »Euer Bauernland! Die Höfe sind geplündert worden, und eure Leute sind alle tot. Pferdevolk.«

Garin hatte das Gefühl, keine Luft mehr zu bekommen. Brel spuckte einen Fluch aus.

»Und du willst, daß ich Männer wegschicke?« zischte Brel in der Zwergensprache. »Für einen wurmstichigen Menschenlord?«

Mit einem tiefen Seufzen faßte Garin sich wieder.

»Vertrag ist Vertrag, und das weißt du ebensogut wie ich. Und was den Rest angeht, so kann Lin Serr mehr Männer aufstellen als fünfhundert. Und wir haben selbst ein paar Verbündete, auf die wir zählen können.« Er wandte sich Rhodry zu und sprach wieder in der Menschensprache: »Ich hatte gehofft, Euch in besseren Zeiten wiederzusehen, Silberdolch, aber ich danke Euch für den Bericht. Und ich habe meine Höflichkeit vollkommen vergessen. Das hier ist Brel, unser Avro oder Kriegshauptmann. Es ist ein Amt ähnlich dem Eures Cadvridoc.«

Als Rhodry sich verbeugte, erwiderte der Avro die Verbeugung ein wenig verblüfft.

»Was die Bauernhöfe angeht«, fuhr Garin fort, »so hat sich keiner von dort in den letzten Tagen gemeldet, aber so etwas geschieht öfter.«

»Aber ich habe Boten ausgeschickt«, warf Brel ein. »Vor drei Tagen. Auch sie sind noch nicht zurückgekehrt. Ich sollte am besten gleich Alarm geben.«

»Rori, wo ist das Pferdevolk nun?«

»Weg.« Rhodry machte eine hilflose Geste. »Ich habe eine Geschichte zu erzählen, Botschafter, die verdammt schwer zu begreifen ist. Aber sagt mir eins – sind Mic und Otho sicher zurückgekehrt?«

Wieder hatte Garin das Gefühl, daß ihm eisiges Feuer

über die Wirbelsäule lief – er konnte nur schweigend den Kopf schütteln. Rhodry starrte ihn eine Weile an, dann schlug er die Hände vors Gesicht und weinte, während der Drache vom Fluß zurückkam und sich besorgt an seine Seite drängte.

In Evandars Land, das auf der ätherischen Ebene weitab von der physischen Welt lag, floß ein silbriger Fluß durch eine Wiese, die mit Gänseblümchen und Butterblumen übersät war. Nahe dem Ufer stand ein Pavillon aus Goldstoff, der in der Sommersonne glitzerte. Oder, um es genauer zu sagen: es existierten Abbilder dieser Dinge, obwohl sie erheblich mehr Substanz hatten als einfache Bilder oder Gedanken. Evandar hatte dies alles mit Energie geschaffen, die er direkt aus den Strömungen der oberen Astralebene bezogen hatte, die die ätherische Ebene auf dieselbe Weise formt wie die ätherische die physische. Im Lauf der Jahrtausende seiner Existenz hatte Evandar kontinuierlich Energie in seine Schöpfung einfließen lassen, bis sie nun ein eigenes Leben hatte – nicht so solide und stabil wie Materie, aber sie hatte Präsenz und Dauerhaftigkeit.

Die Körper seines Volkes bestanden aus demselben Gewebe. Vor unausdenklich langer Zeit, im Morgengrauen des Universums, als Evandar und sein Volk geschaffen wurden – Funken unsterblichen Feuers wie alle Seelen –, hatten auch sie die Last der Wiedergeburt auf sich nehmen und mit allen anderen Seelen auf dem Rad von Leben und Tod reiten sollen. Aber irgendwie, auf eine Weise, an die selbst sie sich nicht mehr erinnern konnten, waren sie, wie sie es ausdrückten, »zurückgeblieben« und nie in Körper geboren worden. Statt dessen hatte Evandar ihnen dieses Land und eine Art Körper gegeben, überwiegend nach dem Vorbild des elfischen Volks und der elfischen Kultur, die er so sehr liebte. Sie waren schöne Geschöpfe, mit Haar silbern wie Mondlicht oder goldleuchtend wie die Sonne, violetten, grauen oder goldfarbenen Augen und den langen, zarten, gerollten Ohren jenes irdischen Volkes. Die Haut der meisten war bleich wie Milch und nur an den Wangen ein wenig rosig. Einige hatten die Menschen der südlichen Inseln gesehen und sich für eine dunkle Hautfarbe vom Braun frischgepflügter Erde nach einem Regen entschieden.

Es war schwierig zu sagen, wie viele von ihnen es gab. Manchmal lebten sie getrennte Leben, dann wieder verschmolzen sie miteinander, erhoben sich zu kurzer Individualität, nur um in einen Gemeinschaftsgeist zurückzufallen. Nur wenige hatten, wie Evandar selbst, ein echtes Bewußtsein entwickelt. Einer von ihnen war ein blauäugiger Bursche, mehr menschlich von Gestalt als elfisch. Obwohl er aussah wie ein erwachsener Mann und Krieger, hochgewachsen und kräftig, war er in gewissem Sinne ein Neugeborener. Erst vor ganz kurzer Zeit hatte er genügend Identität erreicht, um einen Namen annehmen zu können, und nun stand er neben Evandar und verkündete ihn.

»Ich möchte als Menw bekannt sein, denn in dieser anderen Welt, die wir mitunter besuchen, gab es einen großen Krieger dieses Namens, der mein Freund wurde.«

»Also gut«, sagte Evandar. »Du sollst Menw heißen. Zur Ehrung deiner Namensgebung sollst du heute neben mir reiten, während wir uns auf die Suche nach dieser kreischenden Hexe, diesem häßlichen Biest machen, das jetzt bereits zwei Welten heimsucht, meiner Frau Alshandra.«

Rings um ihn sprangen seine Männer auf, lachten und johlten. Plötzlich erschien, herbeigerufen von diesem Lachen, ein ganzes Heer von Schwertkämpfern und Bogenschützen, in silberne Rüstungen gekleidet und bewaffnet mit ebenfalls silbernen Waffen. Als Evandar die Hand hob, flog ihm aus dem

Nichts ein silbernes Horn an einem Lederriemen zu. Er hob es an die Lippen, blies und rief damit die Pferde herbei.

»Die Jagd beginnt!« rief er.

Der Jubel, der zur Antwort erscholl, klang wie die Brandung des winterlichen Meeres. Das Schimmernde Heer stieg in die Sättel, und zum harmonischen Klingen silberner Rüstungen und silberner Waffen ritten sie los. Ihre Schwerter blitzten in einem Licht, das plötzlich bleicher wurde, ein grünliches Licht, das sich am Rand des Blickfeldes zu Nebel verdickte. In raschem Trab ritten sie in einen Wald hinein. Obwohl die uralten Bäume ihre Wurzeln überallhin ausgesandt hatten und das Unterholz dicht wuchs, stolperten die Pferde keinen Augenblick und wurden nicht langsamer, und kein einziger Zweig verfing sich im Zaumzeug oder in der Kleidung der Reiter. Weiter und weiter ritten sie in diesem unheimlichen Licht, vorbei an riesigen Steinen zwischen den Bäumen und Ruinen, die von verfallenen Festungen und toten Königen kündeten.

Unterwegs gesellten sich weitere Krieger zu ihnen, schlüpften aus Höhlen und dem Dickicht oder kamen mutig auf verborgenen Pfaden angeritten. Diese Krieger trugen schwarze Rüstungen, aber aus emailliertem Metall, nicht aus Eisen. Sie waren eine Mischung aus Tier und Mensch, einige hatten Fell und Schnauzen wie Bären, andere glitzernde kleine Augen und warziges Fleisch wie Krokodile aus Bardek. Einige schienen beinahe menschlich, bis sie eine Pfote und keine Hand zum Gruß hoben; andere waren wie riesige Wölfe, die hinter den Pferden auf allen vieren rannten. Etliche schienen aus drei oder vier Geschöpfen zusammengefügt – der Kopf eines Ebers mit Menschenhänden und einem Hundeschwanz vielleicht oder Zwergenoberkörper auf Tierbeinen. Menschenköpfe, Katzenköpfe, Hundegesichter, geflochtene Mähnen wie die des Pferdevolkes, Zwergenhände, Elfenhände, Ohren wie Maultiere, Fell gestreift wie Tiger – aber wie immer sie aussehen mochten, sie waren alle gut gerüstet und bereit zum Krieg.

Ganz am Ende, den Stab eines Herolds mit Bändern in der Hand, ritt ein buckeliger alter Mann, das Gesicht geschwollen, die Haut in großen Falten warzigen Fleisches um seinen Hals hängend. Er trieb seinen Zelter an, um Evandars goldenen Hengst einzuholen.

»Herr!« Seine Stimme knirschte wie Sand unter einem Stiefel. »Die Kämpfer des Finsteren Heers haben sich an ihr Gelübde erinnert. Wir sind gekommen, um dir zu dienen.«

»Das ist gut«, antwortete Evandar. »Und ich verspreche euch eins: Sobald der Krieg vorbei ist, sollt ihr alle neue Körper haben, harmonisch und aus einem Stück.«

Sie jubelten ihm mit Menschen- und Tierstimmen zu.

»Herr?« fuhr der Herold fort. »Dein Bruder wird dich dort erwarten, wo einstmals dein Land an seines stieß.«

»Einstmals?«

»Nun, Herr, jetzt gehört alles Land dir.«

Evandar lächelte zufrieden. Es war wichtig, daß die Tiergeschöpfe diese Tatsache nicht vergaßen.

Die Grenzmarkierung stand in einer Lichtung: ein hoher, alter Baum, dessen eine Hälfte wie im Frühling grünte, während die andere Hälfte brannte und Flammen jeden Zweig und Ast umgaben, ohne das Holz je wirklich zu verzehren. Darunter saß ein Krieger auf einem schwarzen Pferd. Auch er trug eine schwarz emaillierte Rüstung, aber er hatte den Helm an den Sattelknauf gebunden, und seine Handschuhe lagen in seinem Schoß, so daß man erkennen konnte, daß er ein Fuchsgeschöpf war. Seine spitzen Ohren waren mit rotem Fell besetzt, und ein Streifen rötlichen Haars verlief von der Stirn über den Schädel bis in den Nacken, während seine schwarzen Augen über einer langen, spitzen Nase glitzerten. Auch auf dem Handrücken hatte er Fell, die Nägel waren schwarze Krallen. Als Evandar das Signal zum Halt blies, kam das Heer langsam zum Stehen. Seltsamerweise war auf der kleinen Lichtung genug Platz für alle.

»Shaetano!« rief Evandar. »Mein lieber Bruder! Wie schön, dich zu sehen!«

Mit einem Knurren kam der Fuchskrieger auf ihn zugeritten und zügelte sein Pferd neben Evandars.

»Gibt es etwas Neues von Alshandra und ihren Rebellen?« fuhr Evandar fort. »Hier in unserem Land, meine ich. Ich habe viele Neuigkeiten von dem, was sie in der Welt der Menschen tut.«

»Ich habe sie gesehen, wie sie an der Spitze ihrer jämmerlichen Armee ritt.« Shaetano hielt inne und warf einen Blick auf die Männer, die einmal seinem Befehl gefolgt waren. »Du hast uns alle zusammengebracht, sehe ich.«

»Jeden einzelnen Mann. Das hier ist ein Krieg, Bruder, und das sollte dich freuen.«

»Das tut es auch.« Shaetano zog schwarze Lippen von spitzen Zähnen zu einem Grinsen zurück. »Und was sollen wir tun? Auf die Schlachtebene reiten?«

»Glaubst du etwa, sie wären so freundlich, dort auf uns zu warten? Heute nacht reiten wir die Grenzen ab.«

Unter dem Licht eines vollen Mondes, der rosafarben und aufgebläht über dem Horizont hängenblieb, jubelte die Armee, und alle Krieger schwenkten ihre Schwerter und Keulen. Die Wolfsgeschöpfe fletschten die Zähne und heulten.

»Nun gut«, meinte Shaetano. »Und wo reite ich in dieser Armee?«

»Direkt neben mir. Du sollst links von mir reiten, wie Menw rechts von mir reitet, und beim Siegesfest sitzen wir ebenfalls nebeneinander.«

»Wie? Hast du etwa vor, mich damit zu ehren, liebster Bruder?«

»Nicht im geringsten. Ich traue dir nur nicht über den Weg, wenn du hinter mir reitest.«

Am Morgen, als die Sonne sich über Lin Serr erhob, marschierten hundert Zwergenkrieger, angeführt von Brel Avro selbst, ins Bauernland, um die Toten auf den geplünderten Höfen zu begraben. Rhodry hätte angeboten, sie zu begleiten, aber er wußte, daß er sich damit nur in ihre Trauer einmischte. Am Ende beschloß er, in der Zwergenfestung zu bleiben. Inzwischen war Arzosah hungrig, und er schickte sie auf die Jagd, gab ihr aber den strengen Befehl, ihre Beute zurück ins Parkland von Lin Serr zu bringen, um sie dort zu verzehren. Brüllend flog sie davon und überließ ihn seinen Gesprächen mit Garin.

»Ich habe versucht, den Rat zu überreden, Euch in die Hohe Stadt einzulassen«, sagte Garin seufzend. »Aber leider hatte ich kein Glück. Wie zuvor lassen sie Euch nur in der öffentlichen Halle und in den Botschafterquartieren zu.«

»Ich werde weiter draußen lagern. Gestattet mir, Eurem Volk mein verdorbenes Elfenblut zu ersparen.«

Garin verzog das Gesicht und dachte nach. Sie standen direkt hinter dem riesigen Doppeltor mit den Schnitzereien von Szenen aus der Geschichte Lin Serrs, das zur Eingangshalle führte, einer gewaltigen Höhle, die von bläulich-silbernem Licht erfüllt war. Im Sonnenlicht, das durch die Tore einfiel, konnte Rhodry das Mosaik des Höhlenbodens erkennen, einen runden Irrgarten, der groß genug war, daß auch ein Mensch sich hätte daran erproben können.

»Ich würde besser schlafen, wenn ich wüßte, daß Ihr ein Dach über dem Kopf habt«, sagte der Botschafter schließlich. »Ihr seid da draußen zu verwundbar. Schließlich habt Ihr mächtige Feinde.«

»Ach, Alshandra ist weit weg. Und außerdem habe ich den Talisman.«

»Das schützt Euch nur vor dem Zweiten Gesicht, nicht vor jemandem, der seine eigenen Augen benutzt. Was, wenn dieses Rabengeschöpf aus dem Nichts erscheint, nach Euch Ausschau hält und dann wieder verschwindet, um Alshandra zu holen? Kommt schon. Ihr habt mir erzählt, wie Ihr dem Raben unterwegs begegnet seid – was, wenn sie Euch gefolgt ist?«

Rhodry setzte zu einer Antwort an, dann hielt er inne, weil ihm klar wurde, wie recht der Zwerg hatte.

»Wie wäre es mit dem alten Wachturm?« fuhr Garin fort. »Unser Wyrm könnte oben auf dem Turm nisten, und Ihr könntet im alten Torhaus wohnen, umgeben von Haufen von Eisen.«

Beide drehten sich um und schauten zum Eingang am Parkland von Lin Serr. Die Steilwände erhoben sich in Form eines Hufeisens, dessen Enden sich nicht ganz begegneten. Dicht an dem einen Ende des Hufeisens stand ein steinerner Turm wie eine natürliche Felsnadel. Tatsächlich war der Stein bearbeitet und gleich einer Statue aus dem Felsen gemeißelt worden. Als Lin Serr noch im Bau war, hatte der Turm ein Tor bewacht, aber im Laufe von Jahrhunderten des Friedens hatten die Zwerge den Eingang verbreitert, und nur der Turm war übriggeblieben.

Immer noch mit der Steilwand am Ende des Hufeisens verbunden, stand dort auch das Turmhaus, von dem Garin gesprochen hatte. Am Sockel dieses zweiten Turms befanden sich zwei kleinere, runde Gebäude, ganz ähnlich wie die Brochs deverrianischer Festungen – die alten Wachstuben, angefüllt mit Waffen, Äxten, Speerspitzen auf alten, splitternden Holzschäften und Messern unterschiedlichster Formen, alle zu alt, um sie noch zu benutzen, aber zu gut zum Wegwerfen. Wenn Rhodry sich in dem leeren Stockwerk über so viel Eisen niederließe, wäre Alshandra niemals imstande, ihn zu erreichen.

»Man hat von dort aus eine gute Aussicht«, murmelte Rhodry. »Ich würde ganz gern dort einziehen.«

»Gut. Dennoch, ich habe das Gefühl, daß wir Euch etwas schulden, weil Ihr uns diese Nachricht gebracht habt.«

»Ich würde nie etwas dafür fordern.«

»Ich weiß das, Ihr wißt das, aber muß der Rat es wissen?«

Beide grinsten.

»Also gut«, meinte Rhodry. »Könntet Ihr mir ein richtiges Zaumzeug für mein neues Reittier beschaffen? Sie beschwert sich dauernd über die Seile. Sie sind nicht gut genug für eine Dame.«

Beide lachten.

»Das können wir zweifellos«, meinte Garin. »Unsere Handwerker haben zwar noch nie ein Drachenzaumzeug hergestellt, aber ich nehme an, sie werden es schaffen. Es kann sich nicht so sehr von dem für Pferde unterscheiden, jedenfalls nicht dem Prinzip nach. Ihr geht hinunter und wartet auf unseren anspruchsvollen Wyrm, und ich will sehen, was die Gildemänner dazu zu sagen haben.«

Arzosah erschien mit zwei toten Rehen, und als sie damit fertig war, sich mit rohem Wild vollzustopfen, war sie so schläfrig, daß sie keinen Einspruch erhob, als Maß genommen wurde. Der Meister Rüstungsschmied, der Meister Gerber und ihre beiden Lehrlinge kamen mit Seilen, machten Knoten an wichtigen Punkten und schwatzten die ganze Zeit in der Zwergensprache. Hin und wieder übersetzte Garin eine Frage – wünschte Arzosah braunes Leder oder schwarzes? Wünschte sie Bronze oder Stahlschnallen?

»Ich muß sagen«, bemerkte der Drache schließlich, »daß mir diese Idee wirklich gefällt. Wenn ich schon ein Geschirr tragen muß wie ein stinkendes Maultier, dann zumindest ein anständiges.«

»Ich wünschte nur, ich wäre ein reicher Herr, um meiner edlen Dame Edelsteine und Gold zu geben«, meinte Rhodry grinsend. »Aber ich bezweifle, daß du je bessere Handwerksarbeit finden wirst als hier in Lin Serr, selbst wenn das Zaumzeug nicht die Verzierungen hat, die ich dir gern schenken würde.«

»Wißt Ihr, Rori«, warf Garin ein. »Ich denke, wir könnten schon die eine oder andere Dekoration zustande bringen. Bevor Otho nach Haen Marn zog, hat er sein Testament gemacht, und wenn ich mich recht entsinne, hat er Euch ein paar Steine hinterlassen.«

»Wie bitte? Ich dachte, er haßte mich.«

»Danach habe ich ihn gefragt. Er hat das bestätigt, aber er sagte auch, daß er Euch andererseits so lange gehaßt hat, daß es nun sei, als wärt ihr Blutsverwandte.« Garins Stimme zitterte leicht. »Das paßt zu dem alten Mann, wie?«

Rhodry war einen Augenblick zwischen Lachen und Weinen hin- und hergerissen; dann verschwand jede Freude.

»Mir kam gerade ein schlimmer Gedanke. Was ist aus Othos Mutter geworden?«

»Ah. Sie starb ein paar Tage, nachdem Ihr nach Haen Marn gegangen seid. Sie wird nie erfahren, wie ihr Sohn zu Tode gekommen ist.«

»Gut.«

Eine Weile standen sie da und spähten über das Parkland und den Fluß hinaus, die in der hellen Sonne lagen. Rhodry seufzte und deutete auf die eifrig beschäftigten Handwerker.

»Wie lange, glaubt Ihr, wird das dauern?«

»Sie sagen ein paar Tage.«

»Hmm. Nun, wenn sich Arzosah noch einmal dazu herabläßt, die Seile zu tragen, werden wir morgen weiterfliegen und uns diese Belagerung aus der Nähe ansehen. Ich frage mich, ob sich Cadmars Verbündete bereits irgendwo in der Nähe der Stadt gesammelt haben.«

»Es wäre sicherlich gut zu wissen, aber ich würde Euch nicht raten, allein loszufliegen.«

»Warum nicht? Wenn wir hoch genug über dem Lager bleiben, werden sie uns nicht anrühren können.«

»Wirklich?« Garin zog die buschigen Brauen hoch. »Wenn es hier um einen gewöhnlichen Kampf ginge, wäre ich ganz Eurer Meinung. Aber wir haben es hier mit Dweomer zu tun, mit Gestaltwandlern und mit Alshandra. Ich habe gesehen, wozu sie in der Lage ist. Woher sollen wir wissen, daß unsere Feinde nicht irgendwelche Magie wirken können, um den Wyrm aus der Luft zu holen? Und dann wärt Ihr dort allein, und kein Freund in der Nähe, der Euch helfen kann.«

Rhodry wollte widersprechen, aber Arzosah war schneller.

»Er hat recht, Drachenmeister. O bitte, ich weiß, daß ich dir gehorchen muß, aber bitte, laß uns nicht alleine hingehen. Denk daran, wie dieses elende Pferdevolk meinen Gefährten getötet hat. Man spielt nicht mit ihnen, Dweomer oder nicht.«

»Das mag ja sein, aber ...«

»Wir werden schon bald losmarschieren«, fuhr Garin fort. »Cengarns Mauern werden noch eine Weile länger halten, Junge.«

Rhodry zögerte und fragte sich, ob er irgendwie erklären sollte, wie ihm zumute war. Solange er etwas zu tun hatte, ob es nun Reisen oder Kämpfen war, konnte er Angmar vergessen, die Frau, die er begonnen hatte zu lieben, ebenso wie Haen Marn, den Ort, der mit dieser Liebe verbunden war.

»Was ist denn?« sagte Garin. »Ihr seht aus, als wärt Ihr krank.«

»Ach, es bedrückt mich einfach, hier oben in den Bergen zu sitzen und nicht einmal zu wissen, ob Cengarn noch steht.«

»Es steht noch, soviel kann ich Euch sagen. Einige unserer Frauen verfügen auch über ein wenig Dweomer.«

»Ja, das weiß ich.« Unwillkürlich legte Rhodry die Hand auf den Talisman, den er unter seinem Hemd trug. »Hat Othos Mutter mir nicht diesen Stein gegeben?«

»Nun, da habt Ihr Eure Antwort.«

»Aber was ist mit Cadmars Verbündeten? Sein wichtigster Verbündeter ist Gwerbret Drwmyc von Dun Trebyc, und ich habe nie einen Mann gesehen, der versessener auf Gerechtigkeit war. Er wird alles tun, was er kann, um die Verträge zu erfüllen. Einige Lords versuchen vielleicht, sich zu entziehen, aber nicht Drwmyc.«

»Das freut mich.« Garin grinste. »Nun, fünfhundert zwergische Axtkämpfer sind tausend Menschen wert, aber nach allem, was ich gehört habe, gibt es eine verfluchte Menge von diesem flohzerfressenen Pferdevolk rund um die Stadt.«

Rhodry lachte, aber er dachte intensiv nach und versuchte einzuschätzen, wieviel Männer Drwmyc im rauhen Grenzland des Königreichs wohl aufstellen konnte. Nicht genug – dessen war er sicher.

Noch in dieser Nacht sollte sich Garins Vorsicht als richtig erweisen. Rhodrys Kammer im alten Torhaus war klein, rund und vollkommen leer bis auf seine eigene Ausrüstung, aber er hatte einen großartigen Blick über das Parkland von Lin Serr. Er saß auf einem der breiten Fenstersimse und betrachtete den Mond über den entfernten Steilhängen, als er bemerkte, wie sich etwas im Gras bewegte. Ein gewöhnlicher Mensch hätte überhaupt nichts gesehen, aber Rhodry hatte die Nachtsicht vom Volk seines Vaters geerbt. Als er genauer hinschaute, konnte er ein paar seltsame Geschöpfe ausmachen, die durchs Gras trabten und direkt auf das Torhaus zukamen. Bronze schimmerte im Mondlicht. Er lächelte, zog sein Schwert und wartete.

Unten am Sockel des Turms versammelten sie sich: ein schlurfender Haufen mißgebildeter Krieger, gekleidet in Bronzerüstungen und mit Bronzemessern fuchtelnd. Im Mondlicht konnte er sie nicht deutlich genug sehen, aber er wußte aus vergangener Erfahrung, daß sie aus Menschen und Tierteilen zusammengesetzt waren. Sie spähten nach oben und zeigten mit Händen oder Pfoten hierhin und dorthin. Als sie Rhodry am Fenster entdeckten, begannen sie zu fluchen und zu schreien und führten einen wütenden kleinen Tanz auf.

»Dann kommt doch herauf«, rief er. »Kommt schon, wenn Ihr so mutig seid.«

Sie schrien und knirschten mit den Zähnen, heulten und fluchten, während sie vor der Tür auf und ab tänzelten. Plötzlich ließ sich Arzosah brüllend vom Turm fallen und flatterte auf sie zu. Mit einem letzten Aufschrei lösten sich die Gestalten in jene Welt auf, aus der sie gekommen waren. Der Drache flog eine Runde über dem Parkland, dann wendete er, kam zurück und ließ sich wieder auf dem Turmdach nieder. Rhodry beugte sich aus dem Fenster und rief: »Danke!«

»Keine Ursache, aber ich habe mir keine Sorgen um dich gemacht.« Ihr lautes Knurren drang zu ihm herab. »Ich konnte nur nicht schlafen bei dem Lärm.«

Rhodry sorgte sich zu Recht wegen der Situation in Cengarn. Am nächsten Morgen, etwa um die Zeit, als er Garin erzählte, wie Alshandras Geschöpfe ihn in der Nacht bedroht hatten, saß Jill am Fenster ihrer Kammer hoch oben in einem der Türme von Dun Cengarn. Von einem kleinen Regal mit etwa zwanzig Büchern – in jenen Tagen eine unglaubliche Anzahl – abgesehen, war es ein ganz gewöhnliches Zimmer, ein halbrunder Raum mit Steinmauern auf der gekrümmten und einer Wand aus Rohrgeflecht auf der geraden Seite, möbliert mit einem schmalen Bett, einer Truhe, einem Kohlenbecken, einem Tisch und einem Stuhl – vollkommen gewöhnlich, wenn man davon absah, daß es vor Wildvolk nur so wimmelte. Feen und Sylphen flatterten durch die Luft, einige sichtbar, andere nur kristallines Schimmern. Gnome hatten sich in dem Fleck von Sonnenlicht auf dem offenen Fenster zusammengerollt wie Katzen im Stroh oder saßen auf Jills Bett und amüsierten sich damit, an den ausgefransten Kanten der Decken herumzuzupfen.

Ein paar graue Gnome saßen auf dem Schoß des Gastes, der den einzigen Stuhl einnahm, doch Jills Gast war ebenfalls alles andere als gewöhnlich. Dallandra gehörte nicht nur zu jenem Volk, das die Menschen als Westvolk oder als Elfen bezeichnen, sie war auch die einzige Dweomermeisterin in Deverry, deren Macht der von Jill gleichkam. Mit ihrem aschblonden Haar und den stahlgrauen Augen war sie außerdem eine schöne Frau, wenn man sich nicht an ihren Augen, die vertikale Katzenpupillen hatten, und an ihren langen, gerollten Ohren störte. Um der Vertraulichkeit willen unterhielten sie sich in der Elfensprache, die sonst niemand in der Festung verstand.

»Was fangen wir mit Meer an?« fragte Dallandra gerade. »Ich kann ihn einfach nicht davon überzeugen, daß ich keine Göttin bin. Er wirft sich jedesmal zu Boden, wenn ich auch nur in seine Nähe komme, und irgendwann wird er sich dabei noch weh tun. Ich meine, immerhin ist er blind.«

»Sag ihm, daß die Götter ihn so sehr begünstigen, daß er in deiner Gegenwart nur knien muß.«

»Jill, das hier ist wirklich nicht die Zeit für Scherze!«

»Das war kein Scherz. Ich glaube nicht, daß du ihn von deiner Nichtgöttlichkeit überzeugen kannst. Also kannst du deinen angeblichen Status ebensogut nützlich anwenden.«

Dallandra runzelte die Stirn, dann lachte sie. »Mag sein. Außerdem weiß ich, was ihn auf diese Idee gebracht hat, und ich muß zugeben, es war ziemlich spektakulär. Als Rhodry unseren Barden gefangengenommen hatte und der und der junge Jahdo in diesem schrecklichen Verließ hier in der Festung saßen, haben sie mir so leid getan, und Evandar wollte natürlich keinen Finger für sie rühren. Also bin ich in ihrer Zelle erschienen und habe ihnen erzählt, daß es bald besser würde.«

Diesmal war es an Jill zu lachen. »Genau wie eine Göttin in den alten Gedichten, die Gefangene tröstet. Dalla, du bist selber schuld.«

»Sieht so aus. Aber immerhin hat Jahdo seine Ansicht geändert. Nachdem er sich erst einmal mit mir unterhalten hatte, wußte er, daß ich keine Göttin bin.«

»Jahdo hat für ein Kind ziemlich viel gesunden Menschenverstand, aber Meer sieht überall Götter. So ist es bei seinem Volk. Und genau das hat Alshandra ausgenutzt.«

»Ebenso wie Evandar. Er hat sich ganz bewußt als Gott ausgegeben. Ich meine, er war derjenige, der in Meers Heimatstadt erschien und den Barden auf seine Suche schickte.«

»Wie?« Jill war verblüfft. »Das wußte ich nicht.«

»Er hat es mir damals erzählt, aber ich hatte keine Ahnung, was er vorhatte. Er spricht gern in Rätseln. Aber inzwischen habe ich herausgefunden, was er meinte. Evandar ist direkt in einem Tempel erschienen und hat der Priesterin ganz unverschämt gesagt, sie solle Meer auf die Suche schicken. Er war derjenige, der Meer und Jahdo nach Deverry geführt hat und sie einen Weg nehmen ließ, der sie direkt zu Rhodry und seinen Männern brachte. Evandar hat irgend etwas vor, Jill. Ich weiß nicht, was es ist, aber er hat irgendeine schrecklich komplizierte Strategie im Kopf, um ein geheimnisvolles Ziel zu erreichen. Und ihm ist vollkommen gleichgültig, was er wem dabei antut, solange er bekommt, was er will.«

»Und du liebst diesen Mann?«

Dallandra stand auf und begann auf und ab zu gehen. Die verscheuchten Gnome setzten sich auf den Boden und schmollten.

»Ja«, sagte sie schließlich. »Ich weiß, es ist verrückt, aber so ist es. Im Herzen ist er warmherzig, aber er hat keine Ahnung von den Folgen seines Tuns. Wie könnte er auch, Jill? Er hat sich nie inkarniert. Er weiß nichts von Leiden, von Enttäuschung, von Krankheit – nichts davon hat irgendein Gewicht für ihn.«

»Nicht mehr als für Alshandra.«

»Genau.«

Jill schauderte und drehte sich auf dem schmalen Sims, um noch mehr von der Nachmittagssonne abzubekommen. Von dort aus konnte sie über die Festung hinweg bis zur weit entfernten Ostmauer der Stadt schauen. Dahinter war gerade noch das Schimmern weißer Zelte und roter Banner auf einem kleinen Hügel zu erkennen, wo sich offenbar die Anführer des Pferdevolkes niedergelassen hatten. Jill fragte sich, ob sie ihre falsche Göttin irgendwo dort anbeteten, und ob Alshandra sich soviel Eisen überhaupt nähern konnte.

»Dalla, ich habe eine Frage an dich! Wie ist es möglich, daß Evandar so mühelos kommen und gehen kann? Er spaziert in diese Städte hinein, und Rhodry berichtete, daß Evandar direkt neben ihm ritt, obwohl er – Rhodry, meine ich – in voller Rüstung war. Aber Alshandra kann die Berührung von Eisen nicht ertragen, und auch keiner von ihren Leuten kann es.«

»Evandars Männer ebensowenig. Ihre Waffen und Rüstungen bestehen alle aus Silber. Ich habe nicht die geringste Ahnung, Jill, nicht die geringste. Er hat auch vor mir Geheimnisse, wenn ihm nicht danach ist, sie mir zu verraten.«

Auf ein Klopfen an der Tür hin setzte Jill die Füße wieder auf den Zimmerboden.

»Wer ist da?« fragte sie auf deverrianisch.

»Yraen, Herrin«, antwortete eine Stimme. »Die Frau des Gwerbret hat mich geschickt. Ich soll fragen, ob Ihr Euch um die Prinzessin kümmern könnt.«

Jill fluchte leise, dann hob sie die Stimme wieder.

»Kommt herein, ja?«

Mit einer untertänigen Verbeugung kam Yraen herein und schloß die Tür hinter sich. Größer als sechs Fuß und in den besten Kriegerjahren, war Yraen auf seine Art ein gutaussehender Mann, obwohl er kalt und grimmig genug wirkte, um die meisten Frauen abzuschrecken. Seine eisblauen Augen glitzerten von unterdrücktem Zorn, und ein dicker blonder Schnurrbart verbarg den größten Teil seines Mundes. An seinem Gürtel glitzerte der Griff eines Silberdolches so kalt wie seine Augen.

»Was ist denn?« fragte Jill.

»Carra macht sich wieder Sorgen um ihren Gemahl, den Prinzen. Wir waren alle in der großen Halle, als sie anfing, um ihn zu weinen. Also hat die Frau des Gwerbret sie zurück in die Frauenhalle gebracht und mich geschickt, um Euch zu holen. Wir fragen uns, ob Ihr vielleicht, äh, Ihr wißt schon, Neuigkeiten habt.«

Er bezog sich damit auf das Zweite Gesicht, weigerte sich aber, das offen auszusprechen.

»Ich hatte heute noch keine Gelegenheit, mich darum zu kümmern«, sagte Jill. »Ihr Götter! Sie ist weinend aus der großen Halle gerannt? Sie muß lernen, sich besser zu beherrschen. Wir müssen an die Moral der Leute denken.«

»Jill, bitte!« Dallandra sprach in elfisch. »Manchmal bist du so kalt wie Evandar, wirklich.« Sie wechselte ins Deverrianische. »Yraen, Jill ist müde. Sie hat wichtigere Dinge zu tun, als sich um die Ausbrüche von Carra zu kümmern. Ich werde in die Frauenhalle gehen und nach ihr schauen.«

»Danke, Herrin.« Er verbeugte sich.

Nachdem Dallandra gegangen war, blieb Yraen noch einen Augenblick. Er war zwar Prinzessin Carramaenas persönlicher Leibwächter, aber es war ihm – ebenso wie jedem anderen Mann – verboten, die Frauenhalle zu betreten, solange der Gatte der Prinzessin dort nicht anwesend war. Leider waren der Prinz und sein Kriegshaufen zu Beginn der Belagerung außerhalb der Festung gewesen, was ihm keine andere Möglichkeit ließ, als ins Westland und zu ihrem Volk zurückzukehren, wo sie Krieger für eine Armee sammelten, die Cengarn befreien sollte. Jill hatte sie zum letzten Mal vor ein paar Tagen mittels des Zweiten Gesichts ausgespäht, wie sie wohlbehalten weiter nach Süden zogen.

»Nehmt es mir nicht übel, Herrin«, sagte Yraen, »aber Ihr habt nicht zufällig Neuigkeiten von Rhodry?«

»Nein. Ebensowenig, wie ich einen von Cadmars Verbündeten gesehen habe. Ihr Götter, Mann! Ich würde es Euch doch sofort erzählen.«

»Ich weiß. Es tut mir leid. Es ist diese verdammte Belagerung. Ihr habt recht, was die Moral angeht. Dieses Warten ist für uns alle schwer zu ertragen, besonders für uns Kämpfer.«

»Ich weiß«, sagte Jill ein wenig freundlicher. »Ich bin auch nicht sonderlich begeistert davon. Aber wir können keinen Ausfall unternehmen, nicht, solange unsere Feinde in der Überzahl sind, und daher sitzen wir hier fest.«

»Das ist wahr.«

Er nickte, sah sich vage um, schien etwas sagen zu wollen, verschluckte es wieder, sah sich wieder um.

»Yraen, was ist los?«

»Nichts.« Er zwang sich zu einem Lächeln. »Wenn man von unserer Situation einmal absieht.«

»Ihr seht aus, als wolltet Ihr mich etwas fragen.«

»Es tut mir leid, und die andere Zauberin hat immerhin schon gesagt, Ihr wäret müde. Ich bitte um Verzeihung.«

Unter zahlreichen Verbeugungen ging er rückwärts aus dem Zimmer, dann schloß er die Tür so fest, daß das Korbgeflecht erbebte. Die Gnome begannen ihn zu verspotten, reihten sich hintereinander auf, verbeugten sich und gingen rückwärts, bis einer schließlich den anderen stieß und ein kleines Handgemenge begann.

»Hört auf!« Jill verbannte sie mit einer Geste. »Ihr Götter, was in den Höllen könnte mit Yraen los sein?«

Jill fand die Antwort später am Tag, als sie in die große Halle hinunterging, um sich ihre knappe Brotration zu holen. Dun Cengarns große Halle nahm das gesamte Erdgeschoß des Hauptbrochs des Komplexes ein. Auf einer Seite, zur Hintertür hin, standen genug Tische für einen Kriegshaufen von gut über hundert Mann; an der Feuerstelle nahe dem Ehrentisch selbst gab es fünf weitere für Gäste und Würdenträger. Die Wände und die gewaltigen Feuerstellen waren aus hellbraunem Stein gemauert, gestreift und gefleckt vom Rauch zahlloser Fackeln und Kaminfeuer. Rings um die Fenster waren Paneele mit komplizierter Steinmetzarbeit angebracht, dazwischen Rondelle mit Spiralen und Phantasietieren. Die Ehrenfeuerstelle selbst war das größte Wunder, umgeben von einem ganzen Steindrachen, dessen Kopf auf den Tatzen auf einer Seite ruhte, der geflügelte Rücken bildete das Sims, und der lange Schwanz zog sich über die andere Seite.

Im Augenblick war die Ehrenseite der Halle leer bis auf eine Dienerin, die die Tische abwischte, aber auf der anderen Seite drängten sich Reiter um offene Bierfässer, während die Helfer des Kämmerers die Rationen ausgaben. Jill konnte ihre Aura dicht um sich wickeln wie einen Umhang, und wenn sie sich leise bewegte und sich in der schattigen Hälfte des Raums hielt, bemerkte sie kaum jemand. Vor allem nicht Yraen: Er stand nahe der hinteren Tür und bewachte die Wendeltreppe, die zu den oberen Stockwerken des Hauptbroch führte.

Als Jill ihr Brot zurücktrug, bemerkte sie, wie Yraen plötzlich lächelte und unwillkürlich ein paar Schritte auf die Treppe zuging. Prinzessin Carramaena kam herunter, in einem dunkelblauen Kleid mit einer einfachen Goldstoffschärpe, da beim Westvolk nicht jeder Clan sein Karo hatte wie die Menschenclans in Deverry. Sie trug die Schärpe hoch unter der Brust, denn sie war schwanger. Sie war ein hübsches junges Mädchen, diese Carra, knapp siebzehn Jahre alt, mit blondem Haar und rosigen Wangen, großen blauen Augen und einem Lächeln, das selbst Jill bezaubernd fand. Sie sah sich um, lächelte in die große Halle hinab und wartete auf ihren Hund, ein großes, wolfartiges Geschöpf, das sie Blitz nannte. Yraen, noch von ihr unbemerkt, beobachtete jede Geste, den Mund beinahe traurig verzogen.

Pferdedreck! dachte Jill. Der kleine Bastard ist in sie verliebt.

Das Brot in der Hand, ging Jill durch eine andere Tür hinaus und eilte über den Hof zur Treppe, die zu ihrem Turmzimmer führte. Sie dachte zwar daran, den Gwerbret zu bitten, Carra einen neuen Leibwächter zu geben, aber das wäre nicht möglich, ohne ihm den Grund zu nennen, und sie wollte Yraen nicht beschämen. Außerdem bestand kein Zweifel an der Wahrheit, daß ein Leibwächter, der seine Schutzbefohlene so hoffnungslos liebte, sein Leben geben würde, um ihres zu retten, falls das je notwendig sein sollte.

Dennoch, die Situation könnte gefährlich werden, da die beiden jungen Leute hier in der Festung eingeschlossen waren, und Carras Mann war weit weg. Selbst wenn die Belagerung ein Ende nahm und beide Männer den Kampf überlebten, würde Yraen dem Ehemann der Frau, die er liebte, gegenüberstehen müssen. Prinz Daralanteriel war kein Mann, mit dem man sich Scherze erlauben könnte. Zweifellos würde er nichts Falsches darin sehen, die Ehre seiner Frau zu schützen, indem er den Söldner zum Kampf forderte, der es gewagt hatte, die Augen zu seiner Frau zu erheben. Jill hatte keine Möglichkeit, etwas zu unternehmen. Yraen ließ sich schon so von niemandem Ratschläge geben, und jetzt würde er doppelt störrisch sein, nicht nur wegen dem, was er jetzt war, sondern wegen seiner Identität in einem früheren Leben – er war einmal Carras Mann gewesen, vor Hunderten von Jahren. Sie wiederzusehen mußte bewirkt haben, daß all die vergrabenen Erinnerungen in seiner Seele wieder lebendig geworden waren. Was Carra von ihm dachte, wußte Jill nicht, aber sie nahm sich vor, es herauszufinden. Die junge Frau zumindest war zugänglich. Yraen hatte ihr damals nichts als Schmerz gebracht, dachte sie, und wenn es auf diese Weise weitergeht, wird es auch jetzt nicht anders sein. Carra liebte ihren Mann von ganzem Herzen, aber wer wußte im Augenblick schon, ob sie ihren Elfenprinzen jemals wiedersehen würde?

Carra hatte sich kaum an dem Tisch niedergelassen, der für die Frauen der Festung reserviert war, als Yraen erschien, um seinen üblichen Platz am Boden einzunehmen, direkt rechts hinter ihr. Blitz wedelte mit dem Schwanz, als grüßte er seinesgleichen.

»Yraen, ich wünschte, Ihr würdet einen Stuhl nehmen«, sagte Carra. »Es bedrückt mich, Euch immer auf dem Boden sitzen zu sehen.«

»Das ist schon in Ordnung.« Er verzog die Lippen zu dem Ausdruck, der ihm als Lächeln diente. »Außerdem würde jeder, der versucht, Euch anzugreifen, dabei über mich stolpern.«

»Was für ein Unsinn! Hier wird mich niemand angreifen.«

»Wir haben bereits einen Verräter in der Festung, oder? Wer weiß, ob es nicht noch mehr gibt?«

»Nun ja, ich fürchte, da habt Ihr recht.«

Einen Augenblick später kam die Frau des Gwerbret, Lady Labanna, eine rundliche Frau, die ihr graues Haar ordentlich mit einem bestickten Tuch zurückgebunden hatte, zusammen mit ihren Hofdamen herüber.

»Carra, meine Liebe, ich wünschte, Ihr würdet auf den Rest von uns warten. Es gehört sich nicht für Euch, allein in die große Halle herunterzugehen.«

»Aber ich war nicht wirklich alleine. Ich habe Blitz, und Yraen ist auch immer da.«

Labanna bedachte sowohl den Hund als auch den Silberdolch mit einem säuerlichen Lächeln, dann setzte sie sich auf ihren Platz am Kopf des Tischs. Auf ihr Zeichen brachte eine Dienerin Brot und mit Wasser gemischten Wein.

Langsam füllte sich die Halle für die Abendmahlzeit – Reiter und Diener an ihrer Feuerstelle, der Gwerbret und seine adligen Amtsträger an der ihren. Cadmar selbst kam spät und blieb auf ein Wort am Tisch seiner Frau stehen, bevor er zu seinem eigenen Tisch ging. Der Gwerbret zog zwar sein verkrüppeltes rechtes Bein nach, aber er war dennoch ein beeindruckender Mann: über sechs Fuß groß, breit in den Schultern und mit großen Händen. An diesem Abend fuhr er sich wiederholt mit der Hand durch sein schiefergraues Haar, während er sich leise mit seiner Frau unterhielt. Carra konnte Einzelheiten ihres Gesprächs über den allgemeinen Lärm hinweg verstehen – die üblichen Sorgen, wann die Verbündeten endlich eintreffen würden, um sie zu befreien. Und selbst wenn das der Fall war, gab es noch lange keine Garantie, daß der Kampf zu ihren Gunsten ausginge.

»Wir müssen einfach abwarten«, schloß Cadmar und wandte sich ab. »Das ist alles, was wir tun können.«

Labanna sah ihm mit einem gehetzten Blick nach.

»Es tut mir so leid«, rief Carra. »Ich bin das alles nicht wert!«

Yraen kam knurrend auf die Knie hoch.

»Still, Kind!« flüsterte Labanna. »Niemand gibt Euch die Schuld.«

»Ich gebe mir selbst die Schuld. Ihr werdet nur um meinetwillen belagert.«

»Still, still, das stimmt nicht.« Labanna beugte sich mit einem müden Lächeln vor und drückte Carras Hand. »Wir würden nicht belagert, wenn keine Verträge zwischen meinem Herrn und Eurem bestünden. Das ist eine ganz andere Angelegenheit.«

»Das nehme ich an, ich habe nur ...«

»Es ist ehrenhaft von Euch, mein Kind, Euch unsertwegen Sorgen zu machen. Aber Ihr dürft nicht vergessen, daß es dieser Tage Eure Stellung ist, die zählt, nicht Ihr selbst. Ihr seid nicht mehr irgendein Mädchen ohne Mitgift. Mir ist klar, daß es Euch schwerfällt, Euch daran zu gewöhnen, aber ...«

»Das ist es wirklich.« Carra spürte, wie ihr Mund zu zittern begann, und versuchte damit aufzuhören. »Wenn das Kind nicht wäre, würde ich mich einfach ausliefern, und Ihr wärt alle in Sicherheit.«

»Still!« Labanna legte ihr warnend die Hand auf den Arm. »Ihr dürft Euch nie gestatten, so etwas auch nur zu denken.« Sie warf Yraen einen Blick zu. »Paßt von jetzt an gut auf Eure Herrin auf.«

»Das will ich, Euer Gnaden. Ihr braucht Euch keine Sorgen zu machen.«

Zufrieden lehnte Labanna sich zurück und wandte das Gespräch anderen Dingen zu, während die Mahlzeit serviert wurde. Obwohl es in der Festung von Cengarn normalerweise großzügig zuging, hatte der Kämmerer seit der Belagerung begonnen, jedes winzige bißchen Essen zu rationieren. Als die dünnen Fleischscheiben serviert wurden, waren sie so heftig gepfeffert und mit Zimt aus Bardek gewürzt, um über den verdorbenen Geruch hinwegzutäuschen, daß Carra ihr Fleisch nicht essen konnte. Ohne nachzudenken warf sie es Blitz zu, dann fiel ihr auf, daß Yraen überhaupt nichts bekommen hatte. Was sollte sie tun – sich entschuldigen und ihn auf ihre Eigensüchtigkeit noch aufmerksam machen oder nicht darüber reden und ihn denken lassen, daß es ihr nicht einmal aufgefallen war? Sie konnte sich nicht entscheiden und spürte, wie ihr wieder Tränen in die Augen traten. Ich kann keine Prinzessin sein, dachte sie. Ich weiß einfach nicht, wie das geht. Plötzlich fiel ihr auf, daß die anderen Frauen sie besorgt ansahen. Sie hätte beinahe geweint.

»Ich fühle mich nicht gut.« Carra stand auf und machte eine Geste zu dem Hund hin. »Ich kann einfach diesen Lärm nicht ertragen.«

Yraen sprang auf und packte sie am Ellbogen, im selben Augenblick, als sich der Raum um sie zu drehen begann. Sie fiel zwar in seine Arme, wurde aber sofort wieder wach und stellte fest, daß sich immer noch alles drehte. Sie konnte besorgte Stimmen um sich herum hören, aber zunächst hatten die Worte keine Bedeutung. Yraen hob sie hoch wie einen Mehlsack und legte ihren Kopf an seine Schulter. Seine Kraft, seine Sorge, seine einfache menschliche Berührung stiegen ihr zu Kopf wie eine weitere Ohnmacht. Sie schlang die Arme um seinen Hals, um sich festzuhalten.

»Bringt sie in ihre Kammer, Yraen«, Labannas Stimme schien von weit her zu kommen. »Ich werde Euch nach oben folgen. Page! Wo sind diese elenden Pagen? Wir brauchen Jill hier.«

Blitz rannte voraus, und Yraen trug Carra nach oben, zuerst am Treppenabsatz der Frauenhalle vorbei und dann eine weitere Runde der Wendeltreppe hinauf, zu der Kammer, die sie einmal mit ihrem Mann geteilt hatte. Zum Glück hatte sie die Tür nicht verriegelt, und so konnte er sie auftreten und Carra hineintragen. Er legte sie aufs Bett, dann ging er zum Fenster, um die Läden zu öffnen, damit frische Luft und Licht hereinkamen. Eine angenehme Brise wehte. Carra rang mit ihrer Schärpe, die mit einer kleinen Brosche befestigt war. Als sie versuchte, sie zu lösen, stach sie sich in den Finger.

»Wartet«, Yraen setzte sich neben sie. »Laßt mich es versuchen.«

Seine breiten Finger, ganz schwielig und kampfgehärtet, waren ungeschickter als ihre eigenen, aber endlich bekam er die Brosche frei und band die Schärpe auf. Carra saugte an der blutenden Fingerspitze und sah zu, wie er versuchte, das Tuch zu falten.

»Werft es einfach über den Stuhl«, sagte sie schließlich.

»Also gut.«

Einen Moment saß er neben ihr, das Goldtuch in den Händen, und schaute zum Fenster hinaus in den Himmel. Durch die offene Tür hörte sie Stimmen und Schritte auf der Treppe. Sie hätte sich gern bei Yraen entschuldigt, aber wenn sie das tat, würde das Gespräch unvermeidlich die schmerzliche Wahrheit ans Licht bringen, daß er sie liebte. Dann war der Augenblick vorbei. Er stand auf und ging quer durchs Zimmer, und im selben Augenblick erschien Jill in der Tür, dicht gefolgt von Labanna. Die Dweomermeisterin hatte einen Sack dabei, der nach Kräutern roch.

»Es tut mir leid«, sagte Carra. »Ich weiß, daß ich wieder einmal schwach war.«

»Still«, sagte Labanna. »Es ist alles in Ordnung.«

Jill sagte kein Wort, sondern legte nur die Hand auf Carras Stirn.

»Nun, Ihr seid verschwitzt und friert offensichtlich. Labanna sagt, das Fleisch hätte Euch angeekelt.«

»Es war all der Pfeffer. Es tut mir leid.«

»Hört auf, Euch zu entschuldigen.« Jill dachte einen Augenblick lang nach. »Aber im Augenblick geht es Euch wieder besser. Diese Übelkeitsanfälle sollten vorübergehen.«

»Es war auch der Lärm, und all die vielen Menschen. Wirklich, es geht mir bald wieder gut.« Carra konnte sich so eben noch eine weitere Entschuldigung verbeißen. »Ich kam mir nur so seltsam vor.«

»Seltsam?« Jill erstarrte. »Wie? War Euch übel?«

»Das auch, aber es war einfach nur seltsam. Ich konnte nicht richtig denken.«

»Carra, das hier könnte sehr wichtig sein. Versucht, Euch zu erinnern. Ihr sagt, Ihr hättet nicht denken können. Könnt Ihr Euch erinnern, warum?«

»Nun ...« Ihre Beschämung darüber, den Hund dem Mann, der sie liebte, vorgezogen zu haben, kehrte zurück. »Irgendwie schon. Ich versuchte, eine Entscheidung zu treffen, und es ging nicht, und ich kam mir so wertlos vor, und ganz plötzlich konnte ich überhaupt nichts mehr richtig machen.«

»Hattet Ihr je das Gefühl, daß – nun, das wird sich alles sehr merkwürdig für Euch anhören – aber hattet Ihr je das Gefühl, daß jemand sich in Eure Gedanken mischt?«

»Wie bitte? Nein, wirklich nicht.« Plötzlich wurde ihr klar, was Jill anscheinend meinte. »Ihr meint, jemand wie ein anderer Zauberer?«

»Genau.«

»Nein, aber Ihr Götter! Glaubt Ihr, so etwas könnte geschehen?«

»Es ist relativ unwahrscheinlich. Ich wollte nur sicher sein.« Jill ging hinüber zum Fenster und sah hinaus, als betrachtete sie die Aussicht. »Ihr solltet Euch lieber ausruhen, Carra. Yraen, Ihr bewacht die Tür. Ich werde Euch etwas zu essen bringen lassen.«

»Jill?« fragte Labanna. »Wäre es nicht besser, wenn sie in der Frauenhalle wäre?«

»Sobald Ihr alle dort seid, ja. Aber im Augenblick möchte ich, daß sie in einem Raum ist, den Yraen betreten kann, wenn es notwendig wird.« Jill hielt nachdenklich inne. »Herrin, und auch Ihr, Silberdolch, könntet Ihr uns einen Augenblick allein lassen? Schließt einfach nur die Tür, bitte.«

Nachdem alle gegangen waren und das Zimmer wieder ruhig war, fühlte sich Carra gut genug, sich aufrecht hinzusetzen und die Kissen hinter ihren Rücken zu ziehen. Jill setzte sich auf den Stuhl.

»Carra, was haltet Ihr von Yraen?«

Carra biß sich auf die Lippe und wandte sich ab.

»Ihr seid doch nicht in ihn verliebt, oder?«

»Wie bitte? Selbstverständlich nicht. Oh! Ihr wißt, wie er empfindet.«

»Ja, und das beunruhigt mich. Ich möchte Euch warnen – Prinz Daralanteriel ist ein stolzer und eifersüchtiger Mann.«

»Das weiß ich.« Carra zwang sich, Jill wieder anzusehen. »Und Ihr braucht Euch wirklich keine Gedanken zu machen. Ich liebe Yraen nicht. Wirklich nicht.«

Jill zog fragend die Brauen hoch.

»Und außerdem«, fuhr Carra fort, »fühle ich mich die ganze Zeit so schrecklich, mit dem Baby und so. Gut, wir sind den ganzen Tag unter all diesen Leuten hier, und ich schlafe nachts in der Frauenhalle. Ich meine, selbst wenn ich ihn liebte und selbst wenn ich die Art Frau wäre, die ihren Mann betrügt – wohin sollten wir gehen?«

Jill lachte.

»Ihr habt wirklich einen guten gesunden Menschenverstand«, meinte die Dweomermeisterin. »Das darf ich nicht vergessen und Ihr ebenfalls nicht. So, und nun ruht Ihr Euch aus, bis die anderen Frauen wieder nach oben kommen, und dann geht Ihr in die Frauenhalle. Inzwischen schicke ich Yraen herein. Wenn er sagt, daß er irgendeine Gefahr spürt, hört auf ihn. Ich habe ihn vor allem deshalb zu Eurem Leibwächter gemacht, weil er einige Erfahrung mit der seltsamen Art von Magie hat, der wir hier gegenüberstehen.«

»Ja.«

»Gut. Aber irgend etwas stimmt immer noch nicht. Das sehe ich Euch an. Heraus damit.«

»Ich komme mir so grausam vor, weil ich weiß, daß er mich liebt. Er weiß, daß ich diese Liebe niemals erwidern werde. Und er muß auf dem Boden sitzen, wenn wir essen, und überallhin mit mir gehen und vor der Tür der Frauenhalle auf dem Boden schlafen. Es ist schrecklich.«

»Grausam? Nun, so hatte ich das noch gar nicht betrachtet. Ich nehme an, es ist schmerzlich für ihn. Also gut. Ich werde darüber nachdenken.«

Nachdem Jill Carra verlassen hatte, gab sie ihren Sack mit Kräutern einem Pagen, der ihn in die Kammer zurückbringen sollte, und ging dann aufs Dach hinauf. Obwohl sie die Dweomersiegel gerade erst am Mittag erneuert hatte, wollte sie sie überprüfen, für den Fall, daß sie gebrochen waren und einem Feind gestattet hatten, Carras Geist anzugreifen. Sie stand mitten auf dem Dach, wandte sich nach Osten und begab sich im Geist auf die ätherische Ebene.

Rund um sie schimmerte die goldene Kuppel ungebrochen, und alle Siegel der Elementarkönige waren intakt. Jill drehte sich langsam um, betrachtete jedes Siegel und jeden Teil der Kuppel forschend, aber sie konnte nicht das geringste Anzeichen erkennen, daß jemand versucht hatte einzudringen. Dennoch berührte sie die Gefahr wie Eis, ein Schauder von Dweomerwarnung. Sie setzte sich im Schneidersitz auf den Boden, weil sie in einer stabilen Haltung sein mußte, falls sie sich in Trance versetzen mußte, dann betrachtete sie den Himmel hinter der Kuppel. Für ihre ätherische Sichtweise war er nun silbrig und lebendig, wirbelnd von Energie und den hin- und herschießenden Gestalten des Wildvolks. Die langgezogenen Strahlen der untergehenden Sonne schienen so fest wie Silberbalken.

In der Mitte all dieser Wirrnis war es schwierig, etwas zu erkennen, aber Jill spürte die Warnung intensiver werden, wenn sie nach Osten schaute. Sie wartete, bis sie ganz plötzlich sah, wie sich weißer Nebel am Himmel bildete. Sie kehrte kurz auf die physische Ebene zurück, fand dort keine Spur des Nebels und begab sich wieder auf die ätherische, gerade noch rechtzeitig, um zu sehen, daß die opalisierende Masse aus einer anderen Ebene eindrang, als benutzte ein unsichtbarer Schmied einen Blasebalg, um Rauch durch einen Riß in der Wand des Himmels zu blasen. Jill erhob sich auf die Knie. Lichtdurchströmt und perlig sank der Nebel in einer einzigen Wolke auf die goldene Kuppel nieder.

Plötzlich zerriß die Wolke, wie ein Ei in der Hand der Köchin bricht. Heraus kam die Gestalt einer riesenhaften Frau, die sich so sicher bewegte, als stünde sie auf festem Boden. Sie war gekleidet wie eine elfische Jägerin, in enge Hirschlederhosen und ein gegürtetes Hemd, hatte einen Köcher mit Pfeilen an der Hüfte und einen Bogen in der Hand. Ihr honigblondes Haar hing ihr bis auf die Taille. Sie hatte es aus der Stirn zurückgekämmt, wie es beim Pferdevolk Sitte war, und mit kleinen Schnüren und Talismanen durchflochten. Jill war sicher, daß sie Alshandra vor sich hatte. Wie Evandar und die meisten ihres Volkes, erschien sie am liebsten in elfischer Gestalt. Auf der ätherischen Ebene schimmerte sie in einer Aureole silbernen Lichts.

Jill zwang sich, ruhig zu atmen, um Macht aus dem Licht zu sammeln und sich zu konzentrieren, während Alshandra über die Kuppel hinwegschwebte und das Siegel dort betrachtete. Jill erwartete, daß ein solch machtvolles Wesen das Siegel problemlos beiseite schieben konnte, und sie wußte, daß sie nur einen winzigen Augenblick haben würde, es vor einem Angriff wieder zu schließen, aber Alshandra warf nur die honigblonde Mähne zurück und bewegte sich weiter. Sie schwebte entgegen der Sonnenrichtung rund um die Kuppel, bewegte sich langsam und entschlossen und blieb hier und da stehen, um eines der geringeren Siegel eines Quadranten zu betrachten.

Ebenfalls langsam und bedächtig stand Jill auf und folgte der Bewegung der Wächterin – wie die Elfen Alshandra und Evandars Volk nannten –, während diese Cengarns magische Verteidigungsanlagen inspizierte. Jill war nicht sicher, ob Alshandra sie auch nur sah, bis die Wächterin direkt in ihre Richtung schaute und höhnisch den Mund verzog, bevor sie sich abwandte und weiterschwebte.

Also gut, dachte Jill. Das gibt mir eine Möglichkeit, mich zu bewaffnen.

Langsam und lässig, mit bedächtigen Blicken zur Seite, als interessierte sie sich bestenfalls für das Wetter, ging Jill hinüber zu einem der Pfeilbündel, die alle gute Stahlspitzen hatten, und bückte sich, um eins aufzuheben. Die Schnur rund um die Ölhaut hatte das Öl aufgesaugt. Leise fluchend zog Jill ihren Silberdolch und schnitt die Schnur durch, aber das Aufblitzen magischen Metalls hatte Alshandras Aufmerksamkeit erregt. Mit einem wütenden Schrei fuhr die Wächterin herum, raste über die Kuppel hinweg und glitt wieder nach unten, um Jill direkt gegenüberzustehen. Jill riß das Pfeilbündel nach oben, steckte es wie eine zweiarmige Fackel direkt durch die Kuppel hindurch – die selbstverständlich unversehrt blieb.

Mit einem weiteren Aufschrei – diesmal ein Schmerzensschrei – wich Alshandra zurück, aber sie bremste ihren uneleganten Sturz in etwa zwanzig Fuß Entfernung. Die Berührung von Eisen und dessen Magnetismus funktionierte nur auf nächste Nähe. Einen Moment standen sie sich gegenüber, Jill auf ihrer Seite der Kuppel, Alshandra auf der anderen. Alshandra grinste höhnisch, dann drehte sie sich weg und entschwebte über den Himmel. Nebel bildete sich wieder um sie, zunächst nur ein paar Schwaden, dann eine riesige Wolke hier, eine dort, bis die eiförmige Masse riesig am Himmel hing. Ein paar Herzschläge lang schwebte sie, dann sank sie zur Erde, in Richtung der Zelte auf dem Hügelkamm mit den roten Bannern. Während sie sich weiterbewegte, veränderte sie sich und wurde fest und beständig und glitzerte vom Silber echter Wassertröpfchen.

Jill kehrte mit ihrer Sicht auf die physische Ebene zurück. Tatsächlich hing dort ein Nebel, und jeder auf der Stadtmauer und dem Pferdevolklager im Osten hatte ihn ebenfalls gesehen. In Cengarn wurde Alarm gegeben – Männer riefen, Tempelglocken erklangen, silberne Hörner trompeteten. Bewaffnete Männer kamen aus der Festung und eilten zu den Mauern. Das Pferdevolk begann zu jubeln, oder zumindest gaben sie Laute von sich, die ihre Version von Jubel waren. Halb zwischen einem Heulen und einem Bellen, könnte dieser Laut am besten als »Hai! Hai!« wiedergegeben werden, was sie eine ganze Weile lang wiederholten. Mehr und mehr von ihnen griffen den Ruf auf, und einige zogen Dolche und hoben sie zum Gruß. In der belagernden Armee begann eine gewaltige Bewegung, als die Soldaten unter Geschrei auf den Nebel zurannten.

Aus dem Nebel heraus, etwa vierzig Fuß über dem Boden, erschien Alshandra, in der Luft schwebend, die Arme segnend erhoben. Wer immer im Lager sie sehen konnte, begann zu jubeln und mit den Füßen zu stampfen. Die Krieger auf der anderen Seite der Stadt stöhnten, als wüßten sie, welche Vision ihnen entging, aber ihre Disziplin hielt, und sie blieben auf ihren Posten. Alshandra rief drei Worte in der Sprache des Pferdevolks, dann verschwand sie so plötzlich, wie sie gekommen war. Die Soldaten stöhnten und schwankten und hielten die Hände weit erhoben in Imitation ihrer Geste.

Beinahe vergessen, dehnte der Nebel sich weiter aus und trieb über den Hügelkamm im Osten. Er schwebte hierhin und dahin, berührte die Zelte und wich dann zurück, bis er schließlich auf einer langen, ebenen Fläche liegenblieb. Jill konnte nur hilflos fluchen, als aus diesem Nebel Krieger kamen, weitere Männer des Pferdevolks, Reihe um Reihe, in schimmernder Rüstung auf ihren riesigen Pferden sitzend, die Schwerter gezückt. Die Männer im Lager jubelten weiter und wichen vom Hügelkamm zurück, um Platz zu machen. Schweigen senkte sich über Cengarn. Keine Hörner, kein trotziges Geschrei: nur Schweigen, so tief, als hielten selbst die Mauern die Luft an.

Weiter und weiter marschierten sie, jeweils fünf in einer Reihe, und die Pferde setzten ihre gewaltigen Hufe präzise ab, während sie den Abhang bewältigten. Jill zählte ein paar hundert Reiter, vielleicht insgesamt tausend, die ins Lager ritten, während die Sonne am Himmel ein ganzes Stück tiefer sank und ganz Cengarn den Atem anhielt. Als die letzte Reihe die Ebene erreichte, kam etwas, was vielleicht noch schlimmer war, hinterher – Wagen, beladen mit Vorräten, die hinter die Zelte auf der Anhöhe rollten, und danach Packpferde, die mehr Ausrüstung zu den wartenden Kriegern brachten. Am Ende kamen blökende, verängstigte Viehherden – Kühe, Schafe, ein paar Ziegen –, die von menschlich aussehenden Hirten getrieben wurden. Aha. Diese Truppe hatte also zuvor Bauernhöfe geplündert. Jill wurde ganz übel, als sie sich fragte, wo sie wohl herkamen. Sie nahm an, daß man den Bauern selbst nicht mehr helfen konnte.

Graues Zwielicht hing im Osten, während die Sonne den westlichen Horizont berührte. Endlich, nach langer Zeit, kamen die letzte Kuh und der letzte Hirte durch. Der Nebel verzog sich, wurde zu langen Schwaden, leicht rosa gefärbt vom ersterbenden Sonnenlicht, und verschwand dann. Aus den Überresten flatterte eine letzte Gestalt – ein riesiger Rabe, der die Zelte einmal umkreiste und dann landete, um zwischen ihnen zu verschwinden.

»Jill?«

Jill zuckte zusammen, fuhr herum und sah Dallandra ein paar Fuß hinter sich stehen.

»Entschuldige!« sagte Dallandra, »ich wollte dich nicht erschrecken.«

»Schon gut. Bist du schon lange hier?«

»Ja. Zu lange. Ich habe alles gesehen. Jill, gib mir eine ehrliche Antwort, ja? Welche Vorzeichen hast du gesehen? Sind wir alle zum Untergang verurteilt?«

»Gar keine Vorzeichen. Die Dinge müssen irgendwie immer noch im Gleichgewicht sein.«

Dallandra ging zum Rand des Daches und schaute nach unten. Die Stadt kam langsam aus ihrer Starre. Lautes Gemurmel, Fluchen und Weinen erklang rund um den Hügel, als die Menschen, einer nach dem anderen, zur Festung zurückkehrten. Die meisten jedoch hatten den Kopf gesenkt und schwiegen einfach nur.

»Wenn Alshandra ihre Männer auf der Mutter aller Straßen hierherbringen kann«, meinte Jill schließlich, »könnte Evandar uns dann nicht auf dieselbe Weise helfen?«

»Da bin ich sicher – wenn er das nur wollte! Um ehrlich zu sein, ich habe versucht, mich mit ihm in Verbindung zu setzen, aber ich kann ihn nicht erreichen.« Dallandras Stimme zitterte gewaltig. »Ich hoffe, sie hat ... hat ihn nicht inzwischen besiegen können.«

»Könnte sie denn? Ich dachte, er wäre der Stärkere dieses Paars.«

»Wenn nur die beiden sich gegenüberstehen, ja. Aber sie hat Verbündete.«

»Aha. Und kannst du die Straßen nicht öffnen?«

»Nicht in diesem Ausmaß. Ich kann ein Tor öffnen, ein paar Augenblicke lang, gerade genug, um ein paar Leute durchzulassen. Ich könnte nie eine Armee hierherbringen oder die Leute aus der Stadt herausführen. Es wird mehr als eine Dweomermeisterin brauchen, um Cengarn gegen ...« Dallandra wies in Richtung der Zelte »... das da zu verteidigen.«

Schließlich gingen sie wieder nach unten und schlossen die Falltür hinter sich. Jill schickte Dallandra zur großen Halle, um mit dem Gwerbret zu reden und ihm und seinen Männern Mut zuzusprechen. Sie selbst wollte mit Meer, dem Gel-da'Thae-Barden reden, dessen Kenntnisse so wichtig waren wie ein ganzer weiterer Kriegshaufen. Die Gel da'Thae stammten zwar vom selben Volk wie die Stämme des Pferdevolks ab, waren aber zivilisiert und lebten in Städten, die sie selbst gebaut hatten, nahe den Ruinen der Elfenstädte im Westland.

Jill hatte gerade den Treppenabsatz vor Meers Kammer erreicht, als sie Jahdo begegnete, dem Diener und Führer des Barden. Er war ein magerer kleiner Junge, kaum älter als zehn Jahre alt, mit unordentlichen, schmutzigen Kleidern und zerzaustem, dunklem Haar.

»Herrin!« rief Jahdo. »Ihr habt es auch gesehen! Die Dweomerwolke! All diese Männer und Pferde!«

»Das habe ich. Und ich wollte mit deinem Herrn darüber sprechen.«

»Das freut mich. Er ist beunruhigt, und ich habe schreckliche Angst.«

Offensichtlich hatte der Junge die Kerzen in den Wandhaltern entzündet, bevor er die Kammer verließ, denn der keilförmige Raum tanzte in Licht. Meer saß auf einer geschnitzten Truhe nahe dem Fenster. Wenn er aufrecht stand, war er über sieben Fuß groß, aber nun saß er zusammengesackt, die Arme schwer im Schoß liegend. Seine Haut war im Kontrast zu seinem schwarzen Haar so hell wie Milch, das Haar selbst so struppig wie das eines Ebers. An seiner Nasenwurzel wuchsen die Brauen in einem spitzen Pfeil zusammen und verbanden sich mit seinem Haaransatz. Von diesem Ansatz aus hatte er das dichte Haar zurückgekämmt. Es fiel ihm über den Rücken bis zur Taille. Hier und da hingen winzige Zöpfe in dieser Mähne, mit Schnüren gebunden und mit kleinen Amuletten und Talismanen verziert. Auch auf seinen riesigen Handrükken wuchs stoppeliges schwarzes Haar, und aus dem Halsausschnitt seines weiten deverrianischen Hemdes schoben sich einzelne Büschel hervor. Sein Gesicht war haarlos, aber überall in komplizierten blauen und purpurnen Mustern aus Linien und Kreisen tätowiert. Als die Tür zufiel, wandte sich der Barde nicht einmal nach dem Geräusch um.

»Meer?« sagte Jahdo. »Jill ist hier.«

Als er das hörte, bewegte sich der Barde und brummte ein wenig, als Jill auf ihn zukam. Schließlich hob er den Kopf. Seine Augenhöhlen waren in dem flackernden Kerzenlicht wie leere Schattenpfützen.

»Ich gehe davon aus«, sagte Jill, »daß Jadho diese unangenehme kleine Vorstellung beschrieben hat.«

»Ja«, knurrte Meer. »Und ich will Euch gleich sagen, gute Zauberin, daß es mein Herz schwer und kalt werden ließ. Ihr Götter, wieso habt Ihr uns verlassen, wie konntet Ihr uns nur diesen unfrommen Horden ausliefern? Warum schleudert Ihr nicht Eure Blitze gegen diese falsche Göttin, wie es sowohl Gerechtigkeit als auch Vernunft verlangen?«

Das war eine gute Frage. Jill wünschte sich nur, sie könnte eine Antwort finden.

»Nun«, sagte sie statt dessen laut, »keiner von uns Sterblichen kann je die Gedanken der Götter ergründen.«

»Das ist wahr. Vielleicht wollen sie uns prüfen, wollen wissen, wie groß unsere Ergebenheit und Frömmigkeit ist.« Meer schüttelte den Kopf, und die Perlen und Talismane klirrten leise. »Dennoch ist es eine Schande, daß diese Dämonin sich im Licht der heiligen Sonne zeigen kann!«

»Äh, das ist wahr. Ich wollte Euch allerdings etwas fragen, guter Barde. Bisher haben gut zweitausend Mann die Belagerung durchgeführt, und Alshandra hat gerade Hunderte mehr gebracht. Wie viele Krieger hat das Pferdevolk? Cadmar hat Verbündete, aber wir sind hier am Rand des Königreichs, wo es nur wenige menschliche Siedlungen gibt.«

»Das sind schlechte Nachrichten, Zauberin! Was ist mit Eurem Hochkönig?«

»Wir haben Boten ausgeschickt, bevor die Belagerung begann, aber wer weiß auch nur, ob sie sicheren Grund erreichten, bevor Alshandra sie bemerkte? Wenn man sie gefangengenommen hat, dann liegt es nun an Cadmars Verbündeten, mehr Boten auszusenden. Und das Herz des Königreichs liegt weit, weit entfernt. Der Hochkönig wird kommen, wenn es notwendig ist, und er wird viele Soldaten mitbringen, aber es könnte Monate dauern.«

Jahdo stieß ein leises Wimmern aus, dann schlug er erschrocken die Hand vor den Mund.

»Aha.« Meer dachte nach. »Nun, das Pferdevolk ist über die ganze nördliche Ebene verteilt. Sie können eine ganze Horde von Kriegern aufstellen, zehn-, ja zwanzigmal so viele wie die, die uns jetzt belagern.«

Jill war so elend, daß sie sich setzen mußte. Sie hockte sich auf die Bettkante und steckte die Hände zwischen die Knie. Meer lächelte, als wüßte er – blind oder nicht –, wie seine Worte gewirkt hatten. Er hob die Hand.

»Aber habt keine Angst! Sie können so viele Krieger aufstellen, wie sie wollen, aber nur ein geringer Teil davon wird uns je angreifen können.« Er hielt inne und senkte dann die Stimme ein wenig. »Es sind die Pferde, Jill, nicht die Männer. Kein Krieger des Pferdevolks kämpft zu Fuß, es sei denn, er ist verzweifelt und dem Tode nahe. Ihr habt unsere Pferde gesehen. Sie wurden für den Krieg gezüchtet, und das seit Hunderten von Jahren, nein, seit einem ganzen Zeitalter! Kann ein solches Pferd allein von Gras leben und immer noch seinen gerüsteten Reiter in die Schlacht tragen?«

Jill lachte leise.

»Wächst oben auf den hohen Ebenen viel Gras?«

»Ha! Nur an der südlichen Grenze. Außerdem haben weder Pferdevolk noch Gel da'Thae je Ackerbau betrieben. Das ist eine Angelegenheit für Sklaven. Und die Sklaven sind es, die für das Pferdevolk das wenige Getreide anbauen, das sie haben. Noch tausend Pferde mehr, würde ich sagen, mehr haben diese Wilden nicht.«

»Wilde? Das erinnert mich an etwas anderes, das ich Euch fragen wollte. Ihr nennt sie immer Wilde, aber sie kennen sich mit Belagerungsgeräten aus, sie haben gute Waffen, und soweit ich sagen kann, verfügen sie über die am besten organisierte Armee, die ich je gesehen habe.«

»Was hat das schon zu bedeuten? Es sind Wilde, die nicht die wahren Götter anbeten, sondern den falschen folgen.«

»Nun, seht Ihr, bei meinem Volk bedeutet das Wort ›Wilder‹, daß jemand unzivilisiert und primitiv lebt.«

»Ah. Das wußte ich nicht. Nun, sie können grausam sein und neigen dazu, seltsamen Göttern nachzuhuren, aber primitiv sind sie nicht und ebensowenig arm. Sie fordern Tribut, wo immer sie können, sie stehlen von einigen, und mit anderen treiben sie Handel.«

»Und was ist mit ihren Armeen?«

»Sie leben für den Krieg und lernen den Krieg und haben ihr ganzes Herz dem Krieg ergeben. Jeder Mann beobachtet seine Neffen von Geburt an, um zu sehen, welche für den Kampf geeignet sind und welche man entmannen sollte, weil sie nur zu einem anderen Handwerk taugen.«

»Ihr meint«, rief Jahdo entsetzt, »wie man Pferde zu Wallachen macht?«

»Genau, Junge. Ich habe sie nicht ohne Grund Wilde genannt. Und die Frauen teilen sich die besten Männer, damit ihre Töchter geeignet sind, am Ratsfeuer die Führung zu ergreifen und ihre Söhne Anführer auf dem Schlachtfeld werden.« Meer warf seine Mähne zurück und stieß einen Klagelaut aus, der die bronzenen Kerzenhalter zum Klirren brachte. »Wie konnten die Götter uns einem solchen Volk überantworten, damit sie uns töten oder versklaven, wie es ihnen paßt?«

»Der Krieg ist noch nicht vorüber, guter Barde. Bisher haben wir unser Leben noch, und wir können immer noch gewinnen.«

»Ach, haltet den Mund, Mazrak! Ich weiß, Ihr lügt nur, um mir den Kummer zu ersparen, aber es ist eine Lüge.«

»Warum sollte ich lügen?«

»Ich weiß nicht, womit wir gesündigt haben, denn wer kann je die Sünden seines ganzen Volkes kennen, aber die Götter haben uns ganz sicher verlassen.«

»Wie Ihr wollt.« Jill stand auf. »Ich sollte lieber hinunter in die große Halle gehen und dem Gwerbret von den Pferden erzählen.«

Bevor sie an diesem Abend ins Bett ging, begab sich Jill noch einmal aufs Dach und erneuerte die Siegel, weil in dieser Zeit die astralen Gezeiten vom Element Wasser zum Element Erde wechselten. Als sie fertig war, blieb sie noch kurz und sah zum Lager des Pferdevolkes hinaus, das dunkel und still im Sternenlicht lag. Sicher würden sie Wachen aufgestellt haben, aber sie konnte keine Bewegung erkennen, bis sie direkt nach Osten schaute.

Am Rand des Hügelkamms, ein großes Stück entfernt von den weißen Zelten, sah sie einen winzigen Lichtpunkt, der sich hin und zurück bewegte, wie eine Laterne in den Händen von jemand, der unruhig auf und ab geht. Jill trat zum Rand des Daches und beobachtete das Licht weiter, während sie ihren Geist aussandte, um herauszufinden, welche Gefühle sie von dem Laternenträger auffangen könnte. Lange Zeit gar nichts, aber dann schien es ihr, als spürte sie die Berührung eines anderen Geistes, nichts so Starkes wie einen Gruß oder einen Gedanken, nur das Bewußtsein eines menschlichen Wesens – eines Mannes –, als wäre sie in einem Zimmer und spürte, daß jemand hinter ihr hereingekommen war.

Der Mann selbst bemerkte sie nicht. Immer wieder verlor sie für einen kurzen Augenblick das Gefühl seiner Präsenz. Doch jedesmal kehrte es mit einer Welle von Gefühlen wieder. Der Mann war beunruhigt, sogar angewidert von etwas – was das sein mochte, konnte Jill nicht herausfinden. Der Abscheu jedoch mischte sich mit Bedauern und einem ganz und gar menschlichen Wunsch, daß die Dinge anders sein mochten. Hin und wieder unterbrach der Lichtpunkt sein ruheloses Wandern, und in diesem Augenblick wußte Jill genau, daß der Mann zur Festung hinüberschaute und sich wünschte, dort zu sein. War es vielleicht ein Sklave? Es war unwahrscheinlich, daß ein Sklave nachts allein umherwandern würde.

Endlich ging der Mann mit einem letzten bedauernden Gedanken davon, die Laterne neben sich. Kurz wurde ein Zelt heller, als er seine Laterne hineintrug; dann mußte er sie ausgeblasen haben. Jill seufzte und fragte sich, ob sie wohl je erfahren würde, wer dieser Mann war. Sie bezweifelte es.

Auf einem riesigen Haufen von Kissen, die aus purpurn gefärbtem Leder genäht und mit goldenen, quastenbesetzten

Schnüren miteinander verbunden waren, ruhte Rakzan Hir-li, nur in ein langes Hemd aus grobgewebtem braunem Stoff gekleidet. Über einem kleinen Kissen breitete sich seine gebleichte Haarmähne aus, geflochten und geölt und mit Perlen und Talismanen geschmückt. Seine Lider hingen schwer über den blauen Augen, und hier und da gähnte er und entblößte lange, spitze, zugefeilte Zähne, aber Lord Tren von Dun Mawrelin wußte, daß sein Gegenüber noch längst nicht müde war. Nachdem sie die Brotrationen, die ihnen zum Frühstück dienten, gegessen hatten, setzte sich der Lord auf einen Lederhocker vor das Lager des Kriegshauptmanns vom Pferdevolk, hinter dem zwei menschliche Sklavensoldaten standen, beide mit langen Speeren bewaffnet. Das langgezogene, schmale Zelt war mit purpurfarbenen und goldenen Wandbehängen geschmückt, einstmals großartige Kriegsbeute, nun so rauchfleckig und schmutzig wie ihr Besitzer. Das Morgenlicht fiel durch schmale Schlitze herein.

»Wir sind nun bereit«, erklärte Hir-li. »Und ich kann meine Leute nicht weiter aufhalten. Sie kommen zu mir und fragen, liegt denn der Sinn des Krieges nicht im Angriff?« Er hielt inne und lächelte heimtückisch. »Was glaubt Ihr, soll ich ihnen sagen?«

»Daß der Sinn einer Belagerung darin besteht, zu warten und die Übergabe zu erzwingen.«

Hir-li verzog unwillig das Gesicht, und die purpurfarbenen und blauen Tätowierungen verzogen sich mit.

»Ich verstehe das, Ihr versteht das, aber sie verstehen es nicht. Ich denke, wir brauchen ein wenig Blut, um sie glücklich zu machen.«

»Wie Ihr wünscht, aber Cengarn ist ein Felsen. Wenn ein Mann gegen einen Felsen tritt, was bricht als erstes? Der Fels oder sein Fuß?«

Hir-li lachte, nickte zustimmend und setzte sich in einer für einen so großen Mann erstaunlich geschmeidigen Bewegung auf.

»Das ist ein gutes Sprichwort, Lord Tren, ein gutes Sprichwort. Hält man Euch bei Eurem Volk für einen eloquenten Mann?«

»Bei meinem Volk, Herr, hält man mich für gar nichts.«

Der Rakzan zog eine buschige Braue hoch und lächelte dann.

»Und daher habt Ihr Euch uns angeschlossen.«

»Das ist ein Grund. Der andere ist der Tod meines Bruders. Er wurde in Cengarn von einem stinkenden Söldner getötet. Es ist mir gleich, ob sie es für einen gerechten Kampf hielten oder nicht.«

»Ah, selbstverständlich. Rhodry. Der berühmte Silberdolch.«

»Es ist mir auch gleich, ob er berühmt ist, ich will, daß er stirbt.«

»Die Hohe Priesterin hat mir davon erzählt.« Hir-li dachte nach, und seinem vernarbten und mit Tätowierungen überzogenen Gesicht war nicht anzusehen, was er dachte. »Ich warne Euch. Es gibt noch eine andere Sache, die meine Hauptleute immer wieder aufbringen – daß Ihr die Göttin nicht mit all Eurer Seele anbetet.«

Tren setzte dazu an, etwas zu sagen, aber Hir-li brachte ihn mit einer Geste zum Schweigen.

»Ich will nicht, daß Ihr mir eine Antwort gebt oder widersprecht. Ich wiederhole nur, was sie sagen.«

»Dafür danke ich Euch. Und hat die Hohe Priesterin dasselbe gesagt?«

Hir-li gab keine Antwort darauf, erhob sich nur und wandte sich dem hinteren Teil des Zeltes zu, wo sich ein menschlicher Eunuch neben eine ziemlich mitgenommene Holztruhe duckte. Der Rakzan sprach in seiner eigenen Sprache; der

Sklave brachte ihm einen langen, ärmellosen Mantel, zu gleichen Teilen starr vor Goldfadenstickerei und Schweiß, und half seinem Herrn hinein. Über den Mantel zog Hir-li einen schweren Ledergürtel mit einer edelsteinbesetzten Schnalle und seinen Säbel mit dem goldenen Griff. Er setzte sich wieder hin und gestattete dem Sklaven, ihm die hohen Lederstiefel anzuziehen, während Tren schweigend wartete. Endlich sagte der Rakzan auf deverrianisch: »Einer Eurer Männer hat gestern abend versucht zu desertieren.«

Tren sprang unwillkürlich auf.

»Er wird den Hütern der Disziplin überantwortet werden müssen. Es wäre das beste, wenn Ihr dem nicht widersprecht.«

»Ich verstehe. Hattet Ihr angenommen, ich würde widersprechen?«

Hir-li dachte nach und saugte an einem seiner langen Eckzähne.

»Ich weiß nicht, was ich von Euch halten soll, Tren, von zwei Dingen einmal abgesehen. Als erstes, Ihr seid wertvoll, und zweitens, die meisten Männer ducken sich vor mir. Ihr seht mir in die Augen und haltet Euch an Eure eigenen Sitten.«

»Und ist das gut oder schlecht?«

Der Rakzan lächelte.

»Die meisten Männer würden nicht wagen, das zu fragen. Kommt mit.«

Sie gingen in das helle Sonnenlicht hinaus und suchten sich ihren Weg zwischen den weißen Zelten des Lagers der Hauptleute, wie es genannt wurde. Hier und da begegneten sie einem Sklaven, der Wasser zu den Zelten trug und dem Kreishauptmann rasch aus dem Weg ging, bevor dieser nach ihm schlagen konnte. Tren war zwar über sechs Fuß groß und überragte viele seines eigenen Volkes, reichte Hir-li aber nur bis an die Schulter. Tren war auch ein schlanker Mann, ein Dolch zum Schwert des Rakzan, mit den Muskeln eines

Schwertkämpfers und einem schmalen Gesicht, grauen Augen, seltsamen schmalen Ohren und kurzgeschnittenem Haar, das so hell war, daß es beinahe weiß schien. Niemand hatte sich dazu herabgelassen, ihm den Grund zu nennen, aber das Pferdevolk hielt diese Farbe für ein gutes Vorzeichen.

»Noch eins«, meinte der Rakzan. »Letzte Nacht habe ich aus meinem Zelt geschaut und gesehen, wie Ihr am Rand des Hügels auf und ab gegangen seid, eine Laterne in der Hand.«

»Ja.«

»Warum?«

»Ich konnte nicht schlafen, und im Lager selbst ist es zu eng, um im Dunkeln umherzugehen.«

Hir-li sagte nichts, und Tren fragte sich, ob der Kriegshauptmann wohl glauben würde, was nichts als die schlichte Wahrheit war. Schlafen und ganz besonders Einschlafen war eine allabendliche Qual geworden, bei der er allein in der Dunkelheit seines Zeltes lag, nur mit seinem Bedauern als Gesellschaft. Wie hatte er so dumm sein können, seinem Bruder Matyc in den Verrat zu folgen? Wenn er nur gewußt hätte, mit wem er sich verbündete, wenn er nur mehr vom Pferdevolk gesehen hätte als diese wenigen Propheten – alles religiöse Männer, die von weisen Dingen sprachen und wunderbare Geschichten von einer Göttin erzählten, die sich dazu herabließ, in die Welt zu kommen und ihren Anbetern gegenüberzutreten ... wenn ... wenn – diese Worte fraßen an seiner Ehre wie Würmer.

Sklaven hatten eine grobe Straße gebaut und ein paar Stufen aus festgestampftem Dreck an der Seite des Hügelkamms angelegt, um den Hauptleuten den Weg ins Lager zu erleichtern. Am Fuß des Kammes, auf der Ebene östlich von Cengarn, lag der Paradeplatz. In diesem riesigen Kreis offenen Landes traten die geringeren Dienstgrade jeden Morgen an, um Befehle entgegenzunehmen oder ihren Rakzanir oder Hauptleuten Bericht zu erstatten. Als Tren und Hir-li hügelabwärts gingen, erkannte Tren diese Offiziere, die Hüter der Disziplin, die dort warteten, während sich am Rand des Paradeplatzes eine Menge von Zuschauern gesammelt hatte. In der Langeweile der Belagerung war jede Unterhaltung willkommen.

Nackt, an Händen und Füßen gebunden wie ein zum Schlachten bereites Tier, lag ein junger blonder Mann zu Füßen der Offiziere – Trens Magen zog sich zusammen, als sie nahe genug kamen, daß er Cadry erkannte, einen Mann, der seit seiner frühesten Jugend in seinem Kriegshaufen geritten war.

Tren war sich der abschätzenden Seitenblicke Hir-lis bewußt.

»Das ist der Mann?« Ein ganzes Leben voll geheimen Hasses und geheimer Ablehnung ermöglichte es Tren, mit fester Stimme zu sprechen und sich nichts anmerken zu lassen.

»Soviel ich weiß. Wir werden sehen, was die Hüter zu sagen haben.«

Sie traten zu den Hütern, die jeweils einen langen, roten, ärmellosen Mantel über Hemd und Stiefeln trugen. Einer von ihnen, der eine purpurfarbene Feder an der Schulter angesteckt hatte, begann, dem Rakzan Bericht zu erstatten. Selbst nach Wochen in der Gesellschaft des Pferdevolkes konnte Tren nur das eine oder andere Wort ihrer Sprache erkennen. Schließlich schnitt Hir-li dem Mann mit einer Handbewegung das Wort ab.

»Er sagt, daß sie diesen Burschen hier im Morgengrauen bei dem Versuch erwischt haben, sich aus dem Lager zu schleichen, über die Nordseite, wo das Gelände rauh genug ist, daß sich jemand verstecken kann«, sagte Hir-li. »Sie haben Zeugen.«

»Tatsächlich?« Tren sah Cadry an. »Streitest du das ab?«

Cadry drehte sich um wie ein gefangener Fisch, und es gelang ihm, die Ellbogen unter den Rücken zu bekommen. Er stützte sich gut genug auf, um den Kopf nach hinten zu legen und Tren ins Gesicht sehen zu können.

»Nein, Herr. Und wenn Ihr auch nur das geringste Maß an Ehre übrig hättet, würdet Ihr dasselbe tun. Bei den wahren Göttern! Wenn Ihr auch nur das geringste Maß an Ehre übrig hättet, würdet Ihr uns alle herausführen, weg von diesen stinkenden Geschöpfen und zurück zu unserem eigenen Volk.«

Trens Leben und das Leben jedes Mannes in seinem Kriegshaufen hingen von seiner Reaktion ab. Er trat Cadry so fest in den Mund, daß er Zähne und Knochen knirschen hörte.

»Halt das Maul, du ketzerischer Hund! Hast du die Göttin vergessen?«

Tränen in den Augen, sackte Cadry zurück auf den Boden und blutete. Tren stützte die Hände auf die Hüften, schaute ihn nur wortlos an und zeigte keine weitere Reaktion. Hir-li sprach ein paar Worte mit den Hütern, aber Tren wußte selbstverständlich nicht, worum es ging. Es war durchaus möglich, daß Hir-li eher Dinge erfand, als seine Worte wirklich zu übersetzen. Der Anführer der Hüter gab eine kurze Antwort.

»Sie fragen, ob du etwas gegen seinen Tod hast.«

»Sag ihnen, ich fordere seinen Tod.«

Hir-li erwiderte irgend etwas. Die Hüter nickten und grunzten offenbar zufrieden. Cadry schluchzte einmal, dann lag er regungslos, den Blick zum Himmel gerichtet, der so rein und weit entfernt über ihnen hing. Hir-li wandte sich wieder den Hütern zu und bellte einen Befehl, der ihnen offenbar nicht gefiel, wenn man nach ihren finsteren Blicken gehen konnte.

»Ich habe ihnen gesagt, sie sollen ihn schnell töten«, erklärte Hir-li Tren. »Damit wir es hinter uns haben, wie man bei Eurem Volk sagen würde.«

»Tatsächlich? Warum?«

Hir-li grinste breit.

»Kein Wunder, daß Ihr mir von Felsen erzählt, Lord Tren. Euer Herz besteht aus nichts anderem als Stein.«

Er drehte sich abermals um und sprach mit den Hütern, die weiter säuerlich dreinschauten. Rings umher ächzten und murmelten die Zuschauer enttäuscht. Hir-li betrachtete sie, dann lachte er plötzlich und brüllte etwas, so laut er konnte. Die Hüter jubelten, die wartenden Krieger ebenfalls, sie lachten, zogen die Schwerter mit plötzlichem Rasseln, hielten sie hoch über den Köpfen, jubelten abermals, hai hai hai, bis der Klang und die Neuigkeiten sich über das ganze Lager verteilt hatten.

Oben auf dem Dach von Cadmars Festung hörte Jill das Geschrei, aber nur als entferntes Geräusch, ein Seufzen im Wind und kaum mehr. Sie war abgelenkt genug, um es zu ignorieren, denn bei Tageslicht konnte sie erkennen, daß das Pferdevolk die Verstärkung im Nordlager untergebracht hatte, was zuvor sein schwächster Punkt gewesen war. Cengarn war nun vollständig umstellt. Wie so oft in schwierigen Zeiten, dachte Jill an Nervyn, ihren Lehrer und einen der größten Dweomermeister, die die Welt je gesehen hatte. Dank mächtiger Magie hatte er vierhundert Jahre gelebt, und im Lauf dieses unnatürlichen Lebens hatte er eine ungeheure Menge an Wissen angesammelt, das er mit seinen eigenen Forschungen und Experimenten bereichert hatte. Was hätte er bei einer solchen - Belagerung unternommen?

Jill dachte lange darüber nach und ging dabei auf dem Dach auf und ab. Würde er seine Allianzen mit den Hochkönigen und Herren der Elemente genutzt haben, um Regen und Seuchen und vielleicht Feuer und Hagel über die Belagerer zu bringen? Sie bezweifelte es, da bei der feindlichen Armee auch unschuldige Sklaven und Diener waren, und da tatsächlich die ganze Armee eher von Alshandras Wahnsinn verleitet worden war als von bösen Kräften. Hätte er sich der Zauberin in einem astralen Zweikampf gestellt? Nicht, wenn eine Niederlage bedeutet hätte, daß die Stadt auf seinen Schutz verzichten müßte. Und hätte er Alshandra selbst herausgefordert? Nevyn hätte einen solchen Kampf vielleicht tatsächlich gewonnen. Jill sah für sich keine solche Möglichkeit. Sie mußte sich eingestehen, daß vermutlich er getan hätte, was sie nun tat – warten, warten, warten bis zu dem Augenblick, in dem alle Vorzeichen und Hinweise zusammentrafen und ihr zeigten, was zu tun war.

Kopfschüttelnd verließ sie das Dach und ging wieder nach unten. Sie kam gerade aus dem Hauptbroch heraus, als sie Jahdo begegnete, der offensichtlich nach ihr gesucht hatte, wenn man danach gehen konnte, wie er bei ihrem Anblick zu strahlen begann.

»Da seid Ihr ja«, sagte Jadho. »Ich bin gekommen, um Euch eine Frage wegen meines Herrn zu stellen.«

»Dann frage, wenn es etwas ist, das nicht geheimgehalten werden muß.«

Jahdo sah sich in dem überfüllten Hof um, dachte nach und zuckte dann mit den Achseln.

»Ich sehe keinen Grund dafür, Herrin. Meer fragte, ob Ihr mir irgend etwas Geschriebenes geben könntet – einen Brief, wie er es nannte –, um uns den zwergischen Herrschaften vorzustellen, die in der Stadt leben. Er hat gehört, daß sie eine Möglichkeit haben, Vorzeichen zu befragen, und er würde gern mehr darüber erfahren.«

»Das paßt zu unserem Meer. Ich bin froh zu hören, daß sein Wissensdurst zurückgekehrt ist. Gehen wir hinauf in meine Kammer, und ich schreibe den Brief.«

»Danke, Herrin. Es ist ein Wunder, daß Ihr lesen und schreiben könnt. Ich würde es wirklich gerne lernen, aber wer würde es dem Sohn eines Rattenfängers schon beibringen?«

»Nun, wenn ich die Zeit dazu hätte, würde ich es tun. Ich habe erst lesen und schreiben gelernt, als ich erheblich älter war als du. Ich war eine erwachsene Frau, und am Anfang war es ziemlich schwer.«

»Das kann ich mir vorstellen. Ich weiß, wie kostbar jeder Augenblick Eurer Zeit ist, Herrin. Oh, es wäre wunderbar, wenn Ihr mich eines Tages unterrichten könntet.«

»Ich sag dir eins: Wenn dieser Krieg vorbei ist, erinnerst du mich an mein Versprechen, und ich tue es.«

Der Junge lächelte strahlend, aber Jill spürte, wie sich die Kälte um ihr Herz schlang, und sie fragte sich, ob auch nur einer von ihnen lange genug leben würde, um mit diesem Unterricht zu beginnen.

Jill benutzte ein paar Holztäfelchen, die mit Wachs bestrichen waren. Sie schrieb ihre Botschaft mit einem Griffel darauf, klappte die Täfelchen mit den Wachsseiten zusammen und umwickelte sie dann mit einer Lederschnur.

»Das ist eine zwergische Erfindung«, sagte sie. »Man kann die Täfelchen immer wieder benutzen. Also gut, Junge, wenn du ins Zwergengasthaus kommst, fragst du nach Jorn.«

Die Täfelchen in der Hand, eilte Jahdo aus dem Festungstor in die Stadt. Cengarn war ein verwirrender Ort, mit Straßen, die sich um die Hügel wanden oder nach dem Zufallsprinzip in die Täler hinabsenkten. Häuser, Schuppen, Läden, die meisten strohgedeckt, standen, wo immer ihre Erbauer sie hatten haben wollen. Einige hatten Höfe oder Vorgärten mit Zäunen, andere standen direkt an den Straßen. Hier und da gab es kleine Grasflächen und nickten Bäume über Hühnerställen oder öffentlichen Brunnen. Bedingt durch die Belagerung, drängten sich Bauern, Kühe, Hühner, Schafe, Wagen, improvisierte Zelte, Hunde, Wäscheleinen, Ersatzpferde, Lagerfeuer und Heuballen auf jedem ehemals freien Platz und drängten sich noch halb auf die Straßen hinaus. Überall liefen Kinder umher.

Jahdo brauchte lange, um seinen Weg zu finden. Er fragte jedesmal, wenn er jemanden fand, der wie ein richtiger Stadtbewohner aussah, nach dem Zwergengasthaus. Auf der hinteren Seite des Hügels, auf dem sich der Marktplatz befand – nun ebenfalls zum Lagerplatz geworden –, gab es einen steilen Hang. Darin eingelassen, zwischen zwei verkrüppelten kleinen Bäumen, war ein hölzernes Tor mit großen Eisenbeschlägen und einem großen Eisenring. Jahdo packte den Ring und klopfte damit an die Tür. Nach geraumer Zeit kam ein Zwerg mit einem enorm langen schwarzen Bart heraus und warf ihm einen mißtrauischen Blick zu.

»Ich habe einen Brief von der Dweomermeisterin oben in der Festung«, stotterte Jahdo. »Für einen Mann namens Jorn.«

»Ah.« Der Zwerg trat einen Schritt zurück. »Dann komm herein.«

Jahdo folgte ihm in einen steinernen Flur, beleuchtet von dem unheimlichen blauen Schimmer phosphoreszierender Pilze, die in Körben an den Wänden hingen. Sehr zur Überraschung des Jungen war die Luft richtig frisch. Sie erreichten eine runde Kammer von etwa fünfzig Fuß Durchmesser, mit niedrigen Tischen und Bänken um eine große Feuerstelle in der Mitte, über der ein riesiger Kessel hing. Der Rauch des Feuers zog geradewegs nach oben und verschwand durch Lüftungsschlitze in der Steindecke. An einem der Tische saß ein eher schlanker, schlaksiger Zwerg mit einem braunen, lokkigen Bart.

»Eine Botschaft für dich, Jorn.« Der Wirt wies mit dem Daumen auf Jahdo. »Aus der Festung.«

Jorn las Jills Botschaft, dann lächelte er.

»Nun gut«, sagte er. »Wenn dein Meister etwas über Geomantik erfahren möchte, kann ich ihm tatsächlich etwas dazu sagen, zumindest, was die Anfangsgründe angeht. Aber der Mann, der wirklich weiß, wie es funktioniert, ist nicht hier. Er ist mit Rhodry auf die Suche nach dem Drachen gegangen, schon vor Monaten, bevor die Belagerung begann. Er heißt Otuo, und ...«

Der Boden bebte. Jorn fluchte in der Zwergensprache und sprang auf, als das Beben sich wiederholte. Es fühlte sich an, als hätte eine riesige Hand von außen auf den Hügel geschlagen. Der Wirt wurde kreidebleich.

»Ein Erdbeben?« fragte Jahdo. »Wo ich herkomme, gibt es so etwas öfter, aber ich wußte nicht, daß es auch hier geschieht.«

»Tut es auch nicht«, sagte Jorn. »Das ist viel schlimmer, Junge, viel schlimmer. Die Belagerer haben irgendwas vor, würde ich sagen. Wahrscheinlich versuchen sie gerade, die Mauern niederzurammen.«

Jahdo fühlte sich, als wäre ihm alles Blut aus dem Körper gesickert. Es war also ein Angriff. Noch während alle angestrengt horchten, kam ein Geräusch durch die dichten Mauern und Felsen: ein leises Murmeln wie von einer Windbö.

»Jede Menge Gebrüll da draußen«, murmelte der Wirt.

Plötzlich erinnerte sich Jahdo an seine Pflichten.

»Mein Meister! Ich muß unbedingt zurück zur Festung.«

»Dann solltest du dich lieber beeilen«, sagte Jorn. »Ich würde mich bewaffnen und zur Mauer laufen. Wenn es uns gelingt, die Mistkerle zurückzuschlagen, dann sag deinem Meister, daß ich ihm gerne beibringen würde, was ich weiß. Und wenn nicht, nun, dann ist es eh gleich, oder? Und jetzt los!«

Jadho rannte den langen Flur entlang und öffnete die schwere Holztür selbst. Sofort brach der Lärm über ihn herein. Rufe, Geschrei, Kühe muhten, Hunde heulten, Kinder weinten – all das überlagert vom rhythmischen Bum-bum-bum von etwas Riesigem, das von Osten her auf die Stadtmauer eindrosch. Jahdo bahnte sich eilig seinen Weg durch die Straßen. Flüchtlinge wirbelten umher, Soldaten kamen aus der Festung und den Milizkasernen und rannten zu den Mauern. Silberhörner schmetterten, Männer schrien und riefen. Es wurde immer enger, als jene Zivilisten, die unten bei den Mauern von dem Angriff überrascht worden waren, den Hügel aufwärts auf die Innenstadt zuliefen, während Miliz und Männer aus der Festung in die Gegenrichtung drängten. Jahdo duckte sich zwischen zwei Häuser, kroch unter einem Wagen durch, schob sich an ein paar weinenden Bauersfrauen vorbei, sprang auf ein Faß und wartete, während ein Trupp Krieger vorüberstürzte, schon mit Harnischen gerüstet, aber die Helme noch in der Hand. Er sah sich um und bemerkte, daß sein Faß unter dem Überhang eines Schieferdachs stand.

Ein Sprung und angestrengtes Krabbeln brachten ihn aufs Dach, wo er sich auf den Giebel ziehen und endlich von oben sehen konnte, was los war. Das Haus, an das er sich klammerte, stand auf halbem Weg an einem Abhang gegenüber dem Osttor der Stadt, um das sich der Angriff konzentrierte. Soldaten aus Cengarn bemannten die Wehrgänge und warfen unter lautem Geschrei Steine nach den Angreifern oder beugten sich vor, um auf Feinde einzustechen und zu schlagen, die Jahdo nicht sehen konnte. Hinter ihnen reichten weitere Männer Steine die Leiter hinauf oder warteten, bis sie selbst hochsteigen konnten. Hin und wieder schrie einer der Verteidiger auf und stürzte. Die anderen auf der Mauer schubsten ihn nach unten und halfen einem Ersatzmann nach oben.

Der Lärm breitete sich aus. Nun erscholl auch aus dem Norden der Stadt das Dröhnen von Rammen gegen die Tore, das Brüllen der Soldaten, die Gesänge des Pferdevolkes draußen. Unter Jahdos Aussichtspunkt drängten sich Städter und Flüchtlinge zusammen. Es wurde still in der Innenstadt, als die Leute ängstlicher wurden, kaum mehr wagten, etwas zu sagen, sich nicht mehr rührten, obwohl hier und da eine Frau weinte und irgendwo ein Baby immer wieder schluchzte. Plötzlich kam beinahe direkt über das Osttor ein Feuerregen herein – ob es Brandpfeile oder brennende Pechkugeln waren, konnte Jahdo von dieser Entfernung aus nicht sehen. Er wollte schon schreien, als das Feuer auf die strohbedeckten Dächer fiel – aber dann ging es aus. Er konnte nur völlig verblüfft starren, als jedes einzelne brennende Stück in dem Augenblick verglomm, als es niederfiel. Unter ihm begannen die Städter, die das gesehen hatten, zu jubeln und lachten wie Dämonen.

»Dweomer«, flüsterte Jahdo leise. »Das sind bestimmt unsere Zauberinnen.«

Wieder gab es ein Geräusch, diesmal von hinter den Mauern: eine andere Art von Heulen – Wut und Enttäuschung. Silbertrompeten schmetterten in Cengarn – die Verteidiger jubelten, nur um wieder abzubrechen, als ein weiterer Angriff folgte. Jahdo, dem Meer wieder einfiel, kletterte vom Dach, bekam die Füße wieder aufs Faß und fiel aufs Straßenpflaster, als es umkippte. Fluchend stand er wieder auf. Seine Handflächen waren zerkratzt und bluteten. Er konnte sich daran erinnern, auch zu Hause öfter beim Klettern oder Rennen hingefallen zu sein, aber zu Zeiten, wo sonst alles in Ordnung war, und sein Vater hatte ihn dann meist aufgehoben und getröstet. Jahdo drehte sich jetzt um und weinte, stützte die Arme gegen die Mauer. Er hatte das Gefühl, wenn er es nur intensiv genug wünschte, würde er bald zu Hause sein, aber die Rufe und das Kriegsgeschrei hielten an, wie Wellen an einem weitentfernten Strand. Als er die Augen öffnete, war er immer noch in Cengarn. Er verschluckte ein letztes Schluchzen.

»Ich muß zu Meer.«

Aber während Jahdo weiter den Berg hinaufrannte, wollten die Tränen einfach nicht versiegen, und er mußte sich mehrmals das Gesicht am Hemdsärmel abwischen. Er kam an Flüchtlingsgruppen vorbei, die weinend und zitternd in den Gassen hockten, ihre Kinder und Tiere eng um sich versammelt. Als er die Festung erreichte, sah er ein paar Männer auf den Mauern Wache stehen. Die Tore waren geschlossen, aber als er fest daranschlug und schrie, öffnete der Torhüter eines weit genug, um ihn hereinschlüpfen zu lassen.

»Wo warst du, Junge?« sagte der alte Mann tadelnd. »Dein Meister hat schon nach dir gerufen.«

Jahdo rannte über den Hof und in die große Halle. Die Frauen der Festung standen oder saßen an der Drachenfeuerstelle, ebenso dicht zusammengedrängt wie die Bauersfrauen in den Lagern der Stadt. Kreidebleich saß Prinzessin Carra auf einem Stuhl, den Hund an den Knien, aber von Yraen war nichts zu sehen. Meer stand direkt hinter ihr, seinen Stock in beiden Händen, als hätte er die Leibwächterpflichten des Silberdolchs übernommen.

»Meer, Meer, ich bin es, Jahdo!« Jahdo rannte zu ihnen und dachte gerade noch rechtzeitig daran, sich vor der Prinzessin zu verbeugen. »Eure Hoheit.«

Carra hob eine Hand, sagte aber nichts weiter, sondern starrte einfach geradeaus. Lady Labanna setzte dazu an, etwas zu sagen, schwieg dann aber. Als Meer eine haarige Hand ausstreckte, griff Jahdo danach und führte sie zu seiner Schulter, dann lehnte er sich gegen den Barden. Hier in der Festung waren die Kampfgeräusche aus der Stadt nur gedämpft zu hören, wie ein böser Wind, der um die Türme heulte und pfiff. Die Belagerungsrammen klangen wie entfernte Trommeln, die ein fremdartiges Lied spielten, im Rhythmus von Jahdos Herz. Er schauderte unter Meers Griff, aber der Barde selbst war vollkommen reglos. Blitz knurrte hin und wieder, aber niemand sagte ein Wort.

Plötzlich veränderte sich das entfernte Heulen, wurde heller, menschlicher irgendwie, und die Silberhörner schmetterten. Der Trommelschlag hörte auf. Labanna lief wie ein Mädchen zur Tür der großen Halle.

»Wachen, Wachen!« rief sie. »Was gibt es Neues?«

Niemand drinnen konnte die Antwort hören, aber sie rief herein, was die Männer von ihrem Aussichtspunkt aus sehen konnten. Das Pferdevolk schien ... nein, sie zogen sich tatsächlich in ihre Lager zurück. Einige der Belagerungsmaschinen brannten. Viele Feinde waren tot oder verwundet. Ganz gleich, die anderen ließen sie liegen und wichen zurück.

Plötzlich sprang Carra auf. Sie richtete sich hoch auf, die Fäuste geballt.

»Ich hasse sie«, zischte sie. »Ich hasse sie alle! Ich wünschte, ich könnte ein Schwert schwingen; ich wünschte, ich könnte auf den Mauern stehen und einen von ihnen selbst töten. Das würde mir gefallen, ihn zu erstechen und Blut fließen zu sehen!«

»Eure Hoheit!« Ocradda packte sie an den Schultern. »Ihr quält Euch nur selbst.«

Die anderen Frauen drängten sich um sie, und plötzlich brach das Schweigen. In einer Flut von Schwatzen und nervösem Lachen, die sich über Carras Ausbruch ergoß wie ein Eimer Wasser, den man auf dem Flur auskippt, um den Schmutz wegzuspülen, drängten sich die Dienerinnen um die Prinzessin und brachten sie nach oben. Labanna allerdings kehrte zur Feuerstelle zurück.

»Ich kann es Ihrer Hoheit nicht übelnehmen«, sagte sie. »Nun, die Götter werden bringen, was sie bringen.«

»Genau, Herrin.« Meer drehte sich zu ihr um. »Das waren weise Worte.«

»Zweifellos werden die Männer noch eine Weile auf den Mauern bleiben, aber ich denke, wir können uns im Augenblick als sicher betrachten.«

»So scheint es, und die mutigen Worte der Prinzessin haben meinem Herzen Kraft gegeben. Wenn der nächste Angriff erfolgt, Herrin, wird mein Platz auf den Mauern sein.«

»Mein lieber Barde! Ich möchte Euch nicht beleidigen, aber ich bezweifle, daß Ihr kämpfen könntet ...«

»Selbstverständlich nicht! Aber ich kann den Fluch eines geschworenen Barden, eines Mannes, der von Göttern und Männern anerkannt wird, auf diese unfrommen Schweine herabrufen, auf diese habgierigen Ungeheuer aus dem Nordland, diesen von Dämonen besessenen Abschaum. Wenn auch nur ein Funke von Leben in ihren häßlichen Seelen geblieben ist, werden meine Worte sie vielleicht erreichen und sie dazu bewegen, über ihre Taten nachzudenken.«

»Das mag sein. Ich danke Euch.«

Als der Jubel draußen lauter wurde, schwiegen sie und lauschten den Kriegern, die von den Mauern zurückkamen.

»Nun, zumindest wissen jetzt alle, daß auch wir Dweomer auf unserer Seite haben«, meinte Dallandra. »Möge das Wissen ihnen den Schlaf rauben!«

»Es wäre schön gewesen, ihre Gesichter zu sehen«, meinte Jill grinsend, »als diese Flammen ausgingen. Von nun an muß die eine oder andere von uns bei jedem Alarm anwesend sein.«

»Wie lange wird es wohl bis zum nächsten Angriff dauern? Hast du irgendeine Ahnung?«

»Nun, wenn das ein gewöhnlicher deverrianischer Krieg wäre, würde es nicht lange dauern. Aber wer weiß, was das Pferdevolk denkt? Meer sagte mir, daß sie selbst keine Städte haben, also kann es gut sein, daß sie bisher noch nie eine Belagerung durchgeführt haben.«

Dallandra nickte nachdenklich. Es wurde Abend, und sie saßen umgeben von verängstigtem Wildvolk in Jills Kammer.

Draußen vergoldete der letzte Rest des Sonnenlichts die Türme im Westen und schickte lange Schatten über den Hof, wo einige wenige Diener ohne das übliche Lachen und Schwatzen hin und her eilten.

»Ich hatte eigentlich erwartet, daß unser Rabe sich zeigt«, meinte Jill. »Ich bin überrascht, daß er sich nicht auf dich gestürzt hat, als du diese Feuer gelöscht hast.«

»Ich auch. Du hast sie also auch nicht gesehen? Schließlich warst du oben auf dem Dach.«

»Nicht eine einzige Feder. Ich frage mich, über welche Art von Dweomer sie verfügt. Sie kann die Gestalt wechseln, sie kennt den Dweomer der Straßen, aber was ist mit all den anderen Dingen? Ist sie eine Frau des Pferdevolkes? Ich habe den Eindruck, daß ihre Zauber von recht primitiver Art sind.«

»Wieso bist du so sicher, daß wir einer anderen Frau gegenüberstehen?«

»Ich bin ihr einmal begegnet, als ich in meiner Falkengestalt unterwegs war und sie als Rabe. Der Falke wußte irgendwie, daß der andere Vogel weiblich war.« Jill lächelte. »Es ist seltsam, wie wir Mazrakir zu dem Tier werden, das wir imitieren – seltsam und gefährlich.«

»So etwas ist mir nie passiert.«

»Diese Art von Dweomer paßt besser zu denen von deinem Volk als zu meinem. Es kann für einen Menschen gefährlich sein, zu häufig zu fliegen. Das bringt mich übrigens auf eine Idee. Der Rabe, den ich sah, hat sich wirklich sehr wie ein echter Vogel verhalten. Meinst du, das bedeutet, daß sie ein Mensch ist – der Gestaltwandler, meine ich?«

»Könnte sein. Wir wissen so gut wie nichts über sie.«

»Ja. Aber wenn sie bei der Schlacht anwesend war, warum hat sie diese Feuer nicht wieder angefacht, nachdem du sie gelöscht hattest? Weiß sie nicht, wie? War sie unterwegs, um mehr Krieger zu sammeln? Hat sie sich nur zurückgehalten, um uns durcheinanderzubringen? Wir können es nicht wissen.«

Sie wechselten einen beunruhigten Blick.

»In Cengarn sind über achtzig Männer verwundet und dreißig getötet worden«, sagte Dallandra schließlich. »Der Wundarzt sagte mir, daß zwanzig von den Verwundeten mit Sicherheit ebenfalls sterben werden. Aber es scheint, daß bei unseren Feinden erheblich mehr umgekommen sind. Eine der Wachen hat über hundert Tote gezählt, und das nur auf der Ostseite.«

»Zweifellos. Unsere Leute haben die bessere Stellung. Es ist schwierig zu kämpfen, wenn man eine Leiter hinaufklettert. Interessant, daß sie das Osttor für ihren Angriff gewählt haben, findest du nicht?«

Dallandra schien verwirrt.

»Das war einmal der schwächste Punkt der Verteidigungsanlagen«, sagte Jill. »Bis Jorn und seine Männer es mit irgendeinem Dweomerstein versiegelt haben, von dem nur sie wissen, wie man ihn herstellt. Sie haben es getan, nachdem der Verräter in der Festung entlarvt und getötet wurde.«

»Ah. Also wußte der Feind noch nichts davon. Ich verstehe. Gibt es noch etwas, was wir tun können, oder müssen wir einfach auf den nächsten Angriff warten?«

»Ich fürchte, uns bleibt nichts anderes, als zu warten.« Jill versuchte zu lächeln. »Aber ich denke, wir können heute besser schlafen. Die Mauern werden standhalten. Das wissen wir jetzt.«

»Bis Alshandra eine Möglichkeit findet, ihre Leute von oben über die Mauern zu bringen.«

»Wenn sie das tut, werden wir hier sein, um sie zu begrüßen.«

Dallandra nickte und schien zu überlegen. Wieder einmal

wünschte sich Jill, daß Nevyn hier wäre. Selbst wenn er ihnen auch nur geraten hätte zu warten, wäre schon seine Anwesenheit ein Trost gewesen – Nevyn war der einzige Mensch, dem Jill in ihrem langen Leben jemals vollständig vertraut hatte. Der einzige Mensch, der ihr Wohlergehen immer über sein eigenes gestellt hatte, während er zur gleichen Zeit verlangte, daß sie weiterhin alles leistete, wozu sie fähig war. Während sie darüber nachdachte, kam ihr in den Kopf, daß er wohl auch der einzige Mensch gewesen war, den sie je wirklich geliebt hatte. Sie spürte, wie ihr Tränen in die Augen traten, und wischte sie rasch mit dem Handrücken weg.

»Was ist denn?« wollte Dallandra wissen.

»Nichts, ich bin nur müde, wie wir alle.«

»Da hast du wirklich recht.«

»Sag mir eins ... ich habe versucht, das wahre Wesen der Wächter herauszufinden – woraus sie bestehen, meine ich.« Jill nickte zum Tisch hin, wo mehrere ihrer Bücher lagen. »Du sagst mir, daß Alshandra eine Art Seele hat. Das bedeutet, daß ihre verschiedenen Gestalten so sein müssen wie unsere Körper, oder?«

»Und die Seele beherbergen?«

»Ja, so habe ich es zumindest immer angenommen. Sie können dann zum Beispiel ätherischen Schmerz verspüren.«

»Ach ja? Dann frage ich mich, ob wir Alshandras astrale Gestalt vielleicht zerstören können. Würde das ihre Seele freisetzen, um wiedergeboren zu werden? Würde sie dann wieder zur Welt kommen und ein neues Leben führen, weit von uns entfernt?«

»So sollte es eigentlich sein. Aber ihre Gestalt zu zerstören ist nicht so einfach.« Dallandra versuchte zu lächeln und scheiterte. »Sie ist auf der ätherischen Ebene nicht so verwundbar wie eine von uns. Zerbrich unseren Lichtkörper, zerreiß die Silberschnur – und schon sind wir so tot wie ein Stein auf der Straße. Aber sie hat keinen physischen Körper, also müßte man ihren ätherischen Körper in Stücke reißen, damit dasselbe geschieht.«

»Ich bezweifle, daß eine von uns die Kraft dazu hat. Ich bezweifle sogar, daß wir es zusammen schaffen könnten.«

»Ich ebenfalls – sogar sehr. Nicht einmal Nevyn hätte sie besiegen können.«

»Glaubst du?«

»Ja. Ich weiß, wie hoch du deinen Meister achtest, Jill, aber sie ist von einer anderen Art als wir – Elfen oder Menschen, das ist gleich. Sie ist stärker als wir alle.«

Das Wildvolk wirbelte um sie herum wie schäumendes Wasser um einen Felsen, und verschwand dann. Die beiden Dweomer-Meisterinnen saßen schweigend da, bis die Nacht den Raum mit Dunkelheit erfüllte.

Tief in der Nacht, nachdem sie die Astralsiegel über Festung und Stadt erneuert hatte, suchte Jill mit Hilfe des Zweiten Gesichts nach Prinz Daralanteriel. Sie erwartete, ihn und seine Männer schlafend zu finden, doch als sie sie entdeckte, war er hellwach und saß am Feuer in einem Elfenlager, umgeben von Männern und Frauen. Aha! Er hatte also einen Alar eingeholt. Der Prinz redete, gestikulierte, strich sein rabenschwarzes Haar zurück, und seine Aufregung war wie Feuer, das auf seinem verblüffend hübschen Gesicht spielte. Die Leute rings um ihn her nickten zustimmend oder flüsterten aufeinander ein, als seine Stimmung übersprang. Noch während Jill zusah, trat ein hochgewachsener Mann mit einem Stock in der Hand zum Feuer – helles Haar, violette Augen: Calonderiel! Jill lächelte erleichtert. Dar hatte also den einzigen Mann beim Westvolk gefunden, der die Macht hatte, zum allgemeinen Krieg aufzurufen. Schon an der Art, wie Calonderiel den Mund verzog und wie er den Stock umklammerte, als er dem jungen Prinzen zuhörte, wußte Jill, daß der Kriegshauptmann sein Volk zusammentrommeln würde, um Cengarn zur Hilfe zu kommen.

Aber wie bald? Als sie ihr Blickfeld erweiterte, sah sie nur weites Grasland unter einem matten Mond. Die Elfen könnten noch Hunderte von Meilen entfernt sein, und außerdem würde Calonderiel Zeit brauchen, um seine Bogenschützen, die überall im Grasland verstreut lebten, zusammenzurufen. Jill fluchte laut und jagte damit eine Herde Wildvolk in die Flucht. Bis die elfische Verstärkung eintraf, mochte die Schlacht um Cengarn bereits verloren sein.

In Evandars Land schien kaum eine Stunde vergangen zu sein, seit die Armee den Grenzbaum hinter sich gelassen hatte. Auf dieser Seite der Grenze war der Wald tot – die Bäume verkohlt, die Büsche und Farne sumpfiger Torf, der Efeu bronzefarben an brüchigen Zweigen. Selbst das Finstere Heer ritt hier schweigend und warf mißtrauische Blicke in jedes Dickicht und in jede schattige Senke. Menw schaute immer wieder zum Himmel hinauf, über den zerrissene Wolken fegten.

»Herr!« rief er plötzlich. »Seht nur! Am Waldrand!«

Evandar stellte sich in die Steigbügel und folgte mit dem Blick dem gezogenen Schwert. Durch die verkrüppelten Bäume konnte er gerade noch die Gestalt eines riesigen Falken erkennen, dessen grau gefleckter Bauch hell aufleuchtete, als er aufflog. Mit einem Befehl drängte er seine Armee vorwärts, aber als sie aus dem Wald herauskamen, war der Vogel bereits verschwunden. Am kupferfarbenen Himmel war nicht einmal mehr ein winziger Fleck zu sehen.

»Aha«, sagte Evandar, »Alshandra spioniert uns also in ihrer Vogelgestalt nach. Ich frage mich, wo sie jetzt sein mag?«

»Zweifellos wieder in der Menschenwelt«, höhnte Shaetano. »Oder an einem Ort, den wir nicht einmal kennen. Glaubst du wirklich, wir können sie einfangen? Sie hat den Dweomer der Straßen von dir gelernt, lieber Bruder, und nun kennt sie viele Welten, durch die sie reisen kann.«

»Ja, aber Elessario lebt nur in einer davon. Wir haben einen Köder für unseren Falken, damit er in der Nähe bleibt.«

Evandar hob einen Arm und befahl der Armee zu halten. Links von ihnen hatte sich der Fluß tief eingegraben und war zu einem schäumenden Bach versiegt, der in einer Schlucht von etwa zwanzig Fuß unterhalb der Straße floß. Zu ihrer Rechten hing die Sonne, aufgequollen, als triebe sie durch den Rauch eines gewaltigen Feuers. Vor ihnen lagen Ebenen, so flach und scheinbar unendlich wie die des Westlands, weit bis zu einem Horizont, an dem die Wolken – oder war es Rauch? – sich zusammenballten wie die erstarrte Woge, vom Sonnenlicht ebenfalls kupferrot gefärbt.

»Die Schlachtebene«, bemerkte Evandar, »wo wir uns hin und wieder getroffen haben, du und ich, um das eine oder andere zu besprechen.«

Shaetano zog die Lippen zu etwas zurück, was man als Lächeln hätte deuten können.

»Ich sehe Alshandras Rebellen nirgendwo«, fuhr Evandar fort. »Wäre nicht das Eisen, würde ich mich fragen, ob sie sie mit zur Armee des Pferdevolkes genommen hat. Das wäre ein schöner Anblick von Cengarns Mauern, wenn sich ihre Ungeheuer mit dem häßlichsten Fleisch und Blut mischen, das ich je gesehen habe.«

»Herr?« sagte Menw. »Wenn der Falke kam, um zu spionieren, könnten sie nicht alle in den Wolken versteckt sein?«

»Ideen wie diese haben dir zweifellos deinen Namen eingebracht.« Evandar hob das silberne Horn. »Sehen wir nach.«

Als er fünf Töne blies, galoppierte die Armee vorwärts auf die Schlachtebene, aber in der Bewegung wurden sie höher getragen. Sie flogen nicht unbedingt, sondern schienen wie von einem Herbststurm in die Luft gewirbelt zu werden. Die Armee war zur Schnur einer riesigen glitzernden Peitsche geworden, die durch die Luft fegte. Höher und höher ritten sie auf einer gewaltigen Spirale durch den kupfernen Rauch, bis sie plötzlich in klarer Luft und silbrigem Licht anlangten.

Als Evandar den Halt befahl, schien es, als stünden ihre Pferde auf einer festen Oberfläche, aber rings um ihre Füße und Beine wogte Nebel. Vor ihnen und rund um die Armee türmten sich riesige Wolkensäulen, als stünden sie inmitten einer Ansammlung weißer Brochs. Hier und da drang Sonnenlicht ein, während über ihnen Fetzen blauen Himmels zu sehen waren. Die Säulen und Brochs bewegten sich, einige in diese, andere in jene Richtung, verbanden sich miteinander, nur um sich wieder zu trennen, während sie weiter durch die Luft segelten. Shaetano drehte sich im Sattel um und schaute sich um.

»Sie können überall sein«, flüsterte er. »Wir könnten hier ewig jagen.«

»Tatsächlich, Bruder? Dann sollten wir am besten gleich anfangen.«

Man hatte Lord Trens Kriegshaufen einen Lagerplatz auf der Ebene, unweit von dem Hügelkamm im Osten, zugeteilt – einen Ehrenplatz, wie man Tren gesagt hatte, aber er nahm an, daß es eher darum ging, ihn im Auge zu behalten. Während des vergeblichen Angriffs auf die Stadt hatte Rakzan Hir-li die deverrianischen Männer aus den Kämpfen zurückgehalten, als befürchtete er, daß sie direkt über die Stadtmauern desertieren würden. Am Tag nach dem Angriff traf sich Tren mit den anderen Hauptleuten zu einem erneuten Kriegsrat. Obwohl alle ihn freundlich behandelten, sprachen zu wenige vom Pferdevolk seine Sprache, so daß er keine Vorstellung davon bekommen konnte, was sie wirklich von ihm hielten.

Als der Kriegsrat gegen Einbruch der Nacht zu Ende ging, floh er, um sich zu seinen Männern im Lager zu gesellen.

Einige dieser Männer waren für ihn geritten und hatten in seiner kleinen Festung gewohnt, aber die meisten waren einmal Männer seines Bruders gewesen, die nach Matycs Tod zu ihm gekommen waren. Sie hockten um ihre Lagerfeuer und schwiegen, und einige saßen auch ganz allein da und starrten ins Leere. Ddary, sein Hauptmann, ein untersetzter Mann mit kurzgeschnittenem braunem Haar, gesellte sich zu ihm, als er durchs Lager ging. Obwohl Tren versuchte, mit den Männern zu sprechen, hörten die meisten nur schweigend zu und starrten zu Boden, als warteten sie, bis er endlich fertig sei.

»Das könnt Ihr ihnen nicht übelnehmen«, flüsterte Ddary. »Wir haben alle gesehen, was mit Cadry geschehen ist, so verschnürt und dann erstochen. Sie haben ihn zu Tode bluten lassen wie ein Tier.«

Seine Stimme war voller Verachtung. Tren sah sich um und fragte sich, wie viele seiner Männer man zu Spionen gemacht hatte. Das Pferdevolk machte es sich zur Aufgabe, in jeder Truppe freundliche Ohren zu unterstützen.

»Er hat sich gegen ihren heiligen Krieg ausgesprochen«, sagte Tren. »Willst du etwa behaupten, er hat nicht erhalten, was er verdient hat? Würdest du so etwas laut aussprechen?«

Ddary mochte vielleicht träge sein, aber nicht dumm.

»Nein, Herr. Die Hüter haben getan, was sie tun mußten. Gesegnet sei Sie, die über uns alle wacht.«

Gequält blickten sie einander an. Tren blickte zum Himmel auf, der sich zu einem samtigen Grau verdunkelt hatte. Im Osten kamen ein paar Sterne heraus.

»Ich sollte lieber wieder zu den anderen Hauptleuten gehen. Sie warten auf die Rückkehr der Hohen Priesterin.«

Ddarys Hände zuckten, als müsse er sich gewaltsam davon abhalten, das Zeichen gegen Hexerei zu machen.

»Ich verstehe, Herr. Wo ist sie, wenn ich so dreist sein darf zu fragen?«

»Ich habe keine Ahnung. Sie tut, was sie will.«

Aber es gibt niemanden hier, der nicht gerne wüßte, wo sie hingegangen ist, dachte Tren. Wir hätten das Miststück heute nachmittag gut brauchen können. Zauberei! Das läßt einem Mann das Blut in den Adern gefrieren. Er spuckte auf den Boden, ob die Göttin nun zusah oder nicht.

In Lin Serr kam Rhodry zur selben Ansicht. An diesem Abend stand er am Fenster seines Turmzimmers und schaute zu den Sternen hinauf, während er an Angmar dachte und sich an die wenigen Wochen erinnerte, die sie miteinander verbracht hatten. Er betete zu jedem Gott, daß es ihr gutgehen möge, ganz gleich, wohin der geheimnisvolle Dweomer der Insel sie gebracht hatte. Er fragte sich auch, wo Enj im Augenblick wohl seine Wache in den Bergen hielt. In solchen Augenblicken, wenn das Hinraedd schwer auf ihm lag, bezweifelte er, daß einer von ihnen Haen Marn je wiedersehen würde. Endlich legte er sich hin und schlief, aber er träumte von Angmar und dem Ausblick aus ihrem Schlafzimmerfenster am See, so lebhaft, daß er, als er erwachte, beinahe weinte, daß er nicht wirklich dort war.

An diesem Morgen gab es, da er von der Stadt und dadurch auch allen Kriegsräten ausgeschlossen war, für ihn nichts weiter zu tun, als wutschnaubend herumzuwandern oder im alten Wachturm auf und ab zu gehen. Am Ende wünschte er sich, daß Alshandras seltsame Geschöpfe zurückkommen und mit ihm kämpfen sollten, aber offenbar hatte ihre Erfahrung mit dem eisengefüllten Torhaus sie abgeschreckt. Endlich ging er hinunter zum Flußufer und suchte die Gesellschaft des Drachen. In der warmen Morgensonne streckte sich Arzosah faul aus und räkelte sich von einer Seite zur anderen, als wäre sie ein Stück Fleisch am Spieß. Um etwas zu tun zu haben, pflegte Rhodry sie, als wäre sie ein Pferd. Mit geölten Lappen aus dem Vorratsraum des Torhauses rieb er sie ab, bis jede Schuppe schimmerte, während sie sich streckte und wohlig in der Sonne knurrte.

»Wir werden unsere Rache schon bekommen«, meinte sie. »Ein Drache lebt so manches lange Jahr, und die vom Pferdevolk nur wenige.«

»Ich sehne mich danach, ihre Leben noch kürzer zu machen«, zischte Rhodry. »Ich habe wirklich genug von all diesen Verspätungen.«

Später am Nachmittag sollte Rhodry ein paar Neuigkeiten erfahren. Als er aufblickte, sah er den Botschafter Garin die Zickzacktreppe herunter und über das Gras zum Fluß kommen.

»Eine der Frauen hat heute früh etwas Neues mitgeteilt«, sagte Garin. »Es sieht so aus, als hätte sich jemand des Zweiten Gesichts bemächtigt. Man hat Cengarn angegriffen, aber der Angriff konnte relativ leicht zurückgeschlagen werden.«

Rhodry hörte auf, auf und ab zu gehen, und drehte sich zu ihm um.

»Wann war das?«

»Vor zwei Tagen, gegen Mittag. Natürlich konnten sie mir nicht viel mehr darüber sagen.«

»Natürlich.«

»All dieser elende Dweomer! Aber hin und wieder ist es doch ganz praktisch. Zu schade, daß unsere Feinde auch darüber verfügen.«

Sie schauten eine Weile zum Himmel hinauf, aber es war nichts als wolkenloses Blau zu sehen, weder ein natürlicher Vogel noch ein Gestaltwandler.

Rhodry entdeckte den ganzen Tag lang kein Anzeichen der Rabenfrau, aber in dieser Nacht drang sie in seine Träume ein.

Einmal zuvor schon hatte eine Frau – oder, um genauer zu sein, ein weiblicher Geist – seine Träume übernommen. Obwohl dies Jahre zurücklag, erinnerte er sich gut genug daran, um das Gefühl wiederzuerkennen, als es jetzt wieder geschah. Er hatte einen ganz gewöhnlichen Traum, in dem er mit Angmar am Ufer von Haen Marn entlangspazierte und sie kein Wort sprachen, sondern sich nur an der Gegenwart des anderen erfreuten wie der Drache an der Sonne. An einem Punkt hatte er sich gebückt, um einen Stein vom Strand aufzuheben, und als er sich wieder aufrichtete, war Angmar weg. Er lief hierhin und dahin, suchte sie auf der ganzen Insel, die sich plötzlich in Dun Aberwyn verwandelte, wie es mitunter in Träumen geschieht. Am Ende war er im Garten hinter dem Hauptbroch, wo der Brunnen mit dem Marmordrachen stand.

Auf einer rosengerahmten Bank wartete die Rabenfrau auf ihn. Sie erinnerte ihn an Mallona, obwohl sie jünger war und irgendwie primitiver, mit rabenschwarzem Haar und schönen Augen, aber ihr Mund war zu voll, ihr Hals zu dick und ihr Lächeln zu hinterhältig. Sie hatte auch stumpfe, dickliche Finger – Bäuerinnenhände, wie er dachte –, und die schlang sie um einen glänzenden Gegenstand in ihrem Schoß.

»Ich grüße Euch, Rhodry Maelwedd«, sagte sie. »Wißt Ihr, wer ich bin?«

»Ich weiß Euren Namen nicht, wenn es das ist, was Ihr meint, aber ich denke, wir sind uns schon einmal begegnet.«

»Ja. Es überrascht mich allerdings, daß Ihr Euch erinnert.«

»Um ehrlich zu sein, bin ich überraschter als Ihr.«

»Meine Göttin zeigt mir viele verborgene Dinge. Sie hat eine Macht, die Ihr Euch nicht vorstellen könnt.«

Er zuckte nur mit den Achseln und sah sich um. Die Mauern des Broch schienen sich um den Garten geschlossen zu haben, und es gab keine Tür und kein Tor mehr. Auch eine niedrige Decke blockierte plötzlich den Blick zum Himmel, als sich der Garten in eine Kammer mit einem einzelnen Stuhl und den Reitsachen einer Frau verwandelte, die auf dem strohbestreuten Boden lagen. Sie stand lachend auf, die Hände immer noch um den mysteriösen Gegenstand gefaltet.

»Ihr werdet nie wieder von hier entkommen«, sagte sie. »Ihr habt mich einmal in die Falle gelockt, und jetzt habe ich Euch gefangen.«

»Ach ja? Früher oder später werde ich erwachen.«

Sie riß den Kopf hoch, und kniff wütend die Augen zusammen. Rhodry lachte, und verbeugte sich spöttisch vor ihr.

»Was dachtet Ihr? Daß ich nicht weiß, daß ich träume? Daß ich an Euch und Eure elenden kleinen Zaubersprüche glaube?«

Sie fluchte in kaltem Zorn, doch dann begann sie, etwas in einer Sprache zu rezitieren, die er nie gehört hatte. Mit der rechten Hand zeichnete sie ein seltsames Muster in die Luft, während sie in der Linken eine kleine Glasphiole hielt, durch die das silbrige Licht schimmerte. Aus reinem Reflex schlug Rhodry nach ihrem Arm. Seine Hand schien direkt durch ihr Fleisch zu gehen, aber die Phiole fiel zu Boden und zerbrach.

Er war hellwach, saß auf seinen Decken im Torhaus und triefte vor kaltem Schweiß. Er stand auf, stieß jeden Fluch aus, der ihm einfiel, fuhr sich mit beiden Händen durch das feuchte Haar und stolperte hinüber zu einem Fenster. Im Osten wurde der Himmel gerade erst heller. Er lehnte sich auf das Fensterbrett, bis die Sonne aufging und die Finsternis verbannte. Mit einem letzten Schaudern drehte er sich um, nahm seine Brigga vom Boden und zog sie an. Dann griff er nach dem Hemd und sah etwas auf dem Steinfußboden glitzern. Eine gebogene Glasscherbe.

»Ein ganzer Haufen Pferdedreck!« flüsterte er.

Er bückte sich und sah sich den Boden näher an, fand aber nur diese eine Scherbe. Selbst im heller werdenden Sonnenlicht schien sie von selbst zu schimmern. Und was hätte sie mit dieser Phiole gemacht? fragte er sich. Seine Seele eingefangen, wie es die Hexen in alten Geschichten taten? Oder hätte sie ihn nur vergiftet? Er griff nach seinem Schwertgürtel, setzte dazu an, den silbernen Dolch zu ziehen, dann dachte er noch einmal nach. Er hatte noch ein anderes Messer, eine primitiv geschmiedete Bronzeklinge, die an einen Holzgriff gebunden war und die Dallandra ihm vor langer Zeit einmal gegeben hatte. Er zog diese Waffe aus der zerfallenden Scheide und steckte die Spitze unter die Scherbe, um sie sich näher anzusehen. Kaum berührte die Bronze das silberne Glas, schwoll die Scherbe an, zischte, begann zu dampfen und verkochte mit einem üblen Geruch wie ein Tropfen Wasser auf einem heißen Stein.

Rhodry war zu verblüfft, um etwas zu sagen. Er setzte sich einfach auf die Hacken zurück und starrte die Messerspitze an. Als er es wagte, sie zu berühren, fühlte sich das Metall kalt und fest an, wie es immer gewesen war. Jill hatte ihm einmal gesagt, daß auf dieser Klinge ein mächtiger Dweomer lag. Sie hatte erklärt, daß die Waffe irgendwie in mehreren Welten gleichzeitig existierte, aber da er nicht verstanden hatte, was sie meinte, hatte er vergessen, wie genau das zustande kommen konnte. Von nun an, beschloß er, würde er mit dem Messer in der Hand schlafen.

Nachdem er sich fertig angezogen hatte, ging er nach draußen ins Parkland und rief Arzosah von ihrem hohen Turm herunter. Sie flatterte ungelenk in das taufeuchte Gras neben ihm, gähnte und schüttelte die Flügel.

»Du hast heute nacht nicht zufällig Raben gehört oder gesehen?« fragte Rhodry.

»Wie bitte? Selbstverständlich nicht. Raben fliegen nicht nachts.« Wieder gähnte sie, dann hielt sie inne. »Oh, du sprichst von *diesem* Raben. Nein, und er wäre mir nicht entgangen, denn es war kalt und feucht da oben, Drachenmeister, und ich habe überhaupt nicht gut geschlafen.«

»Wenn du nicht den ganzen Tag schlafen würdest, ginge es nachts besser.«

Sie breitete die Flügel aus und zog geziert die Oberlippe hoch, um einen spitzen Reißzahn zu entblößen. Rhodry hielt den Ring hoch und ließ ihn in der Sonne blitzen.

»Wir werden einen kleinen Flug machen«, sagte er. »Ich will mich umsehen. Wenn sie in der letzten Nacht Dweomer eingesetzt hat, muß sie in der Nähe gewesen sein.«

»Wie bitte? Sie hat was?«

Während er ihr das improvisierte Zaumzeug aus Seilen überstreifte, erzählte Rhodry dem Drachen von seinem »Traum«. Sie stimmte seiner Interpretation sofort zu.

»Das war wirklich kein gewöhnlicher Traum! Sie hat dir tatsächlich die Seele aus dem Körper gezogen, und ich wette, sie hat tatsächlich versucht, sie einzufangen, dort in dieser Welt, in der Zauberer ihre Magie weben. Ich habe nie so etwas gesehen wie dieses Material, aus dem die Phiole bestand, aber ich bin sicher, es war Dweomer. Ih! Das ist schrecklich! Wenn es ihr gelänge, dich einzufangen, hätte sie auch den Ring, und es wäre ekelhaft, ihr dienen zu müssen. Ich würde es hassen.« Sie stampfte mit den Vorderfüßen. »Ich würde es hassen, hassen, hassen!«

»Dann solltest du mir lieber helfen, sie zu finden.«

An diesem Morgen waren sie lang unterwegs, bis die Sonne den halben Weg zwischen Horizont und Zenit zurückgelegt hatte. Sie glitten hoch über dem Plateau von Lin Serr umher und sahen die winzigen Gestalten unter sich, die Zwergentruppe, die auf einem der verbrannten Bauernhöfe die Leichen begrub, dann wandten sie sich um, schwebten über den Aufwinden der Hügel nach Südosten. Sie entdeckten den Raben nicht, obwohl es durchaus möglich war, daß sie sich in ihrer

Frauengestalt tief im Wald versteckte. Endlich, als die Sonne lange Schatten aus dem Westen schickte, gab Rhodry auf und kehrte nach Lin Serr zurück. Sie landeten am Fluß, wo er das Zaumzeug abnahm.

»Was hast du nun vor?« fragte Arzosah. »Du wirst irgendwann schlafen müssen.«

»Das ist wahr. Ehrlich gesagt, ich weiß es nicht. Ich sollte vielleicht Garin fragen, und ihn bitten, sich umzuhören, was die Frauen der Zwergenfestung darüber zu sagen haben.«

»Eine gute Idee. Darf ich jagen, Meister? Ich habe unten in den Hügeln ein paar schöne, fette Hirschkühe gesehen.«

»Also gut. Komm nur direkt hierher zurück, um hier zu fressen.«

»Und wenn ich zufällig den Raben finde, werde ich *sie* fressen. Ich denke, das weiß sie ebenfalls.«

Nachdem sie davongeflogen war, rollte Rhodry das Zaumzeug zusammen und trug es zurück zum Torhaus. Er war so daran gewöhnt, an das Eisen als Schutz zu denken, daß er völlig sorglos die Treppe hinaufstieg, aber es waren nur jene von Alshandras und Evandars Volk, die dieses Metall nicht ertragen konnten. Als Rhodry in seine Kammer kam, wartete die Rabenfrau dort auf ihn. Vollkommen nackt, ihr langes, schwarzes Haar über eine Schulter gekämmt, stand sie an der Wand zwischen zwei Fenstern. Aus dem Zustand seiner Dekken und der Ausrüstung schloß er, daß sie alles durchsucht hatte, was er besaß.

»Du bist wirklich dreist«, sagte er.

Sie lachte, sah ihm dabei direkt ins Gesicht, in die Augen, und hielt seinen Blick mit Dweomer. Ihr Starren schien in ihn einzudringen und seine Seele zu pfählen, so daß er kurzzeitig keinen einzigen klaren Gedanken fassen konnte. Er spürte den Schlag ihres Geistes wie einen körperlichen Schlag, der ihn taumeln ließ. Mit großer Anstrengung wandte er sich ab, und er warf das Seilbündel, das er trug, nach ihr. Obwohl er sie verfehlte, schrie sie leise auf und wich zurück – mehr Zeit brauchte er nicht. In einer raschen Bewegung zog er das Bronzemesser und griff an. Kreischend wich sie zur Seite aus. Er verfehlte sie nur um ein winziges Stück und hätte sie mit dem nächsten Stich auch getroffen, aber dann verfing er sich mit einem Fuß in den Seilen und taumelte gerade genug, um ihr einen Vorteil zu verschaffen.

»Du Bastard von einem Silberdolch!« Sie sprang zum Fenstersims. »Mit dir bin ich noch nicht fertig.«

Sie warf sich aus dem Fenster. Fluchend schüttelte Rhodry das Seil von seinem Fuß und rannte ebenfalls zum Fenster. Als er nach unten schaute, erwartete er, eine Leiche im Gras zu sehen, aber statt dessen flog der Rabe krächzend am Fenster vorbei. Lange Zeit stützte Rhodry sich aufs Fensterbrett und sah zu, wie sie davonflog, rasch und auf direktem Weg zurück nach Süden, nach Cengarn.

Etwa eine Stunde nach der Morgendämmerung des nächsten Tages sah Lord Tren, der am Rande des Hauptmannslagers auf und ab ging, den Raben nach Hause zurückkehren. Er blieb stehen und sah zu, wie sie einmal über der Armee kreiste, die sie jubelnd und mit ausgestreckten Armen empfing. Sie flog niemals direkt über die Stadt selbst, fiel ihm auf. Er nahm an, daß sie sich vor den Pfeilschüssen der Verteidiger fürchtete. Sie flatterte noch einmal und kam dann nach einem langgezogenen Gleitflug nicht weit von ihm entfernt vor ihrem Zelt auf, so sehr wie ein echter Vogel – mit einem kleinen Hüpfer und Schütteln der Flügel –, aber so riesig, daß er schauderte. Als Diener herauskamen, um ihn aus der Gegenwart der Hohen Priesterin zu verscheuchen, war er froh darüber.

Aber an diesem Abend rief Raena, wie man die Hohe Priesterin nannte, nachdem sie Hir-li eine Audienz gewährt hatte, auch Tren zu sich. Er folgte der Laterne einer parfümierten Dienerin durch das dunkle Lager zum Zelt der Hohen Priesterin, einer besonders geräumigen Unterkunft, die ein Stück von den anderen entfernt stand. Es schimmerte hell von dem Licht, das drinnen brannte. An der Zeltklappe standen zwei menschliche Eunuchen mit langen Speeren. Die Dienerin hielt die Laterne mit einer Hand hoch und zog die Zeltklappe mit der anderen zurück.

»Wenn Ihr bitte eintreten würdet?«

Tren duckte sich, betrat das Zelt und richtete sich drinnen wieder in einem hellen Silberschimmer auf, der von überall und nirgends zu kommen schien, als klammerte sich das Licht selbst an Zeltwände und Stangen. Nicht weit vom Eingang entfernt, inmitten dieses künstlichen Mondscheins, saß Raena auf einem Stuhl aus gebogenem Holz und Segeltuch. Hinter ihr konnte er Truhen sehen, ein Bett, Waffen und Kleidung, die auf einem rotgoldenen Teppich verstreut lag. Zu ihren Füßen lag ein dickes Lederkissen. Sie schnippte mit den Fingern und zeigte darauf.

»Ihr dürft Euch setzen.«

»Das ist sehr freundlich von Eurer Heiligkeit.«

Tren setzte sich hin. Die Priesterin trug ein langes Hemd, vollkommen bestickt mit Mustern in Rot und Gold im Stil des Pferdevolkes, und ihr langes, dunkles Haar war, ebenso den Sitten von Trens Verbündeten entsprechend, nach hinten gekämmt und mit Schmuckstücken und Talismanen durchflochten. Die kurzen, beinahe dicklichen Hände hatte sie im Schoß gefaltet.

»Hir-li hat mir heute mittag gesagt, daß einer Eurer Männer Blasphemie begangen hat.«

»Ja, Eure Heiligkeit. Er wurde dafür hingerichtet.«

Raena nickte einmal, als dächte sie darüber nach, was er gesagt hatte, dann nickte sie wieder und wieder und wieder, ihr Kopf ruckte vor und zurück, und ihr Körper wackelte vorwärts und rückwärts, vorwärts, rückwärts, während Tren sie mit offenem Mund anstarrte. Mit einer letzten, heftigen Bewegung fiel sie vornüber, der Kopf in den Schoß. Tren erhob sich halb und fragte sich, ob er den Diener rufen sollte. Plötzlich setzte sich Raena mit einer seltsamen, schlangenhaften Bewegung wieder auf, als wäre ein Seil zwischen ihren Schulterblättern befestigt, an dem jemand sie hochzog. Im letzten Augenblick riß sie auch den Kopf hoch. Sie lehnte sich zurück, aber eine andere Seele schaute aus ihren Augen, und ein eigenartiges Lächeln verzog ihren Mund. Als sie sprach, klang ihre Stimme hohl und dröhnend.

»Lord Tren! Ich spreche durch den Mund meiner Priesterin zu dir.«

Tren war es plötzlich eiskalt, er rutschte vom Kissen und kniete nieder, um die zitternden Hände zu seiner Göttin zu erheben, die für einen Augenblick Fleisch geworden war. Sie lachte gackernd und hob die Hände, um seinen Gruß zu erwidern.

»Willst du den Mörder deines Bruders tot sehen?« Die Stimme klang wie eine Bronzeglocke. »Lechzt du nach seinem Blut?«

»Ja, Geliebte, mit all meiner Seele.«

»Die Priesterin wird dir geben, was du brauchst, um ihn vom Himmel zu holen. Sie wünscht den Tod dieses Mannes ebenso wie ich.«

Tren war verblüfft – vom Himmel holen? Meinte sie damit etwa, daß dieser Rhodry, dieser elende Silberdolch, auch ein Gestaltwandler war?

»Aber wenn du dieses Geschenk entgegennimmst, hast du dich damit vollständig an mich gebunden, um mir zu dienen und meine Feinde zu töten, ganz gleich, wer sie sein mögen, ganz gleich, wie sehr es dich quält. Du mußt in meinem Namen töten. Hast du mich verstanden? Töten. Ich will Blut sehen. Du mußt töten.«

Er setzte dazu an, etwas zu sagen, aber Raena warf den Kopf erst zurück, und dann zuckte er wieder nach vorn. Sie gurgelte, spuckte, sabberte, ihr Körper zuckte auf dem Stuhl und wand sich. Tren sprang auf und packte die sich windende Frau gerade in dem Augenblick, als der Stuhl umzufallen drohte. Als ihr Kopf an seine Schulter fiel, spürte er warmen Speichel durch sein Hemd dringen. War sie dabei zu ersticken? Er war sich noch nie so hilflos vorgekommen.

Er hob sie hoch und trug sie zum Bett, legte sie dann mit dem Gesicht nach unten hin und knäulte Decken zusammen, um sie unter ihren Hals und die Brust zu legen. Sie lag so still, daß er es wagte, ihr die Hand auf die Wange zu legen. Sie fühlte sich zwar kühl an, aber warm genug für einen lebenden Menschen.

»Raena?« flüsterte Tren. »Euer Heiligkeit?«

Er hätte nach den Dienerinnen gerufen, aber er befürchtete, daß es sie beschämen würde, wenn jemand sie so sähe. Ihm wäre es zweifellos so gegangen. Plötzlich hob sie den Kopf und starrte ihn an.

»Wasser?« Ihre Stimme war heiser, aber es war Raenas eigene Stimme.

Tren stand auf, sah sich um und fand einen Tonkrug und einen hölzernen Becher. Er mußte sie stützen, während sie trank, und sie legte beide Hände um den Becher wie ein kleines Kind.

»Die Göttin verlangt viel von ihrer Priesterin, sehe ich.«

Sie nickte und streckte ihm den Becher für mehr Wasser hin. Er goß ein, dann ließ er den Arm wieder unter ihre Schultern gleiten, um sie aufrecht zu halten.

»Ich danke Euch.« Sie war immer noch heiser. »Wißt Ihr, welch große Ehre sie Euch erwiesen hat?«

»Dessen bin ich mir vollkommen bewußt, Euer Heiligkeit. Soll ich Eure Dienerinnen hereinholen?«

Sie schüttelte den Kopf, reichte ihm den leeren Becher, setzte sich aufrecht hin, seufzte und strich sich mit beiden Händen das Haar aus dem Gesicht.

»Seht Ihr diese langgezogene Truhe hinten im Zelt?« fragte sie. »Öffnet sie. Das Geschenk, das sie Euch versprochen hat, ist in rotes Tuch gewickelt.«

Tren tat, was man ihm gesagt hatte, und fand in rötlichbraunem Leinen einen elfischen Langbogen und einen Köcher voller Pfeile. Er maß den langen Bogen – nur ein paar Zoll kleiner als er selbst und nicht leicht zu spannen. Im Köcher steckten auch ein paar Bogensehnen. Raena setzte sich aufs Bett und sah ihn an.

»Wißt Ihr, wie man ein solches Ding benutzt?«

»Ja, Euer Heiligkeit. Ich habe einiges an Westvolkblut in meinen Adern.«

»Oh, dessen bin ich mir wohl bewußt.« Sie lächelte. »Aber erinnert Ihr Euch, was sie gesagt hat? Wenn Ihr diesen Bogen annehmt, werdet Ihr auf meinen Befehl töten müssen.«

»Selbstverständlich. Warum auch nicht?«

»Das weiß ich nicht.« Sie legte den Kopf ein wenig schief. »Aber ich habe ein Vorzeichen erhalten, das mir sagte, es wäre möglich, daß Ihr Euch weigert, diese Aufgabe auszuführen.«

»Euer Heiligkeit, ich versichere Euch, mein Herz und meine Seele gehören der Göttin.«

Sie setzte dazu an, etwas zu sagen, zuckte aber mit den Achseln, gähnte, und ließ sich dann wieder aufs Bett fallen und streckte mit einem langgezogenen Seufzer die Arme über dem Kopf.

»Eure Heiligkeit scheinen müde zu sein. Ich sollte Euch allein lassen.«

»Noch nicht.« Sie lächelte ihn an. »Wenn die Göttin mich

übernimmt, macht mich das immer hungrig. Legt Euch zu mir hin.«

Ihr Hemd, das ihr hoch bis zu den Oberschenkeln gerutscht war, klebte vom Schweiß an ihrem fleischigen Körper. Er stand einen Augenblick da, betrachtete sie und wünschte sich, daß sie weniger aussähe wie eine Bauersfrau, die nach einem schweren Tag beim Schweinehüten im Heuschober lag. Aber es war lange her, seit er eine Frau gehabt hatte, und außerdem könnte es gefährlich sein, diese hier abzuweisen. Er setzte sich neben sie und küßte sie auf den Mund. Sie lachte und schwang ein Bein um seine Taille. Auch was dann folgte, hatte etwas vom Bauernhof an sich, zumindest kam es Tren so vor. Kurz, rauh und laut. Als sie fertig waren, rollte sie sich von ihm weg und gähnte.

»Ihr dürft jetzt gehen. Nehmt das Geschenk der Göttin mit und ruft meine Diener herein.«

Bis Tren seine Brigga wieder verschnürt hatte, war sie bereits eingeschlafen, schnarchend und mit schlaffem Mund. Obwohl er versuchte, sich davon zu überzeugen, daß er immer noch Ehrfurcht vor der Göttin hatte, mußte er immer wieder an Raena denken, die an einer Schulter sabberte.

»Rori! Rori! Wo seid Ihr!« Garins Stimme klang schwach in den Turmraum hinauf. Rhodry ging ans Fenster und kniete sich auf das Sims, beugte sich hinaus, und sah den Botschafter in der hellen Morgensonne am Fuß des Turmes stehen. Bei ihm waren der Meister Gerber und der Meister Rüstschmied und ihre Lehrlinge, die eine schwere Last trugen.

»Das Zaumzeug!« rief Garin. »Kommt herunter!«

»Ja, sofort.«

Mit einem Ruf zu Arzosah, ihn unten zu treffen, eilte Rhodry die Treppe hinunter. Er hatte die letzten paar Nächte traumlos geschlafen, wenn er überhaupt imstande gewesen war zu schlafen. Es schien ihm, als wäre er alle paar Augenblicke aufgewacht, weil er glaubte, den Raben über Lin Serr krächzen zu hören. Im Sonnenlicht jedoch, in der Nähe des Gerbers und des Schmieds, die ihm ihre Arbeit zeigten, schienen gefährliche Träume und Gestaltwandlerei weit weg zu sein.

»Probieren wir es an«, sagte Rhodry zum Drachen. »Wirst du zulassen, daß sie die Schnallen schließen? Ich habe keine Ahnung, wie dieses Ding zusammengehört.«

»Also gut. Aber sie sollen lieber gut auf meine schönen Schuppen aufpassen.«

Nachdem das Zaumzeug angelegt war, erklärte Arzosah ihre Zufriedenheit mit diesem eleganten schwarzen Lederding mit seinen polierten Bronzeschnallen und den kleinen goldenen Drachen an dem Riemen an den Ausbindern, die aus Othos Vermächtnis bezahlt worden waren. Rhodry fand es viel einfacher, auf einem richtigen Sattel zu reiten, obwohl sich dieses Arrangement aus Polstern und Lederriemen sehr anders anfühlte als jeder Pferdesattel, den er je benutzt hatte. Immer noch kniete er mehr, als er saß, aber jetzt sicherer. Als sie über Lin Serr kreisten, wurde ihm klar, daß er sich endlich an den Drachenrücken gewöhnt hatte.

Nun, da er sich nicht mehr darum sorgen mußte, Hunderte von Fuß tief in seinen Tod zu fallen, konnte er seine vielen Kampfideen ausprobieren, aber dabei blühten ihm ein paar unangenehme Entdeckungen. Zunächst versuchte er, seinen Bogen einzusetzen. Wenn er in die Richtung schoß, in die sie flogen, trug der Wind, den Arzosahs Vorwärtsbewegung erzeugte, den Pfeil direkt zu ihm zurück, wenn auch schief und kraftlos. Wenn er versuchte, sich im Sattel umzudrehen, um nach hinten zu schießen, verletzte er beinahe ihren Flügel. Arzosah kreischte wie das Klirren von hundert Pfeilen auf Schilden.

»Sei vorsichtig«, jammerte sie, »du hättest mir beinahe weh getan, Drachenmeister! Diese Dinger sind klein, aber ich wette, sie stechen.«

»Das wette ich auch. Also gut. Wir versuchen den Kampf mit einem langen Speer.«

Aber solange Arzosah nicht so niedrig flog, daß sie selbst in Gefahr war, von unten getroffen zu werden, und das auch noch in den verwundbaren Bauch, erreichte Rhodry keinen Feind mit dem Speer. Als nächstes versuchte er, einen großen Beutel mit Steinen zum Werfen mitzunehmen, aber wieder machte es der Wind, den Arzosahs gewaltige Flügel aufwirbelten, ebenso wahrscheinlich, daß er einen Freund traf wie einen Feind. Fluchend ließ er sie wieder landen, damit sie sich ausruhen konnte, nur um zu entdecken, daß sie eine Zuschauermenge von fünf Zwergen versammelt hatten, darunter Garin. Als Rhodry abstieg, sagte er Arzosah, sie solle zum Trinken an den Fluß gehen, und gesellte sich selbst zu den Zwergen.

»Das sah nicht gut aus«, erklärte Garin.

»Nein, überhaupt nicht. Ihr Götter, da hört man all diese Bardenlieder über die wunderbaren Helden der alten Zeit, die vom Drachenrücken aus kämpften, aber die verdammten Barden haben nie genau gesagt, wie das funktionierte.«

»Ich glaube nicht, daß es ein *wie* gibt.« Garin machte eine Geste, die die anderen vier Zwerge umfaßte. »Ich glaube nicht, daß Ihr diesen Herren schon begegnet seid, aber sie sind Waffenmeister, *die Waffenmeister*, wenn Ihr versteht, was ich meine.«

Rhodry verbeugte sich – eine Geste, die mit ernstem Nicken entgegengenommen wurde. Der Älteste der vier, mit buschigen weißen Brauen und weißem Bart, trat vor und sagte etwas zu Garin, der übersetzte.

»Er sagt, Ihr solltet Euch ruhig um Euer Reittier kümmern

und ihn dann in der Waffenschmiede treffen. Rori, wenn er Euch einlädt, kann der Rat kein Wort dagegen sagen. Das hier ist Varn Avro Krez, der größte Kriegshauptmann, den Lin Serr jemals hatte.«

Als ob er wüßte, daß man ihm schmeichelte, schnaubte der alte Mann angewidert, dann drehte er sich um und stampfte davon, dicht gefolgt von seinen Genossen.

»Er hat das Kommando Brel übergeben«, fuhr Garin fort. »Aber er hat Hunderte von Jahren als Avro gedient. Es heißt, jemand hat einmal einen Pfeil nach ihm geschossen, aber er hat seine Axt geworfen, und ihn aus der Luft gerissen.«

»Das kann ich mir vorstellen. Man sieht ihm das irgendwie an den Augen an.«

Nachdem er das Zaumzeug abgenommen und es zur Zufriedenheit der Handwerksmeister verstaut hatte, rieb Rhodry Arzosah ab. Er wußte, daß ein wahrer Waffenmeister Zeit haben würde, während er sich angemessen um sein Reittier kümmerte. Als Arzosah erst einmal in der Sonne ruhte, eilten er und Garin über die Wiesen und die Treppe hinauf zum Haupteingang zur Stadt. Am Doppeltor nahmen die Wachen beide zur Kenntnis, und sie nickten Rhodry freundlich zu, als sie hereinkamen. Sie durchquerten die Haupthalle, umgingen den Irrgarten und zögerten dann an der Nische zur Haupttreppe nach unten. Die Wache trat vor und machte eine Bemerkung zu Garin, der grinste.

»Er sagt, der alte Varn hat ihm bereits die Meinung gesagt, also könnt Ihr passieren.«

Die breite Steintreppe führte direkt und steil zu einem schmalen Absatz darunter. Von dort zweigten nach beiden Seiten Tunnel ab, während die Treppe geradeaus weiterführte wie ein Wasserfall weißen Steins, der in einen düsteren Fluß hinabstürzt.

»Wir gehen nach rechts«, sagte Garin. »Um ehrlich zu sein,

ich bin froh, daß wir diesmal nicht den ganzen Weg in die tiefe Stadt müssen. Wieder heraufzusteigen tut den Knien eines Mannes nicht gut.«

»So ist es.«

Sie gingen rasch den breiten Tunnel entlang, der von Körben silbrig schimmernder Pilze in gemeißelten Nischen beleuchtet war. Rhodry hätte sich gerne mehr Zeit gelassen. Die Wände selbst waren schlicht und aus poliertem weißem Marmor, aber in jeder Nische befanden sich Reliefs, und jedes war anders. Ein Muster schien aus Salamandern gewoben, gemeißelt aus grünem und schwarzem Marmor, so daß man hätte schwören können, sie seien lebendig. Das nächste waren Rosen, so zart aus rosafarbenem Stein geschnitten, daß man beinahe ihren Duft roch. Jede Tür, an der sie vorbeikamen, war mit poliertem Stein in unterschiedlichen Farben eingelegt, was Bilder ergab, die aussahen, als könne man wie durch ein Fenster direkt hineingreifen. Einmal begegneten sie einem jungen Zwerg mit einem hölzernen Karren, der mit frischen Leuchtpilzen beladen war, so daß es aussah, als schöbe er den Mond vor sich her. In diesem helleren Licht bekam Rhodry einen guten Blick auf eine Tür und sah in einen Garten, in dem so viele unterschiedliche Blumen blühten, wie die Steinfarben es erlaubten.

Die Tür zur Waffenschmiede war mit einer Kampfszene verziert. Zwerge stürmten die Zinnen einer Stadt in den Bergen, während seltsame warzige Geschöpfe versuchten, ihre Leitern zurückzustoßen.

»Trolle«, sagte Garin, der auf die Wesen zeigte. »Jedenfalls nennen die alten Sagen sie so, obwohl ich nicht die geringste Idee habe, was sie damit meinen. Seht Ihr den Burschen dort mit der goldenen Axt? Das ist einer unserer Götter, aber ich darf Fremden seinen Namen nicht verraten.«

Der fragliche Gott hatte gerade die Mauerkrone erreicht

und schlug dabei einen besonders häßlichen Troll in der Mitte durch. Rhodry entschied, daß die Zwergengötter ihm besser gefielen als Alshandra. Als Garin die Tür aufstieß und ihn hineinbat, fand Rhodry die Rüstkammer selbst enttäuschend. Von den polierten Steinmauern einmal abgesehen, sah sie aus wie jede andere Rüstkammer, in der er sich je befunden hatte. Ein langgezogener, schmaler Raum, mit zahllosen Regalen voller Waffen, alle geölt und bereit, während in den Ecken säuberlich aufgestapelt die Schilde lagen. Am anderen Ende war eine kleine Tür halb geöffnet.

»Ah«, sagte Garin. »Er muß da drinnen sein.«

Als sie zwischen den langen Reihen von Äxten und Schwertern hindurchgingen, griff Garin nach einem der schimmernden Körbe und nahm ihn als Laterne mit. Sie traten durch die Tür und fanden sich in einem kleinen, rechteckigen Zimmer voll zerbrochener Speerschäfte und Klingen, die auf so etwas wie einer Werkbank lagen. Rhodry konnte am anderen Ende eine weitere Tür sehen.

»Seltsam«, meinte Garin. »Ich weiß genau, daß er sagte, er wolle uns in der Rüstkammer treffen.«

»Nun, vielleicht ist er ein Stück weitergegangen.«

Die Tür führte auf einen Treppenabsatz, von dem aus eine schmale Treppe ins Dunkel hinabführte.

»Sicherlich nicht!« flüsterte Garin. »Er wäre sicher nicht – nun, ich weiß aber nicht, wo er sonst sein sollte. Rori, er muß Euch etwas wirklich Wichtiges zu sagen haben, das ist alles, was ich weiß. Ich gehe lieber vor, da ich den Korb mit dem Licht habe.«

Eine Stimme rief sie von unten. Garin erwiderte, die Stimme antwortete, und der Botschafter sagte etwas in ungläubigem Tonfall. Einen Augenblick lang widersprach er, dann zuckte er mit den Achseln, wandte sich wieder zu Rhodry um und sagte auf deverrianisch: »Varn ist tatsächlich da unten. Er sagt, wenn Ihr es wagt, sollt Ihr das Übungsschwert nehmen, das er für Euch auf der Werkbank gelassen hat, und ihn verfolgen. Er will sehen, aus welchem Stoff Ihr gemacht seid. Ich werde in einer Weile folgen.«

Rhodry lachte sein vergnügtes Berserkerlachen, und es hallte auf der Treppe wider. Er fand das Schwert, einen richtigen Griff mit einer Holzklinge, in dem Durcheinander auf der Werkbank und probierte es aus. Es hatte eine gute Länge für seine Größe und seine Reichweite. Als Garin ihm den Lichtkorb anbot, winkte er ab und setzte sich dann hin und zog seine Stiefel aus.

»Wenn ich das Licht mitnehme, wird er mich kommen sehen, während ich blind bin.«

Garin fluchte mit solcher Leidenschaft, daß Rhodry ganz froh war, ihn nicht zu verstehen.

»Ihr werdet Euch das Genick brechen, wenn Ihr stürzt«, sagte der Zwerg schließlich.

»Nun, wißt Ihr, ich habe etwas von dem elfischen Sinn für Dweomer in mir, und irgendwie weiß ich, wenn ich diese Prüfung nicht bestehe, hätte es ohnehin keinen großen Sinn weiterzuleben.«

Die Stufen waren schmal und schienen von unterschiedlicher Höhe, so daß Rhodry sich mit bloßen Füßen den Weg ertasten mußte, eine Stufe nach der anderen. Nachdem er die Lichtpfütze am Anfang der Treppe hinter sich gelassen hatte, begannen seine Augen, sich umzugewöhnen, und er fand eine andere Art von Licht, die von unten heraufdrang, eher bläulich als silbern. Er fühlte sich, als stiege er in Wasser hinab, und etwa auf dem halben Weg nach unten hörte er auch Wasser, das Tosen eines Flusses, der über ein im Dunkeln nicht sichtbares Sims stürzte. Er mußte grinsen. Er würde Varn über diesen Lärm hinweg niemals hören können, aber der Waffenmeister wäre auch nicht imstande, ihn zu hören. Er hielt inne und spähte nach unten. Von hier aus konnte er gerade so eben einen Höhlenboden erkennen, bedeckt mit Felshaufen und Stalagmiten, die sich in dem unheimlichen Blau abzeichneten. Nichts regte sich dort.

Ein paar Schritte weiter wurden die Stufen feucht. Seine Reitstiefel hätten hier den Tod bedeutet. Zehn weitere Stufen, dann noch fünf, und die Treppe war plötzlich nicht mehr direkt vor ihm. Auch sich schneller zu bewegen hätte ihn umgebracht. Die Treppe bog scharf ab, vierzehn weitere Stufen, und brachte ihm eine neue Aussicht. Durch hoch aufragende Felssäulen konnte er die Lichtquelle erkennen. Die gesamte unterirdische Höhle kochte von Phosphoreszenz, ein silbriges, blaues Glühen, das sich durch die Dunkelheit der gewaltigen Höhle zog. Noch weitere fünf Stufen abwärts, dann noch zwei – als er auf dem Boden der Höhle stand, stellte er fest, daß dieser mit kleinen Steinen bedeckt war.

Einige davon stachen ihm in die bloßen Füße, aber nicht genug, daß es blutete. Wenn er hier einen falschen Schritt tat, würden sie knirschen, zur Seite rollen und Varn warnen. Und wo hatte sich der alte Mann wohl versteckt? Die ganze Höhle war ein Irrgarten aus gebrochenen Säulen und natürlichen Stalagmiten, und hinter jedem davon konnte der Zwerg verborgen sein. Plötzlich grinste Rhodry und drehte sich um, das Schwert erhoben und bereit zu parieren, und fand sich Varn gegenüber, der direkt am Ende der Treppe wartete. Rhodry hätte stundenlang draußen in der Höhle suchen können, während der alte Mann hier stand und sich über seinen Scherz amüsierte.

Varn nickte, dann grunzte er ein einzelnes Wort hervor. Er hatte eine hölzerne Kampfaxt, die linke Hand über die Hebelwirkung am Ende des Griffs, und die Rechte ein Stück weiter den Schaft entlang, um sie führen zu können, denn er hielt sie mit der Klinge nach unten, beinahe zum Boden. Als der Zwerg so dastand und wartete, die Axt scheinbar in Ruhe, mußte Rhodry an Cullyn von Cerrmor denken, an dessen Art, zu Beginn eines Zweikampfs oder eines Übungskampfes dazustehen, mit der Spitze seines Breitschwertes am Boden, so daß, ganz gleich, welchen Angriff sein Gegner versuchte, er von unterhalb des Schlages kommen und ihn abwehren konnte.

Als Rhodry die Klinge in dieselbe Position senkte, lachte Varn und grinste zustimmend im matten Licht. Hinter ihnen hörte Rhodry Gemurmel und Gemurre, als Garin langsam die Treppe herunterkam. Aber er wandte den Blick nicht von Varn ab, der einfach nur lächelte und sich ebenfalls nicht umdrehte.

»Holla!« rief Garin. »Da seid ihr ja. Was soll das? Es sieht aus, als wäre nichts passiert.«

»Darüber kann ich mir kein Urteil erlauben«, meinte Rhodry.

Der verwirrte Botschafter wiederholte die Frage in der Zwergensprache. Varn lachte und entspannte sich ein wenig. Dann sagte er ein paar Worte.

»Er sagt, daß alles passiert ist«, übersetzte Garin. »Das werdet Ihr mir später erklären müssen.«

»Ja, aber sagt ihm bitte, daß ich in meinem ganzen Leben noch kein höheres Lob erfahren habe.«

Als Garin die letzten Worte übersetzte, nickte Varn zufrieden. Wie gewöhnlich, wenn sie sich unterhielten, übersetzte Garin zwischen der Zwergensprache und dem Deverrianischen.

»Ihr habt mir hier etwas bewiesen«, sagte Varn. »Ich denke, Ihr seid vielleicht Krieger genug, um zu verstehen, was ich zu sagen habe. Auch wir haben diese Geschichten von Helden, die vom Rücken des Drachen aus kämpfen, aber ich sehe nun, daß sie nichts anderes als die schönen Worte von Märchenerzählern sind, nichts als heiße Luft. Wenn wir genug Zeit hätten, könnten wir vielleicht Waffen finden, die zu Eurem Reittier passen, aber wir haben keine Zeit, Rori Drachenmeister. Ihr solltet Euch in diesem kommenden Kampf lieber als Späher betrachten und nicht als mehr.«

»Niemals! Wie könnte ich jemals meinen Kopf aufrecht halten, wenn ich in einen Krieg ritte, nur um zurückzubleiben? Es geht um meine Ehre! Ich kann doch mit dem Drachen einfach hinfliegen und mich dann auf das Pferd setzen und kämpfen wie jeder andere Mann.«

»Ihr enttäuscht mich also doch.«

Rhodry spürte das wie den Schnitt eines Messers, er trat einen Schritt zurück, das hölzerne Schwert noch immer in der Hand. Durch das Gewirr von Steinsäulen konnte er das kalte Brennen des Silberflusses sehen. Als Varn wieder die Stimme erhob, bewirkte die Autorität in seiner Stimme, daß Rhodry sich umdrehte, noch bevor Garin übersetzte.

»Was habt Ihr mir gerade gezeigt, hier unten am Fuß der Treppe?« sagte Varn. »Ich dachte, Ihr hättet verstanden, was Ihr verstehen müßt, um diesen Krieg zu gewinnen.«

Rhodry dachte nach, dann zwang er sich, die bittere Wahrheit auszusprechen.

»Es gibt Zeiten, in denen nichts alles ist, was ein Mann tun kann.«

»Genau! Sehr gut, Junge, es gibt also doch Hoffnung für Euch, wie? Als Ihr und der Drache hierherkamt, hat mir Garin von diesem seltsamen Evandar und von seiner Art erzählt, sich in alles einzumischen. Wenn er wirklich die Zukunft kennt, und das scheinen alle zu denken, dann gibt es irgendeinen Nutzen für diesen Wyrm.«

»Nicht, daß er jemals mit mir darüber gesprochen hätte, oder auch nur mit einer der Dweomermeisterinnen. Er sagte, er habe ein Vorzeichen erhalten. Er wußte selbst nicht, was es bedeutet.«

»Dennoch, ein Vorzeichen kann etwas Mächtiges sein.

Wenn Ihr den Drachen zurücklaßt, um Eure Eitelkeit zu befriedigen, wäre es durchaus möglich, daß Ihr zusammen mit ihr auch die Hoffnung zum Sieg zurücklaßt.«

»Eitelkeit?« Einen Augenblick lang war Rhodry zu wütend, um weiterzureden.

Varn zischte ein paar Sätze. Garin zuckte zusammen und gab Rhodry eine vermutlich stark gemilderte Übersetzung.

»Ich soll Euch sagen, daß Ihr verdammt genau wißt, wovon er redet.«

»Ja, und er hat recht. Aber Ihr könnt nicht wissen, wie tief das geht. Ich will Blut und Rache. Ich bin kein Dweomer-Meister, der einfach dasitzt und sich fragt, wie ein verfluchtes Vorzeichen zu erfüllen ist! Das macht mich krank.«

Abermals übersetzte Garin.

»Zweifellos«, antwortete Varn. »Wenn es Euch nicht krank machen würde, wäre ich ebenfalls von Euch enttäuscht. Aber Ihr solltet es trotzdem tun.« Der alte Mann drehte sich um, ging davon und verschwand zwischen den hochaufragenden Säulen im Schatten. Rori brauchte Garins Übersetzung nicht, um zu wissen, daß die Audienz beendet war.

»Nun gut, wir sollten uns wieder auf den Rückweg machen«, meinte Garin.

»Ja. Hm. Als ich das letzte Mal in Lin Serr war, hat man mich mit verbundenen Augen in die Frauenquartiere gebracht, und dieses Mal durfte ich meinen eigenen Weg im Dunkeln hierher finden. Wenn ich noch einmal wiederkomme, habt Ihr dann noch andere Geheimnisse für mich?«

»Nein, eigentlich nicht. Bis auf die Hallen der Toten.«

Rhodry spürte, wie ihn ein Schauder überlief, allein von der Art, wie Garins Worte in der feuchten Luft zu hängen schienen.

»Würdet Ihr etwas für mich tun?« sagte er schließlich. »Wenn ich eines Tages in der Nähe dieser Stadt sterben sollte, und falls das überhaupt möglich ist, werdet Ihr dafür sorgen, daß ich in Lin Serr begraben werde?«

»Vorausgesetzt, daß ich immer noch am Leben bin. Ich verspreche es Euch, wenn Ihr dasselbe für mich tut.«

»Also gut.«

Sie reichten sich die Hand mit dem Silberfluß als Zeugen.

Am späten Nachmittag des nächsten Tages kehrten Brel Avro und seine Truppe schließlich zurück. Ein Blick in ihre grimmigen Gesichter sagte Rhodry alles, was er wissen mußte. Sie hatten gesehen, was er auf den Bauernhöfen gesehen hatte, und ebenso wie er waren sie bereit zum Kampf.

Evandars Armee ritt in vollkommenem Schweigen durch die silberne Welt. Die Hufe ihrer Pferde erzeugten kein Geräusch, die Männer waren zu verängstigt, etwas zu sagen. Rings umher zogen runde Kumuluswolken vorbei, überragten sie und warfen riesige Schatten. Hier und da rissen Wolken auf und gewährten einen plötzlichen Ausblick auf ein weites Meer – den Nebel, der unter ihnen bis zum Horizont waberte und in einer Sonne glitzerte, die nie an einem irdischen Himmel gestanden hatte. Während des Rittes bemerkte Evandar, wie sein Bruder immer ruheloser wurde, im Sattel hin und her rutschte, sich mit wildem Blick umsah, die freie Hand an den Schwertgriff legte. Endlich konnte Shaetano die Stille nicht mehr ertragen. »Das hier ist sinnlos! Wir können uns hier für immer verirren. Selbst wenn sie hier sind, werden wir sie niemals finden.«

»Tatsächlich?« meinte Evandar. »Sieh dorthin!«

Draußen im Meer aus Nebel kam eine dunkelgraue, felsige Insel in Sicht. Um sie herum türmten sich Donnerwolken, aus denen Blitze wie Sensenblätter schossen. Evandar hob das Horn an die Lippen und gab das Signal zum Sammeln.

»Zur Insel! Zur Insel!«

Er trieb sein Pferd zum Galopp an und stürzte sich von der Straße ins Nebelmeer – genauer gesagt, darauf, denn die Pferde liefen auf der Oberfläche wie auf einer Straße. Unter Gebrüll überquerte die Armee die graue Fläche – dann plötzlich verlangsamten sie ihr Tempo zum Schritt, der noch langsamer wurde, weil die Pferde zu stolpern begannen. Unter ihnen bewegte sich die Wolkenstraße wie ein Leinentuch, das von einem Diener über einem Bett ausgeschüttelt wird. Einen Augenblick lang hingen sie in der Luft, gefangen von dem bebenden Boden.

Evandar erhob eine Hand und sang eine Beschwörung im Namen der Herren der Luft. Plötzlich erschien ein Weg unter den Hufen der Pferde. Mit ohrenbetäubendem Hufeklappern galoppierte die Armee abermals auf die Insel zu.

»Sie sind hier, daran besteht kein Zweifel!« rief Evandar über den Lärm hinweg.

Shaetano biß sich auf die Lippen, als wollte er einen Fluch herunterschlucken. Menw grinste und zog sein Schwert. Auf dieses Zeichen tat der Rest der Armee mit einem Aufblitzen von Silber dasselbe, als die Pferde von der Brücke ritten und den dunkelgrauen Strand am Rand der Insel erreichten. Evandar blickte auf und sah hoch über ihren Köpfen die winzige Gestalt eines Vogels.

»Sieh dort, Bruder«, sagte Evandar. »Glaubst du, das ist Alshandra?«

»Wie? Ich sehe nichts.«

»Nein? Nun, das ist gleich.«

Vor ihnen erhob sich ein silbrig wogender Hügel, von dessen Abhängen heller Nebel aufstieg. Auf dem Gipfel ragte eine Burg auf, nicht die miteinander verbundenen Brochs von Deverry, rund und umgeben von einer Festungsmauer, sondern ein ungewöhnliches Gebäude: eckig, mit scharfen Kanten, und die einzigen Türme waren dünn und saßen auf dem großen, rechteckigen Palast oder klammerten sich an die Kanten der spitzen Dächer.

»Jämmerlich«, seufzte Evandar. »Absolut jämmerlich.«

Er bewegte einmal die Hand und beschwor einen Sturm herauf. Der Wind drosch auf die Mauern und Türme ein, zerfetzte die Burg und wirbelte die Trümmer davon. Kreischend und schreiend fielen Alshandras Rebellen aus den berstenden Mauern wie Würfel aus einem Beutel. Donner grollte und hallte wider, als sie den Hügel hinabrollten, von der Insel fielen, immer tiefer hinabstürzten in das neblige Meer.

»Ihnen nach!«

Die Rebellen wirbelten weiter nach unten, die Reiter folgten ihnen, so wie der Wind einen Turm von Blättern in einer langgezogenen Spirale zu Boden weht. Die Rebellen fielen auf die Schlachtebene und kamen in einem Wirbel von kupferfarbenem Staub wieder auf die Beine. Ihre bronzenen Rüstungen und Bronzeschwerter glitzerten im rötlichen Licht, als sie sich zusammendrängten und jeder darum kämpfte, möglichst in der Mitte zu sein.

»Ergebt euch!« rief Evandar.

Zur Antwort schnatterten und fluchten sie. Die Reiter griffen an. Hier und da hielt ein mutigeres Geschöpf mit einer Axt oder mit einem Schwert stand. Die meisten allerdings warfen schamlos die Waffen weg. Schilde und Harnische, Messer und Helme, alles lag glitzernd auf der Schlachtebene, das bleiche Gold toter Blätter.

Obwohl Evandar Befehle schrie, sie gehen zu lassen und sich neu zu formieren, konnte niemand mehr das Heer zurückhalten. Schimmernd oder finster, Abbilder von Elfen oder Tiermenschen, sie rasten hinter den Rebellen her. Nur Menw und Shaetano reagierten auf Evandars Befehl. Zu dritt zügelten sie ihre schnaubenden Pferde am Rand der Schlachtebene und sahen zu.

»Sie ist entkommen«, sagte Menw.

»Sie war niemals dort«, knurrte Shaetano. »Oder die Burg hätte gegen den Angriff meines Bruders bestanden.«

»Ihr habt beide unrecht. Ich habe sie über der Burg kreisen sehen, aber es bestand keine Möglichkeit, sie einzuholen. Sie hat ihr Rudel verlassen. Sie braucht sie nicht mehr, nachdem Elessario nun sicher in Carras Leib ist und bald zur Welt kommen wird.«

Die beiden starrten ihn erstaunt an. Evandar grinste. »Ich wollte nicht, daß dieser lächerliche Ersatz für eine Rebellenarmee, die sich an meinen Grenzen herumtreibt, hier Unheil anrichtet, wenn ich nicht hinsehe. Eins nach dem anderen. Das habe ich wirklich von Dallandra gelernt: eins nach dem anderen.«

Und einer nach dem anderen kehrten die Männer des vereinigten Heeres zurück, führten ihre müden Pferde über die Ebene, während der Staub sich senkte und sich in einer dicken Schicht auf die Rebellenwaffen legte. Es kamen erheblich weniger Krieger zurück, als sich der Jagd angeschlossen hatten. Einige waren davongegangen, andere in eine gemeinsame Existenz zurückgefallen, wie Flammen aus einem Feuer springen, wenn der Wind es anfacht, und sich dann wieder zu allgemeinem Brennen vereinen.

»Und nun?« sagte Shaetano.

Evandar warf Menw einen Blick zu.

»Wir haben sie aus der Luft verscheucht und ihr Rudel hier im Land des Feuers niedergemacht«, sagte Menw. »Im Lande der Erde steht der Pavillon noch, und unsere Frauen warten auf uns. Sie wird dort nicht lange bleiben. Ich sage, wir sollten in der See nach ihr suchen.«

»Ich bin derselben Ansicht.« Evandar hob das Horn an die Lippen. »Also zurück durch den Wald. Wir werden dem Silberfluß bis zur Küste folgen.«

»Ich verstehe nicht, wieso es so lange dauert.« Cadmar sprach ruhig und leise, aber die Sehnen an seinem Hals traten vor Anstrengung hervor. »Jill, ich habe schon längst erwartet, daß meine Verbündeten eintreffen. Ich habe wirklich gedacht, daß Drwmyc uns sofort zur Hilfe kommen würde. Wenn er etwas von mir wollte, habe ich ihn nie warten lassen, und wenn Cengarn fällt, ist das ganze Nordland in Gefahr.«

»Wir haben diese beiden Boten gesehen, die sich näherten, und Eure Männer haben mir gesagt, sie hätten die Farben des Gwerbret getragen.«

»Ja, und wir dachten auch, daß es ihnen gelungen war, sich in Sicherheit zu bringen. Was, wenn wir uns geirrt haben? Was, wenn sie einer Patrouille des Pferdevolkes begegnet sind?«

»Es mag durchaus sein, daß der Feind sie noch unterwegs abgefangen hat.«

»Und wenn das der Fall ist, dann kennen meine Verbündeten nicht einmal die Stärken unseres Feindes. Ihr Götter! Wenn wir ihnen nun weitere Boten schicken könnten – aber das ist das schlimmste daran, belagert zu sein, nicht wahr?« Dem Gwerbret gelang ein bedauerndes Lächeln. »Oh, bei allem Eis der Höllen!«

»Euer Gnaden, ich denke darüber nach, aber ich bin wirklich nicht sicher, ob ich etwas tun kann.«

Jill verabschiedete sich vom Gwerbret und machte sich auf den Weg in ihre Kammer. Sie hatte vor, sich mit Hilfe des Zweiten Gesichts umzusehen, aber nicht nach dem Gwerbret von Dun Trebyc und seinen Leuten – da sie sie nie leibhaftig gesehen hatte, würde sie sie auch mit dem Zweiten Gesicht nicht finden können. Als sie die große Halle verließ, wäre sie beinahe mit Yraen zusammengestoßen, der an der Wand lehnte und die Sonne genoß. Er richtete sich auf und verbeugte sich.

»Ist Eure Herrin in der Nähe?« sagte Jill.

»Sie ist mit Lady Labanna und den anderen in der Frauenhalle, also hat sie mich weggeschickt.«

»Nun, es ist wirklich nicht notwendig, daß Ihr wie ein Hund vor der Tür sitzt.«

»Das hat sie auch gesagt.« Yraen sah sich beinahe verstohlen um. »Ich kam gerade in die große Halle, und daher habe ich mitgehört, was Ihr mit dem Gwerbret gesprochen habt – über seine Verbündeten und deren Verspätung. Und, nun ja, ich habe mir ein paar Gedanken darüber gemacht.«

»Dann teilt sie mir mit, wenn Ihr wollt.«

»Es wird sich verrückt anhören.«

»Das sollte ich lieber selbst beurteilen. Kommt mit und sagt es mir.«

»Nun, das erste Mal, daß Rhodry und ich zusammengearbeitet haben, war vor etwa drei Jahren, aber es war eine Fehde, und wir ritten für einen gewissen Lord Erddyr. Er ist einer von Gwerbret Dwrmycs Vasallen.«

»Einen Augenblick. War es damals, als Rhodry diese elende verzauberte Pfeife hatte?«

Yraen keuchte.

»Verzaubert?« sagte er schließlich.

»Nun, was habt Ihr geglaubt? Mit Sicherheit hielten eine Menge seltsamer Geschöpfe sie für ausgesprochen wertvoll. Rhodry hat mir ein wenig davon erzählt, bevor er in die Berge gegangen ist.«

»Hat er Euch auch erzählt, was passierte, als der Gwerbret zu Gericht saß? Von diesem dachsköpfigen Geschöpf, das versucht hat, ihn direkt vor Drwmycs Nase umzubringen?«

Jetzt war es an Jill, den Mund erstaunt aufzureißen.

»Nein«, sagte sie grimmig. »Unser Rhoddo ist kein sonderlich guter Erzähler. Er hat zwar erwähnt, daß dieses dachsköpfige Geschöpf hinter der Pfeife her war, aber nichts davon, daß der Gwerbret anwesend war.«

»Nicht nur der Gwerbret. Jeder Lord in diesem Teil von Pyrdon, denn eine Menge Lords waren in diese Fehde verwickelt, und es sind auch viele dabei umgekommen. Sie waren alle dort im Pavillon, und das Geschöpf erschien praktisch vor Drwmiycs Nase und versuchte, Rhodry umzubringen. Und Rhodry hat es statt dessen mit diesem Bronzemesser getötet, das Dalla ihm gegeben hat. Das Geschöpf hatte diesen anderen Reiter umgebracht – das hätte ich beinahe vergessen – und seine Kleider gestohlen. So ist es überhaupt in den Pavillon gekommen, und so dicht zum Gwerbret. Wir haben die Leiche des Reiters gefunden, und Ihr Götter! Es kam zu einer gewaltigen Panik!«

»Das kann ich mir vorstellen.« Jill war zutiefst müde. »Und nun hört der Gwerbret Cadmars Geschichten von Dweomerkriegen und Dweomergefahr, und er muß seine Vasallen davon überzeugen, mit ihm nach Norden zu reiten, wozu er selbst auch keine sonderlich große Lust hat.«

»Darauf würde ich einiges wetten. Und, Ihr Götter, sie haben wahrscheinlich immer noch nicht genug Männer – die Lords, die an dieser blutigen Fehde beteiligt waren, meine ich. Es war eine verdammt blutige Angelegenheit, weil es irgendwie außer Kontrolle geriet und weit über das hinausging, was die Ehre verlangt hätte.«

»Ist es nicht immer so mit Fehden? Yraen, ich danke Euch. Wenn Ihr Euch an weitere solche Dinge erinnert, erzählt es mir bitte gleich, ja? Daran ist überhaupt nichts Verrücktes.«

»Also gut. Es hört sich nur so seltsam an, wenn man es hinterher erzählt.«

Später, als sie in Gedanken immer noch mit Yraens Erinnerungen beschäftigt war, bekam Jill Besuch. Sie arbeitete oben in ihrem Turmzimmer, als Jahdo die Tür öffnete.

»Herrin?« sagte der Junge. »Draußen in der großen Halle ist ein Zwerg. Er sagt, er müsse mit Euch sprechen. Was soll ich ihm sagen?«

»Wie heißt er?« wollte Jill wissen.

»Es ist Jorn, Herrin – derjenige, zu dem Ihr mich wegen der Vorzeichen geschickt habt.«

»Dann bring ihn gleich her.«

Kurz darauf kam Jorn herein, der den schnaufenden Jahdo auf der Treppe überholt hatte. Der Zwerg verbeugte sich vor ihr, dann schloß er die Tür.

»Ich wollte fragen, ob die Jungs und ich noch etwas tun können«, meinte Jorn. »Sechs von uns sitzen hier in der Stadt fest, den Wirt nicht mitgerechnet.«

»Setzt Euch. Ihr habt uns bereits durch diesen Dweomerstein, mit dem Ihr das Osttor versiegelt habt, sehr geholfen.«

»Das war kein Dweomer.« Jorn schnaubte. »Ein Geheimnis schon, aber kein Dweomer.«

Er setzte sich hin, lehnte sich zurück und schlug die Beine lässig übereinander, während Jill sich wie immer aufs Fenstersims hockte.

»Wir haben nachgedacht«, meinte Jorn, »und sind zu zwei Ideen gekommen. Ihr wißt von dem Fluß, der durch die Stadt fließt?«

»Selbstverständlich. Ich mache mir wegen des elenden Dings ständig Gedanken. Genauer gesagt, wegen der Stelle, wo er unter der Mauer durchfließt. Ein Fallgitter ist gut und schön, aber ...«

»Es bietet vielleicht nicht genügend Schutz, wenn unsere häßlichen Freunde da draußen wieder versuchen, die Mauern zu durchbrechen?«

»Genau.«

»Nun, wir haben daran gedacht, diesen Schwachpunkt in eine Waffe zu verwandeln. Wir könnten ein wenig graben und ein Becken und einen Damm bauen. Ich möchte Euch nicht mit Einzelheiten langweilen, aber wenn sich der große Angriff ankündigt, könnten wir den Fluß ein wenig stauen, vielleicht einen halben Tag lang, und dann das Wasser auf einmal abfließen lassen.«

»Aha! Das gäbe den Angreifern einiges zu tun, wie?«

»Besonders, wenn sie direkt in der Nähe dieses kleinen Bogens in der Mauer stünden.« Jorn lächelte. »Und der Boden auf der anderen Seite der Mauer würde einige Zeit schlammig bleiben. Er würde bei einem Angriff nicht viel Halt geben.«

»Ihr habt recht. Ich bringe Euch zum Stallmeister. Er kann Euch ein paar Männer schicken, die beim Graben helfen.«

»Gut. Und hier ist unsere zweite Idee: Cengarn ist auf festen Stein gebaut, ein gutes Fundament, aber es gibt eine Stelle im Norden, wo unsere Jungs auf den Boden geklopft haben, und sich etwas nach einem alten Riß anhört.«

»Aha! Ihr meint, wir könnten dort einen Ausfall machen?«

»Unwahrscheinlich. Ich bezweifle, daß wir die Öffnung breiter machen können, als es notwendig ist, um einen Mann hinter dem anderen durchzuschicken. Aber wir könnten Euch eine Hintertür graben, um einen Boten herauszuschmuggeln. Wir fragen uns alle schon lange, was mit Cadmars Verbündeten los ist.«

»Damit seid Ihr nicht allein.«

»Zweifellos.« Jorn lächelte abermals. »Wenn ein Bote hier herauskommen soll, dann muß es bald geschehen. Mit diesen Gräben um ihr Lager leisten die Feinde gute Arbeit. Sobald dieser Ring geschlossen ist, kommt hier niemand mehr heraus, ohne daß sie es erfahren.«

»Das ist wahr. Es sei denn im Norden. Sie werden nie imstande sein, diese Hügel vollkommen zu umzingeln.«

»Deshalb haben wir auch in der Nähe der Nordmauer herumgestochert.«

»Selbstverständlich. Das ist ein großartiges Angebot, Jorn, aber es scheint mir gefährlich zu sein. Solche Tunnel könnten einstürzen.«

»Ja, aber es wird für den Boten am gefährlichsten sein – wenn wir denn einen herausschmuggeln können.« Er hielt kurz inne. »Und eine weitere Gefahr droht der Nordmauer. Man weiß nie, auf welche Schwächen man stößt, wenn man so herumstochert. Auf keinen Fall möchten wir unsere eigenen Mauern zum Einsturz bringen.«

»Ihr Götter! Wenn sie einstürzen – selbst die geringste Bresche ...«

»Eine Katastrophe. Deshalb wollte ich zuerst mit Euch sprechen. Ich wollte Eure Meinung hören, bevor wir mit dem Gwerbret reden.«

»Laßt mich darüber nachdenken. Aber ich danke Euch recht herzlich für das Angebot.«

Was noch besser war: Er hatte ihr eine Idee gegeben, die vielleicht wertvoller war als das riskante Tunnelgraben. Es gab mehr als eine Art von Tunnel in der Welt. Jill begleitete den Zwerg nach unten, fand den Stallmeister und überließ die beiden ihren Plänen für das Auffangbecken, dann machte sie sich auf die Suche nach Dallandra, die auf einem der Dächer der Nebenbrochs saß. Jill schloß die Falltür in der Dachmitte hinter sich, dann setzte sie sich zu Dallandra auf einen der Steinhaufen.

»War das einer der Zwerge, der hereingekommen ist?« fragte Dallandra.

»Ja, und er hat mich zum Nachdenken gebracht. Könntest du eine Straße durch Evandars Land öffnen und einen Boten zu Cadmars Verbündeten bringen?«

»Ja, aber was, wenn Alshandra dort auf uns lauert?«

»Hm, daran hatte ich nicht gedacht. Aber wenn ich unsere Siegel erneuere, bevor du beginnst, ist es sehr unwahrscheinlich, daß Alshandra und ihre Gestaltwandlerin auch nur davon erfahren.«

»Nicht wahrscheinlich, aber möglich.«

»Und der Bote und sein Pferd werden Eisen an sich tragen.«

»Das ist eine Möglichkeit.«

»Wir brauchen allerdings einen Mann, der solche Art Dweomer bereits kennt.«

Sie sahen einander an.

»Yraen«, sagte Dallandra schließlich.

»Genau. Ihr Götter, wie ich das hasse! Es kann gut möglich sein, daß wir ihn in den Tod schicken!«

»Der Tod wartet auf uns alle hier, oder? Jedenfalls, wenn die Belagerung nicht bald ein Ende findet. Erinnerst du dich, was du mir über die zweite Aussaat erzählt hast?«

»Das stimmt. Wenn die Bauern nicht bald damit anfangen, wird die ganze Stadt Hunger leiden, belagert oder nicht.«

Sie verließen das Dach. Auf dem Weg nach unten sprach Jill einen Pagen an und schickte ihn nach Yraen. Kurze Zeit darauf kam der Silberdolch zu Jills Kammer hinauf. Er stand mitten im Zimmer und sah unbehaglich zwischen den beiden Dweomermeistern hin und her.

»Yraen, ich werde Euch um etwas bitten«, sagte Jill. »Wenn Ihr es nicht tun wollt, dann, bei jedem Gott im Himmel, sagt es mir, und ich finde einen anderen Mann. Es besteht nicht die geringste Schande darin, eine solche Aufgabe abzulehnen.«

Er lächelte nur.

»Wir werden versuchen, mit Hilfe von Dweomer einen Boten aus der Festung zu bekommen.«

Jill sah keinen Grund, um den heißen Brei herumzureden.

»Ich rede von der Art Zauber, wie ihn Evandar benutzt, wenn er Straßen durch eine andere Welt öffnet.«

»Ich bin bereits einmal auf einer dieser Straßen geritten.«

»Das hat Rhodry mir erzählt, und ich denke, Ihr kennt auch

das Land und die Lords in der Gegend von Dun Trebyc. Glaubt Ihr, daß Erddyr sich an Euch erinnert?«

»Das sollte er eigentlich. Ich habe ihm bei dieser elenden Fehde immerhin das Leben gerettet.«

»Ach ja? Das könnte helfen. Und Ihr seid sicher, daß Ihr uns helfen wollt? Ihr könntet direkt in den Tod reiten.«

»Für einen Mann wie mich gibt es Schlimmeres.«

»Wie Eure derzeitige Pflicht?«

Er zuckte mit den Achseln und wandte den Blick ab. Mehr würde er nicht zugeben, und mehr hatte Jill auch nicht erwartet.

»Also gut«, sagte sie. »Ich brauche versiegelte Briefe vom Gwerbret, die Ihr mitnehmen könnt. Dalla, wann wäre die beste Zeit für diesen kleinen Ritt?«

»Im hellen Tageslicht«, sagte Dalla auf deverrianisch, dann wechselte sie zur Elfensprache. »Vor Sonnenuntergang, wenn die Astralgezeiten des Feuers ihren Höchststand erreicht haben.«

»Dann sollten wir uns beeilen. Ich muß auch einen anderen Leibwächter für Carra finden, obwohl ich denke, daß ich diesmal einen ganzen Trupp Reiter abwechselnd einsetze.« Jill kehrte zum Deverrianischen zurück und wandte sich Yraen zu. »Holt Eure Ausrüstung, und besorgt Euch ein Pferd. Ihr solltet am besten Eure Rüstung und einen Helm tragen. Trefft uns ...« Sie warf Dalla einen Blick zu. »Wo?«

»Das ist eine gute Frage. Gibt es in dieser ganzen Festung oder Stadt auch nur zehn Fuß, wo uns niemand beobachten wird?« Dallandra runzelte die Stirn, dann grinste sie. »Wieso sollten wir den Stall überhaupt verlassen? Zwischen Mauer und Boxen gibt es einen langen Gang, nicht wahr?«

»Ja«, meinte Yraen. »Und die Stallknechte werden sich zweifellos davonmachen wie die Mäuse, wenn sie eine Zauberin sehen.«

Yraen hätte die Festung lieber verlassen, ohne sich von Carra zu verabschieden oder, wenn das nicht möglich war, ein Wort mir ihr allein gesprochen, aber es kam zum schlimmsten aller Abschiede. Umgeben von den anderen Frauen kam sie hinunter in die große Halle, blieb etwa zehn Fuß von ihm entfernt stehen und sah, wie Gwerbret Cadmar Yraen die silbernen Botschaftsröhren überreichte und ihm persönlich dafür dankte, daß er sich auf diesen gefährlichen Ritt einließ. Als Yraen sich erhob und Carra einen Blick zuwarf, sah er sie den Tränen nah. Jill flüsterte ihm zu, er solle sich beeilen, also verbeugte er sich nur in ihre Richtung, dann folgte er der Dweomermeisterin aus der großen Halle.

»Yraen!« Carra rannte ihm hinterher. »Yraen! Wartet!«

Er zögerte und warf Jill einen Blick zu, die sich demonstrativ abwandte. Er blieb stehen und drehte sich um, als die Prinzessin ihn einholte.

»Seid vorsichtig.« Sie legte ihm die Hand auf den Arm. »Seid vorsichtig, Yraen.«

Es war albern, aber was konnte sie sonst sagen? Schon kamen die anderen Frauen hinzu, und Labanna warf ihren königlichen Schutzbefohlenen einen tadelnden Blick zu, weil Garra inmitten der großen Halle mit einem Silberdolch sprach und ihn sogar berührte.

»Ich werde mein Bestes tun«, sagte er. »Und Ihr ebenfalls.«

»Ja.«

Ein ganzer Trupp älterer Frauen, so entschlossen wie Krieger, umgab sie und brachte sie weg. Yraen drehte sich um und verließ die große Halle.

Dallandra wartete im Stall auf ihn, wo Yraen rasch sein Pferd sattelte, und tatsächlich war kein Diener in der Nähe. Der Silberdolch steckte die Botschaftsröhren in sein Hemd und unter den Gürtel, dann führte er den schnaubenden Grauen aus der Box.

»Du bist wahrscheinlich froh über ein bißchen Bewegung, nicht wahr, alter Junge.« Er tätschelte dem Pferd den Hals.

»Ich ebenfalls.«

Jill und Dallandra sprachen in einer Sprache miteinander, die er nicht kannte. Er wartete und fragte sich, ob er Carra wohl je wiedersehen würde. Er war nicht einmal sicher, ob er das überhaupt wollte. Endlich hörten die zwei Dweomermeisterinnen auf zu reden. Während Jill zur Tür ging, um dort Wache zu halten, griff die Elfenfrau nach dem Zügel des Pferdes.

»Steigt auf, Yraen, aber laßt mich Euch führen. Wir werden in eine Art Nebel hineingehen – erinnert Ihr Euch daran?«

»Das werde ich wohl nie vergessen, Herrin.«

»Gut. An einem bestimmten Punkt werde ich die Zügel loslassen und Euch zuschreien, daß ihr losreiten sollt. Wenn Ihr das hört, galoppiert, als ob die Höllen selbst unter Euch aufklaffen würden, weil genau das der Fall sein könnte.« Sie lächelte kurz. »Wenn Ihr Euch auf Gelände wiederfindet, das Ihr erkennt, solltet Ihr eigentlich in Sicherheit sein – es sei denn, es ist Pferdevolk unterwegs.«

»Selbstverständlich.« Yraen drehte sich um und winkte Jill zu. »Lebt wohl.«

»Ich wünsche Euch Glück, Yraen, um unser aller Willen.«

Dallandra schnalzte dem Pferd zu und begann, es an den Boxen entlang vorwärts zu führen. Sie hatten etwa dreißig Fuß vor sich, bis sie an die Mauer gestoßen wären, aber schon nach ein paar Schritten bildete sich der Nebel, silbrig weiß und durchschossen von Lavendel- und hellen Blautönen. Das Pferd schüttelte den Kopf und schnaubte, aber Dallandra beruhigte es mit ein paar bedeutungslosen Lauten. Noch ein Schritt, ein weiterer, und sie waren völlig vom Nebel umgeben, dick und kühl auf Yraens Gesicht, der sich in kleinen Tropfen auf die Mähne des Pferdes senkte. Noch ein paar

Schritte – eigentlich hätten sie jetzt direkt an der Stallmauer sein müssen, aber die Hufe des Pferdes schlugen nicht mehr auf Bretterboden, sondern auf gestampfte Erde. Vor ihnen schimmerte Sonnenlicht, der Nebel wurde dünner. Dallandra begleitete sie noch ein paar Schritte weiter. Durch den Nebel konnte Yraen ein paar Bäume sehen, die im Wind nickten. Dallandra lachte und ließ den Zügel los.

»Reitet!«

Yraen gab dem Pferd die Sporen, und der Graue sprang vorwärts, raste aus dem Nebel hinaus und eine Straße aus gestampfter Erde entlang. Als Yraen zurückblickte, sah er noch einen Hauch des perligen Nebels über einer Wiese, wo weiße Kühe mit rostbraunen Ohren gleichgültig grasten. Der Nebel wehte davon. Er zügelte sein an den Stall gewöhntes Pferd zum Trab, bevor es sich in reiner Freude an der Freiheit zugrunde richtete, dann stellte er sich in den Steigbügeln auf, um sich umzusehen. Er erkannte die Straße sofort als einen Ort, den er bereits einmal gesehen hatte, obwohl er diese Gegend nicht benennen konnte. Trotz allem Gerede von Dallandra über die Höllen, die sich öffneten, war niemand bei ihm auf der Straße, und er sah auch keine Feinde in den Wiesen, die ihn umgaben.

Aber Jill hatte ihn vor Feinden gewarnt, die für das menschliche Auge nicht zu erkennen waren. Er setzte sich wieder in den Sattel, nahm beide Zügel in die linke Hand und zog sein Schwert mit der Rechten. In Kriegszeiten war es immer besser, auf alles vorbereitet zu sein. Automatisch schwang er sein Schwert in einem weiten Bogen, um seinen Arm zu lockern. Obwohl er nichts sah, spürte er, wie die Stahlklinge sich einen Augenblick verfing an ... etwas. Etwas, das aufkreischte – ein Geräusch wie eine klagende Möwe. Yraens Nackenhaare sträubten sich.

»Weiche von mir!«

Wie ein Verrückter schwang Yraen sein Schwert mitten auf der scheinbar leeren Straße immer wieder um sich herum, nach dieser und jener Seite, drehte sich im Sattel, um es hinter sich zu führen, während sein kriegserfahrener Wallach weitertrabte, unbeeindruckt von all dem Kreischen, Heulen und Winseln. Und plötzlich waren sie verschwunden, was immer sie gewesen sein mochten. Das Schwert schwang ungehindert durch die Luft, die Schreie hörten auf. Keuchend und schwitzend zügelte Yraen sein Pferd mitten auf der Straße, und er bemerkte, daß ein Kind ihn beobachtete. Der Junge trug ein schmutziges braunes Hemd und hatte einen Stock in der Hand – zweifellos ein Kuhhirte. Er stand wie gebannt da, Mund und Augen weit aufgerissen, vollkommen verblüfft über das, was er gerade gesehen hatte.

»He!« rief Yraen. »Wohin führt diese Straße?«

Der Junge dachte nach. »Welche Richtung?« sagte er schließlich.

»Beide Richtungen.«

»Ah.« Wieder langes Schweigen, dann sagte er: »Da geht es nach Dun Trebyc.« Er zeigte in die andere Richtung. »Und da in die Hügel.«

»Ich danke dir.«

Yraen wandte sein Pferd in die Richtung nach Dun Trebyc, und als er davontrabte, konnte er nur hoffen, daß der Junge ihm die Wahrheit gesagt hatte, und er fragte sich, ob es tatsächlich ein richtiger Junge gewesen war oder nur eine Illusion, die von einem unsichtbaren Feind heraufbeschworen worden war. Dennoch, jetzt, da er wußte, wohin die Straße führen sollte, erinnerte er sich besser. Er und Rhodry waren tatsächlich mit Lord Erddyr dieses Weges gekommen, als sie vor ein paar Jahren zu Gwerbret Drwmycs Lager geritten waren.

Was Yraen nicht wissen konnte, war, daß er nur ein Scharmützel ausgefochten hatte und daß die wahre Gefahr hinter ihm im Nebel lag. Dallandra hatte gerade erst sein Pferd losgelassen und es losgeschickt, als sie das Heulen und Kreischen aus dem Nebel hörte. Sie fuhr herum und sah sich einem riesigen Wolf gegenüber, mit glutroten Augen und weißen Zähnen, der direkt auf sie zustürmte. Dallandra sprang in die Luft, verwandelte sich im Sprung in das Abbild des Hänflings und schwang sich auf grauen Flügeln nach oben. Sofort wurde Alshandra zum Falken, stieß einen Schrei aus und flatterte, um in dem nebligen Himmel an Höhe zu gewinnen. Dallandra ließ sich wieder ins kühle Gras fallen und veränderte ihre Gestalt zurück in die einer Frau.

Vor ihr – ein dunkler Fleck im Nebel – war das Tor. Sie rannte darauf zu, hörte das Flügelschlagen, als der Falke zustieß, rannte und rannte, hörte ihr Herz klopfen, und ihre Lungen schmerzten wie Feuer, als der riesige Vogel, dessen Klauen blitzten wie Messer, immer näher kam. Dallandra sprang, warf sich durch das Tor und entging gerade noch dem zuhackenden Schnabel.

Sie fiel, stolperte und hörte sich in ehrlicher Angst aufschreien, dann landete sie hart auf Stroh und Pferdedreck zu Jills Füßen im Stall. Einen Augenblick konnte sie nur liegenbleiben, nach Luft schnappen und spüren, wie ihre Rippen brannten, während Jill die Hände hob und etwas in den Nebel rief. Der Nebel wirbelte, verschwand dann und erstickte den Schrei eines Falken.

»Sie hat dir also tatsächlich aufgelauert?« sagte Jill.

Dallandra nickte, setzte sich hin und stützte sich auf beide Hände.

»Hat Yraen es geschafft?«

Dallandra nickte abermals und kam dann auf die Knie hoch. Jill ergriff ihre Hand und half ihr, vollends aufzustehen.

»Wie lange?« keuchte Dallandra.

»Eine ganze Weile. Ich habe die Stallknechte erschreckt.« Jill grinste. »Ich habe ihnen gesagt, daß ich magisches Feuer auf sie herabbeschwöre, wenn sie auch nur einen Fuß in den Stall setzen. Sie haben es mir sofort geglaubt, die armen Kerle.«

Dallandra fuhr sich mit beiden Händen über die Seiten. »Nichts gebrochen«, sagte sie schließlich. »Aber ich stinke nach Pferd! Ich denke, ich sollte mir meine blauen Flecken am besten in der Badewanne ansehen.«

Etwa um die Zeit, als Jill und Dallandra den Stall verließen, erreichte Yraen Dun Trebyc. Er ritt über einen Hügelkamm und sah unter sich, ganz verschwommen in der sinkenden Sonne, eine ummauerte Stadt, die sich zu beiden Seiten eines Flusses ausbreitete, der sich wie ein Band durch ein Muster von Bauernhöfen wand. Von dieser Höhe aus konnte Yraen auch den Komplex grauer Steingebäude sehen, die vermutlich die Festung des Gwerbret darstellten, vier verbundene Brochs inmitten eines ummauerten Hofs, direkt außerhalb der eigentlichen Stadt am Fluß gelegen. Er wartete einen Augenblick, um den letzten friedlichen Moment zu genießen, dann ritt er weiter. Als er auf die Festung zutrabte, holte er die silbernen Botschaftsröhren aus dem Hemd und hielt sie bereit. Am Tor standen zwei Wachen an die Wand gelehnt und gähnten.

»Ich komme aus Cengarn!« rief Yraen ihnen zu. »Um der Liebe aller Götter willen, bringt mich zu Gwerbret Drwmyc!«

Die beiden sprangen auf die Beine, als hätte man sie mit heißem Eisen gestochen.

»Kommt herein, kommt herein«, schrie einer von ihnen. »Ich bin direkt hinter Euch.«

In dem gepflasterten Hof, halb voll angebundener Pferde, stieg Yraen ab, und der Wachsoldat rief nach Pagen. Ein Junge übernahm Yraens Pferd, ein anderer führte ihn durch die riesigen Eichentore eines Brochs. Drinnen fand er eine große Halle vor, viel geräumiger als die in Cengarn und vollgestopft mit Männern, von denen einige schon am Boden saßen, weil an den Tischen kein Platz mehr war.

»Botschaften, Euer Gnaden!« rief der Page. »Botschaften aus Cengarn!« Alle in der Halle standen auf und jubelten, als Yraen hinüber zum Ehrentisch ging. Er kniete an Drwmycs Seite nieder und überreichte die Botschaften.

»Heißt das, daß die Belagerung beendet ist, Silberdolch?« fragte der Gwerbret.

»Das wünschte ich, Euer Gnaden. Es ist mir nur gelungen, mich durch die feindlichen Linien zu schleichen, das ist alles.«

Drwmyc fluchte, dann rief er nach seinem Schreiber. Der Page gab Yraen einen Krug Bier und ein Stück Brot. Yraen trank die Hälfte des Biers sofort, dann setzte er sich auf die Hacken und begann, am Brot zu knabbern. Während der Schreiber die Briefe vorlas, fielen alle in der Halle in verzweifeltes Schweigen und versuchten, soviel wie möglich mitzuhören. Yraen sah sich um, zählte die Kämpfer und versuchte, die Adligen unter den Gästen zu entdecken. Die Lords waren wegen der frühen Stunde noch nicht zu ihrer Mahlzeit am Ehrentisch versammelt, sondern saßen in der Halle bei ihren Männern. Plötzlich bemerkte er, daß eine Person am Ehrentisch nicht den Schreiber anstarrte, sondern ihn. Erschrocken erkannte er sie als Lady Graeca von Tryv Hael, die bei den anderen adligen Damen am Ende des Tisches saß. Vor vielen Jahren, als er noch keine sechzehn gewesen war und sie nicht viel älter, waren sie verlobt gewesen, aber am Ende hatte ihr Vater eine bessere Partie für sie gefunden, einen der Lords von der Nordgrenze.

Was machte sie hier in Pyrdon? Wahrscheinlich hatte sie eine adlige Freundin besucht und saß nun wegen des drohenden Krieges hier fest. Mit ihrem dichten, dunklen Haar und den grünen Augen war sie immer noch schön, und sie hatte den Mund erstaunt ein wenig geöffnet. Plötzlich schien ihr aufzufallen, was sie da tat, und sie wandte sich ab. Yraen aß sein Brot fertig und hoffte, daß sie seine Identität nicht verraten würde, aber darauf bestand nur geringe Hoffnung. Graeca war nicht unbedingt für ihr Taktgefühl bekannt.

Der Schreiber beendete den letzten Brief, und die Halle kochte über, Männer riefen und fluchten, Frauen weinten und schwatzten. Drwmyc erhob sich und schlug auf den Ehrentisch. Es wurde wieder still.

»Also gut«, rief der Gwerbret. »Bald, Männer – bald reiten wir nach Norden.«

Reiter und Adlige jubelten ihm zu. Er bat mit hocherhobenen Händen um Schweigen.

»Wir haben hier lange genug gchockt und gewartet. Die Musterung ist so vollständig, wie sie sein kann, und wir werden uns um die, die zu spät kommen, kümmern, wenn wir auf dem Heimweg sind.«

Mehr Jubel erklang. Also daran hat es gelegen, dachte Yraen. Einige von Drwmycs Vasallen hatten versucht, sich zu drücken! Er kam wieder auf die Knie und sah sich in der Halle um und entdeckte an einer Seite Lord Erddyr, so untersetzt und grau wie eh und je am Kopf eines Tisches stehen, und neben ihm war der einarmige Tieryn Comerr. Plötzlich lachte Erddyr, versetzte Comerr einen Stoß und zeigte auf Yraen. Comerr lächelte, mehr als nur ein bißchen grimmig, und nickte. Der Gwerbret setzte sich wieder hin, rief nach seinem eigenen Bierkrug und beugte sich zu Yraen.

»Wie heißt Ihr, Silberdolch?«

»Yraen, Herr.« Er warf Graeca einen Blick zu, die sich vorbeugte, um zu lauschen. »Und einen anderen Namen habe ich nicht mehr.«

»Nun, offenbar ist auch Euer Herz aus dem Eisen, nach dem Ihr Euch benannt habt. Ihr habt etwas Großartiges geleistet, indem Ihr diese Botschaften durchgebracht habt. Ich – wartet! Ich kenne Euch. Ihr seid zusammen mit diesem, o Ihr Götter, wie hieß er noch, diesem Berserker, diesem anderen Silberdolch, geritten.«

»Rhodry aus Aberwyn, Euer Gnaden, und er hat in dieser Fehde vor ein paar Jahren Lord Adry getötet.«

»Genau der. Hat ihn sein Wyrd ereilt?«

»Nicht, daß ich wüßte, Euer Gnaden. Er war ...« Yraen zögerte kurz. »Er war damit beschäftigt, eine andere Botschaft für Gwerbret Cadmar zu überbringen, bevor die Belagerung begann, also weiß ich nicht genau, was aus ihm wurde.«

»Aha. Nun, so ist es im Krieg, wie?« Drwmyc schien ziemlich erleichtert, daß Rhodry weit weg war. »Page! Bring Yraen rüber zu den Männern, und sorge dafür, daß er etwas Ordentliches zu essen bekommt. Was hast du mit seinem Pferd gemacht?«

»Einer der Knechte kümmert sich darum, Euer Gnaden«, erwiderte der Junge und verbeugte sich.

»Gut, gut. Dann finde für unseren Silberdolch einen Schlafplatz, wenn er fertig gegessen hat.«

Yraen, der froh war, Graecas Blicken entkommen zu können, folgte dem Pagen durch die große Halle. Da schon so viele Männer hier anwesend waren, nahm Yraen an, daß in der Mannschaftsunterkunft kein Platz mehr sein würde, und tatsächlich erklärte der Page ihm sofort, daß er bezweifelte, ob er ein Bett für ihn finden könne.

»Ich kann draußen im Hof schlafen, Junge. Es wird heute nacht nicht regnen.«

»Das ist gut. Es sind tausend Männer hier, wißt Ihr ... nun, sie sind nicht alle in der Festung. Ihr habt das Lager sicher gesehen, als Ihr durch die Stadt geritten seid.«

»Nein. Ich bin durchs Südtor gekommen.«

»Aha. Das Lager ist auf der Nordseite des Flusses.«

»Und es sind nur tausend Männer gekommen? Das ist alles?«

»Vielleicht hundert oder so mehr. Das hat der Marschall jedenfalls gesagt.«

Yraen war plötzlich ziemlich elend zumute. Rund um Cengarns Mauern lagerten zumindest zweimal so viele Feinde. Als er noch einen Blick zum Ehrentisch warf, sah er, wie die Damen sich zurückzogen und die adligen Herren sich eilten, zum Gwerbret zu gelangen. Trotz des vorherigen Jubels lächelte jetzt keiner von ihnen. Zweifellos hatten sie alle inzwischen noch einmal über Cadmars Neuigkeiten und die Größe ihrer eigenen Armeen nachgedacht und kamen zu keinem günstigen Ergebnis.

»Besteht irgendeine Chance, mehr Männer zu finden?« fragte Yraen.

»Nun, Seine Gnaden hat sich auf die Allianz mit dem Gwerbret in Dun Drw berufen, und ein Bote ist vor einigen Tagen gekommen und hat erklärt, sie seien auf dem Weg.«

»Das ist wunderbar! Wie viele werden es sein?«

»Oh, Unmengen, weitere fünfhundert.«

Wieder überfiel ihn die Müdigkeit. Er hatte vergessen, wie karg es hier an der Westgrenze zuging, vergessen, wie wenig Adlige, wie wenig Reiter in diesem weiten Land lebten.

»Yraen, du alter Mistkerl!« Eine vertraute Stimme rief laut nach ihm. »Setz dich her und iß etwas.«

Das war Renydd, Erddyrs Hauptmann, der ihm von einem der Tische aus zuwinkte. Yraen schüttelte ihm die Hand, dann setzte er sich ihm gegenüber.

»Sobald die Rede von Dweomer ist, tauchst du immer wieder auf wie ein Fluch, wie?« meinte Renydd. »Und wo steckt Rhodry? Er ist doch noch am Leben?«

»Soweit ich weiß. Er war nicht in der Festung, als die Belagerung begann.« Yraen zögerte, dann beschloß er, daß er ganz bestimmt nicht über Drachen reden würde. »Ich nehme an, er gehört jetzt zu der Armee eines unserer Verbündeten.«

»Wahrscheinlich. Iß ein Stück von diesem Schweinefleisch. Wer weiß, was wir bekommen, sobald wir erst unterwegs sind.«

Im weiteren Verlauf des Abends war Yraen ausgesprochen dankbar, daß ihn niemand genauer über seine angebliche Flucht durch die feindlichen Linien ausfragte. Wann immer dieses Thema aufkam, murmelte er etwas über das sprichwörtliche Glück eines Silberdolchs oder die Gunst der Götter. Er erfand einen Kaufmann, der ihm angeblich ein Pferd gegeben hatte. Die Männer waren ohnehin nur daran interessiert, was er über den Feind zu berichten hatte. Während die Adligen sich am Ehrentisch um den Gwerbret drängten, umgaben die Hauptleute der Kriegshaufen Yraen, und die Stimmung in der Halle wurde grimmiger und grimmiger, je länger der Abend dauerte. Die meisten hatten nie zuvor vom Pferdevolk gehört, aber keiner sah einen Grund, dem Silberdolch nicht zu glauben.

»Nun gut«, meinte Renydd schließlich. »Ich habe geschworen, im Dienst meines Herrn zu sterben, und das ist alles. Niemand kann ewig leben, wie, Jungs?«

Die Männer ringsumher nickten, sagten wenig und tranken viel.

Yraen gab vor, müde zu sein und verließ die große Halle bald. An der Tür nahm er sich eine Kerzenlaterne mit und holte sich draußen im Stall seine Decken. Die Ausrüstung über der Schulter, sah er sich im Hof nach einem Platz um, der vielleicht ein wenig weicher war als die Pflastersteine, als ein Page, ebenfalls mit einer Laterne in der Hand, zu ihm eilte. Im tanzenden Licht konnte er sehen, daß der Junge von einem Ohr zum anderen grinste.

»Ich habe eine Botschaft für Euch, und die Dame hat mir ein ganzes Silberstück gegeben, um sie geheimzuhalten.«

»Lady Graeca?«

»Ja. Sie will, daß Ihr mir folgt.«

Yraen dachte nach, aber die Neugier siegte. Der Page führte ihn durch den Irrgarten der Außengebäude und schlafenden Männer, Türme und angebundenen Pferde, Karren und Schweineställe zurück zum Hauptgebäude, dann in eine enge Gasse zwischen zwei der Halbbrochs. Auf dem Weg sah Yraen sich immer wieder um und erwartete, daß Graeca irgendwo draußen in einer geschützten Ecke auf ihn wartete, aber der Page führte ihn direkt in einen der Türme und die Treppe hinauf. Dann zeigte er auf eine Tür aus poliertem Holz, zwinkerte noch einmal und ging.

Bevor Yraen noch klopfen konnte, öffnete sich die Tür zu einem kleinen Empfangszimmer, das von Kerzen beleuchtet war. Kichernd wie ein Mädchen zog Graeca ihn nach drinnen und verschloß rasch die Tür.

»Ich habe meine Zofe weggeschickt. Maryn, was tust du hier? Wo warst du? Wieso trägst du diesen schrecklichen Silberdolch?«

Yraen seufzte und warf sein Bettzeug auf den Boden. Es war so lange her, seit er seinen richtigen Namen gehört hatte, daß er das Gefühl hatte, er gehörte nicht mehr wirklich ihm, und der heroische König der alten Chroniken, nach dem er benannt worden war, werde ihm gleich erscheinen und auf seinem Recht beharren, diesen Namen als einziger zu tragen. Yraen stellte die Kerzenlaterne an der Feuerstelle ab, die in dieser warmen Sommernacht leer war, dann sah er sich um. Auf der anderen Seite der Kammer führte eine halboffene Tür in ein weiteres Zimmer.

»Was tust du überhaupt hier?« sagte er anstatt einer Antwort. »Bist du zu Besuch bei Drwmycs Frau?«

»Selbstverständlich. Sie ist meine Schwester. Nun, ich nehme nicht an, daß du dich daran erinnerst.«

An der gebogenen Außenwand standen auf einem bardekianischen Teppich zwei Stühle. Gähnend setzte er sich auf einen und streckte die Beine aus. Einen Augenblick lang blieb sie stehen und betrachtete ihn. Das offene Haar fiel ihr über die Schultern.

»Ich bin schmutzig von der Straße«, meinte er. »Entschuldige.«

»O bitte, daran bin ich inzwischen gewöhnt – immerhin bin ich mit einem der hiesigen Lords verheiratet.« Ihre Stimme war kalt geworden. »Das Leben ist hier ziemlich anders als bei Hofe.«

»Dein Mann ist erheblich reicher, als ich je hätte sein können.«

»Glaubst du, das hätte mich interessiert? Ich habe geweint, als sie unsere Verlobung lösten. Vater hatte bereits eine Allianz mit deinem Clan, und er wollte noch eine hier oben im Norden, und das war alles, was zählte.« Sie zuckte mit den Achseln und setzte sich auf die Kante des anderen Stuhls. »Aber du hast meine Frage noch nicht beantwortet.«

»Wenn du mich hier heraufgebracht hast, um mich auszufragen, gehe ich gleich wieder.«

»Ist es ausfragen, wenn man von einem Mann, den man seit vier Jahren nicht gesehen hat, wissen will, wo er gewesen ist?«

Yraen gestattete sich ein kurzes Lächeln. Sie wartete, schwieg, legte den Kopf schief.

»Marro, bitte«, sagte sie schließlich.

»Es gibt nicht viel zu erzählen. Ich bin aus Dun Deverry weggeritten, weil ich das Hofleben nicht mehr ertragen konnte. Ich wurde Silberdolch, weil man sich schließlich von etwas ernähren muß, und Kämpfen ist alles, was ich kann.«

»Aber ein Prinz, der zum Silberdolch wird?«

»Ein sehr unwichtiger Prinz, vergessen wir das nicht. Der jüngere Sohn eines jüngeren Sohnes, und ich hätte vor Langeweile sterben können, während ich darauf wartete, daß ich drankam, den Falken des Königs zu tragen oder ähnliche kleine Pflichten zu erfüllen.«

Sie starrte ihn vollkommen verblüfft an.

»Niemand hat dich je verstanden, Maryn«, sagte sie schließlich. »Du warst immer so ein seltsamer Junge.«

»Hör auf mich so zu nennen! Yraen ist der einzige Name, den ich noch habe.«

Sie seufzte und fuhr sich mit beiden Händen durchs Haar, um es aus dem Gesicht zu schieben.

»Ich bin froh, dich wiederzusehen«, sagte sie. »Ich bin froh zu wissen, daß es dir gutgeht.« Sie blickte auf und hatte Tränen in den Augen. »Zumindest im Augenblick. Dieser Krieg ...«

»Ich werde dich nicht anlügen. Es sieht schlecht aus. Sehr schlecht. Wann wolltest du in die Festung deines Mannes zurückkehren?«

»In ein paar Tagen. Warum?«

»Tu das nicht. Bleib hier. Wenn wir versagen, wenn wir diese Armee nicht zurückschlagen können, werden sie bald nach Süden reiten, und Tryv Hael liegt genau auf ihrem Weg.«

Sie lehnte sich zurück und legte eine zitternde Hand an die Kehle.

»Es tut mir leid, aber du verdienst es, die Wahrheit zu wissen.«

»Ich habe Kinder dort, Mar – also gut, Yraen. Drei Kinder.«

»Laß sie herbringen.«

»Das werde ich gleich morgen tun.« Sie stand auf und hob

den Kopf in der vertrauten Geste von Frauen ihres Ranges, die sich selbst häufig im Laufe ihres Lebens daran erinnerten, daß sie die Tochter und Frau eines Kriegers waren. »Das erinnert mich an etwas. Drwmyc hat vor etwa einer Woche Boten an den König geschickt.«

»Ja? Gut. Großvater muß Bescheid wissen. Wie geht es ihm übrigens?«

»Gut für einen Mann seines Alters. Deiner Mutter geht es ebenfalls gut. Ich nehme an, es ist dir gleich, was aus deinem Vater geworden ist.«

Yraen lächelte – nur ein kurzes Verziehen der Lippen, dann stand er auf.

»Ich werde deine Zeit nicht länger verschwenden. Ich muß einen Schlafplatz finden.«

Sie lachte, dann legte sie sich eine Hand auf den Mund.

»Ihr Götter, es ist verrückt, auch nur daran zu denken!« zischte Yraen. »Wenn es jemand herausfindet ...«

»Ich habe die Zofe weggeschickt und den Pagen bestochen, und außerdem, wenn die Dinge so schlecht stehen, wie du sagst, wer wird sich darum kümmern, wo wir heute nacht schlafen?« Sie strich ihm mit der Hand über den Arm. »Ich bin nicht in der Stimmung, allein zu sein.«

»Nun, das bin ich auch nicht.«

Yraen packte sie an den Schultern und küßte sie. Ihr Mund war immer noch vertraut, trotz all der Jahre, in denen sie sich nicht gesehen hatten, und immer noch so gierig, wie er ihn in Erinnerung hatte.

Das Lager des Pferdevolks lag in der heißen Sonne, und seine Bewohner kümmerten sich träge um jene Dinge, mit denen sich selbst die glorreichste Armee abgeben muß. Jeder zehnte Mann war abgestellt worden, die alten Latrinengräben am Rand des Lagers zuzuschaufeln und neue zu graben. Andere führten Pferde zum Fluß, der westlich des Lagers verlief, und tränkten sie. Auf dem Paradeplatz, wo die Nachschubwagen in einer langen Reihe aufgestellt waren, verteilte Ddary Rationen an die Männer des Kriegshaufens, reichte jedem von ihnen ein Päckchen mit Fladenbrot und Käse, das eingewickelt und mit dem Siegel der Armee versehen war, dann zerschnitt er das Stück gekochten Rindfleischs, das man ihnen zugeteilt hatte, so gleichmäßig wie möglich. Tren selbst verteilte Salz, das in kleine Stoffstücke eingedreht war. Als sie fertig und die Männer wieder auf dem Rückweg ins Lager waren, gab Tren dem Rationsoffizier einen Holzstock, den der Mann feierlich kerbte und zurückgab. Tren verbeugte sich, der Rationsoffizier verbeugte sich. Tren trat zur Seite und überließ seinen Platz dem nächsten Hauptmann.

»Ihr Götter«, murmelte Ddary. »Sie machen alles auf ihre Art, wie?«

Lord und Hauptmann gingen zusammen ins Lager zurück, aber langsam, weil sie hier in der Menge von einfachen Soldaten, die kein Wort deverrianisch sprachen, ungestörter waren als bei ihren eigenen Leuten. Eine Gruppe von Männern des Pferdevolks in goldbestickten Mänteln kam vorbei und schob alle aus dem Weg.

»Ah, meine Mitoffiziere«, sagte Tren. »Ihr Götter! Wir haben Aufseher und die Hüter der Disziplin und die Rakzanir – Offiziere, so weit das Auge reicht. Eine ganze Menge von Mäulern, die gestopft werden müssen!«

»Nun, die Aufseher kämpfen mit, das muß man ihnen lassen.«

»Das stimmt. Sie sind nicht alle nutzlos.«

Ein paar Schritte entfernt, auf dem Paradeplatz, brach ein Kampf aus, plötzlich wie eine Windböe. Ein paar Männer schrien aufeinander ein und schlugen sich. Tren sah ein Messer aufblitzen, dann wurde das Gebrüll drängender. Mit flatternden roten Mänteln drängten sich die Hüter der Disziplin durch die Zuschauermengen und rissen die Kämpfenden voneinander weg.

»Nicht vollkommen nutzlos, Herr«, sagte Ddary seufzend. »Ich wünschte, die Göttin würde sich wieder zeigen. Das scheint das einzige zu sein, was sie irgendwie glücklich macht.«

»Das und ein Angriff. Es wird bald wieder einen geben. Und diesmal werden wir mittendrin sein. Die Hohe Priesterin selbst hat es verlangt.«

Ddary fluchte und sah sich bedrückt um.

»Und wir sollten uns gut halten.« Tren senkte die Stimme. »Ein Mann kann im Kampf auf mehr als eine Art sterben.«

»Ich verstehe, was Ihr meint, Herr. Ich werde den Jungs Bescheid sagen – nun, zumindest denen, deren ich sicher sein kann.«

»Schick jeden, dessen du dir nicht sicher bist, beim Angriff ganz nach vorn.«

Sie tauschten ein rasches Lächeln aus. Tren hätte gern noch mehr gesagt, aber inzwischen waren sie zu nahe an den menschlichen Sklaven, von denen einige zu gut einen der deverrianischen Dialekte sprachen, um mehr Ehrlichkeit wagen zu können.

Jeden Morgen bereitete sich Meer wie ein Krieger, der seine Rüstung anlegt, auf den nächsten Angriff auf Cengarn vor. Auf die geschnitzte Truhe in der Kammer, die er mit Jahdo teilte, legte er seine kleine Ziegenfelltrommel und den Trommelstock, und dazu sein Hirschlederhemd mit den Amuletten und Talismanen. Jahdo füllte eine lederne Wasserflasche mit frischem Wasser und legte sie neben die Trommel. Und als schließlich an einem sonnigen Morgen der Alarm tatsächlich erscholl, waren sie bereit. Meer hatte Jahdo gerade angewiesen, die Reste des Frühstücks wegzubringen, als sie die Silberhörner und lautes Geschrei von den Festungsmauern hörten.

»Zu den Waffen! Zu den Waffen!«

Durch das Fenster drang das Geräusch weit entfernter Schreie aus der Stadt herein. Jahdo sprang auf, und sein Herz klopfte im Rhythmus der schmetternden Hörner. Meer erhob sich langsamer und hob die Arme hoch über den Kopf.

»Mögen die Götter mit uns sein, Junge. Es ist Zeit, mich dem Kampf anzuschließen, wie es die Berufung eines Barden fordert.«

Mit Jahdos Hilfe zog Meer sein Tuchhemd aus und legte das Zeremonienhemd an, das seinen Rang als Barde und Meister der Überlieferung kennzeichnete. Er griff nach der Trommel, schlug prüfend darauf und erklärte sie für gut. Jahdo führte ihn die Treppe hinunter in die große Halle, wo ein paar letzte Krieger gerade damit beschäftigt waren, die Helme aufzusetzen und nach den Schwertern zu greifen.

»Was soll das?« rief der junge Draudd. »Wird der Barde mit uns kommen, um für uns zu singen, während wir kämpfen?«

»Halt deinen Mund, arroganter junger Welpe«, fauchte Meer. »Ich bin ein wahrer Barde, von den Göttern auserwählt, und meine Worte sollten auf die Wilden an euren Toren einigen Eindruck machen.«

Zusammen mit Draudds Trupp eilten sie durch die wirbelnde Panik der Stadt hügelabwärts. Da sie von Milizmännern und Städtern gehört hatten, daß die Kämpfe unten am Osttor wieder am heftigsten waren, rannten Draudd und seine Männer dorthin, und Meer und Jahdo strengten sich an, mit ihnen Schritt zu halten. Der Hauptmann der Stadtwache, Mallo, stand am Fuß der Leitern zum Wehrgang und gab Befehle.

»Ihr Götter«, rief er Meer zu. »Ich kann meine Zeit nicht damit verschwenden, mir um Euch Gedanken zu machen, guter Mann, und auch nicht um den Jungen.«

Meer richtete sich zu seiner ganzen Höhe auf und dröhnte: »Die Götter selbst haben mich hergeschickt, um jene zu verfluchen, die diese Mauern besudeln. Wollt Ihr etwa in meinem und im Weg der Götter stehen?«

Mallo knurrte leise, aber er ließ Meer durch. Es war nicht leicht, den Barden die Leiter hinaufzubekommen. Er mußte sich seinen Weg nach oben tasten, und oben mußten ihn zwei Krieger auf den Wehrgang hieven. Die Trommel auf den Rükken geschlungen, eilte Jahdo hinterher. Mallo fand einen Platz, ein Stück von den schweren Kämpfen um das Tor entfernt, wo Meer auf dem Wehrgang stehen und Jahdo sich hinter die Mauer ducken und in relativer Sicherheit zusehen konnte.

In einem Wirbel von Männern und Pferden kam der Angriff aus zwei Richtungen, einer zum Osttor, der andere im Süden. Jahdo konnte sehen, wie die Reiter des Pferdevolks das Fußvolk wie Vieh auf die Mauern zutrieb. Als er zwischen den Zinnen hindurchspähte, sah er Säbel zwischen den Lederharnischen der Fußsoldaten blitzen. Hier und da schrie einer von ihnen auf. Einmal fiel einer mit blutüberströmtem Kopf nieder. Auf einen Befehl hin hoben die Fußsoldaten ihre Leitern über die Köpfe und trabten los. Ein Regen von Steinen und brennendem Pech begrüßte sie.

Meer trat vor. Der Wind fing sich in seiner gewaltigen Haarmähne und plusterte sie auf. Die unzähligen Talismane und Amulette glitzerten wie Sterne. Er hielt die Trommel hoch über den Kopf und begann sie zu schlagen, und mit jedem Schlag schrie er ein Wort hervor, ein scharfes Bellen in der Sprache des Pferdevolks. Jahdo war sicher, daß ihn über das Schreien und das Hufgetrappel, das Dröhnen der Rammen und das Fluchen der Verteidiger niemand hören würde, aber es schien, daß ihn jemand bei der Kavallerie entdeckt hatte. Eine neue Art von Geschrei ertönte aus dem angreifenden Regiment. Ein Geschrei, daß von Angst und – aber vielleicht bildete sich Jahdo das nur ein – einer gewissen Beschämung kündete.

Meer atmete im Rhythmus der Trommelschläge. Er schien jeden seiner gewaltigen Atemzüge direkt aus dem Himmel herabzuziehen, um seine Brust zu schwellen. Jedesmal, wenn er ausatmete, ließ er einen Fluch auf die Angreifer los. Jahdo hätte sich nie träumen lassen, daß jemand so laut, so durchdringend brüllen könnte, daß er imstande wäre, seine Stimme auf einer solch gewaltigen Klangwelle auszusenden. Die Verteidiger rings um das Osttor schwiegen nun. Das angreifende Regiment hielt für einen Augenblick die Stellung und bewegte sich weder vorwärts noch rückwärts.

In der darauffolgenden Stille wurden die Flüche deutlicher vernommen. Jahdo sah hier und da einen Reiter, der plötzlich den Kopf schüttelte und begann, sein Pferd zu wenden oder sich aus der Linie zu drehen. Die Fußsoldaten verloren ihren Schwung. Eine Einheit am nördlichen Rand ließ die Leiter fallen und rannte schamlos davon. Meer brüllte weiter und weiter, als wäre seine Stimme ein sturmzerwühltes Meer, das gegen einen Strand anhämmert, um den Sand wegzureißen und einen jämmerlichen Deich zu unterspülen. Die vorderen Linien des Pferdevolkes begannen sich unruhig zu bewegen, und das nicht mehr vorwärts, sondern eher seitwärts. Die Männer, die sich zum Angriff nach Süden gewandt hatten, drehten sich einer nach dem anderen um und lauschten. Wieder und wieder fluchte Meer und heulte und rief den Zorn eines jeden Gottes im Himmel und unter der Erde auf die Angreifer herab.

Draußen bei den Reitern entdeckte Jahdo eine plötzliche Bewegung – einen einzelnen Mann, der schnell ritt und sein graues Pferd durch die gelähmten Linien drängte. Rund um ihn her faßten sie sich langsam wieder und begannen, sich zu bewegen, schrien einander an, schrien die Fußsoldaten an, drängten einen Trupp vorwärts, und der neue Reiter war in ihrer Mitte. Die Verteidiger auf den Mauern begannen zurückzubrüllen. Meers Stimme wurde übertönt, als die Kämpfe im Süden begannen, aber am Osttor drehte sich die Infanterie immer noch ziellos um sich selbst. Jahdo beobachtete weiter den Angriff und diesen Mann, den er für einen neuen Kommandanten hielt und der auf seinem grauen Pferd so deutlich zu erkennen war, umgeben von vier weiteren Reitern, die ihm den Weg bahnten und ihn schützten.

Als er zwischen fünfzig und hundert Schritte entfernt war – noch weit außerhalb der Reichweite einer Schleuder –, zügelten die Männer ihre Pferde. Während der Anführer im Schutz seiner Männer vom Pferd stieg, schloß Jahdo aus seinen Bewegungen und den Proportionen seiner Beine im Verhältnis zum Oberkörper, daß es sich um einen Menschen handelte. Der Mann begann, an einem Gegenstand zu nesteln, der an seinem Sattel festgeschnallt war – Jahdo konnte nicht erkennen, was es war, denn als die Reiter weiter vorwärtsdrängten, wirbelte mehr Staub auf. Meer hielt inne, um Luft zu holen, und senkte die Trommel, um seine Arme auszuruhen.

»Meer, ich sehe dort etwas Seltsames. Sie haben einen Mann bei der Kavallerie, der eine Art langen Stab in der Hand hat.«

»Solange es kein anderer Barde ist, der mein Recht bestreitet, die Götter anzurufen, ist mir das gleich. Gib mir die Wasserflasche, Junge.«

Jahdo zog den Stopfen aus der Wasserflasche und reichte sie Meer und nahm sie wieder entgegen, nachdem der Barde getrunken hatte. Meer wischte sich den Mund mit dem Handrücken ab, dann griff er nach der Trommel und hob sie abermals hoch über den Kopf. Unterhalb der Mauer sah ihn die Infanterie, und die Männer schrien auf – eher vor Verzweiflung als vor Blutgier. Meer holte abermals tief Luft, schlug die Trommel und begann zu rezitieren. Jahdo hockte sich hinter eine Zinne und hielt Ausschau. Er brauchte einen Augenblick, um den seltsamen Mann und sein graues Pferd wiederzufinden. Die Schlachtlinie hatte sich vor ihm geschlossen. Von einem anderen Mann, der noch zu Pferd saß und die Zügel des Grauen hielt, abgesehen, war er nun alleine.

Und er hatte den Bogen gespannt.

»Meer!« kreischte Jahdo. »Es ist kein Stock, es ist ein Langbogen! Meer! Geh in Deckung!«

In seiner Rezitationstrance hörte der Barde ihn nicht. Jahdo sprang auf und packte Meer am Arm – zu spät. Ein Pfeil, unhörbar in dem ganzen Geschrei, traf Meer direkt in die Brust. Der Barde stieß mit all der Kraft seiner Trance einen Todesschrei aus, der weit über das Schlachtfeld hinweghallte. Ein weiterer Pfeil warf ihn nach hinten. Der Barde zuckte, riß Jahdo mit dem letzten Rest von Leben hinter die sicheren Zinnen, und stürzte dann mit durchgebogenem Rücken und weit ausgestreckten Armen abwärts, und seine Trommel fiel hinter ihm her und prallte neben der verrenkten Gestalt des Barden auf dem Pflaster auf.

Unten auf dem Schlachtfeld schrien die Feinde in reinem Entsetzen. Die Linie brach, die Infanterie wich zurück, Reiter wendeten, um vor dem schrecklichen Anblick des Mordes an einem Barden zu fliehen. Jahdo hatte keine Ahnung, was mit dem Bogenschützen geschehen war, und er konnte sich auch nicht daran erinnern, überhaupt die Leiter hinuntergeklettert zu sein. Plötzlich rannte er zu Meers Leiche, fiel in einer Blutlache auf die Knie und starrte dem Barden ins tote Gesicht.

»Meer!« Er hörte seine jammernde Stimme wie die eines Fremden. »Meer, Meer, Meer!«

Männer kamen angerannt. Mallo packte Jahdo am Arm und riß ihn auf die Beine.

»Junge, du kannst nichts mehr für ihn tun. Hilf mir, ihn von der Mauer wegzubringen. Ihr werdet noch beide zertrampelt, wenn ihr hierbleibt.«

Wortlos vor Tränen folgte Jahdo dem Befehl. Sobald Meers Leiche in relativer Sicherheit auf einem Wagen lag, stürzte er sich darauf und klagte, schluchzte eine lange, wortlose Litanei der Trauer heraus. Draudd und die Männer aus der Festung kamen zu ihm gerannt. Der junge Krieger war kreidebleich und zitterte, als er neben Meers Leiche niederkniete.

»Vergebt mir meinen dummen Witz«, stotterte er. »Niemals hätte ich gedacht, daß Euch etwas geschehen könnte, guter Barde, oder ich hätte nicht gespottet. Vergebt mir heute nacht in den Anderlanden!«

Sobald er Meer fallen sah, schlang sich Tren den Bogen über die Schulter, stieg aufs Pferd und schrie Ddary zu, ihm zu folgen. Sie wendeten ihre Pferde und flohen auf der Straße, die vom Osttor wegführte. Tren ließ sein Pferd laufen, wie es wollte. Er weinte zu sehr, um etwas sehen zu können oder sich auch nur darum zu kümmern, wohin der Rückzug sie führen würde. Er hatte einen Barden getötet. Daß der Barde einem anderen Volk angehörte, machte das Verbrechen nicht erträglicher. Er hatte einen Mann ermordet, der heilig war – zweifellos auf den Befehl seiner Göttin, aber er hatte immer noch das schlimmste Verbrechen begangen, das man in Deverry kannte, schlimmer noch als der Mord an seinen eigenen Blutsverwandten.

»Sie haben mir keine Wahl gelassen.« Er heulte diese Worte heraus, ganz gleich, ob ihn jemand hören konnte oder nicht. »Sie hat mir keine Wahl gelassen.«

Aber seine Ehre erwiderte, daß er diese Wahl gehabt hatte, daß er diesen verfluchten Bogen freiwillig angenommen und versprochen hatte, den Preis zu zahlen, und das alles um seiner Rache willen.

Nachdem der Angriff im Osten in sich zusammengebrochen war, fanden die Angreifer im Süden ihre Flanke ungeschützt und waren ebenfalls gezwungen, sich zurückzuziehen. Cengarns Verteidiger schrien und jubelten, als das Pferdevolk zurückwich. Von ihrem Platz auf dem Wehrgang nahe dem Südtor verfolgte Jill den Rückzug. Diese Pferdevolkarmee war von einer Art, die sie nicht kannte. Sie hatte zwar in Bardek organisierte Legionen gesehen, aber nur Infanterie und freiwillige Stadtmiliz. Eine Armee mit zwei Arten von Sklaven, von denen einige eher willige Rekruten als reine Diener waren, gehörte nicht zu ihren Erfahrungen.

»Euer Gnaden?« sagte sie. »Diese Männer mit den langen roten Mänteln? Ich würde sagen, das sind die wirklich wichtigen Anführer. Sie haben Peitschen, und mir ist aufgefallen, daß die Männer auf sie hören, ganz gleich, was die Hauptleute in Gold tun.«

»Ich werde dafür sorgen, daß unsere Männer wissen, auf wen sie zielen sollen«, erwiderte Cadmar. »Wir haben nicht allzu viele Pfeile und Speere in der Festung. Wir müssen jeden einzelnen von ihnen so zweckmäßig wie möglich einsetzen.«

»Das ist wahr. Nun, heute habt Ihr für den Kampf meinen Dweomer nicht gebraucht. Ich frage mich, was dazu geführt hat, daß sie so schnell zurückwichen?«

Sie hörten es, als sie in die Festung zurückkehrten. Da Cadmar auf der Mauer blieb, bis vollkommen sicher war, daß es sich beim Rückzug der Feinde nicht um einen Trick handelte, dauerte es mehrere Stunden, bis Jill mit ihm zurückkehrte. Als sie im Hof vom Pferd stieg, kam Dallandra auf sie zugerannt.

»Jill, schreckliche Nachrichten! Meer ist tot.«

Jill wollte etwas sagen, brachte aber kein Wort heraus. Sie

warf einem wartenden Pagen die Zügel zu und rannte in den Broch.

Inzwischen hatten die Frauen in der Festung die Leiche des Barden gewaschen und ihn in der großen Halle aufgebahrt, wo er eine Nacht liegen würde, bis sie ihn auf dem Tempelhügel der Stadt begraben würden. Einer nach dem anderen kamen die Männer, um ihm ihre Achtung zu erweisen, dann blieben alle stehen, tranken und schüttelten die Köpfe darüber, daß sie einem Feind gegenüberstanden, der gewissenlos genug war, einen Barden zu ermorden. Carra schluchzte, und ihr Anblick hätte beinahe bewirkt, daß auch Jill geweint hätte, zum ersten Mal seit vielen, vielen Jahren. Aber sie weigerte sich, sich so gehenzulassen, und lauschte statt dessen und hörte schließlich die Geschichte von Draudd und den Männern seiner Truppe.

»Mit einem elfischen Langbogen?« sagte Jill schließlich. »Seid Ihr sicher?«

»Ja, Herrin. Ich würde es bei jedem Gott beschwören, den Ihr wollt.«

»Das ist ein schlechtes Zeichen.«

»Ach ja?« Draudd verdrehte die Augen. »Ihr Götter, Herrin, so groß wie diese Geschöpfe sind – könnt Ihr Euch vorstellen, welch schwere Bogen sie spannen können?«

Das konnte Jill, und sie verzog das Gesicht. Aus dem Augenwinkel sah sie Unruhe an der Treppe und drehte sich um, weil sie sich fragte, wer diesen feierlichen Augenblick störte. Zwei Diener kamen die Treppe herab, die Arme voll mit Meers Utensilien, während Lord Gavry, der alte Kämmerer, ihnen langsamer folgte. Jahdo kam mit ihnen, schluchzend und schimpfend. Jill erreichte die Gruppe gerade rechtzeitig, um zu hören, worum es ging: Einige dieser Gegenstände gehörten dem Jungen, aber Gavry hatte weder die Zeit noch die Geduld, sich darum zu kümmern.

»Hör mir zu, du kleine Rotznase!« zischte der alte Mann. »Du bist nur ein Diener, und dein Herr ist tot. Du hast hier keinen Platz mehr. Am liebsten würde ich mit meinem Herrn sprechen, damit er dich auf die Straße wirft.«

»Tut das doch! Ihr seid trotzdem ein Dieb.«

Gavry holte aus, versetzte dem Jungen eine Ohrfeige und marschierte weiter. Jahdo brach in Weinen aus und rannte durch die Hintertür aus der Halle. Gavry setzte dazu an, ihm hinterherzuschreien, dann bemerkte er Jills Miene und hielt inne.

»Äh ... ah ... verehrte Zauberin, diese unverschämte kleine Rotznase widerspricht Höhergestellten, und alles wegen irgendwelcher Dinge, die ihm angeblich gehören. Woher soll ich das wissen? Diener und Leute wie der da lügen doch immer.«

Da Jill selbst einmal zu »denen da« gehört hatte, wurde ihre Miene noch finsterer. Gavry wich rasch zurück.

»Ich bezweifle, daß der Junge lügt.« Jill zwang sich, ruhig zu bleiben. »Die Trommel des Barden und solche Dinge werden mit ihm begraben werden, aber über alles andere werdet Ihr mit mir sprechen. Über jedes einzelne Stück.«

Sie drehte dem stotternden Gavry den Rücken zu, stolzierte nach draußen und machte sich auf die Suche nach Jahdo. Nach einiger Zeit fand sie den Jungen hinter ein paar Vorratsschuppen an der Festungsmauer. Er hatte sich in eine Ecke verkrochen, die Arme um die Knie geschlungen, und starrte ins Leere. Als Jill auf ihn zukam, wandte er sich ab. Jill setzte sich neben ihn auf den Boden und wartete, bis er sie schließlich ansah.

»Auch ich trauere um ihn, Jahdo. Er war ein großer Mann und ein guter Freund, und er wird mir fehlen.«

Jahdo nickte und versuchte angestrengt, die Tränen wegzublinzeln.

»Es ist schwer, einen Freund zu verlieren«, fuhr Jill fort.

»Ja, besonders an einem solch elenden Ort.«

»Wie?«

»In Deverry. Wirklich, Herrin, ich will Euch nicht beleidigen, aber wenn ich zu Hause wäre, wäre diese Angelegenheit verdammt viel leichter zu ertragen.«

»Zweifellos. Wenn deine Familie bei dir wäre ...«

»Das meine ich nicht.« Jahdo hielt inne und suchte nach Worten. »Seit wir nach Deverry gekommen sind, Meer und ich, habe ich nachgedacht. Erst waren wir Gefangene, und wir waren nichts, bis Ihr Euch für uns eingesetzt habt. Ihr und Rhodry, obwohl er selbst nur ein Silberdolch war. Und dann hatten wir einen Platz, einen guten Platz, weil Meer ein Barde war und ich ihm diente. Aber jetzt ist er tot.«

»Ah. Und nun hast du wieder keinen Platz?«

»Genau. Jetzt verstehe ich etwas, was mein Vater mir immer gesagt hat. Wir sind nur Rattenfänger, hat er gesagt, die Geringsten unter den Geringen, aber das ist gleich. Wir haben unseren Platz. Wir sind Bürger, Bürger von Cerr Cawnen, und genauso gut wie die, die in der Zitadelle leben. Niemand kann uns von diesem Platz vertreiben. Hier in Deverry gibt es keine Bürger. Es gibt nur Adlige, und um ehrlich zu sein, sehe ich in ihnen immer noch die Sklavenhalter, von denen ich immer gehört habe, ganz gleich, was für ein guter Herr Lord Cadmar sein mag. Und wir anderen, wir sind nichts, wenn uns die Lords nicht einen Platz zuweisen.«

Jill war einen Augenblick zu verblüfft, um zu antworten. Sie hatte immer gewußt, daß der Junge überdurchschnittlich klug war, aber dieser Ausbruch zeigte ihr, was für ein großer Mann er eines Tages sein würde – wenn er lange genug lebte. Jahdo starrte sie trotzig an.

»Du hast vollkommen recht, Junge«, sagte Jill schließlich. »Vollkommen recht. Und wenn du nach Hause, nach Cerr

Cawnen, zurückkehrst, hoffe ich, daß du allen erzählst, was du hier gesehen und erfahren hast, damit sie schätzenlernen, was sie haben.«

Nun war er überrascht, und sein Trotz war verschwunden.

»Aber ich würde jetzt, hier in der Festung, nicht darüber sprechen«, fuhr Jill fort, »es wird dir nur Ärger einhandeln, wenn der Lord dich hört.«

»Das weiß ich.«

»Gut. Ich sag dir eins. Von jetzt an bis der Krieg vorbei ist, kannst du mein Diener sein, und damit hast du wieder einen Platz. Was hältst du davon?«

»Das ist wunderbar! Ich danke Euch, Herrin, aus ganzem Herzen. Ich hatte nie etwas dagegen, für meinen Unterhalt zu arbeiten, denn das hat mir mein Vater beigebracht.«

»Also gut. Und jetzt bringen wir deine Sachen in meine Kammer, bevor der Kämmerer sie sich nimmt.«

An diesem Abend kamen Wolken aus dem Süden herangezogen, huschten in den letzten Sonnenstrahlen vor dem Wind her und warfen lange Schatten auf die Belagerer. Als Tren den Hügel hinauf zum Lager ging, kam er sich so substanzlos vor wie einer dieser Schatten. Niemand näherte sich ihm, niemand sprach mit ihm, niemand sah ihm in die Augen. Jeder, der ihm zufällig begegnete, wich ihm rasch aus. Schlechtes Geis – er konnte beinahe hören, wie sie es dachten.

In Hir-lis Zelt waren die anderen Hauptleute bereits versammelt und knieten auf dem Boden, während der Kriegshauptmann auf und ab ging und auf sie einredete. Als Tren hereinkam, hielt Hir-li inne und sah zu, wie der Adlige sich nahe dem Eingang niederließ und die beiden Männer des Pferdevolkes, die ihm am nächsten waren, zurückwichen. Auf einer Seite des Rakzan saß die Hohe Priesterin auf ihrem Holzstuhl. Tren fragte sich, ob die Göttin sich wieder des Körpers ihrer Priesterin bemächtigen und die Offiziere ansprechen würde – er hoffte allerdings, daß dies nicht geschehen möge. Hinter ihr stand ein Trupp Hüter, die Hände an den Griffen der Säbel.

Hir-li sprach mit einem jungen menschlichen Sklaven, einem blonden Jungen mit schmalem Gesicht, und schickte ihn an der langen Reihe der Hauptleute entlang. Tren spannte sich an und fragte sich, ob man ihn wohl jetzt auf der Stelle umbringen würde, aber der junge Mann erwies sich nur als Übersetzer. Er hockte sich direkt hinter Tren und flüsterte ihm eine Zusammenfassung dessen, was gesagt wurde, ins Ohr.

»Die Priesterin hat bereits erklärt, daß sie Euch befohlen hat, den Barden zu töten«, meinte er.

»Gut. Würdet Ihr Hir-li bitte meine Entschuldigung für das Zuspätkommen übermitteln?«

Der junge Mann stand auf und tat das, dann kniete er sich wieder nieder. Hir-li schaute zu Tren und hob grüßend die Hand, dann kehrte er zu seiner Predigt zurück.

»Der Meister ist zornig darüber, wie das erste Regiment reagiert hat, als Ihr den Barden tötetet«, flüsterte der Junge. »Er hat die Offiziere, die dafür verantwortlich waren, aufgefordert vorzutreten.«

Hir-li brüllte einen Befehl. Zwei Offiziere in goldenen Mänteln erhoben sich und traten vor. Ihre Mienen waren ausdruckslos.

»Er sagt ihnen, es sei ihre Aufgabe gewesen, für die Tapferkeit ihrer Männer zu sorgen.« Der junge Mann hielt inne und lauschte. »Und sie haben versagt.« Wieder eine Pause. »Die Hüter werden ihre Körper öffnen und ihre Herzen nehmen und ihre Seele zur Göttin schicken, auf daß sie sie verurteile.«

Tren zuckte zusammen. Niemand sonst, nicht einmal die zum Tode Verurteilten, zeigte die geringste Reaktion. Auf eine Geste Hir-lis packten die Hüter die beiden Offiziere, rissen ihnen die Mäntel ab und fesselten ihnen dann die Hände auf dem Rücken. Die versammelten Hauptleute gestatteten sich ein leichtes Seufzen, als die beiden nach draußen geführt wurden.

»Was geschieht mit dem Regiment?« flüsterte Tren.

»Jeder achte Mann wird auf den langen Speer gespießt. So ist es immer. Sie lassen sie aufmarschieren und fangen irgendwo an zu zählen. Niemand darf sich mehr bewegen, nachdem sie mit dem Zählen begonnen haben.«

»Aha.«

Wieder sprach Hir-li, diesmal ruhiger, und hielt häufig inne, um sich vor der Hohen Priesterin zu verbeugen.

»Sie brauchen Anführer für einen gefährlichen Auftrag oben in den Hügeln«, erklärte der junge Mann. »Die Männer des Ersten Regiments, die das Zählen überleben, werden kämpfen, um Buße zu tun. Aber sie brauchen neue Hauptleute.«

Zwei Offiziere standen auf und verbeugten sich. Der spärlichen Goldstickerei auf ihren Mänteln nach zu schließen, waren sie von geringem Rang und begierig auf eine Chance zum Aufstieg. Hir-li nickte zustimmend, dann beugte er sich zu der Priesterin, die ein paar Worte flüsterte.

»Lord Tren?« rief Hir-li. »Ihre Heiligkeit wünscht, daß Ihr diese Truppe begleitet. Sie sagt, Ihr werdet dort die Gelegenheit haben, den Mann zu töten, der Euren Bruder getötet hat.«

Tren erhob sich lächelnd.

»Der Wille der Göttin ist der meine, Rakzan Hir-li.«

Und in diesem Fall sagte er die Wahrheit.

Der silberne Fluß, der an Evandars Pavillon vorbeizog, wurde breiter, je näher er dem Meer kam. Die Armee sah keine Nebenflüsse. Der Fluß wurde einfach tiefer und breiter und das Wasser langsamer und langsamer, bis es an der Mündung schließlich wie Quecksilber durch grüne Binsen floß und sich unter einem lavendelfarbenen Himmel mit einem pfauenblauen Ozean vereinigte. Träge schlugen Wellen an den Strand, schäumten silbern und legten sich, scheinbar immer ein Tropfen nach dem anderen, über den weißen Sand.

»Abwärts!« schrie Evandar.

Auf sein Zeichen hin führten die Männer ihre Pferde in das Spitzenmuster der Brandung. Die Pferde schnaubten, warfen die Köpfe, dann beruhigten sie sich plötzlich, als sie wieder sicheren Boden unter den Hufen hatten. Eine lange türkisfarbene Straße führte einen leichten Abhang hinab, tiefer und tiefer ins Wasser, unter das Wasser, durch das Wasser, so daß die Armee durch eine Welt ritt, die aus grünem Glas gemacht schien. Das Sonnenlicht wurde trüber, als die Straße weiter nach unten führte, bis die Reiter auf dem Meeresboden zwischen den hin- und herschwankenden Pflanzen in smaragdfarbenem Zwielicht angekommen waren. Gestalten trieben vorbei, aber ob es Fische, Delphine oder menschenähnliche Geschöpfe waren, konnte niemand sagen. Vor ihnen streckte sich die Straße auf einen dunklen Hügel am Rand ihres Blickfeldes zu.

»Und ich wette, dort hat sie sich verborgen«, meinte Evandar. »Menw, du und deine Männer, ihr bleibt hier. Mein Bruder und ich werden sehen, was es dort zu sehen gibt.«

Shaetano hob den Kopf und sah sich um, aber er sagte kein Wort gegen den Plan – Evandar nahm an, daß er es nicht wagte. Sie stiegen ab, reichten Menw die Zügel ihrer Pferde und gingen zusammen auf den unterseeischen Hügel zu. Sie hatten erst ein paar Schritte zurückgelegt, als Shaetano mit dem Fuß gegen etwas stieß, das auf der Straße lag. Als es mit einem Aufblitzen von Licht nach oben schwebte, bückte er sich und griff nach einer kleinen Glocke aus Gold mit einem Griff aus Amethyst.

»Wer sollte ein solches Schmuckstück hier verloren haben?« Evandar streckte die Hand aus. »Gib es mir, Bruder.«

Fauchend tat Shaetano, was man ihm gesagt hatte. Evandar steckte die Glocke ins Hemd, und sie gingen weiter. Auf beiden Seiten der Straße kamen die vorbeitreibenden Gestalten näher herangeschwommen, schwebten über den Wasserpflanzen und den wogenden Algen. Hier und da konnten sie ein goldfarbenes Auge aufblitzen sehen, dort eine silberne Flosse, aber niemand sagte ein Wort. Sie waren ein ganzes Stück weitergekommen, als Shaetano ausrutschte. Er fiel auf ein Knie, dann erhob er sich wieder und lachte über seine Ungeschicklichkeit.

»Und was hast du da aufgehoben, Bruder?« Evandar streckte die Hand aus. »Sieht aus wie ein silbernes Horn. Wie sorglos diese Leute sind, ihre Schätze überall auf der Straße zu verstreuen.«

Shaetano fletschte die Zähne, gab das Horn aber ab.

Der Hügel war von roten Korallen überwuchert. Lila und gelbe Seeanemonen blühten zwischen dem Geäst. Winzige Fische schossen vor einer silbernen Tür hin und her, die – nicht höher als drei Fuß – in die Seite des Hügels eingelassen war.

»Da kommen wir nicht durch«, zischte Shaetano. »Während wir hier unsere Zeit verschwenden, könnte Alshandra deiner kostbaren Elessario bereits Schaden zufügen. Ich würde sagen, wir suchen lieber mehr in der Nähe des Kindes.«

»Ach ja, Bruder?«

Evandar bückte sich, um sich die Tür näher anzusehen, die mit seltsamen Symbolen und Buchstaben verziert war. Ein silberner Ring hing daran. Er griff gerade danach, als er einen tiefen Klang vernahm. Evandar richtete sich auf, fuhr herum und sah, wie Shaetano eine lila und blau gestreifte Muschel wegwarf – oder genauer gesagt, er versuchte, sie wegzuwerfen. Aber im Wasser trieb sie nur langsam nach unten und zeigte deutlich, was er getan hatte.

»Verzeih«, stotterte Shaetano. »Es war nur eine Muschel. Ich dachte nicht, daß es ein Geräusch geben würde.«

»Ach ja, Bruder?«

Als sich Evandar wieder der Tür zuwandte, war sie verschwunden. Korallen und Algen bedeckten die Seite des Hügels, als wäre nie etwas anderes dort gewesen.

»Nun, Bruder«, meinte Evandar. »Du hattest recht. Nun werden wir dort nie hineinkommen. Kehren wir zurück und holen unsere Pferde.«

In bedrückter Stimmung ritt die Armee über die türkisfarbene Straße zurück. Ringsum verfärbte sich das Meer silbern, als sie durch die Brandung wieder an die Oberfläche stiegen und ihre Pferde auf den Sand hinauslenkten. Über ihren Köpfen kreiste eine Möwe und stieß einen klagenden Schrei aus, bevor sie über dem Land verschwand.

»Ha!« bellte Shaetano. »Sie hat dich wieder einmal an der Nase herumgeführt, Bruder.«

»Nicht sie, sondern du«, sagte Evandar. »Als du auf dieser Muschel geblasen hast.«

Fauchend riß Shaetano den Kopf seines Pferdes herum und trabte auf den festen Boden zu. Zwischen den Dünen, wo rauhes, olivgrünes Gras wuchs, sammelte Evandar, was von dem vereinigten Heer übriggeblieben war. Wie sich ein Schaumbogen aus den brechenden Wellen bildet, nur um wieder mit dem Wasser zu verschmelzen, hatten sich noch mehr ihrer kollektiven Leben verbunden. Als er sich umsah, waren nur etwa zweihundert geblieben, sowohl vom Finsteren als auch vom Schimmernden Heer. Evandar stellte sich in die Steigbügel und rief: »Also gut. Bald werdet ihr frei sein, um zu Festessen und Liedern in den Pavillon zurückzukehren. Aber reitet noch ein wenig mit mir, und ich zeige euch ein Wunder.«

Langsam setzten sie sich wieder in Bewegung, in einer unordentlichen Linie an den Dünen entlang. Vor ihnen hing ein Schleier schimmernden Nebels, der sich seltsamerweise auf ein bestimmtes Gebiet beschränkte, als wäre er zwischen zwei unsichtbaren Säulen gefangen. Als sie hindurchritten, wurde die Luft kühl und roch nach Erde und nassem Gras. Sie ritten aus dem Hügel hinaus auf die Wiesen des westlichen Eldidd, in eine helle kühle Morgendämmerung hinein.

Im Sonnenaufgang breitete sich das von Blüten durchsetzte Grasland bis zu einem Halbkreis von Bäumen um einen kleinen Teich aus, auf dem ein paar Wasservögel schwammen. Dahinter erhoben sich smaragdfarbene Hügel, in den Tälern durchzogen vom dunklen Grün der Bäume. Frieden lag über der Landschaft. Die Art von Frieden allerdings, die nur kurz andauert: ein Augenblick der Musik im endlosen Kampf von Leben und Leben. Selbst Shaetano hielt inne, um zu lauschen.

»Schön, nicht wahr?« sagte Evandar. »Und es ist euer Geburtsrecht. Habe ich euch keine neuen Körper versprochen, ganz harmonisch und aus einem Stück? Ihr sollt sie hier haben, in diesem grünen Land.«

Schweigen hing in der Luft wie der Nebel in den weit entfernten Bäumen. Plötzlich begann einer der Männer zu jubeln, dann ein weiterer, und noch mehr Stimmen erschollen in der Dämmerung. Mit einem Lachen hob Evandar die Hand, um sie um Ruhe zu bitten.

»Wenn die Zeit gekommen ist, werden wir zusammen hierherreiten. Und nun nach Hause!«

Unter Jubelschreien wendeten sie die Pferde und galoppierten durch den Nebelschleier zurück. Sie fanden sich am Ufer des Silberflusses wieder und konnten in der Ferne den goldenen Pavillon und die Damen der beiden Heere in der Sonne tanzen sehen. »Menw, führe du die Männer nach Hause und nimm die Pferde mit«, sagte Evandar. »Ich muß noch einmal mit meinem lieben Bruder sprechen.«

Shaetano zuckte zusammen und fluchte, aber er stieg aus dem Sattel und warf Menw die Zügel zu. Evandar tat dasselbe. Nachdem das Heer davongetrabt war, gingen sie zum Fluß und schauten ins Wasser, das träge durch die Binsen floß.

»Ich werde Alshandra von nun an alleine jagen«, sagte Evandar. »Und während ich weg bin, will ich nicht, daß du hinter meinem Rücken Schaden anrichtest.«

»Soll ich denn nicht mit dir kommen, liebster Bruder? Oder willst du mich hier töten?«

»Keins von beiden.« Evandar lächelte sanft. »Du sollst wachsen und gedeihen.«

Shaetano war verwirrt und setzte dazu an, etwas zu sagen, aber Evandar hob schon beide Hände und griff nach dem Astrallicht. Mit einem leisen Aufschrei versuchte Shaetano auszuweichen, konnte sich aber nicht von der Stelle rühren. Er stand nun schaudernd und schreiend da und sah Silber aus den Händen seines Bruders fließen. Evandar warf dieses eingefangene Licht über die Fuchsgestalt seines Bruders. Im Niederfallen schien es zu einem Tuch zu werden, das Shaetano so schnell einwickelte, daß er in der Falle saß. Rinde wand sich um ihn und stillte sein Beben. Blätter sprossen aus den Ästen seiner erhobenen Arme, Wurzeln wanden sich von seinen bestiefelten Füßen aus in den Boden. Mit einem entsetzten Aufheulen spähte er noch einen Augenblick lang aus einem Riß im Stamm, dann bedeckten Rinde und Zweige auch sein Gesicht.

»Du bist vollkommen sicher«, sagte Evandar zu der Eiche. »Du sollst hier am Fluß wachsen, bis ich den Zauber wieder von dir nehme. Obwohl du lieber hoffen solltest, mein Bruder, daß ich diesen kleinen Kampf mit Alshandra gewinne. Ansonsten wirst du für immer ein Baum bleiben. Also wünsche mir Glück, wenn du zufällig an mich denkst.«

Die Äste schüttelten sich zornig. Dann wurden auch sie still, als die Seele darin das Wesen des Baums übernahm, das keinen Zorn und keine Bewegung kannte. Evandar lachte und tanzte ein paar Schritte. Er war so zufrieden mit diesem Scherz, daß ihm der Rabe nicht auffiel, der hoch über ihm flog.

3 GEGENWART

Cengarn, 1116

TRISTITIA

Ein schlechtes Vorzeichen! Einige behaupten, das Schlimmste, welches in irgendeines der Länder unserer Karte fallen kann. Und dennoch ist das Wesen der Natur so, daß es kein unabänderliches Übel und kein reines Gutes gibt. Wenn eine bestimmte Konfiguration von Vorzeichen auftritt, kündet diese Gestalt von Gutem für zwei vollkommen verschiedene Angelegenheiten: Befestigungen und zügelloses Leben.

Aus dem Omenbuch des Gwarn,
Meister der Überlieferung

Im Wiesenland hinter den Toren von Lin Serr war eine Musterung im Gange. In Dreierreihen stellten sich Zwergenkrieger hinter den roten und goldenen Fahnen ihrer Kompanien auf, während sich ganz hinten zweirädrige Wagen, jeder von zwei Zwergen gezogen, der Marschlinie anschlossen. Insgesamt waren es siebenhundertfünfzig Kämpfer statt der fünfhundert versprochenen. Die Nachricht von dem Gemetzel auf den Bauernhöfen hatte viele zusätzliche Freiwillige hervorgebracht. Männer trugen lederne Mützen und waren mit Äxten bewaffnet. Ihre Rüstungen lagen noch auf den Wagen. Da der Drache ihnen als Späher diente, brauchten sie sich nicht um Hinterhalte zu sorgen. Nun zählte nur noch Geschwindigkeit.

An der Spitze der Linie stand Garin und sprach mit Rhodry, während Arzosah in der Nähe wartete und gewaltig in die heller werdende Sonne gähnte.

»Ohne Maultiere sind wir schneller«, meinte Garin. »Und nachdem die Bauernhöfe ohnehin niedergebrannt sind ...«

»Ja«, erwiderte Rhodry. »Wenn wir näher an Cengarn sind, werde ich vorausfliegen und nachsehen, ob ich die Armee von Cadmars Verbündeten finde. Sie sollte inzwischen ebenfalls bereitstehen. Cadmars Verbündete sind ehrenhafte Männer, und sie werden ihn nicht seinem Schicksal überlassen.«

»Das hoffe ich. Da ist Brel, und er ist bereit, das Zeichen zu geben. Ich sollte lieber meinen Platz in der Linie einnehmen.«

Als Garin sich zu den Axtkämpfern gesellte, blickte er auf und sah Vögel über sich, schwarze Flecken am hohen Himmel. Unwillkürlich fragte er sich, ob einer von ihnen der Rabe war, der sie ausspionieren wollte.

Südlich von Lin Serr verlief eine Straße aus Pflastersteinen, die in Beton gesetzt waren – jene zwergische Erfindung, die die Deverrianer »Dweomerstein« nannten. Auf dieser relativ glatten Oberfläche fielen die Kämpfer und die Zwerge, die die Wagen zogen, in einen raschen Trab, der einen Menschen nach ein paar Meilen ermüdet hätte. Glücklicherweise brauchte sich Garin auf diesem Weg nicht mehr darum zu sorgen, ob Rhodry Schritt halten könnte. Über ihnen kreiste der Drache mit dem Silberdolch, flog mal nach Osten, mal nach Westen und hielt Ausschau nach der Gestaltwandlerin.

Am nächsten Morgen sollte sich diese Wache als gerechtfertigt erweisen. Nachdem sie das Lager abgebrochen und gerade erst ein paar Meilen zurückgelegt hatten, kam der Drache zurückgeflogen und landete direkt auf der Straße, wodurch er die Zwerge zum Halten zwang. Rhodry sprang ab und kam auf Brel und Garin zugerannt.

»Ein Hinterhalt!« rief er und strahlte dabei wie ein Kind. »Sie lauern etwa zehn Meilen von hier, eine Stelle mit Bäumen und Unterholz.«

»Ach tatsächlich?« sagte Brel. »Dann werden wir sehen, wer wen überrascht.«

»Warte«, sagte Garin. »Wie können berittene Männer zwischen den Bäumen kämpfen? Wie können sie ihre elenden Pferde verbergen? Was haben sie ...«

»Einen Augenblick!« Rhodry hob die Hand. »Laßt mich weiterreden. Sie sind nicht zu Pferd, von ein paar Hauptleuten abgesehen. Es sind Fußsoldaten mit langen Speeren, die auf der flachen Seite der Straße warten. Es sieht so aus, als hofften sie, Euch gegen die Steilwände auf der anderen Seite zu spießen.«

»Ach ja?« fauchte Garin. »Wie sind sie so schnell hierhergekommen? Ihr Götter! Noch mehr von diesem gottverfluchten Dweomer?«

»Darauf würde ich eine größere Summe setzen.« Rhodry grinste. »Ich habe in einiger Entfernung einen Raben davonfliegen sehen, konnte aber nicht mehr nahe genug herankommen, um festzustellen, ob es ein echter Vogel oder ein Mazrak war.«

»Hm«, sagte Brel. »Das ist ziemlich gleich. Uns auf die Steilwand spießen, wie? Nun, ich würde sagen, wir nehmen sie in die Zange.«

Die drei hockten sich auf die Straße und zeichneten mit einem Stock Linien in den Staub. Brel würde etwa dreihundert Axtkämpfer direkt die Straße entlangführen, als ahnten sie von nichts, während Garin den Rest der Männer von hinten auf die wartenden Pferde zuführte.

»Solltest du nicht den zweiten Trupp leiten?« sagte Garin zu dem Kriegshauptmann. »Ich fürchte, ich werde es verderben. Ich bin kein General.«

»Das ist wahr«, nickte Brel. »Aber ich will nicht, daß du sofort umkommst, Botschafter. Es wird gefährlicher sein, direkt in die Falle zu gehen. Das ist meine Aufgabe.«

Garin schauderte trotz der warmen Sonne.

»Deine Aufgabe«, fuhr Brel fort, »besteht darin, am Leben zu bleiben, um mit all den Gesprächen und den Höflichkeiten zurechtzukommen, sobald wir uns den Verbündeten angeschlossen haben. Ich schwafle nicht gerne, und ich bin darin auch nicht gut. Bring du deine Männer hinter dem Hinterhalt in Position und dann zieh dich zurück. Hast du mich verstanden? Das ist ein Befehl.«

Garin wollte widersprechen, aber Brel warf ihm einen erbosten Blick zu.

»Nun, ich bin ohnehin kein guter Axtkämpfer«, sagte Garin. »Also gut.«

»In Ordnung«, meinte Brel. »Und was machen wir mit dieser verfluchten Zauberin? Ich will nicht, daß sie uns verrät.« Er warf Rhodry einen Blick zu. »Könnt Ihr und der Wyrm sie ein bißchen beschäftigen?«

»Wir wollen es versuchen.«

»Einen Augenblick«, warf Garin ein. »Was, wenn sie Euch in ein magisches Land lockt und dort festsetzt?«

Rhodry setzte zu einer Antwort an, aber dann dachte er nach. Der Drache schwang den Kopf herum und mischte sich ein.

»Sie hat Angst vor mir«, meinte Arzosah ziemlich selbstzufrieden. »Ich glaube nicht, daß sie nahe genug herankommen wird, um uns zu verzaubern. Und wenn sie es tut, werde ich es riechen.«

»Hmm«, murmelte Garin. »Ich weiß nicht ...«

»Garro«, warf Rhodry ein. »So etwas wie einen Krieg ohne Gefahr gibt es nicht. Es ist relativ egal, ob die Gefahr von Magie oder einer Klinge ausgeht, oder?«

»Mir nicht«, sagte Garin. »Ich weiß nicht, warum, aber es ist mir nicht egal. Aber ich bin hier nicht der Drachenmeister, und außerdem weiß ich keine andere Möglichkeit, die Hexe vom Spionieren abzuhalten.«

Den ganzen Morgen lauerte das Erste Regiment, oder genauer gesagt, die fünfhundert Männer – alles Menschen –, die noch übrig waren, nachdem die Hüter mit ihrer Disziplinierung fertig waren, in ihrem Hinterhalt. Von der Straße hob sich das Land ein paar Fuß hoch in dichtes Unterholz und Bäume. Eine hervorragende Stelle für einen Hinterhalt, wären die Männer nicht so demoralisiert gewesen, daß sie geradezu nach Angst stanken. Da die Hohe Priesterin in Gestalt des Heiligen Raben sie warnen würde, wenn der Feind auf dem Weg war, hatte Tren Gelegenheit, von einem Mann zum anderen zu gehen und ihnen ermutigend zuzureden. Die Arme über der Brust verschränkt, standen die neu ernannten Pferdevolkoffiziere nur dabei und warteten mit finsterer Miene.

Die menschlichen Soldaten sprachen ein altmodisch klingendes Deverrianisch, wie es in der Sklavengemeinde seit jenen Tagen überlebt hatte, als das Pferdevolk ihre Urahnen gefangengenommen hatte, aber sie konnten Tren verstehen, besonders, da er ohnehin nur Platitüden von sich gab. Ich glaube an Euch, Männer, wir werden die Ehre unseres Regiments wiederherstellen, wir zeigen ihnen, wie wir kämpfen können – solche Dinge. Endlich reagierten ein paar, lächelten sogar, wagten ein paar Worte der Erwiderung zu diesem menschlichen Lord, den Rakzan Hir-li so begünstigte. Die meisten jedoch starrten stumpf geradeaus und regten sich nicht. Erst am Vortag hatte man sie gezwungen, zuzusehen, wie lebenslange Freunde langsam und schreiend starben.

»Herr«, sagte einer schließlich, »die Rabenpriesterin sollte doch schon längst zurück sein, oder?«

»Ja.« Verblüfft warf Tren einen Blick zur Sonne, die direkt über ihnen stand. »Sie sollte längst wieder hiersein.«

Tren wandte sich den beiden anderen Offizieren zu, die sich in den Schatten der Bäume gesetzt hatten.

In der Mittagshitze war es im Wald vollkommen still, wenn man vom Summen der Fliegen einmal absah – zu still. Er blickte noch einmal auf – kein Vogel am Himmel, kein gewöhnlicher und auch kein magischer.

»Etwas stimmt hier nicht«, sagte Tren. »Versetzt die Männer in Alarmbereitschaft. Sofort!«

Mit klappernden Brustharnischen und Schilden kamen die Männer auf die Beine und griffen nach ihren Waffen. Die Pferdevolkoffiziere riefen Tren ein paar herausfordernde Worte zu, dann standen auch sie auf – zu langsam. Sie waren die ersten, die starben, als die Zwerge sie von hinten überraschten und den Abhang herabgerannt kamen. In einem Schweigen, das grimmiger war als jeder Kriegsschrei, hackten die Axtkämpfer an der Spitze sie nieder wie Bäume, zuerst die Beine, dann rasche Schläge auf den Kopf. Ein paar Trupps rannten vorwärts, versuchten sich zu formieren und ihre Speere gegen die Zwerge zum Einsatz zu bringen – gegen den Ansturm von Kriegern, die auf Rache für ihre getöteten Verwandten aus waren. Das nutzlose Schwert in der Hand, rannte Tren hierhin und dahin und versuchte, seine Männer in Stellung zu bringen.

Keine Chance, nicht die geringste. Eine Kampflinie von Speerkämpfern muß richtig Aufstellung nehmen, so daß das Schild eines jeden Mannes sich mit dem zu seiner Linken zu einer festen Mauer verbindet. Es muß alles organisiert und formiert sein, bevor sie eine Stellung halten können. Das Erste Regiment wirbelte verwirrt herum, die Männer stachen vergeblich mit den Speeren zu, versuchten, sich zu formieren, ließen die Schilde fallen, um die Speere mit zwei Händen zu packen, als die Zwerge mit den Äxten auf sie einschlugen, die Männer zu Boden rissen und die hölzernen Speerschäfte durchbrachen. Tren befahl einen Rückzug auf die Straße und auf festen Boden, bevor der Kampf noch richtig begonnen hatte, aber plötzlich ertönte auch von hinten Geschrei. Er fuhr herum und sah einen anderen Trupp von Zwergen auf die Straße stürmen und dann hangaufwärts angreifen.

Nur der Wald rettete einige Männer. Unter den Bäumen konnten die Axtkämpfer selbst keine vollkommen undurchlässige Linie bilden, ansonsten hätten sie ihre Gegner wie mit einer Sense niedergemäht. So wurde aus dem Kampf eine unordentliche Schlägerei und eine mörderische dazu. Hier und da gelang es ein paar Speerkämpfern, sich Rücken an Rücken zu stellen und sich zu wehren. Mehr noch versuchten zu fliehen und stachen einen Weg frei durch die feindlichen Linien. Andere liefen in den Wald und entkamen, bevor die Zwerge sie aufhalten konnten. Tren versuchte standzuhalten, schrie so laut er konnte, bemühte sich, einen ordentlichen Rückzug zu organisieren und dann nur noch, ein Pferd zu finden – aber die wenigen, die sie auf der Dweomerstraße mitgebracht hatten, waren alle davongaloppiert oder ebenfalls von gnadenlosen Axtschlägen niedergemäht worden.

»Herr, Herr! Lauft!«

Einer der Männer, mit denen er sich angefreundet hatte, brüllte über das allgemeine Handgemenge auf ihn ein. Tren hatte gerade noch Zeit, sich umzusehen. Als er entdeckte, daß die Zwergenzange sich geschlossen und den Sieg errungen hatte, lief er so schamlos davon wie jeder andere, stolperte den Hügel hinauf nach Süden. Er schrie, daß er sich ergebe, und hoffte, daß seine Feinde ihn verstehen würden. Er duckte sich unter Bäume und hörte die Feinde hinter sich spotten und grölen, stolperte über fallengelassene Speere und weggeworfene Schilde, rannte weiter, bis er schließlich auf der Hügelkuppe angekommen war. Als er zurückschaute, stellte er fest, daß niemand ihm folgte. Die Feinde hatten die Straße für sich, und das war offenbar alles, was sie gewollt hatten.

Keuchend rannte Tren weiter nach Süden, brüllte die Männer an, an denen er vorbeikam, trieb hier ein paar zusammen, ein paar da, bis er in einem grasigen Tal, Meilen von dem geplanten Hinterhalt entfernt, tatsächlich ein paar hundert Männer der Ersten beisammen hatte. Sie drängten sich um ihn, formiert in einem unordentlichen Rechteck, die Speere bereit, wie er es ihnen befohlen hatte. Aus einiger Entfernung konnte er Kampfgeräusche hören, die noch während sie lauschten erstarben.

»Sie werden uns nicht folgen«, rief Tren. »Aber bleibt wachsam.«

Weil sie nichts anderes kannten, gehorchten sie. Immer noch um Atem ringend, ging Tren um die Formation herum und versuchte, ihre Situation einzuschätzen. Die Hälfte der Männer war unbewaffnet, viele verwundet, keiner hatte auch nur die geringsten Vorräte oder eine Decke bei sich, aber sie lebten noch. Sie lebten und waren frei. Frei. Einen kurzen Augenblick schmeckte Tren die Freiheit in seinem Mund, so süß wie Met und so berauschend. Er konnte mit seiner Truppe nach Norden marschieren, das Pferdevolk zurücklassen und die Festung seines Bruders befestigen – die jetzt seine Festung war –, und da er nun einen großen Kriegshaufen befehligte, würden sie ihn dort nie herausholen können. Er grinste ... und dann fielen ihm Ddary und seine geschworenen Reiter ein. Das Grinsen verschwand, und im selben Augenblick hörte er den Raben krächzen.

Als die Priesterin in ihrer heiligen Rabengestalt kreisend vom Himmel kam, jubelten die Männer ihr zu. Sie war wie ein Vorzeichen erschienen, gerade als Tren daran gedacht hatte, sich zu befreien. Darin sah er sein Wyrd, dem er nicht entkommen konnte. Er hatte keinen Grund mehr, zu kämpfen oder sich zu widersetzen.

»Also gut, Männer«, rief er. »Die Priesterin wird uns wieder nach Hause führen. Folgen wir ihr.«

Mit einem Winken seines Schwerts leitete er sie durch das Tal, wo ein nebliger Vorhang über der magischen Straße hing, die sie zurück zu ihren Herren bringen würde. Als sie hineingingen, dachte Tren angestrengt über eine gute Lüge nach, um die Männer hinter sich vor dem Schicksal zu retten, das das Pferdevolk für Versager bereithielt. Es hieß, daß Elfenblut einem Mann Beredsamkeit verlieh. Das mochte sein, jedenfalls bewegte sein Bericht über mächtigen Dweomer und Tausende von Kriegern, die aus dem Nichts erschienen, Hir-li dermaßen, daß er den Männern gestattete weiterzuleben.

»Nun, Botschafter, du hattest recht«, meinte Brel trocken. »Du bist wirklich kein General.«

»Ich bitte um Verzeihung«, ächzte Garin. »Mir ist nicht klar gewesen, wie schnell wir sein würden. Mir ist nicht klar gewesen, daß wir euch überholt hatten.«

»Du hattest verdammtes Glück, daß wir nicht aufgehalten wurden. Gegen euch alleine hätten sie durchkommen können. Einfach so anzugreifen, ohne herauszufinden, ob wir bereits da waren ...«

»Ich weiß, ich weiß. Ihr Götter! Ihr Götter!«

Brel sagte nichts mehr, sondern starrte nur stirnrunzelnd ins Lagerfeuer. In der Abenddämmerung hielten sie eine Art Kriegsrat, Brel, Garin und Rhodry, während der Drache faul in der Nähe lag. Arzosah hatte alle drei toten Pferde gefressen und war so aufgebläht und schläfrig wie eine Schlange, die eine Maus an einem Stück verschlungen hat.

»Nun ja«, sagte Rhodry schließlich. »Am Ende hat es ja

funktioniert, Garro. Sie sind davongerannt, und wir haben gewonnen.«

»Das ist wahr, aber ...«

»Kein Aber«, warf Brel ein. »Du solltest dir in einem Krieg nie gestatten, darüber nachzudenken, was hätte sein können, ob es sich um Gutes oder Schlechtes handelt. Unser Drachenmeister hat recht. Wir haben gewonnen, wir haben nur ein paar Männer verloren, wir haben Gefangene und Beute.«

»Danke«, sagte Garin. »Daß du mir meine Dummheit verzeihst.«

»Oh, das habe ich nicht. Wir haben jetzt nur keine Zeit, uns deshalb Sorgen zu machen.«

Garin verzog das Gesicht und konzentrierte sich wieder aufs Feuer.

»Und, Drachenmeister?« fuhr Brel fort. »Der Rabe hat nicht einmal gekämpft?«

»Nein«, sagte Rhodry. »Ich muß zugeben, daß ich Angst davor hatte, daß sie Dweomer einsetzen würde, aber als sie uns kommen sah, floh sie einfach. Wir haben sie die meiste Zeit im Kreis herumgejagt, bis es zu spät war, daß sie ihre Männer warnen konnte.«

»Keinem von denen war sonderlich nach Kämpfen zumute, wie?« Brel dachte längere Zeit nach. »Nun gut, ich werde nicht den Fehler machen, die ganze Armee nach dieser einen Abteilung einzuschätzen. Sie hatten vielleicht ihre Gründe dafür, so demoralisiert zu sein.«

»Mag sein. Wir können jedoch nicht damit rechnen, daß so etwas noch einmal passiert. Und was den Raben angeht, hat der Drache recht. Sie hat Angst vor Arzosah.«

Am Morgen schickte Brel die schwer verwundeten Männer und die gefesselten Gefangenen unter Aufsicht der leicht Verwundeten nach Lin Serr zurück, dann organisierte er seine Truppe neu und marschierte weiter. Rhodry kehrte zu seinen

Späherpflichten zurück und ließ Arzosah hoch über der Marschlinie fliegen. Nach ihrem Festessen aus Pferdefleisch war sie in hervorragender Laune, segelte hierhin und dahin und machte gelegentlich einen Witz darüber, was sie mit dem Raben tun würde, wenn sie sie erst in den Fingern hatte.

»Ich werde sie braten, zerlegen und fressen!« sang Arzosah vor sich hin. »Du kannst mir ein Feuer machen, Drachenmeister, und dann haben wir einen guten Geflügelbraten.«

»Brate sie doch selbst«, rief er zurück. »Kannst du etwa kein Feuer spucken?«

Arzosah schnaubte.

»Selbstverständlich nicht! So eine dumme Geschichte! Wenn wir Feuer spucken würden, würden wir uns die Mäuler verbrennen. Unsere Zähne würden ganz brüchig werden von der Hitze. Was für ein widerwärtiger Gedanke!«

Sie schossen auf die Zwergenarmee nieder, die zu diesem Zeitpunkt durch ein flaches Tal marschierte. Als Arzosah über sie hinwegsauste, und nach Westen abdrehte, warf Rhodry zufällig einen Blick auf das südliche Ende des Tals, wo sich die Straße zu einem schmalen Paß zwischen den Flanken zweier Hügel erhob. Quer über dem Paß hing ein gewaltiger Nebelvorhang.

»Halt!« schrie Rhodry. »Arzosah, zurück, zurück!«

Sie gehorchte sofort, aber eine Wendung mitten in der Luft in schnellem Flug ist nicht so einfach. Rhodry dachte sich bereits Strategien aus. Die Zwerge würden stehenbleiben, wenn sie den Nebel sahen – sollten sie dann alle versuchen, durch den Nebel zu marschieren, um sich Alshandra zu stellen? Die Armee hatte jede Menge Stahl dabei, um ihr etwas anzutun. Während Arzosah wendete und wieder zum Zwergenheer zurückflog, wurde Rhodry allerdings klar, daß sie nicht stehenblieben, daß sie direkt in den Paß marschierten, als sähen sie dort nichts – offenbar hatten sie tatsächlich nichts gesehen.

Der Nebel war dünn und wogend und wahrscheinlich für jeden ohne elfisches Blut oder Dweomersicht unsichtbar.

Schreiend und fluchend beugte sich Rhodry gefährlich weit über Arzosahs Hals und brüllte Brel zu, stehenzubleiben, als der Drache weiter nach unten schoß. Zu spät. Die ersten Reihen traten in den Nebel hinein, und in beständigem, raschem Tempo folgte der Rest.

»Folge ihnen!« schrie Rhodry.

»Hast du den Verstand verloren?«

»Tu, was ich dir sage! Folge ihnen!«

Mit einem empörten Aufschrei setzte Arzosah den Sturzflug fort und raste durch das Nebeltor in ein anderes Land. Plötzlich flogen sie über einer weiten, braunen Ebene, in der der Staub nur so aufwirbelte, als die Zwergenarmee sich in Geschrei und Verwirrung auflöste. Der Himmel hing niedrig, so kupferfarben wie der Staub, und dichte Wolken oder vielleicht auch Rauch verhüllten eine blutige Sonne, die im Westen über dem Horizont stand.

»Schrecklich!« ächzte Arzosah. »Einfach schrecklich!«

»Ich sehe Brel dort drüben, wo er versucht, die Männer wieder aufzustellen. Lande neben ihm.«

Schimpfend und ächzend kam sie in aufwirbelndem, kupferfarbenem Staub zu Boden. Rhodry rutschte aus dem Sattel und rannte zu dem Kriegshauptmann, der abwechselnd Befehle rief und auf einem Silberhorn blies. Garin packte Rhodry am Arm.

»Was im Namen aller Götter ist mit uns passiert?« rief der Botschafter.

»Alshandra hat uns eine Falle gestellt. Ich konnte Euch nicht rechtzeitig warnen. Habt Ihr es nicht gesehen? Es war wie ein Nebel, aber bläulich, und hing über der Straße.«

»Nein. Einen Augenblick laufen wir noch den Paß hinauf, und im nächsten Moment sind wir hier. Warte. Ich hatte einen

Moment lang den Eindruck, daß das Licht trübe wurde, aber ich nahm an, daß ich nur müde wäre. Ihr Götter!«

Brel hatte die Ordnung bemerkenswert schnell wiederhergestellt. Die Männer fanden ihre Einheiten, die Einheiten ihre Kompanien, die Kompanien stellten sich ordentlich auf, und die Männer mit den Wagen folgten. Brel lächelte und ging an den Linien auf und ab, während er in der Zwergensprache auf seine Männer einredete.

»Er gratuliert ihnen, daß sie sich so schnell wieder gefaßt haben«, flüsterte Garin Rhodry zu. »Sie verdienen das Lob, das muß ich sagen. Ich – Ihr Götter! Wer ist das?«

»Evandar!« rief Rhodry. »Das hätte ich eigentlich wissen müssen.«

Mit breitem, selbstzufriedenem Grinsen kam Evandar auf sie zu, während die Zwerge ihn nur anglotzten und leise vor sich hin fluchten. Der Wächter trug die seltsamste Rüstung, die Rhodry je gesehen hatte: Auf dem Kopf hatte er einen hohen Silberhelm mit Stacheln aus demselben Material, dessen Visier aus Gold über eine Art Drachenschnauze verfügte. Der Harnisch, ebenfalls silbern, hatte noch mehr Stacheln. Darunter trug er nichts weiter als ein Hemd, wenn man nach seinen nackten Armen gehen konnte, die nur von zwei ledernen Unterarmschützern bedeckt waren. Auch seine Beine waren nackt bis auf die hohen, schwarzen Stiefel, ebenfalls derart mit Stacheln besetzt, daß man sich fragte, wie er ohne zu stolpern darin laufen konnte. Er trug eine Art kurzen Silberrock aus Metall, um seine Männlichkeit zu schützen, aber Rhodry bezweifelte, daß sich jemand in so etwas hinsetzen konnte. Er hatte ein gewaltig langes, gebogenes Schwert mit gezähnter Klinge und Edelsteinen am Griff.

Die Zwergenarmee brach in Gelächter aus. Rhodry trat vor und packte Evandar am Arm, bevor er sie in etwas Unangenehmes verwandeln konnte.

»Darf ich wissen, wieso ich so unhöflich empfangen werde?« zischte Evandar.

»Weil du komisch aussiehst, deshalb. Du hast doch nicht vor, dich in diesem – diesem – Zeug in den Krieg zu wagen, oder?«

Evandar schob die Unterlippe vor und betrachtete nachdenklich sein Kostüm.

»Ich hielt es für sehr beeindruckend«, sagte er schließlich.

»Sehr beeindruckend. Wunderbar. Nur, daß du darin nicht kämpfen kannst.«

»Also gut.« Plötzlich lachte Evandar selbst. »Ich unterwerfe mich deiner Führung.«

Der Wächter machte eine Geste, seine ganze Gestalt schimmerte und bebte, dann verfestigte sie sich wieder, und diesmal war er in Brigga und eine normale Rüstung gekleidet und hielt ein Breitschwert in der Hand, wobei alle Metallteile aus Silber oder einer Art schwarzer Emaille und nicht aus Stahl bestanden.

»Und wie ist das?« fragte Evandar.

»Viel besser. Könntest du vielleicht erklären, was das alles soll?« Rhodry zeigte auf die Ebene hinaus. »Wo sind wir hier?«

»Auf der Schlachtenebene meines eigenen Landes, wo wir die Mutter aller Straßen finden werden. Unsere Axtkämpfer würden noch lange brauchen, um nach Cengarn zu gelangen, und es könnte gut sein, daß sie auf der Straße abermals überfallen werden, also werde ich mich darum kümmern. Ich kann sie innerhalb von ein paar Augenblicken zu Gwerbret Drwmyc und seinen Männern bringen, in den Süden von Cengarn. Dann können sie zusammen weitermarschieren.«

Garin trat vor und verbeugte sich.

»Dafür, guter Herr, möchte ich Euch ehrlich danken«, sagte der Botschafter. »Werdet Ihr von nun an mit uns kämpfen?«

»Das kann ich leider noch nicht. Ich werde mich so bald wie

möglich zu euch gesellen, aber wir dürfen Alshandra nicht vergessen.«

»Das ist wahr«, sagte Rhodry. »Du bist der einzige, der sie besiegen kann. Damit habe ich doch recht, oder?«

»Das weiß ich nicht genau, da ich nicht alle Wesen kenne, die in allen Welten dieses gewaltigen und undurchschaubaren Universums leben«, Evandar grinste. »Aber wenn ich sie finde und sie dazu bringen kann, sich mir zu stellen, dann kann ich ihrem Tun zweifellos ein Ende machen.«

»Ich werde beten, daß die Götter Euch helfen«, sagte Garin und verbeugte sich.

»Die Götter haben mit mir und den Meinen leider nur wenig zu tun. Bevor ich mich wieder auf die Jagd mache, werde ich die Musterung zu Ende bringen. Eins nach dem anderen, wie Dalla immer sagt.«

»Zu Ende bringen?« sagte Rhodry.

»Prinz Daralanteriel bringt uns Bogenschützen. Ich werde auch sie ein wenig überraschen und ihre Reise beträchtlich verkürzen. Komm mit mir, Rhodry. Laß mich erst die Männer aus Lin Serr auf den Weg schicken, und dann kannst du mit mir zurückkommen und den Prinzen holen. Auf Arzosahs Rücken ist noch Platz für mich.«

»Wie bitte?« brüllte der Drache. »Dich auf meinem Rücken tragen? Dich schleimigen, widerlichen, ekelhaften, fettigen, hassenswerten ...«

»Das genügt!« Rhodry hob den Ring. »Du wirst ihn tragen.«

Sie stöhnte und legte den Kopf zurück, um einen flehentlichen Blick in den Himmel zu richten, aber am Ende, nachdem die Zwerge auf den Weg geschickt worden waren, trug sie sie selbstverständlich beide, als sie weiter durch Evandars Land über die nach Westen führende Mutter aller Straßen flog.

Einige Tage zuvor hatte Gwerbret Drwmyc seine Armee aus Vasallen und Verbündeten aus Dun Trebyc herausgeführt und sich auf den langen Marsch nach Norden gemacht. Mit beinahe zwölfhundert Männern, einer Herde von Ersatzpferden, den Vorratswagen, Dienern und ähnlichem konnte die Armee bestenfalls fünfzehn Meilen am Tag zurücklegen. Sie hatten gerade Tryv Hael erreicht, wo sich ihnen weitere fünfhundert Reiter zusammen mit ihrer Ausrüstung und den Vorräten anschlossen, als die Zwerge zu ihnen stießen. Da er in der Nachhut ritt und die Ausrüstung bewachte und Staub schluckte, wie es sich für einen Silberdolch gehörte, erfuhr Yraen von diesen neuesten Verbündeten nur durch den Lagerklatsch.

»Ich habe schon allerhand Geschichten über das Bergvolk gehört«, meinte Renydd. »Aber ich habe nicht geglaubt, daß sie wahr sind.«

»Ich habe schon ein paar Zwerge kennengelernt«, meinte Yraen. »Es ist gut, sie auf unserer Seite zu haben. Wie viele sind es?«

»Beinahe siebenhundert, sagt Lord Erddyr. Sie lagern nahe der Leibwache des Gwerbret.«

Da Yraen nicht wußte, daß Garin, den er kannte, sich unter den Axtkämpfern befand, kam er nicht auf die Idee, das Zwergenlager aufzusuchen. Es waren ohnehin schon genug Männer damit beschäftigt, die neuen Verbündeten anzustarren. Als die Armee sich am Morgen wieder auf den Weg machte, marschierten die Axtkämpfer ganz vorn, während Yraen wieder seinen Platz in der Nachhut einnahm.

Auf dem Drachenrücken flogen Rhodry und Evandar über ein nebliges Land, in dem sich Ranken aus Wasser silbern um grüne Inseln wanden. Auf diesen entdeckten sie Gärten und kleine Hütten oder Boote, die auf sandige Strände hochgezogen waren, aber kein lebendes Wesen. Arzosah schien den

Weg zu kennen. Sie flog rasch und geradeaus, bis sie ein weiteres Wolkentor erreichten, das weiß über einem trägen Fluß hing. Der Drache krümmte die Flügel, glitt abwärts durch das Tor und erschien im Zwielicht über dem Westland. Im letzten Sonnenschein wogte das Gras wie ein grünes Meer unter ihnen. In der Ferne war eine Insel aus Lagerfeuern zu erkennen.

»Da sind sie«, rief Evandar. »Bring uns dorthin.«

Aber am Ende gingen sie zu Fuß ins Elfenlager. Als Arzosah über der Pferdeherde flog, die zum Grasen angepflockt war – und zum Glück flog sie immer noch ziemlich hoch –, rochen sie die Pferde und gerieten in Panik. Wiehernd und sich aufbäumend, bockend und tretend rissen sie verzweifelt an den Seilen. Drachen waren zwar selten, aber Pferde erkennen einen Fleischfresser, wenn sie ihn riechen. Evandar lachte, aber Rhodry beugte sich vor und schrie den Drachen an.

»Lande da drüben! An dem Bach dort!«

Arzosah landete im Gras, eine gute halbe Meile von der Herde entfernt.

»Du bleibst hier, bis ich dich rufe«, sagte Rhodry. »Evandar, wir haben einen kleinen Weg vor uns. Das ist eine unangenehme Sache. Wie kann ich jetzt mit der Armee weiterziehen? Arzosah wird jedes Pferd in der Nähe in Angst und Schrecken versetzen.«

»Ich muß darüber nachdenken. Es muß irgendeinen Zauber geben, der dagegen hilft.«

Sie wanderten durchs hohe, rauschende Gras auf das Lager zu. Als sie dort eintrafen, hatten die Bogenschützen die wenigen Pferde, die sich losgerissen hatten, wieder eingefangen und den Rest beruhigt, die Unruhe aber noch nicht verziehen. Rhodry fand sich von einer Gruppe zorniger Krieger umgeben, die alle auf einmal auf ihn einschrien. Er brüllte zurück, während Evandar lachte, was alles noch schlimmer machte, bis Calonderiel sich durch die Menge drängte.

»Ich hätte wissen müssen, daß du das bist«, fauchte Calonderiel. »Wo im Namen der dunklen Sonne hast du einen Drachen gefunden? Und was wichtiger ist, warum? Und was, bei den Höllen, bildest du dir ein, ihn hierher zu bringen?«

»Ihr Götter, wir haben uns seit Jahren nicht gesehen, und das ist alles, was du an Willkommen übrig hast?«

Calonderiel lachte und legte Rhodry den Arm um die Schulter.

»Ja, es ist mir tatsächlich gelungen, meine gute Erziehung zu vergessen. Laß mich raten – es hat etwas mit Dweomer zu tun.«

»Mehr als jeder von uns je zuvor gesehen hat, und wenn man bedenkt, was wir alles schon gesehen haben, ist das eine ganze Menge.« Rhodry warf Evandar einen Blick zu. »Möchtest du vielleicht noch mehr erklären?«

»Ich erkläre nie etwas. Aber ich werde verkünden, daß ich hier bin, um euren Weg zu verkürzen, damit ihr schneller nach Cengarn gelangt. Als erstes gestattet mir jedoch, das Problem mit den Pferden zu lösen.«

»Gut«, sagte Rhodry. »Dann ist dir also etwas eingefallen?«

Evandar lachte und warf den Kopf zurück, eine Geste, die der eines Pferdes, das die Mähne schüttelt, sehr ähnlich war, dann hob er die Arme, als wäre er ein Hengst, ließ sie mit einem Lachen durch die Luft wirbeln, das zu einem Wiehern wurde, und ein weiteres Kopfschütteln, das seine Mähne ebenso wie seinen Körper zum Beben brachte, schien diesen zu entfalten oder zu strecken oder zu schwellen. Rhodry sah nicht so recht, wie es geschah, aber plötzlich war Evandar verschwunden, und ein goldfarbener Hengst mit silberner Mähne und Schweif tänzelte vor ihnen auf und ab. Mit einem Schnauben galoppierte der Hengst davon, wandte sich der Herde zu, trabte und tänzelte, berührte hier mit der Nase ein anderes Pferd oder rieb da einen Hals. Die Männer standen wie gebannt und sahen wortlos zu, während sich der Hengst durch die Herde arbeitete, weiter und weiter weg von ihnen, während die Hirten riefen und auf ihn zeigten und die Herde zu wiehern und zu stampfen begann.

»Was im Namen alles Heiligen ist das?« flüsterte Calonderiel.

»Ich bezweifle«, sagte Rhodry, »daß irgendwelche von unseren Göttern etwas damit zu tun haben.«

»Wie bitte?«

»Er ist ein Wächter. Erinnerst du dich – vor einigen Jahren im Herbst, als Oldana starb? Nun, er ist dieser Wächter, von dem ich dir damals erzählt habe.«

»Ja, ich erinnere mich. Und an diesen Geist, der deinen Silberring wollte.«

»Ja. Sie ist der Grund all diesen Ärgers.«

Die Herde wurde wieder ruhig und begann zu grasen. In Elfengestalt kehrte Evandar zu ihnen zurück. Er blieb stehen, nicht im geringsten außer Atem, und grinste Rhodry an.

»Jetzt kannst du sie herbringen«, sagte er. »Es wird keine Probleme mehr geben.«

Bevor Calonderiel ihm befehlen konnte zu warten, hatte Rhodry schon den Ring gehoben und nach Arzosah gerufen. Mit einem Flattern schwarzer Flügel glitt sie über das Lager und landete ganz in der Nähe. Ein paar Pferde hoben die Köpfe und wieherten zum Gruß, der Rest ignorierte sie. Calonderiel lachte nervös.

»Also gut«, sagte Evandar. »Zweifellos habt ihr nun die einzigen Pferde auf der ganzen Welt, die einen Drachen für so harmlos wie eine Stallkatze halten.« Er drehte sich um und warf dem Drachen einen Blick zu. »Aber du darfst niemals eins von ihnen töten und fressen. Hast du mich verstanden, Arzosah Sothy Lorezohaz?«

»Ja, du elender rosa Wurm, ich habe dich verstanden.«

»Gut. Alle, die in der Schlacht sterben, gehören dir. Töte aber niemals selbst eines. Es wird den Dweomer brechen.«

»Das kann ich mir denken«, zischte sie. »Nur, weil ich dumm genug war, mich von dir verzaubern zu lassen, bedeutet das nicht, daß ich überhaupt keinen Verstand habe.«

Sie starrten einander wütend an, bis sie leise vor sich hin murmelnd den Blick abwandte.

»Du mußt bei Drwmycs Pferden dasselbe tun«, sagte Rhodry zu Evandar. »Nachdem wir ihn eingeholt haben, meine ich.«

»Du hast recht. Wir sollten uns lieber gleich auf den Weg machen. Mir steht noch mein eigener Kampf bevor.«

»Einen Augenblick«, warf Calonderiel ein. »Wir können nachts nicht weiterreiten.«

»O ja, das können wir«, sagte Rhodry grinsend. »Oder genauer gesagt, dort, wo wir hingehen, wird es nicht Nacht sein.«

Calonderiel sah den Drachen an, dann die Pferde, dann wieder den Drachen.

»Nun, ich werde nicht mit einem Wächter streiten«, sagte er schließlich. »Wo ist Prinz Dar? Die Männer sollen sich zum Weiterreiten fertigmachen.«

»Gut«, sagte Evandar. »Mein Plan ist folgender: Ich bringe euch ins Menschenland, dann eile ich euch voraus und kümmere mich um Drwmycs Pferde, bevor ihr mit dem Drachen eintrefft.«

»Wunderbar.« Rhodry grinste. »Jetzt, da wir wissen – oh, bei jedem Gott im Himmel!«

Calonderiel und Evandar starrten ihn beide an und warteten zweifellos auf eine Erklärung, denn er begann plötzlich mit seinem verrückten Berserkerlachen, heulte und brüllte und lachte noch ein wenig länger, bis Arzosah sich umdrehte und ihn anzischte.

»Verzeiht«, keuchte Rhodry. »Aber mir ist gerade klargeworden, wieso du dieses Vorzeichen über den Drachen hattest, Evandar. Arzosah ist selbst eine Waffe, ein Messer an der Kehle des Pferdevolkes.«

Arzosah verstand es als erste, knurrte und schnaubte vor Lachen, und einer nach dem anderen stimmten die Männer mit ein, während ihre verzauberten Pferde friedlich weitergrasten und kaum einen Blick für den Drachen in ihrer Mitte übrig hatten.

So ungeduldig, wie die vereinigten Armeen von Menschen und Zwergen sein mochten, Cengarn zu erreichen, Pferde sind Pferde, und sie mußten jeden Morgen grasen. Die Männer tränkten sie, dann ließen sie sie eine Stunde fressen, während sie selbst ihr Bettzeug zusammenrollten und ihre Ausrüstung auf die Wagen verluden. Als Yraen an diesem Morgen sein Pferd aus der Herde holte, fragte er sich, ob jemand dort herumgeschlichen war. Die Tiere schienen unruhig, aber nicht sonderlich verängstigt.

Als er einen der Soldaten fragte, die Wache gehalten hatten, bestätigte der Mann seinen Verdacht.

»Kurz vor Sonnenaufgang ist etwas Seltsames geschehen. Ich glaubte, einen Mann auf die Herde zugehen zu sehen, aber dann sah ich wieder hin und konnte nichts mehr entdecken. Also ging ich näher heran, und dann sah ich einen Hengst, einen goldfarbenen Hengst mit silbriger Mähne und Schweif. Also rieb ich mir die Augen, und bei den Göttern, schon war er wieder verschwunden! Ich habe mir gesagt, daß ich wahrscheinlich geträumt habe, aber jetzt frage ich mich ...«

»Vielleicht war es Eponas Mann, der sie ein wenig aufheitern wollte.«

Sie lachten, und Yraen dachte nicht mehr daran.

Eine Weile später gaben die Männer, die an der Straße nach Süden Wache hielten, Alarm – Staubwolken wiesen darauf hin, daß sich Reiter näherten! Die Männer hatten keine Zeit mehr, die Pferde zu satteln und sich angemessen zu bewaffnen, sondern rannten schreiend und fluchend zum Südrand des Lagers und bemerkten dort, daß sich die Reiter in gemäßigtem Tempo näherten.

»Das sind vielleicht noch mehr Verbündete«, meinte Erddyr. »Es wäre eine angenehme Überraschung.«

Und tatsächlich, es ritten über fünfhundert Männer vom Westvolk heran, alles Bogenschützen, mit Prinz Daralanteriel an ihrer Spitze, und sie hatten ihre eigenen Vorräte und Ersatzpferde mitgebracht. Da sie sich von ihrer Zeit in Cengarn her kannten, stellte Yraen dem Prinzen Gwerbret Drwmyc vor, dann trat er beiseite und lauschte nur mit halbem Ohr dem Austausch ritueller Höflichkeiten. Er hatte das Gefühl, daß sein Blut vor Neid kochte, wenn er Dar ansah, der so sehr ein Krieger und so ein gutaussehender Mann war, selbst wenn er mit seinem rabenschwarzen Haar und den tiefliegenden grauen Augen mit den Katzenpupillen von dunkler Lavendelfarbe, seiner aufrechten Haltung und der arroganten Art, den Kopf zurückzulegen, nicht vollkommen einem Menschen ähnelte. Und er war dazu noch ein Prinz! Er war Carras Ehemann. Yraen wandte sich ab und hoffte, daß das Leben des Prinzen im kommenden Krieg niemals von ihm abhängen würde.

Am Rand des Lagers gab jemand einen überraschten Schrei von sich, wie ein Hund aufbellt, wenn er getreten wird. Andere Männer griffen den Schrei auf und deuteten auf etwas. Zuerst sah Yraen nur einen Schatten, einen vogelähnlichen Schatten, der über das Bauernland glitt. Endlich schaute er zum Himmel hinauf. Er dachte zunächst, es sei ein Gestaltwandler in Form eines seltsamen Vogels, aber während das

Wesen kreiste und näher kam, erkannte er an der gewaltigen Größe die Wahrheit.

»Ein Drache! Beim schwarzen Arsch des Höllenfürsten, Rhodry hat es geschafft!« Yraen legte den Kopf zurück und heulte triumphierend. »Er hat es wirklich geschafft.«

»Wie bitte?« Das war Lord Erddyr, der in seiner Nähe stand. »Was sagt Ihr da, Mann?«

»Nun, Euer Lordschaft, Rhodry ist losgezogen, um einen Drachen zu jagen, und offenbar hat er einen gefunden.«

Mit offenem Mund drehte sich Erddyr um, gerade, als das riesige Geschöpf auf der Straße landete. Staub wirbelte auf und legte sich dann wieder, um Rhodry zu enthüllen, der vom Hals des Drachen glitt. Bei ihm war ein Mann, den Yraen von früher kannte, aber es dauerte einen Augenblick, bis er sich an den Namen erinnerte.

»Das da ist Evandar, Herr«, sagte er zu Erddyr, »und er ist, soweit ich weiß, der größte Dweomermeister der Welt.«

Erddyr gab ein ersticktes Geräusch von sich. Es wurde vollkommen still im Lager, die Männer starrten den Drachen an, regten sich aber nicht, keiner sagte ein Wort, keiner wagte auch nur zu atmen. Ein paar hatten die Schwerter gezogen, hielten sie aber nur lose in der Hand. Die Bogenschützen vom Westvolk lächelten und beobachteten eher die Reaktionen der Männer als den Drachen. Dicht gefolgt von Evandar kam Rhodry zu ihnen, grinste auf seine übliche verrückte Weise und verbeugte sich vor Lord Erddyr.

»Ich freue mich, Euch wiederzusehen, Herr.« Rhodry warf Yraen einen Blick zu. »Du Mistkerl! Wie bist du aus Cengarn herausgekommen?«

Yraen boxte ihn gegen den Arm.

»Das Glück eines Silberdolchs und ein wenig Hilfe durch den Dweomer. Ich hätte nicht gedacht, dich jemals lebend wiederzusehen.«

»Soviel Glück hast du auch wieder nicht, daß du mich so schnell loswürdest.« Sie grinsten beide. Dann wandte sich Rhodry den Adligen zu, die sich rasch hinter Lord Erddyr gedrängt hatten.

»Ihr Herren, Euer Gnaden, wir haben Euch Bogenschützen gebracht, Evandar und ich, mehr mit der Hilfe des Dweomers als durch Verträge.«

Gwerbret Drwmyc trat vor. »Guter Mann, ich danke Euch aus tiefstem Herzen.« Er verbeugte sich vor Evandar. »Gibt es etwas, was wir im Gegenzug für Euch tun können?«

»Macht einfach weiter. Besiegt das Pferdevolk, rettet die Prinzessin, rettet Cengarn. All das wird mich mehr freuen, als ich jemals sagen kann.«

»Wir werden unser Bestes tun.«

Plötzlich verzog Evandar das Gesicht, schüttelte den Kopf, biß sich auf die Lippe und wandte sich ab, wobei er stolperte. Rhodry packte ihn am Arm, um ihn zu stützen.

»Das Eisen. Ich muß gehen. Lebe wohl, Rori.«

Evandar trat einen Schritt vor und verschwand mit einem Aufblitzen silbernen Lichts. Die Adligen starrten noch lange Zeit auf die Stelle, wo er verschwunden war, während Yraen den Kopf schüttelte und fluchte.

»Also gut, Silberdolch.« Der Gwerbret wandte sich Rhodry zu. »Ihr werdet das alles erklären, und zwar sofort.«

Evandar konnte sich noch an eine Zeit erinnern, wo er überhaupt keine Gestalt gehabt hatte, aber nicht mehr daran, wie es sich angefühlt hatte, formlos zu sein. Er wußte noch, daß das Leben damals sehr viel gefährlicher gewesen war als jetzt, daß er ohne ein Muster, das sein Bewußtsein enthielt, jeden Augenblick hätte aufhören können zu existieren. Andererseits kam es ihm so vor, als wäre er in jenen Tagen in der Lage gewesen, weiter zu blicken und in alle Richtungen gleichzeitig, während er und die von seiner Art sich zwischen den Sternen oder auf den höheren Ebenen bewegt hatten. Nun jedoch hatte er Augen, oder Abbilder von Augen, die seine Sicht kanalisierten, ebenso wie Alshandra einen eindeutig unterscheidbaren Körper hatte, oder das Abbild eines solchen Körpers, den sie hinter und zwischen anderen Abbildern verstecken konnte. Damals, als keiner von ihnen eine Gestalt hatte, hätte er sie sofort finden können. Nun würde er suchen müssen.

Er stand auf einer Hügelkuppe in seinem vertrauten Land und schaute hinunter auf grüne Wiesen, die in einer Richtung von dem Grenzwald umrahmt und von dem silbernen Fluß durchzogen waren. Er hatte diese Landschaft geschaffen, so ausgedehnt, daß er selbst von dieser Höhe aus ihr Ende nicht sehen konnte. Sie lag da im Nebel bis zu einem Horizont, hinter dem, nach dem Muster seines eigenen, weiteres Land entstanden war, wildes Land, das von niemandem regiert wurde. Was, wenn Alshandra sich dort verbarg und sich dieses Land einfach genommen hatte? Evandar entledigte sich des Abbilds deverrianischer Rüstung und legte alles auf den Hügelabhang, dann zog er auch den Rest seiner Kleidung aus. Kaum wandte er seine Aufmerksamkeit davon ab, löste sich alles in einem Nebelschimmer auf. Nackt hockte er sich nieder und breitete die Arme aus. Er brauchte sich nicht ermüdend lange etwas vorzustellen – er wurde sofort ein Falke, der auf dem Boden saß. Er schüttelte die Flügel, sprang in die Luft und flog. Mit einem Krächzen umkreiste er den Hügel einmal, dann flog er schnell auf den Horizont zu und auf das, was sich unter diesem entfernten Nebel verbergen mochte.

Am Tag, nachdem sich Rhodry und der Drache ihnen angeschlossen hatten, erreichte die Armee schließlich Cengarn. Etwa fünf Meilen südlich der Stadt ließ Gwerbret Drwmyc seine Armee auf der Straße nach Norden zur Mittagsmahlzeit haltmachen. Während die Männer sich um die Pferde kümmerten, trafen Seine Gnaden und die Vasallen im Kriegsrat zusammen und gingen auf einer Kuhweide auf und ab.

»Sie scheinen beunruhigt zu sein«, meinte Yraen.

»Das sollten sie auch«, sagte Rhodry. »Es wird nicht einfach sein, eine Belagerung diesen Umfangs zu beenden. Wir können nicht einfach hinreiten und sie alle an einem einzigen Tag vertreiben.«

»Das ist wahr. Es wird ein unangenehmes kleines Scharmützel werden.«

»Und ich bin inzwischen sicher, daß sie wissen, daß wir kommen.«

»Wir halten Ausschau nach Spähern.«

»Kannst du mit deinem Schwert einen Raben vom Himmel holen?« Rhodry grinste. »Sie ist der einzige Späher, der zählt.«

Unwillkürlich blickte Yraen auf. Nichts bewegte sich am Himmel, aber es war durchaus möglich, daß der Rabe schon lange über sie hinweggeflogen war.

Statt einen Kampf mit müden Pferden zu riskieren, beschlossen die Adligen, das Lager an dieser Stelle aufzuschlagen. Sie schickten Patrouillen als Wache gegen mögliche Angriffe aus, während Rhodry und der Drache am Himmel kreisten und nach dem Gestaltwandler Ausschau hielten. Yraen ritt zusammen mit Renydd und fünf anderen Männern von Lord Erddyrs Kriegshaufen eine der ersten Patrouillen. Sie lenkten ihre Pferde etwa eine Meile weit nach Norden, dann nach Westen über das Wiesenland, auf dem nicht einmal mehr eine einzelne Ziege graste.

»Was die Bauern nicht mit in die Festung genommen haben«, meinte Yraen, »haben die vom Pferdevolk inzwischen gegessen.«

»Jede Wette«, entgegnete Renydd. »Ha – da drüben! Ich nehme an, das ist die Hütte eines Hirten, und sie steht noch.«

Sie ritten hinüber zu der runden Hütte, die aus alten Brettern gebaut war. Als sie näher kamen, rochen sie den Gestank verwesenden Fleisches. Die Pferde warfen die Köpfe hoch und tänzelten.

»Ich denke, wir sollten nachsehen, wer hier vor langer Zeit umgebracht wurde«, meinte Renydd. »Das könnte uns eine Vorstellung von ihren Patrouillen geben.«

»Vielleicht ist es nur eine Kuh«, sagte Yraen.

»Das glaube ich nicht. Ihr bleibt zu Pferd und haltet Wache. Yraen und ich werden absteigen und nachsehen.«

Es war tatsächlich ein Mann, den sie in der Hütte fanden, nackt und mit Eisennägeln auf den gestampften Boden genagelt. Die Leiche war aufgequollen und von Insekten bedeckt, aber sie konnten noch sehen, daß man sie aufgeschnitten und die Organe herausgenommen und zu beiden Seiten niedergelegt hatte. Würgend flohen Yraen und Renydd zurück zur Patrouille. Hätte er vor kürzerer Zeit etwas gegessen, dann hätte er sich übergeben müssen, aber so gelang es Yraen, sich zusammenzunehmen.

»Ihr Götter«, flüsterte Renydd. »Wer würde einem Menschen das antun – und auch noch irgendeinem Bauern, bei den Göttern! Er kann ihnen nichts bedeutet haben.«

»Das ist wahr. Nun, wir sollten lieber weiterreiten, wenn das die Art von Feinden ist, mit denen wir es hier zu tun haben.«

Gegen Abend wurde Yraen zum Kriegsrat gerufen, der sich um eine grobe Landkarte der Stadt versammelt hatte, die jemand auf den Boden gezeichnet hatte. So gut er sich erinnern konnte, zeichnete Yraen die Stellungen des Pferdevolks und die Grabenanlagen ein.

»Sie scheinen ihr Ostlager am besten zu schützen«, meinte Drwmyc.

»Ja, Euer Gnaden. Jill geht davon aus, daß sich die Anführer auf diesem östlichen Hügelkamm befinden. Dort sind viele Zelte und Fahnen.«

»Und wenn es schlecht ausgeht«, warf Erddyr ein, »könnten sie sich von dort aus direkt in die Hügel zurückziehen.«

»Das ist wahr, Herr«, sagte Yraen. »Aber sie kamen mir nicht so vor, als ob sie viel von Rückzug hielten.«

Drwmyc grunzte leise und betrachtete weiter die Karte, während die anderen Lords sich ebenfalls darum drängten. Da niemand daran dachte, ihn wieder wegzuschicken, hörte Yraen den Rest des Kriegsrats mit an. Der Plan war einfach: Sie würden die langsamen Wagen, Ersatzpferde und Männer folgen lassen, während die Armee direkt nach Cengarn marschierte. Wenn man ihnen auf der Straße entgegentrat oder sie vor der Stadt schwere Verluste einstecken müßten, könnten sie mit intakten Vorräten und Ausrüstung in eine sichere Stellung zurückfallen. Wenn sie gewannen und eine Stellung auf der Ebene im Süden und Westen von Cengarn einnehmen konnten, würden die Wagen sie schnell genug einholen.

Als der Kriegsrat zu Ende war, ging Yraen durchs Lager und fand Rhodry schließlich ganz am Rand. Er saß an einem kleinen Feuer, während Arzosah in der Nähe schlief, obwohl sie ein Auge öffnete, als Yraen näher kam. Er setzte sich neben Rhodry und erzählte ihm, was er gehört hatte.

»Klingt wie ein guter Plan«, meinte Rhodry. »Ich wünschte, ich könnte mit der Armee reiten, statt oben am Himmel zu sein.«

»Das kann ich mir vorstellen. Denkst du, wir haben eine Chance?«

Rhodry zuckte nur mit den Achseln. Mehr gab es dazu nicht zu sagen.

Am nächsten Morgen, bewaffnet und gerüstet für den Kampf, erreichte die Armee den Belagerungsring. Rhodry und der Drache machten sich zuerst auf den Weg und flogen so hoch, daß sie nur noch wie ein Vogel aussahen. Die Reiter trabten die südliche Straße entlang und kamen an ausgebrannten Bauernhöfen und Dörfern vorbei, bis sie eine niedrige Anhöhe überquerten und auf der Ebene anlangten, die vor der Stadt lag. Yraen hatte erwartet, daß der Gwerbret die Armee hinter diesem Hügelkamm zurückhielt, um ihre Größe vor dem Feind zu verbergen, aber Drwmyc ließ sie weiterreiten. Als sie über den Hügel kamen, sah Yraen, warum – die Gegner hatten sich bewaffnet, saßen zu Pferd und warteten in einem Halbkreis an der Südflanke ihres Lagers. Rhodry hatte recht gehabt, was den Raben anging – es gab nichts mehr zu verbergen.

Ein paar hundert Schritt vor der Linie der Feinde saß ein einzelner Reiter auf seinem Pferd und hielt einen Stab mit Bändern hoch. Ein Herold. Drwmyc schickte einen eigenen Herold aus, der ihm entgegenritt, ließ seine Männer aber weiter vorrücken. Sie stellten sich auf der Ebene im Südwesten auf, in einem eigenen Halbkreis, die elfischen Bogenschützen links, die Axtkämpfer rechts. Beide Seiten hatten nun ihre Stellungen bezogen. Wenn es zum Kampf kam – und Yraen hatte keinen Zweifel daran, daß die Verhandlungen schlecht ausgehen würden –, würde jede Seite versuchen, die andere zurückzutreiben, entweder in ihr Lager oder in die Flucht.

Zwischen den beiden Linien begegneten sich die Herolde. Im hellen Mittagslicht verhandelten sie lange, erheblich länger, als Herolde es üblicherweise taten. Die deverrianische Armee hatte nun endlich einen deutlichen Blick auf die Feinde – hochgewachsene kräftige Männer, schwer gepanzert, mit festen Harnischen über den Kettenhemden, auf kräftigen Pferden mit Decken aus beschlagenem Leder und mit langen Säbeln – sie würden im Kampf eine gewaltige Reichweite haben.

Yraen beruhigte sein nervöses Pferd und schaute zur Stadt hin. Von dort, wo er stand, beinahe in der Mitte des Halbkreises, aber ziemlich weit hinten, konnte er die Festung oben auf dem Hügel sehen und eine winzige Flagge, die trotzig im Wind wehte. Inzwischen würde die ganze Stadt wissen, daß Hilfe eingetroffen war. Carra würde an einem Fenster oben im Broch stehen, nahm er an, und um die Sicherheit ihres Mannes beten. Er schaute an der Linie entlang und entdeckte Prinz Daralanteriel, der mit dem Gwerbret ritt. Das bedeutete also, daß Calonderiel die Bogenschützen befehligte, während der Prinz sich wie der Gwerbret so lange wie möglich in Sicherheit hielt.

Endlich verbeugten sich die beiden Herolde voreinander, wendeten die Pferde und kehrten rasch zu ihren jeweiligen Kommandanten zurück. Überall an den Linien der Verbündeten lockerten Männer ihre Schwerter, zogen die Speere und warteten auf das Zeichen zum Angriff. Die vom Pferdevolk zogen mit einem Aufblitzen silbernen Lichts die Säbel, aber auch sie warteten darauf, daß die Herolde vielleicht wieder losreiten würden. Das Schweigen lag tief wie Wasser über der Ebene. Yraen konnte sich vorstellen, daß das Pferdevolk dieselbe Forderung gestellt hatte wie zuvor: Prinzessin Carras Leiche. Das wurde von einem plötzlichen zornigen Aufheulen bestätigt, das aus der Nähe des Gwerbret erklang. Yraen drehte sich um und sah, wie Prinz Daralanteriel sein Pferd dem Feind zuwandte, als wolle er allein sofort angreifen. Ein Lord packte die Zügel Seiner Hoheit gerade noch rechtzeitig und hielt ihn zurück.

Das Schweigen und das Warten in der heißen, hellen Sonne zogen sich noch ein wenig in die Länge. Dann hob Drwmyc die Hand und gab das Zeichen. Der Hauptmann hob ein Horn an die Lippen und blies. Mit einem Aufheulen sprangen die Deverrianer vorwärts. Speere flogen und blitzten in einem Schauer des Todes, als die feindliche Linie ihnen entgegenkam, ein langsamerer Angriff auf beladenen Pferden, die zu einem raschen Trab angetrieben wurden. Yraen, der sich in der Nachhut noch am Hügelabhang befand, hatte die Gelegenheit zu sehen, wie der Kampf sich entwickelte.

Zur Linken schoß das Westvolk Jagdpfeile ab. Durch die Lederdecken hindurch getroffen, bäumte sich die erste Reihe von Pferden wiehernd auf, taumelte und stürzte. Die zweite Reihe des Pferdevolkes versuchte weiterzureiten und versagte. Mehr Pferde stürzten, traten und fielen auf ihre Reiter, während weitere Pfeile durch die Luft zischten. Die Reiterei des Pferdevolks mußte nach Südosten ausweichen und ihre Linie dort zusammenziehen, was den deverrianischen Männern gestattete, zu umdrängen, was ein unordentlicher Keil geworden war. Als er sein Pferd den Hügel herunterlenkte und nach einem Weg in den eigentlichen Kampf suchte, konnte Yraen sehen, wie Männer stürzten, als die schwere Kavallerie in die deverrianische Längenlinie krachte. Längere Reichweite, längere Waffen, schwere Pferde, die selbst gepanzert waren – das wirkte sich zugunsten des Feindes aus, als die Angriffe, wie es immer geschah, zu Einzelkämpfen wurden.

Die Wucht des Angriffs trieb ein paar Reiter des Pferdevolks direkt durch die deverrianische Linie hindurch. Yraen galoppierte einem Mann auf einem Rappen entgegen, der direkt auf ihn zuraste. Als Yraen sein Pferd herumriß, konnte er die blauen und purpurfarbenen Tätowierungen auf Kinn und Wangen seines Gegners unter dem Eisenhelm mit einem langen Nasenschutz erkennen. Beide Krieger schlugen zu, parierten, tauschten Schlag um Schlag aus. Während der Feind fluchte und schrie, blieb Yraen still und wehrte den Säbel des Feindes mit seinem schwereren Breitschwert ab, bis der Mann schließlich einen festen Schlag von der Seite versuchte, der seine Rechte unbewacht ließ. Yraen fing den Hieb mit dem Schild auf und versetzte seinem Gegner einen festen Schlag auf den rechten Arm. Blut spritzte durch das Kettenhemd, und der Knochen brach. Vor Schmerz aufgrunzend, ließ der Mann den Säbel fallen und versuchte sein Pferd zu wenden. Yraen zögerte einen winzigen Augenblick – normalerweise hätte er nun nach dem Pferd geschlagen, aber dessen metallbeschlagener Schutz verblüffte ihn. Statt dessen wagte er zuzustechen, traf den Krieger in den Rücken, aber seine Klinge glitt an der schweren Panzerung ab, und das so leicht, daß ihm vor Angst ganz übel wurde. Er wich zurück und ließ den Mann gehen, nicht aus Furcht um sein eigenes Leben, aber um den Kampf, um den Krieg.

Yraen sah sich um und versuchte, einen Überblick über die deverrianische Front zu erhalten. Sie wurden zurückgedrängt. Er wußte es mehr instinktiv, als daß er es tatsächlich gesehen hätte. Er stellte sich in die Steigbügel und sah sich um, aber in dem Staub und der Verwirrung konnte er keinen klaren Überblick bekommen. Er konnte nur sagen, daß die Mitte der Linie zurückgefallen war und nun verzweifelt versuchte, sich dicht an dem Abhang hinter ihnen zu halten.

»Scheiße!«

Yraen setzte sich wieder hin, trieb sein Pferd an und stürzte sich in den Kampf. Wieder ließ ihn eher der Instinkt als etwas, daß er tatsächlich erblickt hätte, zum Himmel hinaufschauen. Wie ein geflügelter Stein sackte der Drache nach unten. Yraen spürte sich selbst lachen, denn hören konnte er sich über den Schlachtenlärm hinweg nicht, verlangsamte sein Pferd zum Schritt und zügelte es schließlich vollständig, während er zusah, wie der Drache mit angelegten Flügeln direkt auf die Linie des Pferdevolkes zuraste. Yraen konnte sich vorstellen, daß Arzosah brüllte, aber auch das hörte er über den Schlachtenlärm und das schrille Wiehern erschrockener Pferde nicht. Der Drache kam im Gleitflug über die Kavallerie hinweg, während unten die Pferde des Feindes den Verstand verloren.

Tretend, wiehernd, bockend, sich aufbäumend und jene grausigen Geräusche ausstoßend, die Pferde nur in schlimmstem Schmerz von sich geben – die Linie des Pferdevolkes brach, wurde zu einem Wirbel schreiender Reiter und entsetzter Pferde. Yraen hatte keine Zeit, sich zu fragen, wieso sein Pferd, wieso alle deverrianischen Pferde dem Drachen gegenüber vollkommen gleichgültig waren. Unter Kriegsgeschrei formierte sich die deverrianische Linie neu, griff an und krachte in die Flanke des Durcheinanders, während Arzosah wieder höher flatterte, wendete und erneut hinabschoß. Als Yraen vorwärts trabte und nach einer Lücke suchte, durch die er die vorderste Reihe erreichen konnte, sah er, wie Reiter vom Pferdevolk abgeworfen und zertrampelt wurden oder verzweifelt versuchten, auf die Beine zu kommen und zu fliehen, während Deverrianer sie mit den Schwertern niedermähten. Ihm unvertraute Hörner schmetterten, forderten den Rückzug. Diejenigen unter den Gegnern, die ihre Pferde noch unter Kontrolle hatten, wendeten und flohen, rasten auf die Lücken in den Erdwällen zu, wo Fußsoldaten mit Speeren warteten, um ihren Rückzug zu decken.

Die deverrianischen Reiter folgten, schlugen zu, töteten, wo sie konnten. Yraen ritt einen Kavalleristen zu Fuß nieder und tötete ihn mit einem Schlag in den Nacken, bevor der Mann sich umdrehen und fliehen konnte. Er ritt um die Leiche herum, bemerkte, daß er zu weit vorn war, riß sein Pferd rasch zurück und ritt nach Osten, als der Erdwall sich vor ihm erhob. Er hatte einen kurzen Eindruck von langen Speeren, als er vorbeiritt, dann kehrte er in die Sicherheit seiner eigenen Linie zurück. Der Westen und Süden des Feldes gehörte ihnen. Die Hauptleute bliesen auf Silberhörnern das Signal standzuhalten, während der Feind sich hinter die Erdwälle im Norden und Osten zurückzog. Da Yraen die Flagge des Gwerbret dort wehen sah, nahm er an, daß Drwmycs Kriegshaufen den halb vollendeten Graben und den Wall im Südwesten erobert hatte, der in einiger Entfernung vom Fuß des Steilhangs der Festung errichtet worden war. Yraen überließ es seinem Pferd, den Weg über das Schlachtfeld zu finden, das mit Toten und Verwundeten übersät war, und starrte zum Himmel hinauf. Endlich entdeckte er den Drachen, der rasch aus dem Norden auf die eigenen Linien zugeflogen kam. Arzosah umkreiste Cengarn einmal, dann landete sie hinter der deverrianischen Armee. Als sie auf den Boden aufsetzte, wurde sie von Jubel begrüßt. Zur Antwort erhob sie sich einen kurzen Augenblick auf die Hinterbeine wie zu einer Verbeugung.

Da sowohl Jill als auch Dallandra Yraen mit Hilfe des Zweiten Gesichts sehen konnten, hatten die beiden Dweomermeisterinnen die Bewegungen der Armee des Gwerbret verfolgt und wußten daher ungefähr, wann sie eintreffen würde. Bevor der Kampf begann, gingen sie nach oben aufs Dach des Hauptbroch, bereit, wenn nötig, Vogelgestalt anzunehmen. Weder der Rabe noch Alshandra tauchten auf.

»Seltsam«, meinte Dallandra. »Man sollte annehmen, Alshandra wäre hier, und sei es nur, um ihre Leute anzutreiben.«

»Das stimmt. Vielleicht ist der Rabe losgeflogen, um sie zu holen.«

Unter ihnen standen die Männer auf den Mauern von Stadt und Festung, um den Kampf zu beobachten. Bis der Sturzflug des Drachen der Armee des Gwerbret den Sieg brachte, hatte Jill mit wachsendem Unbehagen gekämpft. Sie wußte genug über die Kriegskunst, um zu erkennen, daß die Verbündeten ohne die Hilfe des Drachen verloren hätten. Als die Linie der Gegner brach und ihre Reittiere zu bocken begannen und in Panik gerieten, jubelten die Männer auf den Mauern und stießen Siegesschreie aus. Jill schüttelte immer wieder verneinend den Kopf.

»Ihr Götter«, sagte Jill. »Wir werden sie diesmal davontreiben, wenn wir Glück haben, aber was ist beim nächsten Mal?«

»Wie meinst du das? Das nächste Mal?«

»Das Pferdevolk weiß nun, wo Deverry liegt, und sie bilden sich ein, daß eine Göttin ihnen das Land versprochen hat. Sie müssen vielleicht diese Belagerung aufgeben, aber was, wenn sie zurückkehren? Dieser Krieg wird ihnen wie ein Scharmützel vorkommen. Wenn Drwmyc und seine Männer diese Armee hier vertreiben, werden sie vielleicht jahrelang nicht zurückkehren, aber irgendwann kommen sie wieder.«

Einen Augenblick lang befürchtete sie, Dallandra werde ohnmächtig, so bleich und schwach sah sie aus. Jill packte sie am Arm.

»Es ist schon in Ordnung«, flüsterte Dallandra. »Es ist nur, daß ich schon glaubte, wir wären gerettet, und nun steht uns nur noch Schlimmeres bevor.«

»Nun, das mag noch Jahre dauern. Nach allem, was ich weiß, kann es gut sein, daß keine von uns alt genug werden wird, es miterleben zu müssen.«

»Besonders nicht, wenn sie die Belagerung nicht aufheben können.«

Jill hielt es durchaus für möglich, daß die Armee der Verbündeten versagte. Das Pferdevolk hatte die Westhälfte des Tales von Cengarn abgeben müssen, aber ihre Stellungen im Osten waren immer noch stark, besonders, wenn Alshandra bei der Verteidigung helfen sollte. Jill blickte auf und sah den Drachen um die Festung kreisen. Auf dem Rücken saß ein Mensch, eine winzige Gestalt auf diese Entfernung, aber sie wußte, daß es sich um Rhodry handelte. Als sie ihm zuwinkte, konnte sie gerade noch sehen, wie er zurückwinkte. Sie lachte und winkte abermals, als die beiden vorbeiflogen.

»Nun«, sagte Jill zu Dallandra, »deshalb hatte Evandar wohl diese Vorahnung wegen des Drachen.«

»Das mag sein.«

»Was ist denn?«

»Ich hatte gerade das seltsamste Gefühl ums Herz, als ich die beiden beobachtet habe. Um Rhodrys willen, meine ich, nicht um unseretwillen. Der Drache wird Cengarn nur Gutes bringen.«

»Aber Rhodry schaden?«

Dallandra versuchte zu sprechen, den Mund halb geöffnet, dann schüttelte sie den Kopf. »Ich weiß es nicht«, sagte sie schließlich. »Die Vorzeichen sind nicht klar genug. Schaden und dennoch keinen Schaden. Ich weiß es einfach nicht.«

Sie verließen das Dach und eilten hinab in die große Halle, wo alle durcheinanderredeten und über dieses wundersame Geschöpf staunten, das sie gerade gesehen hatten.

Evandar flog in Falkengestalt über sein Land am Wald und am Grenzbaum vorbei, über den silbernen Fluß, über die Abbilder von Städten und die langgezogenen grünen Wiesen. Im Flug gab er ein schrilles Krächzen von sich – er rief Alshandras Namen. Sie mußte diesem Namen folgen, solange sie sich in seinem Land oder in jenem befand, welches einmal Shaetano gehört hatte. Wenn sie nicht kam, konnte er annehmen, daß sie nicht hier war. Er flog weiter, schneller auf den nebligen Horizont zu, den er vom Hügel aus gesehen hatte. Er kam niemals näher – nicht, daß man sich in unserer Welt dem Horizont nähern könnte, doch in Evandars Land hatte es eine Zeit gegeben, damals, als er dieses Land schuf, als der Horizont ein Ende darstellte, das man tatsächlich erreichen konnte.

Unter ihm lag der Nebel mit einem Spitzenrand wie silberner Farn und bedeckte, was einmal der Horizont des Landes gewesen war. Evandar konnte nicht durch den Nebel hindurchsehen. Er zog die Flügel an und stürzte abwärts durch den Nebel hindurch. Direkt darunter begann er, wieder zu flattern, in einem grauen Licht, das über einem grauen Land hing, in dem sich gewaltige Felsen durch dünnen Boden drängten und Staub in kleinen Wirbeln aufflog und sich dem Nebel entgegenhob. Hier und da entdeckte er Flecke von Grün, Flechten auf Felsen oder dünne Grasbüschel. Kleine Augen glitzerten in Ritzen und Nischen; er hörte Fauchen und Kratzen. Weiter und weiter erstreckte sich das Grau mit den geborstenen Felsen. Er wandte sich ab, denn er wußte, daß Alshandra einen solchen Ort nicht ertragen könnte.

Der Kreis, den er zog, brachte ihn zu einem toten Baum, den schwarzen, kahlen Überresten eines vollkommen gerade gewachsenen Nadelbaums. Daran gelehnt saß ein alter Mann in schäbigen braunen Kleidern. Seine Haut, oder zumindest das Abbild davon, war ebenfalls braun. Er schnitt einen Apfel mit einem gebogenen alten Messer. Hier und da schnitt er ein Stück ab und aß es, aber er würde nie zum Ende der Frucht kommen, denn die Stücke und die Schale wuchsen nach, sobald er sie abgetrennt hatte. Evandars Neugier gewann eine kurze Schlacht. Er kreiste abermals und landete auf einem Felsen in der Nähe. Der alte Mann betrachtete ihn aus vergnügten schwarzen Augen, dann bot er ihm ein Stück Apfel an. Evandar plusterte sich und nahm Elfengestalt an, dann nahm er den Apfel entgegen. Nie hatte er etwas so Süßes oder Frisches gekostet.

»Ha!« sagte der alte Mann. »Nun, das ist eine Überraschung.«

»Du bist selbst eine, guter Mann. Darf ich fragen, was du hier an diesem elenden Ort tust?«

»Ich tue, was ich kann, damit es hier ein wenig besser wird. Und was ist mit dir?«

»Ich suche nach meiner Frau. Manchmal fliegt sie ebenfalls in Falkengestalt, manchmal sieht sie aus wie eine vom Westvolk, aber ihr Name ist Alshandra, und sie hat den Verstand verloren.«

»Ha. Nein, ich habe sie nicht gesehen. Ich habe überhaupt niemanden gesehen, seit ich in dieses Land gekommen bin. Selbstverständlich von dir einmal abgesehen.«

»Wenn du von hier wegwillst, folge dem Weg, den ich fliege. In dieser Richtung liegt ein grünes Land mit einem silbernen Fluß und ein paar Wiesen, auf die ich, wie ich zugeben muß, ziemlich stolz bin. Ich biete dir unsere Gastfreundschaft an, wenn du willst.«

»Das ist sehr nett von dir, und vielleicht werde ich sie irgendwann akzeptieren.«

Evandar streckte die Arme aus, schüttelte sich und verwandelte sich wieder in den Falken. Er sprang vom Felsen, flatterte auf und kehrte zurück in sein Land, so begierig danach, Alshandra zu finden, daß er an den alten Mann überhaupt nicht mehr dachte.

Den ganzen Tag arbeitete die Armee des Gwerbret wild daran, sich in ihrer neuen Stellung hinter eigenen Gräben zu verschanzen. Der Drache und die elfischen Bogenschützen standen Wache. Sobald der Nachschub sie einholte, verschlossen sie das hintere Ende des Lagers mit den Wagen. Erst spät am Abend fanden die Männer die Zeit, sich zu unterhalten, und Yraen stellte fest, daß der Sieg in gewisser Weise eine Niederlage war.

»Sieh dir ihre Position an«, sagte Rhodry. »Sie sitzen da so gemütlich wie ein Bär in seiner Höhle, mit den Hügeln im Norden im Rücken und den Gräben vor ihnen. Sie blockieren immer noch die Stadttore, alle drei, im Norden, Osten und Süden. Was sollen wir tun? Uns in Körben den Steilhang hochziehen lassen?«

Yraen spähte durch die Dunkelheit. Im Sternenlicht sah er

den Umriß der Stadt, die wie ein Schiff über den erschöpften Armeen segelte. Dort ist Carra, dachte er. Und ihr verfluchter Mann ist hier draußen. Ihm war ganz elend, als ihm klar wurde, wie intensiv er sich wünschte, daß Dar in der kommenden Schlacht sterben würde. Keine Ehre mehr. Nur ein verfluchter Silberdolch, wie? Kein Prinz mehr. Du könntest sie ohnehin nicht haben. Sie ist schwanger mit einem königlichen Kind.

»Hörst du mir überhaupt zu?« fauchte Rhodry.

»Wie? Entschuldige. Ich habe nur nachgedacht.«

»So etwas sollte ein Krieger lieber nicht tun.«

Yraen lächelte über den vertrauten Scherz.

»Ich habe über unsere Situation gesprochen«, fuhr Rhodry fort. »Es ist wie eine Belagerung innerhalb einer Belagerung. Nun, zumindest, wenn diese Mistkerle Wasser in ihrem Lager haben.«

»Ich bin sicher, sie haben den einen oder anderen Brunnen gegraben, für den Fall, daß so etwas wie heute passieren sollte. Nach allem, was ich von ihnen gesehen habe, überlassen sie nichts dem Zufall.«

»Also gut. Was mich beunruhigt, sind diese Hügel.« Rhodry machte eine weit ausholende Geste. »Ich wünschte, ich hätte mehr auf sie geachtet, bevor der Krieg anfing. Es ist mir gleich, wenn sie sich dorthin zurückziehen, aber ich frage mich, ob sie auf diesem Weg genug Männer aus dem Lager schaffen können, um uns in den Rücken zu fallen?«

»Uns umgehen, meinst du? Gute Frage.«

Und eine, über die, wie sich herausstellte, auch die Adligen schon nachgedacht hatten. Es dauerte nicht lange, bis Lord Erddyr durchs Lager ging und nach Freiwilligen suchte, die ein wenig Späherarbeit leisten wollten. Rhodry meldete sich sofort. Dank seines Elfenblutes konnte er im Dunkeln gut sehen, besonders, wenn der Mond schon halb voll war.

»Und aus einer gewissen Höhe sollte ich imstande sein, für Euch herauszufinden, was los ist.«

»Das stimmt, Silberdolch«, meinte Erddyr. »Kann dieses, äh, Ungeheuer auch nachts fliegen?«

»Gut genug für eine so einfache Aufgabe.«

Aber am Ende sollte sich zeigen, daß Rhodrys Möglichkeiten eher begrenzt waren. Als er von einem Flug über die nördlichen Hügel zurückkehrte, zeichnete er eine grobe Landkarte für den Kriegsrat, aber aus der Höhe war er nicht imstande gewesen, wichtige Einzelheiten auszumachen, wie zum Beispiel, ob der Boden glatt war oder felsig und wie dicht die Walddecke war.

»Wir werden trotzdem Späher schicken müssen«, sagte Erddyr. »Aber zumindest haben wir jetzt eine gewisse Vorstellung, womit sie es zu tun haben werden.«

»Ich ziehe auch zu Fuß los«, sagte Rhodry. »Ich ...«

»Das werdet Ihr nicht tun! Ihr seid der einzige hier, der dieses Ding reiten kann, und es hat seinen Wert heute deutlich bewiesen.«

»Sie, Herr – kein Es, sondern eine Sie.«

»Wie Ihr wünscht«, Erddyrs Lächeln war ein wenig starr. »Aber Ihr werdet hierbleiben.«

»Ich gehe«, sagte Yraen. »Ich kenne mich in der Umgebung schon ein wenig aus.«

»Gut«, meinte Erddyr. »Ich werde noch ein paar mehr Leute finden. Aber hört gut zu, Junge. Verschafft Euch nur eine gewisse Vorstellung der Gegend, mit wieviel elenden Bäumen wir es zu tun haben und so. Riskiert nicht zuviel. Es ist erst der erste Abend, und nach allem, was wir wissen, steht uns noch ein langer Kampf bevor.«

Inzwischen hatte sich das Rad der Sterne auf Mitternacht zugedreht. Yraen nahm das Schwert vom Gürtel, weil es vielleicht klirren und ihn verraten würde, ließ das Kettenhemd aus demselben Grund zurück, behielt aber den Dolch. Er rieb sich Asche von einem kalten Feuer über Gesicht und Hände, um sie dunkler zu machen, und dann ging er zum östlichen Rand des deverrianischen Lagers. Da sich die Anhöhe mit den Zelten so deutlich von den Sternen abhob, hatte er eine klare Vorstellung, wo er sich befand und wo er hinwollte. Da der Wald auf dieser Ebene bereits gründlich geplündert worden war, was Brennholz anging, konnte er sich relativ lautlos bewegen. Er bog nach Süden ab, folgte in sicherer Entfernung der Linie des Hügelkamms, bis er die Flanke jenes flachen Hügels erreichte, über der sich der eigentliche Kamm erhob.

Dort zögerte er. Er konnte an der plötzlichen Ausdehnung von Schatten erkennen, daß etwa halbwegs den Hügel hinauf das Unterholz wieder dichter wurde. Er würde sich dort ungesehen bewegen können, aber nicht unbedingt lautlos. Er kletterte den Hügel zum Rand des spärlicheren Gehölzes hinauf, fand eine niedrige Steinmauer und ging dort entlang ein Stück weiter zurück in Richtung des Pferdevolklagers. Er konnte erkennen, daß der Feind bei soviel Unterholz nicht in der Lage sein würde, Kavallerie in diese Richtung einzusetzen. Aber wie weit dehnte sich das Lager aus? Nachdenklich hielt er inne. Wenn er sich an der Mauer und dicht am Boden hielt, würde er nicht zu sehen sein, und der Boden war immer noch gut. Es würde nicht schaden, noch ein wenig weiter zu gehen.

Dennoch hielt ihn etwas auf, ein Gefühl, die plötzliche Empfindung, daß die Gefahr erheblich größer geworden war. Er duckte sich und hockte sich hinter die Mauer, dann bewegte er sich ungelenk rückwärts. Plötzlich hörte er sie, wie sie durch die Wälder brachen – Männer, die den Hügel abwärts und auf ihn zurannten. Er richtete sich auf und lief weg von der Mauer, durch den Wald, vorbei an den dunklen Umrissen von Bäumen, in die hellere Dunkelheit einer Sternennacht. Er konnte sie kommen hören, wagte nicht zurückzuschauen, schlug einen weiteren Haken, hörte, wie sie ihm folgten. Er konnte ein Stück auf die Ebene hinausschauen, als ihn etwas in den Rücken traf.

Es war keine Klinge, nur ein Gewicht, aber es drückte ihm die Luft aus den Lungen und ließ ihn taumeln, keuchen und stolpern. Hinter sich hörte er einen Ruf und ein triumphierendes Lachen, als er in die Knie brach. Er kam taumelnd auf die Beine, versuchte weiterzurennen, fragte sich, ob die Männer, die ihn jagten, wohl im Dunkeln sehen könnten wie Rhodry, aber die Hände, die ihn packten, gehörten keinem Mann vom Westvolk. Er riß sich los, aber ein weiterer Feind packte sein Hemd, und der erste Mann schlug ihm fest mit dem Speerschaft über den Kopf. Yraen fiel, und diesmal blieb er liegen, lag keuchend im Gras und spürte Blut, das ihm über Wange und Schläfe lief, während seine Feinde in einer Sprache aufeinander einredeten, die er noch nie gehört hatte.

Sie warteten einen Augenblick, dann rissen sie ihn auf die Beine, einer an jedem Arm, und zerrten ihn den Hügel hinauf, während er taumelte und versuchte, auf den Beinen zu bleiben. Auf der Hügelkuppe wartete ein weiterer Mann mit einer Laterne. Er hielt sie hoch in die Luft und zeigte mit der anderen Hand auf seine dünne Nase, grinsend, während er schnupperte. Yraen verstand: Sie hatten ihn gerochen, hatten ihn weder sehen noch hören müssen, um ihn zu finden. Das Laternenlicht blendete ihn schmerzhaft, und ihm wurde übel, als die Feinde ihn an den Zelten vorbei auf eine kleine Lichtung dazwischen schleppten.

Mehr Männer kamen angerannt und redeten hektisch aufeinander ein. Sie warfen ihn auf den Rücken in den Dreck. Einer trat ihm in den Bauch. Der Mann mit der Laterne rief etwas und sah sich um, als hielte er nach jemandem Ausschau. Als ein weiterer Mann vom Pferdevolk in den Lichtkreis trat, einen langen Speer in der Hand, lachten alle.

»Wartet!« Ein Mensch, der Yraen vage vertraut vorkam, trat vor. »Ich beanspruche den Tod dieses Mannes. Er hat dabei geholfen, meinen Bruder zu töten.«

Betäubt und blutend, konnte Yraen ihn nur anstarren. Bruder? Aber sicher, er sah Lord Matyc recht ähnlich: dasselbe helle Haar, dieselben grauen Augen, dasselbe schmale Gesicht, so ausdruckslos, als wäre es aus Stein gemeißelt. Die Männer vom Pferdevolk starrten den Burschen verwirrt an, als hätten sie kein Wort von dem, was er gesagt hatte, verstanden, aber der Soldat mit dem langen Speer trat zurück, als ein weiterer in den Kreis kam. Ebenfalls zum Pferdevolk gehörend, trug er einen langen, goldbestickten Mantel über seinem Hemd und Stiefel. In seinem Haar glitzerten zahllose Talismane. Yraen nahm an, daß es sich um einen Offizier handelte.

»Ich überlasse ihn Euch, Tren«, knurrte er, dann sprach er in seiner eigenen Sprache weiter.

Alle redeten gleichzeitig aufeinander ein, während Tren die Arme über der Brust verschränkte und Yraen anstarrte. Aber es fiel Yraen schwer zu glauben, daß der Lord ihn haßte. Die Haltung, der Blick waren so echt wie eine Pose, die ein Barde annimmt, wenn er eine Ballade singt. Sie schienen allerdings dem Anführer des Pferdevolks überzeugend genug vorzukommen, der schließlich seine Männer niederschrie.

»Also gut«, sagte der Offizier in seltsam beiläufigem Ton. »Wenn er geholfen hat, Euren Bruder in die Falle zu lokken, gehört er Euch. Tötet ihn auf die Weise, die Ihr bevorzugt.«

»Rakzan Hir-li, ich wähle die Art meines eigenen Volkes.«

Der Rakzan verbeugte sich in einer passablen Imitation deverrianischer Höflichkeit und trat beiseite.

Tren zog seinen Dolch und trat vor. Es gelang Yraen, auf die Knie zu kommen. Er wäre lieber aufrecht stehend gestorben, aber das war anscheinend nicht mehr möglich. Tren kniete sich hinter ihn, riß ihn am Haar und zog seinen Kopf zurück. Yraen konzentrierte sich auf seine Schmerzen und starrte zum Nachthimmel auf. Hinter dem flammenden Fakkellicht konnte er den Mond und ein paar Sterne sehen. Es freute ihn irgendwie, daß das letzte, was er von der Welt sah, die Sterne sein würden. Tren riß ihn zurück, um seinen Körper gegen seine Brust zu stützen.

»Es tut mir leid«, flüsterte Tren. »Aber es ist besser so. So, wie sie ihre Gefangenen behandeln ...«

Yraen erinnerte sich an den auf den Boden genagelten Kuhhirten und lächelte. Der Dolch biß zu. Glühender Schmerz überzog seine Kehle. Sein letzter Gedanke galt Carra, aber seine Lippen verweigerten ihm den Dienst, bevor die Dunkelheit über ihn kam.

Tren wischte den Dolch am Hemd des toten Gefangenen ab, dann schob er die Leiche weg, ließ sie in den Dreck fallen. Er erhob sich und fand sich Hir-li gegenüber, der den Soldaten den Gürtel des Toten abgenommen hatte.

»Das war sauber ausgeführt«, meinte der Rakzan. »Ihr habt eine gute Hand für diese Dinge, Lord Tren. Hier. Ihr wollt das hier sicher behalten.«

Tren ergriff den Silberdolch und wog ihn in der Hand.

»Ich danke Euch. So habe ich erkannt, wer er war. Unsere Spionin hat mir von zwei Silberdolchen erzählt. Der eine hat den Kampf vorbereitet, sagte sie, der andere hat meinen Bruder getötet.«

»Aha.« Hir-li nickte und schluckte die Lüge. »Dann hattet Ihr jetzt die Hälfte Eurer Rache und habt eine Trophäe.«

Tren behielt den Silberdolch allerdings kaum eine knappe Stunde. Er saß in seinem Zelt, betrachtete den Dolch im Lampenlicht und fragte sich, wer der arme Kerl, den er getötet hatte, um ihm den langen Speer zu ersparen, wohl gewesen sein mochte, und er fragte sich auch, wieso er das getan hatte, als Raenas Dienerin die Zeltklappe zurückzog.

»Ihre Heiligkeit will Euch sehen.« Sie zeigte auf den Dolch. »Bringt das da mit.«

Tren fand sie alleine im Zelt. Nur mit einem Leinenhemd bekleidet, ging sie im silbernen Mondschein auf und ab, das Haar fiel ihr über die Schultern, und es sah so aus, als wäre die lange schwarze Mähne zum Leben erwacht, wirbelte und lockte sich in einer Brise ganz eigener Art. Als sie den Dolch sah, lächelte sie, nahm ihn in beide Hände und hielt ihn hoch, um das Dweomerlicht einzufangen. Tren kniete nieder, weil er glaubte, die Göttin sei über sie gekommen, aber ihre Stimme klang ganz menschlich, als sie nun kicherte wie ein Mädchen, dem jemand etwas geschenkt hatte.

»Nennt Euren Preis für diesen Dolch, Herr.«

»Betrachtet ihn als ein Geschenk für Euch und Eure Göttin.«

Sie lachte und rieb sich mit der flachen Seite der Klinge über die Brüste, die Schneide so nah an ihren Brustwarzen, daß er zusammenzuckte. Sie sah das und lächelte, als sie den Dolch auf einer Holztruhe ablegte.

»Ich danke Euch«, sagte sie, »und was für ein hübsches Geschenk das ist! Ich wünschte nur, ich hätte ihn sterben sehen. Wißt Ihr, wer das war?«

Tren dachte nach.

»Nein«, sagte er schließlich. »Daß er ein Silberdolch war, genügte, um ihn zu hassen.«

»Das war Rhodry Maelwaedds Freund. Ich bin sicher, er hatte viel mit dem Tod Eures Bruders zu tun.«

Nun lachte Tren selbst darüber, daß er Hir-li ohne es zu wissen die Wahrheit gesagt hatte.

»Ich freue mich über diese Klinge«, sagte Raena. »Ich werde sie wie einen Schatz hüten, ich werde darüber nachdenken, ich werde Dweomer damit wirken, und eines Tages werde ich mich damit rächen.«

»Zweifellos.« Tren erhob sich und verbeugte sich vor ihr. »Ich vertraue darauf, daß Euer Plan erfolgreich sein wird.«

»Ja? Gut.« Sie streckte die Hand aus und packte seinen Arm. »Ihr habt Blut am Ärmel, Tren.«

»Ja, Euer Heiligkeit. Es tut mir leid, aber einem Mann die Kehle durchzuschneiden ist eine schmutzige Angelegenheit.«

»Ihr braucht Euch nicht zu entschuldigen.« Lächelnd blickte sie auf, ihre Augen plötzlich blitzend. »Warum habt Ihr es so eilig zu gehen, Herr? Ihr sollt eine Belohnung erhalten.«

»Heute nacht, Euer Heiligkeit, ist mein Platz bei meinen Männern. Was, wenn das Lager angegriffen wird?«

»Das wird nicht geschehen. Die Göttin hätte mich gewarnt.«

Er dachte daran, Ausreden zu finden, dann wurde ihm klar, wie rasch ihre Freude in Zorn umschlagen konnte, also packte er sie an den Schultern und küßte sie. Mit einem kleinen Seufzen schmiegte sie sich an ihn.

»Ich sage das ungern, Silberdolch«, meinte Erddyr. »Aber wenn Yraen bis jetzt nicht hier ist, wird er wohl nicht zurückkommen. Und dasselbe gilt für die anderen.«

»Keiner ist zurückgekehrt?«

»Nein. Das ist ein schlechtes Zeichen.«

Rhodry nickte und starrte in den heller werdenden Himmel.

»Ein Grund mehr für Blut.« Rhodry zog seinen Silberdolch und hielt ihn ins Dämmerungslicht. »Yraen, du wirst gerächt werden. Das verspreche ich dir.«

Er legte den Kopf zurück und begann zu lachen, spürte, wie das Lachen aus ihm herausbrach, während die Männer ihn anstarrten und der Drache den Kopf herumdrehte und zischte. Lord Erddyr erwarb sich die Hochachtung eines jeden Mannes im Lager, als er Rhodry an den Schultern packte und schüttelte, während der Silberdolch noch die Waffe in der Hand hatte und in diesem Zustand war.

»Hört auf! Hört auf damit, Mann! Das ist ein Befehl!«

Rhodry spürte, wie das Lachen von ihm wich. Einen Augenblick lang stand er noch zitternd da, spürte Erddyrs Hände auf den Schultern und fragte sich, wer dieser rotgesichtige Mann sein mochte. Dann fiel ihm der Name wieder ein. Er riß sich los und atmete tief aus.

»Ich entschuldige mich, Herr.«

»Ich verzeihe Euch.« Erddyr wischte sich die Stirn mit dem Handrücken. »Geht und holt Euch Eure Ration. Die Sonne steigt schon am verdammten Himmel auf.«

»So ist es. Glaubt Ihr, sie werden heute angreifen?«

»Wer weiß? Ich würde es an ihrer Stelle nicht tun. Aber Ihr Götter, das sind nicht einmal Menschen. Wer weiß schon, was sie tun werden?«

»Ihr habt recht, Herr. Also, ich denke, dann sollten wir am besten entscheiden, was wir von ihnen wollen und dann bringen wir sie dazu, es zu tun. Wir sollten diese Angelegenheit rasch hinter uns bringen, wenn es Euch nicht stört, daß ich das sage.«

»Das weiß ich, das wissen wir alle. Das Land ist schon vollkommen leergeplündert. Sobald wir keine Vorräte mehr haben, ist es um uns geschehen. Aber wenn der Feind sich entschließt, hinter den Wällen hockenzubleiben, weiß ich nicht, was wir dagegen tun sollen.«

»Sie heraustreiben.«

»Wie bitte? Habt Ihr den Verstand verloren? Wie ...«

Plötzlich grinste Erddyr. »Ja, wie? Ein Frettchen ins Loch schicken, um die Ratten herauszutreiben, wie?«

»Genau, Herr.«

Beide Männer drehten sich um und betrachteten Arzosah, die sich hingebungsvoll in der Morgensonne räkelte.

»Ich werde mich ein wenig mit dem Gwerbret unterhalten«, meinte Erddyr. »Kommt mit, Silberdolch. Dann gehen wir die Einzelheiten durch.«

Obwohl Tren für den nächsten Morgen einen Kriegsrat erwartet hatte, wurde keiner einberufen. Die Hüter der Disziplin eilten durch ein plötzlich enges und unterversorgtes Lager, um einzuschätzen, wie viele Vorräte noch vorhanden waren, während die Hauptleute selbst damit beschäftigt waren, an den drei kleinen Brunnen Ruhe und Ordnung aufrechtzuerhalten. Tren fragte sich, wie lange es dauern würde, bis die Brunnen trocken waren. Der Bach, der unter Cengarns Mauern durchfloß, lag nun außerhalb ihres Lagers, und der breite Fluß im Westen hätte im Grunde genommen auch auf dem Mond sein können, so unerreichbar war er für sie.

Ein paar Stunden nach Sonnenaufgang ließ Rakzan Hir-li Tren zu sich rufen. Mit einer Truppe von Soldaten, die ihnen in diskretem Abstand folgten, falls die Deverrianer aus unerwarteter Richtung angreifen sollten, gingen sie den östlichen Hügel hinauf und erkletterten die Flanke des Hügels.

»Wir können hier nicht lange bleiben«, meinte Hir-li. »Wir vom Pferdevolk ertragen das nicht.«

Der General machte eine umfassende Bewegung in Richtung des Lagers, das ein Durcheinander aus Zelten und Pferden war – vor allem Pferde, schien es, die an jedem verfügbaren Platz an kurzen Seilen angepflockt waren.

»Was ertragen, Herr?« sagte Tren. »Den Durst?«

»Nein, dieses Gedränge, diese Mengen, dieses Gefühl, wie Vieh in einen Pferch gezwängt zu sein. Wir leben auf den Ebenen, wir reiten auf dem Flachland umher. Nur Sklaven leben in Rudeln und müssen den Gestank der anderen ertragen.«

Tren mußte sich eine sarkastische Antwort verbeißen. Stattdessen gelang ihm ein nachdenklicher Blick.

»Nun«, sagte er schließlich, »dann sollten wir vielleicht angreifen. Sobald wir die Stellungen im Westen wieder eingenommen haben ...«

»Glaubt Ihr wirklich, daß wir dazu in der Lage sind, wenn dieses Geschöpf über uns schwebt?«

»Nun ...«

»Ich hatte schon befürchtet, daß sie Bogenschützen einsetzen würden. Das ist schwierig genug, aber am Ende könnten wir sie niederreiten. Aber wenn wir nicht reiten können ...«

Tren nickte und schaute hinüber zu der deverrianischen Armee. Der Kampf des Vortages und die darauffolgende Panik hatte das Pferdevolk etliche Krieger gekostet, die meisten davon von ihren eigenen Reittieren niedergetrampelt, aber sie waren den Deverrianern gegenüber immer noch in der Überzahl. Solange die allerdings den Drachen auf ihrer Seite hatten, bedeuteten Zahlen nichts.

»Ich habe Euch nicht ohne Grund gebeten, mit mir ein Stück spazierenzugehen«, sagte Hir-li. »Ihr steht in der Gunst der Priesterin, nicht wahr?«

»Ich nehme an, so könnte man das ausdrücken.«

»Alle Männer würden das so ausdrücken.«

Ein seltsames Zögern in der Stimme des Kriegshauptmanns bewirkte, daß Tren sich umdrehte, um ihn anzusehen. Hir-li starrte in einer Weise zu Boden, die man bei einem Menschen Verlegenheit genannt hätte.

»Wir fragen uns, ob Ihre Heiligkeit Euch vielleicht anvertraut hat, was sie bezüglich des Drachen plant«, meinte Hir-li. »Sie hat doch sicher einen Plan.«

»Aber sicher. Ich dachte, sie hätte es Euch gesagt, sonst hätte ich es erwähnt.«

»Gesegnet sei Sie, für die wir kämpfen und sterben, daß Sie ihre Priesterin inspiriert!« Hir-li blickte mit einem so breiten Lächeln auf, daß seine Reißzähne sichtbar wurden. »Und gesegnet sei der Heilige Rabe ebenso! Äh, könntet Ihr mir vielleicht mitteilen, was sie Euch gesagt hat?«

»Selbstverständlich – nicht, daß ich alles wüßte. Ich weiß allerdings, daß der Mann, der den Drachen reitet, derselbe ist, der meinen Bruder getötet hat. Und nun verstehe ich auch, wieso die Göttin mir diesen Langbogen überreichte.«

»In der Tat, in der Tat.« Hir-li grinste abermals. »Hat Ihre Heiligkeit Euch zufällig mitgeteilt, wann sie das Geschöpf angreifen will?«

»Bald, denke ich, aber sie hat nicht viel gesagt. Vielleicht, Herr, solltet Ihr sie zu Euch bitten und direkt fragen.«

»Es steht mir nicht an, eine Priesterin zu mir zu bitten, Lord Tren. Es steht mir ebenso wie uns allen anderen an, auf ihre heiligen Worte zu warten.« Der Kriegshauptmann starrte in das demoralisierte Lager hinab. »Ich bete nur, daß wir nicht lange warten müssen.«

Da sie Jills barsche Art kannte, übernahm es Dallandra, die schlechten Nachrichten zu überbringen. Sie fand Carra oben in der Frauenhalle, wo sie allein am Fenster saß, sich auf das Fensterbrett stützte und weit hinausbeugte, um einen Blick auf die Armee der Verbündeten werfen zu können. Das dünne Unterkleid der jungen Prinzessin spannte sich fest über ihren Bauch. Es ist eine schöne Welt, in die ich Elessi gelockt habe, dachte Dallandra. Ich hoffe zu allen Göttern, daß sie nicht mitten in der Belagerung geboren wird. Carra warf ihr einen Blick zu, dann setzte sie sich hin und lächelte.

»Guten Morgen, Dalla. Habt Ihr Neuigkeiten?«

Dallandra zögerte, suchte nach Worten. Carras Lächeln verschwand.

»Was ist mit Dar geschehen?«

»Nichts, nichts. Entschuldigt! Ich sehe schrecklich grimmig aus, nehme ich an.«

»Ja, und ich dachte, Ihr hättet vielleicht mit Hilfe des Zweiten Gesichts nach Dar gesehen und ...« Carras Stimme erstarb.

»Ich habe tatsächlich schlechte Nachrichten, aber nicht, was Euren Mann angeht. Es ist Yraen. Die Feinde haben ihn letzte Nacht, als er als Späher unterwegs war, erwischt und getötet.«

Carra gab ein gequältes Geräusch von sich, halb ein Grunzen, halb ein Schluchzen, und wandte sich ab.

»Ich weiß, es sollte mir nichts ausmachen«, flüsterte sie. »Er war nur ein Silberdolch und nur mein Leibwächter, und so etwas sollte Prinzessinnen nichts ausmachen, aber es tut mir weh. O Yraen!«

Sie schlug die Hände vors Gesicht und weinte, während Dallandra ihr tröstend die Schulter tätschelte.

Evandar kehrte auf den hohen Hügel zurück und stellte fest, daß seine Rüstung und die Kleidung verschwunden waren. Als er die Hand hob, sammelte sich die astrale Materie, und mit dem Licht webte er sich neue Sachen, die ledernen Hosen und das lange Hemd eines Mannes vom Westvolk und das Kettenhemd und den Helm eines Deverrianers. Sobald er wieder angemessen für den Krieg gerüstet war, begann er, auf dem Hügel auf und ab zu gehen und darüber nachzudenken, wo Alshandra sein könnte.

»Nun«, sagte er laut. »Sie ist nicht in meinem Land und nicht in dem Land, das darüber hinaus entstanden ist. Es hat ihr nie gefallen, hoch in das Land des goldenen Lichts oberhalb von uns zu fliegen, obwohl sie hier und da in das silberne Licht unterhalb schwebte. Also werde ich ins silberne Licht reisen, aber in dieser Gestalt, denke ich, und nicht als Falke, der keine Hände hat.«

Er trat vom Hügel hinab in die Luft, wie ein normaler Mann vielleicht eine Treppe hinabgehen würde. Und so ging er immer weiter, als befände er sich tatsächlich auf einer Treppe, und dachte bei jedem Schritt an Deverry, bis das Licht rund um ihn ein seltsames silbernes Blau annahm. Als er nach unten schaute, war sein eigenes Land verschwunden, und statt dessen befand sich dort Cengarn, inmitten der Hügel, deren Gras und Bäume eine bräunlichrote Aura hatten. Evandar beschloß, sich nach Cengarn zu begeben, für den Fall, daß Alshandra in der Nähe lauerte und hoffte, die ungeborene Seele ihrer Tochter zurückgewinnen zu können, deren neuer Körper in Carras Leib heranwuchs.

Gegen Mittag sattelten die Deverrianer die Pferde. Die Fuhrleute schirrten die Zugtiere an, beluden die Wagen mit Ausrüstung und Vorräten und zogen sich vom Schlachtfeld zurück. Als die Männer in den Sattel stiegen, hörten sie, daß die Reiterei des Feindes sich ebenfalls bereithielt, während die Speerkämpfer in den Breschen der Erdwälle Schildmauern bildeten.

»Schildmauern, wie?« sagte Erddyr. »Das klingt nicht danach, als ob die Kavallerie auf unsere Herausforderung antworten würde. Sie scheinen sich nur zur Vorsicht zu bewaffnen.«

»Mag sein, Herr«, meinte Rhodry. »Nun, wir sind alle soweit. Wir werden schon sehen, wie lange sie sich verstecken können.«

Nach ein paar Worten mit Arzosah stieg Rhodry in den Sattel, und sie flogen nach Süden, wo der Rabe nicht sehen konnte, wo sie kreisten, um genügend Höhe zu gewinnen. Als sie zurückkehrten, so hoch, daß Cengarn nur wie ein Dorf schien, hatte die deverrianische Armee Stellung auf der südlichen Ebene bezogen, etwa hundert Schritt entfernt von den Erdwällen und Speerkämpfern, die das Pferdevolklager bewachten. Arzosah flog nach Norden weiter, so daß sie von hinten angreifen konnte.

»Jetzt!« schrie Rhodry.

Unter lautem Lachen zog der Drache die Flügel an und schoß im Sturzflug auf das feindliche Lager hinunter, während sie ununterbrochen brüllte. Das alles ging so schnell, daß Rhodry kaum mehr tun konnte, als sich mit beiden Händen an den Harnisch zu klammern und sich dicht über ihren Hals zu beugen, aber er konnte das Wiehern und Schreien von drunten hören. Als Arzosah wieder aufstieg, wagte er einen Blick nach unten und sah, wie das Lager sich in verwirrtes Chaos verwandelte.

»Noch einmal!« schrie er. »Versuch, sie auf ihre eigenen Speerkämpfer zuzutreiben.«

Sie lachte knurrend, wendete und schoß wieder abwärts, während Rhodry sich an sie klammerte. Als sie jedoch in die Gerade kam, entdeckte er aus dem Augenwinkel einen Vogel – er nahm an, den Raben –, der aus dem Westen rasch auf sie zugeflogen kam. Auch Arzosah hatte ihn gesehen, wenn man ihrem plötzlichen Zischen nach ging.

»Beeil dich!« rief er. »Noch ein Versuch, bevor sie hier ist!«

Arzosah schoß abermals abwärts, und der Wind riß an Rhodrys Kleidern und versuchte, ihn vom Drachenrücken zu werfen. Seine Hände brannten und schmerzten von der Anstrengung des Festhaltens. Gerade, als er das Gefühl hatte, endgültig aufgeben zu müssen, kam sie mit einem gewaltigen Brüllen in die Gerade, das von den Schreien von Pferden und Reitern beantwortet wurde. Rhodry wagte es, sich aufrecht hinzusetzen und lehnte sich zur Seite, um nach unten zu spähen. Pferde drängten sich durch eine der Lücken, trampelten die Speerkämpfer nieder und ergaben sich ihrer Herdenangst, ganz gleich, was ihre Reiter ihnen zuschrien und wie fest sie sie mit den flachen Klingen schlugen. Rhodry begann zu lachen, dann fluchte er, als etwas an seinem Gesicht vorbeiraste.

»Pfeile!« schrie er. »Sie haben Bogenschützen! Schnell, steig auf!«

»Es ist nur einer«, schrie sie zurück. »Ich habe ihn gesehen. Aber ich beeile mich.«

Mit ein paar raschen Flügelschlägen war sie weit außer Reichweite eines jeden Bogens. Als er sich umdrehte, konnte Rhodry gerade noch einen Mann mit einem Langbogen erkennen, eine winzige Gestalt, aus der Höhe kleiner als ein Spielzeug, die auf dem östlichen Hügelkamm hinter den Zelten mit den Fahnen stand. Der Rest des Lagers unten im Tiefland war zu einem kompletten Chaos geworden, Pferde bockten und rannten ziellos umher, abgeworfene Reiter versuchten, auf die Beine zu kommen und sie einzufangen, Fußsoldaten rannten kopflos kreuz und quer. Das Schreien und Wiehern wehte nach oben wie das Geräusch von Wellen an einem entfernten Strand. Hinter den Erdmauern griff die deverrianische Armee an, als die Gegner sich durch die Lücken nach außen drängten, weil sie nirgendwo anders mehr hinwußten.

»Noch einmal«, rief Rhodry. »Wir haben sie ganz gut in Gang gebracht.«

»Das macht wirklich Spaß, Drachenmeister!«

Arzosah flog nach Norden, wendete noch einmal, aber dann brüllte sie plötzlich vor Zorn auf, glitt auf starren Flügeln daher und drehte den Kopf hierhin und dahin. Rhodry hörte ein Geräusch, ein hohes, schrillendes Geräusch, das er nur zu gut kannte. Er stellte sich in die Steigbügel, so gut es ging, und sah sich hektisch um, aber wer oder was auch immer auf der Knochenflöte spielte, war unsichtbar geworden. Der Klang schien mitten aus der Luft im Westen zu kommen, und es war der Westen, dem sich Arzosah nun zuwandte, brüllend und heftig flatternd, um an Höhe zu gewinnen.

»Flieg abwärts!« schrie Rhodry. »Sturzflug! Was immer es ist, kann warten!«

Der schrille Ton hing laut in der Luft, als hätte ihn ein riesiger unsichtbarer Vogel ausgestoßen und sei dann weggeflogen, direkt nach Westen und weg von der Schlacht. In blindem Zorn zischend folgte Arzosah den fünf mißtönenden Noten. Rhodry drehte sich um und konnte das Schlachtfeld nicht einmal mehr sehen, weil sie es schon so weit hinter sich gelassen hatten.

»Arzosah Sothy Lorezohaz!« Er legte den Kopf zurück und intonierte ihren Namen, rief ihn abermals, spürte, wie die Laute aus ihm herauskochten, während er sie mit seinem ganzen Körper sprach. »Ar-zo-sah So-thy Lo-re-zo-haz!«

Sie stöhnte und flatterte, verlor an Höhe und flatterte dann wieder hektisch, um das Gleichgewicht zu behalten.

»Diese Flöte, Meister! Sie haben sie aus den Knochen meines toten Gefährten gemacht!«

»Arzosah Sothy Lorezohaz! Wende! Ich befehle es dir bei diesem Ring und deinem wahren Namen!«

Sie stöhnte in einer Trauer, die ihm fast das Herz zerriß, dann senkte sie einen Flügel und wendete und flog langsam zurück nach Cengarn, während die Flöte wieder und wieder erklang, lauter, hektischer, drängender.

»Rache!« schrie der Drache. »Sie haben ihn getötet, sie haben ihn besudelt!«

»Zurück in die Schlacht! Dort kannst du deine Rache bekommen!«

Sie zögerte und flatterte auf der Stelle.

»Arzosah Sothy Lorezohaz!«

Brüllend flog sie weiter, schoß vorwärts und drosch mit ihren riesigen Flügeln auf die Luft ein. Die Flöte erklang vergeblich, wiederholte ihren häßlichen Ruf, wurde leiser und leiser, bis sie das Geräusch hinter sich ließen und wieder auf das Schlachtfeld niederstürzten. Der Drache brüllte, und die Reiterei des Pferdevolkes geriet abermals in Verwirrung, die Pferde stiegen, warfen ihre Reiter ab und versuchten, dem gewaltigen Ungeheuer zu entkommen, das sie jagte. In ihrem Zorn flog Arzosah niedrig, schnappte nach den Pferden der Feinde, knurrte und drehte den Kopf hierhin und dahin. Vergeblich versuchten ein paar Männer, ihre Speere nach ihr zu werfen, die sich als viel zu lang für einen solchen Angriff erwiesen.

»Der Bogenschütze!« rief Rhodry. »Aufwärts!«

Das tat sie mit einem letzten Aufbrüllen. Ein Pfeil schoß unter ihnen vorbei, dann ein weiterer, und fiel nutzlos wieder zu Boden, als sie über den Hügelkamm im Osten flogen.

»Noch einmal?« fragte sie.

»Das wäre gut.«

Da sie weit über das Lager und das Schlachtfeld hinausgeflogen war, wendete sie träge, ruhte einen Augenblick im Gleitflug und flatterte dann wieder. Plötzlich schrie sie auf, und Rhodry fluchte laut.

»Wenden!«

Das versuchte sie, flatternd in einer Panik, die der, die sie unter den Pferden angerichtet hatte, in nichts nachstand, aber der weiße Nebel wogte um sie herum und schloß sich um sie wie eine Hand um einen Edelstein. Winselnd und zitternd wurde Arzosah langsamer, glitt mehr, als daß sie flatterte, während Rhodry nur hilflos fluchen konnte. Er zog das Bronzemesser aus seinem Gürtel, das golden glitzerte und im Licht aufblitzte, wenn er die Hand bewegte. Der Tag vor ihnen war silbrig blau geworden, als der Nebel wieder dünner wurde. Mit einem letzten Flattern kam Arzosah aus dem Nebel heraus und wendete und kreiste über etwas, das tatsächlich Cengarn zu sein schien, aber in einer Welt, die völlig den Verstand verloren hatte.

Im blauen Licht schimmerte die ganze Welt wie von selbst, nur die Stadt war eine Ansammlung toter schwarzer Brocken hinter einer Erhebung toten schwarzen Steins. Rund um die

Mauern jedoch huschten eiförmige Auren bunten Lichts umher und die Schlacht tobte als Krieg des Lichtes, rot und gelb und weiß, aber überwiegend rot, hier und da durchschossen von glänzendem Schwarz, das pulsierend über das Feld ausstrahlte. Die Hügel schimmerten in einem matten, rötlichen Braun unter dem silbrigen, blau marmorierten Himmel, wo die Sonne als ein gewaltiges Loch aus Licht hing. Arzosah stöhnte und kreiste, glitt auf Luftströmungen, die als langgezogene kristalline Fäden sichtbar waren.

»O Ihr Götter!« flüsterte Rhodry. »Ich denke, jetzt sind wir erledigt.«

Über der Stadt, direkt über der Festung, schwebte Alshandra. Goldenes Haar fiel ihr offen über die Schultern. Sie ragte riesig auf, so hoch, wie der Drache lang war, und sie hielt einen Bogen in den Händen. Sie lächelte, als sie in den Köcher griff und einen Pfeil herauszog, lächelte, als sie sich umdrehte und Rhodry und den Drachen ständig im Visier behielt.

»Evandar!« Rhodry wußte nicht einmal, warum er rief. »Evandar!«

Alshandra lachte und legte einen Pfeil auf. Langsam hob sie den Bogen.

»Weiche aus!« schrie Rhodry.

Arzosah flatterte und schoß in einem Wirbel von Kristallen, die hinter ihr in der bläulichen Luft schimmerten, nach oben. Der riesige Pfeil sauste nur ein paar Fuß unter ihnen vorbei. Alshandra heulte vor Zorn auf und zog einen weiteren Pfeil aus dem Köcher, während der Drache langsamer wurde.

»Ich bin müde«, ächzte Arzosah. »So müde, Drachenmeister.«

»Wenn du jetzt nicht schneller fliegst, wirst du bald tot sein. Flieg weg von der Stadt! Nach Süden!«

Mit einem Kreischen duckte sich Arzosah unter einen weiteren Pfeil durch, dann flog sie stetig, wenn auch langsam, in südliche Richtung. Brüllend vor Zorn folgte Alshandra und lief dabei durch die Luft wie über einen Fußboden. Als Rhodry zurückschaute, sah er, daß sie den Bogen fallengelassen hatte. Nun glitzerte eine riesige Axt in ihrer Hand, und sie holte sie rasch ein.

»Evandar!« Verzweifelt rief Rhodry abermals. »Evandar!«

Auf einer Woge von Lachen, einem Berserkerlachen, das Rhodrys eigenem in nichts nachstand, brach Evandar ins blaue Licht hinein mit einem Breitschwert in der einen und einem ovalen Schild in der anderen Hand. Rhodry hörte Alshandra zornig und ängstlich aufschreien, als die riesige Gestalt des Wächters an ihnen vorbeikam. Vor ihnen, schimmernd im blauen Licht, hing ein weiteres Nebeltor. Ohne auch nur auf einen Befehl zu warten, flatterte Arzosah angestrengt weiter und direkt hindurch. Kurz bevor sie diese Welt verließen, schaute Rhodry zurück und sah, wie Alshandra aus der Schlacht floh. Sie stieg direkt nach oben wie ein Taucher, der an die Seeoberfläche zurückkehrt, und verschwand durch einen Riß im silbernen Himmel.

Durch eine gewaltige Konvulsion von Licht, die ihn ganz schwindelig werden ließ, brachen Rhodry und der Drache wieder in die Sonne hinaus, in gesegnet normales Sonnenlicht und saubere Luft. Unter ihnen lagen die Felder direkt südlich von Cengarn grün und schweigend im goldenen Licht eines Spätnachmittags. Rhodry brach in Tränen aus, hörte aber rasch wieder auf zu weinen.

»Wende!« rief er. »Du kannst hinter dem Schlachtfeld landen und dich ausruhen, und ich werde ein Pferd finden und in den Kampf reiten.«

Aber als sie zurückkehrten, war der Kampf bereits vorbei. Das Pferdevolk hatte sich in sein geschütztes Lager zurückgezogen, aber nun waren sie nicht mehr wie zuvor in der Überzahl.

Als er Rhodrys Ruf gehört hatte, eine Welle von Gedanken, die über die ätherische Ebene drang, war Evandar bereits nah an Cengarn gewesen. In einer Flut von Bildern schoß er vorwärts, folgte dem Drängen in den Rufen, bis er die Stadt sah, die sich schwarz vor den lebendigen Auren von Menschen und Pferden abhob, jenen bunten Lichtern, die Rhodry zuvor so verwirrt hatten. Er sah auch Alshandra, wie sie ihr Opfer einholte, als der erschöpfte Drache verzweifelt nach Süden flatterte. Lachend schoß Evandar abwärts, um sich zwischen sie und den Drachen zu werfen. Endlich, dachte er. Endlich habe ich sie!

Kreischend sprang Alshandra auf und floh durch das Abbild des Himmels, der die Grenze zwischen den Ebenen markierte. Einen Augenblick lang war Evandar verblüfft, das nutzlose Schwert hing ihm lose in der Hand. Dann ließ er die Waffe fallen und folgte ihr. Er brach durch das Silber und fand sich wieder in seinem eigenen Land, mitten in der Luft hängend. Langsam drehte er sich um und entdeckte endlich den winzigen Umriß des Falken, der auf den Horizont zuflog. Er begann sich zu verwandeln, dann zögerte er, immer noch in Elfengestalt. Er hatte angenommen, daß sie sich ihm stellen und kämpfen würde, nachdem er sie erst gefunden hatte. Offensichtlich hatte sie jedoch vor, weiterhin zu fliehen.

»So wirst du sie nie erwischen«, sagte er laut zu sich selbst. »Wenn du hinter ihr herfliegst, wird sie wieder ins blaue Licht flüchten. Und wenn du sie dort jagst, wird sie woanders auftauchen und überall Schaden anrichten, wohin sie geht. Das ist eine ziemlich unangenehme Situation.«

Evandar ließ sich auf der grünen Hügelkuppe nieder. Er mußte nachdenken und Pläne machen, aber er hatte nicht viel Zeit. Und diese knappe Zeit verging in der Welt der Menschen noch viel schneller. Dallandra hatte immer darüber gesprochen, immer über die Zeit, ganz gleich, ob sie langsam oder schnell floß, je nachdem, was sie im Augenblick tat. Er war nie ganz sicher gewesen, was sie damit meinte, aber er wußte, daß die Ereignisse dort in dieser Welt irgendwie weiterliefen und Situationen sich veränderten, ob man es wollte oder nicht. Er mußte sich beeilen. Der Gedanke an Dallandra beunruhigte ihn. Was hatte sie in dieser Schlacht getan? Er sollte wohl am besten zurückkehren und nachsehen.

Als Alshandras Dweomer Rhodry und Arzosah auf die ätherische Ebene gebracht hatte, hatte Dallandra zwar gesehen, wie es geschah, war aber nicht in der Lage gewesen, ihnen zu helfen. Zu Beginn des Kampfes war Jill in die Frauenhalle gestürzt, um Carra zu bewachen, und hatte es Dallandra überlassen, sich um die Stadt zu kümmern. Dallandra eilte aufs Dach des Hauptbroch, hielt Ausschau und überzeugte sich, daß das Pferdevolk nicht die Mauern angriff – niemand hatte ihr bis dahin in der ersten Verwirrung, nachdem die Hörner erklungen waren, genau sagen können, worum es in dieser Schlacht ging. Als sie sah, wie der Drache im Sturzflug niederschoß, und erkannte, daß die beiden Armeen kämpften, blieb sie lieber auf dem Dach, als zu den Toren zu rennen. Vorsichtshalber erneuerte sie die astralen Siegel über der Stadt.

Und tatsächlich, als der Kampf in vollem Gang war, erschien der Rabenmazrak und flog immer wieder um die Festung herum. Gelegentlich flog sie ziemlich niedrig direkt über Dallandra hinweg, als wolle sie sie herausfordern, ihr zu folgen. Dallandra blieb, wo sie war, und wartete. Sie hatte nicht vor, selbst Vogelgestalt anzunehmen, um sich weglokken und die Festung magischen Angriffen gegenüber ungeschützt zu lassen. Der Rabe stieß ein Krächzen aus, einen heiseren, verärgerten Schrei, dann flatterte er hoch auf und schoß davon.

»So leicht werden wir aber nicht davonkommen«, murmelte Dallandra leise.

Obwohl sie den Blick weiter auf die Schlacht richtete, die unter ihr tobte, lagen ihre wirklichen Pflichten am Himmel. Sie ging auf und ab und fragte sich, wie der Rabe angreifen würde. Da der Versuch, Dallandra körperlich wegzulocken, versagt hatte, war es wahrscheinlich, daß die feindliche Dweomermeisterin sich an einen sicheren Ort zurückziehen würde, wo sie sich in Trance versetzen und sich der Festung auf der ätherischen Ebene nähern könnte. Die Siegel würden sie natürlich abweisen – es sei denn, Alshandra erschien und wischte sie weg. Dallandra wußte genau, daß weder sie noch Jill die Macht hatten, ein Siegel zu setzen, das die Wächterin nicht zerstören konnte. Sie sah noch so lange dem Kampf zu, bis sie sicher war, daß das Pferdevolk zu sehr gefährdet war, um einen Versuch zu unternehmen, die Stadt zu stürmen, dann verließ sie das Dach und eilte zu ihrer Kammer.

Dallandra legte sich aufs Bett, verschränkte die Arme über der Brust und strengte sich an, gleichmäßig zu atmen. Sie schloß die Augen und begab sich dann auf die ätherische Ebene und in ihren Lichtkörper, den sie auf die elfische Art als hohe Silberflamme aufbaute, die rund um die Seele brannte, die aber immer noch durch eine Silberschnur mit ihrem physischen Körper verbunden war. In dieser Gestalt war sie zum Dach hinaufgetrieben und hatte festgestellt, daß die goldene Kuppel verschwunden war, die Siegel zerbrochen.

Auf einer Woge von Angst erhob sie sich höher über der Festung. Rings um sie her brannte der Kampf in Feuern aus roten Auren und den nebligen Wolken von Lebenskraft, die von vergossenem Blut ausgingen. Über sich konnte sie Alshandra als kleine Gestalt erkennen, direkt neben einem ganz gewöhnlich aussehenden Lichtkörper, einer stilisierten Menschenfrau aus blauem Licht. Gemeinsam kamen die beiden auf die Festung zu. Die Siegel neu zu setzen würde aufhalten. In Panik erhob sich Dallandra hoch über die Stadt. Sie hatte nie gelernt, auf der ätherischen Ebene zu kämpfen, konnte nicht mehr tun, als sich selbst vor Angriffen zu schützen, und sie bezweifelte, daß ihre Schilde gegen die Macht der Wächterin Bestand hätten. Das Wildvolk drängte sich in einem schimmernden Fluß kristalliner Gestalten um sie, schwirrte umher, und immer mehr erschienen, um sie zu beschützen.

In diesem Moment brachen Rhodry und der Drache zur ätherischen Ebene durch, umgeben von Alshandras Dweomernebel, der ihnen gestattete, körperlich darin zu weilen. Unter lautem Triumphgeheul schoß die Wächterin auf sie zu und wuchs riesenhaft an, als sie sich über der Festung niederließ. Gegen Alshandra war Dallandra machtlos, aber der menschliche Mazrak war etwas anderes. Sie war ganz in der Nähe, ihre Lichtkörperarme hoch über den Kopf erhoben, bereit, Macht aus der Astralebene herabzubeschwören und ihre angebliche Göttin damit zu nähren. Gefolgt vom Wildvolk raste Dallandra auf sie zu.

»Du da! Im Namen des Lichts, bleib stehen!«

Die Frau stieß einen Schrei aus und floh. Dallandra folgte und holte immer mehr auf, schickte das Wildvolk vor sich her, um sie zu verlangsamen. Das Wildvolk schwärmte um den Lichtkörper der Feindin wie Bienen um eine Blüte, sie schossen hierhin und dahin, blendeten sie, zwickten sie. Schimpfend und fluchend schlug die Frau mit ihren nichtkörperlichen Händen auf sie ein. Nicht ein einziges Mal zeichnete sie ein Siegel oder Pentagramm, nicht ein einziges Mal rezitierte sie einen Bannspruch. Dallandra nahm an, daß sie einfach die angemessenen Zeichen und die Überlieferung nicht kannte.

»Halt, im Namen des Lichts!«

Mit einem letzten Aufschrei wirbelte die Frau herum und schoß dann abwärts an der Silberschnur entlang, nahm sie in sich auf, während sie floh, bis sie plötzlich verschwunden war. Sie war zu ihrem Körper zurückgekehrt und entkommen.

Dallandra eilte sich, zur Festung zurückzukehren, aber als sie dort ankam, gab es keine Spur mehr von Rhodry, Alshandra oder dem Drachen. Einige Zeit noch verweilte sie auf der ätherischen Ebene, sah sich um und hielt Wache. Der Kampf war vor einiger Zeit zu Ende gegangen. Draußen auf der Schlachtebene zog Nebel in langen, in der ätherischen Sichtweise goldenen Schwaden dahin. Viele Männer waren gestorben oder lagen verwundet und blutend auf dem Feld. Darüber hinaus konnte sie zwei Linien silbrig blauen Nebels erkennen, die Wasserschleier, die über den Bächen nahe der Festung hingen. Auch sie waren Ausprägungen der Kraft, aber anders als die grausigen Nebel der Blutenergie, waren sie rein und natürlich, nichts weiter als das Wasserelement auf seiner eigenen Ebene. Nicht, daß die Wasserschleier für Dweomermeister ungefährlich gewesen wären – ihre rohe Kraft konnte einen Lichtkörper zerfetzen.

Dallandra warf einen Blick nach unten und bemerkte, daß Jill auf dem Dach stand und die Siegel erneuerte. Sie kehrte in ihren eigenen Körper zurück, immer an der Silberschnur entlang, bis sie in ihrer vertrauten Kammer über ihrem physischen Körper schwebte, der starr auf dem Bett lag. Sie glitt wieder hinein, hörte eine Art von Klicken und öffnete die Augen. Der Raum lag golden im Licht des Sonnenuntergangs. Dallandra seufzte, setzte sich erschöpft auf, und ihre Hände zitterten, als sie sich das Haar aus dem verschwitzten Gesicht strich.

Als sie versuchte aufzustehen, wäre sie beinahe hingefallen. Sie setzte sich auf die Bettkante und starrte in das Sonnenlicht, während sie versuchte, Kraft zu sammeln. Plötzlich wußte sie, schon durch die Berührung seines Geistes an ihrem, daß Evandar die Kammer betreten hatte. Sie kam auf die Beine, als er erschien.

»Dank sei allen Göttern!«

Dallandra rannte zu ihm und warf sich in seine Arme, während er lachte und ihr mit den Fingern durchs zerzauste Haar fuhr. Er fühlte sich zwar fest an, aber auch ungewöhnlich kühl und nicht ganz faßbar, wie immer in der materiellen Welt. Als er sie allerdings küßte, war sein Mund warm und wirklich.

»Du hast mir so schrecklich gefehlt«, stotterte sie. »So schrecklich.«

»Ich weiß, meine Liebste, ich weiß. Ich wäre eher gekommen, aber Ihr Götter, mit all diesem Eisen draußen vor den Mauern und dem hier drinnen kann ich es nicht lange ertragen.«

»Ah.« Fast hätte sie geweint. »Ich dachte schon, du hättest mich verlassen.«

»Niemals! Niemals, meine Liebste. Hast du das wirklich geglaubt?«

»Ich habe versucht, dich zu rufen, aber ich hatte nie das Gefühl, dich auch nur zu erreichen. An das Eisen habe ich überhaupt nicht mehr gedacht.«

»Ich kann nicht vergessen, wie weh es tut.«

»Wie kannst du dann überhaupt hierherkommen? Die Stadt und die Festung müssen geradezu nach dem Zeug stinken.«

»So ist es. Eine Weile kann ich den Schmerz ignorieren, aber es dauert nicht lange, bis es mich erschöpft.«

»Durch reine Willenskraft, meinst du? Nicht durch einen Dweomerbann?«

»Durch meinen Willen und meine Liebe zu dir.« Wieder küßte er sie. »Ich kann nicht lange bei dir bleiben, aber ich mußte sehen, wie es dir geht.«

»Nun, es geht keinem von uns sonderlich gut, um ehrlich zu sein.« Sie lächelte müde. »Aber nun, nachdem die Armee unserer Verbündeten eingetroffen ist, habe ich wieder Hoffnung.«

»Das solltest du auch. Wenn ich bleiben und mit ihnen kämpfen könnte, würde ich das tun, aber das geht nicht. Ich müßte meine ganze Willenskraft darauf verschwenden, gegen das Eisen anzukämpfen, und ich hätte nicht mehr Dweomer zur Verfügung als ein elender Diener. Das habe ich in Rinbaladelan gelernt. In der letzten Schlacht, mit all dem Eisen ringsumher, konnte ich nicht viel mehr tun, als den Bogen spannen wie ein ganz normaler Schütze.«

»Das verstehe ich, und ehrlich gesagt glaube ich nicht, daß ein weiterer Bogenschütze etwas ändern würde. Der eigentliche Kampf ist der gegen Alshandra. Sie ist der Schlüssel zu allem. Kannst du sie nicht dazu bringen, damit aufzuhören?« Dallandra hörte, wie ihre Stimme zitterte. »Kannst du sie nicht irgendwo gefangensetzen?«

»Das habe ich versucht, ich habe sie in meinem eigenen Land gejagt und gesucht, aber sie flieht vor mir. Und wenn ich sie nicht erwische, dann kann ich nichts gegen sie tun. Leider ist sie erheblich stärker, als ich dachte.«

Dallandra legte ihm die Hände auf die Wangen.

»Wirst du denn sicher sein? Ihr Götter, wenn ich dich verlieren sollte ...«

Evandar lächelte, umfaßte sanft ihre Handgelenke und küßte ihre Hände.

»Ich bin immer noch der Stärkere«, sagte er. »Deshalb will sie sich mir auch nicht stellen. Ach, Alshandra! Muß ich mich hilflos stellen, um dich zu fangen? Muß das sein? Ich denke schon. Mein Land ist ihr Land, meine Liebste, und wir regieren dort beide. Nicht nur ich, sondern wir beide.«

»Aber wenn du sie nicht aufhalten kannst, wer sonst?«

»Ja, wer? Mir gefällt dieses Gefühl nicht, das ich empfinde. Ich möchte sie aufhalten, aber ich kann nicht. Ist das Zorn? So etwas ist noch nie mit mir geschehen, Liebste. Es war nicht so, als Rinbaladelan fiel.« Er hielt inne und dachte nach. »Damals war ich überwältigt. Das hier ist, als sähe ich etwas, streckte die Hand danach aus und stellte fest, daß ich es nicht erreichen kann.«

»Es ist schwer zu ertragen.«

»Ich mag dieses Gefühl nicht – überhaupt nicht.«

Er küßte sie ein letztes Mal, dann trat er einen Schritt zurück und verschwand. Lange noch stand Dallandra mitten in ihrem Zimmer und sah nichts und hörte nichts außer dem Geräusch ihres eigenen wild schlagenden Herzens.

Nachdem sie die astrale Kuppel und die Siegel neu errichtet hatte, kehrte Jill in ihre Kammer zurück. Sicherlich würde der Gwerbret sie bald zu seinem Kriegsrat rufen. Sie überlegte, ob sie zuvor noch Zeit haben würde, um nach Dallandra zu suchen, als jemand die Tür öffnete und Dallandra hereinkam und stehenblieb, eine Hand an der offenen Tür, die andere am Türrahmen, als könnte sie ohne die Stütze nicht aufrecht stehen. Jills erster Gedanke war, daß ihre Freundin erkrankt war oder daß jemand sie verletzt hatte.

»Dalla!« Jill sprang auf und warf dabei beinahe den Stuhl um. »Was ist denn?«

»Schlechte Neuigkeiten, die schlechtesten der Welt. Evandar kann nichts gegen Alshandra tun. Er hat es versucht und versagt.«

Jill packte sie an einem Arm und führte sie in den Raum.

»Bei den Höllen, Dalla, setz dich! Du siehst aus, als würdest du gleich ohnmächtig.«

»Das mag sein. Verstehst du nicht, was das bedeutet? Sie ist schlau genug, sich von Evandar fernzuhalten, oben auf den inneren Ebenen, und daher können wir sie weder hier noch dort besiegen.«

Bleich und erschöpft ließ sich Dallandra auf den Stuhl sinken und starrte zu Boden, die Hände zwischen die Knie geklemmt.

»Dalla, Dalla – ich kenne mich mit Krieg aus, besser, als mir lieb ist. Hab keine solche Angst! Unsere Verbündeten werden morgen früh siegen, Alshandra oder nicht.«

»Das weiß ich. Aber der wirkliche Krieg wird noch nicht vorüber sein. Ich meine Alshandras Krieg. Sie wird nicht aufhören, Carra anzugreifen, nur weil ihre Armee verschwunden ist. Sie und dieser Mazrak werden uns folgen. Es wird gleich sein, wohin wir gehen, sie werden uns folgen. Und sie wird weitere Armeen aufstellen, wenn sie kann, und mehr und mehr werden sterben. Ich kann es nicht ertragen. Ihr Götter, was habe ich getan? Niemals hätte ich mich in die Angelegenheiten von Evandars Volk einmischen dürfen, niemals!«

»Still!« Jill stand auf und legte ihr eine Hand auf die Schulter. »Es ist nicht deine Schuld, sondern ihre. Was hättest du tun sollen? Ein ganzes Volk sterben lassen? Hätte Alshandra nicht den Verstand verloren, wäre alles zum Besten gewesen. Du hast nichts anderes getan als das, was ehrenvoll und richtig ist, so gut du konntest.«

Dallandra sagte lange nichts, dann blickte sie endlich auf.

»Ich danke dir, und um ehrlich zu sein, weiß ich auch, daß ich es tun mußte. Aber dennoch, mein Krieg wird morgen früh nicht vorbei sein. Sie wird uns weiter verfolgen, für immer, wenn es sein muß. Und sie wird auch weitere Armeen aufstellen und weiterhin das Land verwüsten.«

Jill setzte zu einer tröstlichen Lüge an, dann hielt sie inne. Ganz plötzlich kamen in ihrem Geist die Vorzeichen zusammen und verwoben sich zu einem vollendeten Knoten. In diesem Augenblick wußte sie, was geschehen mußte, und sie wußte, daß sie das einzige Wesen in Deverry war, das es vollbringen konnte.

»Jill!« sagte Dallandra erschrocken. »Was ist denn? Du bist totenbleich.«

»Ist das so? Mir ist nur klargeworden, daß du recht hast. Sie wird nicht aufgeben. Solange sie stark genug ist, um weiterzukämpfen, wird sie endlosen Schaden anrichten.«

»Ja. Und ich weiß nicht, was ich tun soll, um sie aufzuhalten.«

»Aber ich. Wir müssen nur einen Plan schmieden.«

Da Labanna darauf bestand, daß die Prinzessin in der Frauenhalle und nicht in ihrer eigenen Kammer übernachtete, war der einzige Ort, an dem Carra nachts allein sein konnte, ihr Bett. Wenn sie die Vorhänge zuzog und so tat, als schliefe sie, konnte sie sich im Schneidersitz hinsetzen und mit dem Rükken gegen das Betthaupt gelehnt in der stickigen Dunkelheit nachdenken. An diesem Abend, erschöpft vom Beobachten des Kampfes, zog sie sich besonders früh zurück und schloß sich ein.

Aber der Kampf folgte ihr. Sie hörte draußen in den Schlafquartieren Stimmen und sah durch die Lücken in den Vorhängen Licht, und plötzlich zog jemand die Vorhänge zurück. Dallandra erschien, eine verbeulte Blechlaterne in der Hand. Selbst in dem schlechten Licht konnte Carra erkennen, wie grimmig der Blick der Dweomermeisterin war, wie fest sie ihre Lippen zusammengekniffen hatte.

»Euer Hoheit, ich muß Euch um etwas sehr Wichtiges bitten. Wenn Ihr es nicht tun wollt, dann liegt keine Schande darin, denn es ist sehr gefährlich. Versteht Ihr mich?«

»Ja.« Carra spürte, wie ihr Herz schneller zu schlagen begann. »Aber was ...«

»Jill hat einen Plan gefaßt, um Alshandra in die Falle zu locken und ihren Intrigen ein Ende zu machen. Aber wir brauchen einen Köder. Wenn Ihr bereit seid, als Köder zu dienen, können wir sie vielleicht hierher locken, wo sich Jill um sie kümmern kann. Ich möchte, daß Ihr mit mir aufs Dach kommt und Euch dort hinstellt, wo Alshandra Euch sehen kann. Ich werde direkt bei Euch sein, denn Alshandra haßt mich ebenso wie Jill – nun, und Jill wird ganz in der Nähe warten, obwohl Ihr sie nicht sehen werdet.«

Carras Mund schien sich in Holz verwandelt zu haben, ganz trocken und starr. Endlich zwang sie Zunge und Lippen dazu, Worte zu bilden.

»Also gut. Ich hole nur meinen Schal und meine Schuhe.«

»Wunderbar! Und bringt auch diese Eisenstücke mit, die Jill Euch gegeben hat.«

Sie eilten die Treppe hinauf zum letzten Stockwerk. Zwischen den Säcken mit Steinen und Pfeilen lag Jill auf dem Rücken, die Arme über der Brust verschränkt, so reglos, so bleich, daß Carra sie zunächst für tot hielt. Neben ihrem Kopf kniete Jahdo und sah sie erschrocken an.

»Sie ist nur in Trance«, flüsterte Dallandra. »Macht Euch keine Sorgen.«

Die Leiter aufs Dach hochzuklettern war schwierig, aber Dallandra kletterte vor Carra hoch und half ihr. Einen Augenblick stand sie dann in der kalten Nachtluft und blickte zu den Sternen auf, die ganz dicht über Stadt und Festung zu hängen schienen. Sie war so lange hier beinahe wie gefangen gewesen, daß ihre Angst dem Entzücken über diesen Ausblick wich. Dallandra holte einen Holzhocker herbei und bat Carra sich hinzusetzen.

»Den hat Jahdo für Euch hier heraufgebracht.« Die Dweomermeisterin stellte die Laterne auf dem Boden ab. »Und jetzt setzt Euch hierher ins Licht, und wir werden sehen, was geschieht.«

Wie ein Schlag ins Gesicht kehrte die Angst zurück. Carra nickte und schlang die Arme um den Bauch, als ob ihr nur zu menschliches Fleisch das ungeborene Kind darin beschützen könnte.

Oben auf der ätherischen Ebene schwebte Jill über der Festung und ließ sich auf den Schwaden blauen Lichts treiben, während sie zu Carra und Dalla hinunterschaute. Die Aura der einen war ein verängstigtes, bleiches, eiförmiges Ding, die der anderen eine goldene Flamme, und beide leuchteten wie Edelsteine in dem Licht, das die Kerzenflamme warf. Wildvolk schwärmte um sie herum, hier, in ihrer eigentlichen Heimat, schimmernde Gestalten. An diesem Abend erschienen sie erheblich größer als normal, alle aufgebläht vor Zorn, daß jemand versuchen konnte, ihrer Dallandra und der jungen Carra etwas anzutun.

Um Carras Hals war deutlich eine Linie purpurfarbenen Lichts zu sehen, das von dem Gel-da'Thae-Talisman ausging, den Jahdo ihr gegeben hatte – ein weiterer Schutz, ebenso wie die Eisenbrocken unter ihrem Hocker und in ihrer Schärpe. Wenn alles gutging, würde das genügen. Und wenn Jill versagte, würde ohnehin nichts auf der Welt die Prinzessin schützen können.

Jill erweiterte ihr Blickfeld und sah hinaus über das Lager des Pferdevolkes, eine wirbelnde Masse blutroter Auren, hier und da mit Schwarz gemasert, das für die sinkende Lebenskraft eines Sterbenden stand. Die Armee der Verbündeten sah recht ähnlich aus, ein äußerer Ring von kochendem Rot, um ihren Zorn und ihre Kampfeslust zu verdeutlichen. Irgendwo da draußen war Rhodry, und sie verspürte ehrliches Bedauern, daß sie ihn nie wiedersehen würde, selbst wenn er diesen Kampf überstehen sollte. Sie bedauerte auch, Dallandra angelogen zu haben, aber sie hatte einfach keine Zeit für Auseinandersetzungen gehabt. Nun schob sie all diese sentimentalen Gedanken beiseite und begann aufzusteigen, kreisend wie der Falke, obwohl sie sich in ihrem einfachen Lichtkörper befand. Sie glitt durch die goldene Kuppel ihrer Siegel, erhob sich noch höher, bis sie so weit von der Kuppel entfernt war, daß diese so klein wie eine Münze wirkte.

In dieser Höhe war die Energie des Sternenhimmels wie ein silbriges Lichtnetz. Jill hoffte, daß ihre winzige Gestalt vor diesem Hintergrund nicht wahrzunehmen war. Einige Zeit wartete sie und wandte sich an das Licht, das hinter all den Göttern leuchtet, das Licht, dem sie ihr Leben lang gedient hatte. Und lautlos gab das Licht ihr die Antwort, daß sie nicht allein war, auch wenn ihre Gefährten jetzt nicht bei ihr waren. Es genügte. Sie zog Kraft aus dem Licht und stellte sich drei Speere von silbrigem Blau vor, die sie nach und nach aus der ätherischen Substanz formte.

Tief unter ihr stieg Nebel auf. Zunächst nur ein kleiner weißer Strudel, nahm er bald die Gestalt einer Frau an, die riesenhaft seitlich eines der Festungstürme schwebte und dann plötzlich fest wurde – so dicht und detailliert, daß Jill wußte, daß Alshandra auch auf der physischen Ebene sichtbar sein mußte. Aus weiter Ferne hörte sie ein Geräusch wie Wind in den Bäumen und nahm an, daß es von den Armeen kam, von denen eine jubelte, die andere trotzig zurückschrie. Langsam ließ sich die Wächterin in einer engen Spirale, in deren Zentrum Carra stand, zur Erde niedersinken.

Jill blieb, wo sie war, bis Alshandra angriff und sich direkt auf die winzige Kuppel unter ihr stürzte. Jill folgte ihr, hielt aber Abstand. Der gequälte Geist unter ihr jedoch blickte niemals auf. Wie ein Stein fiel sie und schlug mit der Faust auf das Siegel ein im Zenit. Die Kuppel bebte einmal, dann verschwand sie in Funken goldenen Lichtes.

Wie ein Falke im Sturzflug folgte ihr Jill. Sie konnte Dallandra sehen, die aufrecht stand und mit beiden Armen

Schutzzauber wirkte, die Alshandra so schnell wegschnippte, wie die Dweomermeisterin sie herstellte.

»Alshandra!« Jill sandte eine Gedankenwelle zu der Wächterin aus. »Du Närrin! Jetzt bist du uns in die Falle gegangen.«

Sie warf den ersten Speer nach ihrer Gegnerin. Alshandra stieß einen lauten Schrei aus und warf sich nach oben, als der Schaft durch ihren Astralkörper drang. Aber noch während der Speer sich auflöste und verschwand, heilte die Wunde wieder. Hier auf der ätherischen Ebene würde Alshandras Dweomer immer stärker sein. Jill wich aus, floh nach Osten und weg von der Festung. Das Pferdevolk mußte seine Göttin sehen, mußte sehen, was geschah.

»Folge mir, wenn du es wagst!«

Sie warf den zweiten Speer, der sich in die Beine der Wächterin bohrte. Schreiend vor Wut folgte Alshandra. Jill führte sie in einem tiefen Gleitflug über das Lager des Pferdevolkes, drohte ihr mit dem Speer und, was das Schlimmste von allem war, verspottete sie. Alshandra folgte ihr und jagte sie nach Süden.

»Du hast keine Seele, du ungeschickter Geist! Mich kannst du nicht fangen. Du ahnst nicht einmal, was ich vorhabe. Du kannst doch nur toben und spucken!«

Fauchend warf Alshandra sich vor, griff mit riesigen Händen nach dem Speer. Jill wich nach oben aus und wagte dann, sich rasch umzusehen. Nicht weit hinter ihr erhob sich der silbrige Wasserschleier, ein Nebel elementarer Kraft, über dem Bach, der durch das Fallgitter in der Mauer von Cengarn weiter nach Süden floß. Es war nur ein flaches Rinnsal, aber weiter im Süden verband er sich mit einem anderen Bach, der westlich von Cengarn verlief. Zusammen bildeten sie dann einen richtigen Fluß.

Als Jill mit dem Speer täuschte, warf sich Alshandra auf

sie. Jill wich weiter nach oben und hinten aus, und immer noch folgte die Wächterin. Jill konnte ihr gerade noch entgehen und tänzelte wieder nach Südwesten. Unter ihr, im Lager des Pferdevolkes, schrien alle laut und jubelten ihrer Göttin zu. Einige waren auf die Erdwälle hinausgerannt, um besser sehen zu können, andere eilten den Hügel hinauf. Hervorragend, dachte Jill. Heute abend werdet ihr etwas sehen, was ihr nie mehr vergessen werdet. Als sie weiter nach Süden auswich, in Richtung des Zusammenflusses der beiden Bäche, griff Alshandra abermals an und traf Jill fest mit ihren ausgestreckten Fingern, die eine machtvolle Waffe aus ätherischer Kraft waren.

Jill wurde hoch in die Luft geschleudert und taumelte. Doch sie gewann schließlich oberhalb der deverrianischen Armee ihr Gleichgewicht wieder. Als sie nach unten blickte, konnte sie sehen, wie die Silberschnur, die sie an ihren Körper band, dünn und hell wurde. Alshandra griff von der Seite an. Jill ließ sich nach unten sacken und warf sich dann nach hinten, weiter nach Südwesten. Jetzt konnte sie den Wasserschleier der beiden Bäche sehen, eine hohe Mauer kochender Energie, die hoch über dem Fluß hing. Sie flog ein Stück weiter auf, zwang Alshandra, ihr zu folgen, und wagte dann einen Blick zurück. Sie hatten sich vom Lager des Pferdevolkes entfernt, aber zumindest die Männer auf den Erdwällen und auf dem Hügelkamm würden das Ende dieses Kampfes sehen können.

Aus nur ein paar Schritten Entfernung warf Jill den letzten Speer direkt ins Gesicht ihrer Gegnerin. Aufheulend und mit beiden Händen daran reißend, verharrte Alshandra einen Augenblick und riß den sich auflösenden Schaft aus ihrer ätherischen Substanz, dann warf sie sich vorwärts, und zwar so schnell, daß Jill nicht mehr ausweichen konnte – genau, wie sie es immer gewußt hatte. In einem Echo von Schmerz spürte sie, wie sich riesige Hände um ihren Beinahe-Hals schlossen.

»Du jämmerliches kleines Miststück!« Die Gedanken der Wächterin zischten wie Wasser auf heißem Eisen. »Wer hat jetzt gewonnen?«

Jill packte Alshandras Handgelenke, drehte und wand sich und sammelte einen letzten Rest von Kraft.

»Ja, wer?«

Sie riß sie beide in den Schleier von Wasserkraft. Kreischend ließ Alshandra sie los und versuchte zu fliehen, aber es war zu spät. Die Elementarkraft zerrte an ihrer Gestalt, riß Büschel von Haar von ihrem Kopf, schälte die ätherische Substanz von ihr ab. Alshandra warf sich kreischend hin und her, wurde erst fleckig, dann verschwommen, und immer noch brach der gnadenlose ätherische Strom über sie herein, ertränkte sie, ließ sie zu dem wild um sich schlagenden Abbild eines kleinen Kindes, kaum ausgeformt und menschlich, schrumpfen. Ein letzter gewaltiger Schrei erklang in zwei Welten. Dann trug der Fluß sie davon.

Sie würde zweifellos wiedergeboren werden, aber nicht mehr als Alshandra die Wächterin.

Plötzlich spürte Jill, wie sie selbst zum Himmel hinaufschwebte, während große Stücke ihrer Lichtgestalt abrissen und von ihr abfielen. Sie schaute nach unten und sah die Silberschnur zerrissen baumelnd.

»Es ist vorüber«, rief sie. »Es ist zu Ende.«

Mit dem letzten Rest von Bewußtsein konnte sie drei Donnerschläge hören, die zur Antwort über den Himmel grollten. Inmitten des silbernen Nebels begann ein goldenes Licht zu scheinen, ein Licht, das gleichzeitig Klang war und sie für den Donner und das Brausen des Flusses und den Jubel und das Aufheulen tief unter ihr im Land der Lebenden taub machte. Das Licht floß über sie hinweg wie Wasser und hob sie hoch aus dem Nebelschleier heraus. Rings um sie her wurde es so fest wie Edelstein, bis es ihr so vorkam, als stünde sie in einer

Halle aus Licht. Als sie an sich heruntersah, stellte sie fest, daß sie immer noch über die Erinnerung eines Körpers verfügte. Es war ein flackerndes, bleiches Ding, aber diesen kurzen Moment war sie wieder jung. Darüber hinaus schien sie durch Augen und Ohren wahrzunehmen wie eine lebendige Frau.

Vor ihr, die Hände zum Gruß ausgestreckt, stand Nevyn. Er sah ebenfalls jung aus, mit dichtem, wirrem, dunklem Haar und freudestrahlenden blauen Augen.

»Du hast gewartet?« flüsterte Jill. »Du hast all diese Jahre auf mich gewartet?«

»Was sonst?« Er lächelte. »Hast du wirklich gedacht, ich würde es nicht tun?«

Er ergriff ihre Hände. Als er sie an sich zog, stieg das Licht auf und umschlang sie.

Carra hatte gesehen, wie Alshandra erschien und aus der Nacht herabstieß wie ein Falke auf seine Beute. Zu erschrokken, um zu schreien, war sie erstarrt wie das Kaninchen, auf das es der Falke abgesehen hatte. Rings um Festung und Stadt erscholl das *hai! hai! hai!* des Pferdevolkes, dann folgten die Flüche der verbündeten Armeen. Dallandra trat mit einer raschen Bewegung zwischen Carra und die zustoßende Wächterin, begann auf elfisch zu rezitieren und bewegte die Hände in seltsamen Gebärden. Alshandra schwebte dicht über dem Dach, und ihre Füße hätten beinahe die Ziegel berührt. Das Gebrüll dröhnte wie ein Meer und wusch Dallandras Rezitationen weg.

Dann schrie Alshandra auf und warf gequält den Kopf zurück. Sie warf sich wieder in die Luft und schlug mit riesigen Händen nach etwas, das Carra nicht sehen konnte. Sie schoß nach Südosten davon, flog durch die Luft, stieg auf und stürzte wieder nieder, als versuchte sie, ein unsichtbares Insekt zu erwischen. Carra sprang auf und sah ihr nach.

»Bleib hier«, Dallandra packte sie am Arm.

»Selbstverständlich. Aber was ...«

»Das ist Jill.«

Carra nickte und stand wie in Trance da. Sie beobachtete jede Bewegung des Kampfes der Wächterin mit ihrer unsichtbaren Gegnerin. Weiter und weiter entfernten sie sich – nun waren sie schon weit hinter den Stadtmauern, schwebten hierhin und dahin, sausten über das Lager des Pferdevolkes, und die Armee dort jubelte ihrer falschen Göttin zu. Die Gestalt der Wächterin wurde kleiner, aber Carra konnte ihrem Weg dank des magischen Glühens, das Alshandra umgab, folgen. Plötzlich keuchte Dallandra entsetzt.

»Der Fluß! Bei den Göttern! Jill!«

»Was ist? Dallandra ...«

Dallandra packte sie wieder am Arm und riß sie auf die Falltür im Boden zu. »Geh hinein. Beeil dich! Geh nach drinnen und nimm Jahdo mit. Geht hinunter zur großen Halle, weg von dem Dach.«

»Aber Jill ...«

»Wir können ihr nicht mehr helfen.« Dalla begann zu weinen. »Ich hätte es wissen sollen! Ihr Götter! Ich hätte es wissen sollen.« Mühsam verbiß sie sich die Tränen. »Carra, geht nach unten!«

Verwirrt stieg Carra die Leiter hinunter zum dunklen Treppenabsatz. Den Griff der Laterne zwischen den Zähnen, folgte ihr Dallandra, dann reichte sie Carra das Licht, als diese sicher auf dem Boden stand.

»Herrin!« jammerte Jahdo. »Irgend etwas stimmt nicht! Seht Euch Jill an!«

Jill lag verkrümmt am Boden, ihr Gesicht blutleer, ihr Mund schlaff und offen.

»Sie ist tot.« Dallandras Versuch, sanft zu sein, scheiterte.

»Verschwindet hier! Jahdo, nimm die Laterne. Bring die Prinzessin runter in die große Halle, und zwar sofort!«

Jahdo packte die Laterne mit einer Hand und Carras Handgelenk mit der anderen. Als er sie auf die Treppe zog, sah sich Carra noch einmal um und bemerkte, daß Dallandra sich die Kleider vom Leib riß, als hätte sie den Verstand verloren. Plötzlich war ihr alles zuviel. Laut schluchzend ließ sich Carra von dem Jungen die lange Wendeltreppe hinab in die Sicherheit der großen Halle führen.

An diesem Abend hielt sich Rhodry südlich der Stadt auf, zusammen mit Lord Erddyrs Männern, die versuchten, die Stellung auf der anderen Seite des Baches zu verstärken. Als das Schreien im Lager des Pferdevolkes begann, sprang er sofort auf, zog sein Schwert und rannte zum Rand des Lagers. Ringsumher griffen die Männer des Kriegshaufens fluchend nach ihren Waffen. Plötzlich schrie jemand: »Dort oben! Seht nur, dort oben!« Rhodry blickte auf und entdeckte Alshandra, die über dem höchsten Turm der Festung von Cengarn schwebte – aus dieser Entfernung nur eine winzige Gestalt. Sie glühte silbern in ihrem magischen Licht, als wäre sie ein Stern, der zur Erde stürzte. In seltsam hektischen Bewegungen schoß sie nun nach Südwesten direkt auf den Fluß zu.

»Beim schwarzen, haarigen Arsch des Höllenfürsten!«

Die Rüstung anzulegen schien plötzlich das Sinnloseste der Welt. Rhodry stand da, die Beine leicht gespreizt, den Kopf zurückgelegt, und verfolgte Alshandras seltsamen Flug, als sie ihrerseits einer unsichtbaren Bedrohung hinterherjagte, immer weiter nach Südwesten, direkt über Rhodry und die anderen Männer hinweg. Rhodry drehte sich und sah, daß sie direkt auf den Fluß zueilte, der aus den beiden Bächen entstand. Näher und näher und scheinbar größer und größer werdend, flog sie, zögerte einmal und warf sich dann vorwärts – direkt über das Wasser.

Plötzlich schrie sie auf, ein gewaltiger Schmerzensschrei, den jeder auf der südlichen Seite Cengarns hören konnte. Die riesige Frauengestalt hing über dem Bach, dann begann sie zu zucken und zu wirbeln und zerfiel. Selbst mit seinen halbelfischen Augen konnte Rhodry nichts anderes sehen als Alshandra, die sich in einem unsichtbaren Netz wand und um sich schlug, aber er wußte, daß sie starb. Der Jubel des Pferdevolkes verklang und wich Tausenden verwirrter, verängstigter Schreie. Die Deverrianer brüllten triumphierend, als Alshandras zerfetzte Gestalt schrumpfte und sich schließlich ganz auflöste.

Drei gewaltige Donnerschläge erklangen in der Nacht. So etwas hatte Rhodry schon öfter gehört – das Zeichen der Großen, das anzeigte, daß ein Schicksal sich vollendet hatte. Er warf den Kopf zurück und stieß sein Berserkergelächter aus, als der letzte Rest von Alshandras Gestalt verschwand, wie eine Kerze verlöscht. Die Schreckensschreie, die aus dem Lager des Pferdevolkes erklangen, bildeten die dazugehörige Rauchfahne.

»Meister!« Arzosahs Stimme drang durch all den Lärm. »Meister! Der Rabe!«

Rhodry kam wieder zu sich und lief zu dem Drachen. Keine Zeit, das Zaumzeug anzulegen – er stellte den Fuß in ihren Nacken und ließ sich hochheben, dann klemmte er sich zwischen zwei Stacheln ihres Rückenkamms. Sie duckte sich und warf sich in die Luft wie ein geschleuderter Stein. Rhodry klammerte sich fest an ihren Kamm. Mit festen, stetigen Flügelschlägen erhob sie sich über Lager und Stadtmauern. Überall in den Lagern und in der Stadt gingen Lichter an, als die Leute dort Feuer entfachten oder Fackeln entzündeten und nach draußen rannten, um zum Himmel hinaufzustarren. Die

Straßen der Stadt füllten sich, als die Belagerten begannen, dem Drachen und seinem Reiter zuzujubeln.

Arzosah kreiste einmal, wie um diese Huldigung entgegenzunehmen, dann flog sie zur Festung. Rhodry konnte gegen den Hintergrund des Sternenhimmels die Umrisse zweier gewaltiger Vögel erkennen, den Raben und einen schlankeren, grauen Vogel, der flatternd auswich. Es bestand kein Zweifel darin, daß der Rabe dabei war, den Kampf zu gewinnen, als er sich nun höherschraubte und wieder niederschoß, um mit dem Schnabel auf den Gegner einzuhacken.

»Das wird Spaß machen«, rief Arzosah.

Der Drache ging in einen Gleitflug, hob den Kopf und raste brüllend auf den Raben zu. Krächzend und kreischend drehte sich der Vogel und flüchtete heftig flatternd. Arzosah schlug einmal mit den Flügeln, holte auf – dann war der Rabe plötzlich verschwunden, hatte sich in eine andere Welt zurückgezogen, wo er sicher war.

Rhodry fluchte leise vor sich hin, während Arzosah langsamer wurde und in einem Kreis zur Festung zurückkehrte. Unten stieß das Pferdevolk laute Klageschreie aus, als sie sahen, wie der Tod am Nachthimmel auf sie zuflog.

»Lager oder Festung?« rief Arzosah. »Nun, da Alshandra tot ist, gehört der Himmel uns.«

»Zur Festung!«

Arzosah umkreiste den Hauptbroch und landete anmutig auf dem Dach, wo sie Steine und Pfeile verstreute, bis sie sich mit den Vorderbeinen an der niedrigen Mauer fest- und aufrecht halten konnte. Rhodry baumelte an ihrem Hals und fiel ungelenk auf die Dachziegel.

Als er mühsam wieder auf die Beine kam, hörte er jemanden, der gleichzeitig weinte und lachte. Er sah sich um und entdeckte Dallandra, nur mit einem Hemd bekleidet, die auf der anderen Seite des Daches hockte. Als er auf sie zurannte, erhob sie sich und warf sich in seine Arme.

»Rhodry, bei der Göttin, Rhodry!«

»Still, still! Es ist vorbei, zumindest für heute nacht. Ganz ruhig.«

Er spürte etwas Feuchtes an seinem Arm. Ihre Schulter blutete durch das Hemd.

»Du bist verwundet!«

»Das ist nur ein Kratzer, ein Geschenk des Raben. Sie hat wirklich einen spitzen Schnabel.«

»Dann warst du es, die ich gesehen habe? Wo ist Jill?«

Sie erstarrte in seinen Armen, lehnte sich zurück, um zu ihm aufzublicken, das Gesicht streifig von Schmutz und Tränen. Rhodry spürte, wie er die Arme unwillkürlich fester um sie schlang.

»Dalla ...«

»Sie ist tot.« Ihre Stimme war nur ein Flüstern. »Sie hat Alshandra getötet, aber sie ist mit ihr gestorben. Sie hat sich selbst zum Köder gemacht, Rhodry. Sie wußte, daß sie sterben würde, und sie hat es mir nicht gesagt. Sie hat es einfach getan. Sie hat sich als Köder in die Falle gesetzt und uns alle gerettet.«

Stimmen kamen rasch näher, Stimmen und ein Trauerschrei drangen durch die Falltür zum Dach hinauf. Rhodry mußte plötzlich wieder an Arzosah denken, die von der Mauer herunterkam und sich neben ihm niederließ und dabei das halbe Dach einnahm. Rings um die Festung her konnte man das Klagen des Pferdevolkes vernehmen, das seine tote Göttin beweinte. Rhodry fragte sich, wieso er selber nicht klagte, öffnete den Mund, um etwas zu sagen, um zumindest Dallandra zu trösten. Aber er brachte kein Wort hervor. Dallandra selbst schien zu Stahl geworden zu sein.

»Mach die Falltür zu, Rhodry. Halte sie vom Dach fern! Ich

muß die Siegel der Kuppel erneuern. Wenn dieser Rabe zurückkehrt, ist die Stadt in Gefahr.«

»Aber deine Wunde ...«

»Diese Wunde soll verflucht sein! Du kannst mir helfen oder im Weg stehen, aber ich werde tun, was ich tun muß.«

Rhodry rannte zur Falltür, schrie denen darunter ein paar Worte zu, dann schloß er sie und kniete sich darauf, um sie geschlossen zu halten. Der Drache duckte sich und flatterte dann auf. Nach kurzem Flug ließ er sich auf einem der niedrigeren Brochs nieder, damit das Hauptdach für Dallandra frei blieb. Rhodry hockte dort und sah zu, wie Dallandra rings um das Dach ging und auf elfisch vor sich hin murmelte, aber im Grunde sah er überhaupt nichts. Er konnte nur an Jill denken, die ihn nun für immer verlassen hatte. Er schüttelte den Kopf und flüsterte wieder und wieder *nein,* bis Dallandra endlich mit dem letzten Siegel fertig war und er im selben Augenblick zu klagen begann. Von weiter unten hörte er den Drachen zur Antwort aufbrüllen.

»Rhodry, kehr ins Lager zurück.« Dallandra kniete sich neben ihn. »Hier kannst du nichts tun, und sie werden dich morgen dort brauchen.«

Er schwieg und setzte sich auf die Fersen zurück, um zu den kalten, gleichgültigen Sternen aufzublicken.

»Geh«, flüsterte sie. »Kehre zur Armee zurück. Räche sie morgen früh.«

Er nickte zustimmend und stand auf.

»Aber wir sehen uns nach dem Sieg«, sagte er. »Bis dahin lebe wohl.«

Befehle brüllend und eine lange Peitsche schwingend, ritt Rakzan Hir-li ohne Sattel durch das Lager des Pferdevolkes. Sein Pferd schnaubte und trat um sich, als es sich durch die unruhige Menge drängte. Fackeln flackerten auf, Lagerfeuer wurden neu entzündet, während die Soldaten jammernd und hektisch aufeinander einredeten und sich wie ein stetiger Wasserstrom durchs Lager bewegten. Tren, der den ungespannten Langbogen wie einen Stab in der Hand hielt, hatte gerade die Hügelkuppe erreicht und beobachtete lachend all das Chaos unter sich. Sie hatte sie also verraten, ebenso wie sie ihn zuvor verraten hatte. Einen Mann mit einem Langbogen vom Drachenrücken schießen! Das könnte ein Sprichwort sein, dachte er, ein schönes Bardenbild für Vergeblichkeit. Er sah den Bogen in seinen Händen an, dann zog er mit einem zornigen Schnauben das Knie hoch und brach das Holz darüber. Mit einem Wutschrei warf er die nutzlosen Stücke so weit er konnte und sah, wie sie unbemerkt auf die Menge unter ihm fielen. Abermals lachte er, ein langgezogenes, halb erstricktes Geräusch.

Plötzlich erinnerte er sich an die Hohe Priesterin. Vielleicht konnte er sich an ihr ein wenig dafür rächen, wie man ihn betrogen hatte. Er zog sein Schwert, um sich gegen das allgemeine Durcheinander zu schützen, und stürzte sich wieder in die Menge. Mit der flachen Seite der Klinge schlug er sich den Weg frei, schob Diener und Krieger beiseite, schrie jedem, der vielleicht zuhörte, Befehle zu, bis er endlich ihr Zelt erreichte. Auch hier drängten sich Menschen und Pferdevolk. Er drängte ein paar von der Zeltseite weg, schlitzte dann die Plane mit dem Schwert auf und zwängte sich hinein. In der Mitte des Zelts kauerten schluchzend die Dienerinnen, aber Raena war verschwunden. Tren ging wieder hinaus.

»Sie ist weg«, rief er. »Sucht Rakzan Hir-li! Sagt es ihm!«

Die wenigen Krieger, die Deverrianisch verstanden, eilten davon. Tren erzwang sich den Weg vom Lager der Hauptleute nach unten. Hier und da entdeckte er ein paar Hüter der Disziplin, die versuchten, Ruhe und Ordnung wiederherzustellen.

Das Geschrei wurde leiser, obwohl die meisten Pferdevolksoldaten immer noch weinten. Narren! dachte er.

Auf der Ebene herrschte immer noch Chaos. Gerade als er das Lager seines Kriegshaufens erreichte, gingen in einiger Entfernung Zelte in Flammen auf. Schreie und Rauch stiegen zum Himmel auf. Ddary kam angerannt und packte ihn am Arm. Andere Männer umdrängten sie.

»Herr, was ist los?«

»Angst und Schrecken, Hauptmann, Angst und Schrecken. Ich denke nicht, daß das Lager auf der Nordseite noch bewacht wird. Ein vorsichtiger Mann könnte dort entkommen, wenn er will.«

»Und würdet Ihr das als Schande betrachten?«

»Niemals. Aber beeilt euch. Bald schon werden die Hüter die Männer wieder unter Kontrolle haben.«

Seine Männer suchten ihre Waffen zusammen, eine Decke hier, einen Sack Lebensmittel dort, und stahlen sich davon, einige in diese, die anderen in jene Richtung. Am Südrand des Lagers breitete sich das Feuer von Zelt zu Zelt aus. Soldaten schrien und fluchten, rannten umher, ein paar mit Eimern, ein paar mit Decken, um die Flammen auszuschlagen, aber die meisten rannten einfach nur und schrien. Tren sah zu, wie die Flammen in den Himmel loderten, und lachte abermals.

»Herr!« Ddary packte ihn am Arm. »Kommt mit uns.«

»Nein, nein. Mein Platz ist hier. Wenn ich in der Gunst der Götter stehe, will ich eine letzte Gelegenheit haben, diesen verfluchten Silberdolch zu töten, bevor ich sterbe. Dafür habe ich meine Ehre verschenkt, und vielleicht kann ich ihn immer noch umbringen.«

»Bitte, Herr!«

»Geh, Ddary, ich befehle es dir bei dem Eid, den du mir geschworen hast! Verschwinde, und zwar sofort!«

Ddary wischte sich die feuchten Augen, dann drehte er sich um und rannte in die Nacht hinaus. Tren blieb stehen und beobachtete noch einen Augenblick das Feuer, dann eilte er zurück zum Hügelkamm, bevor irgend jemand ihn suchen und feststellen konnte, daß auch seine Männer verschwunden waren. Aber diese Gefahr bestand kaum – wieder breitete sich die Panik im Lager aus, und das schneller als die Flammen. Er konnte Pferde erschrocken wiehern hören, dann erklangen Hufgeräusche. Zumindest einige der Tiere hatten sich losgerissen und flohen. Die roten Mäntel rauch- und blutbefleckt, rannten die Hüter der Disziplin durchs Lager, schwangen die Peitschen und brüllten. Tren blickte auf und sah, wie sich der Rauch am Himmel mit den Wolken mischte. Wolken? Als sie gesehen hatten, wie ihre Göttin kämpfte und starb, waren keine Wolken am Himmel gewesen.

Plötzlich grollte der Donner, und Blitze zuckten auf. Das Geschrei im Lager wurde zu schrillen Gebeten, als der Regen kam, in kalten, grauen Strömen niederstürzte und die Flammen an den Zelten mit einem gewaltigen Zischen löschte. Irgendwo wirkte die Hohe Priesterin ihren Dweomer. Menschen und Pferdevolk schrien triumphierend und tanzten wie Verrückte im Regen herum. Tren war überrascht, als er bemerkte, wie enttäuscht er war. Mit einem Achselzucken machte er sich wieder auf den Weg zum Hügelkamm und kletterte den schlammigen Abhang so vorsichtig hinauf, wie es im Dunkeln möglich war.

Er erreichte den Kamm gerade, als der Regen in ein Nieseln überging. Auch im Lager der Hauptleute herrschte Unruhe, aber nun war es zielgerichtete Unruhe: Männer rissen Dinge aus dem Schlamm, suchten ihre Kameraden, und ihre Stimmen klangen beinahe wieder normal. In Hir-lis Zelt schimmerten Laternen, und von außen konnte man Schatten sehen, die sich hin und her bewegten. Als Tren näher kam, vernahm er zornige Stimmen. Er duckte sich unter der Zeltklappe durch und ging hinein.

Den Säbel in der Hand, stand Hir-li am anderen Ende des Zeltes, während vor ihm Rakzanir aufgeregt aufeinander einredeten. Die Hohe Priesterin war nicht anwesend. Einen Augenblick lang stand Tren unbemerkt im Schatten und versuchte zu verstehen, was gesprochen wurde. Endlich entdeckte Hir-li ihn und befahl etwas. Die Hauptleute schwiegen so lange, wie Tren brauchte, an die Seite des Kriegshauptmanns zu gelangen; dann begannen sie, sich wieder zu streiten.

»Was haltet Ihr von dieser Vision, Lord Tren?« Hir-li bückte sich und brüllte seine Frage über den Lärm hinweg. »Einige sagen, es sei nichts als eine Illusion, erzeugt von den Feinden unserer Göttin. Wenn unsere Priesterin diesen Regen entstehen ließ, sagen sie, besteht Alshandras Macht immer noch.«

»Und was sagt der Kriegshauptmann selbst?«

»Daß Dweomermeister ihren Zauber aus eigener Kraft wirken und nicht wegen der Götter.« Hir-lis Reißzähne blitzten in etwas auf, das ein Lächeln sein konnte. »Und was meint Ihr?«

Tren dachte nach, denn er hatte nicht vor, sich auf dem Säbel des Kriegshauptmanns aufgespießt wiederzufinden, weil er auf der falschen Seite eines theologischen Streits stand.

»Ich werde mir nicht anmaßen, diese Vision deuten zu können«, sagte Tren schließlich. »Das steht allein der Hohen Priesterin zu.«

Als Hir-li einen Fluch ausstieß und auf den Teppich spuckte, wich Tren zurück und machte sich bereit, einem Schlag auszuweichen. Der Kriegshauptmann grinste, entblößte jetzt die Reißzähne vollständig und packte ihn am Arm.

»Kommt nach hinten, wo es ruhiger ist.«

Tren hatte keine andere Wahl, als ihm zu folgen. Aber er war froh, wieder aus dem Zelt zu kommen. Der Regen hatte aufgehört, und die Luft war frisch und sauber. Licht fiel durch die Zeltplane und schimmerte auf den Talismanen, die in die Mähne des Kriegshauptmanns geflochten waren.

»Wo ist die Hohe Priesterin, Herr?« fragte Tren.

»Das weiß niemand. Ihre Dienerinnen sagten mir, daß einiges aus ihrem Zelt fehlt. Sie hatte einen Sack, in dem sie ihre Ritualgegenstände mit sich nahm, wenn sie zum Heiligen Raben wurde. Dieser Sack ist verschwunden.«

»Und die Ritualgegenstände ebenfalls?«

»Nein.« Hir-li ließ Trens Arm los. »Nur ein paar Kleidungsstücke. Dieser dumme Silberdolch. Ein paar Schmuckstücke. Das ist alles, was fehlt. Ich würde sagen, sie hat uns verlassen, aber ...« Er zeigte zum Himmel. »Sie hat uns den Regen geschickt.«

»Eine letzte Gunst?«

»Glaubt Ihr?«

Tren rieb seinen Arm, der noch vom Griff des Kriegshauptmanns schmerzte, dachte daran, taktvoll zu sein, und dann verfluchte er das zusammen mit der falschen Göttin und ihrer Priesterin.

»Ich denke, Rakzan Hir-li, daß uns, ganz gleich, ob die Priesterin zurückkommen wird oder nicht, nichts weiter bleibt als der Tod im Kampf.«

Hir-li nickte, und die Amulette klirrten und klimperten.

»Ich denke dasselbe, Lord Tren, aber es gibt keinen Grund, das den anderen Offizieren zu sagen. Statt dessen werde ich ihnen mitteilen, daß die Priesterin Euch gesagt hat, sie werde im Morgengrauen zurückkehren.«

»Gut. Aber wieso lügen?«

»Weil ich nicht allein in den Tod gehen möchte.«

Die deverrianische Armee stand bereit und sah zu, wie das Lager des Pferdevolkes brannte, bis der unnatürliche Regen niederging. Klatschnaß und den Dweomer verfluchend, kehrten Adlige und Reiter ins Lager zurück. Als der Regen aufhörte, gelang es jemandem, genügend Feuer in Gang zu bringen, um ein paar Fackeln zu entzünden, die in einem Zelt gelegen hatten und deshalb noch trocken waren. In ihrem flakkernden Licht stieg Drwmyc auf einen Wagen und sprach zu seinen Männern, oder zumindest zu jenen, die ihn hören konnten.

»Männer, auch wir haben Dweomer auf unserer Seite. Ihr habt gesehen, wie er über euch hinwegflog, oder? Keiner von uns hätte geglaubt, daß es Drachen gibt, und erst recht keinen, der sprechen kann, aber hier ist sie, auf unserer Seite, und kämpft für Deverry und den Hochkönig. Was, im Namen alles Heiligen, ist damit verglichen schon ein Gewitter?«

Die Männer, die ganz in der Nähe standen, jubelten, diejenigen in der Mitte wiederholten seine Worte gegenüber denen, die hinter ihnen warteten, die dann ihrerseits jubelten. Mit doppelten Wachen rund ums Lager ließ sich die Armee für die Nacht nieder, um sich vor dem Kampf am nächsten Morgen so gut wie möglich auszuruhen.

Rhodry fand Arzosah vor dem Zelt, das man ihm zugeteilt hatte. Er hätte dieses Zelt eigentlich mit Yraen teilen sollen. Sie hätten hier zusammen stehen und sich fragen sollen, was Jill am Morgen nach ihrem Sieg wohl sagen würde.

»Was ist denn?« knurrte Arzosah. »Du stinkst nach Trauer.«

»Was soll das heißen, was ist los? Yraen ist tot, und Jill ist tot. Was soll denn sonst noch los sein?«

»Du könntest selbst tot sein, oder noch schlimmer, ich.«

Rhodry gelang ein kurzes Lächeln, und er streckte die Hand aus, um die Wülste über ihren Augen zu kratzen. Sie knurrte und legte den Kopf auf die Tatzen.

»Es tut mir leid, daß du deine Freunde verloren hast«, sagte sie schließlich. »Es tut mir wirklich leid.«

»Ich danke dir. Ich werde nicht in der Lage sein, sie angemessen zu beweinen, bevor ich sie gerächt habe. Das hier ist nicht die Zeit für Tränen. Ich will Blut sehen.«

Zustimmend knurrte sie ein wenig lauter. Er ging um ihren Kopf herum und kratzte die andere Seite. Plötzlich riß sie den Kopf so rasch herum, daß sie ihn beinahe umgestoßen hätte, schnupperte in den Wind, spähte ins Dunkel und zischte. Von einem schwachen silbernen Licht umgeben, kam Evandar auf sie zu.

»Ich danke dir«, sagte Rhodry, »daß du mein und Arzosahs Leben gerettet hast.«

»Das habe ich gerne getan.« Evandar sah den Drachen an. »Das hast du wirklich gut gemacht. Du warst ein braves, schuppiges kleines Mädchen.«

Sie knurrte und bebte vor Zorn. In dem Licht, das Evandar umgab, glitzerten ihre Augen eher stählern als kupfern.

»Immer mit der Ruhe«, warf Rhodry rasch ein. »Wie geht es dir, Evandar? Alshandra ist tot. Trauerst du um sie?«

»Warum sollte ich? Sie hat mich erzürnt.«

»Das ist wahr, aber hast du sie nicht einmal geliebt?«

»Oh.« Evandar dachte lange nach. »Daran hatte ich nicht gedacht. Da ich mich nicht sonderlich traurig fühle, habe ich sie wohl nicht sonderlich geliebt.«

»Ha!« fauchte Arzosah. »Ich bezweifle, daß du je einen anderen als dich geliebt hast.«

»Ach ja? Und wie ist es mit dir?«

»Habe ich nicht all diese langen Jahre um meinen Gefährten getrauert? Ist es nicht Liebe, die mich dazu bringt, dieses stinkende Pferdevolk in den Tod zu treiben wie Vieh in den Pferch des Metzgers? Das ist wahre Liebe, und nicht das Gewimmer von Feiglingen.«

Nun knurrte Evandar selbst wie ein Drache.

»Das genügt!« sagte Rhodry. »Es gibt ein oder zwei Dinge, über die wir reden müssen. Diese Knochenflöte. Ich habe sie einige Zeit mit mir herumgetragen, also erinnere ich mich gut daran. Was meintest du damit, daß sie aus seinen Knochen hergestellt wurde?«

»Dieser Klang! Wir Drachen wissen das, wir hören das. Sie hat immer noch seine Stimme.«

»Sie sah aus, als bestünde sie aus einem Fingerknochen«, sagte Rhodry. »Aber der Knochen war viel zu lang, um von einem Menschen oder Elfen zu stammen.«

»Dann kam er von der Spitze seines Flügels.« Sie legte den Kopf zurück und fletschte die Zähne. »Der Klang hat mich beinahe unwiderstehlich angezogen.«

»Und das war der Grund, wieso sie das Ding unbedingt haben wollte?« fragte Evandar. »Ich wette, das war es. Alshandra wußte, daß ich den Drachen in diese Sache hineinziehen würde, und sie wollte die Pfeife haben, um sie eines Tages gegen Arzosah einzusetzen.«

»Wenn sie nicht schon tot wäre, würde ich sie umbringen«, knurrte Arzosah.

»Aber sie ist tot.«

»Und Jill mit ihr.« Rhodrys Satz hing lange in der feuchten Nachtluft.

Evandar hatte den Kopf schief gelegt, und sein Lächeln war verschwunden.

»Ach, hört auf damit!« Rhodry drehte sich um, wandte sich ab und spähte über das stille Lager hinweg.

»Es tut mir leid«, sagte Evandar. »Es tut mir wirklich leid.«

Rhodry seufzte tief.

»Morgen früh werde ich mich rächen.«

»Wie wir alle«, meinte Evandar. »Willst du wissen, wer Yraen getötet hat?«

»Aus ganzem Herzen und ganzer Seele.«

»Also gut. Das zumindest kann ich für dich tun.«

Als Rhodry sich wieder umdrehte, sah er, daß Evandar zum Himmel hinaufstarrte, an dem immer noch die dunklen, unnatürlichen Wolken hingen.

»Ja, ich sehe es«, flüsterte Evandar. »Der Mann, der Yraen getötet hat, ist der mit dem Langbogen. Ein blonder Mann, hochgewachsen und schlank, mit einem Gesicht so scharf wie ein Messer.«

»Ach ja?« Rhodry spürte, wie er unwillkürlich grinste. »Dann werde ich morgen früh sehen, wie lange dieses Messer scharf bleiben wird. Wenn ich ihn finden kann. Wenn die Götter mir gnädig sind.«

»Ich wünsche dir Glück.«

Evandar schauderte wie ein Mann, der plötzlich in kaltem Durchzug steht. »Das Eisen fängt an, mir weh zu tun. Lebe wohl, Rori, bis morgen.«

Und er verschwand mit einem Schimmern wie Mondlicht auf Wasser.

Den Rest der Nacht lag Jills Leiche in der großen Halle aufgebahrt. Es gab zwar keine Blumen, aber die weinende Lady Labanna hatte überall Kerzen aufgestellt, um Jill den Weg in die Anderlande zu beleuchten. Jahdo hockte an der Wand und sah zu, während Dallandra, die verwundete Schulter nun verbunden, ein elfisches Gebet über der Leiche ihrer Freundin sprach. Carra schluchzte so laut, daß sie nicht aufrecht stehen konnte, während die anderen Frauen leise weinten. Einer nach dem anderen kamen die Männer, um Jill die letzte Ehre zu erweisen und ein Glas auf sie zu trinken. Gwerbret Cadmar selbst trat als letzter an die Bahre und blieb dann kurz bei Jahdo stehen.

»Schon gut, Junge, die Belagerung wird morgen vorbei sein. Wir werden einen Platz für dich hier in der Festung finden, im Stall oder so.«

»Ich danke Euch, Euer Gnaden. Es ist wirklich freundlich von Euch, jetzt an mich zu denken.«

Der Gwerbret legte Jahdo tröstend die Hand auf den Kopf, dann hinkte er davon. Jetzt werde ich meinen Vater und meine Mutter nie wiedersehen, dachte Jahdo, und bei diesem Gedanken begann er selbst zu weinen. Dallandra beendete ihr Gebet, kam zu ihm und streckte die Hand aus.

»Komm, verabschiede dich, Jahdo, und dann gehen wir alle nach oben. Du kannst heute nacht in meiner Kammer schlafen, wir legen eine Matratze auf den Boden.«

»Danke, Herrin.« Taumelnd kam er auf die Beine und spürte, wie ihm schwindelig wurde. »Ich bin so müde.«

Er mußte seinen ganzen Mut zusammennehmen, um die Leiche anzusehen, aber dann war er doch froh, daß er es getan hatte. Das hier war nicht Jill, nicht diese zerbrechliche alte Frau, die nur noch Haut und Knochen war. Er wandte sich ab und drückte sich an Dallandra, die den Arm um seine Schulter legte und ihn wegführte.

»Sie ist tatsächlich nicht mehr unter uns«, sagte Dallandra. »Sie ist dort, Jahdo, wohin wir am Ende alle zurückkehren, jeder einzelne von uns, um in den Anderlanden im Licht zu weilen.«

Obwohl er nicht verstand, was sie meinte, beruhigte ihn ihr Tonfall wie Musik. In dieser Nacht schlief er, als hätte er alle Kämpfe bereits hinter sich, aber noch vor Morgengrauen wurde er vom Klang der Silberhörner wach.

Da niemand sie vertrieb, blieben die unnatürlichen Wolken über Festung und Lager hängen. Im grauen Morgenlicht entrollte Rhodry Arzosahs Zaumzeug, dann betrachtete er sie nachdenklich, während sie wartend am Boden saß. Ringsum erwachte das Lager, die Männer frühstückten hastig und begannen sich zu bewaffnen.

»Ich überlege gerade«, sagte Rhodry. »Wenn die Reiter aus der Festung kommen, werden sich ihre Pferde vor dir erschrecken. Sie haben dich nie richtig zu sehen bekommen.«

»Und vor allen Dingen haben sie mich nicht gerochen«, gähnte Arzosah.

»Das ist gleich. Wichtig ist Evandars Dweomer, und von dem haben sie nichts abbekommen. Also solltest du dich am besten aus dem Kampf zurückziehen, sobald die Armee aus der Festung einen Ausfall versucht.«

»Gut. Ich bin ohnehin müde.«

»Aber ich werde dafür sorgen, daß hier ein Pferd auf mich wartet. Ich will diesen Bogenschützen haben.«

Lord Erddyr gab Rhodry ein Streitroß, einen kräftigen Braunen mit breiter Brust, dessen Reiter bei den Kämpfen des Vortages umgekommen war. Als Rhodry das Pferd sattelte, brach er unwillkürlich in sein Berserkergrinsen aus. Zumindest würde er nun endlich imstande sein, so zu kämpfen, wie er es gewohnt war, und mußte nicht mehr gegen schwer zu fassenden Dweomer antreten. O Jill, dachte er, ich wünschte bei allen Göttern, wir könnten diesen Sieg heute abend zusammen feiern! Plötzlich fiel ihm auf, daß das vielleicht möglich wäre, wenn auch in einer großen Halle in den Anderlanden. Er lachte, und der Braune warf den Kopf hoch und tänzelte ein paar Schritte.

»Du hast wohl nie zuvor einen Berserker in den Kampf getragen, Junge?« Rhodry tätschelte dem Pferd beruhigend den Hals. »Nun, über den Schlachtlärm wirst du mich nicht hören können.«

Er ließ den Braunen bei einem Fuhrmann zurück, dann ging er wieder zu Arzosah. Sie flogen los, als der Gwerbret und seine Männer das Lager verließen. Der Drache kreiste träge über Festung und Stadt. Tief unter ihnen standen die Männer von Cadmars Kriegshaufen neben ihren Pferden am Südtor bereit, sich in den Kampf zu stürzen, sobald die Feinde dort aus dem Weg waren. Hinter ihnen wartete in einer unorganisierten Masse die Stadtmiliz, die die verwundeten Gegner töten und ihr Lager plündern würde. Rhodry nahm an, daß sie jede Münze und jeden Talisman verdient hatten, die sie finden würden. Arzosah flog über sie hinweg, wendete über den Hügeln im Norden, flatterte kurz und begann dann mit dem langen Gleitflug abwärts.

Als sie das Lager des Pferdevolks erreichte, war ihr Brüllen das Zeichen, den Kampf zu beginnen. Die entsetzten Pferde rannten auf die Lücken in den Erdwällen zu. Da ihre Reiter sie diesmal in dieselbe Richtung drängten, verloren die Tiere nicht vollkommen die Beherrschung, sondern schossen wie Pfeile von einem Bogen in die deverrianische Linie. Staub wirbelte auf, als die beiden Armeen sich unter Kriegsgeschrei begegneten. Arzosah flatterte wieder höher und flog nach Westen. Über dem Fluß, wo Jill gestorben war, wendete sie und stürzte sich von der Seite auf die Pferdevolkkavallerie. Diesmal brach Panik aus und verbreitete sich schneller als das Feuer am Vorabend. Mitten in der Schlacht konnten sich die schweren Streitrösser weder wenden, noch konnten sie fliehen. Statt dessen bäumten sie sich auf, traten um sich und bockten, während die deverrianischen Reiter auf ruhigen Pferden weiter vorwärts drängten. Arzosah brüllte und schoß gefährlich tief abwärts. Rhodry konnte die Gesichter der Pferdevolkkrieger sehen, die vor ihr zurückwichen, roch den Schweiß erschrockener Pferde, als der Drache dicht über die Armee hinwegsegelte. Er spürte einen Ruck, hörte einen Schrei. Plötzlich flatterte der Drache, einen Hauptmann des Pferdevolks in den Klauen. Der Mann, in einen goldbestickten Mantel gekleidet, schrie und wand sich, als sie nun Hunderte von Schritten über der feindlichen Linie flogen. Arzosah lachte ihr dröhnendes Lachen.

»Für meinen Gefährten!« zischte sie.

Und ließ ihn fallen. Mit einem langen Schrei stürzte er nach unten, tiefer und tiefer, und landete wie ein Wurfgeschoß auf seinen eigenen Männern. Rhodry hörte die Reiter in reinem Entsetzen aufschreien, als er aufprallte. Er drehte sich um, um zurückzuschauen, aber Arzosah wandte sich vom Schlachtfeld ab und er sah nichts mehr.

»Der Ausfall aus der Stadt beginnt«, rief sie. »Ich werde jetzt landen.«

Rhodry sah zur Festung hin. Die Tore öffneten sich, und Cadmars Kriegshaufen stürzte in Viererreihen heraus. Der Drache flog nach Süden, bis sie die Wagen und Diener ihrer Armee fanden, die in sicherer Entfernung warteten. Rhodry glitt von Arzosahs Hals und rannte zu dem wartenden Braunen.

»Paß auf diesen verdammten Bogenschützen auf!« brüllte Arzosah.

»Ja.« Er stellte den Fuß in den Steigbügel und schwang sich in den Sattel. »Ich weiß, welchen Schaden ein Langbogen anrichten kann.«

Als sie die letzte Meile zum Schlachtfeld hintrabten, sah Rhodry schwarzen Rauch in den Himmel aufsteigen. Die Männer des Gwerbret hatten also das Lager des Pferdevolks erreicht und abermals in Brand gesteckt. Er befürchtete, zu spät zu kommen, zog das Schwert und spornte den Braunen zum Galopp an, aber als sie über den letzten Hügel kamen, sah er im Tal die Schlacht noch toben. Er zügelte den Braunen für eine Atempause und versuchte, sich einen Überblick zu verschaffen. Obwohl Arzosah den Angriff der Pferdevolkreiter beträchtlich gestört hatte, standen sich überall auf dem schlammigen Feld Krieger gegenüber oder bedrängten einander in Dreier- und Vierergruppen. Pferde stolperten und stürzten, ihre Reiter fielen über die Leichen und Verwundeten oder kamen, bedeckt von blutigem Schlamm, wieder auf die Beine und machten sich auf die Suche nach einem reiterlosen Pferd.

In der Mitte des Schlachtfeldes hielt das Fußvolk stand, in festen Quadraten, auf jeder Seite drei Schilde tief. Diesen Hekken von Speeren gegenüber waren die deverrianischen Reiter hilflos. Hin und wieder griffen sie an, wichen aber im letzten Augenblick vor den Stahlspitzen zurück. Hinter dem Schlachtfeld brannte das feindliche Lager, aber nicht sonderlich heftig, weil alles noch vom Regen des Vorabends durchtränkt war. Schwarzer Rauch mischte sich mit dem Staub auf dem Schlachtfeld und hing in einer niedrigen Wolke über dem Kampf.

Von links ertönten Schmerzensschreie. Die zwergischen Axtkämpfer hatten eines der Infanteriequadrate angegriffen. In tödlichem Schweigen bewegten sie sich vorwärts und schwangen die Äxte niedrig wie Sensen, unterhalb der schützenden Schildlinie durch. Da die Speerkämpfer ihre Waffen hoch nach oben hielten, um die Reiter abzuwenden, geriet nun alles durcheinander, als sie versuchten ihre Stellung zu verändern. Die wartenden Reiter konnten angreifen und krachten von der Seite in die Bresche, während die Zwerge weiter von vorn zuschlugen. Zuerst konnte Rhodry die Bogenschützen des Westvolkes nicht finden. Dann bemerkte er, daß sie aus dem Sattel gestiegen waren. Ein tödlicher Regen von Pfeilen ergoß sich ins trübe Licht und ging auf die Speerkämpfer nieder. Fluchend und schreiend rissen sie die Schilde hoch. Die Zwerge griffen weiterhin an, ebenso wie die deverrianischen Reiter. Die Flüche wichen weiteren Klageschreien, als die Schildmauer brach.

Rhodry ritt den Hügel hinab und überließ es dem Braunen, seinen Weg an den Toten und Sterbenden vorbei zu finden, während er sich in den Steigbügeln aufstellte und nach dem feindlichen Bogenschützen Ausschau hielt. Ringsum waren

Kämpfe im Gang. Infanteristen rannten um ihr Leben, gejagt von Reitern, die sie gnadenlos niederstreckten. Rhodry wich aus, ging skrupellos den Kämpfen aus dem Weg. Er hatte sein Leben aufs Spiel gesetzt, um ihnen den Drachen zu bringen, und der Drache hatte ihnen den Sieg beschert. Nun wollte er zur Belohnung seine Rache. Er machte sich auf zum Hügelkamm im Osten, immer auf der Suche nach dem Bogenschützen, obwohl er langsam zu der Einsicht kam, daß diese Suche hoffnungslos war. Evandar hatte ihm nur eine oberflächliche Beschreibung gegeben. Er hatte den Mann nie selbst gesehen. Selbstverständlich konnte er nicht wissen, daß der Bogenschütze seinerseits nach ihm suchte und seinen nutzlosen Bogen längst beiseite gelegt hatte. Dies allein war der Grund, daß sie sich schließlich tatsächlich begegneten. Als Rhodry auf die niedergetrampelten, qualmenden Reste der Zelte auf dem Osthügel zuritt, entdeckte er einen menschlichen Reiter in deverrianischer Rüstung auf einem Grauen, der direkt auf ihn zukam. Er hielt ihn für einen Verbündeten und zügelte den Braunen. Sein Schild hing immer noch am Sattelknauf.

»Silberdolch?« rief der Mann.

»Das bin ich. Wer sucht mich?«

Statt zu antworten, griff ihn der Reiter an. Rhodry konnte nur noch das Schwert ungeschickt hochreißen und den Schlag des anderen instinktiv abwehren. Der Braune tänzelte und wich dem Grauen gerade noch aus, der ihm ansonsten direkt in die Seite gerannt wäre. Fluchend drehte sich Rhodry im Sattel. Ein weiterer Schlag seines Gegners prallte am Kettenhemd ab, aber nicht schmerzlos. Als er sein Pferd herumzog, um sich dem Feind zu stellen, begann Rhodry zu lachen. Sein Feind zuckte zusammen, eine Geste, die sein Pferd dazu brachte, zurückzuweichen. Selbst fluchend warf er sich wieder nach vorn, was das Pferd aufhielt, ihn aber aus dem Gleichgewicht brachte.

Laut auflachend beugte sich Rhodry vor und stach nach dem Schwertarm des Gegners. Dieser fing den Schlag mit seiner Klinge ab, drehte dann das Schwert und schlug zu. Ohne Schild konnte Rhodry nur parieren, diesmal mit ganzer Kraft, und einen Moment verkeilten sich ihre Schwerter. Rhodry sah das Gesicht seines Gegners, schmal und bleich wie eine Messerklinge, und seine grauen Augen. Aufheulend zwang er das Schwert des Mannes nach unten, riß sein eigenes zurück und schlug zu. Ein schräger Schlag, der den Mann hoch an der Brust traf, fest genug, ihn grunzen und schwanken zu lassen. Mit einer Seitwärtsneigung und dem Knie riß er den Grauen herum und überließ Rhodry kein anderes Ziel als seinen Schild. Auf blauem Grund zeichnete sich eine rote Spirale ab.

»Brin Mawrelin!« keuchte Rhodry.

»Ja, Silberdolch.« Auch der andere rang nach Atem. »Ich bin Matycs Bruder.«

Rhodrys Lachen wurde schriller, und er hätte es ebensowenig aufhalten können wie den Sonnenaufgang, aber offensichtlich betrachtete Lord Tren das als Spott. Aufbrüllend vor Wut trieb er den Grauen direkt vorwärts. Als der Braune zur Seite und vorbeitänzelte, drehte sich Rhodry und schlug nach dem Schildarm. Tren fluchte und ließ den Schild baumeln, dann fallen. Er beugte sich zur Seite, lenkte den Grauen mit Gewicht und Knien herum, als Rhodry abermals zuschlug. Diesmal verfehlte er seinen Gegner, und abermals standen sie sich gegenüber, Tren totenbleich und schwankend. Sein linker Arm hing leblos an seiner Seite.

Rhodry beugte sich gefährlich weit vor, duckte sich unter Trens schwachem Angriff hindurch und schlug dem Lord die Klinge direkt ins Gesicht. Dann drehte er sich im Sattel. Mit der Rückhand traf er den Grauen fest am Hals. Als das Pferd sich aufbäumte, stürzte Tren in den Schlamm des Schlachtfelds. Nun leiser lachend, stieg Rhodry aus dem Sattel und rannte auf ihn zu. Tren versuchte auf dem rutschigen Untergrund vergeblich, auf die Beine zu kommen. Er stützte sich auf den gebrochenen Arm und schrie auf, verschluckte sich an dem Blut aus dem gebrochenen Kinn und sackte wieder zurück. Rhodry packte den Schwertgriff mit beiden Händen und riß die Waffe hoch.

»Yraen!« schrie er und schlug zu.

Das Lachen überwältigte ihn. Er zog das Schwert heraus und stand heulend und schwankend neben der Leiche, bis er hoch über sich einen Raben kreisen sah, viel zu groß für einen gewöhnlichen Vogel.

»Komm doch runter!« kreischte Rhodry. »Kommt herunter, Zauberin! Kommt her und wir kämpfen auf meinem eigenen Boden.«

Mit einem langgezogenen Schrei flog sie davon, auf die Hügel im Norden zu, Rhodry spürte, wie die Berserkerwut von ihm wich. Eine Weile rang er einfach nur nach Atem, dann wurde er von einem kurzen Schluchzen geschüttelt. Ohne Trens Leiche einen weiteren Blick zu gönnen, stieg er wieder in den Sattel und ritt davon, zurück in die Schlacht, die immer noch hinter ihm tobte.

Als der Kampf am Morgen begonnen hatte und alle Männer in der Festung zu den Toren geritten waren, hatte Lady Labanna die Frauen in der großen Halle um sich versammelt, wo sie, wie sie verkündete, zusammen warten wollten. Eine Weile saß Carra pflichtschuldigst neben der Lady und sorgte sich, während Blitz unruhig zu ihren Füßen hockte. Nach und nach gesellten sich die Diener und verwundeten Männer zu ihnen. Während es in der Halle voller wurde, wurde es auch wärmer und die Luft stickiger vom Geruch ungewaschener Menschen. Nur selten war etwas Neues zu hören, wenn einer der Männer von der Festungsmauer herunterkletterte, um der Lady zu berichten, was von dort zu sehen war. Jahdo, der in der Tür stand, rief ihnen zu, daß der Drache über die Festung flog, und alle jubelten. Darauf folgte weiteres Warten, es gab wenig Nachrichten, und Carra beschloß, ihren Zustand auszunutzen.

»Herrin, ich fühle mich so schwach«, flüsterte sie. »Darf ich in meine Kammer gehen und mich hinlegen?«

»Selbstverständlich, mein Kind! Ocradda, hilf Ihrer Hoheit.«

Oben in ihrer Kammer lauschte Carra an der Tür, bis sie sicher war, daß Ocradda wieder nach unten gegangen war, dann schlich sie sich nach draußen und eilte zum Dach. An der Stelle vorbeizugehen, wo Jill tot gelegen hatte, war nicht leicht, aber dann erinnerte sie sich daran, daß Jill sich sicher gewünscht hätte, daß sie stark blieb, und sie ging weiter. Keuchend und ein wenig schwindelig, zog sie sich schließlich aufs Dach hinauf, während Blitz winselnd am Fuß der Leiter zurückblieb.

»Ich komme gleich wieder. Ich wage ohnehin nicht, lange hierzubleiben.« Carra ging zum Südrand des Turms und spähte hinunter, nur um festzustellen, daß sie wegen des Qualms und der Wolken kaum etwas erkennen konnte. Weit entfernt ritten Männer wie Figuren in einem wahnsinnigen Spiel hin und her, aufeinander zu, wieder zurück. Sie konnte die Infanteriequadrate sehen, hörte entferntes Geschrei und sah, wie sich der Rauch über dem brennenden Lager ausbreitete. Es schien deutlich, daß Cengarns Verbündete auf dem Weg zum Sieg waren, aber irgendwie hatte sie auch nie angenommen, daß dies anders sein würde. Für sie zählte jetzt nur noch eins: Würde Dar überleben, würde er zu ihr zurückkehren, würde sie ihn jemals wiedersehen? Sie ging ein Stück weiter, erreichte schließlich den Nordrand und bemerkte, daß sie von dort mit einiger Mühe das Nordtor erkennen konnte. Dort wartete offenbar ein weiteres Milizkontingent. Und während Carra zusah, ging das Tor auf, und die Männer machten sich auf den

Weg zu dem niedergebrannten Lager. Carra begriff, daß der Lord und seine Männer bereits die Stadt verlassen haben mußten, denn diese Plünderer hätten sich nie auf den Weg gemacht, wenn der Kampf nicht schon in vollem Gange gewesen wäre. Aber ganz gleich, wohin sie sich auf dem Dach stellte, das Südtor blieb verborgen hinter Hügeln und Häusern.

»Carra!« Das war Dallandra, die aufs Dach geklettert kam. »Ihr Götter, habt Ihr den Verstand verloren? Was macht Ihr hier oben?«

»Ich versuche, etwas zu sehen. Bitte, Dalla, seid nicht böse auf mich. Ich habe wirklich genug davon, hier festzusitzen wie eine Zuchtsau im Pferch!«

»Das kann ich verstehen, aber habt Ihr den Rabenmazrak vergessen?«

Carra wurde ganz elend. Das hatte sie tatsächlich. Dallandra starrte stirnrunzelnd in den Himmel, drehte sich auf dem Dach, bis sie alles abgesucht hatte.

»Keine Spur von ihr«, erklärte sie schließlich. »Sie ist vielleicht geflohen. Jetzt, da Alshandra tot ist, kann ihr nicht viel eigene Macht geblieben sein. Ich schwöre, sie hatte keine Ahnung, was sie überhaupt tat!«

»Wie meint Ihr das? Wie kann man zaubern, wenn man nicht weiß, was man tut?«

»Das ist tatsächlich eine gute Frage, Euer Hoheit. Ich will nicht behaupten, daß ich es verstehe, aber ich denke, unser Rabe bezog alle Macht von der falschen Göttin, wie aus einem Wasserspeier Regenwasser in ein Faß fließt.«

Dallandra trat neben Carra, dann blickte sie wieder auf zum Himmel.

»Da!« Sie zeigte nach Norden. »Da drüben! Seht Ihr den Vogel dort?«

Carra bemerkte nur einen winzigen Fleck, der sich ebenso bewegte wie ein schnell flatternder Vogel.

»Ist sie das? Woher könnt Ihr das wissen?«

»Elfenaugen sind ein ganzes Stück besser als die von Menschen. Arme Carra! Ihr werdet noch manches seltsame Ding über das Volk Eures Mannes erfahren.«

»Würdet Ihr bitte aufhören, mich ›arme Carra‹ zu nennen? Ich habe auch genug davon, daß alle Mitleid mit mir haben.«

»Dann hört auf, Euch so dumm zu benehmen. Ihr seid selbst schuld.«

Carra spürte, wie ihre Wangen brannten. Die Wahrheit in Dallandras Worten traf sie wie ein Schlag ins Gesicht. Statt zu antworten, ging sie ein paar Schritte weiter nach Süden und starrte nach unten. Weit unter ihr lief ein Krieger durch die kurvenreichen Straßen, trabte neben seinem schweißbedeckten Pferd her, um ihm auf dem Weg den Hügel hinauf zur Festung sein Gewicht zu ersparen. Er hatte den Helm an den Sattelknauf gehängt, und sie konnte sein rabenschwarzes Haar erkennen. Er hatte sich einen Bogen über den Rücken geschlungen.

»Dar! Dar!«

Er hörte sie, blickte auf, lachte und winkte. Carra vergaß Dallandra vollkommen, rannte zur Leiter und kletterte so schnell und ungeschickt herunter, daß sie beinahe eine Sprosse übersehen hätte, aber sie konnte sich gerade noch aufrecht halten. Gefolgt von Blitz eilte sie die Treppe hinunter, stürzte in die große Halle, rannte an den verblüfften Frauen vorbei und aus dem Broch heraus, gerade als Dar in den Hof kam, das beinahe zuschanden gerittene Pferd hinter sich. Beide waren so außer Atem, daß sie sich nur aneinanderklammern und nach Luft schnappen, hin und wieder lachen und einander in die Augen starren konnten.

»Du bist am Leben«, keuchte sie schließlich. »Der Göttin sei Dank!«

»Ja, ich bin noch sehr lebendig.« Er neigte den Kopf und küßte sie. »Und du ebenfalls.«

Als sie sich aneinanderklammerten und sie sich in seine Arme schmiegte, wurde Carra endlich klar, was Jill und Dallandra versucht hatten, ihr zu sagen: daß sie selbst vielleicht in der größten Gefahr gewesen war. Ringsum füllte sich der Hof mit Dienern, die schrien und lachten und den Sieg bejubelten. Dar schlang die Arme nur noch fester um Carra und stieß ein triumphierendes Krächzen aus, während sie sich an ihn klammerte und mitlachte.

Als der Kampf vorüber war, gab Rhodry den Braunen einem von Erddyrs Männern und ging ins Lager des Pferdevolks. Es war eine verrückte Geste, und er wußte es, aber er wollte Yraens Leiche finden. Das Lager lag in blutdurchtränkten Trümmern. Hin und wieder, im Schutz eines Felshangs oder eines Wagens, flackerten immer noch Flammen. An anderen Stellen trieb Rauch über verkohlte Überreste. Und über allem hing ein gewaltiger Gestank – Wolle, Haar, Fleisch, alles verbrannt und stinkend vom unnatürlichen Regen des Vorabends. Leichen von Menschen und Pferdevolk lagen in blutigem Schlamm. Hier und da stolperten sterbende Pferde vorbei, versuchten nach Hause zu finden und brachen irgendwo zusammen.

Ein paar Schritte weit ins Lager fand Rhodry ein schwarzverbranntes Zelt, das über einen Wagen gestürzt war. Halb begraben in der nassen Zeltleinwand lag ein Mann, der stöhnend versuchte, sich zu befreien – seiner eisernen Fußfessel nach zu schließen ein Sklave des Pferdevolks. Rhodry kniete sich nieder und zog ihn heraus, drehte ihn um und schaute in ein Gesicht, das mehr das eines Jungen als das eines Mannes war: ein blonder Junge, das schmale Gesicht mit dem Blut aus einer Wunde über einem Auge verschmiert, die Brust von dem Schlag einer schweren Waffe eingedrückt. Er sah so vertraut aus, daß Rhodry in seiner Erinnerung nach einem Namen suchte. Der Junge wollte etwas sagen, schnappte dann noch einmal nach Luft und starb. Rhodry legte ihn nieder, schloß ihm die Augen, blieb noch auf den Knien und versuchte sich zu erinnern, wo er den Jungen schon gesehen hatte. Endlich wurde ihm klar, daß der Sklave ihn nur an jemanden erinnerte, den er einmal gekannt hatte: Amyr, einen Mann, der in seinem Kriegshaufen geritten war, damals, als er noch Gwerbret gewesen war, damals, bevor er sich aus Aberwyn zurückgezogen hatte, damit niemand das Geheimnis seines Elfenblutes erfuhr. Und wo war Amyr gestorben? Er konnte sich nicht erinnern – in der einen oder anderen Schlacht – zusammen mit vielen anderen Männern, die ihm Treue geschworen hatten, Männern, deren Namen er im Lauf der Zeit vergessen hatte.

Kopfschüttelnd kam Rhodry wieder auf die Beine. Am Himmel ballten sich ein paar helle Wolken und huschten weiter, vom Licht der Spätnachmittagssonne golden eingefärbt. Er schaute zu ihnen auf und suchte nach etwas, dem Versprechen eines Paradieses, das für immer unerreichbar blieb, dann ging er weiter, suchte weiter in den Trümmern und unter den Toten. Je weiter er den Hügel hinaufkam, desto weniger verbrannt waren die Zelte und desto leichter wurde die Suche, er zog sein Schwert und blieb aufmerksam, denn es war durchaus möglich, daß sich hier noch verzweifelte Gegner verbargen. Plötzlich hörte er, wie jemand seinen Namen rief, drehte sich um und fand sich Evandar gegenüber, der immer noch seine illusionäre Rüstung trug.

»Der Gwerbret sucht nach dir«, sagte Evandar. »Er ist am Südtor.«

Rhodry fluchte laut.

»Was ist denn?« Evandar wich zurück. »Und wonach suchst du hier?«

»Nach Yraens Leiche.« Rhodry blieb stehen und fuhr sich mit schmutzigen Händen durchs schmutzige Haar. »Du magst denken, ich hätte den Verstand verloren, aber ich will wissen, wie er umgekommen ist, und ich will ihn anständig beerdigen.«

Evandar seufzte und stützte sich auf einen Speer – ob echt oder illusionär, hätte Rhodry nicht sagen können.

»Weißt du, wo er ist?« fauchte Rhodry. »Ich weiß nicht, was du gesehen hast oder nicht.«

»Er ist tot.«

»Ich rede von seiner Leiche.«

»Warum interessiert dich das?«

»Ich weiß es nicht.« Rhodry zitterte, wandte sich halb ab und rieb sich mit dem Ärmel die Augen. »Ich weiß es nicht einmal.«

»Aber es bedeutet dir etwas. Also gut. Geh zum Gwerbret. Ich sehe, was ich tun kann.«

Bevor Rhodry antworten konnte, war Evandar verschwunden. Rhodry blieb noch einen Augenblick stehen, sah sich um und fragte sich, ob er dem Wächter trauen konnte. Aber ganz gleich, es hatte keinen Sinn, sich dem direkten Befehl eines Gwerbret zu widersetzen. Mit einem letzten Kopfschütteln ging er zum Südtor.

Gwerbret Cadmar saß auf dem nassen Boden, an einen zerbrochenen Wagen gelehnt, und Drwmyc von Dun Trebyc kniete neben ihm. Rhodry ließ sich ebenfalls auf die Knie nieder.

»Ihr habt nach mir gerufen, Euer Gnaden?«

»Ja«, sagte Cadmar. »Ihr habt Euren Sold zehnmal verdient, Silberdolch, weil Ihr diesen Drachen mitgebracht habt. Ich wollte Euch persönlich dafür danken.«

»Seine Gnaden sind sehr großzügig zu einem Ausgestoßenen.«

»Seine Gnaden wissen, was angemessen ist. Und bei der Siegesfeier, Silberdolch, werdet Ihr an meinem Tisch sitzen.«

Rhodry spürte, wie ihm gegen den Willen Tränen in die Augen traten. Er konnte nur den Kopf schütteln und irgend etwas stottern, bis der Gwerbret ihn schließlich mitleidig entließ.

Inzwischen stand die Sonne niedrig am Himmel. Obwohl Männer weiterhin nach Freunden suchten, von denen sie wußten, daß sie auf dem Schlachtfeld geblieben waren, waren alle zu erschöpft, und zu viele Adlige und Hauptleute waren tot, als daß die Armee sich zu einer organisierten Suche nach Verwundeten hätte aufraffen können. Rhodry half einem Mann mit einem gebrochenen Arm in die Stadt, dann ging er hinauf zur Festung und vergaß seine wahnwitzige Suche nach Yraen. Überall im Hof lagen Verwundete und Sterbende, dort abgelegt von Kameraden, die nichts weiter für sie tun konnten. Drüben beim Hauptbrunnen hatten die Wundärzte einen Wagen aufgestellt, auf dem sie die Verwundeten so gut wie möglich versorgten, während Diener umhereilten, Kessel mit Wasser brachten und aus allem Stoff, den sie finden konnten, Verbände rissen. An der Seite saß Dallandra und braute Kräutersud in Gefäßen, die die Diener ihr brachten. In diesem Durcheinander würde sie keine Zeit haben, um mit ihm zu sprechen.

Rhodry wollte gerade in den Hauptbroch gehen und sich etwas zu essen suchen, als er hörte, wie ein Junge seinen Namen rief. Einen Augenblick lang erkannte er den Jungen nicht, der weinend über den Hof auf ihn zugerannt kam. Das Kind blieb stehen und wich so rasch zurück, als hätte Rhodry es geschlagen.

»Ich bin es, Jahdo«, sagte der Junge schließlich atemlos. »Habt Ihr mich vergessen?«

»Was? Nein, Junge. Ich bin nicht ganz bei mir, das ist alles. Wo ist Meer?«

»Das wißt Ihr noch nicht? Er ist tot. Sie haben uns angegriffen, und er ist auf die Mauer gestiegen, um sie zu verfluchen, aber der Mann mit dem Langbogen hat ihn getötet. Er war ein Barde, ein echter Barde, und dennoch hat der Bogenschütze ihn getötet.«

»Ach ja?« Rhodry konnte seine Stimme hören, kalt, fest und haßerfüllt. »Nun, der Bogenschütze ist tot. Ich habe ihn selbst getötet, und das ist noch gar nicht lange her.«

Jahdo hörte auf zu weinen. Er setzte zu einem Lächeln an, dann wich dies der Verblüffung, und endlich wandte er sich ab und versuchte sich die Augen zu wischen, verschmierte aber nur den Schmutz auf seinem Gesicht mit einem noch schmutzigeren Ärmel.

»Was ist denn?« wollte Rhodry wissen.

»Ich weiß nicht. Es freut mich, daß Meer gerächt wurde, wirklich. Er war ein Gel da'Thae, und er wird vor Freude über diese Rache singen, wenn sie es ihm in der Totenwelt erzählen. Und sicherlich wird es ihm noch heute abend jemand berichten, wo so viele Männer tot sind.«

»Das stimmt, und der Krieg ist noch nicht zu Ende.«

»Nicht zu Ende?«

»Nun, wir werden die Feinde verfolgen müssen. Wir wollen doch nicht, daß sie wiederkommen. Wir werden in ein paar Tagen losreiten.«

»Oh. Rhodry, darf ich vielleicht mitkommen?«

»Wie bitte?«

»Ich könnte Euer Page sein und kämpfen lernen. Ich brauche einen Platz.«

»Aber Junge, du wirst nie ein richtiger Krieger sein. Du könntest getötet werden.«

»Nun, ich bezweifle, daß ich meine Heimat je wiedersehe, nachdem Meer nun tot ist und ich für niemanden mehr wichtig bin.«

»Niemand kennt das Wyrd eines anderen. Deine Geschichte ist traurig, aber ich kann nichts tun – warte einen Augenblick. Jill hat mir einmal erzählt, daß sie Meer versprochen hat, dich nach Hause zu bringen.«

»Aber auch sie ist tot, sie ist gestorben, als sie uns rettete.« Wieder liefen dem Jungen Tränen über die Wangen. »Und Meer ist tot, und ich habe niemanden und bin niemand, ganz anders als zu Hause. Dieses Deverry ist ein schreckliches Land, ob Ihr den Leuten nun die Köpfe abhackt wie die Sklavenhalter oder nicht. Und daher dachte ich, daß es gut für mich wäre, Krieger zu sein.«

»Schon gut, Junge. Um ihretwillen und um Meers willen werde ich Jills Versprechen erfüllen. Ich werde sehen, was ich tun kann, um dich nach Hause zu bringen, wenn der Krieg vorbei ist.«

Jahdo grinste und stotterte seinen Dank mit einer Freude hervor, die das erste Reine war, das Rhodry den ganzen Tag gesehen hatte.

»Wie viele Männer haben wir verloren?« fragte Garin.

»Über siebzig sind tot«, sagte Brel Avro. »Und wir werden bis zum Morgen noch ein paar der Verwundeten verlieren.«

Garin fluchte, aber nur leise. Seine Knie zitterten, und sein Herz klopfte heftig. Er ließ sich auf den Boden sacken und stützte den Kopf auf die Knie. Der Kriegshauptmann ließ sich besorgt neben ihm nieder.

»Bist du verletzt?«

»Nein, nur müde.«

»Wie wir alle.« Sie saßen im Schankraum des unterirdischen Gasthauses, das Brel als Hospital und Kommandozentrale beansprucht hatte. In den Zimmern und Fluren hatten sie mit einiger Mühe die Verwundeten unterbringen können. Auf einem Tisch nahe der Feuerstelle, im flackernden Licht des Herdfeuers und der Fackeln, war der Wundarzt, den sie mitgebracht hatten, immer noch damit beschäftigt, Wunden zu vernähen, wobei er leise vor sich hin pfiff. Garin hätte ihn am liebsten angeschrien, den Mund zu halten.

»Trink«, Brel schob Garin ein kleines Glas Kräuterschnaps hin. »Das bringt dir das Blut wieder in den Kopf zurück.«

Garin griff nach dem Glas und nippte vorsichtig daran – bitter und feurig, aber belebend. Der Geruch stach ihm in die Nase und ließ ihn an andere Gelegenheiten denken, als er in diesem Gasthaus getrunken hatte.

»Ob Rori den Kampf wohl überlebt hat?« fragte er.

»Gute Frage. Er ist immerhin ein Berserker.«

Garin nickte und trank einen weiteren Schluck farblosen Feuers.

»Cengarn ist frei«, fuhr Brel fort. »Und wir haben unsere Pflicht getan, aber ich sage dir eins, Botschafter. Wenn unser Gwerbret diese Mörder verfolgt, möchte ich mich ihm anschließen.«

Garin trank den letzten Rest und prostete ihm mit dem leeren Glas zu.

»Ich ebenfalls.« Er wischte sich Mund und Schnurrbart mit dem Handrücken ab. »Und ich werde ihm das sagen. Wir treffen uns heute abend zu einer Beratung. Hilf mir auf. Ich sollte mich lieber gleich auf den Weg machen. Beim Donnerer! Ich weiß nicht einmal, ob Seine Gnaden noch lebt.«

Sobald er auf den Beinen war, gelang es Garin, sich weiterzubewegen, obwohl der Schnaps und die Nachwirkungen des Kampfes dazu führten, daß er das Gefühl hatte, das Feuerlicht umtanzte ihn in goldfarbenen Wellen. Draußen wurde es langsam kühl und angenehm dunkel. Auf den Straßen drängten sich immer noch Flüchtlinge und Vieh, weil alle vorsichtshalber auf die Morgendämmerung warten wollten, bevor sie den Schutz der Stadt verließen. Der Gestank nach Dung und Urin hing dick in der Luft, und Garin mußte Kühen und Kindern ausweichen und um Lager und Lagerfeuer herumgehen. Hier und da stolperte er auch über einen Verwundeten, dem es gelungen war, sich in die Mauern zu schleppen.

Cadmars Hof war ebenfalls voller Menschen und Tiere. Verwundete Männer, verwundete Pferde, Diener, die hin und her rannten, Soldaten, die nach Freunden suchten, Frauen, die weinten – es gelang dem Zwerg kaum, sich durchzudrängen und das Tor der großen Halle zu erreichen. Drinnen drängten sich die Männer, die noch aufrecht stehen konnten, oder hockten an Tischen, tranken Bier und aßen Brot und Fleisch. Die elfischen Bogenschützen saßen am anderen Ende der Halle, tranken mehr, als daß sie aßen, und keiner, Menschen oder Westvolk, schien dazu aufgelegt, viel zu reden.

Garin schlüpfte hinein, hielt sich an der Mauer und folgte ihrer Biegung, bis er den Ehrentisch sehen und feststellen konnte, wer von den Adligen noch am Leben war: Die beiden Gwerbrets waren relativ unverletzt, aber es hatte auch keiner von ihnen selbst einen Angriff angeführt. Prinz Daralanteriel stand direkt neben Cadmars Stuhl, das Gesicht schmutzbeschmiert, die Miene von eisiger Wut verzerrt. Er hielt einen Silberkelch so fest in der Hand, daß Garin befürchtete, er würde das Gefäß zerdrücken. Calonderiel saß neben Tieryn Magryn. Dieser Lord, jener Lord – viele waren anwesend, unter ihnen Lord Erddyr mit verbundenem Kopf und Blutflecken im Bart, und der Kinderlord, wie Garin Gwandyc bei sich nannte, schien immer noch von Panik erfüllt, aber von Comerr und Nomyr war nichts zu sehen.

Plötzlich mußte Garin grinsen. Am Ende des Tischs saß Rhodry, und hinter ihm stand ein Junge mit einem schmutzigen Hemd als Page. Garin ging auf ihn zu, bis der Gwerbret ihn bemerkte.

»Hallo!« Cadmar stand mühsam auf. »Laß den Botschafter durch! Bringt ihm einen Stuhl.«

Garin nahm den Stuhl, aber er lehnte den angebotenen Met ab – er hatte nicht vor, nach dem Schnaps noch weiterzutrinken.

»Rori!« rief er quer über den Tisch. »Ich bin froh, Euch zu sehen!«

Rhodry lächelte und winkte.

»Unser Berserker ist ein Freund von Euch, Botschafter?« sagte Cadmar.

»Ja, Euer Gnaden. Und ich bin froh, daß auch Ihr und so viele andere Lords noch leben. Aber sagt mir, ist Tieryn Comerr ...«

»Tot? Ja, und auch Lord Nomyr und der junge Peddyn, was mich sehr traurig macht. Und unser Prinz hier hat seinen Freund Jennantar verloren.«

»Euer Hoheit.« Garin nickte dem Prinzen zu. »Das tut mir außerordentlich leid.«

Daralanteriel setzte dazu an, etwas zu sagen, überlegte es sich dann anders und starrte stirnrunzelnd in den Kelch.

»Er wird gerächt werden«, verkündete Calonderiel mit tonloser Stimme. »Wie sie alle. Und was ist mit Eurem Volk, Botschafter? Ich habe Euch mitten in hartem Kampf gesehen.«

»Wir haben viele verloren. Jeder Kriegshaufen, der sich heute hier versammelt hat, hat zu viele Verluste einstecken müssen, als daß einer von uns heute nacht ruhig schlafen könnte.«

»Das ist gut gesagt, Botschafter.« Calonderiel nickte ihm zu. »Wirklich gut gesagt.«

Jeder Mann in Hörweite hob Kelch oder Bierkrug zu einem grimmigen Gruß.

In dieser Nacht schliefen die Männer überall, wo sie einen Platz finden konnten, sei es innerhalb der Festungsmauern oder außerhalb. Gefolgt von Jahdo, verließ Rhodry die Stadt und suchte sich seinen Weg vorbei an den Toten und Sterbenden, bis er Arzosah fand, die sich im Westen, weit von den Spuren des Gemetzels, ein Lager gesucht hatte. Ein Bach floß durch die westliche Ebene, und der Drache hatte sich in einem Gehölz dahinter niedergelassen. Als Rhodry sie fand, lag sie reglos und so träge da, daß er wußte, daß sie gut gegessen hatte. Er fragte lieber nicht, was. Der Junge, der eine Laterne mitgebracht hatte, hob diese hoch, um den Drachen im flakkernden Licht besser sehen zu können.

»Oh, sie ist so groß«, flüsterte Jahdo. »Ich habe sie nie von so nahem gesehen, nur, als sie über die Stadt flog.«

Bei diesen Worten hob Arzosah schläfrig den Kopf und öffnete ein Auge. Jahdo unterdrückte einen Aufschrei.

»Was ist das?« brummte der Drache. »Noch ein Zwerg?«

»Nein«, meinte Rhodry. »Ein Kind, und er steht unter meinem Schutz. Bei der Macht deines Namens befehle ich dir, ihn als Freund zu betrachten und ihn zu beschützen, wann immer das notwendig ist.«

Arzosah gähnte und stieß einen lauten Seufzer aus.

»Eine weitere Last! Möge der Gott der Drachen mir helfen! Erst dieser elende Drachenmeister und nun sein Welpe!«

»Arzosah ...« Rhodry hob die Hand mit dem Ring.

»Ich habe dich verstanden! Selbstverständlich muß ich gehorchen. Ich werde ihn behandeln wie mein eigenes Küken.«

»Wie behandeln Drachen ihre Küken?«

»Du bist wirklich klug! Aber hab keine Angst. Ein Küken ist für uns der größte Schatz.« Sie drehte den Kopf und sah Jahdo blinzelnd an. »Wie heißt du, Junge?«

»Jahdo, Herrin.« Er schluckte. »Wahrhaftig, Ihr seid das Schönste, was ich in meinem ganzen Leben gesehen habe.«

Arzosah knurrte.

»Zumindest ist er gut erzogen. Also gut, Jahdo. Du kannst dich als Drachenfreund betrachten. Und nun, Drachenmeister, würdest du mir bitte dieses schreckliche Geschirr abnehmen? Ich bin so müde.«

Mit Jahdos Hilfe löste Rhodry das Zaumzeug, damit sie es abschütteln konnte. Der Junge hatte seine geflickten Decken aus der Festung mitgebracht, und Rhodry fand seine Ausrüstung im allgemeinen Durcheinander. Beide hatten kaum mehr die Kraft, die Decken auszubreiten, und sobald Rhodry sich hinlegte, schlief er ein, noch in Stiefeln und mit umgeschnalltem Schwert.

Am Morgen fanden die Lords und ihre Männer die Energie, sich das Schlachtfeld anzusehen. Jene verwundeten Menschen, Elfen und Zwerge, die bis zur Dämmerung überlebt hatten, wurden in die Stadt gebracht, Feinde, denen dasselbe gelungen war, getötet, und die Toten – Freund wie Feind – geplündert. Rhodry schickte Jahdo mit einer Botschaft für Garin zurück nach Cengarn und bat den Botschafter, ein paar Lebensmittel und Kleider für den Jungen zu finden. Sobald sich Jahdo auf den Weg gemacht hatte, legte Rhodry der knurrenden Arzosah das Zaumzeug an.

»Ich will heute nicht fliegen«, zischte sie. »Meine Flügel tun weh.«

»Das tut mir leid, aber ich werde kein Risiko eingehen. Ich habe jetzt gesehen, wie dieses Volk kämpft. Nach allem, was ich weiß, sind sie durchaus imstande, kehrtzumachen und wieder gegen uns zu ziehen. Und ich habe nicht gesehen, daß jemand anders nach ihnen Ausschau hielte.«

»Also gut, aber ich wette, sie fliehen. Sie sind keine Dämonen, auch sie bestehen nur aus Fleisch und Blut, wie wir armen, müden Drachen.«

Am Ende sollte sich Arzosahs Vermutung als richtig erweisen. Sie fanden den Rest der besiegten Armee in einem unordentlichen Lager in etwa zehn Meilen Entfernung. Rhodry staunte, daß es ihnen gelungen war, sich so weit zurückzuziehen. Soweit er nach einer raschen Umkreisung sagen konnte, waren noch über fünfhundert vom Pferdevolk übriggeblieben, aber sie hatten erheblich weniger Pferde – und davon blieben noch weniger, nachdem Arzosah einmal dicht über die Herde hinweggeflogen war. Schreiend und fluchend warfen die Soldaten vergeblich ihre Speere, dann gaben sie sich damit zufrieden, hinter ihren fliehenden Pferden herzujagen.

»Früher oder später werden sie sich an mich gewöhnen«, rief Arzosah Rhodry zu. »Wir sollten diesen Trick lieber nicht zu oft einsetzen.«

»Du hast recht. Kehren wir nach Cengarn zurück. Lande in der Festung des Gwerbret.«

Als sie zurückkamen, hatten schon viele Flüchtlinge die Stadt verlassen. In langen, müden Reihen zogen sie die Straßen entlang, trieben ihr verbliebenes Vieh vor sich her und trugen ihre Kinder auf den Schultern und Käfige mit Hühnern in den Händen. Sie würden ihre Höfe abgebrannt und die Felder verwüstet vorfinden, aber in ihren Wagen hatten sie Pflüge und Saatkorn, was nach einer Belagerung wertvoller war als Gold. Wir sind noch rechtzeitig gekommen, dachte Rhodry. Sie werden nicht hungern müssen, und niemand wird sie niedermetzeln und auf Speere spießen. Als ihm Tränen in die Augen traten, war er schockiert, daß er, der immerhin als Adliger geboren und aufgewachsen war, ganz gleich, wie tief er danach in dieser Welt gesunken war, so stolz darauf sein konnte, das Leben dieser einfachen Bauern gerettet zu haben. Trotz allem Staunen war ihm regelrecht danach zumute, laut zu singen, als er die Leute auf dem Heimweg sah.

Arzosah landete auf dem Dach eines der niedrigeren Brochs. Rhodry nahm ihr das Zaumzeug ab und schnürte es dann zusammen mit seiner Ausrüstung zu einem ordentlichen Bündel.

»Nimm das bitte mit ins Lager.«

»Ja. Ich werde ein schönes Plätzchen für uns finden. Würde es jemanden stören, wenn ich noch ein paar mehr von diesen toten Pferden fresse, Meister? Ich finde, sie sollten nicht verschwendet werden.«

»Das ist schon in Ordnung. Aber friß keinen der Männer, keinen Menschen, keinen Zwerg, keinen Elfen – nicht einmal die vom Pferdevolk. Ich möchte nicht, daß du irgend jemanden hier gegen mich aufbringst.«

»Also gut, wenn es sein muß.«

»Es muß sein. Und wenn du fertig gefressen hast, bleibst du im Lager und schläfst.« Rhodry hob die Hand mit dem Ring und ließ das Metall im Sonnenlicht aufblitzen. »Warte dort auf mich.«

»Das werde ich tun. Und was hast du vor?«

»Das weiß ich noch nicht. Mich ein wenig umsehen. Sehen, wo mein neuer Page steckt. Ein Faß Bier finden und mich bewußtlos saufen.«

»Bist du immer noch traurig wegen Jill?«

»Ja. Dachtest du, ich hätte das vergessen?«

Der Drache bewegte die Flügel in einem Achselzucken, griff dann nach der Ausrüstung und flog auf. Eine Weile schaute Rhodry ihr nach, wie sie zum Schlachtfeld und den üppigen Vorräten an Pferdefleisch flog, dann stieg er durch die Falltür und eilte durch den Turm hinab auf den Hof hinaus.

Die Tore zu Cadmars Hauptbroch standen weit offen, aber die große Halle war leer. Rhodry fand einen Pagen und erfuhr, weshalb. Es würde am Abend eine Siegesfeier geben, aber auf den Wiesen südlich der Stadt, da nur dort Platz genug für die gesamte Armee war. Die Diener und jene Städter, die man zur Arbeit verpflichten konnte, hatten bereits Bierfässer dorthin gerollt und säckeweise Essen transportiert. Von den Wachen am Tor einmal abgesehen, hatten sich alle Männer des Kriegshaufens zu der grimmigeren Pflicht aufgemacht, die Toten zu beerdigen. Rhodry stand im Hof, spähte die Türme hinauf und wünschte sich, daß Yraen noch lebte.

Aus der großen Halle erklangen ein paar Mollakkorde, als übte der Barde einen Trauergesang, aber als Rhodry hineinging, sah er Evandar, diesmal ohne Rüstung, der im Schneidersitz auf dem Ehrentisch an der Drachenfeuerstelle saß. Die Schoßharfe, die er spielte, war schmal und hoch, im elfischen Stil gehalten, und zeigte Einlegearbeiten aus Perlmutt in Form von Seepferdchen und Algen. Rhodry gesellte sich zu ihm, aber Evandar beschäftigte sich weiter stirnrunzelnd damit, die Melodie auszuarbeiten, ein Lied so voller Hiraedd, daß Rhodry Tränen in die Augen traten. Evandar blickte endlich auf, sah ihn und ließ das Lied in ein paar zufälligen Noten verklingen.

»Du brauchst wegen mir nicht aufzuhören.« Rhodry wischte sich die Augen mit dem Ärmel.

»Bist du wegen Jill so traurig?«

»Wegen ihr und wegen Yraen und jedem guten Mann, der hier getötet wurde.«

Evandar nickte, betrachtete die Harfe noch einen Moment, dann warf er sie in die Luft. Rhodry war entsetzt, aber lange bevor sie auf den Steinboden zurückfallen konnte, verschwand die Harfe, als wäre sie durch ein unsichtbares Fenster geflogen. Evandar stieg vom Tisch und streckte sich wie eine Katze.

»Schlechte Nachrichten, Rori. Ich habe Yraen nicht gefunden. Ich nehme an, er ist irgendwo in dem alten Lager mit den anderen Leichen in einem Graben. Es tut mir leid. Ich hätte dir diesen Gefallen gern getan.«

»Ich danke dir trotzdem.« Rhodry seufzte und wandte den Blick ab. »Du hattest recht gestern. Es macht keinen großen

Unterschied. Er ist tot. Wo er begraben ist, wird das nicht ändern.«

»Es macht mich traurig, dich so zu sehen.«

»Wirklich? Ich dachte, du hättest für unsereins nicht viel übrig.«

»Nur für dich und Dalla. Der Rest ... sie kommen und gehen wie Vögel – im Frühling tauchen sie auf, und im Herbst fliegen sie davon. Ich kann sie selten voneinander unterscheiden.«

»Ah. Ich kann mir vorstellen, daß es für dich so aussieht.«

Evandar nickte und sah sich mit merkwürdiger Miene in der großen Halle um, als fehlte ihm etwas.

»Was ist los?« wollte Rhodry wissen.

»Ich mache Pläne.« Evandar grinste, dann ging er hinüber zur Feuerstelle. Er fuhr mit der Hand über die Steinmetzarbeit und sah sich das Muster an. »Das hier ist gute Arbeit, findest du nicht?«

»Ja. Ich denke es zumindest.«

»Hm.« Evandar kaute konzentriert auf der Unterlippe, während er die winzigen Bänder ineinander verschlungenen Musters auf dem Drachenkörper betrachtete. »Diese zarten Stellen hier – haben die Steinmetze das mit einem Meißel gemacht?«

»Woher soll ich das wissen?«

»Ich frage mich, wie viele daran gearbeitet haben. Hast du eine Ahnung?«

»Nein. Ihr Götter, wen interessiert das schon? Willst du wohl aufhören, diesen verfluchten Stein anzustarren?«

Evandar richtete sich auf und sah ihn blinzelnd an.

»Nun, dafür werde ich später noch viel Zeit haben.«

»Wofür?«

»Mir diese Feuerstelle anzusehen. Übrigens, was wird aus Jills Büchern?«

»Was soll mit ihnen sein?«

»Sie hat einige von ihnen von einem Mann aus der Nähe von Bardek geliehen, den ich ebenfalls kenne.«

»Dann solltest du sie ihm lieber zurückbringen. Wir können sie jetzt gleich aus ihrer Kammer holen. Wir sollten lieber verhindern, daß die Diener Seiten herausreißen, um damit Feuer anzuzünden.«

Der Hof war schon leer gewesen, aber Jills vertraute Kammer fühlte sich so kalt und tot an, daß Rhodry sich fragte, ob selbst Jills wenige Besitztümer irgendwie wußten, daß ihre Herrin nie wieder nach Hause kommen würde. Als er und Evandar hereinkamen, schien ihnen die Stille ins Gesicht zu schlagen, obwohl Jills Bett ungemacht war, als würde sie es am Abend wieder benutzen, und ein Buch aufgeschlagen auf dem Tisch lag, wo das beste Licht vom Fenster darauf fiel, als hätte sie vor, zurückzukommen und weiterzulesen. Ihre Päckchen und Beutel mit Kräutern und anderen Arzneien lagen an der Außenwand. Sie hatte wahrscheinlich geplant, sie bei der Behandlung der Verwundeten zu benutzen, nachdem die Belagerung vorbei war. Rhodry fuhr mit der Hand über ihr Kissen und spürte einen Kloß im Hals.

»Hier sind eine ganze Menge Bücher«, meinte Evandar. »Dalla möchte sicher die meisten von ihnen haben. Ich werde nur diese drei zurück nach Meranaldan bringen.«

»Meranaldan? Das ist ein elfischer Name! Du sagtest, dieser Mann wohnt in Bardek.«

»Ich sagte, er wohnt in der Nähe von Bardek, und das ist eine ganz andere Sache.« Evandar griff nach den Büchern, eins nach dem anderen, und warf sie in die Luft, wo sie verschwanden, wie zuvor die Harfe verschwunden war. »Es ist ein Rätsel.«

Dann hatte es, wie Rhodry annahm, keinen Zweck, mit ihm zu streiten. Er ging zum Fenster und stützte sich aufs Fensterbrett, um hinaus in den Hof zu sehen.

»Was ist mit den Sachen in dieser Truhe?« fragte Evandar. »Glaubst du, sie haben etwas mit Dweomer zu tun?«

»Ich könnte es wohl kaum feststellen. Du müßtest Dalla fragen.«

Unten trabte ein Hund über den Hof. Rhodry sah zu, bis er um die Ecke des Stalls verschwunden war. Hinter sich hörte er Evandar seufzen, dann kam der Wächter zu ihm ans Fenster.

»Ich verstehe nichts von Kummer, Rori, aber ich kann den deinen deutlich erkennen. Es ist wirklich interessant. Dalla hat mir beigebracht, Freude zu verstehen, und ich denke, du wirst mich Kummer lehren. Du und Dalla, ihr habt einander einmal geliebt, nicht wahr?«

Rhodry drehte sich um und fand sich einem lächelnden Evandar gegenüber, einem Geschöpf, das mehr Dweomer hatte, als jedes menschliche Wesen je aufbringen konnte, einem Geschöpf, das nach allem, was Rhodry wußte, ihn ebenso vollständig verschwinden lassen könnte wie zuvor die Bücher.

»Ich würde es nicht Liebe nennen, und ich bezweifle, daß sie das tun würde. Beunruhigt es dich?«

»Überhaupt nicht. Das ist nicht der Kummer, von dem ich spreche. Ich dachte nur, daß ihr zwei von einem Paar seid, Freude und Kummer.«

»Das verstehe ich nicht.«

»Nun, wird meine Liebe zu dir mir mehr als Kummer bringen?«

Plötzlich fiel Rhodry Evandars Kuß vor so vielen Monaten ein. Er dachte einen Augenblick daran zurückzuweichen, aber er lehnte schon am Fenster.

»Ich habe niemandem viel mehr als Kummer gebracht«, sagte Rhodry. »Wieso sollte das mit dir anders sein?«

»Nein, dazu gibt es wirklich keinen Grund.«

Rhodry setzte dazu an, etwas zu sagen, überlegte es sich anders, schob sich dann vom Fenster weg und stellte sich in die Mitte des Zimmers.

»Willst du die Sachen in dieser Truhe durchsehen?« fragte Evandar hinter ihm. »Ich kann mir vorstellen, daß du etwas haben willst, das dich an Jill erinnert.«

»Nein.« Er ging auf die Tür zu. »Wenn du etwas in dieser Kammer findest, das mit Dweomer zu tun hat, dann tu damit, was du willst. Du kennst dich damit besser aus als ich.«

Rhodry hatte nicht bemerkt, daß der andere Mann sich bewegte, aber plötzlich spürte er Hände auf seinen Schultern – kalte Hände, die sich eher wie Glas als wie Fleisch und Blut anfühlten, aber die Berührung eines anderen Wesens spendete einen gewissen Trost, ganz gleich, wie fremd dieses Wesen war. Er erstarrte und spürte, wie ihm Tränen in die Augen traten.

»Es ist nicht so, als ob ich Jill immer noch geliebt hätte«, sagte er mehr zu sich selbst als zu Evandar. »Ich habe nur das Gefühl, daß mein ganzes Leben mit ihr verschwunden ist. Das Leben, das ich zuvor hatte, oder wer ich zuvor war. Ihr Götter, ich weiß auch nicht, was ich da rede.«

Evandar strich ihm über die Schultern, packte ihn ein wenig fester. Rhodry drehte sich um, stieß die Hände weg, starrte direkt in Evandars Augen, die so türkisfarben waren wie ein sommerliches Meer und ebenso fremd.

»Das verstehe ich auch nicht«, meinte Evandar. »Aber vielleicht kann Dalla es verstehen.«

»Mag sein. Es ist nicht mehr wichtig.«

»Warum nicht?«

»Willst du vielleicht damit aufhören?«

Evandar lachte und verbeugte sich spöttisch.

»Und was hast du nun vor?«

»Ich werde mit der Armee dem Pferdevolk nachjagen. Sie brauchen mich als Späher. Wenn wir sie nicht bis zur Grenze treiben, wer weiß, was sie anstellen werden?«

»Das stimmt, aber Cadmar braucht keinen Drachen, um seine Feinde zu finden.«

»Und? Es geht mir um die Gestaltwandlerin. Ich habe geschworen, mich an diesem Miststück zu rächen, um Yraens und Jills und Meers willen.«

Evandar seufzte, wandte den Blick ab, und es kam Rhodry so vor, daß er für einen, der nicht wußte, was Trauer war, recht gut imstande war, sie nachzuahmen.

»Also gut. Wir sehen uns wieder.«

Mit einem Lichtflackern wie dem Blitzen von Sonne auf bewegtem Wasser verschwand Evandar. Rhodry blieb stehen und starrte die Stelle an, an der der Wächter sich befunden hatte, dann fluchte er leise. Er verließ die Kammer und ging die Treppe hinunter, weil er den Trost von Dingen brauchte, die er verstand, selbst wenn es sich dabei um Krieg und Tod handelte.

Dallandra hatte die vergangene Nacht damit zugebracht, mit den Wundärzten zusammenzuarbeiten. Alle hatten bei Laternenlicht weitergeschuftet bis kurz vor der Dämmerung, als klar wurde, daß sie nur noch mehr Schaden anrichten würden, wenn sie jetzt nicht schliefen. Sie hatte sich in ihre Kammer geschleppt und aufs Bett gelegt, wo sie von Wunden, gebrochenen Knochen, durchtrenntem Fleisch, Blut und Eingeweiden träumte. Nach ein paar Stunden erwachte sie, ging in den Hof, um weiterzuarbeiten, und kroch schließlich gegen Mittag wieder ins Bett, um traumlos zu schlafen. Später am Nachmittag erwachte sie von dem Gestank alten Blutes. Sie hatte vergessen, sich zu waschen.

Da sie befürchtete, sich gleich übergeben zu müssen, stand

sie auf, fand einen Krug mit längst nicht genug Wasser, beugte den Kopf über das Becken und goß sich alles darüber. Dann tupfte sie sich notdürftig das Blut von den Händen. Sie ging hinunter in die Frauenhalle, nur um sie leer zu finden, und dann in die große Halle, in der sich niemand außer Jahdo aufhielt. Der Junge war frisch gewaschen und gekämmt und trug saubere Kleidung – ein Hemd, das offensichtlich von einem Zwergenschneider stammte, eine Hose aus derselben Quelle, beide in der richtigen Länge, aber viel zu weit für ihn. Er hatte sie mit einem Lederstreifen gegürtet, den er in Ermangelung einer Schnalle geknotet hatte.

»Was ist das?« sagte sie lachend. »Hat dich das Bergvolk adoptiert?«

»Nein, Herrin, aber Rhodry – er wird mich als Pagen mitnehmen und hat mich zu Garin geschickt, der mir diese Sachen gegeben hat.«

»Gut.« Sie sah sich um. »Wo sind alle?«

»Bei der Siegesfeier, Herrin. Und es ist schon ziemlich spät. Rhodry hat mich hergeschickt, um nachzusehen, ob ich Euch finden könnte.«

»Das ist dir offensichtlich gelungen. Kannst du mir ein paar Eimer Wasser in meine Kammer hinaufbringen?«

»Ja, Herrin, gerne.«

Nachdem sie sich mit kaltem Wasser gewaschen und umgezogen hatte, fühlte sie sich beinahe wieder lebendig, blieb aber noch in ihrer Kammer. Sie war versucht, Cengarn zu verlassen, durch ein Tor in Evandars Land zurückzukehren und die Verwundeten und Sterbenden, die stinkenden Straßen und das verwüstete Land weit hinter sich zu lassen. Aber wenn sie ging, was würde dann aus Carra und dem Kind? Der Rabenmazrak war immer noch frei. Stellte sie immer noch eine Bedrohung dar?

»Evandar, Evandar«, sagte sie laut. »Du fehlst mir.«

»Und du bist ebenfalls nie weit von meinen Gedanken entfernt, meine Liebste.«

Ganz plötzlich erschien er, bequem an die Wand neben dem Fenster gelehnt. Er trug sein grünes Hemd und die Hose aus Hirschleder und hatte sich eine Rose hinter ein Ohr gesteckt. Als sie auf ihn zurannte, umarmte er sie, aber er fühlte sich an wie ein Geschöpf aus Glas, ganz glatt und kalt. Die Rose hatte den intensivsten Geruch, den sie je gerochen hatte, so süß und stark, daß sie wußte, daß sie nicht von dieser Welt stammte.

»Es war eine schreckliche Zeit«, meinte er. »Ich bin froh, daß ich dies gesehen habe.«

»Was?« Sie wich zurück. »Wie kannst du so etwas sagen?«

»Es war alles sehr interessant. Ich habe es zuvor nie so recht verstanden, wenn du von Tod gesprochen hast.«

»Aha. Ich verstehe. Nun, davon hat es genug gegeben, und es wird noch mehr geben.«

»Das ist wahr.« Evandar hielt sie immer noch umschlungen und strich ihr durchs Haar. »Und das quält dich so sehr, meine Liebste. Ich wünschte, ich könnte dich trösten.«

»Du bist Trost genug, aber ich weiß, daß du nicht lange hierbleiben kannst.«

»Willst du nicht zumindest für eine Weile mit mir in unser Land zurückkehren?«

»Wie lange wird das nach der Zeit von Cengarn sein? Tage? Jahre?«

Evandar verzog bedauernd den kirschroten Mund.

»Das könnte schon sein, wenn wir uns ablenken ließen und dort verweilten. Also gut. Es gibt Dinge, um die ich mich kümmern muß, aber wir werden uns bald wiedersehen. Ich will dir nur sagen, daß ich nichts gegen Rhodry habe. Überhaupt nichts.«

Damit verschwand er, und die kühle Berührung seiner Hände blieb wie ein Duft bei ihr zurück. Dallandra hob ihre Hände zum Gesicht, um diesen Duft in sich aufzusaugen, dann weinte sie. Es gelang ihr gerade so eben, die Tränen zu beherrschen, als ein Bild oder eine Erinnerung der Metzelei in ihr aufstieg – ein Verwundeter, der starb, noch während sie ihn verband, der Leichenhaufen vor den Festungstoren, der auf das Begräbnis wartete, der Blick eines Mannes, als sie ihm sagte, sein Freund würde sein Bein verlieren – und dann weinte sie abermals. Sie stand auf, ging auf und ab, schluchzte ebenso vor Enttäuschung über ihre Machtlosigkeit wie vor Kummer, ging weiter auf und ab, bis sie jemanden hörte, der auf die Tür zuging. Sie drehte sich rasch um in der Hoffnung, Evandar zu sehen, aber statt dessen fand sie sich Rhodry gegenüber, sauber und rasiert und in einem neuen Leinenhemd mit dem Wappen von Cengarn.

»Du bist nicht zum Fest gekommen«, sagte er. »Was ist los?«

»Was los ist?« Am liebsten hätte sie ihn angeschrien. »Wie meinst du das? So viele sind tot oder liegen im Sterben, und du fragst mich, was los ist? Ihr Götter! Wie besessen vom Tod seid ihr Männer eigentlich?«

Mit drei raschen Schritten kam er zu ihr. Er umfaßte ihre Handgelenke und zog sie an sich.

»Still, still«, flüsterte er. »Du bist so müde, daß du halb den Verstand verloren hast, Dalla.«

Sie blickte zu ihm auf und spürte ihre Wut versickern.

»Das mag sein.« Sie wandte sich von ihm ab. »Aber ich weiß, daß ich jetzt nicht feiern kann. Ich kann einfach nicht.«

»Das Schlimmste ist vorüber. Der Barde ist fertig, die Gwerbrets haben ihre Ansprachen gehalten, und das Besäufnis hat begonnen.«

Bei dieser Bemerkung gelang es ihr zu lächeln, aber hauptsächlich, weil er es sich so sehr wünschte. Es wäre so einfach, jetzt in seine Arme und mit ihm ins Bett zu sinken, nur um des Trostes willen, besonders, als ihr Evandars seltsame Bemerkung wieder einfiel. Statt dessen drehte sie sich um und ging ein paar Schritte weg. Im Zimmer wurde es langsam dunkel. Auf ihrem kleinen Tisch standen zwei Kerzen, mit Wachs auf die Scherbe eines zerbrochenen Tellers geklebt. Mit einem Fingerschnippen entzündete sie sie zu tanzendem Licht und langen Schatten.

»Willst du, daß ich gehe?« fragte Rhodry.

»Möchtest du bleiben?«

Er zuckte mit den Achseln, ging zum Fenster und setzte sich aufs Fensterbrett, genauso, wie Jill es immer getan hatte. Sie konnte an ihm vorbei den Abendhimmel sehen, an dem die ersten Sterne erschienen.

»Dalla, kannst du mir eine Frage beantworten?«

»Worüber?«

»Ich denke, es hat mit Dweomer zu tun.«

»Nun, wenn es mir nicht verboten ist, zu antworten, ja.«

»Also gut. Laß mich nachdenken.« Lange Zeit starrte er zu Boden, während die Schatten um die kleine Pfütze aus Kerzenlicht herum dunkler wurden.

»Jill sagte, sie würde mir die Antwort geben, falls ich je den Mut aufbringen würde, zu fragen«, meinte er schließlich. »Wenn ein Mensch stirbt, ist das sein Ende?« Er wandte sich um und sah sie an. »Oder lebt er abermals in einem anderen Leben?«

Zunächst war sie zu überrascht, um antworten zu können. Er wartete geduldig.

»Nun, ich würde nicht sagen, daß er noch einmal lebt, aber seine Seele wird einen anderen Körper und ein anderes Leben annehmen.«

»Hm. Ich habe mir selber schon gedacht, daß es so sein könnte, aber ich wollte es wissen.«

Ihr fiel ein, daß er vermutlich aus Trauer fragte.

»Es ist nicht so, als ob Jill selbst zurückkehren würde«, fuhr Dallandra fort, »aber ein anderer Mensch wird etwas von Jill an sich haben. Obwohl es auch heißt, je mehr Dweomer man hat, desto mehr wird man eins mit seiner Seele, nicht nur eine Maske dafür, und dann, so heißt es jedenfalls, kommt man im wahren Sinn des Wortes zurück.«

»Ich bin nicht sicher, ob ich das alles verstehe.«

»Ich denke auch nicht, daß du es verstehen mußt.«

»Wahrscheinlich nicht.« Rhodry lächelte dünn. »Aber wenn du weißt, daß die Männer, die heute hier getötet wurden, zurückkommen werden, warum bist du so verzweifelt?«

»Haben sie etwa nicht gelitten, als sie starben? Und werden ihre Verwandten und ihre Klans nicht leiden, weil sie sie verloren haben? Außerdem werden es nicht dieselben Männer sein, die zurückkehren, nicht wirklich. Die Männer, die sie waren, sind tot. Es ist so ähnlich wie bei der Aussaat, bei einem Weizenkorn zum Beispiel. Das Korn selbst bricht auf und stirbt, und der Weizenkeim wächst daraus, und daraus wieder entstehen andere Körner – aber das erste Korn ist für immer gegangen.«

»Ich verstehe. Zumindest in gewisser Weise. Nun ja, die Barden werden von ihnen singen, nicht von jedem einzelnen dem Namen nach, aber sie werden noch lange Jahre von dieser Schlacht singen, und so werden wir alle eine kleine Weile über unseren Tod hinaus leben.«

Darauf wußte sie keine Antwort, und noch einmal zu weinen, war etwas, was sie sich nicht zugestehen wollte. Er schaute aus dem Fenster, wo nun die Sterne in vollem Glanz am Himmel standen, betrachtete lange Zeit den Himmel, so lange, daß sie sich zu fragen begann, was er wohl dachte und wieviel er verstanden hatte. Endlich stand er auf und ging zu ihr.

»Du hast mir nicht geantwortet«, sagte er. »Willst du, daß ich gehe?«

Sie rang kurz mit ihrer Würde.

»Nein«, sagte sie schließlich. »Es wäre mir lieber, wenn du hierbliebst.«

Er lächelte, dann legte er ihr den Arm um die Taille, zog sie an sich und küßte sie.

Nach dem Festessen, nach den Lobesreden, nach den Bardenliedern und nachdem sie den letzten Rest von Cadmars Met getrunken hatten, taumelten die Soldaten spät in der Nacht zurück in ihre Zelte. Jahdo war unter einem der Tische eingeschlafen, erwachte aber, als die Männer sich aufmachten, um zu gehen. Er kroch heraus, trottete durch die Menge und suchte nach Rhodry, aber er war müde genug, schnell aufzugeben. Als er die Laterne zurück in ihr Lager trug, fand er Arzosah immer noch wach und damit beschäftigt, mit ihrer riesigen Zunge die Klauen zu pflegen.

»Ah, da bist du, kleines Küken«, meinte sie. »Wo ist unser Meister?«

»Ich konnte ihn nicht finden. Er hat mir gesagt, er wolle zur Festung gehen und nach Dallandra suchen, aber er ist nicht zurückgekehrt.«

»Ah.« Der Drache gab das grollende Geräusch von sich, das offenbar ein Lachen darstellte. »Nun, dann würde ich mir um ihn keine Sorgen machen.«

»Seid Ihr sicher, daß er nicht in Gefahr ist?«

»Sehr sicher. Das wirst du verstehen, wenn du älter bist.«

»Also wirklich! Ihr hört Euch genau wie meine Mutter an!«

»Habe ich dem Meister nicht gesagt, daß du für mich wie ein Küken sein wirst? Und jetzt wasch dir mit Bachwasser das klebrige Zeug aus dem Gesicht und leg dich hin. Wir haben morgen einen langen Tag vor uns.«

»Oh, ich bezweifle, daß die Armee sich in der Morgendämmerung auf den Weg machen wird. Sie haben schrecklich viel getrunken.«

Wieder lachte Arzosah.

»Zweifellos. Aber sie werden zumindest früh beginnen, und der Meister wird dich brauchen, damit du seine Sachen packst. Also ins Bett mit dir.«

Als Rhodry am Morgen aufwachte, war Dallandra bereits aufgestanden und angezogen, kniete auf dem Boden und sortierte Päckchen mit Arzneien. Er lag im Bett und beobachtete sie eine Weile, ihre präzisen Handbewegungen und wie vertraut sie mit den Kräutern umging. Plötzlich drehte sie sich um und lächelte ihn an.

»Wie lange warst du schon wach?« fragte sie.

»Nicht lange.« Er unterdrückte ein Gähnen. »Dalla, liebst du mich?«

»Nicht wirklich. Würdest du das wollen?«

»Nein. Ich möchte dir nur nicht das Herz brechen.«

»Gut, aber darüber würde ich mir an deiner Stelle keine Gedanken machen.« Sie hielt inne und setzte sich zurück auf die Hacken. »Soll ich mit nach draußen kommen und dir einen Abschiedskuß geben, wenn die Armee sich in Marsch setzt?«

»Es wäre mir lieber, wenn du das nicht tätest.«

Sie schaute so erleichtert drein, daß er wußte, daß sie sich gut verstanden.

Als er nach unten ging, legte Rhodry einen Halt in der Küchenhütte ein und brachte eine Dienerin dazu, ihm einen Laib Brot mitzugeben, dann verließ er die Stadt. Draußen auf dem Schlachtfeld waren alle Krieger begraben, aber die Raben kreisten immer noch und pickten das Fleisch von den toten Pferden. Er konnte auch Arzosah sehen, die sich vollschlang, und die Raben, die erzürnt über die Unterbrechung ihrer Mahlzeit krächzten.

Jahdo wartete im Lager auf ihn. Rhodry reichte dem Jungen ein Stück Brot, dann setzte er sich ihm zum Essen gegenüber.

»Wann wird die Armee losmarschieren?« fragte Jahdo.

»Irgendwann heute. Ich habe nachgedacht. Ich denke, es wäre das beste, wenn du hierbliebst, um Dalla zu helfen. Du kannst ein wenig über Kräuter lernen und mit ihr zusammen auf die Prinzessin aufpassen.«

»O bitte, ich möchte nicht zurückgelassen werden wie ein Mädchen.«

Rhodry grinste.

»Das verstehe ich, aber es wird ein Gewaltmarsch werden. Wir werden sie vor uns hertreiben, und die Gefahr für dich ist einfach zu groß. Und ich kann Jills Versprechen schlecht einhalten, wenn dir unterwegs etwas passiert, oder?«

Jahdo weinte zwei dünne Tränenspuren, hörte aber rasch wieder auf. Lange starrte er das Stück Brot an.

»Manchmal ist das Beste, was ein Mann tun kann, gar nichts«, sagte Rhodry. »Diese Lektion habe ich selbst lernen müssen, bevor ich in den Krieg zog. Es wäre gut, wenn du sie jetzt gleich lernst und nicht so lange wartest.«

»Also gut.« Endlich blickte der Junge auf. »Wenn Ihr mir das befehlt, dann kann ich nichts dagegen tun. Aber bitte, ist es wirklich notwendig, daß ich bleibe?«

»Ja. Wäre ich der Ansicht, daß dein Wyrd im Krieg besteht, würde ich dich mitnehmen. Aber das ist nicht so, Junge. Ich habe keine Ahnung, was dein Wyrd dir bringen wird, aber es hat nichts damit zu tun, in einem Kriegshaufen zu reiten. Bleibe bei Dalla.«

»Also gut. Aber ich hoffe wirklich, daß Ihr zurückkommt, Rhodry.«

»Ich ebenfalls.« Er lächelte müde. »Ich ebenfalls.«

Jahdo war nicht der einzige in der Festung, der gegen seinen Willen zurückbleiben mußte. Später am Morgen, als sich Rhodry zu den Kriegs- und Hauptleuten gesellte, stellte er fest, daß sie die Unverwundeten aussortierten, die meisten davon zur Verfolgung des Feindes, aber einige auch, um die Festung zu bewachen. Da der Rabenmazrak immer noch in Freiheit war, würde Cengarn eine starke Wache brauchen. Es war durchaus möglich, daß die Zauberin davongeflogen war, um weitere Krieger des Pferdevolks in einen weiteren Angriff zu treiben. Calonderiel ließ seine Bogenschützen aufmarschieren und beauftragte hundert von ihnen zurückzubleiben, um die Mauern zu bewachen.

»Und du, mein Prinz«, sagte er zu Daralanteriel, »bleibst ebenfalls hier, um sie zu befehligen.«

»Augenblick!« zischte Dar. »Wenn du glaubst, daß ich mich in einem Steinzelt verkrieche wie eine Frau ...«

»Du wirst in den Steinzelten bleiben wie ein vernünftiger Mann. Hast du schon vergessen, daß es in diesem Krieg hauptsächlich darum ging, deine Frau zu töten?«

Dar setzte zum Widerspruch an, überlegte es sich dann aber anders.

»Wenn du sie gut bewachst, wirst du unseren Sieg festigen«, fuhr Calonderiel fort. »Habe ich recht, Rhodry?«

»Das hast du«, stimmte Rhodry ihm zu. »Dar, sei nicht dumm. Du wirst hier gebraucht und nicht draußen auf dem Land.«

»Also gut«, erwiderte der Prinz. »Ich werde bleiben, aber wenn irgend jemand versucht, mir das anzulasten ...«

»Dann werde ich ihm eigenhändig Vernunft beibringen«, erklärte Calonderiel. »Und du weißt, daß das keine leere Drohung ist.«

An diesem Nachmittag flogen Rhodry und Arzosah als erste los und stellten fest, daß der Rest der Pferdevolkarmee sich in etwa fünfzehn Meilen Abstand langsam nach Norden bewegte, dann kehrten sie zurück, um die Männer aus Cengarn hinter ihnen herzuführen. Die Verfolgung dauerte Wochen, bis, wie es die alten Chroniken formulieren, »die letzten noch überlebenden Wilden zurück in die hohen Berge flohen, wo sie, wie wir hoffen, im Schnee ihr Leben ließen«.

Aber während all dieser Wochen des Gemetzels sah Rhodry keine Spur der feindlichen Gestaltwandlerin, weder in Vogel- noch in Frauengestalt.

4 ZUKUNFT

Das Westland 1117

CAUDA DRACONIS

In den meisten Ländern unserer Karte weist diese Figur auf Böses gemischt mit Gutem hin, oder Gutes mit Bösem, so daß sowohl die Freuden als auch der Kummer unseres Lebens gemildert werden. Wenn sie ins Land des Silbers fällt, das Land von Verwandtschaft und Clan, steht ein glückliches Ende solcher Angelegenheiten bevor, obwohl der Deuter nie vergessen darf, daß keine Angelegenheit von Blutsverwandtschaft lange friedlich bleiben wird.

Aus dem Omenbuch des Gwarn,
Meister der Überlieferung

Die Vormittagssonne schien hell auf Gras, das unter kahlen Bäumen langsam braun wurde. Als Rhodry zum Bach ging, um zu trinken, stellte er fest, daß das Wasser kalt genug war, um weh zu tun. Fluchend wusch er sich das Gesicht und schüttelte die Tropfen ab wie ein Hund. Samaen war offenbar bereits vergangen – nicht, daß er ohne einen Priester hätte vollkommen sicher sein können. Aber im Herzen spürte er den Winter. Calonderiel kam auf ihn zugeschlendert.

»Es ist Herbst geworden«, sagte der elfische Kriegshauptmann. »Ich bin froh, daß der Gwerbret dieser Jagd endlich ein Ende macht.«

»Ich auch. Werdet ihr bald nach Süden ziehen?«

»Ich schon. Gwerbret Cadmar kehrt nach Cengarn zurück

und seine Verbündeten mit ihm. Was ist mit dir? Reitest du nach Hause? Dein Vater wird im Winterlager warten.«

»Ja? Ich würde ihn wirklich gerne wiedersehen. Und zweifellos wäre Arzosah froh, wenn ich sie gehenließe.«

»Ganz bestimmt. Ich habe genug davon, hören zu müssen, wie dieser Wyrm sich beschwert. Du kannst für den Ritt nach Hause eines meiner Pferde haben.«

Rhodry seufzte und strich sich mit feuchten Händen das Haar aus dem Gesicht. Er hatte Calonderiel nie von Angmar und Haen Marn erzählt, und das wollte er auch jetzt nicht. Cal würde nur seinen eigenen Zweifeln Ausdruck verleihen. Es mochte gut möglich sein, daß die Insel nie zurückkehren würde und er Angmar niemals wiedersah. Es war durchaus wahrscheinlich, daß er den Rest seines Lebens damit verschwendete, durch das Nordland zu ziehen und vergeblich zu warten, wenn er doch auch zu seinem Volk zurückkehren und in Ehre und Bequemlichkeit draußen im Frieden des Graslands leben konnte.

»Nun, da ist noch Jahdo«, sagte Rhodry. »Ich habe die Verantwortung für den Jungen übernommen und ihm etwas versprochen.«

»Das ist wahr. Du könntest ihn mit in den Westen nehmen. Wir werden ihn dann im Frühling heimbringen.«

»Mag sein.«

»Ihr Götter, du bist entschlossen, in Cengarn zu bleiben, nicht wahr?« Plötzlich grinste Calonderiel. »Einen Augenblick! Habe ich recht, wenn ich mir einbilde, daß Dallandra etwas damit zu tun hat?«

»Nein.«

»Ha! Wenn Dar seine Frau zu uns bringt, dann reite mit ihm! Und bring auch Dalla mit.«

Rhodry wandte den Blick ab. Am anderen Bachufer lag eine Wiese, und dahinter erhoben sich bräunliche, karge Hügel.

Ein blauer Nebel hing in der kalten Luft, und in weiter Ferne konnte er die hohen Berge sehen, deren Gipfel weiß schimmerten.

»Ich weiß nicht, Cal, ich weiß es einfach nicht. Wer weiß schon, was einem das Wyrd bringt? Es ist noch eine lange Weile bis zum Frühling.«

»Ja. Also gut, ich hoffe, ich werde dich wiedersehen, und dabei belasse ich es.«

Rhodry stand noch ein weiterer Abschied bevor. Er und Garin setzten sich zu einem mageren Frühstück von trockenem Fladenbrot und Schimmelkäse nieder. Keiner sagte ein Wort, bis sie mit Essen fertig waren.

»Nun, Rori«, sagte der Botschafter. »Es sieht so aus, als wäre noch keiner von uns auf dem Weg in die Hallen der Toten.«

»Ja. Aber irgendwann dieser Tage werde ich in Lin Serr vorbeikommen – auf dem Weg nach Haen Marn.«

»Gut. Ich betrachte das als ein Versprechen.«

Sie tauschten einen Handschlag aus.

Gegen Mittag teilte sich die Armee. Cadmars Kriegshaufen, der Silberdolch und der Drache eingeschlossen, und die zwergischen Axtkämpfer machten sich auf unterschiedlichen Straßen auf den Weg nach Osten, um in ihre Städte zurückzukehren, während Calonderiel seine Männer nach Süden führte.

Der Gwerbret und seine Leute hatten einen langen Weg vor sich. Der Regen kam täglich und überzog sie mit einer Kälte, die bis in die Knochen drang, machte sowohl Männer als Pferde krank und ließ die Straßen schlammig werden. Obwohl Regen um diese Jahreszeit üblich war, fragte sich Rhodry hin und wieder, ob nicht die Rabenfrau hinter diesen Stürmen stand. Er hatte schon öfter gesehen, wie Dweomermeister das Wetter veränderten, und es hätte zu ihr gepaßt, so kleinlich Rache zu nehmen.

Das Wetter war allerdings das geringste ihrer Probleme. Inzwischen waren die Vorräte, die sie mitgebracht hatten, erschöpft. Das Pferdevolk hatte bereits den größten Teil des Landes geplündert, und so war Cadmar gezwungen, auf Umwegen nach Hause zu reiten, um unterwegs mitzunehmen, was sie finden konnten. Wo immer sie haltmachten, stießen sie auf Hunger. Obwohl die Feinde die meisten Bauern getötet hatten, hausten hier und da einige, die entkommen konnten, in Hütten, die sie auf den Ruinen ihrer Höfe errichtet hatten. Auch auf der Straße begegneten sie Hungernden. Einige führten Kühe mit, die so mager waren, daß man ihre Rippen sehen konnte, Frauen trugen Kinder auf dem Arm, die nicht besser dran waren. Hier eine ganze Familie, dort eine ohne Vater oder Mutter, verzweifelt auf dem Weg nach Süden in der Hoffnung, daß Freunde oder Verwandte ein besseres Schicksal erlitten hatten und sie aufnehmen würden. Die Armee ritt an ihnen vorbei, denn die Männer waren selbst so hungrig, daß sie nichts für sie tun konnten.

Den Tag über jagten Rhodry und der Drache, aber sie fanden nur wenig Wild, und Rhodry setzte die Macht seines Ringes nicht ein, um Arzosah zu befehlen, ihre Beute zu teilen. Abends gesellten sie sich zu den anderen im Lager. Es sah so aus, als würde jeden Tag ein weiterer Mann an Fieber oder einer alten Wunde sterben. Sie verloren auch Pferde, bis ein gutes Viertel der Armee zu Fuß gehen mußte. Als der Regen schließlich ein Ende nahm, lag das wenige Feuerholz, das sie fanden, vollkommen durchnäßt auf gefrorenem Boden. Der Gwerbret ging an diesem Abend von einem seiner Männer zum anderen und sprach mit so vielen, wie er konnte.

»Es ist nicht mehr weit, Jungs. Überhaupt nicht mehr. Noch ein paar Tage, und wir sind zu Hause an einem schönen Feuer, bei einem guten Essen.«

Alle versuchten zu lächeln, aber diese paar Tage schienen so endlos wie die Hölle.

In dieser Nacht träumte Rhodry von der Rabenfrau, oder genauer gesagt drang sie wieder in seinen Schlaf ein. Er träumte von Lin Serr, wo er durch einen langen Tunnel ging, in dem blaues Licht auf Marmor schimmerte. Vor ihm befand sich eine runde Öffnung mit goldenem Licht, und im Traum hörte er eine Stimme, die sagte: »Die Hallen der Toten.« Er zögerte und fragte sich, ob er weitergehen sollte, als er sie sah, wie sie aus der Richtung, aus der er gekommen war, auf ihn zuging. Sein erster Gedanke war, in das goldene Licht zu flüchten, aber sein Mut rettete ihn. Er blieb stehen und wartete, bis sie sich vor ihn stellte und lächelte.

»Wie feige du bist«, sagte Rhodry. »Du wagst dich nur in Träumen in meine Nähe. Du kannst nicht viel Vertrauen in deinen elenden Dweomer haben.«

Ihr Lächeln verschwand.

»Oder ist dir, seit Alshandra tot ist, nicht mehr viel Macht geblieben?« fuhr er fort. »Ein paar Bannsprüche, wie sie auch Bauersfrauen beherrschen, und nicht mehr?«

»Du kannst soviel spotten, wie du willst, aber laß das häßliche Ungeheuer zurück und triff mich am Boden. Dann werden wir sehen, wer von uns der Feigling ist.«

Als er zögerte, lachte sie, aber es war ein so nervöses Kichern, daß ihm klar wurde, wie sehr sie ihn fürchtete – ebensosehr wie er sie.

»Sieh dir das an.« Sie hatte einen Silberdolch in der Hand. »Weißt du, wem der gehörte? Deinem Freund Yraen. Der Mann, der ihm die Kehle durchgeschnitten hat, hat mir diesen Dolch geschenkt.«

»Du lügst.«

»Nein. Nun gehört er mir, in der wirklichen Welt, und ich werde ihn immer bei mir tragen.«

»Du verlogenes Miststück!«

»Ich lüge nicht, und das werde ich dir beweisen. In die

Klinge des Dolches ist ein aufrecht stehender Drache eingraviert, direkt am Griff. Und das Leder um den Griff war einmal helles Hirschleder, ist aber jetzt dunkel und fleckig.«

Rhodry brachte vor Trauer kein Wort heraus.

»Ich sage die Wahrheit, nicht wahr?« Sie legte den Kopf in den Nacken und lachte. »Ich habe diesen Dolch wirklich, Rhodry Maelwaedd, und solange ich ihn besitze, besitze ich auch die kostbare Ehre deines Freundes. Denk darüber nach! Sein Silberdolch gehört einer Frau und einem Feind!«

Rhodry trat vor und wollte sie an der Kehle packen, aber sie war verschwunden, der Tunnel war verschwunden – er lag wach in einem Haufen feuchter Decken und starrte fluchend zu einem hell werdenden Himmel auf. Arzosah hatte sich umgedreht und sah ihn an.

»Ist diese Frau wieder in deinen Träumen erschienen?«

»Ja.« Rhodry setzte sich und schob die Decken weg. »Woher wußtest du das?«

»Du hast dich unruhig hin- und hergeworfen und vor dich hin gemurmelt.«

»Es war widerwärtig. Ihr Götter, es ist schwer zu glauben, daß dies wahr sein soll. Vielleicht kommt es nur vom Hunger und der Kälte.«

»Sei nicht albern. Sie ist eine Gestaltwandlerin und Zauberin. Wieso sollte sie nicht in deine Träume eindringen?«

»Du bist mir ja ein schöner Trost!«

»Mehr, als du verdient hast. Erzähl mir davon, Drachenmeister, ich liebe diese Geschichten.«

Rhodry gehorchte, mehr um die Angelegenheit in seinem eigenen Geist auseinanderzusortieren, als um ihr eine Freude zu machen, aber der Drache lauschte ernsthaft.

»Bei den schuppigen Göttern der Luft«, sagte Arzosah. »Ich bin froh, daß du nicht in das goldene Licht gelaufen bist, das du gesehen hast.«

»Wirklich? Warum?«

»Nun, hättest du das getan, dann hätte sich deine Seele von deinem Körper gelöst, und das wäre wirklich ein elendes Durcheinander gewesen. Du hättest sie auf ihrem Dweomerboden bekämpfen müssen. Ich wette, du hättest dann verloren. Ich wäre ebenso wie du ihr Sklave geworden. Ih, ih, ih, wie widerwärtig!«

»Dein Mitgefühl ist herzerwärmend.« Rhodry schüttelte sich wie ein nasser Hund. »Und das Schlimmste daran ist, ich habe immer noch das Gefühl, daß sie mich beobachtet.«

»Rasch! Steig auf! Dann muß sie irgendwo hier in der Nähe sein.«

Da er in dieser Kälte angekleidet schlief, mußte Rhodry nur seine Stiefel anziehen und sich das Schwert umschnallen. Arzosah beugte den Hals, hob Rhodry hoch und flog dann los, während er sich noch zwischen die gewaltigen Schuppen des Kamms an ihrem Nacken klemmte. Er klammerte sich an sie, spähte abwärts und hielt Ausschau, während sie höher und höher aufstieg und zu kreisen begann. Das Lager unter ihnen zog langsam vorbei, dann folgten die Hügel, dunkel unter ihrem Mantel von Fichten.

»Kein Zeichen von ihr!« rief Rhodry.

»Aber ich rieche Dweomer.«

Arzosah wandte sich nach Westen und flog rasch, schwang sich durch die Luft, während Rhodry sich anklammerte. Weit vor ihnen erschien ein schwarzer Fleck. Der Drache stieg auf, flog erheblich höher, als jeder Vogel, selbst ein Dweomervogel, gelangen konnte. Tatsächlich erwies sich der Fleck als Rabe, der flatternd gegen den Wind ankämpfte. Nach und nach überholten sie den Vogel und kamen nahe genug, um zu erkennen, daß sie in den Klauen einen Sack hielt.

Arzosah bog die Flügel, um einen Augenblick zu verharren, dann schoß sie nieder wie ein Falke.

Das Pfeifen des Windes verriet sie. Der Rabe drehte sich um, entdeckte sie, stieß einen krächzenden Schrei aus und floh direkt in einen Nebel, der plötzlich am klaren Himmel erschien. Rhodry schrie und fluchte vergeblich. Brüllend vor Wut stürzte sich Arzosah an dieselbe Stelle, aber nichts geschah – sie flogen immer noch über dem Nordland und den dunklen Hügeln.

»Möge ihr Leib von innen verfaulen«, knurrte Rhodry, »und möge der Schleim ihr bis auf die Knie tropfen.«

»Mit solchen Flüchen hättest du Barde werden sollen! Fliegen wir zurück. Mir tun in dieser elenden Feuchtigkeit die Flügel weh. Ich hoffe, du läßt mich eine schöne fette Kuh fressen, sobald wir sicher in der Stadt sind, Drachenmeister. Die Götter wissen, daß ich das verdient habe.«

»Ich bezweifle, daß es irgendwo in der Nähe von Cengarn schöne fette Kühe gibt. Aber du hast recht – kehren wir zurück zur Armee.«

Als sie über den Lagerplatz flogen, stellten sie fest, daß die Armee sich schon in Bewegung gesetzt hatte, zweifellos darauf vertrauend, daß Rhodry sie bald einholen würde. Sie flogen also weiter nach Süden und fanden die Armee bald. Sie hatten nur ein paar Meilen zurückgelegt und dann haltgemacht, weil ihnen auf der Straße etwas entgegengekommen war. Als der Drache niedriger flog und schließlich landete, erkannte Rhodry Wagen mit Vorräten und Ausrüstung und Männer der Festungswache von Cengarn.

»Gerettet!« rief er. »Es sieht so aus, als würden wir heute schon gut essen.«

Tatsächlich hatte die Stadt geschickt, was sie an Vorräten entbehren konnte – wenig, aber allemal mehr als das, was sie zuvor gehabt hatten. Als Rhodry von einem der Fuhrleute ein Stück Fladenbrot und ein Stück Käse entgegennahm, glaubte er, nie Besseres gerochen zu haben.

»Aber woher wußtet Ihr, wo wir waren?« fragte er den Mann.

»Die Dweomermeisterin hat es uns gesagt. Die Frau vom Westvolk.«

Rhodry mußte über sich selbst lachen. Selbstverständlich. Dallandra hatte sie zweifellos während ihres ganzen Marschs mit Hilfe des Zweiten Gesichts begleitet und wußte genau, wo sie sich befanden.

An dem Tag, als Cadmar und seine Männer schließlich in die Stadt einritten, schickte Dallandra Jahdo los, um sie zusammen mit vielen anderen an den Festungstoren willkommen zu heißen. Der Junge war schrecklich aufgeregt, aber sie zog es vor, in ihrer Kammer zu bleiben, bis sich die allgemeine Verwirrung gelegt hatte. Sehr zu ihrem Vergnügen fanden die anderen Frauen das überraschend.

»Ach, kommt schon, Dalla«, sagte Carra. »Wollt Ihr Rhodry nicht so bald wie möglich wiedersehen?«

Dallandra lachte, woraufhin das Mädchen errötete.

»Es ist nichts dieser Art zwischen uns. Wirklich nicht.«

Und dennoch mußte sie zugeben, daß es gut war, ihn zu sehen, als er sich spät an diesem Abend auf die Suche nach ihr machte. Sie hatte allein gegessen und das Festmahl in der großen Halle gemieden, und schließlich hatte sie sich im Dweomerlicht darangemacht, eines von Jills Büchern zu lesen. Dallandra hatte nie zu jenen Dweomermeistern gehört, die sich besonders viel mit niedergeschriebener Überlieferung befassen, aber seit Jills Tod hatte sie es sich angewöhnt, die Bücher, die ihre Freundin zurückgelassen hatte, zu studieren. Sie dachte gerade über eine interessante Passage über Astralströmungen nach, als sie hörte, wie jemand die Tür öffnete. Sie lächelte und wußte schon bevor sie noch aufblickte, daß er es war.

»Du wirst noch zur Einsiedlerin werden wie Jill«, sagte Rhodry.

»Der Dweomer bewirkt das früher oder später. Aber ich bin froh, daß du sicher wieder zurück bist.«

»Danke, ich freue mich ebenfalls, dich zu sehen.«

»Bist du Jahdo begegnet? Er hat seit Tagen von nichts anderem als deiner Heimkehr gesprochen. Und selbstverständlich von der des Drachen.«

»Ach ja? Nun, er hat den größten Teil des Abends bei mir gesessen. Ich habe ihn vor einer Weile ins Bett geschickt. Er kann Arzosah heute nacht Gesellschaft leisten.«

»Ach ja?« Sie zog die Brauen hoch. »Und warum das?«

Er lächelte, dann ging er zu ihr, legte die Hände auf ihre Schultern und beugte sich vor, um sie zu küssen. Sie stand auf, ließ sich abermals küssen und glitt in seine Arme, als hätte er die Festung nie verlassen. Später – viel später – sollte sie sich fragen, wie es möglich war, daß sie Monate, selbst Jahre fern von Rhodry Maelwaedd verbringen konnte, ohne auch nur an ihn zu denken, nur um ihn, sobald er sie bat, in ihr Bett zu lassen.

Nach dieser ersten Nacht zu Hause schlugen Rhodry und Arzosah ein Lager außerhalb der Stadt auf, um den Pferden in der Festung den Anblick des Drachen und Dallandra den Skandal zu ersparen. Sie fanden eine gemütliche Stelle in einer geschützten Senke am Fuß der nördlichen Steilwand. Jahdo half dabei, mit flachen Steinen eine richtige Feuergrube zu bauen, und die Stadtwache spendete ein Zelt. Rhodry verbrachte viel Zeit in Gesellschaft des Drachen. Jeden Nachmittag, einige Zeit vor Sonnenuntergang, flog Arzosah davon, um zu jagen, normalerweise ausgesprochen mürrisch, weil Rhodry ihr nicht gestattete, den Bauern ein oder zwei Kühe zu stehlen. Einmal brachte sie einen Bären zurück, der ein wenig zu lang gewartet hatte, bis er sich in seine Winterhöhle zurückzog. Er stank dermaßen, daß Rhodry Arzosah befahl, ihre Beute in angemessener Entfernung zu verzehren.

An einem ungewöhnlich warmen Nachmittag war Arzosah gerade davongeflogen, und Rhodry saß allein in der Sonne, als er einen Mann über die Wiese auf sich zukommen sah. Er stand auf und wartete, während Evandar heranschlenderte und dabei lächelte, als könnte ihm nichts Erfreulicheres geschehen.

»Ich habe gerade mit Dalla gesprochen«, verkündete Evandar. »Sie sagt, daß Carra das Kind bald bekommen wird.«

»Und das macht dir Sorgen?«

»Ja, allerdings.« Sein Lächeln verschwand. »Ebenso wie du.«

»Mir geht es gut.«

»Ja? Wirklich?«

»Wirklich.«

Evandar dachte nach und sah Rhodry so lange ins Gesicht, daß dieser sich schließlich abwandte und ein paar Schritte wegging.

»Warte«, sagte Evandar. »Ich wollte dich nicht stören.«

»Das tust du auch nicht.«

»Nein?«

Plötzlich stand Evandar ihm wieder gegenüber. Cengarn war verschwunden. Sie befanden sich auf einer grasbewachsenen Insel in einem Meer aus weißem Nebel. Ganz in der Nähe wuchsen ein paar Birken, ihre schlanken Zweige nickten, die Blätter waren gelblich verfärbt. Auf der anderen Seite der Bäume schien sich ein Steinbrunnen zu befinden – Rhodry konnte es durch den Nebel nicht genau sehen.

»Evandar, bring mich wieder zurück.«

»Nicht sofort. Es ist schön hier. Setz dich.«

Bevor Rhodry auch nur ein Wort sagen konnte, stellte er

fest, daß er genau das tat – sich neben Evandar ins hohe Gras setzte, das so weich und grün wie Frühlingsgras war. Der Wächter in Elfengestalt lehnte sich zurück, stützte sich auf einen Ellbogen, und sein gelbes Haar schimmerte im trüben Sonnenlicht, das von überall und nirgends zu kommen schien.

»Die Stadt könnte mich brauchen«, sagte Rhodry. »Und auch Carra und das Kind, um sie zu verteidigen.«

Nebel, Insel und Birken waren verschwunden. Sie saßen auf dem Stoppelgras vor Rhodrys Zelt, in der Nähe von Cengarn. Die Sonne ging unter.

»Danke«, sagte Rhodry trocken.

»Keine Ursache. Man kann dir schlecht etwas entgegensetzen. Und es ist auch nicht einfach, dich zu lieben.«

Einen Augenblick lang sahen sie einander nur an. Evandar seufzte, wandte sich ab und schlang in einer so menschlichen Geste die Arme um die Knie, daß Rhodry seltsam gerührt war. Evandar war nicht der erste Mann, der ihm ergeben war, wenn auch vielleicht der erste, der das zugab. Wieder erinnerte sich Rhodry an Amyr und andere Männer, die in seinem Kriegshaufen geritten waren, und auch an Gwin, seinen Leibwächter vor all diesen Jahren, als er noch ein Adliger gewesen war und die Hingabe anderer Männer für selbstverständlich hielt. Vor allem erinnerte er sich an Gwin.

»Du siehst traurig aus«, stellte Evandar fest.

»Ja. Ich dachte an einen Mann, der in meinem Dienst gestorben ist. Vor nun schon ziemlich langer Zeit.«

»Hat es dir leid getan, als er starb?«

Rhodry zögerte und fragte sich, ob er es wagen sollte, die Wahrheit zuzugeben.

»Es tut mir jetzt weh, mich an ihn zu erinnern.«

»Obwohl es schon so lange her ist?«

»Ja.«

»Aber damals warst du nicht traurig?«

»Selbstverständlich war ich das! Warum stellst du mir all diese Fragen?«

Evandar dachte einen Augenblick lang nach. »Ich wollte nur sicher sein, daß ich es wirklich richtig verstanden habe.«

»Daß du was verstanden hast?«

»Trauer. Das alles ist mir sehr fremd.«

»Ich würde wetten, mein Freund, daß es verdammt viel gibt, was du nicht verstehst.«

»Das sagt Dalla auch immer. Ich dachte, ich wäre der Meister der Rätsel, aber nun kommt es mir so vor, als wäre ich nur der jüngste Lehrling, verglichen mit diesem Ding, das ihr als die Welt bezeichnet.«

»Tatsächlich? Nun, einer meiner adligen Vorfahren hat ein Buch geschrieben und darin erklärt, daß es gut sei zu wissen, daß man nichts weiß, denn nur dann kann ein Mann sich öffnen und lernen.«

»Aber dein Herz ist so abgeschlossen wie ein Stein.«

»Was bedeutet dir das schon?« Rhodry hörte selbst, daß er geradezu fauchte. »Warum stellst du diese elend dummen Fragen ausgerechnet mir? Frag lieber Dalla!«

»Das habe ich dir bereits gesagt. Dalla würde mir nie Kummer bringen. Selbst wenn ich sie nie wiedersehen würde, wäre es eine Freude, mich an sie zu erinnern. Aber du bist derjenige, der das Rätsel der Trauer lösen kann. Bitte, Rori. Erzähl mir von diesem Mann – dem, dessen Andenken dich traurig macht.«

In diesem Augenblick erinnerte ihn Evandar so sehr an ein Kind, das eine Geschichte hören will, daß Rhodry nachgab.

»Es war ein Mann, dem ich unter den schlimmsten Bedingungen begegnet bin«, sagte er. »Er hieß Gwin, und er war mein Feind, aber am Ende erwies er sich als Freund, vielleicht der beste, den ich je hatte. Das war, als ich noch Lord von Aberwyn war, und daher konnte ich ihm eine gute Stellung geben. Er wäre für mich gestorben, aber den Göttern sei Dank, das war nicht notwendig. Eines Winters wurde er allerdings krank. Der Wundarzt sagte, er hätte Steine im Magen, und die brachten ihn am Ende um. Aber zumindest starb er seinen eigenen Tod und nicht einen, der eigentlich für mich gedacht war.«

»Fehlt er dir immer noch?«

»Nein, nein, dafür ist es zu lange her.«

»Warum also ...«

»Willst du endlich den Mund halten? Oder noch besser – verschwinde einfach.«

»Nein. Habe ich dir nicht den Dweomerring gegeben? Du solltest mir nun auch etwas schenken. Das ist nur gerecht.«

»Das ist möglich, aber warum willst du diese dumme Geschichte hören? Das ist kein sonderlich gutes Geschenk.«

»Für mich schon. Ich wette, darin liegt die Antwort auf dieses Rätsel.«

Rhodry seufzte gereizt. Evandar lächelte, und dieses Lächeln war wie Sonne, die durch die Wolken bricht.

»Bitte, Rori!«

»Also gut. Es tut mir immer noch leid, weil er mich geliebt hat, und auf meine Weise liebte ich ihn ebenso. Aber ich habe es ihm nie gesagt, nicht ein einziges Mal, nicht einmal, als er in meinen Armen starb.«

»Also hat er es nie erfahren?«

»Genau.«

»Und du hast das Gefühl, ihn belogen zu haben?«

»Das habe ich, verdammt sollst du sein! Und ich habe sogar zweimal gelogen, weil ich wußte, daß er sterben würde, aber ich habe ihm versprochen, daß wir im Frühjahr zusammen losreiten würden, wenn es ihm wieder besserginge.« Seine

Stimme brach. »Aber ich denke, er wußte genau, daß das nicht wahr war. Er lächelte mich an, und dann starb er.«

»Das ist traurig. Das kann ich verstehen.«

»Wunderbar! Wirst du jetzt verschwinden?«

»Nein.«

»Ihr Götter! Was willst du denn noch von mir?«

Evandar dachte angestrengt nach.

»Ich will wissen, wie sich Dallandra fühlt«, sagte er schließlich. »Wenn sie die ganze Nacht in deinen Armen schläft.«

Rhodry brachte kein einziges Wort heraus.

»Sie sagte mir, daß sie dich nicht mehr liebt, als du sie liebst«, fuhr Evandar fort. »Aber ich liebe euch beide. Ich will das verstehen.«

Seine Augen schienen Brunnen der Einsamkeit. Zum erstenmal, das wußte Rhodry jetzt, schaute er in Evandars Seele, und er fand zumindest in dieser Einsamkeit etwas Menschliches. Einen Augenblick später sagte Evandar: »Es ist wegen ihr, daß ich begonnen habe, dich zu lieben. Ich wollte wissen, was sie weiß. Danach werde ich gehen, so daß ich verstehe, was Kummer ist und was es bedeutet, daß einem jemand fehlt.«

»Das ist nichts, was die meisten Leute gerne wissen wollen.«

»Ich schon.« Evandar wandte sich ihm zu und legte ihm die Hand auf den Arm.

Rhodry zögerte und hätte die Hand beinahe abgeschüttelt. Evandar sah ihn nur noch an, den Mund traurig verzogen. Um Gwins willen beugte sich Rhodry vor und küßte die Traurigkeit weg. Um sie her wurde die Welt wieder sonnig, dort auf der Insel im Nebel, und sie lagen zusammen im weichen Gras.

Als die Zeit für Elessarios Geburt näher kam, nahm Ocradda, die sich um alle Geburten in der Festung kümmerte, Carra in ihre Obhut. Sie holte die Hebamme aus der Stadt, eine kräftige grauhaarige Frau namens Polla, deren Lächeln Carra von dem Augenblick an, als sie ins Zimmer kam, beruhigte. Dallandra, die nur das Gefühl hatte, im Weg zu sein, drückte sich an die Außenwand des Zimmers, während Polla Carra bat, sich hinzulegen und das Kleid hochzuziehen. Die Hebamme starrte ins Leere, während sie mit sanften Händen den Bauch ihrer Patientin abtastete.

»Nun«, sagte Polla schließlich, »es liegt gut, mit dem Kopf nach unten, und es ist bereit. Ich wette, es wird bald kommen.«

Zwei Tage später sollte sich erweisen, daß sie recht hatte. Dallandra ging gerade hinaus auf den Hof, als Jahdo zu ihr gerannt kam.

»Herrin, Herrin, sie haben mich in die Stadt geschickt, um Polla zu holen. Lady Ocradda sagt, Ihr solltet lieber nach oben kommen.«

Dallandra, die Ärger befürchtete, lief in den Broch und die Treppe hinauf, aber Carras Wehen hatten gerade erst begonnen. Nur in ein dünnes Hemd gekleidet, hockte sie auf dem Geburtsstuhl, während Ocradda hinter ihr stand, ihr die Schulter massierte und leise auf sie einredete. Als Dallandra hereinkam, blickte Carra auf und stöhnte. Schweißperlen standen ihr auf Stirn und Oberlippe.

»Weiß Dar Bescheid?« keuchte sie.

»Ihr Götter«, sagte Ocradda. »Den Prinzen habe ich ganz vergessen!«

»Ich werde es ihm sagen, Carra«, erklärte Dallandra. »Und dann komme ich gleich zurück.«

Es war nicht einfach, Dar zu finden. Einige sagten, er sei ausgeritten, andere behaupteten, er wäre in der Stadt oder im Stall. Dallandra suchte die ganze Festung ab, bevor sie den Prinzen schließlich entdeckte, als er mit Rhodry zum Südtor hereinkam. Dar hatte blaue Bänder um eine Hand geschlungen, die er als Geschenk für seine Frau erworben hatte.

»Euer Hoheit«, sagte Dallandra, »Carras Zeit ist gekommen. Sie ist oben bei den Frauen.«

Daralanteriel wurde bleich. Rhodry packte ihn am Arm. »Komm, trink einen Krug mit mir. Das hilft, damit die Zeit schneller vergeht.«

Als Dallandra zurück in Carras Zimmer kam, hatte sich dort schon einiges verändert. Ocradda hatte eine Dienerin gebeten, auf eine Truhe zu steigen und ein festes Seil an einen Dekkenbalken zu binden, damit Carra sich daran festhalten konnte. Unter dem Geburtshocker mit dem Loch hatte sie einen Haufen Lappen geschichtet und mit sauberem, frischem Tuch bedeckt. Carra saß nun mit gespreizten Beinen da, das Hemd bis zur Taille hochgezogen, das Gesicht so bleich wie das Leinen. Drüben auf dem Bett lagen schon Tücher für das Kind bereit, und auf der Feuerstelle wurde ein Kessel Waschwasser warm gehalten.

»Euer Mann ist unten in der großen Halle und wartet«, sagte Dallandra. »Ich muß sagen, daß er ziemlich erschrocken aussah.«

»Gut«, murmelte Carra. »Ich wünschte, er würde das hier durchmachen und nicht ich.«

»Ich erinnere mich, daß ich dasselbe dachte«, meinte Polla. »Bei allen fünf Kindern. Und nun atmet, Mädchen, tief und stetig. Das ist richtig so. Schön tief atmen.«

Es gab nicht viel anderes zu tun, als zu warten und mit Carra Wehe um Wehe zu durchleiden. Manchmal bat Polla die junge Frau aufzustehen, um ihr den Schmerz zu erleichtern, und sie stützte sich auf die starken Arme der Hebamme. Manchmal schien es zu helfen, daß sie ein paar Schritte auf und ab ging. Die meiste Zeit klammerte sie sich an das Knotenseil, während sie auf dem Hocker saß und weinte. Nach scheinbar sehr langer Zeit wurde es dunkel im Zimmer, und der kurze Wintertag verging. Dallandra entzündete mit einem

Span aus der Feuerstelle ein paar Kerzenlaternen, dann stellte sie sie überall im Zimmer auf. Polla nahm eine davon und stellte sie direkt neben den Hocker, damit sie sich hin und wieder neben Carra knien konnte, um zu überprüfen, wie weit sie war. Die Wehen wurden heftiger und heftiger und folgten immer dichter aufeinander.

»Es kommt!« rief Polla. »Jetzt, Mädchen, jetzt müßt Ihr pressen.«

Ächzend und sich fest ans Seil klammernd, tat Carra, was man ihr sagte. Dallandra und Ocradda eilten zu ihr, standen direkt neben ihr, murmelten ihr ermutigende Dinge zu und beobachteten die Hebamme. Endlich glitt das Baby in Pollas wartende Hände und stieß einen kräftigen Schrei aus.

»O wie schade! Eine Tochter«, seufzte Polla. »Nun, es können nicht immer Söhne sein. Sie ist ein hübsches Kind, und zweifellos wird die Göttin Euch beim nächsten Mal mehr begünstigen.«

Carra keuchte so heftig, daß sie sabberte, und schien kein Wort verstanden zu haben. Immer noch das Seil umklammernd, beugte sie sich gefährlich weit vor, um einen Blick auf ihr Kind zu erhaschen. Ocradda packte sie an den Schultern, damit sie nicht nach vorn kippte. Polla nahm ihr kleines Silbermesser und schnitt die Nabelschnur durch.

»Haltet die Kleine, während ich den Knoten schlinge, Kräuterfrau.«

Dalla nahm das rote, klebrige Kind entgegen und hielt es fest, während Polla sich um die Nabelschnur kümmerte. Dann reichte Dallandra der Mutter das Kind. Carra drückte ihre Tochter fest gegen die verschwitzten Brüste, stieß ein leises Gurren aus und berührte ihr Gesicht ehrfürchtig mit dem Finger. Plötzlich krümmte sie sich wieder und stöhnte. Ocradda kniete sich rasch neben den Geburtsstuhl und breitete ein großes Quadrat weißen Tuchs darunter aus.

»Gut«, seufzte Ocradda. »Jetzt kommt die Nachgeburt.«

»Ist alles da?« fragte Polla.

Sorgfältig sah sich Ocradda die rohe, blutige Masse an.

»Ja.«

»Die Göttinnen seien gepriesen«, sagten beide Frauen gleichzeitig. »Laßt uns ihnen allen danken! Seien sie gepriesen für das Leben dieses Kindes. Seien sie gepriesen, weil sie uns das Leben der Mutter zurückgegeben haben. In ihren Händen hielten sie ihr Blut und ihr Leben. Nun haben sie sie uns zurückgegeben.«

»Sie seien gepriesen«, sagte auch Dalla. »Mögen sie ewig leben!«

Während die anderen Frauen Carra in ein sauberes Nachthemd halfen, das vorn offen war, und sie ins Bett brachten, wusch Dalla das Baby in warmem Wasser. Das Kind lag zwar still in ihren Händen, schlief aber nicht wirklich. Hier und da öffnete es die großen, gelben Augen zu dem noch nicht zielgerichteten Starren der Neugeborenen. Einmal bemerkte Dalla so etwas wie Wiedererkennen.

»Elessi«, flüsterte sie. »Elessi, ich bin es, Dalla. Du bist zu Hause, meine Süße. Du bist endlich nach Hause gekommen.«

Abermals und nur kurz schien das Kind sie zu erkennen – sicher nicht ihre Worte, aber den Klang ihrer Stimme. Dallandra wickelte sie in ein Stück Decke, das vom vielen Waschen dünn und weich geworden war, und brachte sie zu Carra.

»Oh!« Carra streckte die Arme aus. »Sie ist so schön!«

»Legt sie an die Brust, mein Mädchen«, sagte Polla. »Das wird gegen den Schmerz helfen.«

Carra jedoch schien vergessen zu haben, daß so etwas wie Schmerz je existiert hatte. Sie schmiegte das Kind an sich, half ihm, die Brustwarze zu finden, und starrte ihre Tochter dann einfach grinsend an, während die Kleine trank.

Der Anblick trieb Dallandra die Tränen in die Augen. Plötzlich und zum erstenmal seit Hunderten von Jahren erinnerte sie sich an ihr eigenes Kind, ihren kleinen halbmenschlichen Sohn, den sie bei seinem Dweomermeistervater zurückgelassen hatte, als sie in Evandars Land gegangen war. Ihr wurde eiskalt, als sie bemerkte, daß sie sich nicht einmal an den Namen des Kindes erinnerte. Aloda – ja, er hatte mit diesen Silben angefangen, die auch zu dem Namen ihres eigenen Vaters gehört hatten, aber wie genau war es weitergegangen? Alodadaelanteriel? Vielleicht. Sogar sehr wahrscheinlich. Aber sie hatten ihm gleich einen deverrianisch klingenden Spitznamen gegeben: Loddlaen.

Dalla überließ Carra den anderen Frauen und ging hinunter in die große Halle. Am flackernden Feuer in der Drachenfeuerstelle ging Dar auf und ab, während Rhodry auf einer Bank am Ehrentisch saß, um ihm Gesellschaft zu leisten. Nicht weit entfernt hatte sich Jahdo bei den Hunden ins Stroh gelegt und war eingeschlafen. In einer Ecke stand eine Dienerin und polierte Bierkrüge. Ansonsten war die riesige Halle leer.

»Es ist eine Tochter, und es geht beiden gut«, verkündete Dallandra. »Dar, du kannst jetzt nach oben gehen.«

Ohne ein Wort rannte der Prinz durch die Halle und sprang die Treppe hinauf. Die Dienerin lächelte sentimental und brachte Dalla einen Krug Bier.

»Ich denke, die anderen Frauen werden auch bald etwas zu essen wollen. Ich bin draußen in der Küchenhütte und schneide kaltes Fleisch, wenn Ihr mich braucht.«

»Danke.« Dalla sah ihr nach, dann drehte sie sich um und sagte auf elfisch zu Rhodry. »Ich nehme nicht an, daß du das Kind sehen willst.«

»Um ehrlich zu sein, habe ich mich nicht einmal sonderlich für meine eigenen interessiert«, antwortete Rhodry in derselben Sprache. »Jedenfalls nicht, ehe sie Zähne hatten und ein wenig sprechen konnten.«

»Ich hatte ganz vergessen, daß du Kinder hattest.«

Als sie sich neben ihn setzte, drehte sich Rhodry ein wenig zur Seite und sah sie an. Im Feuerlicht fielen ihr wieder einmal die silbernen Strähnen in seinem Haar auf.

»Vier Söhne«, sagte er. »Vier eheliche Söhne und eine uneheliche Tochter. Es mag durchaus sein, daß es auch noch andere gibt.«

Als sie eine Grimasse schnitt, lachte er, zum Glück nur ein normales Lachen.

»Wir haben es beide nicht mit der Verwandtschaft«, meinte Dalla. »Weißt du, ich habe mein Kind bei Aderyn gelassen, als ich in Evandars Land ging. Er hieß Loddlaen. Ich frage mich, was sein Wyrd ihm wohl gebracht hat?« Rhodrys Miene verblüffte sie. Einen Augenblick lang starrte er sie an, dann verzog er das Gesicht, als bereite ihm eine alte Wunde Schmerzen, und schließlich wandte er den Blick ab und schaute ins Feuer.

»Du weißt es, nicht wahr?« sagte sie. »Und es war nichts Gutes.«

Er nickte nur und trank einen großen Schluck.

»Rhodry, sag es mir.«

»Willst du es wirklich wissen?«

Dallandra sah nachdenklich in die Flammen, die an der Kaminmauer hochzuckten.

»Nein«, sagte sie schließlich. »Zumindest nicht die Einzelheiten. Ist er eines gewaltsamen Todes gestorben?«

»Leider ja. Es hat Aderyn fast das Herz gebrochen.«

»Das kann ich mir vorstellen. Er war derjenige, der das Kind liebte.«

Er legte den Kopf schief und schien darauf zu warten, daß sie mehr Fragen stellte, aber sie stellte fest, daß es ihr an den passenden Worten mangelte. Lange Zeit saßen sie zusammen, schauten ins Feuer und sagten kein Wort, bis die anderen Frauen herunterkamen, lachend und schwatzend, um die Mahlzeit zu sich zu nehmen, die die Dienerin vorbereitet hatte.

Obwohl es bei der Geburt keine Komplikationen gegeben hatte, gab es am Morgen eine andere Art Ärger. Dalla war gerade in die große Halle heruntergekommen, als Polla auf sie zurannte, dicht gefolgt von Ocradda.

»Ihr müßt mit Carra sprechen«, sagte die Hebamme verärgert. »Sie will nicht zulassen, daß Elessi fest gewickelt wird.«

»Ach ja?«

»Sie sagt, das Kind haßt diese Bänder. Unsinn. Babys brauchen so etwas, um sich sicher zu fühlen, und außerdem wird sie sich schrecklich erkälten, wenn sie nicht gut eingepackt wird. Um diese Jahreszeit zieht es überall.«

»Und sie besteht darauf, das Kind bei sich im Bett zu halten und nicht in die Wiege zu legen«, fügte Ocradda hinzu.

»Auf diese Weise wird es die Kleine wenigstens warm haben«, meinte Dalla. »Meine lieben Freundinnen, Carra richtet sich nur nach den elfischen Sitten, denen ihres Mannes.«

Das gab den anderen zu denken, aber um des lieben Friedens willen ging Dalla mit ihnen nach oben, um mit Carra zu sprechen. Carra saß aufrecht im Bett in die Kissen gestützt und streichelte sanft das schlafende Kind. Als Dallandra zu ihr trat, öffnete Elessi die großen gelben Augen, warf der Elfenfrau einen ernsten Blick zu und schloß die Augen wieder. Carra verschwendete keine Zeit.

»Ich werde es nicht tun! Sie haßt diese Bänder, und sie schreit die ganze Zeit, weil sie sich darin nicht wohl fühlt, und ich werde sie nicht einwickeln.«

»Also gut«, meinte Dalla. »Das Volk ihres Vaters wickelt

Kinder auch nicht fest ein, und das scheint niemandem dort zu schaden.«

»Aber Dalla!« Polla trat vor. »Die meisten Kinder brauchen ...«

»Sie ist nicht wie die meisten Kinder!« fauchte Carra.

»Das stimmt«, meinte Dalla.

Polla zögerte und schien darüber nachzudenken, was sie als nächstes tun sollte. Plötzlich schrie Ocradda auf. Dalla fuhr herum und sah, daß Evandar in der Ecke stand, wo die Korbgeflechtwand gegen die Außenmauer stieß. Ocradda hatte die Hände vor den Mund geschlagen und starrte ihn in reinem Entsetzen an, aber Carra betrachtete ihn nur ebenso ernst wie ihre Tochter.

»Verzeiht«, sagte Evandar mit einem trägen Grinsen. »Ich wollte Euch nicht so erschrecken.« Er verbeugte sich vor der Hofdame, dann vor der Hebamme. »Meine Damen, betrachtet mich als den Großvater des Kindes. Das bin ich auf gewisse Weise, wie Euch unsere Dalla vielleicht erklären kann, oder vielleicht auch nicht, ganz wie sie will, aber ich möchte Elessario wirklich gern in ihrem neuen Zuhause sehen.«

»Nun, hier ist sie.« Carra setzte sich ein wenig gerader auf, hielt das Baby in der einen Armbeuge und fuhr sich mit der anderen Hand übers Haar, um es aus dem Gesicht zu streichen. »Sie ist sehr schön.«

Evandar ging zum Bett und sah sich das Kind an. Mit einem gewaltigen, zahnlosen Gähnen erwachte Elessi und wandte ihm den Kopf zu. Lange starrten sie einander in die Augen. Obwohl das Kind noch zu klein war, um den Blick wirklich konzentrieren zu können, war Dalla plötzlich sicher, daß sie die Seele erkannte, die in ihrer alten Heimat einmal ihr Vater gewesen war. Der Augenblick verging, als das Baby sich umdrehte und das Gesicht an die Brust ihrer neuen Mutter schmiegte.

»Sie ist wirklich eine Schönheit«, stimmte Evandar zu. »Ich danke Euch, Carra, daß Ihr sie geboren habt. Hat es sehr weh getan?«

Polla schnalzte mit der Zunge und trat vor, um dem ein Ende zu machen, aber Dalla legte ihr die Hand auf den Arm und hielt sie zurück.

»Ja, aber das war es wert.« Carra lächelte, vollkommen gebannt von diesem seltsamen Geschöpf. »Warum fragt Ihr?«

»Ich denke, ich bin Euch etwas schuldig, so wie man bei Eurem Volk vielleicht eine Amme bezahlen würde – oder nein, das ist viel zu kalt, oder? Nicht eine Amme, aber ich werde Euch ein schönes Geschenk machen.« Evandar lächelte in plötzlichem Entzücken, und seine Freude war ungemein mitreißend. »Ein Geschenk. Das sollt Ihr haben, das schönste Geschenk, das ich Euch geben kann.«

»Also wirklich.« Carra lachte in Reaktion auf dieses strahlende Lächeln. »Ich habe es nicht wegen einer Belohnung getan, guter Mann!«

»Dennoch sollt Ihr eine erhalten. Und hier habe ich ein Rätsel für Euch. Ihr sollt das Geschenk haben, sobald ich es holen kann, aber Ihr werdet noch viele Jahre lang nicht erkennen, was es ist.«

Und dann war er plötzlich und vollständig verschwunden. Schaudernd wandten sich Polla und Ocradda Dalla zu, als brauchten sie Trost, aber Carra lachte nur laut, immer noch entzückt von Evandars Wärme. »Es sieht aus, als hätte ich einen sehr liebenswerten Verwandten!« sagte sie. »Aber wer ist er, Dalla? Offensichtlich ein Dweomermeister, wenn er auf diese Weise kommen und gehen kann.«

Dalla entschied, daß eine halbe Lüge besser war als eine unerklärliche Wahrheit.

»Das ist er, Carra. Einer der größten Dweomermeister, die das Westland je kannte.«

»Wie wunderbar! Aber wieso sagte er, er sei mir etwas schuldig? O warte, ich weiß! Er hat ein Vorzeichen gesehen, nicht wahr, über das Wyrd meiner Elessi?«

»Ja, und sie ist tatsächlich ein sehr wichtiges kleines Mädchen.«

»Wie wunderbar.« Carra sah das Kind an, das in ihrer Armbeuge schlief. »Aber ich werde dich auch so lieben, großartiges Wyrd oder nicht. Ich frage mich, was für ein Geschenk dein Großvater für mich hat? Dallandra, wißt Ihr was davon?«

»Nein, und wie ich Evandar kenne, wird er Euch das niemals sagen. Wenn er erst einmal ein Rätsel gestellt hat, dann muß man es ohne weiteren Hinweis selbst lösen.«

»Nun, er meinte, ich würde es eines Tages wissen.« Carra gähnte. »Wenn ich mich so lange daran erinnern kann.«

Dalla scheuchte alle anderen Frauen nach draußen, solange die Windeln und Bänder immer noch vergessen waren. Sie selbst jedoch erfuhr später an diesem Abend, worum es bei dem Rätsel ging, als Evandar in ihrer Kammer erschien. Sie war gerade dabei, sich das Haar zu bürsten. Er setzte sich auf ihr Bett, lehnte sich zurück, auf einen Ellbogen gestützt, und beobachtete sie lächelnd.

»Ich habe mich schon gefragt, ob du zurückkommen würdest«, sagte sie. »Freust du dich über das Kind?«

»Ja, obwohl ich wünschte, daß ihre Ohren länger wären. Aber das ist nicht wirklich wichtig.«

»Und um was ging es bei diesem Rätsel? Welches Geschenk willst du Carra geben? Einige deiner Geschenke können gefährlich sein, mein Liebster.«

»Das habe ich auch schon bemerkt.« Evandar schien diesen Umstand ehrlich zu bedauern. »Also habe ich bei diesem ein wenig nachgedacht. Aber du mußt mir schwören, daß du es ihr nie sagen wirst. Ich weigere mich, ihr die Lösung des Rätsels zu verraten, solange sie es nicht selbst herausfindet.«

»Also gut. Ich schwöre, ich werde ihr nicht einmal den geringsten Hinweis auf die Antwort geben.«

»Ich danke dir. Ich habe für sie dasselbe getan wie damals für deinen Aderyn – ich habe ihr die Lebensspanne eines Elfen gegeben –, aber diesmal habe ich es richtig gemacht. Damals habe ich die Sache mit dem Alter und dem Rad der Zeit nicht verstanden, aber inzwischen habe ich viel gelernt. Sie soll auch jung bleiben, vierhundert Jahre lang, vierhundert Jahre und mehr.«

»Ihr Götter! Dann, mein Liebster, hast du ihr wirklich ein wunderbares Geschenk gemacht, ein Leben, das so lange dauern wird wie das ihres geliebten Dar.«

Evandar lachte und hob die Hand. Silberne Funken sprühten bis an die Decke und regneten dann zum Boden nieder. Als sie verglühten, war auch er verschwunden.

Noch zwei weitere Wesen unterhielten sich an diesem Abend über Evandars Rätsel. In ihrer Senke an der Stallwand hatten Rhodry und Arzosah dank den Stadtbewohnern, die ihnen Holz gebracht hatten, ein großes Feuer entzünden können. Der Drache hatte sich um die Feuergrube zusammengerollt, und Rhodry lehnte sich bequem gegen ihren Bauch und sah dem Tanz der Flammen zu.

»Ich kann das wirklich nicht mehr ertragen«, murrte sie. »Feuer sind gut und schön, aber mein Rücken ist kalt, Rhodry Drachenmeister. Ich brauche meine schöne, warme Höhle. Können wir nicht dorthin zurückkehren, bevor der Schnee gefallen und wieder geschmolzen ist?«

»Und wovon sollte ich leben?«

»Hm. Das ist wirklich ein Problem.« Sie seufzte tief. »Aber eine Sklavin, die an Kälte stirbt, nützt ihrem Meister nichts.«

Rhodry überlegte. Er war ziemlich sicher, daß es bei der Vorratslage in Cengarn schwierig werden würde, den Drachen den Winter hindurch zu füttern. Es war besser, sie davonfliegen und für sich selbst sorgen zu lassen. Wenn er ihr befahl, im Frühjahr zurückzukehren, würde der Dweomer seines Ringes sie zweifellos dazu zwingen.

»Nun, es könnte sein, daß ich dich nach Hause zurückkehren lasse, falls – und nur falls – wir feststellen, daß kein Pferdevolk mehr auf dem Weg zur Stadt ist. Wir werden uns noch eine Woche lang umsehen, und dann entscheiden wir uns.«

»Wenn ich die Gelegenheit hätte, Feinde zu töten, würde ich nicht weggehen wollen. Blut und Rache würden mich warm halten.«

Rhodry stand auf, legte mehr Holz aufs Feuer und setzte sich dann im Schneidersitz ihrem Kopf gegenüber, um sie anzusehen. Sie gähnte, rollte ihre riesige Zunge wie eine Katze, legte dann den Kopf auf die Tatzen und beobachtete ihn mit einem glitzernden Auge. Mehr und mehr haßte er den Gedanken, daß ein solch wunderschönes Geschöpf als Sklave leben sollte.

»Ich höre, daß dein alter Feind heute in der Stadt aufgetaucht ist«, sagte Rhodry.

»Sprichst du von Evandar? Diese schleimige Schnecke, dieses rosafarbene, haarige Geschöpf aus Schimmel und Schande! Ich hasse den Klang seines Namens, und er hat verdammtes Glück zu wissen, wie ich heiße.«

»Tatsächlich? Weißt du, das wollte ich dich schon immer fragen. Wie hat er deinen Namen erfahren?«

Arzosah bog den Hals zu einem Rasseln von Schuppen.

»Dieser Dämon, dieser Abschaum dreier Welten hat mich getäuscht!«

»Das dachte ich mir schon. Ich habe mich nur gefragt, wie er ein so kluges Geschöpf wie dich betrügen konnte.«

Sie entspannte sich, legte den Kopf wieder hin und gestattete ihm, ihren Augenwulst zu kratzen.

»Es war ein Rätselspiel«, sagte sie schließlich. »Er hat mir den Ring als Preis angeboten, wenn ich gewinnen sollte, und ich konnte den Dweomer am Silber riechen. Ich war fasziniert von dem Gedanken, was ich wohl mit dem Ring tun könnte, wenn ich ihn besaß. Und er hat mir geschmeichelt und erklärt, er wolle von einer Rätselmeisterin neue Rätsel lernen, und jeder wisse, daß wir Wyrms die größten Rätselmeister von allen seien. Tatsächlich? sagte ich, und was wollt Ihr von mir, wenn ich verliere? Ach komm schon, sagte er, diese Möglichkeit besteht praktisch nicht. Und ich war dumm genug, nicht mehr daran zu denken.«

»Und was verloren?«

»Den Wettbewerb? Nein, überhaupt nicht – so schlau war dieses Schwein. Erst habe ich ihm ein Rätsel gestellt, dann er, und jedesmal konnten wir die Lösung finden, hin und her, und standen einander in nichts nach, über Stunden hinweg, während ich den Dweomer riechen konnte wie das beste Parfum der Welt. Endlich versagte er, oder im nachhinein würde ich behaupten, daß diese schleimige Schnecke nur so getan hat. Wenn ich sein nächstes Rätsel löste, würde der Ring mir gehören.«

Sie bog die Tatze und betrachtete einen langen Augenblick ihre Klauen.

»Und?« fragte Rhodry.

»Inzwischen war ich so versessen auf den Ring, daß es wie Begierde war. Es war heiß, so heiß in der Sonne, daß ich ganz schlaff wurde. Wir saßen auf einem Felssims, sehr hoch oben, und es war so schön warm! Das muß es gewesen sein, die Sonne und diese Gier nach dem Dweomer.« Sie blickte auf und zog die schimmernd schwarzen Lippen von den Reißzähnen zurück. »Also hat er dieses letzte Rätsel gestellt, und dumm, wie ich war, habe ich die Antwort gegeben, ohne nachzudenken.«

»Und die Antwort war dein Name?«

»Ja.« Sie legte den Kopf zurück und zischte wie tausend Katzen. »In einer schwarzen, schwarzen Nacht segeln zwei Kupfermonde über eine Höhle voll blitzender Klingen, und diese Nacht kann fliegen und jagt in den Wäldern, weithin erklingt ihr Ruhm – und was mag wohl der Name der schwarzen Nacht sein? Und ich habe ihm geantwortet! Er lachte, Drachenmeister – er hat mich verspottet, dort auf dem Felssims. Ich hatte einen letzten Augenblick der Freiheit, bevor er meinen Namen laut aussprechen konnte, also habe ich versucht, ihn vom Sims zu stoßen und in den Tod stürzen zu lassen, aber er war verschwunden, einfach verschwunden, mit Hilfe dieser schleimigen, widerlichen Ersatzzauberei, die er beherrscht. Ich schwang mich in die Luft und flog, flog tagelang, hierhin und dahin, versuchte den Ring zu wittern und ihn auf diese Weise zu finden, aber ich konnte ihn nicht entdecken.«

Rhodry betrachtete das Silberband, das an seinem Finger schimmerte.

»Dann hätte dieser Ring dir gehören müssen.«

»Ja. Er hat mich um meinen Namen und um meinen Preis betrogen. Deshalb sage ich, daß er wirklich Glück hat, den Namen zu kennen, sonst hätte ich ihn schon längst gefressen.«

»Sag mir etwas ganz ehrlich.« Rhodry hob die Hand und ließ den Ring im Feuerlicht aufblitzen. »Falls ich den Ring verlieren sollte, würdest du dich an Evandar rächen können?«

»Leider nicht, denn er kennt immer noch den Namen, und von ihm ausgesprochen, hat schon der Name allein die Macht, die es braucht. Der Ring war für dich gedacht, weil du nur ein Elf und ein Mensch bist und der Name allein dir nicht die Macht gegeben hätte, mich zu versklaven.«

»Ich verstehe.«

Lange Zeit starrte Rhodry ins Feuer und fragte sich, was für eine seltsame Idee er da hatte.

»Meister?« sagte sie schließlich. »Was ist denn? Du siehst traurig aus.«

»Ich erinnere mich an eine Zeit, als ich selbst Sklave war, in einem Land weit von hier. Eine reiche Frau war meine Besitzerin, und obwohl sie freundlich war, war ich immer noch ihr Sklave.«

»Das wußte ich nicht. Wie konntest du dich befreien?«

»Mein Bruder hat mich gesucht und gefunden und mich dann freigekauft.«

»Ah. Schön, solche Verwandte zu haben.«

»Das ist es. Ich habe ihn seit Jahren nicht gesehen, aber ich hoffe, es geht ihm gut, wo immer er auch sein mag.«

Er dachte länger nach, dann zog er den Ring ab und hielt ihn zwischen Daumen und Zeigefinger hoch. Verwirrt hob sie den Kopf und drehte ihn so, daß sie ihn mit beiden Augen beobachten konnte.

»Wenn ich diesen Ring verlöre?« fragte er. »Würdest du mich dann töten?«

»Niemals, und das schwöre ich bei dem Ring. Ich habe gelernt, dich zu achten, Rhodry Drachenmeister, mit meinem ganzen Herzen. Du hättest einen guten Drachen abgegeben, wenn dein Wyrd es erlaubt hätte.«

Er lachte.

»Aber wenn ich ihn verlöre, würdest du davonfliegen und nie wiederkehren?«

Sie zögerte, legte den Kopf schief, rasselte mit dem Schuppenkamm.

»Es gab eine Zeit, da hätte ich ja gesagt, ohne noch einmal nachzudenken«, sagte sie. »Aber nun habe ich ein ganz seltsames Gefühl ums Herz.«

»Ach ja? Welcher Art?«

»Ich frage mich, ob ich wirklich davonfliegen würde, denn das würde mich ebenso traurig machen, wie es mich freuen würde, frei zu sein. Wieso fragst du mich das? Willst du mich nur quälen – Sklavin, die ich bin?«

»Niemals.« Rhodry lächelte. »Hier.«

Er warf den Ring hoch in die Luft, so hoch er konnte. Glitzernd flog er ins Dunkel hinauf und fiel dann ins Feuerlicht. Arzosah riß den Kopf herum, schnappte, schluckte, und der Ring war verschwunden.

»Nun hast du also deinen Preis. Sei frei, meine liebe Freundin, wenn du willst, oder bleibe, wenn du magst. Jetzt ist es deine Entscheidung und nicht mehr meine.«

Arzosah kam auf die Beine, räkelte den schimmernden Körper, schüttelte sich zweimal, streckte die Flügel aus und warf gewaltige Schatten damit, aber die ganze Zeit starrte sie Rhodry an. Einen Augenblick lang schien sie auffliegen zu wollen, setzte dazu an, etwas zu sagen, überlegte es sich anders und schüttelte die Flügel. Rhodry wartete nur und lächelte. Plötzlich faltete sie ihre Flügel wieder, drehte sich in einem Halbkreis und legte sich wieder hin, diesmal mit der anderen Seite zum Feuer.

»Mein Rücken wird so kalt«, meinte sie. »Du bist ein kluger Mann.«

»Ach ja? Warum?«

»Darauf gebe ich keine Antwort, denn das weißt du verdammt gut.«

Sie ließ den Kopf auf die ausgestreckten Tatzen sacken und seufzte. »Du hast gesagt, daß du mich liebst. Stimmt das?«

»Ja.«

Arzosah knurrte, dann wandte sie ihm den Kopf zu.

»Ich werde noch eine Weile länger mit dir fliegen. Wirklich, Rhodry – nein, ich werde dich so nicht mehr nennen, weil das ein Name der Menschensprache ist. Ich werde dich Rori nennen, Rori Drachenfreund.«

»Herrin, ich hatte nie einen Titel, der mich mehr gefreut hat.«

»Gut. Also, ich werde vor dem ersten Schnee nach Hause fliegen müssen, aber ich verspreche dir: Ich werde im Frühling zurückkommen. Das schwöre ich.«

Und er zweifelte keinen Augenblick daran.

EPILOG

Im Rhiddaer, 1117

POPULUS

Eine Figur von gemischtem Einfluß, deren Auswirkung sich entsprechend den Vorzeichen verändert, die auf unserer Karte in ihre Nähe fallen. Im allgemeinen steht sie eher für Gutes als für Schlechtes, denn wenn Menschen zusammenkommen, gibt es Feste und Freude. In einer Hinsicht jedoch verweist es auf Schlimmes, auf Dweomerangelegenheiten und Geheimnisse, denn solche haben keinen Anteil an den Vergnügungen öffentlichen Lebens. Wenn diese Figur daher in das Land des Salzes fällt, ist sie als eines der schlechtesten Vorzeichen zu betrachten.

Aus dem Omenbuch des Gwarn,
Meister der Überlieferung

Cerr Cawnen lag wie ein Türkis inmitten einer weißen Welt. Die hohen Berge im Norden waren von Wolken umhüllt. Vom Bauernland im Süden waren nur noch die Dächer und Kamine der Häuser zu erkennen, die aus dem ersten schweren Schnee hervorragten. Die Sumpfwiesen rings um die Stadt waren zu einem Spitzenmuster aus Silber gefroren. Hinter dem Steinring der Stadtmauern erstreckte sich Loc Vaed unvereist von den langgezogenen, seichten, grünen Bereichen bis zum blauen, tieferen Wasser und dem Zitadellenfelsen in der Mitte, auf dem die öffentlichen Gebäude und die Häuser der wenigen wohlhabenden Familien standen. Der Rest der

Stadt drängte sich im seichten Wasser: ein Durcheinander von Häusern und Läden auf Pfählen, verbunden mit kleinen Brücken, in etwa ähnlich einem Straßenblock. Diese Inseln wiederum wim-melten von kleinen Kais und grob zusammengenagelten Treppen, die zum offenen Wasser zwischen ihnen führten. Da der See von vulkanischen Quellen gespeist wurde, würde er den ganzen Winter über nicht zufrieren und unter Nebeln und Dampf verborgen bleiben, wo das Wasser die kalte Luft erwärmte.

Die Ernte war eingebracht und sicher in den öffentlichen Vorratshäusern der Zitadelle gelagert, und nun hatte die Stadt Zeit zum Feiern. Bald würde Admi, oberster Sprecher der Stadt und Oberhaupt des Rats der Fünf, seine Tochter an den Sohn eines Kaufmannshauses verheiraten. Die beiden Familien würden ein öffentliches Fest geben. Sie hatten Musiker aus jedem Dorf der Umgebung eingeladen. Oben in der Zitadelle schmiedete auch eine andere Familie Pläne, obwohl es um eine erheblich weniger großartige Feier ging.

»Es wäre das Beste, wenn wir warten, bis das andere Fest vorbei ist«, sagte Dera zu ihrer Tochter. »Wir wollen doch nicht, daß deine Hochzeit untergeht.«

»Aber Mutter!« erwiderte Niffa mit einem Lachen. »Wen interessiert schon, ob die Tochter des Rattenfängers heiratet?«

»Auch wir haben Freunde in dieser Stadt. Es ist notwendig, alles richtig vorzubereiten. In dieser dunklen Jahreszeit werden sich alle über eine Gelegenheit zum Feiern freuen.«

Niffa lächelte und gab nach. Es hatte ohnehin keinen Zweck, Dera aufhalten zu wollen, wenn sie sich erst mal etwas in den Kopf gesetzt hatte.

»Also«, meinte Dera, »werde ich deinen Vater zu Demets Vater schicken, damit er ihm von den Plänen erzählt.«

»Ich kann es doch einfach Demet sagen.«

»Still! Es ist wichtig, die Dinge auf die richtige Art zu erledigen, und es sollten die Väter sein, die darüber diskutieren, jetzt, nachdem wir die Entscheidungen getroffen haben.« Dera grinste. »Männer mögen das, mein Kind, sie haben gern das Gefühl, daß sie etwas entschieden haben. Denk daran, wenn du erst verheiratet bist.«

»Also gut, Mutter.«

Deras Lächeln verschwand, und sie wandte sich ab und schaute in die Feuerstelle, wo ein Feuer knisterte, um die Feuchtigkeit fernzuhalten. In den letzten paar Monaten war Dera merklich gealtert. Die Falten um ihre blauen Augen waren deutlicher geworden, und ihr blondes Haar hatte graue Strähnen.

»Du denkst an Jahdo, nicht wahr?« fragte Niffa.

»Ja. Ihr Götter, ich frage mich, ob er noch lebt, wo immer er sein mag.«

»Mutter, wenn er stürbe, würde ich es wissen. Ich schwöre, ich würde es wissen.«

Dera nickte zustimmend, dann starrte sie weiter ins Feuer, als könnte sie dort die Salamander in den Flammen umherhüpfen sehen. Manchmal fragte sich Niffa, ob ihre Mutter das Wildvolk wirklich sehen konnte, es aber aus irgendeinem störrischen Grund leugnete. Zweifellos gab es Leute, die über einen lachten, wenn man damit prahlte, was man sah. Sie hörten allerdings auf zu lachen, wenn man einen Tod vorhersagte. Niffa hatte früh gelernt, den Mund über solche Vorzeichen zu halten und nur mit ihrer Mutter darüber zu sprechen. Mit einem tiefen Seufzer stand Dera von der Bank auf.

»Ich hole deinen Vater. Zumindest können wir uns jetzt auf die Hochzeit freuen.«

Niffa nutzte die Gelegenheit davonzuschlüpfen und nahm ihren Kapuzenumhang vom Nagel an der Tür. Die Rattenfänger wohnten in zwei Zimmern neben den öffentlichen Getreidespeichern, die ihnen laut einem Dekret gehörten, das so alt war, daß sich kaum jemand mehr daran erinnern konnte, wie und wann es eigentlich zustande gekommen war, und das von ihnen im Gegenzug verlangte, daß sie und ihre Frettchen »mit aller nötigen Sorgfalt« arbeiteten, um die Ratten, die das Getreide fressen wollten, zu fangen und zu töten. Um nach draußen zu gelangen, mußte sich Niffa einen schmalen Flur entlangzwängen und dann eine Leiter zu der Gasse hinunterklettern, die zwischen den Kornspeichern hindurchführte, gedrungenen Steingebäuden, die auf halber Höhe am Zitadellenhügel klebten. Bald schon würde sie die Zitadelle verlassen und in den Pfahlbau ziehen, wo ihr Verlobter mit seinen Verwandten, die Weber waren, wohnte. Sie würde lernen müssen, wie man Wolle und Flachs spann, und es statt mit Frettchen mit Stoff zu tun bekommen.

»Irgend jemanden muß ich schließlich heiraten.«

Sie zuckte erschrocken zusammen, als sie sich laut sprechen hörte, und sah sich um, aber um diese Zeit kam hier selten jemand vorbei. Je näher der Hochzeitstag kam, desto schwerer wurde ihr Herz. Sie glaubte wirklich, daß sie Demet liebte, und sie wußte auch, daß sie von Glück reden konnte, einen Mann heiraten zu dürfen, den sie gern hatte. Aber ich wünschte, ich wäre statt Jahdo mit diesem Gel-da'Thae-Barden gegangen, dachte sie. Ich wünschte, ich könnte sehen, was im Osten liegt oder im Süden oder sogar im Westen, Gel da'Thae oder nicht. So gab es nicht die geringste Chance, daß sie jemals reisen würde – nicht die allergeringste.

Unten am Ufer ragte ein wackeliger, hölzerner Kai in den See, an den Unmengen kleiner runder Boote angebunden waren, die allen gehörten. Niffa nahm sich das erstbeste. Sie legte den Mantel auf den Sitz und ruderte über den dampfenden See zu einem anderen Kai und kletterte dann von Haus zu Haus und Deck zu Deck zum eigentlichen Ufer, bis sie auf festem Boden stand. Als sie aufblickte, sah sie Laternen oben auf der Stadtmauer leuchten. Die Stadtmiliz hielt dort ununterbrochen Wache, selbst im Winter.

Sie stieg eine Leiter zum Wehrgang hinauf und fand schließlich Demet, ihren Verlobten, über dem Osttor der Stadt. Er war ein blonder junger Mann, hochgewachsen und kräftig, mit einem freundlichen Lächeln und angenehmen blauen Augen. Er grinste nun, als er die Laterne hob, um seine Besucherin genauer anzusehen.

»Und was machst du hier auf der Mauer? Willst du dich der Miliz anschließen?«

Sie lachte und legte die Hand auf seinen Arm.

»Ich bringe schlechte Nachrichten. Mutter will, daß wir mit der Hochzeit bis zum dunkelsten Tag warten.«

Demet fluchte, wandte sich ab und stellte die Laterne in eine Nische der Stadtmauer.

»Ich hatte eigentlich gehofft, daß es ein wenig früher passieren würde«, knurrte er.

»Ich auch.«

Er seufzte und stützte die verschränkten Arme auf die Mauerkrone. Niffa konnte dasselbe nur gerade so tun, wenn sie sich reckte und auf die Zehenspitzen stellte. Draußen in der verschneiten Dunkelheit glänzte der Mond voll und bleich vor den Wintersternen.

»Sieh mal!« sagte Demet plötzlich. »Da draußen ist jemand.«

Tatsächlich, als Niffa mit dem Blick seinem ausgestreckten Zeigefinger folgte, sah sie eine fest in einen Umhang gewikkelte Gestalt langsam durch den Schnee auf die Stadt zukommen. Demet rief nach seinem Feldwebel.

»Wir dürfen die Tore nicht öffnen, aber wer immer das sein mag, wird frieren, wenn er die Nacht draußen verbringt.« Der Feldwebel hielt inne und kaute auf seinem Schnurrbart. »Ich bin nicht sicher, was wir tun sollen.«

Die Wachen beratschlagten miteinander, argumentierten

hin und her, riefen einen weiteren Offizier, während die Gestalt näher und näher kam. Niffa war plötzlich von Befürchtungen erfüllt, dann von elender Angst, als hätte sie in ein Stück Fleisch gebissen und Gift geschmeckt. Wer immer diese Gestalt war, sie bedeutete Schlimmes für Cerr Cawnen. Niffa wollte laut rufen und allen sagen, es sei besser, diese Person erfrieren zu lassen und ihnen dadurch vieles zu ersparen, aber sie brachte die Worte einfach nicht heraus, und wer würde außerdem der Tochter des Rattenfängers zuhören?

Sie drückte sich an die Mauer, als der kommandierende Offizier die Leiter heraufkam, gefolgt von Verrarc, dem jüngsten Mitglied des Rates der Fünf. Gehüllt in einen Umhang aus feinster blauer Wolle, der rund um die Kapuze mit Blüten bestickt war, war der Ratsherr etwa so groß wie Demet und ebenso blond, wenn auch schlanker. Als er Niffa höflich zunickte, wich sie zurück und weigerte sich, ihn anzusehen.

Der Offizier griff nach der Laterne und beugte sich über die Mauer, als die in einen Umhang gehüllte Person das Tor erreichte.

»Wer da?« rief er.

»Ihr Götter, habt Mitleid!« Es war die Stimme einer Frau, und sie klang so leise und schwach, daß sie nur schwer zu verstehen war. »Ich flehe Euch an, laßt mich herein. Ich habe seit Tagen nichts mehr gegessen.«

»Raena!« rief Verrarc. »Bist du das wirklich?«

»Ja, Verro. O bitte, habt Mitleid!«

In einer Flut von Befehlen schickte der Ratsherr Wachen herunter, um das Tor zu öffnen, dann folgte er den Männern, und Niffa konnte im Licht seiner Laterne sehen, wie er lächelte. Demet blieb bei Niffa, die wartete, bis die Aufregung sich gelegt hatte, bevor sie wieder nach unten stieg. Er warf ihr einen Blick zu und verdrehte die Augen.

»Anscheinend haben ihre Verwandten sie rausgeworfen«,

meinte Demet. »Sie haben sie zu ihrem Geliebten zurückgeschickt. Ich frage mich, ob sie ihm treuer sein wird, als sie ihrem Mann war.«

Obwohl Niffa die Geschichte von Raenas und Verrarcs altem Skandal so gut kannte wie Demet – immerhin hatte vor zwei Jahren die ganze Stadt von nichts anderem geredet –, brauchte sie einen Moment, um zu begreifen, was er meinte. Die Frau am Tor brachte einen derartigen Gestank nach schlechten Vorzeichen mit, daß Niffa sie einfach nicht mit etwas so Menschlichem wie der ehebrecherischen Liebesaffäre des Stadtrats in Verbindung bringen konnte.

Aber als sie nach unten kletterte und die Frau sah, erkannte sie Raena, obwohl ihr langes schwarzes Haar ganz verfilzt und schmutzig war und sie längst nicht mehr so üppig war, wie Niffa sie in Erinnerung hatte. Dünn und irgendwie geschrumpft, klammerte sie sich an Verrarcs Arm, während er ihr über den unebenen Boden half.

»Sie scheint eine schlechte Zeit hinter sich zu haben«, murmelte Demet. »Wenn sie vom Hof ihrer Leute oben in der Nähe von Penli gekommen ist, war das eine ziemlich lange Reise.«

Niffa konnte sich gerade noch zurückhalten, die Wahrheit laut auszusprechen – sie kommt nicht von dort, sie war anderswo, das wußte sie, obwohl sie niemals hätte sagen können, wieso sie es wußte. Ebenso war ihr vollkommen klar, daß es besser wäre, eine Ratte in den Kornspeicher zu lassen als Raena nach Cerr Cawnen. Sie blickte auf und sah den Mond, aber noch während sie hinsah, verschwand er hinter zerrissenen Wolken und verwandelte sie in schmutziges Feuer.

In seinem Land ging Evandar zum Silberfluß, um seinen Bruder aus der Eiche zu befreien. Aber sowohl der Baum als auch die Seele waren verschwunden. Wo die Eiche gestanden hatte, lag eine Rabenfeder, schwarzblau, drei Fuß lang und zweifellos dort zurückgelassen, um ihn zu verspotten.

»Aha«, sagte er laut, »unsere kleine Freundin hat sich einen neuen Gott gesucht. Das könnte jetzt aber wirklich unangenehm werden.«

GLOSSAR

Aber (deverrianisch) – Flußmündung, Delta.

Ätherische Ebene – Die Existenzebene direkt »oberhalb« der physischen. Mit ihren magnetischen Strömungen hält die ätherische Ebene die Materie in einem unsichtbaren Muster und ist die wahre Quelle dessen, was wir »Leben« nennen.

Ätherischer Doppelgänger – Das wahre Wesen einer Person, die elektromagnetische Struktur, die den Körper zusammenhält, der eigentliche Sitz des Bewußtseins.

Alar (elfisch) – Eine Gruppe von Elfen, blutsverwandt oder nicht, die sich entschieden haben, einige Zeit zusammen zu reisen.

Alardan (elf.) – Treffen mehrerer Alarli; im allgemeinen Anlaß für eine Feier mit viel Alkohol.

Angwidd (dev.) – unerforscht, unbekannt.

Astralebene – Die Existenzebene direkt »oberhalb« oder »innerhalb« der Ätherischen Ebene. In anderen magischen Systemen wird die Astralebene oft der Akashische Bereich oder das Schatzhaus der Bilder genannt.

Aura – Das Feld elektromagnetischer Energie, das von jedem lebenden Wesen ausgeht und es durchdringt.

Aver (dev.) – Fluß.

Bara (elf.) – Ein Enklitikon in einem elfischen Kompositum, das anzeigt, daß das voranstehende Bestimmungswort der Name des Stammwortes ist, das dem Enklitikon folgt, wie bei Can+bara+melim: Rauher Fluß (Rauh+Enklitikon+Fluß).

Bel (dev.) – Der wichtigste Gott des deverrianischen Pantheons.

Bel (elf.) – Ein Enklitikon, dessen Funktion ähnlich ist wie die des Enklitikons *Bara*. Es zeigt an, daß das voranstehende Verb der Name des folgenden Stammwortes ist, wie in Darabeldal: Fließender See.

Blaues Licht – Ein weiterer Name für die Ätherische Ebene.

Brigga (dev.) – Weite Wollhose, die von Jungen und Männern getragen wird.

Broch (dev.) – Ein niedriger Turm, der als Wohnhaus dient. Früher hatten diese Türme eine einzige große Feuerstelle mitten im Erdgeschoß und eine Anzahl kleiner Räume oder Nischen an den Seiten. Zur Zeit unserer Erzählung hat dieser alte Stil bereits mehreren Stockwerken mit Feuerstellen und Kaminen an zwei Seiten des Gebäudes Platz gemacht.

Cadvridoc (dev.) – Heerführer. Der Cadvridoc ist kein General im modernen Sinn, und es wird erwartet, daß er sich mit den Adligen, die mit ihm reiten, berät, aber er hat das Recht, die endgültigen Entscheidungen zu treffen.

Conaber (elf.) – Ein Musikinstrument, ähnlich der Panflöte, aber von geringerem Umfang.

Cwm (dev.) – Tal.

Dal (elf.) – See.

Dun (dev.) – Festung.

Dweomer (Übersetzung des deverrianischen *Dwunddaevad)* – Strenggenommen ein magisches System, das der persönlichen Erbauung durch Harmonie mit dem Universum in all seinen Ebenen und Manifestationen dient; im allgemeinen Sinn Magie, Zauberei.

Elcyion Goecl (dev.) – Das Wildvolk.

Elfen – Ich verwende diese weitverbreitete Bezeichnung für das Volk, das die Deverrianer als Elcyion Lacar (wörtlich »strahlende Geister«) bezeichnen. Sie sind außerdem bei Menschen und Zwergen unter dem Namen Westvolk bekannt, obwohl der zwergische Name für sie Caex Taen lautet. Für die *Gel da'Thae* sind sie die Kinder der Götter, Graekaebi Zo Uhmveo. Sie selbst nennen sich einfach Impar, das Volk.

Gedankenform – Das Bild einer dreidimensionalen Gestalt, die entweder aus ätherischer oder astraler Substanz besteht und von einem geübten Denker geschaffen werden kann. Wenn genügend fähige Leute gemeinsam an derselben Gedankenform arbeiten, kann diese – abhängig von dem Ausmaß der verwendeten Energie – einige Zeit unabhängig bestehen (dieser Prozeß der Zuführung von Energie ist als Beseelen bekannt). Manifestationen von Göttern und Heiligen sind für gewöhnlich solche Gedankenformen, die sehr intuitive Wesen wie Kinder oder solche, die mit dem Zweiten Gesicht begabt sind, wahrnehmen können. Es ist auch möglich, daß eine große Anzahl ungeübter Denker unklare Formen hervorbringt, die dann vielleicht als UFOs oder Erscheinungen des Teufels wahrgenommen werden.

Geis, Geas – Tabu, für gewöhnlich ein Verbot, etwas zu tun. Ein Geis zu brechen führt zu Unreinheit und setzt den Schuldigen der Mißbilligung, wenn nicht gar der Feindschaft der Götter aus. In Gesellschaften, die wirklich an Geis glauben, stirbt eine Person, die es bricht, meistens sehr schnell, entweder an Depressionen oder einem selbstverursachten »Unfall«, es sei denn, er oder sie leistet rituelle Genugtuung.

Gel da'Thae – auch bekannt als Pferdevolk. Humanoide, von Natur aus übersinnlich begabte Wesen, die nordwestlich von Deverry leben. Ihre Begabung zeigt sich vor allem in einer deutlichen Empathie mit Tieren. Die Elfen nennen sie Meradan (Dämonen) oder Horden, weil sie in längst vergangener Zeit die elfischen Städte weit im Westen zerstörten.

Geomantie – ein System der Zukunftsdeutung, das im Spätmittelalter aufgezeichnet wurde und sich auf das Erdelement bezieht. Die Namen der Figuren, die in diesem Buch verwendet werden, bedeuten: Rubeus: der Rote; Puer: Junge; Amissio: Verlust; Puella: Mädchen; Via: Straße; Carcer: Gefängnis, Verlies; Caput Draconis: Drachenkopf.

Große – Geister, einstmals Menschen, die aber nicht reinkarniert sind und sich nun auf einer unglaublich hohen Existenzebene befinden. Sie haben sich der Erleuchtung aller fühlenden Wesen verschrieben. Den Buddhisten sind sie als Boddhisattvas bekannt.

Gwerbret (dev.) – Der höchste Adelsrang unterhalb der Königlichen Familie. Gwerbrets (dev. Gwerbretion) sind die obersten Gerichtsherren ihrer Bereiche, und selbst Könige stoßen nur ungern ihre Entscheidungen um, weil sie über viele, aus alter Zeit hergebrachte Vorrechte verfügen.

Hauptmann (Übersetzung des deverrianischen *pendaely*) – Der Mann, der – unter dem Befehl des Lords – einen Kriegshaufen anführt. Es ist interessant, daß das Wort *taley* (die Wurzel oder unveränderte Form von *-daley*) je nach Kontext entweder einen Kriegshaufen oder eine Familie bezeichnen kann.

Lichtkörper – Eine künstliche Gedankengestalt, die ein Dweomermeister schafft und die ihm oder ihr erlaubt, die inneren Existenzebenen zu durchwandern.

Lwdd (dev.) – Blutpreis; anders als das Wergeld ist Lwdd nicht gesetzlich festgelegt, man kann also darüber verhandeln.

Malover (dev.) – Förmliches Gerichtsverfahren, bei dem sowohl Belpriester als auch ein Gwerbret oder ein Tieryn anwesend sind.

Mazrak (gel.) – ein Gestaltwandler. Ein Magier, der sich in ein Tier und wieder zurückverwandeln kann.

Melim (elf.) – Fluß.

Mor (dev.) – Meer.

Pecl (dev.) – Weit entfernt.

Rhan (dev.) – Politische Region, daher Gwerbretrhyn, Tierynrhyn, das Land, das von einem bestimmten Gwerbret oder Tieryn beherrscht wird. Die Größe der Rhans ist unterschiedlich und hängt mehr vom jeweiligen Erbrecht und vom Kriegsglück ab als von irgendeiner gesetzlichen Definition.

Taer (dev.) – Land.

Tieryn (dev.) – Mittlerer Adel, unterhalb der Gwerbrets, aber ranghöher als ein einfacher Lord (dev. *Arcloedd*).

Wyrd (Übersetzung des dev. *Tingedd*) – Schicksal; die unausweichlichen Probleme, die auch Inkarnationen überdauern können.

Ynis (dev.) – Insel.